苏旷传奇

飘灯 ◎ 著

第二卷 怒海云归 中

第三十三章·风平浪静 · · · · · · · · · · 002

第三十四章·反客为主 · · · · · · · · · · 012

第三十五章·有个朋友 · · · · · · · · · · 032

第三十六章·山高水长 · · · · · · · · · · 054

第三十七章·大江残月（上）· · · · · · · 067

第三十八章·大江残月（下）· · · · · · · 083

第三十九章·二子乘舟 · · · · · · · · · · 107

第四十章·借刀一用（上）· · · · · · · · 126

第四十一章·借刀一用（下）· · · · · · · 139

第四十二章·回头是岸 · · · · · · · · · · 161

第四十三章·天涯无归 · · · · · · · · · · 174

第四十四章·龙争魔斗 · · · · · · · · · · 188

第四十五章·风中长眠 · · · · · · · · · · 203

第四十六章·明珠一颗 · · · · · · · · · · 215

第四十七章·眼枯见骨 · · · · · · · · · · 231

第四十八章·一羽凌江 · · · · · · · · · · 248

第四十九章·萧墙之内 · · · · · · · · · · 261

第五十章·蝇头小利 · · · · · · · · · · · 277

第五十一章·按图索骥 ············ 289

第五十二章·极乐世界（上）········ 303

第五十三章·极乐世界（中）········ 316

第五十四章·极乐世界（下）········ 334

第五十五章·再逆长空 ············ 365

第五十六章·一言九鼎 ············ 390

第五十七章·孤帆远影 ············ 411

第五十八章·百兵之胆 ············ 422

第三十三章　风平浪静

云小鲨和苏旷在沽义山庄住了三个月，顺便过了个年。山中岁月容易过，那是风平浪静的三个月，高山流水一样的日子，一点波澜不起。

沽义山庄占据了一整座山头，空屋散落在花木之间。沈家兄妹让他们挑间喜欢的房子住，他们一眼就相中了东边花林下的小木屋。小木屋不大不小，清爽明亮，云小鲨喜欢南边的一扇大窗，窗外就是花林和小径，苏旷尤其喜欢那张床，被子暄和，枕头也软，特别是那张不软不硬的垫子，往上一躺，腰熨帖得像被烤过的白云揉了一遍。有鉴于苏旷每天都哼哼唧唧起不来，非要云小鲨拉一把不可，那间屋子就被他们命名为"云起扶苏小筑"。

苏旷起不来是有理由的。当初，他又是劝说又是下套，讲了很多强敌环伺、生死存亡、有所为有所不为的大道理，好不容易说动了沈东篱东山再起。但是沈东篱这个人脑子有点毛病，不练功的时候就自暴自弃、破罐子破摔，一旦捡起剑来重新开始，立即就搞得很没人性。那晚他回来跟大家吃了第一顿饭之后，就在所有人都开开心心的时候，忽然就淡淡地用不容置疑的语气向苏旷命令道，从明早开始，一起自五更天到后山练功。苏旷当时一口茶水含在嘴里，好半天才咽下去。他觉得五更天不是不可以，但是没必要，那么早，躺下还没睡多久，而且天还黑着，地上的小石子都看不清，绝对不是一个练功的好时候。但是怎么说呢，他跟沈东篱那么生死与之、性命相许地讲了半天，最后人家拔剑而起了，他总也不好意思说我困，我起不来。他无可奈何，也就一拍胸脯说，好，去就去，一言为定。第二天，他就那么挣扎着爬了起来，哈欠连天地过去了。

后山有个练功场，半截在山洞里，半截是平地，各项器具都齐全。沈东篱特地指给他看，练功场一侧还有一道小温泉，温泉水流到一方水池里，从半夜到清早，正好热气腾腾攒满一池子。这真是生死之交了，沈东篱能把自己用过的温泉池子让给他，简直比把沽义山庄送给他差不了多少。

沈东篱做事严谨，自己定了一个很严格的计划，给他定了一个更严格的计划——这个计划被大家轮流审核了一遍，苦得要命，但又很有效。

按计划，第一个月，他每天清晨在温水里走两个时辰，没有什么比水更适合治疗筋骨的伤损，水的阻力可以按摩和刺激萎缩的肌肉，但水的温和又不会伤到关节；下午去正骨。

头一天，除了休息的时候呛了口水之外，没有什么不妥。第二天清晨，他也是那么哈欠连天，捶胸顿足地起了床。到了第三天，云小鲨就忍不住跟他一起来了。反正每天都要练功的，什么时候都是练，既然大清早被吵得睡不着，干脆就一起练得了。第四天，夜哭郎君也来了。大家都不说话，各自练各自的。不过陪伴本身就是很让人温暖的事。

苏旷用一种原始的、几乎是野兽的本能来判断是否更进一步——肌肉酸疼的时候，还可以继续，骨头阴恻恻地痛，也尽量再撑一撑，但骨缝刺痛，就必须停下来。非常痛的时候，他就抱着石头在水里浮一会儿，把那一阵扛过去，之后会奖励自己一口点心。而沈东篱、夜哭郎君两人各自沉默地练功，他们需要找人过招的时候，就都示意询问云小鲨。

开始的十几个清晨，苏旷就抱着石头，浮在水里，看三个人在金灿灿的阳光下腾挪闪打，好不羡慕。其他人上午练完之后就沐浴更衣，做些闲暇的事情。午饭之后，苏旷独自去后山练他的第二轮。

第二轮是正骨，用一个工字形的连着钢轴和弹簧的护腰、护脊和护肩，慢慢把弯曲的肩膀打开，把脊柱正回来。

山庄里都是高手，大家商议了一下，觉得趁着伤得不久、骨头还没有弯曲变形，就下手干脆点算了。干脆点就是来硬的，在人能承受的范围内把骨头往外掰。疼是肯定有点疼，但也不能用药，因为不疼判断不了力度，万一弄伤掰断了怎么办。

这个过程枯燥漫长又无聊，也没什么人来陪他，大家都有自己的事情要做，于是都心照不宣地认为，如果有一个比较煎熬、需要独自咬牙忍耐的过程，让他一个人扛过去可能更好。

护具设计得很安全，苏旷一个人可以操作好。他慢慢往双肩之间加绷簧，加一根，等待一个沙漏泄尽，下来喝口水歇一歇，翻转沙漏，加第二根……加到第六根，等到第六次沙漏翻转，今天的练习就结束了。他会稍微在地上躺一会儿，等脸色变得正常，也等衣服上的汗水稍微干一干，然后回来跟大家一起吃晚饭。

大约在一个月后，苏旷开始在水里慢跑了。他的身体有了很明显的变化，所有的结痂都脱落了变成油皮，疤痕开始变淡，重要的是，瘦骨嶙峋的躯体上重新长出薄薄的一层肌肉。肌肉保护着骨骼，也让行动敏捷了很多。

他的身体有一种大自然恩赐的恢复速度，就好像是寒冬时节剪去了枝丫的大树，到了春暖花开的时候，自然而然地就会抽枝发芽。

每天午饭时分，是他们的相聚时光。沈南枝是临近中午才起床的，她起床了，沽义山庄就变得热热闹闹，快快乐乐。午饭很丰盛，厨房的师傅们记得每个人的口味，变着花样地调换菜式，也尽力让所有人都滋补身体。五个大人和一个孩子吃完饭，喝着茶，弄点蜜饯、水果、干果、点心，询问一番各处报上来的江湖消息，交流彼此的看法，讲一讲江湖故事，或者玩一把赌牌、骰子之类的游戏。

也真是术业有专攻，风筝在各项案头功课上都平平常常，念圣人之书一句都记不住，可她跟着大师兄飞速学会了七八种赌牌的手法，而且一学就通、一点就透，常常随身带着个小盅子勤学苦练，嘴里没事就吆喝着："至尊！豹子！梅花！六六六！"

小家伙练得卖力，苏旷有时候看得着急，忍不住就指点一句："风筝，你不能傻摇，这个东西是有门道的，要学会控制力道啊。手指这么一敲，哎，看，骰子能翻个儿……"

这时候沈东篱就忍无可忍地把他拎出去："你腰没事了是吗？小姑娘才几岁啊？你教赌牌就算了，还教老千……你问问自己的良心，对得起尊师在天之灵吗？"

不提尊师也就算了，一提到尊师，苏旷抓抓脑袋没办法，只能没收了赌具，接着教大家都提不起兴趣的《论语》。欢乐时光一闪即逝。

午后，苏旷去正骨，大家各自有一段清净的独处。沈南枝去过问山庄里的诸事项，去后山工坊里督促江湖各大门派订制机关的进度；沈东篱通常是在云海剑垆里再做一个时辰的呼吸吐纳；夜哭郎君琢磨他的小机关，他几乎每天向沈南枝借一本书，有时候是西方的术数，有时候是话本，都翻得很快，第二天就还回去了；云小鲨也迅速发现了沽义山庄的小小藏书阁，她开始翻阅关于船舶的那一部分。

至于晚饭之后就很随意，休息的休息，散步的散步，有时候大家也会一起去小茶亭喝一会儿茶，看看星星。到差不多了，明早还要练武的人就早早睡了。而沈南枝回到她的屋里，关上门，门缝里灯光整夜不熄。

某一天，苏旷在水里慢慢跑的时候，他斗胆尝试着戴着护具扎下了第一个马步——这是一个三岁小孩都会的动作，但对膝盖、腿部肌肉和腰都有要求。他高兴得一蹦一蹦的，甩掉鞍鞯，去跟大家报喜。沈东篱口气还是淡淡的，不容置疑："太危险了，你必须按计划走，下次做动作，身边必须有人保护。"苏旷嘿嘿笑着没说话，他想缩短这个康复的计划，按照原计划，安全起见，他到六月才能拔刀，明年的六月才能完全康复。这太漫长了，不是他性急，而是这么长的时间里，足以发生太多的变故。

闲暇之余，沈南枝和夜哭郎君合计着试做了几个对付精卫鸟的机关——一个小火炮、一个飞爪、一个天罗网，但做出来之后，他俩都不算很满意。他们想要的是一个可以在空中触发的装置，但手头这几个灵敏度都差了一点。沈南枝把这几个机关当作礼物，命人送到了云家船帮的船坞，也顺便带了回信，手底下人问鲨头儿，船都修理完了，帆也补好了，鲨头儿玩得快乐否？什么时候回来？云小鲨托腮想了很久，回信三个字：再等等。

过年的时候，丁桀托人带了封信，问小苏好。没有回信的地址，那时候谁都不知道丁桀人在哪儿。丁桀的消息不用等信，像他这样的人，真有了消息，想不知道都难。

沈南枝的工作有了进展。她画了第四个和第五个机关的图，命名为"狩天者"。这两个机关复杂多了，制作出来需要时间。她还拿走了苏旷的手模。

和沈南枝交流最多的是夜哭郎君，他们俩经常可以用几个符号，互相明白对方的意思，任凭其他人大眼瞪小眼。沈南枝准备冶炼炉的时候，夜哭郎君否掉了狩天者的第四个机关。之后，沈南枝自己否掉了第五个。他们俩都有点沮丧，他们的思路错了，需要从头再来。这也是兵家常事，世上所有的成就，无非就是专注、细心、重复，耐着性子，把最枯燥的事情重复一千遍。

沈东篱也在从头再来。有时候，他的剑垆里会发出摔碎什么瓷器的声音。

第三个月开始，只要精神还好，晚饭后苏旷就练他的第三轮。他尝试练内功，不用走远，就在花丛里，找块空地，铺张毯子。

他目前的问题很棘手，内息渐渐复生，但自己不知道如何引导。他的经脉早就一塌糊涂，早年失去左手的时候，他就强行改变了一次内息的运行，从此之后，内力日益浑厚阳刚，但有些失调；腰断之后，丹田枯竭，真元崩解，内息紊乱，形同废人；后来他情急之下，又强行催动阴墟，周天逆行，倒转阴阳，以地驭天；最后一次遇见上官乾，上官乾内力极其霸道，直接攻破丹田，直如黄河夺淮，汪洋恣肆，率兽食人，烧杀抢掠。那一次之后，他很久不敢盘膝坐下来。如今，他的内息早就成了洪水之后的一片滩涂。他曾经自成一片城池，可如今已经是一片淤泥了，泥浆覆盖着昔日大道，唯有小径通幽处，依然有昔日印记。

他二话不说，开始光复失地了，就好像一代霸王带着三千江东子弟，隔江茫然，不知杀向何方。他想，走哪算哪吧，我能什么都知道吗？他带着他的人马，一轮一轮地往荆棘里冲，向沼泽里闯，强冲硬突也要找一条路出来。不管正逆，只要运行一周天，就算任务完成了。有时候，练着练着，两眼一黑就昏睡过去，睡过去也无所谓，反正离屋近，醒过来之后，也在床上。

"真是胡来！"有一天后半夜，他悠悠醒过来，云小鲨在他身边，拿毛巾擦他干瘀的鼻血，没忍住轻声责怪，"你着什么急啊？迟个一两年会死吗？"

"我不是胡来。内息停滞，就靠外家带着，太慢了。"苏旷接过毛巾自己擦脸，"我想能动用阴墟、能施展云缠手，说明内息总是有门道的，只是我摸不出来而已。摸不出来，就干脆踹门闯一闯，万一哪扇门开了呢？"

他没有回答迟个一两年会不会死，但他没有一两年了，小鲨自己也没有，他再慢慢来，会拖死所有人。他深思熟虑，把最终的目标定在过去的五成，五成已经足够他行动了，实在不行三成也可以。

正月的时候，江湖发生了一件大事，丁桀重掌丐帮、领袖侠义道的声名传开了，大江南北，都接到了英雄令。"这是个好消息，也不是个好消息。"苏旷立刻叫齐了所有人，解释给大家听，"上官乾是个心高气傲之人，大别山那一次，即使是我在他面前毫无还手之力，不过是刀俎上的鱼肉而已，这个人也不肯承认我能接住他一招半式。他在丁桀手里吃了那么大一个亏，一定会记恨在心，这回丁桀威风八面，他不会甘心的，可能会在别的地方找补回来，大家都要小心提防。小鲨，我想他应该还不敢在京城太放肆，你不在云家船帮，你的人可能会疏于防范，务必叮嘱他们小心！"

六个人商议之后，沽义山庄向云家船帮送去了第二批机关，云小鲨捎去了命令："严防死守，不可懈怠，只要有威胁人等靠近，一概杀无赦。"

他们小心谨慎，等过了整个正月，南方依旧风平浪静。

寒风里，武夷山的早春慢慢展开了画卷。五更天，窗外墨色沉沉，苍穹辽阔，云空澄明，启明星孤独闪光。云起扶苏小筑里南窗下的一面梳妆镜前，云小鲨束起长发，收拾得一身利索说道："哎呀，你倒是起床呀！"

苏旷趴在被窝里，下巴杵着枕头，眨着眼睛。

"你不起来，是要我一个人去找沈东篱练功吗？"云小鲨头也不回，弯腰穿鞋子，"你说你老大不小一个人了，天天赖床算怎么回事啊！你真要是起不来，干脆跟人家说一声，以后改成……"

她一愣，身后一股不大不小的气劲弹在她屁股上。她慢慢回过头，苏旷挤着一只眼睛在坏笑："早啊，小鲨。"

说真的，她很久没有见过他这样笑了。这像是云缠手的路数，可又不全是。内息是流通的，但又不是阴冷的气劲。而且不管怎么说，他敢往她身上弹，就说明这股力道已经完全控制住了。

"早啊，苏大侠，"云小鲨的眼睛也亮起来，走到他身边，"一般武林高手想要做个示范，都是弹蜡烛，不是弹屁股……你怎么做到的？"

"我做了个梦，梦见山顶上有一道深渊。"苏旷想了想，"那道深渊，跳不过去，要么只能下山再绕路，要么就跳下深渊再爬上去。可就在我要跳下去的时候，看见了一道透明的桥。我看到那座桥的时候，好像就豁然明白了一些事情，醒过来，气息就贯通了。"

云小鲨明白他在说什么，苏旷在武学上是个运气很好的人。

"小鲨，"苏旷又挤了挤眼睛，笑里带点痞气，"明天开始，我就不这么练了，只要这条路一打通，后面就能抄个近道，比以前快很多。今天咱俩休息一天吧……庆祝庆祝，做点有趣的事，好不好？"

"想干吗呀？"

"有个可好玩可好玩的游戏了，你肯定没试过，你去把窗户关上我再告诉你……"

云小鲨看着他，撇撇嘴，走到窗户边上，正要关又回头："一个坏消息，今天你恐怕有趣不了了，风筝来了。"

"小鲨乱开什么玩笑……这天不亮的！"

云小鲨没有开玩笑，风筝真来了。风筝不仅在跑，还带着哭腔，边跑边喊："大师兄……大师兄！"

苏旷抓抓脑袋，十万火急地掀被子爬起来，穿了衣服，蹬上鞋子。正要出门，想了想还没洗漱，抓着桌上残茶漱了漱口，打开门把茶水吐了，风筝正好到门口了。小姑娘没穿外套，只套了薄薄的布衫，看起来刚从床上爬起来。她散着一条小辫儿，一手抱着枕头，一手拖着小被子，光着一双脚，大冷天一路踩过石子地，脚丫踩得黑黑的。苏旷吓了一跳，忙蹲下伸出手臂，还没问出"怎么啦"三个字，风筝一把抱着他脖子，开始号啕大哭。那是一种很可怕的哭腔，像失去庇佑的幼兽或者雏鸟。

苏旷皱了皱眉头，试图抱她起来："风筝，外面冷，我们进去说好不好？"

他刚想站起来，稍微一动，风筝抱着他脖子不肯松，跺了下脚，哭得更凶。

"行，行。"苏旷干脆就坐在台阶上了，捡起被子抖开，裹在风筝身上，抱她坐在自己腿上，轻轻搂在怀里晃，"怎么啦，做噩梦啦？"

风筝用力点着头。她平时嘴是很甜的，见到云小鲨，很远就会大叫小鲨姐姐好，可这次对旁人视若无睹，死死抱着大师兄，哭得满脖子是汗，浑身直抖。

"跟大师兄说说好不好？"

风筝点点头，她抬起哭得通红的眼睛说道："大师兄……我梦见我爹了……我又看见我爹的头了，我抱在手里……"

苏旷心里一惊，离开大别山之后，风筝一直恢复得很好，这样的情况是第一次。对于很年幼的小孩子来说，太可怕的经历当时不一定能一下子就接受，会在未来某个时刻反刍。苏旷抱着风筝，把被子掖紧了点，他甚至不知道该说什么，一个小孩子，亲眼看见父亲的人头挂在天上，亲手抱着父亲的人头，看见血淋淋的断口，这样的经历不是一两次安慰可以解决的问题。

"我梦见，我爹喊我名字……可我一回头，就看见他的头……他的头在天上，滚到地下。我害怕，闭着眼睛，可他又喊我，说没事了，叫我睁眼……我不敢睁眼……大师兄，我后来就醒了，我不敢睡，我害怕……我不要住树洞了，我害怕……我还看见，还看见……"

"好，好，不住树洞了。"苏旷抱着她，边拍边柔声哄，"风筝，还看见什么了？说出来就不怕了，啊？"

"大师兄……我看见你也死了……你被蝎子钉死了……呜呜……都是真的，我害怕你也……呜呜……我就来看你还在不在……"

风筝抱着苏旷的脖子不放，她小胳膊用劲搂得死死的，把眼泪鼻涕都蹭在苏旷脸颊上。苏旷继续抱着她,轻轻拍,轻轻晃。

很长一段时间里,他在风筝心里,是无所不能的大师兄。不管出什么样的事情,无论遇见什么样的坏人,大师兄来了,一切都解决了。可是上次……他直接被人拧着胳膊,摁着头跪在地上,连擦一下她的眼泪也做不到。这对一个幼龄的小女孩来说,是个很可怕的事情——娘早早死了,相依为命的爷爷死了,后来神明一样的师父也死了,父亲被杀了,无所不能的大师兄再没有保护她的能力,这意味着她身边遮风挡雨的墙,一面接着一面地倒了,最后连同屋顶。

苏旷轻轻咬了一下牙,不要说是对风筝了,对他而言,那一幕同样是耻辱。江湖上很多人下手都很重,但至少会避一避孩子,可上官乾不同,他会特地把小孩子叫到面前来看,他享受这个。他不在乎什么蝎子不蝎子,可上官乾把她抱走之后会做什么?他根本不敢想。

风筝哭累了,号啕大哭变成了抽泣,苏旷试着把她的脸蛋扳过来,说道:"对不起啊风筝……不会有下一次了,我跟你保证,永远都不会有下一次了……不怕的,风筝,相信我,好不好?"

"大师兄,我信……可我不知道……之前我爹找我说话,我都不理他,因为我娘,因为他对不起我娘……是我不好,对不对……如果那天我理他了,爹就不会冲过去,如果他不冲过去,就不会……"

"风筝!"苏旷有点着急了,他把风筝抱得更紧,伸手揩掉她的鼻涕,盯着她的眼睛,"风筝,看着我,听师兄说……你没有什么不对的,记住,你什么都没做错!错的人不是你,是那个杂……坏人!你做得已经很好了,那些大人做得也不会比你更好。听见了吗?我再重复一遍,你没有一丁点错,你做得很好了。听话啊,不许生自己的气?"

风筝轻轻点点头:"好,大师兄,那……你做得也很好了,你也不要生自己的气……"

苏旷怔了怔。

好一番折腾,小丫头终于平静下来了。苏旷抱她进屋,倒了热水,找了条干净手巾,慢慢帮她洗干净脸,之后洗干净脚,边洗边哄:"风筝乖啊,我们再睡一会儿,好不好?做个好梦,什么都过去了……"

"我怕。"

"不怕啊,风筝,我跟你说,如果看见去世的亲人,那是好事情……那就是说呢,他回来看你了,他觉得你做得很好,才会让你看见他,这是个奖励,给勇敢小孩子的奖励。"

"真的吗?"风筝眼睛变得亮起来了。

"小鲨,帮我换条床单。"苏旷回头叮嘱一声,抱着风筝,点了点头,"真的,不骗你!不信,你乖乖去睡,下次你爹喊你的时候,你大着胆子,睁眼去看他。师兄跟你保证,你看见的是好好的爹,啊?"

小被窝铺好了,苏旷抱着风筝,放上床拉上被子,轻轻拍:"闭上眼睛,睡吧。"

风筝听话地闭上了眼睛,眼角还挂着一点泪珠,苏旷等了一会儿想拿开手,但风筝攥住他的手不肯放:"大师兄不要走。"

又过了好一会儿,天光大亮,风筝终于沉沉地睡着了。苏旷试着把手从她的小手里抽出来。他刚要把她的胳膊放进被子里,风筝忽然抽动了一下,咕哝着说了句梦话:"爹……我很好呀……你放心吧……"小家伙脸上很骄傲的,带着微笑,应该没有看见可怕的场面。苏旷又等了一会儿,准备离开,听见风筝又激动了一下,喊了声:"师父!师父你也来看我了……"苏旷激灵了一下,等到风筝彻底熟睡过去,才蹑手蹑脚地出门。

鹊巢鸠占,两个人没地方去了。云小鲨陪在他身边,他们手拉着手走了几步,苏旷忽然问:"小鲨,那个……后来梦见过他们吗?"

云小鲨愣了一下,才反应过来,"他们"指的是死去的父母。

"见过。"

"真好。"

"怎么啦?你在想刚才说的那个话呀?"

"嗨,骗小孩子的。"

"苏旷,你知道吗?你说的是真的哦。我爹妈走的时候,我比风筝大了几岁,但也还是个小孩子啊。忽然一下子,最亲的三个人都没了,也怕的。我一开始还能撑得住,后来有一天晚上,岛上电闪雷鸣,大海里忽然起了暴风雨,我看着那个大漩涡和浪头,忽然就……激灵一下子明白过来了,他们没有了,永远都没有了,而且我想,我出不去了,会死在岛上,我当时也是那样,又哭又叫了一夜。后来累了,做梦的时候,就梦见他们,爹、妈、霍伯伯……他们都在,跟我说小鲨没关系,你会长大的,自己能出去,会变得很厉害,那之后,天就亮了,我就不怕了。"

"嗯,真好。"

"你问我这个，你呢？梦见过你师父吗？"

"还没有。"

"会的，就快了……"云小鲨轻轻拉着他的手，柔声劝。

"小鲨，你待我真好。你知道吗？我没有父母，小时候在神捕营长大，勉强算起来，世上最亲近的也是三个人。师父和我既是师徒也是父子，我别无所求……只要能再见他一面，就心满意足；武师傅教我武功，呵护成人，他命丧上官乾之手，我曾在他棺前发誓，要带着上官乾人头去祭奠他……呵，此仇非报不可，也没什么别的话可说；只有万叔，我犯了这个事，如今是不敢见他了，可他要是知道你跟我在一起，一定也高兴得要命，嘴上不肯说，回家偷偷喝三杯好酒。小鲨，他将来总会来拿我的，我们找个机会，你跟我去见见他，见一面就跑，好不好？"

"好啊，"云小鲨头凑过去，偎着他面颊，"只要你跟我走，见谁都行。"

"放心，我答应过了，我他妈早受够了，报完仇就走。"苏旷低头回吻她。

即便是在沽义山庄，他们的行为也显得太大胆了，让一个来报信的庄丁吓了一跳。他挠了挠头，笑了几声："苏哥、云姑娘，嘿嘿，二位早啊……那个，有位贵客到了，我们庄主喊二位一起去接哪。"

"是谁？要东篱兄喊我俩一起接？"

"丐帮帮主丁桀拜庄。"

第三十四章　反客为主

依旧是清晨，阳光穿过了一层层的云，好像知道此间君子雅好洁净，事先在晨雾里洗得干干净净，才降临到人间。

丁桀远道而来，这即使在沽义山庄也是个足够惊动的消息。沈东篱和丁桀成名都早，只是一个傲踞东南，一个坐镇中原，此前从未打过照面，这多少也有一些王不见王的意思。丁桀少年时就已经名高天下，号令丐帮，领袖八百侠义道，所到之处，四海参见；沈氏兄妹虽然没有这样的威望和地位，但自有一派傲岸风流、我行我素，任什么泰山北斗、王侯将相随便谁的令也传不到沽义山庄，只有登门的生意，没有拜见的礼数。

大门哐当地开启了，值早班的丫鬟和庄丁们都纷纷扔下手里的扫帚、簸箕挤到门口来看。丁桀来得太早了，不少人还在打着哈欠，有个厨子在围裙上擦掉满手的水，从怀里拿出个卷了边的小册子，飞快地翻到某一页，对照着看丁桀。那是个江湖流传的英雄谱，画了很多英雄画像以及写了每个人的批注。丁桀的画像下，朱笔注着：倨傲。

不过，眼前的丁桀不是这样的，这个安安静静等候在大门口的家伙，完全不像是一个成名已久的江湖豪客。他黑衣大氅，背上系个小包袱，脸上挂着一点客套的笑，谁看向他就跟谁点点头，跟个送信的差役没什么不同。唯一显示他非凡之处的是他左手拽着一匹骏马的笼头，那匹马高大悍野，马腹、马蹄上全是泥浆，显然跋山涉水、风尘仆仆。它扑腾起来，蹄子砸得地上一个个小坑，一有人靠近就踢腾咆哮着试图撕咬上去。但这样的马力，丁桀好像浑然不觉。

人群分开，在一片"庄主"的招呼声中，沈东篱快步而来。他一袭白衣，介于古玉和雪色之间，素净暗淡，踏一双晋时古屐，袜上纤尘不染，和丁桀打照面时略一顿，客客气气一拱手："丁帮主，大驾光临，有失远迎。"

丁桀也拱拱手，深深一揖，听起来礼数周全地说道："沈庄主，久仰久仰，东篱把酒，独步天下，沽义山庄，如雷贯耳。丁某不请自来，实在是冒昧了。"

沈东篱略惊讶，没听说过丁桀这么懂规矩，他伸手向里请："丁帮主快请，里面奉茶。"

"好说！还请沈庄主先指点个拴马的地方，我这匹脚力有些脾气，旁人恐怕牵动不得。"

沈东篱哦了一声正要指引，身后，清脆敞亮一声呼哨，苏旷拉着云小鲨的手，一路兴冲冲小跑过来。这两个人名头都不小，年龄也不轻，可跑过来的样子像一对甜蜜蜜的少男少女，他们手拉手头碰头，就那么几步路，还互相咬着耳朵嘀嘀咕咕。云小鲨远远望了眼丁桀，在苏旷耳边问了一句什么，苏旷就连忙笑着伸手比画："没哄你，丐帮可能是有什么不成文的规矩，他之前真胖来着，有这么……"他这一瞎比画，足有三尺多宽，水缸粗细，云小鲨被逗得扑哧笑了一声，两人一路嘻嘻哈哈地就到了大门口。

"丁桀！这么大清早的，你从哪里来？"苏旷一弹手，小金蹿出去蹦到黑马耳朵上，那匹黑马立刻就俯首帖耳任由庄丁牵开。苏旷走到丁桀面前，揽着云小鲨肩膀，得意地拍了拍，一脸的野人献曝："不用给你们介绍了吧？喏！这是我家小鲨，快看看，好看吧？"

云小鲨确实很美，她笑起来无遮无掩，笑声像一镬热汤泼泼洒洒的，一双眼又狂又野，上下扫了丁桀两圈，有一种很少见的侵略性，嘻嘻地一抱拳："海外云小鲨，参见丁帮主！"

丁桀不动声色，点一点头，拱一拱手一作揖："云船主久仰，云家船帮纵横四海，出入无人之地，丁某虽不能至，心向往之。"

这回，苏旷也抓了抓头，丁桀太客气了，这么客气通常憋着没好事，他心里有点打鼓，问道："你这是怎么来的？"

"我从庐山过来，赶了一天两夜。本来是准备住一宿，天明再赶路，没想到打尖的时候，这牲口把人家凉亭都扯倒了，随身一点盘缠全都赔了出去。我这里没什么干粮，也不愿在山里吃那又糙又腥的鸟兽，也没什么办法，只好连夜翻山过来。看起来，来得早不如来得巧，倒是刚好能讨口热饭吃。"

他倒是三句话不离本行，张嘴就要饭，沈东篱地主之谊不可不尽，连忙说："请请请！"

他们吃饭的小厅在沽义山庄东南角，厅外立了块很大的山石，上面写着"东南独秀"四个大字。小厅外面有两根立柱，挂着一副很不工整的对联：达则独善其身，穷则绝不能忍。丁桀路过的时候，颇玩味地打量一眼，问："这是沈二姑娘的手笔？"

三个人一起回答他："是……"

丁桀想了想又问："时候也不早了，不知沈姑娘是不是方便一起用个早饭？"

三个人又一起回答他："那可不方便……"

丁桀坚持："我有正经事，还是叫一声吧！"

沈东篱明白了，挥了挥手，一个庄丁匆匆跑开。丁桀又问："夜哭兄人在哪里？"

"在后山练功。"苏旷也点了点头，吩咐，"去个人叫一声，请夜哭兄回来用早膳，跟他说丁桀来了……估计没什么好事。"

丁桀笑笑，也并不辩驳。

小饭厅里有张很大的桌子，居首的交椅上盖着新换的雪缎子。沈东篱和丁桀分宾主远远地坐了，厨房饭菜预备妥了，鱼贯送了上来。今天的早饭比以往丰盛些，器皿也精致些，热腾腾的干贝菌丝云腿粥，香喷喷的烤小黄鱼，鲜溜溜的鳝丝面，豌豆泥萝卜蓉肉酱饼，蟹籽拌豆腐，藕丁拌茄丁，五香蚕豆，红豆栗子糕……满满地摆了一桌。丁桀看起来是饿坏了，"讨口热饭"不是什么客套话，闷着头大口大口往嘴里塞。苏旷也觉出饿来，也闷头吃起来。

"丁帮主！"夜哭郎君回来了，他看起来刚刚练完刀，脖子上全是汗珠，头发湿漉漉的，只有脸上还是惨白的。他把波斯弯刀搁在手边，也捡了块肉饼递到嘴里，边嚼边问："怎么，来这么早？"

几个人快吃完了，沈南枝的哈欠声才在外头响起，她边向里踢踏踢踏地走，边跟厨房喊话："陈师傅，贵客来了加个菜，把你的黄油醉蟹拿出来嘛！"

厨房远远答应一声："二姑娘，黄油蟹肥得很，早上就吃，要得不要得？"

"早上吃也是吃，晚上吃也是吃，哎呀，我都馋了半个月了……"沈南枝一边嘻嘻哈哈，一边拢着头发进来了，她赤着脚趿拉着双拖鞋，披着件带着狐狸毛的轻裘，一见丁桀啊的大叫一声，"陈师傅，螃蟹不要了！加个青菜！"

不过，厨房的师傅也并没有上青菜。早饭用完了，他们上了茶水，收了桌面器皿，无声无息带上房门。

"这间饭厅很安静的,在里面说话,外面听不到。"沈南枝盘腿坐在椅子上,"我刚刚安排了人去照顾风筝,有什么事,说吧?"

丁桀解开他的小包袱,取出几张羊皮地图,一一摊开在桌子上,说道:"诸位,说明来意之前,我想先向各位解释,这些日子里丐帮与侠义道的一些动向。"

几个人点了点头。

"我是正月初九回的洛阳,与敝帮九位长老、少林、昆仑的几位使者通了气做了决定之后,当即就发了英雄令。也在当天,请人带话到京城神捕营,告知三杰我们的意向。但迄今为止,神捕营一直没有过回应,既没有应允合作的书信,也没有驳斥阻止的书信。既然如此,我不清楚他们的意思,不辨敌我,当然也不便再和他们联络,只有各行其道。"

苏旷点点头。神捕营没有回应,这在他的意料之中,江湖草莽,并不是神捕营的合作对象,不声响、听凭行动已经是莫大的善意。

"八百侠义道互相之间,有飞鸽传书。正月十五,中原响应;正月二十,山东河北来复;正月二十五,江南回应;正月底,西南、西北诸路应命。因为江西迟迟不见回音,几个分舵的兄弟又来报有异样情况,正月底,我带了帮中几位高手策马南下,二月初一夜半,到了庐山九天堡。当时,我们有兄弟在九天堡以西百里处,发现了一个银沙教的秘密据点。那是在一片乱河滩上,附近有一片采药人的窝棚,精卫鸟在那里吃了不少野兽、牲口,还吃了一个人。那个地方地理偏僻,可离九天堡就一条近道,发动突袭方便,不是本地人恐怕找不到,我们同当地的几位宗族子弟一道四下盘问,很快,找到了一户人家。他是九天堡六年前逐出的家丁,曾经和顾大少爷很不对付,被痛打过一顿。这段日子,他们家行踪很是诡异,一直在变卖房产、田产,准备远走高飞。几个人拿下一问,果不其然,那家的户主把旧主人给卖了,给了银沙教地图、资料,也帮他们买牲口、家禽喂精卫鸟。我们再细问,银沙教那班人,在那个河滩停留了七日之久——训练精卫鸟,喂食、梳羽、让它们休息,也等属下会合。因为那一户人家几乎都参与了这件事,我们知道的讯息也就越来越多,而且和我们之前的推测不谋而合。第一,精卫鸟固然悍勇,毕竟不是妖魔鬼怪,做不到载着人飞行千里,还能落地就杀人,它们一样是被大铁笼子运过来的,到了杀戮之日,才放出来独飞这几十里地。第二,银沙教的那些黑衣属下不能随主人飘然离去,事成之后,应该是向东去了,据推测,是进了浙江。既然是普通人寻常走路，当然也有迹可寻，他们就派了人一路追踪过去。这个发现，很是鼓舞人心。精卫鸟来无影去无踪，所向披靡，让不少人闻风丧胆，但只要所有人都在追查这些畜生的下落，它们虽然在空中没有行迹，可一样会在地上现形。这些事情问到大概的来龙去脉，我就不再追踪了。我问了问九天堡的状况，听说腊月这场惨案过于惨烈，他们家里头有位少奶奶受了惊吓又快要临盆了，好像是不愿意再住在此地，甚至执意要离开江西，顾青翼也颇有去意，请求退出江西武林。九天堡在江西举足轻重，银河剑的传人素来也是武道宗主，一时间变故陡生，武林同道推举不出领袖人物。江西是通衢要地，是百越、南粤北上的必经之地。如果说八百侠义道是一面天罗地网，九天堡是定网的重要楔子，大家都议论，说顾氏兄弟无论如何不该失了方寸。我们请了南昌小武滕王出山，又召集一批高手，大家一起劝说顾青翼。他夫人受了惊吓心里难过，大家都明白，可这个时候想走，走到哪里精卫鸟追不上？无论如何，儿女情长先放一放，不可自乱阵脚，要以大局为重，先定军心。"

苏旷点点头："是，我知道银河剑顾青翼是条汉子，他是允诺留下来了吗？"

"他答应我了。他本来也只是犹豫，架不住这么些人劝。我跟他说了，大挫之后许进不许退，无论如何，打赢这一场仗再说。顾青翼头脑清楚，胆识过人，是未来江西武林领袖的不二人选，他只要心意坚定，我们会助他一臂之力。"

"那他那位快要临盆的夫人呢？"

"这我不知道。毕竟是家务事，不好问太多。"

听到这一句，云小鲨若有所动，转眼看了看沈南枝。沈南枝转着杯子，对她微微一笑。

"江西武林安定下来之后，只要加派人手，百越、南粤北上的口子就封住了。诸位请看，这地图上密密麻麻的黑叉，都是有人来报，看见了银沙教的魔鬼鸟。"丁桀敲了敲桌子，"可是，这些来报恐怕没有一个是真的，都是杯弓蛇影而已。说起来，九天堡惨案之后，我们没有得到银沙教的任何确凿消息，他们好像从此就销声匿迹了，躲在阴影里，等我们懈怠。如此，只能再往下推进一步。"

他指了指第二张地图，上面海岸港口全被标明了，继续说道："银沙教事情做在暗处，查人不好查，只能查银子。我们曾经合力挑了台州的银庄，这笔银子已经收缴国库；此外，还有福州的银庄，虽然还没有找到银庄的位置，但福州海防严格，绝没有银船可以下海。我们就在想，如果还要再撬动一个，第三个下手的银庄应该在哪里？我猜是杭州。理由有二，第一，京城元月银庄的银子，被神捕营严密封锁，走陆路，大宗商物都要批文，不太可能就这么出来，只能走水路，伪装成木材、石材之类的东西，过的还是商人的手；第二，夜哭兄也曾经提过，东南最大的银庄就是杭州的钱塘银庄，这里地处江南，富甲天下，商贸最是繁荣，既北接运河，又东近大海，向南陆路也可以入闽，是银沙教里排行前三的要地，只要我们把它端了，就是一桩大胜。"

"大胜固然是大胜，"夜哭郎君提出一个疑问，"可是即便是我，也是蒙着眼睛坐在马车里被绕得七荤八素，才送进银庄里去。你们怎么这么笃定一定找得到银庄呢？"

"我们并不笃定。这是个笨法子，先画靶子，后画战场。我们确定要挑钱塘银庄之后，就没准备让银沙教的人逃走。东边，朝廷的海防已经很严格了，谅他们不能硬游下海。北边、西边、南边，我们各自带人封住所有的去路。"

苏旷一惊："那你们要调度多少人？"

"江南武林本来就繁荣，当地的人手已经不少了。但是在突袭之前，我们不想惊动本地，免得打草惊蛇。这三路人马，我们准备调度丐帮、少林和昆仑。"

苏旷更吃惊："怎么昆仑还有人？"

"口无遮拦！"丁桀指了指苏旷的鼻子，"你这个毛病，真是到死都改不了。"

苏旷嘿嘿地给自己斟了杯茶，给丁桀也倒一杯："我觉得这事不好办吧？你那些人，乌泱乌泱就过去了，当地巡捕是瞎的？"

"我是想和神捕营有个呼应，能联手最好，毕竟官道、商路运输的文书，只有他们才能调出来，找出端倪。不过人家不搭理我们，我们也没办法。"丁桀端起杯子，"如今之计，只能连夜突袭，无论成不成，天明就离开。"

"怎么突袭法？你现在都不知道银庄在哪儿，误伤百姓怎么办？"

"这不才来找你吗？你想想办法，怎么才能让当地的捕快多少跟我们有个默契，能把无关人等隔一隔？"

苏旷捂着头："那就只能再动用一次那个宝贝牌子了……"

丁桀一摊手："没有了，为了取信于三杰，我送到神捕营了！"

苏旷轻轻砸了砸桌子："那你要我怎么办？这件事只能通过神捕营，我能干吗啊？再给你做一面令牌？"

"未尝不可啊。"丁桀很是理所当然，"旁人做这个事，当然不合适，你做就很合适了。"

"快住口吧！都他妈什么馊主意！你……给我几天工夫，我想想办法。"

"好，我来就是给你时间的，我给你十天，不管你用什么招数，办法给我想出来。"丁桀又问，"对了，你伤恢复得如何？"

"托福，还好。"

"你能打吗？"

苏旷一口茶差点喷出来："丁帮主！"

"杭州的突袭，半月之内就要行动。你最好跟着去，我不用你正面交手，但多少得有点自保的能力。苏旷，对自己有一点信心，刚才在大门口，我看你拉着弟妹，跑得很是欢快。"

"等等，等等！首先啊，这还不是弟妹，这事得说清楚；其次呢，我那也不算跑，就是想你了，激动了点；再有，丁帮主，你英明神武，不是凡夫俗子能比的，这我小时候就知道了，可你对我的要求能不能稍微放松一点儿？你知道我是什么时候才站起来的吗？你知道我是什么时候才把这两根骨头稍微掰直了一点吗？我告诉你，我两个时辰前才第一次感觉到内息他妈是通的，你现在问我能打吗？"

"两个时辰已经很好了！我们聊完正经事，今天晚上我帮你打通经脉……"

"你瞎他妈跟我打通什么呀？内力能治腰吗？"

"我说能就能。反正打通总比不打通好，这个事情你不要啰里啰嗦，就这么定了。到时候一起去，情况非常复杂，你我需要临场打个商量。还有十天，来得及。"

不仅是苏旷，在座的其他人都有些哭笑不得，好朋友伤成这样，这么强人所难，实在不讲义气。沈家兄妹还好，云小鲨眉头一皱就要发难。

"探视苏旷的伤，是我来此的第一件大事。"丁桀摆摆手，"云姑娘不要着急，还没轮着你，少安毋躁。沈庄主、沈姑娘，我们说第二件事。"

沈家兄妹互相看一眼，都有了点提防神色。

"做事情，讲究举一反三，决胜千里。"丁桀转过那面地图，向沈家兄妹推过去，"钱塘银庄是我们的第一步，但是只拔掉一个银庄，不会伤害到银沙教的根本。二位请看，钱塘银庄拔掉之后，杭州、台州都被扫了一遍，浙江海防本来就封锁，银沙教的势力要么北上京城，要么南下。北上，无非是京城嘛，按理讲是神捕营的地盘，我不过问！再看南下，南下能怎么走，无外乎广东、福建。南粤百越这条路，我们已经给留了出口，就逼着他们非走这条路不可，非去广州不行，敢不去，那就原地猫着，迟早也是各个击破。剩下的重地，就是闽越，南边的泉州有云家船帮和云海之盟锁着海路，北边的武夷山有沽义山庄和太平客栈锁着仙霞道，这两个地方事关重大，我必须确认是我们的自己人。"

几个人互相看了看，丁帮主狐狸尾巴露出来了，大家都不愿意搭茬。只有苏旷说笑不笑的，抱着胳膊说道："本来呢，我们都确定是自己人，不过丁帮主这么一说，我们也有点拿不准。各人标准不一样，丁桀，你说来听听吧，在丐帮眼里，什么才叫自己人？"

"丐帮总舵在洛阳，我们定下计划，商量攻防事宜，本来也在洛阳。但是，只要杭州这一战打下来，银沙教的通路必然中断，说到底他们总舵在南海，我们战场九成还是要南移。到时候，我们的人不能老在洛阳指挥，太远了，就是飞鸽也要停好几站、歇好久。沈庄主、沈姑娘，沽义山庄是个神仙所在，固若金汤，外人轻易不得入内，这我也知道。但是，真到时候了，我希望……是不是能带一些人进来？"

沈南枝本来一直笑嘻嘻的，听到这里终于皱起眉头："带哪些人？"

"丐帮、少林、昆仑，还有……"

"你拿我这当什么地方了？门都没有！"

"沈姑娘，话不要说这么僵。我问你，你这里过神仙日子，该吃的吃，该玩的玩，想打就打，不打大门一关，仗着机关术，没人能进来。我属下弟子浴血奋战，在山林道上扎个帐篷，烧堆篝火，吃人的畜生说来就来，连个遮挡的地方都没有。这凭什么？咱们索性一句话说到底，要说什么冤有头债有主，银沙教固然没惹过沽义山庄，可这回也没惹过丐帮，而且以我的经验看，我这道英雄令不发，他们一路干到最后把你们沽义山庄都连根拔了，也未必敢再惹三大派。如果说，我不能保证你们是自己人，是同进同退、同攻同守的，洛阳的总舵你们随时可以去，沽义山庄的大门我们需要的话进得来。那么试问，丐帮子弟怎么看你们，怎么看我？你们兄妹可以指着对联说独善其身，我该如何自处，如何自圆其说？沈姑娘，令兄不知道，昆仑一战你是亲历的，你扪心自问，我能不能当没事人一样回总舵？我正月初九回洛阳，已经有人指着鼻子问我，这次出山是不是假公济私，是不是调度这些人的性命为我朋友报私仇！现如今，你让我怎么跟他们说，说我朋友待的地方，干干净净又很安全，你们这帮人又脏又臭，进都进不去？"

苏旷听得一激灵。丁桀摆摆手，继续向沈家兄妹说道："我今天一个人来了，就是想请二位高抬贵手，给我句话回去撑腰。既然已经选边站了，就委屈委屈、将就将就，把这扇大门再打开这么一点，不是为了别的，就是为了齐心合力。我跟你们保证，这样的日子不会很长，真有什么损失，我想办法调度。"

沈家兄妹对望一眼，沈东篱揉了揉额头，站起来，似乎是不想再讨论要离席而去，沈南枝拉了拉他的手，示意他先坐下："丁帮主，你要的我听懂了，这个事情可大可小，往小了说，就是几个人在这里借宿几日，往大了说，我沽义山庄从此真的要尊奉你的号令……这个事情，你让我们商量商量。"

"不着急。"丁桀是有备而来的，他斟了杯茶水，润了润嗓子，又转向云小鲨说道，"云姑娘。"

云小鲨脸色沉得很："你也想要征用云家船帮？"

"不是征用，是你跟我商量着调度。"

"做不到。"

"云家船帮和银沙教，似乎也已经翻了脸……"

"这是我的事。"

"即便船帮连同云姑娘本人都有危险……"

"那也和丁帮主、和中原武林无关。"

她挡得很硬，云小鲨对"中原武林"的成见，比沈家兄妹还要深。

"云姑娘恕罪，"丁桀犹豫了片刻，望着茶杯中小小涟漪，斟酌着措辞，"贵帮，在大海之中，损失船只大半，你就一直没有反省过，这和你性情……也有很大的关系吗？"

苏旷拍了一下桌子："丁桀！"云小鲨的脸色也慢慢沉下来了。

可丁桀直接无视："我没有想要染指贵帮的意思。我水性很差，一辈子不想去大海，一个船帮，对我来说和一本天书也差不多。但我起码懂一点当头儿的道理，如果你只有一个人占着上风，做事当然可以想怎么样就怎么样，没有旁人多嘴的余地。可如今你带着一群人，他们窝在船坞里，连一支跨海船队都凑不齐，你跟谁掰手腕都落下风，凭什么张嘴就这么回我？你想跟银沙教斗，他们天南海北都能飞，我们总要有个通盘的考虑吧？我把人往广州赶，你高兴去就去，不高兴就在泉州待着，那然后呢？我固然是拿他们没办法，功亏一篑，望洋兴叹。我回洛阳之后，或者干脆点，他们把我干掉之后，就能放过你吗？你们剩下那几条船，挡得住精卫鸟吗？还是说，你干脆就把苏旷杀了算了，一转头投奔银沙教，也有一席之地？"

云小鲨脸色铁青。丁柈说话是真难听，但是真在点上。

丁柈一字一顿继续说道："云姑娘，我说话不好听，我这快一个月，头没挨过枕头，睁眼闭眼，脑子里只有两个字：成事。最想要你命，也是最想要你船的人，在大海之南。是，丁某无能，我拿他们没办法，没有你，我到不了总舵。可没有我，你拿他们也没办法。我们今天坐在这张桌子前面谈事，事关背后无数人的生死存亡，他们叫你一声鲨头儿，叫我一声帮主，只要我们一句话，他们就把命托付给我们，你是不是也应该为他们考虑考虑，是不是在谈事情之前先把无用的脾气收起来？你就告诉我，这个事你凭什么一张嘴回我说做不到！"

云小鲨的下巴和肩膀都是僵硬的。苏旷试图碰碰她，被她慢慢推开了。她的眼里有火，她和沈家兄妹都不一样，在此之前，她像鲨鱼一样，是个不会后退的性格，没有跟人妥协过。可丁柈冷冷盯着她，他有的是耐心和意志，今天非硬碰硬不可。云小鲨是他宏图伟业里最重要的一环，他拿不下沽义山庄，还有许多别的据点可以填补，拿不下云家船帮，之前的部署全是空中楼阁。而且，这一环不能维系在苏旷身上，苏旷不会强迫任何人，甜甜蜜蜜什么都好，哪天两个人吵了架，云小鲨一跺脚跑了，他怎么办？打一半不打了吗？或者上哪儿找船去？他需要一个非常牢固的，不仅仅是"苏旷和他的朋友们"这样的联盟。

但云小鲨显然并不准备发作，她骨子里的锋芒推出来一寸，又入鞘了。她抬头，莞尔一笑："你说完了吗？"

这可不是个好迹象，丁柈喝下半杯残茶，当机立断："没有，我还有一件事。"

云小鲨想不到他今天如此得寸进尺："什么？你还有什么？"

丁柈喝茶润了润喉，这一回他胸有成竹："我正月初九回洛阳，曾经与昆仑首徒狄飞白约见过，他向我提出，希望我代他也代昆仑前贤，向云姑娘讨回藏山一玉。"

云小鲨冷冷一笑："做梦。"

丁柈也一笑："我知道云姑娘必然不许，我也做了应对。不过，云姑娘，我答应了他另一件事，我的原话是：'狄师兄，既然昆仑绝学是有传的，而且已经现世，这是贵派之幸，江湖之幸，此间事了结之后，我还你一套昆仑心法、剑法，少说续你武脉五十年。'"

"你想要什么？"

"《昆仑诀》，也就是《黄河古剑诀》的心法。"

"还是做梦！"

"为什么？"

"昆仑那群废物，想要什么，自己来拿。"

"丐帮、昆仑，同气连枝……"

苏旷抚着额头，苦笑一声，今天这个人绝了，真是神也是他，鬼也是他，挑唆着上青天峰闹事的是他，如今同气连枝的也是他。

"好一个同气连枝！"云小鲨索性挑明了，"那就直说了吧！丁帮主，我不肯和你联盟，是因为昆仑和丐帮本来就对我父母不起，你不提也就算了，一提我还真有口恶气，多少年没发作过。当年为了逼我父亲血战霍瀛洲，所谓侠义道使出多少伎俩？我父亲返回昆仑，被强行扣押，索要心法；我母亲带着我，被你们丐帮长老强行掳掠，逼入大海逃生。这些事情，你都知道吗？"

丁桀点点头："我知道。"

"不以为耻？"

"令尊那样作为都不以为耻，我有什么可以为耻的？"

苏旷只听得眉毛直跳，心里喊着，糟糕糟糕。

云小鲨点点头，正色拱手："丁帮主请赐教，我父亲做了什么事，要你这样诋毁？"

"好说！令尊当年下山，不是游山玩水，是奉命除魔卫道。万里奔流汪振衣，是昆仑大弟子，是侠义道的唯一希望。他一身功夫，不是在深山悬崖里捡一本秘籍自己练的，是师父、前辈多年教诲、苦心培养的。结果，他一出山不和江湖同道来往，找个孤岛莳花种菜，与令堂做夫妻、生娃娃。那么喜欢种菜，学武做什么，学农不好吗？银沙教在血洗中原哪！云姑娘，你是世外桃源，不闻不问。可我小时候在丐帮，我们的总舵门口每天都有孤儿寡母，每个月都有九天堡那样的灭门惨案。霍瀛洲手段之毒辣，心肠之狠毒，让多少人恨不得生寝其皮。令尊搞什么以武会友，和霍瀛洲称兄道弟，这妥当吗？对得起师门吗？如此行径，可谓大逆不道。他返回昆仑，师门就算是废了他的功夫，要了他的性命，也未必没有道理。他掌门师尊只让他教师弟们心法，把得来的本领反哺回去，他不出手，自有旁人出手，何错之有？"

云小鲨冷笑一声，而丁桀却更坦然说道："再说丐帮，云姑娘，我今天再告诉你一遍，在那件事之前，就算是霍瀛洲的银沙教，也没有正面攻击过丐帮，丐帮长老去掳你们母女,那真是看不下去了,无非就是想让万里奔流汪振衣拿出一点仁义担当来。你张嘴骂昆仑是废物,昆仑为什么式微?为什么成了后来那样?无非是一战之下,一代高手尽殁,你父亲的师尊,按道理说你该喊声师祖,他老人家六十七岁,一头白发,千里迢迢下山来,带着满门高手,连同独生爱女血战霍瀛洲。他是为什么?他在昆仑山上躲着也种种菜不好吗,还怕银沙教杀过去吗?我告诉你,他嫌你父亲丢人现眼。这件事你知道吗,你有感觉吗?没有,对不对?告诉你,我有!我少年时候,哭得山崩海裂,只恨自己不能早生二十年!藏山一玉我见过。那柄剑,是你师祖献在丐帮留给我的,是你父亲跪在丐帮门口才拿回去的。云姑娘,天底下多少英雄,因为这一跪,才重新尊重一点你爹?"

云小鲨从牙缝里迸出三个字:"不稀罕。"

"你不稀罕就不稀罕!如今,狄飞白没有强求云姑娘认祖归宗,只是请你看在令尊也对昆仑有愧的分上,拿出一份心法秘籍,大家参量。还给你的,说不定更上一层楼,这有何不妥?我再说句重话,《黄河古剑诀》是至阳至刚的武学,云姑娘留在身边,再怎么勤学苦练,得其形不得其神,何苦来哉!"

云小鲨站起来了,她脸色彻底沉下来:"我算听明白了,丁帮主今天远道而来,就是为了赐教我一点做人的道理,是不是?"

丁桀摆摆手:"我远来是客,和苏旷是好朋友……"

云小鲨点点头:"丁帮主真是让我大开眼界……好,你远道而来,我不占你便宜,三个时辰之后,你我后山见。"

说完,她拂袖而去。所有人都大开眼界,大吃一惊。苏旷左右看看,不知说什么好,瞪着丁桀:"你你你……你想干吗?"

丁桀站起来往外走:"云姑娘是高手,我也要去休息……"

苏旷追出来:"你到底想干吗?"

"打一架啊,云姑娘这样的性格,想说服不容易,打一架简单很多。"

苏旷没听懂:"说服她什么?"

丁桀快步走:"成事。"

苏旷挡在他前面:"成什么事,要这么成?"

"这么成快。"丁桀拨开他,"半个月之后,我们要去杭州,你要是不能打,云姑娘必须去,她是一棵野生的树,虬枝太多了。我今天不折折她,你怕不怕上官乾折她?"

苏旷闭了闭嘴。

"我真得休息一会儿。"

"丁桀,我没来得及问你,你在洛阳那一关怎么过的……左风眠那个事,你是怎么处置的?"

"我没处置啊。"

"什么意思?"

"她在戴行云手上,我没去见她。"

苏旷愣在当地。而丁桀已大步走了。

比武的地方在后山,也就是苏旷他们平时练功的地方。那儿有个不大的山洞,旁边便是一片平坦的沙地,平地四周杂草和灌木都被清理过了,只剩下一些高大的乔木。山洞里有一口清澈的温泉水池,水蓄满了,沿着人工的水道从山崖的缝隙流下去,变成一片流珠漱玉的瀑布。瀑布下面是一片如镜的湖泊,如今早春,水面上透出一片莹莹的蓝。

丁桀小憩了一会儿,又洗了脸和手,打坐片刻就神采奕奕地站在原地。云小鲨看起来没怎么睡,她换回了她的鲨鱼皮水靠,这是她最合身也最舒服的劲装,长发用一根丝带紧束着,丝带上坠一颗老大的祖母绿,她也用回了鲨齿链和海牙枪——无论嘴上说些什么,面对丁桀的时候,大多数习武的人都多少有点紧张。她带来了藏山一玉和碧海洗银沙,两柄神兵利器收拾好了,搁在一个小竹篓里。

"丁帮主,"云小鲨解释,"我或许会用回父亲的兵刃。如果我用藏山一玉的话,你用普通兵器,对你太不公平。"

"好狂。"丁桀语气平淡,听不出是讽刺还是赞美,"百招之内,赢不下你,从今往后你划道,我走,听你吩咐。"

"丁桀!我要是连你的百招过不了……"

"不用放狠话,对你对我都不好。云姑娘,你要是输了,就回去睡一觉,想一想我的话是不是也有一点道理。"

四个人都在旁观。苏旷捏着下巴,咂了咂嘴,说实在的,丁桀托大了。云小鲨的武功,他亲自领教过,赢过丁桀是不太可能,但撑过百招绝无问题。

丁桀还在狂:"十招之内我不用兵刃……"

他话音未落,鲨齿链已经拦着脚踝扫过来,云小鲨凌空跃起,怒喝一声:"你要是用了呢!"

丁桀哈哈一笑,避开那道锁链,说道:"用了就用了!"

苏旷又嘶一声,他开始犹豫自己的判断了。云小鲨选用这两样软兵刃是有道理的,她身法灵活之极,狂风暴雨之中如履平地,比起普通人,简直就像是一只树上长大的猴子。她唯一的缺陷,就是臂力终究差了一截,长兵刃几乎可以完美地弥补不足。

她在试招——鲨齿链动地而来、野马飘鼓,海牙枪指风而动、日月经天,她打得小心谨慎、大开大阖。鲨齿链上全是锋锐寸刃,连扫带卷,丁桀赤手空拳还真不好对付。她把丁桀向外逼出三步,腰身一拧,立即就上了树。她打得很聪明,世上比风暴中的海浪更摇晃的树梢并不多,她只要人在半空,就比大多数人都懂得借力,以上凌下,以高搏低。而丁桀打得循规蹈矩,他简直没什么招数,就是左一拍右一拍、左一避右一避,看不出什么凌厉,甚至也看不出霸道。

苏旷看得屏住呼吸。如果说风雪原一看就知道是柄快剑,云小鲨一看就知道灵动,上官乾一看就知道狂霸,而丁桀可能是高手之中最容易让普通人误会的那一个。他的身手,看起来平平无奇,总让人有一种"我似乎也可以"的错觉。可所有的高手都明白,丁桀最可怕的地方就在于"准确",他在分寸的拿捏上精准到了惊世骇俗的地步,动手过招,绝不多用一分力,当然,也永远不会少用一分力。

第十招了……苏旷默默数着。

"喝!"云小鲨的身法变得狂暴起来,她几乎是在刹那之间变速,海牙枪和鲨齿链本来已经很快了,又被一股后力推动,像是一道后浪追着前浪,惊涛呼啸,一起拍向山崖。

沈南枝眼里有惊讶,向三个高手望过去,他们给她的回复是肯定的——云小鲨不只想要撑过百招,她想赢丁桀。

"好!"丁桀也喝了一声,他的动作变快了,两招之间根本没有启动和切换,直截了当地变招。他也是妄自托大,挥衣袖卷着鲨齿链,内力到处,横空一绞,云小鲨后力才送到,啵的一声,衣袖化作无数碎片,蝴蝶一样漫空飞舞。丁桀哈哈一笑,腾身过去,伸手拔出长刀:"云姑娘小心了!"

云小鲨没有一丝一毫小心的意思,她越打越快。多少年来,暴风船帆上的纵横腾跃,已经让她的身法逼近了人类的极限,她能够占据的空间比普通人大太多了——普通人归根结底是在地上打,可她始终是在半空,她借着风、树梢所给予的弹跳的力量,看起来很高了,还能更高一点,明明已经折返,还能再弹射一次。她虽只有一人,却像是一群人围着丁桀打。

丁桀的刀尖也越来越快,他磕开每一次进攻,避开鲨齿链上一寸一寸的小锋刃,刀尖就点在长链子的七寸上。渐渐地,他身边只有刀光,金铁交鸣,夺夺夺。

两人这一路动手,一边是惊涛骇浪、海水壁立、风与水搏,一边是不动如山、渊渟岳峙、一苇江东。丁桀越打越开,越斗越酣,似龙似蛟的长兵刃他见得多了,如风似浪的还真是头一回见到,颇有些惺惺相惜。而云小鲨这一路施展,居然也不落下风。

"四十七!"苏旷帮忙数着。

"是四十三!"丁桀又哈哈一笑,改了称呼,"小鲨,真好身手,小心。"

他看准云小鲨又是一招日月经天上下卷了过来,此招已经用老,他欺身两步,拧腰反手,一刀快如霹雳,直钉在鲨齿链链头铁环上。那铁环也就是小酒杯大小,并不能钉得深入,但他这一剂力气极大,拉得云小鲨右手一顿,跟着脚底微微打滑,海牙枪只能回防,钩住树梢,再转身扯出鲨齿链。

她变招极快,丁桀变招更快。丁桀一刀顿地,根本不再回头,嘿地吐气开声,端端正正一记直拳,打在云小鲨脚尖点地正要经过的一棵杨树上。他这拳,内力用足,外劲刚猛,那棵树咔嚓一声断了半截。云小鲨身形向下掉,刚去弹腿点另一棵树,但丁桀趁着她人在半空,跟着劈空一掌。小雷音破掌力暴吐,梵音雷鸣。他逼近太快,全是直来直去的贴身打法,逼云小鲨用拳掌还手。

云小鲨试着跳跃了几次,但被丁桀逼着,左右力道借不起来,两道长链一被欺身逼住,拖在地上,很难舞动。她牙一咬,丁桀第三道劈空掌打过来的时候,她双拳十字封门推了出去——这力道用得巧极了,凌空一股气劲,碰上丁桀的气劲,改横劲为竖劲,借力化力,她半身翻腾,越过丁桀头顶,稳稳落在后方平地,反手,锵啷一声,拔出藏山一玉。

丁桀跟着一转身,不急着拔刀,单手立住门户,轻轻咦一声摇了摇头,眼里全是意外惊喜,以他的修为居然没看出这一招是怎么回事。

苏旷暗叫一声漂亮。这前半招是银沙教的东打西指,后半招却是化用逆水行舟时候的斜桅换帆。"五十七了!"苏旷提醒。

云小鲨双目不瞬,不丁不八站着,一指白龙礼天,一剑苍龙礼地,换成了霍瀛洲少年的武学——碧海升龙剑。

"云姑娘家学渊源深厚！"丁桀手上长刀斜斜提起，黑色的古刃只开了三分，镌刻着"三分已足凌天下"七个字。

这一路剑，取海中龙舞之意向，天地玄黄，蹁跹跌宕。

云小鲨升龙剑法里夹杂着霍瀛洲的十三式，无所来无所去，奇诡之极。丁桀点一点头，他话确实说大了，早生二十年，未必就能斩了霍瀛洲。他虽攻不破云小鲨的剑圈，但也并不着急，他还在等和刚才一样的机会，这一路剑法总有招式用尽的时候，云小鲨总会再用一轮。

那一招回来了——一指白龙礼天，一剑苍龙礼地。云小鲨那一剑递出去的刹那，丁桀一声喝，抬手又是一记重刀劈落。他这一刀，落得极准，碧海洗银沙的刀身上是有着汪、霍二人倾力一击留下来的小小豁口，这豁口锁着剑刃力道极大，丁桀抬手又是一记直拳，逼她弃剑。

这是很欺负人的打法。云小鲨眼里有火，她握着藏山一玉的剑柄，横劲发作，寸步不退，拧腰，铁板桥仰身下去，避过那拳。反手剑尖不知从哪里刺出，灵犀一点，无中生有，嚓的一声，穿过丁桀的袖子。丁桀抬手得快，那道锋刃在他手臂上拖出一道血痕。

"呀，云姑娘来真的了！"丁桀抖一抖手腕，刀刃一声龙鸣。

云小鲨一踩脚，拧身，狂喝一声，凌空跃起。丁桀只是不喜欢跳，不是不会跳，一声长啸，跟着一踏步也跃起。苏旷心里暗叫了一声，不好！

两人在半空，狭路相逢，只能刀对剑，刃对刃。云小鲨那一剑，苌弘化碧、月照江流，魂魄啸傲处，往来三百年流水滔滔，正是一记万里奔流；丁桀不闪、不避、不挡、不让，一刀呼应，盘古横戈，开天辟地。

锵！刀剑第二次相交，还是撞在老豁口上，半空琉璃声响，藏山一玉当空碎成两截，碧海洗银沙刀身裂成一片狰狞。两人错身而过，双双落在地上。

丁桀对这个刀有没有什么感情不知道，云小鲨看见地上的剑，眼睛立即就红了。她已经是怒不可遏，半截剑刃，转手做匕首，劈胸便刺。近身搏击，完全在劣势里。丁桀手里一柄长刀，本来就一寸长一寸强，错身格挡，反手，轻轻巧巧削去了云小鲨束发的祖母绿。

这是胜负已分了。苏旷叹了口气，满打满算，只有九十三招。小鲨不该用那一招万里奔流的，那一招阳刚之极，对爆发力的要求太高，是以己之短攻人所长，普天之下，本没有什么人真能跟丁桀正面对撞。最后不到十招，小鲨就应该立即弃剑，继续凭着身法，上蹿下跳到处跑，蛮可以拖过百招。本是丁桀托大，自己给自己挖的坑。但小鲨太骄傲了，她根本做不出满场跑以求险胜的行径，也在骨子里希望自己可以使得出十成完美的万里奔流，她的骄傲成了她的命门。丁桀也很狂，但丁桀的狂傲，从不带入武学中。他从一开始就在挑逗她，那是只身经百战的老妖怪，知道武功的破绽在哪里，也知道人的破绽在哪里。

云小鲨低头，捡起断剑，手在抖。这是她父亲唯一的遗物了！今天是很糟糕的一天，有人羞辱了她的父亲、她的武功、她的船帮，还折断了她的剑。而且这个人，并没有得势饶人。

丁桀走到她面前，谆谆教诲："云姑娘，你功夫比我想的好，但今天的发挥并不好。你回屋休息了三个时辰，可完全没有冷静下来，也根本没有认真观察我的出手，你从头到尾都在生气，自顾自打你自己的。我想，这是因为你跟绝顶高手战斗的经验太少，真正失败的次数也太少。回去后你想想我们喝茶时我跟你说的话，你的失败里多多少少有你性情的责任，目空一切、不切实际地想赢，结果就是低估别人、高估自己。记住，不管是武学还是别的领域，你想更进一步，就应该学会控制自己。"

这连苏旷都忍不了："丁桀，够了！"

云小鲨咬着牙，嘴唇发青。可丁桀还不够，继续说道："不服气吗？不服气可以随时约我再打，我告诉你，就你现在这个样子，我收拾你只要三招。"

"给我滚！"云小鲨低声说完，手里短剑当喉就刺。这距离太近了，四个人都站起来，一起惊呼。

丁桀避不及避，他拧着脖子，反手一掌拍在剑刃上。这一剑太快，他手掌立刻拖出一道血槽。这是比武中的大忌，胜负已分还抽冷子出手，对方要是狠角色，当场可以要命。

"你敢！"丁桀脸色也变了，伸手扭住云小鲨的手腕，"给我撒手！"

四个人一见不好，都向前大喊："小鲨！撒手！"苏旷一抖手，金壳线虫小金在指尖。

云小鲨痛得满眼泪，硬咬着牙不撒手，反手一掌劈向丁桀手腕。

丁桀呵呵一声冷笑："连认输都不懂，还有什么大出息！"他抬手，一手抓着云小鲨的手腕，一手拎起她的腰带，高高举起扔了出去。山底下，传来扑通一声巨响。

四个人目瞪口呆，三个人冲到悬崖边看。而苏旷走到丁桀面前，指指他的鼻子，不敢置信地说道："你他妈是人吗！"

丁桀眼尖，早已看见了小金："你想干什么？也要抽冷子报仇？你媳妇你不会教，我替你教。敢动手我连你一起扔！这是起码的江湖规矩！我怎么她了？输了还敢动手？搁在外面，旁人直接要她的命。"

苏旷不知道跟他说什么好："我跟你没话说！你赢了就赢了，啰嗦什么！那是她爹的剑！你今天说完船帮海难说她父亲，打完人还指鼻子教训，净戳人心窝子，谁能忍得了你！"

苏旷说完，赶紧往悬崖边走。湖水里，有一条血丝，慢慢氤氲，他脸色骤变。

丁桀上前，脸色也一变："我收力了……我算准了往湖心扔的！不应该啊！哎，你别乱来，我下去我下去。"

"你当着我的面！"苏旷声音不大对了，眼神也有点发直，"你是不是真觉得天下第一没人弄得死你？"

"你冷静点，小鲨功夫很好，我真往湖心扔的……别动啊，千万别动，我下去。"

话音未落，湖水一动，云小鲨站了起来。她水性真是好，踩着水，半截身子立在水面上，天鹅似的。不怎么见她动，只见一圈圈涟漪向外荡开。她被摔得有点蒙，伸手把散乱长发顺到耳后，踩水就想往崖壁上跳，脚一软又落进水里，到第二回出水，才改成慢慢向岸边游，再攀着岩壁慢慢上来。

"小鲨，小鲨……"大家都喊她。苏旷趴在岩壁上，仔细看，似乎没受什么伤，脚踝被湖底的荆棘刺了一道。丁桀拍拍心口，长出口气。

岩壁不高，云小鲨很快上来了。好几双手伸向她，她一个也不拉，木然地向住处走。

苏旷心疼了，追过去："小鲨！"

云小鲨向他摆摆手。苏旷回头，狠狠指了指丁桀，回头捡起断剑和宝石，掖在怀里，远远地追了上去。

苏旷一路跟到小屋门口，门是紧闭的。他抓抓头，不知怎么是好，本来今天真是愉快的一天。此时，风筝坐在台阶上，鞋子穿的都是大人的，小声地比着口型说："云姐姐刚才进去，叫我出来玩儿……"

苏旷想敲门，没敢敲。扒门上听了一会儿，半天，有一声啜泣。他又抓抓脑袋，此时沈南枝跟了过来，一手拿着块帕子，一手拿着盒药膏。她努了下嘴，示意苏旷进去。苏旷上下左右地看，在想他该如何开口。

沈南枝抱着风筝离开了。苏旷到后面烧了点热水，又转回来，等一会儿，终于硬着头皮轻轻地敲门，啜泣声停了。

"小鲨……我能进来会儿吗？"

没有回应。他硬着头皮，推门走了进去。云小鲨坐在一张竹椅子上，湿漉漉的长发还披在肩上，手上揪着桌子上一沓粉红的薛涛笺，一张一张地擤鼻涕。薛涛笺风雅又名贵，苏旷没忍住，揉揉鼻子，推开那沓纸，偷偷拿了另一本普通绵纸放在刚才位置上。云小鲨闷头，笑一声："你以前究竟是有多穷……"

苏旷放了点心，蹲在她身边，揉她膝盖："小鲨，今天的事……"

"我自取其辱。"

"嗨，输给丁桀有什么了不起啊！"

"不是，不是因为输，我看见那个剑……当时气疯了……"

"我知道……搁我，我也气疯了。"

"我之前没输过那么惨。"

"惨什么呀？真惨的你都没见过！今天在场的，你就算最强的了。不到最后一招，压根没落什么下风嘛。"

云小鲨抬起头，鼻子哭得红红的："哄我？"

"不是，"苏旷不敢老蹲着，干脆就坐在地上，"我们往回倒一倒，停在最后一招之前啊，你是被情绪带得太厉害了。"

"不厉害是什么样？"

"不厉害就是只防守不进攻，不想着赢，不想着出气，老老实实等机会，没机会就算了。凭你的两样兵刃，丁桀百招拿不下你。"

"那有什么区别呢？"

"赢啊，搁在外面，可能就是活着和死的区别啊。"

"你非要在这个时候讲这些给我听？"

"不是……小鲨，我这么说吧！今天来的是丁桀，如果是上官乾呢？上官乾和丁桀一样，身经百战，眼光比什么都毒。小鲨，你想过没有，他这样的人，怎么对付？"

云小鲨抬起脸，怔了怔。

苏旷继续说道："丁桀这个人，有病！真有病！他没什么人味，这人人都知道。可是小鲨……丁桀大老远过来，不是来羞辱你的。明着说吧，我上不了啊，沈东篱一落千丈,他这个问题在根子上,不是短短几个月能调回来的,等他调回来,我们这一轮就打完了。夜哭郎君本来就差一点,还有一堆心病。我们高手很少,丁桀不能一个人从头打到尾。他需要你用最快的速度变得更强一点。"

"那他为什么羞辱我爹?"

"他其实吧,没有羞辱你爹……你知道丁桀在说谁吗?这个世上,除了万里奔流汪振衣,还有一个人,从小被作为侠义道的绝顶高手培养,他所有的责任就是锄强扶弱、斩妖除魔,被师长灌了一身的绝顶功夫,但这些都是要还的。他也活了三十年,也是侠义道的一柄名剑,他也有个心上人,有朋友,也想躲在荒郊野岭过一辈子,种种菜养养花……可是,到头来呢,他心上人落在前夫手里,他连说一个字的资格都没有。"

"你想我原谅他?"

"小鲨……我有资格吗?"

"你有,你说。"

"我不是要你原谅他,我要你弄明白状况,踏踏实实地想清楚,你跟不跟他合作,不跟他合作的话跟谁合作……小鲨,这是我的问题,我不该老跟你聊什么跟你走不跟你走,走不走是赢之后的事……来,胜败乃兵家常事,洗把脸,换件衣服,我们一起去吃晚饭,喝杯酒就没什么事了。"

第三十五章 有个朋友

沽义山庄小厨房的掌勺大师傅诨名叫作陈皮姜,他既不姓陈,也不姓姜,小时候是个流浪的孤儿,靠卖陈皮姜为生。

陈师傅小时候吃了不少苦,一言以蔽之,都是嘴闹的,他不偷不抢不笨不懒,别的毛病没有,就是特别馋。有一次千辛万苦攒了一年的零钱,快过年了,准备打一顿牙祭,赤脚带着干粮赶了三百里路,到隔壁城里买了只极有盛名的烧鹅,一不留神,路上被三只大黑狗一口叼跑了,他就一路撵一路追着打,那狗凶得很,追急了掉头过来在他腿肚子上咬了一口,他鲜血横流,却愈发横眉怒目,抡着棍棒,摆出一副不死不休的架势,那狗终于惧了,扔下大半拉烧鹅,汪汪吠着不满离去。

陈师傅少年时候,进一家酒楼做了伙计,他喜欢吃、爱琢磨吃、喜欢看人做菜,自己当然也爱做菜,干这行可谓得其所哉,可没承想又挨了不少打。没别的毛病,还是嘴闹的,好几回,大师傅弄个大菜,他围着桌子转来转去,非揪一小口塞嘴里不可。被人发现了,他也认错,也认打,也认罚,就是屡教不改。终于有一次大师傅恼了,扒了他的裤子,抡笤帚就打,他屁股都打烂了,一边哭喊一边求饶,见缝插针,嘴里还在嚼着。再后来,陈师傅长大了,名气也大了,他也不拿这些当丑事,喝了点小酒的时候,还是会拉起裤腿,给小伙计们看那狗咬的伤疤。

陈师傅到了快三十的岁数上,有一次差点就娶到媳妇了,那是一个隔壁酒楼卖唱的歌女,半风尘半良家,有点姿色,泼泼辣辣的,真有客人哄着喝酒也助兴喝几杯,再动手动脚就掐着腰骂。俩人看对了眼,好了几年,互相不嫌弃,到了谈婚论嫁的当口,陈师傅准备置房买院了,两个人聊起将来的营生,人一浪荡张张狂狂,人一正经恓恓惶惶,反正鸡同鸭讲,总聊不到一处去。后来没话说了,也没什么事做,大半夜的,干柴烈火上床,那姑娘看着又风尘又辣,其实脱光了衣服，胆子小得很，她咬了牙，拿着帕子遮住脸，哼哼唧唧说了声来啊，陈师傅一边急吼吼脱裤子，一边顺手往嘴里塞了块卤鸡翅膀。可能是最后哪根弦崩了，姑娘忽然就生气了，一言不发，跳起来穿衣服走人，说什么也喊不回来，从此两个人就断了。打那以后，陈师傅就打消了娶妻的念想。陈师傅其实还是有点耿耿于怀的——他什么菜都能做，就是不做鸡翅，这街坊同行都知道。

过了三十岁，陈师傅名气更大了，也有钱了，年轻厨子在他面前开始点头哈腰了。他手艺越来越好，开始是名扬百里，之后就名扬三百里、五百里……不过，做厨子，手艺好不好其实并不重要，重要的是在哪里做。有头脸的厨子，都在达官贵人家厨里做事。毕竟人到中年，陈师傅也很惶恐，他也谋前程，也随人进了京，还托了朋友。也算运气好，千辛万苦进了趟御膳房瞄一眼，很快就摇着头出来了。他后来还去了王侯将相的府邸，看了大富商贾的家厨，转过文人雅士的宴饮之所，但始终都在摇头。朋友急了，问他到底是为什么呀，这怎么都还入不了你的法眼？他就赔笑，说我一个升斗小民哪敢啊，就是那些地方规矩太大了，一口咬下去，先尝出贵贱来，尝不出好吃不好吃。朋友懂了，但也没什么好办法，自古以来都是这样的，手艺人讲到底是根藤蔓，是藤蔓就迟早总要缠棵树的，难不成还真想靠手艺扬名立万？可陈师傅就是别扭，他始终还是记着，想当年自己是怎么在陋巷深处，用三块砖架着口破铁锅，做出一顿好饭菜来的。没有人真的能够把大黑狗从流浪儿心里赶走。

陈师傅红尘里头悠悠转转，也不想穷，也不想到贵人家里做小伏低，就想靠自己站着混出头。四十九岁那一年，陈师傅决定背水一战，他拿出了全部的积蓄，又借了很大一笔债，要自己开一家酒楼。他准备得充裕，设想得也很好，他想凭他的手艺、在这一行里的名头、在朋友间的义气……一定可以生意兴隆。不过，酒楼一年后就关门了。好厨子和好老板是两件事，朋友和合伙的也是两件事，他并不真的懂得做生意。

那一年他五十岁知天命了，天命就是三个字：没出息。他活了大半辈子，积蓄赔得干干净净，还欠了一笔这辈子都还不起的账。他万念俱灰，用最后一点银子买了一只少时吃过的烧鹅，抱在怀里，向河边走。按照计划，烧鹅吃完的时候，这一生就该结束了。不过，他烧鹅吃了一大半的时候，一辆马车轰隆隆地急冲过来停在他身边，差点撞着他。

"你是陈师傅对吧？哎呀，追死我了，你干吃不噎吗？"车窗里，一只白嫩嫩、胖乎乎的手扔出一小壶酒来，接着钻出一张很可爱的圆脸，"跟我走吧，怎么样？我叫沈南枝，我带你去一个只管做好吃的，其他什么都不用想的地方。"

陈师傅有些愕然："我还欠了很大一笔账……"

沈南枝笑眯眯的："我知道啊，已经还清了。"对于沈南枝来说，那不是"很大一笔账"。她是千里迢迢慕名去吃陈师傅的拿手菜的，发现酒楼关门之后，留了个心眼，多打听了一耳朵。

从那之后，沽义山庄有了自己的主厨大师傅。

陈师傅知恩图报、兢兢业业，挑选了一批年轻厨子，张罗起了大厨房。自己执掌小厨房，也就是专供沈家兄妹，还有沽义山庄生意往来的重要客人们的地方。

沈南枝很讲究吃，她出手豪爽又很识货，自己闲着没事也会溜达到厨房，挽起袖子，跟陈师傅切磋切磋。沈东篱就不那么讲究吃了，只要够干净就行，问他要吃什么，他总是淡淡地回答，清粥小菜即可，不过，上点别的大鱼大肉，他吃得也很香。

沽义山庄对主厨要求很高，要见过点世面，不能对江湖上的事情一惊一乍的，手艺要非常好，嘴又要非常严——很多生意是绝对保密的，很多客人举足轻重，怠慢不得。陈师傅是得天独厚的人选。

客人从五湖四海来，有些可以透露名字，有些不能透露。有些从头到尾不会多言语，有些就很有趣，带着一身的江湖故事来，值得开坛好酒喝几杯。至于没有客人的平常日子，沽义山庄的大小厨房，是陈师傅说了算的。他热衷于捣鼓新菜，有时候魔怔劲上了头，就百八十遍地反复试，上上下下的，就得连吃那道菜很多天。但大家好像也都觉得没什么，纷纷按照他的要求给出试吃意见。

到他来这儿的第三个年底，沈南枝在他手心里塞了很大的一个"心意"。他教出了一大批年轻的好厨子，他欠的那点债，早就还清了。

"我不要工钱，二姑娘，我用不着银子。"陈师傅很坚决地推辞，"我喜欢沽义山庄，让我留下来吧，我再也不走了，等我做不动饭的时候，给我一口吃的就行了。"

"那随你喽。"沈南枝还是笑眯眯地说。

陈师傅从此变成了终身大师傅。

陈师傅头一次见到苏旷的时候，真是一见如故。苏旷是那种很招厨师喜欢的食客，他见识广，懂行又不挑嘴，各地风味都吃得津津有味，真没得吃了，下碗清水素面也没问题。两个人都很好酒，又都很健谈，有时候厨房里头拉开一张小桌子，弄点下酒菜，能从傍晚聊到后半夜去。

一个盛夏夜晚，陈师傅酒过三巡，又一次讲起了他的烧鹅往事，讲他是怎么千辛万苦、一个铜板一个铜板攒钱，从米店附近的石板缝里扫出碎米来，做了一顿又一顿带着土味的粥，再苦再累也非要买那个贵得要命的烧鹅不可……讲当时别说是三只大狗，就算是三只豹子，他也得把他的鹅抢回来。

这个故事他讲了很多遍，每次讲，别人都会哈哈大笑，但苏旷没有笑。苏旷点着头说："我懂，那是因为你追的那个，根本就不是鹅。"

陈师傅筷子夹着蚕豆，吊着嗓门说："不是鹅，那是什么？"

苏旷说："我也说不好，不过，我知道当一个人的一生所爱出现的时候，通常不是一眼就能认出来的，那个宝贝呢，有时候会伪装成另外一个东西，有时候会藏在另外一个人的身上，有时候会干脆变成一个笑话。成年人是没有勇气去追那个笑话的，只有小孩子有，小孩子能看见那个宝贝的光。"

陈师傅愣了很久，之后扔了筷子，去翻箱倒柜说："来，咱们换瓶酒。"

那之后，苏旷算他的朋友。

陈师傅很喜欢沈南枝，也很喜欢苏旷，有段时间老想拉郎配，把他们撮合在一块儿，就挤眉弄眼地问沈南枝："二姑娘，小苏有没有意中人啊？"

沈南枝赶紧告诉他："有有有，是个大大美人。"

陈师傅受了挫，也不太服气："咱们二姑娘也是美人……只要瘦一点，打扮打扮就是大大大美人了……"

当时，沈南枝手里正端着点心匣子，哭笑不得，不知是吃好还是不吃好。再后来，苏旷出事了，陈师傅帮不上忙，自己拿着手巾哭了一场。再后来，苏旷又没事了，陈师傅听说了也高兴，自己给自己加了个好菜，遥为庆祝，喝了两杯。再后来，苏旷带着他的大大大美人来了。陈师傅本来还不太服气，带着一种"娘家人"的挑剔，特地跑去看，一眼看过去，拍了一下大腿，说："哎呀完了，真是大大大美人。"

云小鲨是那种光芒四射的美，像是暗夜里的火炬，想看不见都难。世上有些放诸四海而皆准的真理，比如所有本事都是练的，所有胖都是吃的。比起沈南枝，云小鲨就在饮食上极端克制。据她自己解释，她有一件可遇不可求的鲨鱼皮水靠，度身打造，身材稍微变形就穿不上了。

她喜欢吃各种海里的东西，也时常和陈师傅聊起各国各地的捕鱼和烹鱼，她讲那些浩瀚辽阔的大鱼群，四面八方看不到尽头；讲飞起来的鱼，从整支船队头顶上经过；讲捕鲸的大木船，在浪尖上像一片草叶，而捕鲸人带着鱼叉一跃而下；讲同死鲸鱼一起浮起来的巨大章鱼，讲五彩斑斓的海蛇和各种奇形怪状的海兽……陈师傅总是一开始不停地问，这个能吃吗那个怎么吃，但听到最后，也是任由炉子上的小锅噗噗冒着水汽，长叹口气："哎呀呀，真了不起，那些地方我们一辈子去不了的呀……"

陈师傅为这些客人精心准备食谱——他为云小鲨准备"不胖的"，为苏旷准备"补身体的"，为夜哭郎君准备"方便入口"的，为风筝做各式各样小孩儿爱吃的。

三个月过去了，效果一眼就可以看出来。直到今天，丁桀来了。

陈师傅不是江湖中人，他小时候当过流浪儿要过饭，记忆不堪回首，弄得对"丐帮帮主"有点不敬之意。更何况，丁桀一到，吃完早饭，歇了一会儿，二话不说就跟云小鲨动了手，而且把人家姑娘扔到了山下的湖泊里。

这事可把陈师傅气坏了，他立即做了抗议，晚饭的时候，满桌子都是海鲜，陆地上的连块蘑菇都没有。有人提醒他丁帮主来了，多少准备一点北方的饮食，他就很生气地边炝锅边嚷嚷："丐帮帮主还要做什么菜？昨晚的剩菜热热，给他倒一个盆子里不就行了吗？"

陈师傅是故意的，专拣丁桀路过的时候说。但丁桀根本不在乎这个，他还是很客气，甚至微笑着向陈师傅点了点头："海鲜好啊，海鲜又不分门派，谁不喜欢吃呢？陈师傅，就算我们丐帮子弟都是臭要饭的，也想着要鱿鱼不要窝头，你说是不是？"

陈师傅一时不知道怎么对付这个家伙，气鼓鼓地端了一盆子黄油醉蟹，摆上桌。

那餐晚饭，气氛本来是有些凝重的，但因为一桌子都是虾蟹螺贝之类，大家手也都没法闲着，嘴里又吸吮得啧啧有声，并不会特别尴尬。

黄油醉蟹是陈师傅的拿手好菜，用的是去年十月的蟹黄炒山泉水里的小螃蟹，那些小螃蟹在后山一口山泉里养大，只吃小鱼小虾，养到慢慢能爬上山泉口的时候，肉鲜嫩得让人咬舌头，捞出螃蟹之后搁在上好的陈年花雕里，把蟹醉了，再加了大块蟹黄一起炒，奇香扑鼻。

风筝年纪小，不太会剥壳，夜哭郎君就帮她满满细细挑了一壳肉，送到面前的小碟子里；风筝乖巧，见大师兄一只手不很方便，就推给大师兄；苏旷借花献佛，又送到云小鲨眼前。

"正好,这也是我的心意。"丁桀颔首微笑,站起来。桌子上女儿红已经烫热了,他举起酒壶,斟了两杯酒,一杯递到云小鲨面前,然后举起了自己面前的一杯,"我今日所为,实在太过唐突冒昧,实在是许多事忧心牵挂,想在仓促之间,探一探云姑娘你的真功夫。云姑娘,我不会饮酒,只能尽此一杯之力,希望云姑娘大人大量,此事就此揭过,不再萦怀。"

云小鲨怔了怔,这杯酒丁桀直截了当敬到眼前,真是喝下去一肚子气,不喝显得输不起,她无可奈何,咬牙碰了碰杯子:"无话可说,多谢丁帮主指教。"

她一口把酒闷了,哦了一声,显然酒劲比意料中大;丁桀也一仰脖子,把酒喝了,脸上顿时就有点红涨。他本来还准备了几句客气话要讲,但这杯酒喝得太猛,有些上头,就慢慢坐下捂着额头,跟云小鲨摇了摇手。

"什么状况?"苏旷没弄明白,给自己斟了一杯,轻轻一嗅,果然又陈又凛冽,抿一口,酒劲确实不小。

丁桀没说谎,他是天生的不胜酒力,这杯子正好又大了点,弄得他头昏脑涨。苏旷是知道丁桀那点量的:"哎呀,丁帮主,你行不行啊?不行边上躺会儿?"

丁桀接着摇手。别人都在看丁桀的脸,而沈南枝在看丁桀的手。丁桀的手修长有力,是很招姑娘喜欢的那一种。不过,重要的是,那只手正是拍在云小鲨剑刃上的那只手。本来掌心是被锋刃划了一道血痕的,居然愈合到只剩一条淡淡的红线了。

"奇怪!"沈南枝站起来,"丁帮主,你的手能不能递给我看看?"

丁桀捂着脑门递了过去。

"丁帮主,你是练了什么奇门功夫,可以疗伤的吗?"

丁桀头都不抬:"没有……多谢沈姑娘的药膏……"

"这跟药膏没关系。"沈南枝索性走到丁桀身边,拿过他的手掌,仔细看,"小鲨,是藏山一玉有什么玄机吗?"

云小鲨也不明白:"我也是前些日子,刚刚拿到藏山一玉的。南枝,我听我爹说过,按照昆仑的说法,藏山一玉之所以被称之为一玉,是因为玉是君子,君子有好生之德……怎么了?"

"小鲨,方便的话,藏山一玉借我看看。"

"好啊,反正已经断了。"

藏山一玉拿来了,沈南枝饭都不吃了,拿蜡烛照着看。她看看剑,看看丁桀的手,若有所思。她弹了弹剑脊，又磨了磨断口，递给夜哭郎君。

"金中玉，天性洁净。"夜哭郎君做了鉴定，"这也就是传说之中的西方之金，韧性和坚固都好，就是横向受力的时候会略有些脆，熔冶时候需要炉温极高，普通的煤和木炭都费劲。沈姑娘，如果你们想要重新铸剑，和别的金铁一起熔冶，效果说不定会更好。"

"我不是说铸剑。"沈南枝摆摆手，"诸位，你们一起来看。丁帮主手上这条划痕，其实就是一道很普通的划痕，如果我现在拿一片极薄极快的锋刃，在热酒里煮过，迅速一划，其实也是这样的。可是，绝大多数的金铁锋刃，多少都会携带一点铁锈尘污，在血肉之躯上造成伤口的时候，伤口会稍微变大一点，铁锈尘污同时进入伤口，又让愈合的速度慢了很多。"

云小鲨有点不明白，她看了看苏旷，又看了看沈东篱。大家都是一脸茫然，只有夜哭郎君，眼睛一眨不眨地盯着沈南枝，好像听懂了什么天大的秘密。

"你们没有听明白吗？因为藏山一玉质地非常坚固，又和大多数金属一样能够熔铸，昆仑派是个武林门派，自然而然地就会把它做成一件武器，用以传世。但是作为武器来说，本来的使命就应该是尽可能伤害到敌人，藏山一玉是一个天然和血肉融合得非常好的东西，它应该有一个更好的用途……"

苏旷的眼睛也亮起来了，夜哭郎君迫不及待地问："南枝，我们熔冶得了吗？"

"熔冶得了！昆仑山上都能熔，我们不可能做不到。"

"这柄剑够用吗？"

"用不着那么多，一半就够了，剩下的一半可以做一柄匕首，或者和别的熔铸在一起。"

"一半怎么会够？"

"骨头必须是中空的，重量和别的骨头才能一样。"

"里面这个是龙骨，外面呢？"

"外面的还是要用老东西做。"

"你准备怎么接？"

"肯定不能直接对上，那样，人的骨头受不了，稍微一受力就会碎的。我画个图给你看，做这样一个卡，喏，冲力可以卸掉大部分……"

沈南枝直接拿了根螃蟹腿，在桌子上蘸着醋画。他俩之间，本来隔了个风筝，夜哭郎君脖子伸得太长，风筝就溜出来，到大师兄身边。

沈东篱看着夜哭郎君，眉头紧锁，目光冷峻，但并没有出声。

沈南枝画的是一只手，在断骨之间做了个类似榫卯的机关。夜哭郎君也拿了一只螃蟹腿，在上面跟着画了一个："双层！双层！"

所有人都被这张图吸引住了，除了还在头昏脑涨的丁桀。苏旷根本看不见别的，他几乎大半个身子横在桌子上爬过去，一颗心怦怦地跳，沈南枝画的不再是一个仅仅做做样子的手，那是一只拥有了龙骨和血肉的手。他忍不住激动了："双层的话……可以接住多大力量？"

"不知道，回头可以算。"夜哭郎君看着图发愣，嘴里念念有词。

"来，苏旷，手给我。"沈南枝伸手。

苏旷赶紧转到她身边，刚要撸袖子，又想起来："风筝，转过头去。"

风筝扭了扭，不肯转。

"小孩子不要看，好不好？"

风筝哼哼唧唧，走开了，趴在躺椅上生闷气。沈南枝示意，小丫头鬼机灵，一边装生气，一边偷偷瞄。苏旷想想，算了。袖子撩开了，第一眼看上去，确实挺恶心，风筝捂着嘴巴叫了一声，但没有扭过头。他的小臂异乎寻常的糟糕，那个被精卫鸟活活啃了一口的伤口早就愈合了，但一小截血肉长成了一团扭曲的紫肉，紫肉拨开，里面还有一点点迸裂的白骨。

"有没有笔？"

"不用算了，就是这里。"夜哭郎君用手指甲，在距离苏旷手肘一寸半的地方画了一道。

"需要剥这么干净吗？"

"一定要剥干净的。"

"骨髓呢？"

"刮掉，必须刮掉。"

苏旷一阵哆嗦："你们俩别跟讨论烧鸡一样……跟我讲讲啊，什么叫剥干净？"

"小苏，这是大喜事，你别这么紧张。"夜哭郎君向他解释，"你这一段，骨头得留着，肉要剥干净，必须留到这么长，才能跟榫卯合上，不然接口太短了，一用力义手就会断。"

"然后呢？"

"我们的龙骨有了，用明胶，我做……反正就那个玩意儿，你见过的，用的那

039

种胶，一层一层加固上去。"

苏旷好像明白了。此时沈南枝捏了捏他的胳膊肘，做了几下伸屈，说道："外面做固定吗？"

"做，不然横向的力受不住。"

"这里要切开吗？"沈南枝在苏旷上臂上点了两下。

苏旷劝说："你们尽量别这么大刀阔斧……"

"最好做，埋一根线进来，加一根筋。就这儿，先剥开，再缝上，这个我熟，没问题。"

苏旷牙都打战了："把你的螃蟹腿拿远一点，你熟什么？我这块没事儿，以前都挺好的，你要剥开干吗？"

"我们没办法让你的手有感觉，但可以在这里加一根筋，用肩膀和上臂的肌肉做一点微小的控制……"

"去你的吧！我控制什么？"

"握住拳头啊，这个理由够吗？"

"等会儿，夜哭兄？我没听懂，你再说一遍？"

"小苏，你真没听懂吗？我再跟你说一遍，有了藏山一玉，再加上我和沈姑娘的合力，我们有八成把握，做成最关键的这根龙骨。你的这只手，打架是没问题的。"

苏旷愣在原地，他本来是弯着腰的，现在慢慢站直了。他腿在抖，嘴唇也在抖，脑子里有根筋嗡嗡嗡一个劲地响，一种完全和狂喜无关的诡异的战栗从后脊梁生起来。他没太明白这是一种什么样的感觉，他的身体很多年没有经历过这样的感觉了。过了好一会儿，他的脑子才回答他：这是幸福。他跌坐回椅子上，捂着头，额头青筋也怦怦地跳。

"可以……可以……恢复到什么程度？"

"这个需要回去慢慢算。但是可以大而化之地回答你，当然了，和右手比起来，灵活性上一定会差很多，也不会有皮肤的感觉，但就武学而言，拳、掌和指都可以保留，而且有得有失，这只手比右手会坚硬很多。"

"什么时候……什么时候可以做？"

"手做出来大概需要两个月……装上到痊愈大概要三个月……这个和之前那个花架子完全不一样，从你适应到能动手可能要半年。"

"好，不着急。"苏旷的表情还是有点蒙蒙的。

夜哭郎君逗他:"如此说来,我们可以剥了是吗?"

"当然。"

"不过要活剥啊,能忍吗?"

苏旷没抬头,不假思索:"当然。"

夜哭郎君怔了怔:"喂,开玩笑的,当然会用麻药……"

苏旷慢慢抬起头,苦笑:"夜哭兄……"

"你心里要有点预备,我们有把握,但不是一定能成功的,我们需要去掉一部分骨髓,填上胶,如果出现坏死,可能是全身的。"

沈东篱听不下去这一口一个我们了,他也不想扫苏旷的兴,拂袖转身离开。

苏旷没注意到这个。他今天真挺高兴的,甚至喝得稍微有点多。他发现,在一个人漫长的生命中,最值得称道的传奇故事会出现两遍,一遍在孩提时,一遍在成年之后,历尽艰辛而依然陷入泥沼之时。就是他跟陈师傅说过的那个故事——一个人苦苦追求的那样宝贝,常常会伪装成另外一样东西,或者是藏在另一个人身上,在最无助的坚持之中,作为勇气的犒赏,已经悄然降临身边。他满脑子都是他的手,他能控制着自己说话不哆嗦已经很了不起,根本没注意到,云小鲨也悄然离开了。

"沈姑娘,趁热打铁吧,今晚要是没有别的事,我们就先把初步的案子做出来。开工之前,正式的测算可能还需要十天左右,藏山一玉的试验、初炼和定料还需要半个月左右……最后还有一大批材料需要补齐。"

"好!"沈南枝正在兴头上,"我去拿纸笔和尺规来。苏旷,你留下,出个胳膊就行了。"

丁桀捂着头,终于受不了,去摇椅睡一会儿。

今天是漫长的一天。

云小鲨回屋,对着镜子解了长发,把脖子上的一条珍珠项链取下来。她烧了点热水,泡了个澡,收拾妥了又披着袍子,躺在床上闭目养神。

但其实她脑子里万马奔腾。说起来丢人,今天是她有生以来第一次因为换衣服迟到了。她出门的时候,特地挑了件很鲜艳的嵌着金丝的裙子,配了块宝石戴着,漂漂亮亮的,可一走出门,忽然就别扭地想,这是为什么呢?穿得明晃晃的,难道就能反败为胜了吗?她于是莫名不快,又回屋换了件黑色布衣,可一出门又想,好丧气啊，非要再承认一遍今天输了吗？她第三次返回屋里，找了一身既不怎么鲜艳也不算丧气的衣服，配了条不显眼的珍珠链子。她换完衣服，苏旷就美滋滋地说好看好看，压根不明白她在想些什么。

最后一次出门的时候，她问苏旷："能看得出我哭过吗？"苏旷赶紧说："小鲨，放心，黑，看不出来。"云小鲨气到没话说。苏旷都没注意到，丁桀当然就更没有注意到了。

丁桀瞪着一双茫然的眼睛，对一切微小的服饰变化毫无察觉，他措辞良久，只要她不是脱光了进来，都一样会举起酒杯，说那几句想好了的客气话。

赢家怎么做都很得体，输家怎么样都很难堪。这件事她很难"揭过去"，被人直接举起来，从山顶摔到湖里，随便是谁，都不可能轻易忘记的。

她想要睡一会儿。但耳边，好像总传来银沙教那位五夫人的警告——

"小鲨，云家船帮的规矩，叫作永不登陆，你已经向内陆走了三百里，现在回头还来得及。听我的，不要再向前走了，向前走就是沽义山庄，是江湖人聚集的地方。你是大海上的人，江湖不适合你，那里的规矩，你听说过，但没有亲身经历过，那儿会吞噬你的一切——你的自由，你的志向，和你本身。你的母亲，曾经是云家船帮最优秀的传人之一，但自从她选择成为你父亲的妻子之后，就什么都不是了。"

当时，在太平客栈外面的树林里面，她胜券在握，赢家听什么都不会动摇。而那段话，此时却如雷贯耳。这个诅咒，似乎正在慢慢变成真的，这颗种子好像发了一点点芽。

她晃了晃脑袋，迫切地想把这个念头摇掉，她很想也很需要跟苏旷聊聊。她想，这个要求应该是正当的——说到底，沽义山庄算苏旷的半个地盘，这里所有人都是他朋友，他没什么不自在的。

大概一个时辰之后，苏旷吹着口哨回来了，轻轻推开门，见她还没睡，走过来，在她额头吻了一下，反身去柜子里翻找多余的被子："小鲨，我今晚在丁桀那边睡啦！丁桀说，不要拖了，还是尽早打通经脉的好，多一天，有多一天的变化。"苏旷急匆匆地抱起被子和枕头，卷一卷就往外走。

"怎么打通经脉需要枕头和被子吗？"

"我后半夜才能走完周天呢，怕吵着你。"

苏旷一溜烟儿走了，看起来他腰是好挺多，人逢喜事精神爽，一溜小跑走了。

云小鲨叹了口气，迷迷糊糊睡着了，醒过来的时候，月上中天。苏旷果然没有回来，月华如洗，照着前庭，她也睡不着了。她坐起来，仰头看了会月亮，索性起身，拿了件披风，向外走。今天她心里闷得很，特别想找个人聊聊天。沽义山庄黑沉沉的，此时大家伙睡得正酣，只有一处，遥遥灯火闪烁。所有人都知道那是什么地方。

云小鲨走过去，在两座假山之间，掩映着一处小屋。屋门口台阶上，有沽义山庄黑色的禁令和死线。她站在门外，轻轻喊了一声："南枝？"

没有应答。她又拍拍窗户，问一声："南枝，睡了吗？"

还是没有应答。她准备离开了。

门里有了回应："谁啊？这么晚？"

门开了，沈南枝穿了身短袖短裤，披了件皮袄子，见到她十分诧异："小鲨？"

云小鲨有些局促："我……抱歉很晚了，是那个……平时，南枝你睡得好像都很晚，我看这边又有灯，就……"

沈南枝忙招呼："来，快进来！"

云小鲨进来了。沈南枝的屋里，家徒四壁，像个老尼姑的房间，只有一张床、几个柜子、几架子书。云小鲨以为，沈南枝的房间应该好看又好玩。

"喝茶吗？我这儿好像没什么可以招待客人的。"

"啊……不用了。"

云小鲨本来是准备来喝杯茶的，可茶炊好像都没有洗过，不是很方便。

"那好吧……小鲨，坐呀。"

"嗯，多谢。"

"什么呀就谢我？小鲨，你怎么了，这么晚找我？"

"没什么，还是今天的事，我心里有点乱，想找个人聊聊。不知道你方便不方便。"

"方便！你找我可算找对人啦！放心，有什么不开心的，包在我身上，说！"

"嗯，一时不知从何说起。"

"那我猜猜啊，丁桀？"

"是，也不仅仅是丁桀……还有丁桀说的那些话。"

"哦，就是他说……你的人死了、船沉了，是你性情的责任？"

"嗯。"

"那是屁话！那就是为了惹你急的！"沈南枝叉起腰来，凶巴巴地给云小鲨撑腰,"丁桀他自己不知搞砸多少事情!丐帮内乱我都看不下去,左风眠到底是谁的人都弄不明白!昆仑没有我和苏旷他半路就死了!他有脸说你!"

"可我的人……"

"小鲨,别内疚了,冤有头债有主,那个情形之下,你说说看,你得是什么温良恭俭让的性情,蛊虫才会不蔓延啊?你做得很好了,随便换谁都全军覆没。真的,别听他的。"

"南枝,谢谢你。"云小鲨仰起头来,看了看天空,好像心里真的去了块石头,"还有一个别的事……是这样的,我尽可能说明白。南枝,在今天之前,我是一个对所有事都很有信心的人,甚至说刚愎自用也不为过。我想做的事情就会去做,就算是失败了,也不会怀疑该不该出发。打个比方说,我的船队遇到风浪了,我会转帆,调整航线,但从来不会怀疑目的地,怀疑出发这件事。但是今天,我忽然开始动摇了。"

"嗯?因为苏旷吗?"

"啊,不全是。这么讲,不知道会不会有点费解。云家船帮有一条古老相传的戒令,叫作永不登陆。这是一个诅咒……就是说,登陆的人,就会失去大海给他的一切。"

"我好像明白了……小鲨,你就是害怕了嘛,对不对?人勇敢就会想得到,害怕的时候就会想失去。你怕的不是丁桀,你怕他身后那个千百年不变的格局,会直接把你吞掉。"

"对。"

"你想回去吗?"

"说真的,有点儿动摇。"

"回去之后,你还报仇吗?"

"我没想好,所以是动摇。"

"好,动摇的部分我懂了,固定的部分是什么?"

"我是这么想的,我无论如何,不会成为丁桀的属下,不会是八百侠义道的一分子,如果我现在离开,我的船队虽然小,还是自由的,如果我听他的命令,我就变成一个……一个水师了,那我活这半辈子图什么呢?"

"明白了,确定不能动的是自由。"

"是!南枝,你呢?他也向你提过要求,你会怎么回答?我想你比我聪明,或许有更好的办法。"

"有！有的是办法！这个我还没有写完……嗯，你可以翻翻。"沈南枝抓抓脑袋，从一边书柜里取出个信封，"这是我做的第一套我们合作的案子，有点乱，很多条还是空着的，具体的价也还没有定下来。"

"什么价？"

"是这样的，我想，丁桀说得有道理啊，我们的大门不能一直不开，不开不是自己人，拒人于千里之外，人家怎么看我们？怎么看丁帮主？可也不能开那么大，开那么大，他们人那么多，我们人那么少，一搅和，我们就成他们的人了。所以，我想了一套折中的方法，大概是这样的，丐帮少林昆仑，每家我给五个免费的名额，其他一家三个，再想带多的人呢，按床收钱，一床一天一百。按房间也可以，一天一千两。如果还要带更多人，可以住在附近的山头，附近山头有不少沽义山庄出去的属下，我们可以尽快建一批客栈，外面的客栈就很灵活了，有需要可以长包，价钱也会比较实惠……安全方面呢，我们再卖一批机关，打个六折……"

"南枝，你把这事当生意做？"

"包赚不赔啊，为什么不做？"

"什么样的事，值得一天一千两！"

"所以，我还有第二套方案！名目我还没有编好，大的方向就是探讨武学啊，丁桀不是让你把剑诀交出来，大家都看看吗，那行啊，掏钱嘛！还有啊，丁桀苏旷那么哇啦哇啦聊天，别老躲屋里关着门探讨，就把压箱底的本事拿出来一部分，开门讲经，也帮我们赚一点，能进门的都能听，那就肯定卖得出去。"

"丁桀会同意吗？"

"不同意可以谈啊，每条都能谈。不同意难道要打吗？"

"南枝，你想事儿的路数，和我们真的不一样。"

"是吗！小鲨，其实啊，你和丁桀是一类人，你发现过没有？你们两个呢，都耍狠，都喜欢玩生死局，一对上，不是你死就是我活的，只有一个能赢下来，站在万人之上。这个人呢，又要替所有人负责，要无所不知无所不能，压力就会变得很大。"

"这是……我性情的毛病吗？"

"这不是性情，这是你走过来的道路决定的。你和丁桀，天分都特别高，闯出来又都特别难，他是从大锅里捞出来的，你是从大漩涡里跑出来的，都是一步踏错，万劫不复。这种天险之路的好处呢,就是你们出手越来越准,本事越来越大;坏处呢,就是有时候,情景明明没那么糟糕,还是会一意孤行,你死我活的。"

"有道理。你呢?"

"我的生意呢,可以一次一次试错,相对而言我会放松一点。小鲨,你知道啊,汉初有个丞相叫萧何,萧何说,治理天下无非就是狱和市,狱就是黑吃黑,你死我活,最后赢一个,赚个大的,最大就是皇帝喽;市就是大家都来谈,有本事多赚一点,没本事少赚一点,但总而言之,大家的目的是一起赢。我觉得市比较好。"

"所以你的意思是……?"

"我们所有人手里的筹码都是可以被取代的,丁桀武功再高,也只是武功而已,只有你,你有船,你的筹码无人能替。不要走,走了大家都完蛋,我们联手,一起赢。"

沈南枝确实是个很聪明的人——她听得懂症结,也开得出解药。但云小鲨还是有一些疑虑,她的疑虑没有说出口。

沈南枝想了想,露出一个神秘的微笑:"小鲨,你想不想看看我的筹码?"

云小鲨慢慢点了点头:"当然想。"

沈南枝穿起皮袄子,伸手进柜子里拿开几本书,轻轻地轮流转动了几个旋钮,墙壁上嘎嘎嘎一阵响,一道隐藏的石门慢慢打开了。沈南枝走在前面:"小鲨,来。"

石门在身后轧轧轧合拢了,一片石阶出现在脚下。

"这里是……?"云小鲨问道。这里寒风飕飕的,难怪沈南枝要穿外套。

"沽义山庄的心脏。"沈南枝笑嘻嘻,前面引路,"夜哭郎君想看这儿都快想疯了,可惜进不来。"

"南枝,难道你不相信他?"

"信!夜哭郎君是我很喜欢也很聊得来的那种人,但是信不代表了解,我不知道他之前发生过什么,那张脸后面是什么,我没办法推演出他的人生怎么走到这一步的,我就很难完全信任他。"

"苏旷没跟你说过?"

"苏旷这个人呢,恐怕永远不会说朋友的坏话。这是好处,有时候也不太好。"

石阶到头了。眼前是一片十丈方圆的石屋,十丈已经很大了,空旷得略微有回声。石屋正中,是一丈方圆的石桌,上面铺着一张图纸,图纸边立着一个半人高用竹篾和铁丝编起来的八爪章鱼,上面标注着"狩天者"。极其精巧,但看不出来是怎么用的。

"苏旷的手还要往后排，前面计算的部分是夜哭郎君在做，我这几天，先把狩天者再赶出来一个，看能不能用吧，多少能帮一点忙。"沈南枝说。

石屋里有小小的花盆，有点心、茶炊、枕头，还有个小炉子，炖了点肉。这里看起来，就更像是"沈南枝的房间"了。

沈南枝也不太好意思地笑："我和你一样，也是在自己的地盘更安心。我们这个活呢，没肉不行。来，这边走。"

沈南枝的手伸进另一个柜子里，机关又嘎嘎转动，第二道门开了。

这座山头之中，果然另有风水宝地。石门打开，前方是很长的一道石梁，石梁竟横亘了大半个山腹。石梁上有扶手铁链护卫，石壁上嵌着荧荧的灯。向左看，在两道山梁之间有一架巨大的水车，远远抬头看上去，像小半个山头一样雄伟。那架水车是停止不动的，看得出来对面山崖的水闸是关闭的，而脚下的万丈深渊里，水声轰隆、寒气袭人。

"那道闸门是……我今天掉下去的湖？"

"对，湖那边有另一道水闸，打开是瀑布。这边打开，水流就通过水道，驱动水车。"

"这么大的力量，你们用来做什么？"

"外面说沽义山庄固若金汤，不是溢美之词，我们有机关暗城，只要不缺粮食，银沙教和八百侠义道联手也打不下来。当然，除了升起暗城，还用来干活，看——"

沿着石梁向前走，右侧山壁边有一排巨大铜炉。只有一个最小的炉子是底下烧了火的，一靠近，竟有些微微地出汗。沈南枝介绍："熔冶和打磨在这里，山的另一边是工坊入口，但万一真出了状况，这里可以控制一切。"

石梁快走到头了。前方，有个上不挨天下不着地的东西，看起来像个四四方方的铁屋子，每一面都有九个转轮，上面刻着点数。

"这是什么？"

"这个东西叫作九宫数牢。"沈南枝欠身，不知在哪里嘎嘎嘎转了转，一面暗橱打开，她拿出一瓶酒塞给云小鲨，"小鲨，你身手敏捷，拿着这个跟我上来。"

沈南枝走到石梁最近的一处水车横轴，试了试，是锁死的，她手脚并用沿着上面的铁梯子向前爬。云小鲨这才发现，水车的中轴架上有两道巨大的十字铁轴，都装了梯子，可供攀爬。

"小鲨，我跟你讲个故事吧，就当作介绍我自己。最前面，先跟你说说那个九宫数牢。那是个数学迷宫,需要人在里面把外面的六面都转成横竖都一样的九宫格,人在里面是看不见外面的数字的,需要靠推测。横拨是一列,竖拨是一排,每转动一个轴,也就是一旦动起来,整个九宫数牢都会联动。"

这个话题,云小鲨完全不想对话。

"这个东西,可是须弥芥子学宫登堂入室的宝贝。人进去之后,中轴上有一小块平台,可以休息,里面是漆黑的,只能带十盏小灯、十块饼和一壶水进去。那个灯就拳头大,照不了多久,看一会儿记一会儿;饼也就那么点大,顶多吃三天。人进去之后呢,先是一通翻江倒海地转,然后开始自己来。到了最后油枯灯尽或者是粮尽水绝……总而言之,就是看看能拼几面九宫格出来。"

"这听起来……还是下海摸珍珠好一点。"

"哈哈,小鲨!"沈南枝仰起脖子,哈哈大笑,"术业有专攻嘛,我保证,整个须弥芥子学宫,没人愿意下海摸珍珠。哦,对了,这个须弥芥子学宫呢,不是一个真的学宫,是个机关界少年拜师学艺的场所,你知道,机关界和武林江湖不同,我们的人……比较聪明一点,所以相对而言人数没有那么多,互相之间竞争和提防都很激烈,但又必须合作,互通有无。在须弥芥子会上,最优秀的前三个人有机会在所有活着的机关高手里,随意选择一个老师,而这是不许拒绝的。每年这轮大考,被叫作须弥芥子之会,只有十六岁以下的少年可以参加。"

云小鲨呀了一声:"南枝,你这么聪明,一定很早就参加了?"

"没有,一个人最多有三次机会。我是十三岁的时候,才终于去了这个盛会,之前没去,你猜为什么?因为我不敢,怕输。"

"你不像是这样的人。"

"当然像啊,小鲨,我既没有你这么美,也没有你这么强。"

"喂,南枝!"

她们到中间了,沈南枝带路,顺着一条竖梯向上爬。云小鲨不是很明白,跟着走就对了。

"你以为我在说客气话吗?别傻了,小鲨,我和你没法比的。我小时候,沽义山庄里一切都是我哥打的天下,天才是他,聪明人也是他,第一剑客还是他,我就是他的小尾巴而已。你知道,一开始,连苏旷都是他的朋友,我只是他的妹妹。而且除了我哥,机关界和武林江湖还有个很不一样的地方,那里看起来漫山遍野都是聪明人。那些家伙们,机灵、能言善道、无所不知。他们嘲讽所有人,说这个是蠢货,那个也是;说这个人做的机关是笑话,那个也是;说他们就是来顺便看看热闹。可是,我当时是很认真,很怕丢脸的,每次想去都是鼓足勇气,那个须弥芥子学会对我来说,是活了十三年最郑重的事了,可在他们看来,就是个乡下的灯会。他们路上跟我说,很多人在九宫数牢里,拉裤子拉得到处都是,一打开,臭气冲天。他们哈哈大笑,我就紧张得说不出话来。"

"之后呢?"

"前面,我根本不敢说话,就一关一关往前走,拿自己做的那些可笑的小机关给大家看。有人夸奖我,我当作听不见,有人嘲笑我,我也硬着头皮听下来。我就这么走啊走,脸皮厚起来了,我可没有想过,我足足过了八关。到了第九关,也就是九宫数牢,那时候,剩下的人已经没那么多了。"

"他们也不在乎这个,本来就是来看热闹的嘛。"

"说得对!我到那个时候才终于弄明白,原来很多人是靠嘲笑别人壮胆的。不过嘲笑别人可不是个好习惯,笑多了,没人的时候也会笑自己,长此以往,就不敢全力以赴做事情了。"

"再之后呢?"

"后面剩下了三十九个,那就是真正的一群机关少年了。我是唯一一个女孩子,在他们面前,我还是很没勇气的,反正糊里糊涂,就被推进那个九宫数牢了。对了,除了灯、水、饼之外,里面还有一次机会,只有一次,一起来的亲人朋友可以递一张纸条进来,只是不许写九宫格的数字。那次陪我去的,是我哥。"沈南枝慢慢地往上爬也慢慢地讲,"里面真的很黑。当非常黑的时候,人是感受不到时间的。开头那一轮转,我头昏脑涨,躁极了,心里有许多杂念,想着别人嘲笑我的样子,也偶尔想着我赢了之后,嘲笑别人的样子。第一盏灯烧完了,我什么都没有记住。不过,从第二盏灯开始,我慢慢转动九宫数牢了,我转了四盏灯,心无杂念。可到了第五盏,我又开始慌张了,我想前面好像是弄错了,然后就做不下去了。我头痛得受不了,自己算了算,在里面怎么也该有一天了,就吃了两块饼,喝了一点水,稍微蜷缩着在中轴台上睡了一会儿。没有灯,弄不清楚睡了多久,我就当一天过去了。第二天,我又开始转了,给自己打气说前面肯定都没错。可这时候我开始想,其他人转了几面出来了?其他人一定有六面天才,我至少要拼四面。可四面谈何容易啊!我想来想去,一不小心脚底下踩滑了,就听身边轮轴一起呼呼啦啦疯转起来。"

云小鲨轻轻地说："呀……"

"我当时吓坏了，号啕大哭，一切都完了！当时所有的念头，就是发作一口恶气，在里面胡乱搅和一通，但到底还是一动没动，忍了下来。等到平心静气之后，又点了盏灯，才发现弄乱的部分没有我估计的多，我是被自己吓着了，不过还是得从头再来。这时候我已经很累了，又吃了点东西，睡了一觉，等着醒过来。就这样，也不知道过了多久，我猜，该有两三天了，我拼到第九盏灯了。可就在这时候，我忽然发现了一条路，好像可以打通六面九宫格的路。但是这条路，需要破坏掉我之前的两面墙。我犹豫了很久很久，我太想赢六面墙了，又怕满盘皆输，我想别人可能已经弄完了，慌乱之间，我砸掉了那盏灯，我大哭起来，那一刻我彻底崩掉了。"

听到这里，云小鲨抿了抿嘴唇。

"人在非常崩溃的时候，所有压力都会一起来，判断也会失误。我已经没有水和食物了，很饿，也很渴，干脆又睡了一觉。这回我很快就醒了，我浑身难受，呼吸不过来，五脏六腑都不舒服，眼前一个数字也看不见记不住，我想这回无论如何要出去。我快死了，真忍不住了。但也不知道到底是什么力量，反正就是撑住没动，我点上最后一盏灯，照一照吹灭，照一照又吹灭……反反复复，宝贵得不得了的灯油就浪费在犹豫里。不知道过了多久，在这时候我发现我哥的一张纸条，写着：三个人已经出去了，都是六面，放弃吧。当时那种感觉……哇！真的，万丈深渊里往下沉。一切都来不及了，我拖延太久了。可就在这时候，我前所未有地安静下来了，无所谓嘛，胜负终于分出来了。很好！可我要做的，就是完成眼前普普通通的功课。那时候，所有的杂念一起消失了，就那么一刹那，那些数字清清楚楚地浮现出来，就像是刻在脑子里的一样。我没有水，没有食物，又很困，可我清醒极了，我在飞快地做这些事，而且我知道我快要成功了。就在这个时候，灯灭了。"

"你还差多少？"

"六个数字，算好的六转，可当时我什么都看不见。我是个手很稳的人，但那时候脚可不稳，不知怎么了我腿已经完全麻了，用手掐啊掐，一点感觉都没有。"

"你怎么过去的？"

"我不知道，还是靠等，等我恢复知觉之后就向那个地方去，我知道那个地方在那！我不可能不去！我就跟自己说，拼命啊，做完这一次，这辈子你都会敬重自己的。"

"再之后呢？"

"我看见了……极乐世界。真的，那个感觉太美好了，身体自由自在，神志清明，我一颗一颗拨动了那个转轴，我知道那是没错的。之后很稳地走回去，按下了枢纽，打开了大门。当时外面全是人，我跟自己说……南枝啊，没关系，虽败犹荣，我还是很敬重你的。"

"是！"

"但你知道吗？小鲨，那一次，没有任何一个人转出六面，我是唯一的一个。我在里面，待了整整九天。有好几次，那个数牢一天一夜都没有一点动静，他们一直在问我哥，打开吗，打开吗？我哥就说，等等，等等……"

"很好，真的很好。"

"他们说，所有人都在等，最后看到六个格子开始转动归位的时候，全场都在鼓掌。"

"那张纸条……"

"我哥说，傻丫头，我骗你的。"

水车爬到顶了。沈南枝对云小鲨说："小鲨，这就是我走过的路。来，你先上去，拉我一把。"

沈南枝侧身让了让，最顶上的水车上面有一根吊索，吊着一个新月形状的滑车，头顶上，两山之间正是无边烂漫的璀璨银河。云小鲨抬起头，那是她在大海上看到过无数遍的银河和星空，可在这里，在峭壁和深渊之上，在吊篮和微风之中，有种说不清的震撼。她对方位有天生良好的判断，这两道山脊应该就在宅院的两座假山之间，用了屋顶和树木的落差，欺骗了眼睛。她拽着滑车，跳了上去，姿势灵活优雅，像只海鸟在船帆上收拢双翼。之后，她伸手把沈南枝拉了上来。吊篮里，是对坐的藤椅和一个小桌。

"我很喜欢这儿，难过的时候，会爬上来看看，吃点东西。不过总是自己来。"沈南枝摆下带上来的酒和杯子，"这是果子酒，有一点甜，但很好喝，是我的私酿，不会分外人的。小鲨，只有一个杯子，你用瓶子好不好？"

云小鲨说："好。"

星辰之下，浩瀚夜空，她们在微风里轻轻摇着，脚下水声汨汨。她们碰了碰杯子。沈南枝举了举杯子继续说道："放松点，小鲨，有个人跟我说过，生活呢就像是绣花,有乱七八糟的一面,也有很美好的一面,有时候要互相翻一翻。想想看,你有个很好的爱人,他经历很多糟糕的事,对不对?那些是很难撑住的,我想,是我的话我不行。如果,在这个时候,他得到了一点分外的希望,可能真的会太高兴,甚至有点顾不上你,因为你看起来比他强太多了,对不对?人都是凡人嘛!再有,如果你不介意态度,我想丁桀是个很好的老师。是,他的狗屁方式就是尽力击倒对手,这是他对你的尊重。可他想让你变强,你也愿意变强,这是好事啊,丁桀愿意教的人很少,对吗?还有……小鲨,你有好朋友吗?"

"嗯,十几岁的时候有过一个。后来就再没有了。"

"恭喜啊,你现在又有一个了。"

像个奇迹一样,云小鲨来找沈南枝的时候,一切好像都糟透了,可此时此刻,她真的会感觉到有心泉在奔流。

"南枝,谢谢你。"

"别啊,谢谢你才对。真的,我不是跟你客气,在我心里,你是个传奇,你去的是我想去又去不了的地方。别笑,真的,小鲨,你……传说中太凶了,我比你胆子小嘛,总怕自作多情碰一鼻子灰,如果你今天不来找我,我可能一直都没法鼓起勇气去找你。"

"沽义山庄真是个了不起的地方。"云小鲨举了举杯。

杯子碰在一起,叮的一声脆响。酒很甜,是友谊的味道。

她们聊了很久,酒喝完了,斗转星移。沈南枝轻轻拉下头顶的手刹说道:"小鲨,坐好!"

滑车开始滑动了,开始很慢,之后在飞,星空在四面八方摇晃,倒映在潭水里,一池春水,也化作流云,飞在天上。

滑车的尽头,还是石室门前。石室的前面,还是那间简简单单、老尼姑居所一样的屋子。

"呀,天快亮了,小鲨,你在我这睡吗?"沈南枝关上门,手里的酒杯搁在桌子上。

"好啊。"云小鲨回头研究那扇墙,上下左右轻轻敲打,完全找不到刚才的缝隙。

"别玩儿啦,想玩这个,天亮了带你去工坊玩。小鲨,你困吗?我们是直接睡,还是再弄杯茶?"

"我一点都不困……哎,这个床是不是也有秘密通道,机关会藏在哪里呢?"

"有你也找不到。"沈南枝在做茶,不知往杯子里加了点什么,递过去,"小心烫。"

不知道是什么茶,但沈南枝递过来的东西,总是很好喝的。就在两人彻底准备休息的时候,门又一次敲响了。门外一个人在边敲边喊:"小鲨?小鲨?"

云、沈二人两两相望,居然是丁桀。云小鲨有点疑惑,跳下来开了门。她只穿了件雪白袍子,赤着脚。丁桀一看见她,连忙转过半个身子。

"丁帮主,你这是干吗?"

"云姑娘,我刚才送苏旷回去,没看见你,想你可能会在沈姑娘这边。"

"你送苏旷回去没看见我?你找我干什么?"

"云姑娘,你是一直都没睡吗?"

"关你……什么事!"

"不要着急,既然你一直没睡,正好我也需要休息,那么三个时辰之后,我们老地方见!你记得不要迟到了,还有,今天我出手会重一些,你要有个预备。"丁桀说完,转身就走。

云小鲨真急了,追出去几步:"什么就老地方见!怎么才算重一点!"

"老地方就是我们昨天动手的地方啊!那里很好,未来半个月,你我每天都要去。半个月后,我们一起去杭州。还有,昨天我既没有用膝,也没有用肘,更没有踹过去,这个是初次见面的一点礼数。今天我们要练近身,你这一块很弱,多加小心。"

说完,丁桀就离开了。云小鲨拢着头发,愣在门口,是可忍孰不可忍,她怒气冲冲地跟沈南枝说了声"先走了",便向云起扶苏小筑大步跑过去,到门口一脚踹开门:"姓苏的,你交的是什么狗屁朋友!"

第三十六章　山高水长

丁桀说半个月之后共赴杭州，果然是自有安排。二月廿四傍晚，属下带了三驾马车，到沽义山庄的山脚下等候。丐帮规矩森严，丁桀没有招呼，任凭庄丁怎么邀约，那三个属下自备干粮，连大门都不曾迈进一步。这让沽义山庄的庄丁和丫鬟轮番去探头探脑。

沈南枝发现后便训诫他们道："你们看看，人家丐帮吃的是什么？穿的是什么？过这种日子还除魔卫道、行侠仗义，你说你们来沽义山庄都是图什么？"

庄丁和丫鬟们就七嘴八舌："我们没出息，就奔着挣钱多，活得自在，有二姑娘照顾！"

"要是有邪魔外道呢？"

"我们就关门躲起来！"这倒是异口同声。

沈南枝看着这帮散漫手下，也挺感慨。心说也不是我们不加入侠义道，人家可能真不要我们……

到了晚餐时分，六人齐聚，丁桀通知大家，晚上回去早点休息，第二天天不亮就要启程。大家都有疑义，不是不肯去，但这个行程过密，哪能说走就走呢？这半个月，大家都太辛苦，需要至少一两晚的休息。丁桀又说诸位放心，他路上另有安排。

考虑到这段日子很不容易，路上也可能吃不好睡不好，厨房又特地多加了几个菜。这确实是很苦的半个月。而苏旷更是每晚临睡前打通一次经脉。那是个备受折磨的过程——他的经脉多次伤损，内息混乱芜杂，犹如洪水之后的泽国，还有阴墟的真气逆行，如果要好好调理，至少需要两年左右。但这些情况，丁桀置之不理，不做任何多余的事情，干脆利落，一掌拍过去，内息直接催动膻中气海，用自身的内力，带着苏旷的内息强行运转，疾走一周天。

丁桀的疾走是真急。别人运行一周天，经天纬地，内观俯察，有些上了岁数的要闭关七七四十九天之久，愣是坐出痔疮来。可丁桀先天太强，从起手练武那天就没遇到什么大碍，运行周天跟跑步似的，奇经八脉飕飕转一圈，一炷香工夫了事。这种行为，搁在自己身上是很快活的，但搁在别人身上很难称之为"疗伤"。

苏旷头一晚上没扛住，直接就被一掌震晕过去，他醒过来的时候，一喉咙的血腥气。他指着丁桀，嘴唇直哆嗦："你有良心没有？我当年是怎么给你治伤的？我是把我的内力传给你，消耗真元，引江入河，星移斗转，天地为炉，起兵扣关，你在干吗？倒垃圾吗？乌七八糟一大堆轰的一下扔过来，我受得了吗？"

丁桀很随意地解释："放心，我自有分寸，算准了你接得住。这是敝帮的独门心法，行话叫'混元天倾'，是在提醒你的身体，一个高手的体格应该是什么样子的。"

苏旷对这个解释半信半疑，毕竟不是每个人都是丁桀，能够承受四代玄功的累积。他甚至觉得，丐帮这种世代相传的内力法门，和他们邋里邋遢的生活方式有很大关系，就是不管要几盆剩菜，都哗啦往一个袋子里一倒拉倒。

这个"混元天倾"消耗很大，苏旷一天里有半天眼前是黑的，后山练功难以为继，躺着哼哼的时候比站着多。丁桀一样有消耗，但睡一觉之后，立即又神采奕奕。他每天后半夜鸡一叫就起来，清晨准时去后山，跟云小鲨再练两个时辰。

他切磋的方式依旧简单，就是哪儿弱盯着哪儿打。云小鲨被连续放倒了七次，而且每天输掉的方式如出一辙，就是在看到一闪即逝的机会，转守为攻的刹那被准确地找到软肋，一击致命。她头天回去的时候，拿着药膏都不知道搽在那儿好，两个人楚囚对躺。她闭着眼睛，复盘了全程——丁桀像一面巨大的镜子，如果不带任何情绪，站在他面前，清清楚楚看到的，就是自己的缺点。

看到是改变的开始。第二天没有改变，第三天也没有——缺点的背后，是巨大的习惯。大海给了她自信，也给了她任性。海的力量是狂暴的，她的力量也随之狂暴。但大自然的狂暴是改天换地，人的狂暴往往意味着不够理智。

到第八天的时候，云小鲨不再转守为攻了，她变得更冷静，全程只守不攻。她意识到差距所在。实力是绝对力量、技巧和经验的总和，她正好每样都差一点。也就是说，她和丁桀在陆地上面对面交手，她没有任何机会。所有看到的空隙都是陷阱，所有的机会都是想象出来的。也直到这个时候，丁桀才开始讲解拆招。

也直到这个时候，苏旷才躺在被窝里哼哼唧唧地开始支招。她才开始和真正的丁桀过招。这就是武道上的破我执。

云小鲨是个很聪明的人，她能觉察到苏旷和丁桀拆招、支招的时候，时不时会为她预设一个假想敌。她直截了当地问苏旷："我能赢上官乾吗？"

"够呛。"

"什么叫够呛？"

"就是有机会，但也挺悬的。"

"你呢，如果没受伤的话？"

"也够呛。生死战的话，他软肋比我少，决断又比我快。"

"这么说，只有丁桀稳赢他？"

"丁桀能赢他，但不是稳赢。他太聪明了，一旦判断出丁桀实力在他之上，当机立断，转身就走，根本不顾面子，也不顾属下的生死，就是为了不让我们看到他的出手，下次在和丁桀面对面的时候，有反杀的机会。"

云小鲨点头同意，这确实是很可怕的决断力。她也发现了，苏旷和丁桀对上官乾看得都很高。他们俩没有一个人，用过"狡猾"或者"下作"这样贬损的词。贬损对手的话说多了，难以避免地就会看轻别人，有些时候，这足以致命。这是武道上的破我慢。"破我执"和"破我慢"分开说很玄，合在一起就是个常用的词了：知己知彼。云小鲨收获颇丰。

有一次，云小鲨和丁桀并肩下山的时候，没忍住，揉着肩膀问："丁帮主，你就没有弱点吗？"

"当然有。"丁桀哈哈大笑，"小鲨，我不方便说。"

他们三个凑在一起的时候越来越多，其他人就各忙各的。

沈南枝手里的狩天者进度到了七成，宣告搁置。没有成功，但也没有失败，她被卡住了，她需要关于精卫鸟的准确数字——翼展、爪和喙的长度、飞翔的速度、单只和成群的区别……她试着去找一些记录，可费尽九牛二虎之力，只查到了一些不知何人留下的笔记，上面尽是"垂云之翼""爪可碎金石"这样说了不如没说的废话。她需要亲眼看一看精卫鸟，毕竟百闻不如一见，苏旷的描述已经很准确了，但是口头的描述和眼见还是两回事，而且即使是苏旷，由于一不留神难免吹嘘自己两句，描述还是有点失真。

夜哭郎君则是把全副激情和精力投到那只即将问世的左手里。这是给小苏的礼物，当然很重要。但更重要的，这是他和沈南枝第一个合作的产物。他也是个心高气傲的人，也是当世数一数二的机关师，他并不甘心总跟在沈南枝后面，一遍一遍地说沈姑娘真聪明，沈姑娘真厉害。二月廿四那天晚上，他默默拿出了第一稿完成的草图，交给沈南枝。沈南枝非常吃惊，用一种前所未有的眼光看了他一眼。那是赞许、认可……甚至还有一点点崇拜。可能就是这一眼的缘故，沈东篱直接搁下筷子，站起来，告知众人：我不去了。苏旷和沈南枝激灵一下反应过来——这段日子，沈东篱非常孤独，他甚至停止了练剑。

丁桀很惊讶说："好好的，为什么不去呢？"

沈东篱就自嘲："丁帮主非要挑明……我不想在天底下人面前，宣布我不行了。"

苏旷听得耳朵根子发炸，深深埋下头。他无地自容，一切麻烦都是他招来的，而且他没话可说，夜哭郎君也是他朋友，在为他拼命。

丁桀像个瞎子一样，还在喋喋不休地劝："怎么会不行了呢？沈庄主再怎么也还是一代高手啊，依我看，只要沽义山庄不至于失守，最好还是大家都去，互相有个照应。"

"既然你们都已经决定了，沽义山庄门户大开之前，我想一个人静静。"沈东篱终结了对话，径直向外走，"诸位，给我留点余地。"

沈南枝说："哥你不去我也不去了。"

苏旷直接反手拉住沈东篱，说道："我对不起你，我走。"

"你去哪儿啊？真有骨气就别来，事都惹完了，就给我办干净。"沈东篱拍拍苏旷的肩膀，"没什么的，你该庆幸我是个够义气的人……不是每个人都能东山再起的，江湖上毕竟只有一个苏旷而已。"他走到门口，忽然想起来什么似的，说道，"当然，江湖上也只有一个丁桀。"

那一夜很短，那一夜也很长，好几个人没有睡着。

那一夜，苏旷没有"打通经脉"，他想去找沈东篱聊聊，门前徘徊了很多次，还是没有敲门。这是个很残酷的真相，他在用令人惊奇的速度恢复着，丁桀的预言没有错，他接得住。而沈东篱……这几个月，是在绝望地徒劳。他们是朋友。他不知道该做什么，不知道能做什么！

苏旷在院子里走了很多圈，跑回去写了张纸条，回来插在沈东篱的门口：上山是路，下山也是路，江湖上也只有一个沈东篱。

他留完纸条之后，走到一半，又觉得这样不好，或许沈东篱不想看见安慰，就又跑回去,准备把纸条拿走。可纸条已经不见了……

二月廿五。早春时节,寒柳初烟。除了沈东篱,五个人乘三驾马车,将那匹高头黑马寄放在沽义山庄,自武夷山麓之北,取道江西入浙。这一路,快马加鞭,离了武夷灵峻,向着江南绝美处去,眼见得水田渐多,耕牛行走,春水缥碧,早莺啼晓。他们一路不停,到了晚上在衢州换了舟楫,这也是越地百姓最惯常交通的一条水路,顺衢江、兰江,入富春江直下桐庐,再从运河水道进杭州城。

衢江边,早有一艘画舫在等候他们,那是条大船,分了前后舱,布置好了床榻、茶围,歇息起来,比马车上舒服得多。

丁桀大驾光临,非同小可,代为摇橹掌舵的是江南轻舟坊的严、柳两位当家,他们对丁桀毕恭毕敬,与沈南枝也相熟,这沿途了如指掌,带着一群属下弟子,饮食起居安排得妥妥当当。

渔火飘零,江歌唱晚,江风浩荡里,五个人一夕好梦,深眠里过了兰阴山三江口。第二天清晨,睁眼已在兰江上。

此时时令还早,河山略嫌冷清,一幅烟波长卷勾勒已定,正待三春着色。云小鲨头一回看到这样江景,很是好奇,船头船尾四处走动,见不远处前后总有几条快桨小舟,和大船同速航行,舟上鱼竿横陈,老远看过去寒芒闪闪,知道是轻舟坊弟子保驾护航。一会儿工夫,苏旷也来了,他揽着她肩膀,一路就着春风醉柳燕呢喃,指点两岸,讲些千古风流故事。

一阵疾风,船头犁浪,船身摇晃起来,云小鲨踮起脚尖,看船夫如何摇橹压浪。柳二当家正亲自送了早饭来,连忙提醒:"这位姑娘向里站,小心落水!"

夜哭郎君和丁桀刚刚出舱,闻言哈哈大笑。柳二当家还丈二和尚摸不着头脑,丁桀过来代为引见。二当家听说这是云家船帮之主,一时激动,安排属下摇船,拉了严大当家过来,同云小鲨攀谈起来。

江南轻舟坊一直是严、柳两姓轮流执掌,看下一代谁家儿子年龄大些,谁就是大当家。这位姓柳的当家叫作柳求剑,今年四十二岁,膝下三子,当年昆仑汪振衣买舟出长江、观沧海,就是其父代为掌舵。柳当家后来曾经听他的父亲说过,在东海上,他们的船只邂逅过云家船帮,远远只见浪里一叶扁舟,横流而来,那云家女儿海中戏耍,也不知施展什么手段,就弄沉了他们一条船。其父多年后回忆起来,还是拍案惊奇,说云家人真是半人半妖。严大当家叫作严观鱼,今年四十五岁,却只有一位独女,掌上明珠一样疼爱,今年才定了亲,明年出阁。他听柳求剑和云小鲨聊了几回合,忍不住打探:"不知当问不当问,我曾听闻云家船帮纵横四海,祖训是永不登陆,不知云姑娘此行是为何而来?"

云小鲨向着苏旷指了指:"没什么事,陪他走一趟。"

两位当家拍腿恍然大悟,想这一路上两个人亲昵热络,显然是一对情侣,稍加推断,立即就知道了此人是谁。严大当家当下连连拱手:"这一船宾客,真是载得值了!严某久仰苏大侠了!苏大侠风神如此,本来该一眼认出来的。只是江湖传闻,苏大侠贵体有些抱恙,长久卧床,这是传闻有误,还是……已然痊愈了吗?"

"苏大侠"许久没有听人这样打过招呼,苏旷先一愣又连忙点一点头:"是,我这身子骨是曾经有过些挫折,托二位的福,如今好了许多。"

二位当家啧啧称奇:"苏大侠吉人天相,恕我二人冒昧,那……那种情形,是如何痊愈了的?"

苏旷一时怅惘,想守默谷一战之后,几曾想过还有重回江湖之日?回头看看,真是恍如隔世,他也不知怎么讲述这段经过,想来想去:"一言难尽,总之是我侥幸了。"

夜哭郎君并不愿意自报家门,他披了件黑色斗篷,遮掉大半个脸,人问贵姓,就自称姓叶。这里都是老江湖,他连名字都不报,当然就是闲人勿扰的意思。

晨岚散去,天光大亮,江面通明,一对小燕儿贴着水面飞,被一只大水鹰呱地吓了一跳,惊落了嘴里的春泥。丁桀走上船头,扶栏遥望,衣袂临风飘举。他一现身,附近七条护航快船,一起靠拢,分列左右,不敢挡他船头,舵手、桨手纷纷摘掉斗笠,露出真面目,躬身施礼,齐声问候:"轻舟坊灵鲲舵,参见丁帮主!"

丁桀也抱拳回礼:"众家兄弟一路辛苦。"

大家就一起回:"我等荣幸之至。"

他们问安之后,一起散开,江面上细浪纵横,依旧守卫在大船周围。

这一阵嚷嚷,沈南枝也起来了,惺忪睡眼,招呼大家好早。严大当家见客人都起了,就支起小茶桌,从食盒里取出早饭,布置碗筷,连连道歉说是怠慢了。早饭是现烤的江鱼,大锅的锅巴浸在酱汁里,红糖糯米糍粑,拿苔干拌的小菜,梅干配了白饭,豆腐丝火腿丝勾芡做了个三鲜汤。

按照船上规矩,两位主人和五个客人就都盘腿坐在垫子上,捧着碗一起用早饭,每样饭菜,两位当家都先吃一口,示意无毒。

用了早饭，两位当家的又奉了茶，带上舱门，退了出去。船上议事，上不挨天，下不着地，四面环水，不留行踪，最能提防隔墙有耳。

丁桀提壶，为众人沏茶倒水。几个人都被刚才的威风震着了，嘻嘻哈哈地都说，哎呀不敢当。丁桀微微一笑，接着倒水说道："此去杭州，这一路上，这种事恐怕不会少……"

几个人又都指苏旷说："没事！我们都见过世面！谁手底下没人啊？就他，一把岁数了，神捕营里死活升不上去，一生气跑出来了，还只带过一个小师弟，而且不太听话……"

苏旷一听，还真是那么回事，握着杯子，慢悠悠地说："真别说，我这辈子有辱师门。出来混，就四个绝招：抱大腿、吃软饭、拖人下水、寄人篱下……"

大家哈哈地笑。这个人真是越来越不要脸了，这是恢复的标志。

茶喝了一巡，丁桀从袖子里取出两封讯报："诸位，吃饱喝足，聊点正事。此行有些讯报，大家来商议商议。我们这次行动，半明半暗，挑明了的白道势力是少林、昆仑、丐帮三家，反正挑明不挑明我们也躲不了。至于江南武林，多数在暗中活动。这杭州城里，被大家推举为领袖与我们接应的，是梅山红袖招。红袖招在杭州城经营已经近百年，地头熟、人头也熟。今晚上我们进了城，应当是周九桐，也就是梅山周九置酒接待。"

几个人都点了点头。苏旷抢先开口："据我所知，梅山周家的祖上是位探花公，忘了为什么罢官，总之是罢了官还乡之后，卖了祖业田宅，置办了茶庄、酒肆，还做了一家印坊书局。我记得有好些大江南北流传的传奇话本、香艳图册……都是他家出的，譬如近些年有名的那几套《活色生香图》《骑驴看唱本》《八仙过鹊桥》《吴刚玉兔集》……还有那个最有名的，嘻嘻嘻……夜哭兄你肯定看过，哎呀，就是那个……"

苏旷眉开眼笑地正掰着手指头准备数下去，刚数几个心说今时不同往日，便放下手拿起茶杯，顺溜地改了口："我也记不清了……总而言之，不少坊间书籍是他家做的。算起来，他家是本地士绅，又在侠义道联盟里，经营好些生意，也和衙门颇有往来，只一家就占了文武士商四头，真是八面玲珑。"

大家都点头，只有云小鲨瞟他："哎，我又不是小孩子了，那个嘻嘻嘻的图册，到底是什么？"

苏旷挠了挠脑袋，权衡利弊，还是不招的好，他嘿嘿一笑："我记不清了，都是夜哭兄跟我说的。"

夜哭郎君正在喝茶,听这句忍不住冷笑一声:"得了吧!只有你这种无知小儿还看什么香艳图册,真要说我年轻的时候,枕头边上就……"

他话音未落,看见沈南枝的手拿着颗瓜子在半空中顿了顿,也忙不迭改了口:"……就总放一本《齐民要术》。"

丁桀很苦恼,拿着他的"两封讯报"扔在桌子上:"丐帮总舵是有规矩的,谁要是在议事的时候老那么胡扯八道,可能会挨揍。"

苏旷也点点头:"是,神捕营也有规矩,就是没你们那么野蛮,谁要是这么干,会罚抄小篆。"

大家哈哈笑起来。除了沈东篱不在,这趟航行真是惬意,山河绝美,朋友在身边。

"讲正事。"丁桀打开其中一封讯报,先递给大家传看,"这些日子,我们的人没有大动作,但也没有不动,从南到北,从东到西,轮着查。半个月里,丐帮、少林、昆仑,陆续各有数百弟子,住进杭州城来,扬州、苏州、金陵……也陆续来人。我们并不知道银庄的准确位置,但银庄里的人也并不知道我们知晓多少。至于本地,都是如常行动,四下留心,等待号令。杭州城水旱十三座城门,我们都有眼线,他们人员往来,我们自然查不出,但想带大笔银子出城,恐怕也做不到。总而言之,老办法最有效,敲山震虎、打草惊蛇,看看他们有什么动静。"

丁桀用的办法,是自古以来最有效的办法——人多,拉网,盘查,盯控,没有任何一种战术比人数上的绝对优势更有效。不管钱塘银庄到底在哪里,这张网一拉起来,它的四面八方都有侠义道的人,进出的客人、跑腿的下人、做事的伙计、合作的朋友……只要控网够严,外面来的人够多,就一定能等出纰漏来。此时,丁桀又拿出另一份讯报,抽出一张地图,上面已经做了标记,他指着圈点处说道:"这半个月,我们找到了四个地方,你们看!这是第一个,是在清波门外、吴山后面的小茶庄。这个茶庄,是半个月前忽然关门了的,老板和伙计都不知所终。有人去查过,茶庄后面的野山坡埋了两具无名尸体,看起来是江湖中人。喏,这是第二,西湖南山上的一处古墓。古墓有地宫,这在西湖附近并不常见,地宫的出入口显然有人经常来去,红袖招派人去查过,在里面发现了大箱的银两,不敢搬动,目测至少在三十万以上。第三个,是个退隐学士的府邸。这学士说是个文人,但鲜少与士林往来,七年前,曾经被人报过官,说他杀了自己的书童,用七星钉钉死在棺材里,大兴巫邪之术。此事曾经闹得满城风雨,不久之后也不了了之,反而是那个报官的秀才,暴毙在路途上,死因仵作查不出来,但根据描述,很像是蛊毒。第四个,是城西的绣庄。里面都是来路不明的年轻女子,怪异得很,都有本领,有个偷窥她们更衣的登徒子,曾经被银针射瞎了双眼。这个绣庄,论绣活压根拿不出手,看起来没什么进项,但不久之前,还大兴土木,重修园子,听人说,通过运河从京城定了好几船的巨木……"

大家都在听,这四个地方各有各的疑点,有不明来历的尸体,有大笔的银两,有蛊毒,有身怀武功的年轻女子,还和京城打着奇怪的交道。这些都是端倪,都是蛛丝马迹。

"小苏,"丁桀把讯报递给苏旷,"依你看,我们从哪一家查起呢?"

苏旷低头,细细看了几遍,沉吟道:"银沙教不一定只有一处窝点,或许有两三个、四五个……杭州城土质松软,如果上面有建筑,下面其实不太适合挖那种巨大的地宫,如果真是大笔银子,或许需要分好几个地窖存放。"

"你的意思,是四个都要查?"

"不是我的意思,是这封讯报的意思——这四个地方,马脚都露得太清楚了,疑点标得清清楚楚,唯恐我们想不到和银沙教有关系。"

"你什么意思?"

苏旷提出一个疑问:"这事儿,是你安排人查的,还是红袖招自己查的?"

丁桀回答:"我安排人盯梢,来回拉网,这几个都是红袖招发现的。"

"那先查红袖招。"

"你怀疑周家?为什么?"

"银沙教惜财不惜命,好端端的,为什么拿出三十万两银子来,暴露给大家看?无非就是看风头紧甩出一个替身,这种行为不是草莽江湖客干得出来的。梅山周家,在这件事上太过热心,以他们在江南武林的威望,如果不是主动请缨,恐怕轮不到他们做领袖。如果是主动请缨,这有悖常理。按照道理讲,动手剿灭银沙教,本地的武林中人多少会有点畏首畏尾,因为你丁桀不怕事,收拾完说走就走了;银沙教要是铲除不干净,他们家人子嗣可是都在这里,跑得了和尚跑不了庙。这是人之常情,也是你从外面调人的原因。他们最合理的做法是听令行动,看你掌握多少,胜算几何。你带头,合适了就一拥而上,把银沙教做干净了;不合适,就伺机而动,肯定不是自己跑东跑西把这些都查出来。"

"如果人家就是仁义血性呢?就是看不过眼、拍案而起呢?"

"我这个人呢,有时候有点小人。我就觉得吧,咱们这个世道,说不好也能凑合,说好还真不太好,又仁义又血性的人,多少都有点倒霉,顶天了也就是术业有专攻,在哪一行有点作为,横跨不了文武士商。"

"好!有道理。但是,红袖招的产业多着呢,你又准备从哪儿查起呢?"

苏旷揉了揉鼻子:"这个我慢慢琢磨琢磨……"

"我提醒你,我们在江上可以悠哉悠哉,一进城就要以迅雷不及掩耳之势直奔目的地。"

"在想呢……红袖招在杭州快一百年了,家大业大,明的暗的,城里城外,我们知道的不知道的……"

他忽然抬头,夜哭郎君也忽然抬起头——眼神里也有了答案。他们一起说了四个字:印坊书局。

丁桀问:"何以见得?"

苏旷回答:"印坊书局。第一,书局有大量的空地,可以藏书,可以藏书就可以藏银子;第二,人来人往,买书人多半还衣冠楚楚,来些外地客人,也不招人怀疑;第三,也是最重要的……"

"什么?"

"十二月令!十二月令对应着十二张银票,通行整个江湖,夜哭兄给我的那张银票我反复看过,明纹、暗印、防水防揉,不是一般小作坊做得出来的,尤其是那个油墨,我跟你们偷偷说一句,比正经银票强多了!别说拿水、酒去沥了,拿指甲抠都抠不下来,你别看就那么小小一张纸,后面是多少手艺!我当时就在想,这个东西银沙教那个蛮荒之地是怎么做出来的?这东西必然出在自古繁华之地,必然在江南!这下就对了!哪里的手艺最好?印坊。什么书对油墨的要求最高?跟你们说,别不信,是香艳图册。"

"为什么香艳图册要好油墨?"

"嘿,香艳嘛!香艳是用来干吗的?临摹!都懂,对不对!那个图册平时放在哪里?总没人要挂中堂吧,一般都放在床头。你墨不行,一摸一手红,一蹭一枕头黑,还油不拉叽的,洗不洗?下次人家还买不买了?"

"好!苏旷,你确定钱塘银庄就在红袖招的印坊?"

"对。十二月银庄里面,元月银庄,调度的是权力和人手;钱塘银庄,调度的是银子。而且,没猜错的话,他们应该是暗地印了十二月银庄的所有银票,是真正的剑菩提那个财富帝国的枢纽。我想，它就是三月银庄，所谓的'三月春风陌上，红袖白裙笑盈盈'。"

丁桀轻轻拍了拍桌子："有道理！"

"当然有道理了！丐帮规矩森严，脑筋死板，确实很难举一反三，推断出来……"

丁桀皮笑肉不笑，转头问夜哭郎君："夜哭先生又是怎么推断出来的呢？"

夜哭郎君忍着笑："我没有推断，我很简单，是闻出来的。刚刚苏旷一说红袖招有印坊，我就想起来了，那天被蒙着眼睛，推到某个地方，确实是闻到了一股很奇怪的松香。你们知道，我做这个对松香是很在意的，但那个松香和普通松香又有点不同，还掺了一点墨香。"

苏旷听得讪讪，只听丁桀继续问道："我们先去书局还是印坊？"

"书局就在西湖边，梅山九公子亲自主持。那儿不要说江湖中人了，神捕营的人也常去，来往人群如此之多，他们会有所顾忌。印坊在余杭门外，北关鱼市那里。"

"你有几成把握？"

"七成。剩下的三成，我倒不担心银沙教，也不怕上官乾，我担心王素。"

"王素能做什么？"

"我不知道，我担心的就是我不知道的这部分，王素是个奇才，真要说打架斗殴玩心眼，我不怕他，但一旦沾上钱，我摸不准他的脉。"

"好，那就这么定了。我先发一封书信，叫丐帮弟子按照这两封讯报，搜寻那四个场所，这是虚晃一枪；明天晚上，我们的船，直接驶到余杭门，我们直奔印坊；少林昆仑的人，去会合梅山周九，胁迫他前往书局，搜寻藏银。我们三管齐下，只要发现端倪，立即发信号，抄了红袖招，灭了银沙教。在此之前，大家的任务，就是养精蓄锐，好好休息。"

大家齐声道好。

此时快到正午，船尾正在做午饭，阳光洒满江波，船头剪着春水，橹声吱呀。小半个时辰的闲暇时光，无事可做。轻舟坊的船上，也并没有什么好玩的东西，有些骰子骨牌，但也过于简单无趣了。

丁桀盘膝打坐，闭目养神，运行周天；沈南枝到后舱去再眯一会；夜哭郎君望着江流发呆，靠舱壁等饭；苏旷从角落拎来他的行李，伸手在里面摸索。一边找，一边跟云小鲨挤挤眼睛说："我给你变个戏法啊，你不是想知道，什么是嘻嘻嘻……"

云小鲨睁大了眼睛，这要是真能掏出一本那什么香艳图册来，也真是一桩本事。

夜哭郎君也探头向他这边看。没想到，苏旷真的拽了两本书出来。

沽义山庄是颇有些藏书的，他临走时候，顺了两本路上看。苏旷向夜哭郎君亮了亮，居然真的是一本《齐民要术》："夜哭兄，你到底看过这个没有？"

夜哭郎君凑过来，翻了翻："哈！我以为老厚的，原来只有这么薄……"

"嘿，我就说嘛，夜哭兄你编都不会编！你那儿骆驼草都不长，你看这书干吗？"

夜哭郎君一通乱翻，然后还给他。苏旷随手翻："这本书名气大，可谁都不爱看。贾思勰错什么字后世就跟着错什么字，一版错到底，五百年不给你改。"

夜哭郎君好奇："你看过？能读下去？"

"不能啊，哪忍得了这个！看两行站一站，看十行想撞墙，看一半恨不能把它吃了，谁能读完谁真是条汉子。"

云小鲨好奇，也拿来翻翻，之后也很快还给苏旷。她随手一翻，便看到了猪拉肚子、羊配种、果子树生虫……

苏旷挪到一个亮堂地方，舒舒服服坐着。夜哭郎君蹭过来，他毕竟是西域之人，有时候难免被中华风流震慑露怯，想不明白，一个江湖大侠在剿灭魔教的路途中，抽空看《齐民要术》是什么精神头，便问道："你看它有什么用？"

"怀旧，想我师父了。这是我师父扔给我的第一本书。冷着脸扔给我就完事了，过几个月冷不丁想起来了要考，记不住就打。"

"神捕营……哎呀，这么有意思？"

"不是神捕营的错，别的孩子不遭这罪！我师父有一堆古怪功课呢，《水经注》也是！不过，《水经注》文辞优美多了。小鲨你翻翻，看得下去吗？"

云小鲨翻了翻，很快又还回去了。

"那……铁总捕头到底有什么深意呢？"

"也没什么深意，就是照样画葫芦吧。我后来很大了才明白，那些功课是竹关书院的必读书目，他小时候也看过。不过他连提都不许提，我不知道他记忆那么深。竹关书院与众不同，开蒙不讲四书，讲天文地理农工百科，农书排第一，据说，那是竹关书院对弟子的要求——在弄懂这个国家的土地上种什么和怎么种之前，不许夸夸其谈。"

"那个书院如今还在吗？"

"在苏州，如今是我一个朋友的丈母娘主持。那里曾经鼎盛一时，如今已经很

065

凋敝了，或许老人家一过世，再过些年就不在了。前些年，我一直想去书院看看，总觉得不着急，将来有的是机会，如今机会没了，真是遗憾。"

云小鲨拉他手："你要想去看看，我陪你去啊？"

苏旷拍拍她手背："小鲨，多谢你啦。那个地方啊，我去已经不合适了。"

二月廿七。富春江上。

今天真是个好天气。浪荡青山，江练澄明，烟波画舫，水天一色。五个人都在船头看。苏旷和云小鲨拉着手贪看春光，如果没有意外，又都能不死，他们一个是第一次到江南，一个是最后一次到江南。

群山如祠，悬石藏风骨。白鹭飞处，有渔翁一声欸乃，少女唱起清歌——唱的是云山苍苍，江水泱泱，先生之风，山高水长。

第三十七章　大江残月（上）

二月廿七日酉时，画舫到了杭州城外。严大当家一早布置停当，在无人处准备了一条二明瓦的乌篷酒船。五人上了船，中舱坐定，小方桌上已经摆妥了茶水、点心，酒船打扫得干净精致，细磨牡蛎片的窗格里透下点点的白亮的光。

严大当家船头掌着竹篙，柳二当家船尾划楫躅桨，两人都是船家装扮，斗笠压头，混在往来无数船只里，看不出分毫不同。船舷两边河水汤汤，几根荇草随浪东西，酒船快如轻梭，一路荡开夕阳烟波，从城南凤山水门入城，穿过纵横交错、如网的城内河道，出了城北余杭水门外。

严、柳两个当家拿捏得恰到好处，他们出城时，夕阳渐渐没入远天，大地的尽头暮霭泛起，城头鸣金三声，水陆双门关闭。杭州城北水门，直接连通着大运河，河道两岸是熙熙攘攘的一片集市。五个人都在舱里向外望——城池之外，好一片市井繁华世界！

放眼所及，一路都是店铺，鳞次栉比，看不到头，卖花儿卖柳儿的，卖胭脂卖水粉的，卖绫罗绸缎的，卖成衣鞋帽的，卖桌椅家具的……真是应有尽有。这时候正是晚饭时分，客人纷纷上岸，各家铺子叫卖的叫卖，吆喝的吆喝，各自四下嚷嚷着便宜。沿街饭铺很多，酒楼也不少，卖小吃的摊贩一个跟着一个，烹熘煮炖、烧烤煎炸，满街都是鱼鲜的香气和各种油糖香。一路向北，好几条窄窄的水巷通进运河，巷子里面是住家和一些小客栈，城外的客栈比城里的便宜了一半有余，运货的商人、游湖的旅人……不少就在这附近宿下。

主河道宽约七丈，两侧都泊满了船，一艘船一个位，乌泱泱地互相挨着靠着，乌篷连着乌篷，鲫鱼背一样凑在一起。这些船只在外人眼里都是一样，在水上人家眼里各个不同——船头画着鹢鸟、用石狮子压船的是埠船，白篷大埠船在这里拉载夜航客，出发远行，小客船在这里接客人玩耍；两头翘、挂着鱼篓子的是渔船，很多船家把前舱铺平了，拿白天里打来的鱼鲜就地叫卖，这里本来是附近最大的鱼市，月份还早，渔获不多，摆上来的都是些过了冬的大江鱼，价钱也贵些，来买鱼的多半是酒楼饭铺的老板们，精打细算的主妇们还要再等一等；挂桑皮油纸灯笼的是酒船，中舱摆好了牌桌，招呼客人上去喝酒玩乐，谁要嘴馋了想吃鲜鱼了，有人直接给送铺子里做好了端上来，再温二两小酒，配些豆蔬之类，呼朋唤友，好不热闹；还有那些花船，挂粉纱灯的，船娘在里面唱个小曲儿，弹些琵琶之类。

严大当家点着竹篙，在乱船阵里穿行。前头是河道最窄的一段，三十几艘大小船只、舢板、划子围拱着一艘大花船，花船船舱里有人在弹琴，船头上一个低眉低眼、白净清秀的姑娘正在唱着小曲儿："朝朝暮暮河边坐，不为洗衣呀为阿哥，那天阿哥从我的桥头过，叫你三遍呀不应我，我捣着衣衫儿泪珠儿落，红绫帕子顺水流过河，哥哥，我是你亲亲的妹呀……"她人长得清秀，脸上冷冷淡淡的，唱的曲子娇酥又撩人，听着别有一段风情。附近几艘船里的人都哄着叫好。有艘三明瓦的大乌篷船，船帘大咧咧掀到篷顶上，舱里宽宽绰绰坐了六个人，身材都长大魁梧，面前小舱桌上堆满了卤鸡、卤鸭、盐水豆腐干之类，舱板上也扔满了瓜子壳和干果皮。六个人听得如痴如醉，都伸长了颈子，张着嘴巴，听到娇滴滴的"亲亲的妹呀"时候，居然一起噼里啪啦鼓起掌来。这六个人声音洪亮，手上都戴着黄铜护腕，腰带上有刀钩，看起来显然是练家子。

"竟然是他们。"两艘船擦肩而过的时候，丁桀低声介绍，"这是昆仑的后起之秀，六龙回天剑阵。"

苏旷跟着看一眼："这岁数可不像是后起之秀，是带艺投师？"

丁桀不置可否："昆仑要复兴嘛，不然怎么跟我们鼎足而三呢？他们的高手一不小心连着凋零了两代，伤了元气，纳新的本事又有限，这几年趁着五百年余威，颇是吞并了一批西北的小门小派，尤其是挖崆峒的墙脚……当时中原武林要不吱声，崆峒就要挖断根了。这六位原先是崆峒的弟子，不知道给狄飞白拿什么宝贝换过去了，换过去的时候，风光到不得了，到处传帖子，昭告天下！当时欺负我不在，狄飞白是亲自给洛阳写帖子，说了好些过头话……罢了！后来也不知怎么回事，他们六个酒后失言，自吹自擂，说什么如今昆仑徒有其名，是崆峒的底子汪振衣的牌坊，得罪了一批长老……喏，就给发配到城外来了。"

"我明白了，昆仑的心思这就很清楚了。少林和丐帮呢？打仗是亲兄弟，还是表兄弟?"

"你看,那边几个啊,戒律院出来的。"丁桀手指按下一块船篷缝隙,示意大家往左边看。

相比较昆仑而言,另一艘船就安静得出奇了。那船小得多,船舱里反而挤了七八个人,水线吃得深深的。里面六个人,身材也魁梧,戴着斗笠包着头巾,面前小桌上就只有盐水豆干,而且连杯子筷子都没怎么动过,船娘唱得千回百转,几个人眼珠子都不转一下,盘膝低头,眼观鼻鼻观口,坐得直直板板。苏旷眼神扫过去的时候,心思一凛,总觉得中间有个人眉眼有些熟悉,一时又想不起来,但那人并没有抬头,船已经背道而行了。

"戒律院出来的是什么意思?"

"就是犯过事,有过罪愆,或者半路出家。总之,和达摩院出身的弟子没得比。"

"众生平等也这样?"

"天底下哪都一样。除魔卫道是大节,大节不能惜力,该流血要流血,该卖命要卖命,你要高手助阵,人家派给你高手,不糊弄你,但肯定不给你嫡系啊。嫡系的弟子,自有山头树旗枪,哪能随随便便被你压下风头去?"

"这样……好吗?"

"有什么好不好的?人本性如此啊,神捕营不这样吗?打虎亲兄弟,上阵父子兵,你都不知道他哪儿来的,信不过他,敢把后背给他吗?半道进门的,在你们那儿容易站稳吗?"

苏旷若有所思,怔怔地发了一会儿呆。丁桀倒了杯茶,推给他:"你不是吧?以前都没想过?"

苏旷接过茶:"没有。"

"在神捕营这么吃得开?"

"不是,想要的不在那儿嘛……我以前就老想着怎么离开,没想过怎么站稳。别只说我啊,难道你在丐帮想过要怎么立足吗?"

"无所求,就什么也不要了?"丁桀看着他,笑容很奇怪,"你真天真,我当然想过。"

酒船驶过一片闹市区,两岸渐渐冷清,河道也显得辽阔了些。此时天色已晚,更大些的货船在夜色间破浪归来,向灯火人间而去。又过了五里多地,前方已经有些偏僻了。严大当家的俯低了身子，向远处指："诸位请看，那桥头挂青灯的就是梅山印坊。"

众人随着他的手指看，运河西边有一道小河，上面拱桥如月，桥边一座老木楼临着水，青砖白墙围着一片院落，墙边有垂柳十余株，柳条儿疏疏朗朗。梅山印坊已经坐落于此三十年了，不市不隐，不独不群，确实是个读书人家的好地方。今夜青灯没有点亮，整个院落黑漆漆的。

"两位当家，你们留在附近就好。"丁桀嘱咐一声，"只是这船太招摇了，有没有什么地方能藏一藏？"

"帮主放心。"严当家摇着船，从运河道拐进小河，在垂柳下靠了岸。下岸处是个得天独厚的角落，草丛既深且密，藏什么都藏得下。

三个人都是轻装，只有沈南枝和夜哭郎君各自带了很沉的百宝囊。但他们很快就发现，有人捷足先登——草丛里已经拖进来了另外一条船。那艘船不大，是条很常见的八尺木船，没有篷子，船舱木格上绑了个蓝花布包袱，权当坐垫。那船被人急匆匆地拖上岸，压坏了一大片草株。

"来个火。"苏旷伸手，夜哭郎君递给他一个精致的小火折子，比普通火折子亮得多。

苏旷举火，仔细照了一圈，附近草窝没有别的散落物件。一对船桨扔在船舱里，上面那只桨的水渍已经干了一大半了，看起来至少在这晾了一个时辰。唯一有点奇怪的，就是缆绳上爬满了蚂蚁，排成两列长队来来去去，他凑近了一点看，船板上洒了点红褐色粉末，那些蚂蚁是顺着缆绳爬上来搬运的。他拿草尖沾了一点在鼻子下面闻闻，说道："糖？"

看起来至少半包糖洒在舱板上了，他没太想明白这是怎么回事。五个人不做耽搁，拿了兵刃家伙，向印坊木楼去。夜色越来越浓了，附近只有鸟鸣以及远处水声浩荡。

正门是上了锁的，夜哭郎君拿起锁来看了看："这锁要撬。"

丁桀招了招手，几个人又绕到后院。后院的门是闩着的，在里面落了锁。夜哭郎君向众人点一点头，从后背解下个小包袱，拿了两根铜片、一根铁丝、一对麂皮手套戴上，轻飘飘翻上院墙，又轻飘飘落了地，一根铜片别着机簧免得发出声响，一根铜片卡着锁眼，铁丝稍微一动，无声无息地把锁开了。苏旷向他比了比大拇指，这利索劲，比拿钥匙开锁也慢不了多少，夜哭郎君要是去做贼，也是一代名盗。

院墙里面是很大很空旷的一片院落,右边也有一棵大柳树,和院墙外面的十几株柳树长在一起。柳树下是个硕大的水缸,夜哭郎君过去看了看,水缸里只是水而已——这里是个印书的地方,防备失火,是第一要务。院子左边是一小片菜地,豆苗和小白菜长得正好。菜地一头是个竹架子,上面架了十几层大竹匾,看起来里面全是嫩桑叶;另一头是个鸡笼,那些鸡还没来得及叫唤,夜哭郎君扔了几个铜蛞蝻过去——那是个专业偷鸡的小玩意儿,轻轻一啄,鸡嘴就被扣上发不出声响。夜哭郎君随手抽出个布袋,捉了只鸡塞进袋子里。苏旷又比一比大拇指,偷鸡摸狗也是一流的。

小楼的后门在院子紧里头,从里面闩着,拿铁丝钩一钩,也是锁着的。夜哭郎君抬头看了一眼——二楼木窗掩着,楼不算高,但是既滑又陡,他上去当然不费事,但无声无息地上去就略有为难。他退后两步,正准备助跑。丁桀拍了拍他示意,手在墙边一按,不见怎么发力,壁虎游墙一样就上去了。没什么动静。大家在楼下等了一会儿,都有点屏气凝神。

得楞!里面有什么东西响了一声。云小鲨直接握着海牙枪,手就提起来了。

接下去,还是没什么动静。

哐啷!什么东西又响了一声。云小鲨又握着海牙枪,右脚甚至踏后半步。

接下去,还是沉寂。

过了一小会儿,木梯声响,丁桀直接点了支蜡烛,开门走出来:"苏旷,你笃定是这里吗?这里不像钱塘银庄,里面就是个破楼,又破又乱,真不像是魔教中人待的地方。"

"我能笃定,我们分头找一找。南枝,你跟丁桀进去,看看有没有机关暗道。夜哭兄、小鲨,我们在院子里找。"

云小鲨很惊讶,睁大眼睛四处看:"这空空荡荡的,找什么?"

"来,让你看看什么叫当行本色……"苏旷向夜哭郎君伸手,"夜哭兄,再借个火。"

小火折子亮起来了,苏旷走到了角落——那是些很大的竹匾,里面的嫩桑叶都擦拭过露水,剪得细细的,有许多孵出来没多久的幼蚕,受了小金的惊吓,拱拱地四下乱爬。江南养蚕实在太正常了,有些地方家家户户都养,但幼蚕娇气,谁家都不会这样搁在院子里。院子里既有虫,又有鸟,还有鸡,随便怎么吃一吃,就不剩什么了。

苏旷四下看了看，院角有个小柴屋，看起来那里更像是原本的蚕室。他走过去，拽开门。屋子里是满的，从地到顶，层层叠叠塞满了两尺长、一尺宽的木板，再仔细分辨，都是印书的雕版，有些是枣木，有些是梓木，有些是梨木，都明显经过风吹日晒雨淋，腐烂的腐烂，开裂的开裂，从上面抽出来几版来看，全都是已经坏了的废版，有的刻坏了字，刨了三四层，木层变薄再也刨不下去。苏旷又从底下硬拽了几个木版出来看，明显在泥土里压过很久，又黑又潮，烂得看不清字迹。这些废书版堆在院子里显然更合适一些，木版和桑匾可能互换过位置。

苏旷把火折子插在门缝上，从中间再拽了几块书版出来。他看得津津有味，云小鲨也好奇，拿了一版在手里跟着瞧。那些都是一本叫作《浮槎记》的书，讲的是孔门七十二贤，他们都学会了一身神通，有的会腾云驾雾，有的能变大变小，浮游海外，在一些光怪陆离之国经历一些匪夷所思之事。这是很奇怪的一套书——子不语怪力乱神，这种有精怪妖魔、拨弄神通的故事，偏偏非要托名在孔门之下，只要被人报官，就是败坏名教的罪过，不死也要脱层皮。

夜哭郎君检查过水缸周围，走了过来。苏旷便递了一块版给夜哭郎君："夜哭兄，你在市面上见过这书吗？"

夜哭郎君翻来覆去，不明就里，也不大乐意看："没有。"

苏旷皱了皱眉头："奇怪，这套书我听都没有听说过。"

夜哭郎君不懂他在想什么："咸吃萝卜淡操心，你管市面上有什么书呢！"

"你这人真是蛮夷！"苏旷提醒他，"你明白《浮槎记》是什么意思吗？读书人一看就明白，道不行，乘槎浮于海……这是个讲道的典故。"

"我都浮于海了，为什么还要听人讲大道理？"夜哭郎君把手里几块木版一块一块扔回去，"全是大道理。这书卖不掉的，这些就是当柴烧的命。"

丁桀和沈南枝忙了一通并肩出来了，看他们三个头碰头不知在看什么，快步过来瞟一眼："你们在这看小说？"

"不是，我在琢磨……梅山周氏到底为什么跟银沙教混一块了。"苏旷把那几个木版扔回去，"看起来有所斩获？"

"楼梯下面有个暗门。不过我怕有联动的机关，就没敢开。"沈南枝冲夜哭郎君说，"搭把手。"

"等等。"苏旷指挥大家，"竹匾架子下面那块地，应该埋了点不该埋的，那边有锄头，大家一起动手，挖开看看。"

那一带的土很松，而且很湿，似乎几个时辰前刚刚翻动过，大家一起动手，挖得很快。土坑挖到五尺深就发现了一片衣角，接着是整个人形。拂开土，那是具仰卧的尸体，三十多岁年纪，身穿黑衣，中等身材，口鼻有泥块。

抬出来一具之后，下面还有另一具。在这个不大的土坑里，尸体叠着尸体，他们一共挖出来七具。全是三四十岁的男人，穿着黑衣，口鼻处都有血污。他们的衣兜全都掏干净了，去除一切可能标志身份的痕迹。

苏旷一具具地解开他们的衣服——这七个人，差不多是同时死亡的，身体已经开始僵硬了，但按起来皮肤还有弹性，背部和大腿开始出现紫红色的血障，云朵一样还没连成片，手指按下去，血障会消失。他们的前襟都有呕吐的痕迹，刮去土痕闻一闻，有淡淡的酒污气和血腥气。仔细看，他们的喉咙和前胸都有自己抓挠过的血痕，腋下和腿窝都是青紫色的，眼角和舌头下面的大血管乌黑。看起来像是中毒身亡的。

"天太黑了，我看不出来是什么毒。但这个毒发作起来很快，可以说是立仆，下毒的人完全不用再补刀。他们死的时候，大概是距离现在两个时辰到三个时辰之间……也就是今天下午。我猜，他们午饭的时候已经喝了酒，可能是和此间主人一起，也可能就是他们七个自己凑一起喝，喝完酒之后，来这儿坐了一段时候，可能一起喝了茶，也可能和此间主人有争执。"

"喝酒和中毒都一目了然，喝茶和有争执是怎么看出来的？"

苏旷从一个人的鞋底上捏出一点半个指甲盖大的碎瓷片："看起来是有人摔了杯子，失手摔不可能这么碎，发火才能摔成这样。这个人鞋底碎瓷最多，喏，这是走远路的靴子，鞋底很硬，只踩一脚是踩不进去这么多的，他当时应该很生气，在屋子里面走来走去。可能杯子就是他自己摔的，可能当时还放了点狠话，威胁此间主人。还有，这个土里、头巾上、腰带上……正面反面到处都有碎瓷。还有这个，你看，是茶叶，应该毒发打滚的时候沾到身上的。"

"看得出身份吗？"

"只能看得出是练家子，手上有一层软茧，腰带上有鞘钩……其他所有的东西都被拿走了……但杀人的家伙处理尸体处理得很急，说不定有遗漏……"

"哪里看出来很急？"

"如果不着急，就把那一大堆木版原样摆回去了，也就半个时辰的事，我们就

073

很难找了。那个人,应该是个不事农桑也不太碰田间地头的家伙,不然不会想不到,幼蚕不能摆在院子里。"

苏旷半蹲半跪,在挨个地从头到脚仔细摸索那些尸首。夜哭郎君和沈南枝帮他点火照着。丁桀和云小鲨都不是做这种事的人,帮不上忙,站一边看着。

"这个人应该是最谨慎的……他靴子底下,一点碎末都没有,当时大家都在争执,就他一个人坐着没动,服下的毒药也是最少的,可能就抿了一口。但他挣扎得也最惨,这个毒药真的很烈,算见血封喉了。"苏旷拽下他的靴子,手伸进去,摸了一会儿说,"刀。"

一把小刀递过来,靴帮被划开了。里面有一小卷银票。苏旷打开看了看,手指夹着递给夜哭郎君。

"第十二月银庄!这个银庄的银票很少见,一年发不出几张去。"夜哭郎君看了看,还给他,"十二家银庄里,只有这一家是有计利的,我记得……一年五厘吧。杀手拿到这个银票,一般都舍不得兑。"

"这家银庄有什么特殊?"

"不知道。"

"设在哪儿?"

"更不知道了。"

"你觉得……这个人是银沙教的杀手?"

"杀手肯定是杀手,是不是银沙教的就不一定了。整个江湖都会用到十二月银庄的银票,尤其是黑道的,所有人都在用。白道的人用得少,但也用。丁帮主,你别不信,你们丐帮也肯定有人用,十二月银庄一出现,以前那些江湖银庄全关门绝迹了,没人做得过他们。十二月银庄的银票,比官家的面额大,携带方便,比江湖散门小户的可靠,而且绝大多数人根本不知道他们和银沙教的关系。"

"你猜,他们为什么死的?"

"我想不通,他们如果是来杀人的,没必要酒足饭饱的来,这是一点提防都没有才中的招。这种事,一般是灭口……"

"对。"

"灭什么口呢?"

"银子。"

"银子怎么了?"

"银子没了啊,空有银票兑不出来啊,辛辛苦苦杀人放火的血汗钱,打水漂了啊,搁谁谁不急呢?"

"有道理。这边的主人拿不出来,吵起来了,他们就放了一些狠话,比如出去胡说八道之类的,就被灭口了?"

"对,我们来顺一顺,再把今天关键的几个节点加上去——丁桀下令,三管齐下,命令侠义道的弟子去查报上的四个地方,也就是城西的绣庄、西湖古墓的地宫、茶庄的野山坡、学士府邸……这样一来,地宫里的三十万两银子,也就被人知道了。这几位朋友呢,一直兑不出银子,本来就着急生气,一听说他们有钱糊弄丁桀,没钱给他们,就生气了,登门滋事。至于此间主人,比如说是周九桐,他银子可能出状况了,本来就焦头烂额,被人这么一威胁,动了杀心。之后,三管齐下,少林和昆仑的人去查他的红袖招书局,他就更害怕了,生怕这几个人混不吝真把他捅出去,就先下手为强,把这边土埋完了,时候也不早了,再不回去城门都关了,慌里慌张就走了。"

"这个,听起来很像啊……"

"八成就是吧。"

"但我还有个问题。那个船是干吗的,洒了糖的那个?"

"嘶……"

苏旷站起来,大家也都跟着站了起来。

已经很晚了,下弦月从天边升起,四野茫茫,小楼的窗户像森森的眼睛。苏旷挥了挥手:"走吧,我们去看看暗门里面是什么。"

丁桀点点头,他从腰间摸出了个小小的信箭——这满地的尸体,证据已经够了,他可以叫人来包围了。他犹豫了那么一小会儿,信箭又塞回腰带里。他确实还有那么一点私心。城北待命的,还有昆仑、少林的弟子,仅仅这么一点点斩获,就把大家都叫来,未免有些小题大做了。他想要能拿到更好的更直接的证据,最好是精卫鸟。

说实在的,他们五个人联手,没什么不放心的。

木楼里面,果然就是个普通的印坊。一楼大厅里全是桌子,每张桌子上面都放着刻刀、尺规,到处都堆着完成或者没完成的木版,有的版做好了,有的版刚弹上墨线,有的版蒙着纸在刻绣像……二楼是个仓库,堆得叠屋架梁,连落脚的地方都没有，一箱一箱的连城宣纸，成桶的墨、灯墨、松墨、桐油、麻籽油……随便一碰，上面就有个灯台之类的东西滚下来。

苏旷在一楼又看了一眼，好几个木版上一个字甚至只刻了一半，差了一撇一捺之类。工匠们离开得太匆忙了，看起来是收到了什么很紧急的命令，要放下东西立马走人。他们正在做的这一拨活，是大家都很喜欢的"香艳图册"。他们这手绝活是独步海内的，那些绣像图案尺度很大，花样百出，刀工精严，线条极美，用雕刻佛像一样的庄严歌咏肉身欢愉，放浪里透着大自在，交合里迸着大欢喜，有一种灿烂的完全怒放了的情欲。这是梅山周氏真正的巅峰之作。

小楼里瞬间变得很安静，风吹着书页，窗棂咯吱咯吱响。大家都想要去拿几版多看一点，又都有点不好意思，好像一路同行走过来，第一次意识到身边是男男女女。

夜哭郎君第一个开口："都别看了……我们还有正事要做。"

大家松口气，一起点头称是。

楼里只有一架木楼梯，暗门就在木梯下面。那也不是什么机关，只是一片木板，巧妙地做成了青石的样子，随手一拎就打开了。附近没有什么可以封锁通道的东西，夜哭郎君谨慎起见，还是快速做了一个防止封门的卡子。

暗门下面是一条斜坡卵石的车甬道，上面有经年累月车轮滚过的痕迹。夜哭郎君是做这行的高手，他先丢了个蹦蹦跳跳的胶球下去，之后把随身那只鸡扔了下去。看起来，甬道里没有机关，也没有毒。他每一步都做得谨小慎微，随时随地防备着任何不测。

"我走前面，沈姑娘殿后。"他飞速地做了分派，"小苏不要离我太远，丁帮主在最中间，前后都照应。"

甬道转弯，走到尽头是个看起来很厚也很大的铁门。铁门是从外面闩着的。夜哭郎君蹲下去，正准备从他的百宝囊里再翻出什么开门的小玩意儿。忽然，他听见了一阵很奇怪的声音。那是一种夹杂着惨叫的呻吟，痛苦、刺耳、虚弱，像是把一根绑在五脏六腑上、带着刺的铁蒺藜从喉咙里慢慢拉出来。这个声音是……他站起身，握住门闩，犹豫了片刻，轻轻地拉开了门。

里面是很大的一间青石仓库，东西看起来都搬走了，剩下了一些坏了角的已经被打开的木箱子。箱子上搭着些杂物，毛巾、衣裤之类，边上放着火盆，炉子上坐着热水。墙角有张床，一个女人正在……生产。

看起来，她并不顺利，显然已经被这种痛苦折磨了很久。那张床是她的炼狱，枕头上有咬过撕扯过的痕迹，被褥上有反复浸透的红到发黑的血渍，是那种打湿、干透、再打湿的狰狞，她痉挛地扭曲着，头发透湿，皮肤被汗水泡得浮肿，手指已经脱力了，什么都握不住。四个黑衣的女子围着她，一个年长些的握着她的一只手，端着碗糖水之类的东西在嘴边慢慢地吹，有个接生的稳婆坐在床脚，好像已经放弃了，什么都不做，一副疲惫不堪的样子。她们听到了门响，一起转头，脸上先是期待，之后惊讶，再之后慌张。

他们不是她们要等的人。只有床上的那个产妇，好像并不出乎意料，她闭了闭眼睛，再睁开，又伸了伸脖子，握着她手的那个女人立即把那碗糖水灌到她嘴里去。糖水雾腾腾的，看起来还很烫，但那个女人喝得毫不犹豫，糖汁顺着脖子往下流。

苏旷认出了她："你是……王素的夫人？"

女人没有直接回答，喝完了那碗药汁，慢慢地转过头，直愣愣地望着苏旷的眼睛："你们……还是来了。"

苏旷立刻就确定了。他在京城见过这个女人，不过是一面之缘，但印象深刻。在他的记忆里，那个女人瘦小、黧黑、结实，看起来冷硬又精明干练，尤其是眼睛有一种黑玉石算盘珠子一样的神气。他听王素说过，这位夫人是经营钱庄的一把好手。

那个女人说话已经很费力气了，她在巨大的痛苦里，虚弱到气若游丝，但还本能地维持一种在敌人面前的尊严："丁……丁帮主，苏……苏大侠……你们不会跟一个……刚出生的孩儿……过不去，是不是？"

丁桀和苏旷都没有回答。是，当然是，但这个"孩儿"还没出生呢。

那个女人又闭了会眼睛，刚才的那碗糖水好像给了她一点力气："我死之后，你们把这个……孩儿剖出来……不要告诉他……父亲和母亲是谁……我……今生就不见他了。"

丁桀勉为其难地开了口："你不用担心，天地之间，没有婴孩出生不见其母的道理，你做的那些事情……等休息好了再说，这期间我不会动你。"

那个女人嘴角牵动了一下，那是半个轻蔑的冷笑，她转过脸，看着仓库穹顶，大限至此，根本不把丁桀放在眼里。很快，她的胸口开始急剧地抽搐起来，肺像是被大团的胶泥塞满了，她张开嘴但吸不进去气，手抬起来摔在胸口上，双手撕抓着喉咙和胸膛,用最后一口气吐出最后四个字:"我……不……稀……罕……"

看起来,这是门外那些杀手的死法。

"她服毒了,看起来像炉石散之类的药,药劲只在肺上,把心肺全沤烂掉,人活活憋死……"夜哭郎君说,"要留这孩子的命,还真得立马动手剖出来,不然一尸两命,一个都保不住。"

大家都只能同意,这是唯一的选择。

那个女人衣衫居然还算周正——她做了所有的准备,听到外头响动的时候,立刻吩咐接生婆帮她遮蔽了身体,毒药放在嘴边,只要是敌人,立即选择死亡。她撑到现在,就是为了这个孩子。可如果这些人不救这个孩子,那也就算了。

"我来吧。"夜哭郎君从靴筒里抽出一柄小刀,走过去。他已经不用太顾及母亲了。

这是很难言喻的一幕。他在一具刚刚成为尸体的人身上,"拿"出来了一个新生儿。他拎起那个小家伙拍了拍,那个孩子还活着,受到了人生第一次重创,闭着眼睛,哇哇大哭。夜哭郎君示意,稳婆忙把孩子抱到角落去照顾。

"你们四个,谁先说说吧?这是怎么回事?"夜哭郎君的手指在四个黑衣女人脸上一一指过,缓慢,严厉。

那是两个三十多岁的女人和两个年轻女孩子,年轻的一个十七八,一个只有十四五。年轻姑娘脸上藏不住哀乐,眼睛里都是恐惧。

"就你吧!说!"夜哭郎君用手指了指那个十四五的姑娘,她脸蛋圆圆的,还有一层稚气,吓得往后直缩。

小姑娘正要开口,一个黑衣女人使了个眼色给她。夜哭郎君看到了,毫不犹豫地抓着那个女人的头发就往墙上撞,他力道太骇人了,好像是要把一颗脑袋撞碎一样。那个女人双手捂着额头,慢慢跪在地上,血流了一脸。小姑娘吓得哭起来。

"说!"

小姑娘哆里哆嗦:"我是西山绣坊的,拂衣姐姐本来一直在我们后院住着……"

"谁是拂衣姐姐?"

"刚刚没了的那个。"

"她什么时候到你们绣坊的?"

"两个月前……"

"来干什么?"

"生……生小孩子。"

"为什么不能在京城生啊？"

"因为……她们说，教里是不许的……"

"不许什么？"

"她们没告诉我。"

"还有谁跟她一起来？"

"这我都不知道，我是朱姐喊来照顾拂衣姐姐的。"

"朱姐又是谁？"

小姑娘嘴唇哆嗦着，手指头轻轻点了一下倒在地上头破血流的那个。

"她是干什么的？"

"我们绣坊的主人。"

"她是银沙教的什么人？"

"我不知道……"小姑娘眼神在闪躲。

"说谎！"夜哭郎君凑近了，伸手要抓住她。小姑娘似乎没有见识过这种面对面的暴力，直接被吓到失魂落魄，而且这个根本不长人皮的家伙，不用逼供就够可怕的了。

小姑娘往后缩，躲着他的手："我真不知道朱姐是教里的什么人！朱姐没跟我说过……"

"教里？那你是银沙教的吗？"

"我……"

"说清楚没你的事，说不清楚……"

"是……"

"知道这个教是干什么的吗？"

"是姐妹们……互帮互助的。"

"好……那她又是谁？"

"箫姑……是拂衣姐姐从京城带来的人。"

"行，接着说，把话说清楚。"

"拂衣姐姐，本来一直住在我们后院，就我和小蔫儿两个人照顾着……朱姐说，这事儿不许跟别人讲，里外人都不许说，要等拂衣姐姐偷偷生了小孩子，恢复之后再走。可明明要生了，今儿下午九爷的人忽然来了……九爷就是周九桐周九爷！

是我们朱姐的朋友！他们跟我们说，有一群大坏人，马上要来搜查我们这儿，叫拂衣姐姐快走，我们就匆匆忙忙收拾东西来这儿躲着……可半路上，拂衣姐姐就不行了……我们一路都慌里慌张，又怕坏人，又担心拂衣姐姐，我和小莺儿都不知道怎么办……九爷把我们安排到这儿，又请了接生婆，之后就匆匆忙忙走了，说有急事，叫我们老老实实等他回来。可他把门闩了，再也没回来过。"

"你们一起来的还有谁？"

"没有了。"

"那……周九桐这里，还有银沙教的其他人吗？"

"我……"小姑娘偷偷瞟了地上一眼。地上的女人神色冷峻，坚决地摇了摇头。

"找死！"夜哭郎君狞笑一声，走上前，一手抓住她的肩膀，五指如刀，直接撕开她背后衣服，手指头插进她两条肋骨之间——他上手就是要命的招数，可能碰到内脏了，那个女人发出一声猝不及防的撕心裂肺的惨叫，整个人在地上扭曲着。

四个女人全在尖叫，两个小姑娘抱成一团，都抖着哭。那个叫作箫姑的去拦夜哭郎君，尖叫着拍打他手臂："你不是人……"

接生婆闭着眼睛，抱着婴孩，一个劲地念："大慈大悲观世音菩萨……"

"喂！"苏旷一步跨过去，抱着夜哭郎君往一边推，"她不会功夫禁不住这样……"

"起开！"夜哭郎君手上根本不客气，抓着苏旷往一边甩，"你懂个屁！这群贱人，不往死里打，嘴里头一句实话都没有。"

苏旷拦着他劝："这不都说实话了吗？这俩就是小丫头给你吓死了……好了好了，咱们做事总不能跟那帮人一样对不对……"

夜哭郎君看着他，尖声冷笑："你想有什么不一样？苏爷，你觉得你没事了是吗？重新又能行侠仗义了是吗？我告诉你，我跟你可不一样。我问你，"他手指了指丁桀，指了指沈南枝，又指了指云小鲨，"他死了，她死了，她也死了，你一个亲人朋友都没有了！就你一个活着！你能不能放过她们？你能不能算了？能不能！"

新生的孩子哇地大哭，两个小姑娘抱着头低声啜泣。

苏旷很久没有听过他那声阴森尖厉的"苏爷"了。沈南枝静静地望着夜哭郎君，她没见过这个人面具下面的另一张脸。夜哭郎君今天完全被激怒了。他也有过一个刚刚出生的女儿，他也没来得及见过"她"。最令人发疯的回忆，像是一只尾随的兽，随时随地会冲上来，吞噬一切。他甩着胳膊，怒气冲冲，快要被那只兽完全附体了。

苏旷抱着他始终没放开，拍着他肩膀，轻轻安慰："不会一个亲人朋友都没有的，还有我呢……我们说好的，对吧……"

夜哭郎君慢慢平静下来。云小鲨站得远远的，有些疑惑，悄声问丁桀："他是跟你们所有人都说好了吗……跟我也说好了……"

丁桀一路尽量沉默。此时，他站在一个靠门的角落观察着所有人，丁桀眼神儿虽然不行，可对动作有一种奇异的直觉。那两个黑衣的女人依偎在一起，那个叫作箫姑的伸手向朱姐背后，趁着遮蔽，轻轻动了动袖子。他极其敏锐地将地上一块碎石子轻轻地踢了出去，很小的角度，不轻不重，击中在箫姑的肘弯。啪嗒，一颗霹雳雷火珠滚落了下来。"不要乱动，"他命令说，"把事情说清楚，我会留你们的命。"

那两个女人也微微地笑起来，她们一起咬了咬牙，很快，牙缝里就渗出了一丝黑血。那个朱姐在喃喃："我们……也……不稀罕！"

这是早已决定的死亡，毒药就藏在牙齿里。她们和前面的死者如出一辙，喘不过气，抓着喉咙和胸口，很快就变成了两具崭新的尸体。这真是可怕的忠诚。很少会有一个门派是这样的，即使生命没有遭到绝对威胁，也毫不犹豫地选择自己灭口。

只剩下两个年轻姑娘了，今天对于她们来说，是艰难、颠簸又恐惧的一天。那个圆脸盘的年轻女孩儿完全崩溃了，号啕大哭。

丁桀还记得夜哭郎君刚才的最后一个问题，他重复道："这里，还有银沙教的其他人吗？"

圆脸姑娘拼命点着头。

"在哪儿？"

她指了指墙角。

"那后面是什么？"

"水……水潭。"

"藏有多少人？"

"就两个人……"

"女人？"

"嗯……"

"还有什么？"

"五只……好可怕的……大鸟……"

"五只精卫鸟？"

"我不知道那是什么鸟！我不想死！我求你们，我不想死！"

"你们嘴里有毒药吗？"

两个女孩子都拼命点头。

"明白了，我们会帮你拿下来，你们俩没事了，到那边去吧。记住，只要你们没说谎，就不会再有任何麻烦。"

丁桀终于等到了他要的，他轻轻击掌："诸位，我们总算是找到该找到的东西了。来吧，商量商量，怎么干掉它们？"

第三十八章　大江残月（下）

　　墙角有一扇木闸门，同样伪装成了青砖的样子。木闸门后面是一道铁栅栏，栅栏下是粼粼波光。那是很大的一片狭长水池，甚至可以算得上一个小水潭了。水潭四周也是石墙，近水面的地方有一长排几十支燃尽的焦黑的火炬，墙上被烟熏得黑漆漆的，像一道一道连绵的山峰。水池中间有石墩，石墩上的穹顶有个吊环，看起来这附近像是卸过货的样子。视野所及，没有人，也没有其他的"东西"。

　　精卫鸟是需要一点诱饵的，这里有现成的活物。夜哭郎君回头，捡了刚才那只用来探路的鸡，掰着翅膀拎在手里，从靴筒里拿出一柄小匕首，就要割喉。

　　"等一等！"沈南枝很轻声地嘘了一下，招呼大家围在她身边，伸手指，在空中画了个"匚"形的图案，"我们需要安排一个人，带着小金，到那边的出口去……"

　　"我可以去。"云小鲨点头，"但出口在哪？"

　　"这里的水和外面那条小河，还有大运河必然是通着的，这样才能运货。但是我们在地下，地势低沉，所以，那边出口一定有个水闸，可能还有石头堤坝。小鲨，你带着小金，出去之后顺着河道往上找，如果没有意外，很快就能找到。"

　　云小鲨点了点头。大家行动都很快，夜哭郎君递了根封闸的撬棍给她，苏旷解下小金的葫芦，丁桀摸出一枚令箭，特地叮嘱，水下一样可用。云小鲨接过这三样在手，事不宜迟，转身就走。"万事小心！"大家互相嘱咐着。

　　估摸着云小鲨出了院门，丁桀点一点头，夜哭郎君割开鸡的喉咙，拿下封嘴的铜蚱蜢，一扬手，把它从栅栏缝里扔了出去。

　　他手段残忍，只割开了鸡脖子放血，那只鸡咯咯惨叫着，半空中挥着翅膀，带着一溜血珠，扑腾着落了水。这是很好的活饵——精卫鸟最嗜血，很难不上钩。他们静静地等。

水面上很快就起了一道道黑色的波浪，那是一只只收着双翼在水下快速穿行的巨鸟，看起来像是一条巨大的鱼。

哗！一只两尺长的喙破水而出，之后是黑魆魆的头。它叼起那只鸡，伸着脖子向天梗了梗，没费多少劲就吞了下去。之后是第二只、第三只、第四只精卫鸟……它们晚来一步，又被水里的血腥味刺激着，扑棱扑棱拍着翅膀，意犹未尽。

两个小姑娘没有说谎——精卫鸟都在眼前，那么事情就好做得多了。

"我不明白他们是怎么想的。如果水路确实是通着的，只要水闸打开，我们站的这个地方都会被淹掉。"沈南枝疑惑着问，"难道运一次货，就要淹一次水吗？"

"他们不一定要每次运货都走水路。"苏旷想了想，代为解释，"既然有这条甬道，平时的银子兑换用手推车之类的就行了，只有一次清空银库，才需要用这条水路……而且一箭双雕，如果银子要清空，地下银庄的使命就结束了，这里的土壤如此松软，二楼又放了很多重物，水淹上来之后，只要泡个十天半个月，这栋小楼就会连同地面塌下来，省得他们自己动手。"

"是吗？"沈南枝眼珠子一转，"对……你说到小楼，我倒是有个好主意。"

她和夜哭郎君简要交流了几句，两人凌空比画，双双点了点头，然后沈南枝向丁桀说道："天时地利人和都在我们这边。我们商量了一下，可以利用这条甬道和小楼，做个机关把它们一网打尽。不过，动手之前……我需要见一见它们的真面目。"

丁桀摆摆手，示意大家后退，走到产床边，直接端起一盆清洗婴孩的血水，顺着栅栏泼了出去。

那是人的血水。血水顺着石墙流下去，泼在水潭里，水面上的波纹开始变化，黝黑的、湿漉漉的羽身在水面浮沉，水波搅在一起，变成了整个水面狂暴的纹路。诱饵起作用了。

水波猛然裂开，嘭！一只水淋淋的巨鸟冲上来，那是很可怕的速度。它从水里冲上来，几乎没什么缓冲，振翅疾飞，长长的喙啄在栏杆之间，力量之大，整个铁栏杆都摇了摇。接着是第二只、第三只、第四只……四只巨大的鸟头在栅栏外面挤着，翅膀互相扇着，扑棱扑棱，掀起一阵水淋淋的带着血腥的风。铁栏杆哐啷哐啷地摇摆，就算里面的人不主动开门，它们这么一个劲冲下去，这道小小的栅栏也会被挤开的。

沈南枝目不转睛，盯着栏杆缝隙里疯狂啄着、咬着、拧着的那些巨喙，她甚至走近了一步，去细看它们的爪子和腿，然后点一点头说道："差不多了。"

丁桀正准备接着动手，铁栅栏外面、水潭边的某个角落，忽然传来了几声清脆的铃铛响。驱鸟人发现了有人在诱惑她的鸟。那四只鸟一起旋身飞回，消失在视野的盲区。

"她们很快就会发现，那边的路不通。这样，就只能折返回头，从这条路硬冲。"沈南枝从随身箱子里拿她的宝贝，"我来做一个机关，叫作步步生莲。这个机关，是第二版狩天者的一部分。我这里一共有两条链子、九个莲花扣，我会做成两道机关，都铺在甬道里。精卫鸟只要踩上，莲花扣就会瞬间合拢。这样一来，两只鸟或者三只鸟，都会连在一根链子上。"

夜哭郎君补充："我来做两个门的机关，一道在铁门上，等它们都进来了，瞬间把门合拢，保证它们跑不掉；一道在外面的柱子上，它们在甬道里，翅膀是展不开的，脚又被缠上，我们放一把火，再把这座楼拉塌下来。这个楼里，全是适合放火的东西，松香、桐油、木板、纸张……立柱一倒，连楼带火一锅焖，这是足足上万斤的力道，只要它们还是活物，就没有不死的道理。"

这个计划听起来天衣无缝，甚至丁桀都没有亲自动手的必要，就算偶然有一只没死透，补刀就行了。

布置机关需要一点时间，沈南枝和夜哭郎君在埋头忙碌。

今天的事未免太顺了，除了……苏旷在掐着手指头盘算。他有点拿不准，走到墙角又问一遍那两个瑟瑟发抖的小姑娘："你们刚才怎么说来着？有几只鸟？"

那个十四五的圆脸小姑娘快要整个人缩进墙角了："五只啊……"

"奇怪，我们只看见了四只啊，你们两个都亲眼瞧见了？真是五只吗？"

小姑娘拼命点头。她们都吓坏了，三个人连同一个婴孩缩在一个角落里——两个始终缩在一起的女孩子，还有一个脸色发白、眼皮都不敢抬起来的稳婆，还有那个细细小小的、哭声很微弱的婴儿。小婴孩从出生到现在还没有喝到一口奶，闭着眼睛，哭得有气无力，细细软软。

稳婆一直在紧紧抱着那个小孩子，一手托着颈子，闭着眼睛，嘴里反复地默默念："大慈大悲救苦救难观世音菩萨……"

苏旷叹口气："男孩女孩啊？"

稳婆哆哆嗦嗦："是个千金！"

"行了，你们先走吧。"苏旷歪头看了看小家伙，皱了皱眉头，"出去小心一点，外头有根柱子，年轻的走前面，你们护着点她，别碰着了。出大门外左拐，到河边，大声喊柳当家的，叫他们驾船，先抓紧送你们出去，去哪儿你们自己定，老人家想想办法，给小孩子弄口奶喝，今天您受惊吓了，该付的银子，一定十倍偿付。我们完事了去找你们，放心，没别的事，帮你们安置一下，别被那些人找后账。你们俩呢，路上也琢磨琢磨，差不离就弃暗投明。"

他开了口，丁桀佯装没有听到。三个人都惊喜，如逢大赦，忙不迭地点头。稳婆就是个普普通通的老婆子，这满地的血，说死就死的人，魔鬼一样的怪鸟……她腿是软的，迈一步就差点跪在地上，小姑娘帮忙扶着她。苏旷想了想，外面院子里还有一地尸体，让她们这么黑灯瞎火找到柳当家确实也不容易，摸了个火折子："得，走，我送你们几步。"

有火光在前面引路，三个人安稳不少。一路上就听苏旷在问："你多大了呀？会武功吗？从哪儿来的呀？怎么遇上朱姐的呀？……别担心……不会扔下你们不管的，丁帮主大仁大义，一定会给你们找个好去处，实在不行去昆仑，我听说他们到处招人，入门考试特简单，说来了就是昆仑人……"

"真的吗？"很害怕的小姑娘终于开始搭腔，"入门还要考试啊，考什么呀？"

"特简单，好像跑步就行了……"

夜哭郎君吃惊地望向丁桀求证。丁桀哼一声："净胡扯。"

过一会儿工夫，苏旷回来了。夜哭郎君的活已经干完了，正在收拾百宝箱，每样东西都很妥当。人的尸体挪到院子里，一笼子鸡扔在地上。一切蓄势待发。很快，沈南枝也忙完了。她的步步生莲像一条多头怪蛇，每个头上，都是个张着血盆大口的夹子。只要踩到，怪蛇就会一跃而起。关门的轮轴也装好了，用一条又细又长的丝线拖着，牵动着好几个机关，从最里面的铁栅栏，一路连到小楼的后门外。甬道里塞满了松香和桐油，立柱下面加了一根绷簧，弯曲的绷簧下面塞了一根杠子。地上还有一颗萧姑留下来的霹雳雷火珠。一切都布置得刚刚好——这楼本来就头重脚轻，稍微挪去一点支撑，拉动绷簧，弹出杠子，拽倒立柱，整个小楼就会塌下来。完美的布局，这两个人的联手是可怖的。夜哭郎君把小小的铜套索套在铁栏杆的铁闩上，连上最后一个轮轴的丝线。

"都准备好了吗？"他一边放线，一边后退。

"沈姑娘先走。"丁桀挥挥手，示意沈南枝先离开。他割开了第二只鸡的喉咙，从栅栏扔出去,接着,一边后退一边把一只只血淋淋的鸡放在路上。

三个人退到铁门外,丁桀第二次挥了挥手。夜哭郎君隔空拉开了那道门闩。那些嘎嘎怪叫的、地狱嗜血的、长翅膀的饿鬼从深渊里上来了,一个一个,你挤着我,我拖着你,鱼贯而入。隔着门缝看一眼——一、二、三、四、五。

苏旷第二次揉了揉眼睛,里面黑乎乎乱成一团,其中似乎有一只精卫鸟,爬上来的姿势怪异又笨拙,好像是被它的同伴们拖上来的,如果不是体型也够大,差点被踩在地上。他本来想问丁桀你看出一只笨鸟与众不同没有,又想想跟个瞎子问什么呢。

夜哭郎君继续拉动丝线。哐当!铁栅栏关上了。五只鸟在屋里没找到尸体,吃了两只鸡,顺着血路,往铁门这来了。三个人小心翼翼地后退,一路避开所有的步步生莲。当他们退到小楼里的时候,那些鸟冲出铁门了。

哐啷!哐啷!哐啷!步步生莲的机关在合拢,但听不清楚中招了几个。第一只鸟已经进入了陷阱区,低头吃鸡。它是一只硕大无朋的怪物,振翅的时候,双翅无法在甬道之间舒展开。松香、桐油……那些堆叠在一起的木桶哗啦哗啦地倒。地上变得油腻腻的,第一只鸟脚底打了滑和第二只鸟撞在一起。不知道哪只鸟的爪子被缠住了,或许是所有鸟的爪子都被缠住了,它们有那么片刻滑成一团,裹足不前。木板、纸箱……哐啷啷向下冲,一条烈火的甬道正在生成。

夜哭郎君把一根长绳递给丁桀,自己先退了出去。这根绳拉下来,木梯和立柱会一起坍塌,更多的整整一层楼的木板和纸箱会落下,这里会变成一片火海。丁桀稍微挽了几圈绳索在左手上,他有十成的把握。苏旷手里握着那枚霹雳雷火珠只要随便地砸进甬道里任何一桶桐油或者松香之中就行了。但他得等苏旷先动手,火舌喷起来,之后两个人一起退出去,再拉。

那缠成一团的五只鸟很快又继续前行。第一只巨大的漆黑头颅已经在视野里了。但是第二只,也就是多出来的那一只笨鸟,苏旷忽然觉得有点不对。

那只鸟是真笨,几乎一步一滑。它卡在队伍中间,脚上绊着链子,不仅拖住了前面的鸟,还挡住了后面同伴的路。它的脚步异常的怪异,与其说像一只鸟,不如说,更像一个人,好像膝盖总是忍不住地一弯一弯……难道是驱鸟人混在精卫鸟之中?可那对她自己并没有什么好处——机关一旦发动,这儿会变成一片地狱,他们并不准备放过任何人。

第一只大鸟走到转弯处了,离他们的点火线只有几尺。丁桀慢慢站起身,他准备发动机关了。可就在这时候，苏旷听到了一声清楚而微弱的声音："师兄……"

活见鬼了！苏旷激灵一下，他做梦也没有想到，会在这个地方听见风雪原的声音。他浑身都在抖，伸手去按丁桀的手："等等！我师弟！"

丁桀不耐烦："什么？"

"有只鸟，是我师弟！"

"就算真是也不行！来了！扔啊！"

苏旷犹豫了一刹那。他的霹雳雷火珠握在手心里。

第一只鸟快冲到了。这回，连丁桀都听见了那声"师兄……"

彻底来不及了，第一只鸟的尖喙已经快要伸出地面。丁桀快要发疯了，他一跺脚，自己一拳打翻了面前的小山，那些堆砌的玩意儿轰隆轰隆往地下滚，又一脚蹬断了木梯，轰，一大堆书箱和木版滚了下来。接着，他拉着苏旷扭头狂奔了出去，反手锁上了院门。背后，一阵坍塌声，那是些很沉的箱子，但只要柱子不倒、楼不塌，那点重物绝对砸不死精卫鸟。那扇门当然也不行。

夜哭郎君本来都坐地上准备隔岸观火了，看见这两个人灰头土脸跑出来，真是大吃一惊，吓得魂飞魄散："怎么了？"

丁桀背对院门，步步后退，如临大敌。苏旷手指放在嘴唇边，打了个长长的呼哨，接着一声又一声。

精卫鸟来得好快！啄！一道长喙戳穿了厚木门，门闩和铁锁跟着一起晃，附近的砖墙都在落灰。

沈南枝也跑过来了。她完全被惊呆了，根本想不到还有这种场面，她以为战斗差不多结束了，刚才甚至去洗了洗脸。

"沈姑娘快跑！"

"不成！南枝别动！这些畜生……会追那个跑得快的。"

"你倒是什么都懂！"

丁桀学武半生，从来没有一次这样着急过。他没有和精卫鸟交过手，但他见识过苏旷，两只鸟，还是车轮战，就能把苏旷废成那样，他就算是好一点，也不会好到哪里去的。他跺了跺脚，冲到院子角落，双手握着那只巨大的水缸，双臂较力，摔跤一样把那水缸掀翻了："沈姑娘，你进来躲一躲吧！"

门板已经撞裂了一大半，一扇翅膀已经出来了。沈南枝什么都明白了，二话不说，一溜烟地钻进大水缸里。水缸倒扣在地上，还是能够挡一挡的。丁桀没有招呼苏旷和夜哭郎君进去，他也没有大老远招呼属下们。如果金壳线虫没有回来，步步生莲也没什么作用，他只能死在这儿，喊个百八十号人来也无非是徒增一些伤亡。

半扇门被撞开了，一大堆很老的反复刷满了桐油的木版滚出来，最前面的那张刻着很大的五个字——春秋谷梁传。

"刀！"

夜哭郎君把自己的弯刀扔给他，然后从百宝箱里找出另外两根撬棍，打开机关，掰出折刃，扔给苏旷一根。再之后，他把百宝箱踢到角落去了。除非是一整栋楼，小机关对精卫鸟来说，就是搔痒而已。

丁桀握着弯刀，他撩起衣角，塞进腰带里，用最快的速度活动了一下手和脚。"你们往后退。"他慢慢扬起手，这样说。

残月升上苍穹，远处的大运河波声浩荡。

木门终于被整个撞下来了，铁链哐啷一声，几块木片疾飞。精卫鸟出来了——所有人的眼睛，都在盯着它们的爪子。

第一只和第二只之间，是被细链连着的，它们踩到的是一条长链的两端，之间相隔将近两丈，足够双双挥动翅膀。在它们之间，其他几朵莲花都是空着的，没有被触发。

"来哈！"丁桀脚尖踢起一颗石子，砸在其中一只鸟的左眼上，之后毫不犹豫地向墙边的大柳树狂冲。

那是很普通的院墙，下面是结实的红砖，上面是镂空的砌成梅花形状的青砖。前面是很粗的柳树。

两只大鸟，带起脚上的链子，一左一右低空飞行，直追了过去。

丁桀这半辈子，很少用到全速。他几乎不是在跑，似乎也是在横贴着地面飞。人类不可能比这巨鸟快，但在最初的十丈，还可以用瞬间的启动速度拼一拼。他跑出了风的速度，也跑出了风的声音。嗖！一声呼啸！即使是苏旷，眼前也只看到一道黑影，像宝剑脱鞘时锋锐的脊背。丁桀向着大柳树疾冲。接着在毫发之间的罅隙里，擦着柳树冲了出去。

两只掠食百年、天上海里没有对手的巨鸟，已经被眼前的猎物撩起了绝对速度，它们早已经习惯在急速飞行里调整彼此合围的距离，左右一分，就要包抄。

丁桀脚尖点地，直冲起来，手臂护着头，整个上半身撞在砖墙上，带着一堆碎砖头，人直接飞出墙外。两只精卫鸟一左一右，带着那道长长的铁链，哐！铁链带风兜在垂柳上。那是一股巨大的力量，大柳树跟着摇晃，整个大地像要被掀起来。

丁桀极快地就地一滚，按地跳起来，重新翻墙跃过去，把两朵最近的"莲花"扣在一块儿。一连串动作，只在喘息之间。

两只精卫鸟发出了震地的啸叫，它们双双扑扇着翅膀，轰地一挣，又一挣，打横飞着，树皮磨出深深凹槽；向上飞着，树梢拽下无数柳枝。它们被拴在这棵大柳树上了，在拽断这棵树或者撸断整个树冠之前，它们无法逃脱。

丁桀揉了揉肩膀，狂奔回来。他速度快极了，一来一回，第二拨慢鸟刚出门。

苏旷第二次手指放在嘴唇边，又一次打了个长长的呼哨。小金早该听见了，如果能回来，早就回来了。他实在是着急，可也没有办法。小金不知道怎么了，或者说，小鲨不知道怎么了。他必须集中精力，他觉得今天应该是可以一战的，可不知为什么，腰一直隐隐作痛。

第三只和第四只精卫鸟也在向这边踱步。它们俩确实还"拽"着另外一只鸟。它们三个的爪子被连在一块，另一只鸟扑棱着半个翅膀，另外半个翅膀垂着。

苏旷盯着那只鸟看了半天，试探着叫了一声："福宝？"但没有回音。

丁桀的额头和肩膀擦破了一点皮，他并不介意。他第二次抖了抖手、脚，依旧精神抖擞，向两只精卫鸟冲过去。他希望他可以尽快干掉一只——那棵大柳树拦不住那两只鸟很久，它们这么挣扎着飞下去，不用多久，就会把柳梢全部挣断掉。他全力以赴，一刀向着鸟颈劈了下去。

他不是不知道苏旷说过的"软肋"，但碰到精卫鸟的翅膀根部谈何容易！而且，他毕竟是丁桀，一生里最擅长的就是正面硬碰硬。他很想知道，自己全力以赴的一刀，结果是什么样的。锵！弯刀在风中发出雷吼。这是当之无愧的，丁桀的出手。速度、力量、角度……全都臻于完美之境。天地恃风雷。那一刀霹雳也似，劈上了鸟颈，刀锋抹去一溜儿短毛。

丁桀保持了片刻那个劈落的姿势不动，他的肩膀受到了巨大的反弹，那股力像是完全劈在一块生铁上。以他的力量，劈一块生铁也该劈成两半了。可那只鸟只歪了歪头，踉跄半步，居然很快站直了。另一只鸟就在身边，蛮不讲理，一翅膀就扇了过来。丁桀一生都没见过这种场面，他有些蒙，没的躲，只能硬抗。

砰！那一翅膀扇在他的肩膀和手臂上。太快了！他根本就没有想过，这样巨大的翅膀，扇动的速度能够如此之快。他耳边全是轰轰嗡嗡的风声，像半座山打在肩膀上一样，弯刀被脱手打飞了。丁桀晃了晃，退了一步。

另一只鸟的翅膀也向另一边肩膀扇了过来。丁桀又退一步，微微扎马，双手合十，童子拜观音一样，全身内力运在上臂上，小雷音破运用到极处，脸庞都有些半透明的玉色，他闷哼了一声，硬挡住了第二扇。

第三记又要过来了，丁桀又向后连退三步。精卫鸟正跟上去，它身后一沉，夜哭郎君抓着一朵步步生莲，正把一具杀手的尸体挂上去。两只精卫鸟一起咕的一声叫，转向夜哭郎君。这个转向有点麻烦，它们的中间还夹杂着那只碍事的笨鸟。

嗖！一道气劲直奔另一只鸟的左眼。气劲十足的一记云缠手。

没有正中，但也擦着过去，那毕竟是眼珠子，那只鸟惊痛又转身，砰砰地胡乱扇起翅膀，地上一阵阵沙风。它们俩这样原地乱转了一通，链子绞在一块了，可这么乱扑乱扇的，满地飞沙走石，谁也不敢上前。

三个人都往后退了一点。苏旷脚尖挑起落地的弯刀，接在手里说道："你没事吧？"

"不碍事。"丁桀抖了抖手臂，转了转肩头，长长地缓了口气，"这扁毛畜生翅力好强！"

"你就是托大。我千叮咛万嘱咐，这东西就一个破绽，就是翅根那！别的地方千万不要打，你非不信邪。"

"你还有脸说！没有你的狗屁师弟，这群鸟都该能烤着吃了！刀！"

丁桀也真是天下无双，他接连被扇了这么两下，硬接硬扛，稍微缓一缓，居然也没什么事。伸手，第二次接过刀，又挽了个刀花："肯定还有破绽的，我试试别的办法。"

三只鸟搅和在一起，分不出谁是谁。被夜哭郎君挂上去碍事的那具尸体，已经被很快撕碎了。在这么一通搅和里，那只笨鸟又"踩"中了一朵莲花，弄得链子又短了许多，一时之间，三只鸟互相牵制，翅膀都打不开。丁桀眯着眼看了一会，他真看不出来有什么区别："哪个是你师弟？"

"中间那个……左边……右边……哎，倒地下那个！"

天赐良机，笨鸟终于自己把自己绊倒了，弄得其他两只鸟行动也很不方便，苏旷跃跃欲试。

"得了吧你！"丁桀甩手，隔空扔刀给夜哭郎君，"两边牵制一下，我去给你弄下来。"

苏旷和夜哭郎君同时发动攻击,他们配合默契,离得不远不近,正好在两只鸟背道而行的时候同时出手。两只鸟左右一分,地上躺着的那家伙被拽住了爪子,它正努力坐起来。丁桀从后面绕过去,贴地掠到它身边,他的手指极快,在它翅膀根部划过。果不其然,这里是被缝合了的,直接就能撕开。它肚皮的一小块皮毛也被掀开了,露出了一片衣角。少年的头卡在鸟头里,右手卡在鸟翅里,双脚在鸟腿里,都被用铁锁牢牢锁着。

丁桀想要把少年的脑袋先弄出来,但铁锁太紧了,稍一用力,可能会伤到脖子。他找到锁扣了,但他不是开锁的好手。而苏旷和夜哭郎君正竭尽全力地逗着那两只鸟向前。

"福宝!"苏旷远远地大声喊了一嗓子。

少年似乎哼唧了一声。丁桀连扯带拽将少年的半个下巴弄出来了,他大口喘着气。丁桀晃了晃他,但小家伙仍在半昏迷之中,只能继续全神贯注,既专心不要弄伤面前的少年,又随时腿上绷着劲,防备背后的精卫鸟。

小楼的断壁残垣里,似乎也有人在等待着这个时刻。

正当丁桀将整只手伸进鸟颈里,试图把整个项圈从鸟皮上拽下来时,忽然,小楼里,传来了一声很轻很轻的丁零声,然后丁零又是一声。

苏旷一个寒战,他太熟悉这个铃声了,下意识地就知道会发生什么。他不再管面前那只鸟了,一跺脚跃起来,直冲向丁桀。

嗖,金刃破风声!羽毛里,少年的左手从身下伸出来,手里握着一把短剑,快到不及瞬目,直奔丁桀心口。

丁桀实在太近了,躲不了!他一只手还伸在少年的脖颈后面,这距离,根本没有转圜的余地。他不假思索地收手,双掌一记大拍手,夹住了剑锋。只是,风雪原的剑锋哪儿是这么轻轻松松夹得住的?嗤的一声,剑尖划过双掌,直接刺进丁桀胸口。

苏旷也冲到了,他算得很准,扑倒丁桀绝对来不及。于是,脚在前,头在后,半空中就直奔着还套在少年脚上的那具鸟足,斜斜地贴地猛蹽出去,那只鸟被蹽得整个往后退了半尺。剑尖已入体,风雪原迷迷糊糊手一抖,剑锋在丁桀双手间挑起,划出一道从胸膛至肩膀的伤口。一切在电光石火之间。

丁桀头一仰,痛得哼一声,但背后失去牵制的那只精卫鸟又到了,他反应极快,向前猛扑，抱着苏旷打了个滚，背后，尖喙啄地凿在地上。

少年大半个身子还在鸟羽里，又夹在两只精卫鸟之间了。

夜哭郎君连忙过来，三个人又凑在了一起。丁桀一手按着胸口，一手握着拳头，刚才一口冷气憋在喉咙里半天，终于带着痛息吐出去。他慢慢松开拳头，满手满肘都是血，最要命的伤是最后那一挑，他左掌掌心被划了一道，整个右手掌心也被薄薄削飞了连皮带肉的一层。他的大拍掌已经到了炉火纯青的境地，双掌控制到了化境，在如此之近的距离，被这么夹着快剑一刺一挑，手筋还未断。这个伤不致命，但这只右手，痛彻心扉，至少三个月里是绝对握不了兵刃了。

苏旷吓傻了，抓着他的手问："有……有毒吗？"

"奇怪，没有。不知道为什么不下毒，可能是觉得我躲不了吧，也可能……太想留我的活口，当面说点什么吧。"丁桀冷冷一笑，他被激怒了，他活了半辈子没遇上过被人"留活口"的时候。他想要一个大功劳，别人当然也想，如果他们几个今天一起栽在这儿，银沙教就可以提前过年了。

苏旷还是不放心，不过，既然没有毒，目前的问题是止血。

"行了我没事……说实在的，你师弟剑法真不错，你都没本事这么伤我。"丁桀本来半跪着，一咬牙又站起来，嘿嘿笑一声，换成血淋淋的右手去按着肩膀的伤，甩了甩左臂，左手去拾弯刀。但他左手也有伤，而且没有练过左手刀。

"你歇会儿吧，处理一下伤口。"苏旷抢在他前面把那柄刀抄起来了，"今晚上是我对不起你，回头赏脸喝杯酒。"

丁桀愣了一会儿，知道他想干什么了："好！你小心。"他后退几步，撕下块衣襟。夜哭郎君急忙替他包扎伤口。

苏旷轻轻抖了抖手腕，也挽了个刀花。

没有主人的驱使，两只鸟并不急于攻击敌人。它们在盯着地上的少年，区分到底是同类还是猎物。丁零，小楼里，铃声又一响。

"夜哭兄，这交给我，你去后面收拾那个贱人。"

夜哭郎君点头，不发一言站起身。铃声消失了，她好像走得很急。

苏旷向前走。他很久很久没有这样握刀了。刚才那一记，他是情急之间飞奔着跳过来的，而且全力以赴地贴地蹿出去，但腰椎居然头一回没有任何感觉，好像状态不错。状态错也没有关系，今晚上，他绝对不可能再让丁桀挡在他面前。他不知道小金什么时候到，但无所谓，到不到都没关系。他也被激怒了，不知什

093

么时候，师弟落在他们手里，他们伤了丁桀，小鲨不知道出什么事。夜哭郎君说的是对的，他能恢复，是因为爱人和朋友都在。可如果这些人都出了事，他活着，也只能变成一条厉鬼。

夜深如海，晓风残月。他向着精卫鸟走过去。他们是老对手了，一回生二回熟。苏旷盯着它们的爪和翅膀看——地上精卫鸟的整套羽翼和风雪原，加在一起，分量不轻，这会大大拖住它们的速度，但不会削弱它们横翅的力量。他的机会是……他慢慢地放松，肩膀、腰背、手臂和腿。他的身体在归位，他在重新变成一支队伍。那是一种熟悉的、快乐的、老友重逢一样的温热和明亮。他知道该怎么动手了。

"来吧！"他抬起下巴，招呼了一声。

两只精卫鸟一左一右，拖着地上的"精卫鸟"过来了。

很久很久以前，在他还是个小孩子的时候，曾经独自掌握一个秘密。那时候，在那些树林里、池塘里、河沟里、墙角里……到处都有他的老师和朋友。

他跟着野猫，爬上过很高的树梢。他也跟着野兔，在篱笆的尽头，急停转身。他曾经和它们一样自由。那些兔子们教过他，应该如何对付一只鹰。鹰有鹰的盲区，它的视野纵横千里，但所有的攻击都是俯冲的。它必须看准一切再冲下去，眼睛和爪子的行动之间，会有一个很短暂的时间差。角度不同，攻击也会不同。

他转身奔向墙头，跳起来，再转身。那是他受伤前的动作，他全神贯注，完全忘记了受伤这回事。

精卫鸟扇着翅膀，拖拽着地上的鸟人，飞起来。

果不其然，那是最好的空当。精卫鸟振翅，但双足还被牵绊，露出了整整一个小腹。苏旷握着刀，他目光冷静，在半空之中，刀尖滴溜溜旋转了半圈。那个刹那有一种战栗的久违的快乐，脚尖、脚踝、大腿、腰、肩膀……这个身体终于回到一个整体。

绝对的专注之下，连对手似乎都会慢一些。他的刀尖，从下反撩上去。完美的一刀，脚尖、腰椎、手心都在一条直线上，整个身体的力道鞭子一样传到刀锋。他划过一只精卫鸟的左翅膀。嚓，他听到了一声响，很老旧的皮革开裂的声音，但刀锋入体很浅，不足以划开整个翅膀，这说明不管刚才那一跃有多完美，腰腿的力量还是不足的。他啪的一下摔在地上，毫不犹豫地滚了两圈，翻身，半跪在地上。这个震荡大了一点，腰会有点不舒服，但是在可接受的范围。一旦有信心，信心就不会消失了。白色短短的绒羽向下落，那些羽毛也涂过药水，白而坚挺，如雪初冰。

丁零、丁零、丁零……墙外，铃声急急忙忙地催促着。那是对方的鸣金收兵，也是这边强援已至。

大柳树上的两只精卫鸟得到了指引，一飞冲天，绝尘而去。一道金光闪过，小金投怀送抱。小金摇头摆尾，一点事都没有。可小鲨呢？

拖家带口的精卫鸟从他头上掠过，低空振翅，带着大头向下的风雪原和一具鸟羽向远处飞。拖了这么些重物，它们飞得不算快，也不算高。今天还有机会！

苏旷血往头上冲，这事绝不能就这么算了，他不敢翻墙，绕过院门，拔腿就追。丁桀和夜哭郎君跟着追了上去，夜哭郎君边跑边喊："南枝！没事了，自己出来……"

他喊了一声，半路捂了下自己的嘴，想着幸好没人听见。

丁桀跑在前面，弹左手，令箭打上天空。

云小鲨一直在水里。她出门之后，沿着河道向上游走，几乎不费吹灰之力，就找到了水道的出口——那儿离印坊不远，大概是整条水渠最深的地方，可能有两丈深、三丈宽。

水面上一层月光，美得温柔。春风旖旎，流光飞舞。两边都是白石水坝，底下有一层白石板。她脱鞋下水看了看，在水渠最下面有道水闸，按照和大家的约定，她把铰链锁住了。轻轻松松完成任务，之后就没别的什么事了。但她浮上水面之后，看见了一个人。

那是个中年男子，在她的上游。那个家伙穿一身白裌衣，外罩褐色的粗绨袍，盘腿坐在一张雪白的大木筏子上，呜呜地吹一管竹笛。他长得比清癯胖了一点，又比圆润瘦了一点。他留一点小胡子，看起来知书达礼又聪明，笑起来和蔼可亲："你是云小鲨吗？"

云小鲨点了点头："你是周九桐吗？"

那个人立刻露出了孺子可教的神情。云小鲨抖了抖手，海牙枪在手里。

周九桐看在眼里，还是温文尔雅的样子："我是一个读书人，本来不喜欢这样做事，但今天没有办法，我必须抓住你。"

云小鲨露出了英雄所见略同的神情。

周九桐晃了晃手里的笛子，青翠欲滴。他说道："我喜欢很多乐器，最喜欢的是笛子，这是一首纤巧风流的曲子。云船主，你听过这首曲子吗？这曲子是这样唱的,多情自古伤离别,更哪堪,冷落清秋节,今宵酒醒何处,杨柳岸,晓风残月。"

云小鲨摇摇头,她觉得这个曲子和这阕词合不到一块去,唱得也不太好听,可能是周九桐自己谱的曲,不过没关系,她只要能抓到这个人就行了。

周九桐也是这么想的。曲声一动,水面之下,那些白晃晃的石板也开始动了。

云小鲨警觉地四下望,河底的一大片白板卷起来,左右上下,飞快地连成一大片,她被包围在正中间。

周九桐笑容可掬地问:"云船主,你听没听过《册府元龟》这套书?那可是一套大书!卷帙浩繁,包罗万象,每个读书人都该知道!"

说完,周九桐激动起来,双手连连敲着木筏子,好像有人居然不知道这书,他就生气了一样。他一敲,那些白板也在迅速移动,围着云小鲨聚拢,很快就只剩下小小的一圈,周九桐解释道:"我的这套阵法,也叫'册府元龟',是为了向这套书的编修们表达我的敬意。"

云小鲨还是没听太明白,之见那些白石板开始发动攻击了,几十道带着绳索的短箭向她头上射。她只好继续潜下水。

水里那些是一套一套的龟形铠甲,一个接一个连在一起,变成了一堵一堵的墙——水底一道墙,四面四道墙,头顶那道在合龙。

云小鲨有些吃惊。她没想到过,有人会敢在水下对付她。她也没想到过,自己要在这么小的一条河里打架。她的绝大多数经验来自大风大浪、明流和暗涌。这条小水沟里什么都没有。

她挥手,海牙枪直出,刺进了两块龟甲之间的空隙里。但那后面,立即有上下十几道挠钩,钩住了海牙枪的枪链子。挠钩后面有很大的人力无法抵抗的力量,好像是齿轮或者轮轴之类,人只要摇手柄就可以。她的海牙枪被慢慢地一尺一尺地从手里夺走。她不敢再随意放鲨齿链了。她试着踢在龟甲上面,但那些龟甲是彼此勾连着的,人只是躲在里面而已,内部好像还填充了胶泥,每一道攻击的力量,都会平分,几乎毫不受力。那些人缩在龟甲后面,当她冲过去的时候,不露头,也不露手和脚。

她试着丢出小金。小金游了很长一会儿泳,又回来了。龟甲没有缝隙,只有很小一个口藏在铠甲里面,那些远离她的人,就会伸出头,把一根铜管子咬在嘴里,伸出水面换气。龟甲阵咔哒咔哒地接成了一个圆阵,她被笼罩在圆心里,大阵开始慢慢旋转,那些人轮流浮上水面换气。

她试着浮出水面，但所有的挠钩一起向下刺。她潜下水，所有的挠钩一起向上刺。这是一个水底下的笼子。

那些人不着急，不跟她冲撞——她向左，他们也向左；她向右，他们也向右。大大的灰白的笼子，在整个河道里滚动着。他们要耗尽她再动手。

云小鲨是可以水下视物的人，偶尔仰头看得见白筏子的影子，周九桐或许在接着吹什么，可她听不见。小金实在太不擅长水战了，她干脆让它回去，可它不肯丢下她。

他们开始行动了。嗖！一道套索，从弩机里射出来，直奔她的脚踝。她缩着脚，躲过去。然后第二道、第三道、第四道……那些套索只是从弩机里射出来，射不到就慢慢抽回去。他们根本不着急，如果一次套不到，就反反复复套下去。

云小鲨手里还有一根信箭，但她依旧狂傲，不想向丁桀求救。她的气息开始衰竭了，肺部开始抽紧。她在水下，比普通人强太多，即使真正的气息耗尽之后，还能多支撑一会儿，但那无济于事，她必须立刻行动。她左右看了看，把鲨齿链缠在右手和右肘上，向最近的靠着山壁的一套龟甲游过去。她看得很准，那个家伙正准备浮上去，伸出铜管透气。

嗖！一道套索从弩机里射出来，套在她右脚上。她抬手，把信箭拧开机关，扔下水，一片粉红氤氲开。她看不见了，不过没关系，附近的人也看不见。她挥起拳头，连拳带肘，裹着一道道的铁链，径直砸在那面龟甲上方叼着铜管的位置。那也是龟甲比较空、相对脆弱的位置。铜管是咬着的，显然这一下重击让那个人磕到了牙齿连喝了几口水。云小鲨左手抓着龟甲，右手一拳一拳地砸在同一个位置。鲨齿链让拳头的重量倍增，龟甲背后慢慢有鲜血渗出来。

她在几天前刚刚听丁桀耳提面命过——长兵器很好，但永远不要抗拒近身搏击！水下，有一道套索圈住她的左手。

左手和右脚也被套住了，都有力量向后拉。不过她正在等这个，水能载舟亦能覆舟。

她紧紧抱着龟甲——这些东西设计得非常安全，但绝对的防守意味着攻击的不足，过度的保护也就导致了里面的人除了缩着头之外，几乎没什么可作为的。半面龟甲被硬拽下来了，露出里面已经垂着头被活活打死了的人。

她肺里开始火烧火燎，于是不假思索立即动手，用鲨齿链的链刃砍掉了手脚上的套索。然后，游过去，从龟甲里面打开了卡环，抓过铜管，稍微浮上去猛吸了口气。打破一个缺口,这些龟甲就好对付多了。她抓住每一个要浮上来伸出管子呼吸的家伙,然后重重地捅下去,带着血泡的铠甲慢慢沉入河底。

鲜血在漫延,河水在夜空下变得血腥。

这方法小金很快也学会了,小金开始在水下找那些铜管子。

他们试图反击,但只要她不在笼子里,水里就是她的天下。她速度快到不可思议,转身几乎不是人类的方式,比那些挠钩和套索要灵活得多。"册府元龟"很快就开始瓦解,之后四散奔逃。她并没有兴趣追击这些喽啰。她去角落捡回了海牙枪,浮出水面。

擒贼擒王,她在找那面大木筏子。此时,大木筏子玩命地划着,已经快到大运河了。周九桐毕竟是读书人,读书人太讲究意象了,槎这玩意儿,划起来是很慢的,浮海不行,渡河也不行,在所有船只里,可以说是倒数第一慢。云小鲨冷笑,就在水里直追了过去。她像是一条真正的鲨鱼,背脊和双手在水面一闪一分,箭一样地向前蹿,水波凶猛,犁开一整道夜河。

周九桐一边划着船桨,一边回头。他几近绝望了,抱怨那些给他出谋划策的人。这个追杀过来的妖怪,号称是海上的女霸王,曾经一整支船队不留任何活口。

云小鲨已经很靠近了,哗啦向前一跃,双手抓住了木筏子的边缘。周九桐惊慌失措,跌落下水来。他在被那双手抓住之前,闭着眼睛,两腮颤抖着用力一咬。云小鲨愕然片刻便立即明白那是什么,这种自尽方式,她是来不及阻止的。可是,周九桐显然没有毒发身亡的症状,他压根就没有咬下去。他两颊还在颤抖,眼皮也在抖,肩膀和手都在抖。这很有趣,千古艰难唯一死,自尽是比想象中困难得多的事。

"你杀了这么多人,根本不把人命当回事,可自己居然不敢死。"云小鲨抓着周九桐的肩膀,把他拖到河岸上。

"我……我是个读书人。"周九桐吐出一口河水,这样断断续续喘着气说着。

夜空里,一声口哨,着急、催促、惊慌。小金电光一闪,向口哨处狂奔过去。

云小鲨拎着她的俘虏——这个俘虏有点不好形容,未免过于贪生怕死,一上岸,就像一摊烂泥一样往地上滑溜。

"起来!走!不动弹我就一根一根斩掉你的手指头。"

云小鲨威胁了一声,他就又哎哟哎哟地起来走了。向印坊走了没多远,云小鲨就看见前方地上站着四只精卫鸟,有两个人正急匆匆地在鸟中间绑一张网。云小鲨很警觉，立即后退。周九桐也看见了，惊叫："夫人！救我啊！救我！"

云小鲨心里一惊，做好了拼命的准备——如果四只鸟同时冲向她，今天绝无生理。但那两个人根本不理会周九桐，一张网结起来后就玩命一样，催促四只鸟快起飞。

精卫鸟自有其天敌，小金已经快追到了。精卫鸟已经起飞了，金光一闪，小金向上斜蹿，但没有扑到，又落了下来。

那张网上的一个少女，披头散发，像疯了一样摇着铃铛，丁零零，四只巨鸟倒拖着一个人和一具鸟羽，狂扇着翅膀，凌空飞起。这是可怕的羽力，它们几乎是带了四个人的重量，依旧能够高飞。

"敢跑！"苏旷也到了，这狂奔的样子让云小鲨吓了一跳。

他眼在发红，毫不犹豫地连撕带扑冲上去，抓住垂下来的一扇鸟翅，小金噌地跳在他身上，他踩了一脚半死不活的风雪原，跟着就往上爬，一扑又一扑，抓住了那面网。

如果有"翼如垂天之云"的赞美，毫无疑问是属于精卫鸟的。现在已经带了五个人，它们还在竭力高飞。但很艰难，飞一点又落下，反反复复。那个一个劲往上爬的快要翻进网里的家伙，几乎不是个人。他一年前还是个断了骨头，躺在床上的行尸走肉。

丁桀、夜哭郎君、沈南枝都到了，他们和云小鲨站在一起，仰着头看。苏旷在大运河的上空，旁人很难支援。

运河里，有几十条官船向这边划。河岸上，数百名江湖中人也来了，天也蒙蒙亮了。

苏旷抓住那面网的边缘，猛一使劲，试图翻进去。这力道过于猛烈不平衡，一边的两只大鸟向下急坠，又出于本能，疯狂地拍着翅膀，但还要躲着小金，那面网快要整个翻转下来。

苏旷接着往上爬，他今天非要把她们弄下来不可。他身上有小金，他才不怕精卫鸟呢。但精卫鸟很忌讳这个小东西，他一靠近，就疯狂地挣，整个网子都在半空兜来转去。苏旷腰有点使不上劲，于是抓着网缘，吊在半空，双脚尽力勾着链子缓一缓。

少女抓不住了，连滚带落摔下来，半空之中慌里慌张地抓住了那面网。但是，人在半空，双手抓住了网，也就没有铃声。精卫鸟立即反目成仇，巨喙向着她手腕直啄下来。少女吓得又撕心裂肺一声尖叫，二度摔下去，抱住了风雪原。

风雪原头在下脚在上，连同那具鸟羽大约是三个人的重量，那道莲花扣扣不住了，一点点地撑开了一些。苏旷想了想，干脆也顺着链子滑了下去，抱住了风雪原。现在，莲花扣上变成了四个人的重量，那道卡扣越开越大。

那张网上还有一个女人，她孤零零的，低头想要往下跳。但来不及了，一只精卫鸟啄住了她的左肩。半空之中，一声惨绝人寰的号叫声。她的半个脑袋连同头发、肩膀、手全被咬住了。没有了铃铛的庇护，这四只鸟会在半空之中活活撕碎这个人。

苏旷吹了一声口哨，小金沿着网绳，一路蹿上去。那四只鸟今晚上累疯了，一见小金立即松口，又玩命振翅，那个女人从高空摔进大运河里。

咔嗒！卡扣完全被挣开了，风雪原，还有他身上的那具鸟羽、惨叫连连的少女和苏旷一起摔了下来。苏旷忍不住闭上了眼睛，今天太玩命了，这一摔不知后事如何。但快要接近水面的时候，他被一股柔和的力量接住了。

云小鲨在水里等了很久了，在他落水的刹那，双手搂住他，借着水劲向下卸力，把那股高空的冲劲卸掉了八成。然后一手带着他，再游到风雪原身边，抓住那具鸟羽。身旁，一个有着瓜子脸的泪水涟涟的少女死死抱着风雪原，春葱一样的手腕上系着一对红绳，上面十几个小金铃。她不敢跑，游不远，可也不服气。撇着嘴，一双眼睛闪亮如星，狠狠剜了苏旷一眼。

苏旷认识她，可也完全没兴趣打招呼。那是束星儿，他们第一次见面，互相就没什么好印象。

"娘……"她轻轻叫一声，低下头，眼泪落了下来。

苏旷随着她的目光，转头看见一具被咬碎了半个头颅的女尸从身边漂过，浓黑的长发四散，小金从她身上跳了过来。那是守默谷里守在束天北身边的女人，束星儿的继母。苏旷记得，她也是一位夫人。

精卫鸟远去了。而他们，无论死活，全都被接到了岸上来。

苏旷筋疲力尽，四肢摊开躺在地上，张着嘴大口喘气。他身边围了许多人，全是江湖中名门正派的人。大家的面容都很友善——他今天的复出可谓完美，是足以被称赞一番的。

丁桀盘腿坐在不远处，调匀气息。风雪原还在半昏迷的状态里，他头向下，比旁人多喝了些水，夜哭郎君在帮他控水，顺手打开铁锁的机关。风雪原终于从鸟羽里出来了。少年衣衫破碎，紧闭着双眼，浑浑噩噩，脸色苍白。

苏旷躺在地上，稍微转过脸，盯着束星儿："说！"

束星儿还真硬气，坐在包围圈里，哭归哭，也盯着他，冷笑一声。

苏旷挣扎着坐起来，招招手，夜哭郎君帮他把师弟拖到身边，他掰过风雪原的脑袋检查了一下，左耳朵后的皮肤下面有鲜红的一团在微微游动。"这他妈是蛊！"苏旷冲着束星儿吼骂了一声。

束星儿垂着眼睛，倔强地低着头。她继母的尸体已经覆盖上了一件外衣，就在身边。她认定了苏旷是杀父母的仇人，此仇不共戴天。

苏旷摸了摸风雪原脉搏，和守默谷那次一样，还有寒火双毒。而且左耳朵后面是个很要命的位置，这里离左颈大血管非常近，一不留神就是性命之忧。不过，毒性还能容后再议，这个蛊看起来很要命。虫卵已经被孵化出来一点了，正四下游动，挣开血肉，躲闪小金。苏旷想了想，咬了咬牙，一不做二不休，向后随便冲那群江湖人招呼："哪位兄弟有酒？"

好些人哄的一声应："我有！"

他招手："来壶大的！"

一个灰衣僧人走过来，递了一个很大的牛皮壶给他。

他又伸手："匕首！"

有人递了把匕首给他。

苏旷也没细看，拇指弹开壶盖，闻一闻点点头，手一招，小金跳在手心，他仰脖子把小金吞下去，张嘴开始狂灌那壶酒，不多时，一壶烈酒便灌了个干干净净。接着匕首轻轻划过风雪原耳后皮肤，张口过去猛一阵吸吮，等那团蛊虫全在嘴里，再推开风雪原，站起来，晃晃悠悠走到一边，半跪在一棵树下，用力一扳舌根，捂着肚子一通狂呕，把那团蛊虫连同满腹酒水和小金一起吐了出来。这办法有点恶心，但是极其有效——有小金垫底，肚子里一点蛊虫都不会留。他想站起来，但因为这一通吐得太猛，未免头晕眼花，他只好继续半跪着，头也不回地向束星儿冷笑："你以为我求你？"

束星儿依旧低着头，声音清脆甜美，可也冷冰冰的："你以为我怕你？"

"不怕最好！"苏旷使劲站起来。身边，那个灰衣僧人搀住他，递过一壶清水，他接在手里，反复仰脖子漱了几次口，又喝了几口，把水壶递回去："多谢大师。"

那个僧人微笑地看他，一种别样的熟稔："小苏，别来无恙啊？"

苏旷一愣，这是来时船上见到的那个有些脸熟的少林僧。他四五十岁年纪，修眉朗目，脸上有几道深壑一样的皱纹，留一点胡须。他怔了怔，看见了那张曾经年轻过、令他热泪盈眶的脸。他认识这个人的时候，比福宝还小两岁。如今，刀山火海经过，江湖夜雨半生。

他轻轻地试探地问："你是颜……颜大哥？"

灰衣僧人轻轻点了点头——那正是千里横行颜中望，一手破月刀曾经纵横过半个江湖。

灰衣僧人试图双掌合十："贫僧法号……"

苏旷一把抱住眼前这个人不放，他有点耍赖，很想不管不顾地哭一场："法什么号！颜大哥！"

"小苏……多大的人了，怎么这个样子……"灰衣僧人无奈，合十合得也不方便，只好抽出手来，在他肩膀上拍了几下，"小苏，抬起头，这些年，我听过不少你的故事，一直想要出来看看，你长成什么样子了。"

苏旷抬起头，拉着他的手："好！我们找个地方，好好喝几杯！颜大哥，我有几个人要引见给你，你过来，小鲨，快来来来……"

他一高兴，就想介绍媳妇给人家认识。天光已经微微破晓，这是很疲惫的一个夜晚，也是收获颇丰的一夜。

一直盘腿调息的丁桀站了起来，他神完气足，毫无疲态。他仅仅是向前走而已，那些围拢在他身边的江湖人就一起招呼："帮主！"

远处，印坊那边，火把摇晃，几队人过来了，手里都抬着箱子。前面几个人走到丁桀面前，打开箱盖——双层木格密封舱的箱子，沉在水里，里面只有半箱银子，不用费多少力气就能捞起来。

"启禀帮主！"当先那个人躬身，"不出帮主所料，那个水潭里全是银子！"

"有多少？"

"属下估不出来。"那人胳膊比画一圈，"那水底下，全是！"

那就是很大的一笔数字了。三月银庄的库存数额，是足以震惊江南的。

运河里，十几艘官船都拢了岸，船头搭了跳板，有人陆续走了过来。领头的人穿着公服，打眼看过来职位不低，身后有人举着明晃晃的火把，手里拎着铁索，腰间带着朴刀。

船上拢共下来百十号人，江湖中人纷纷有所警觉，腰间按剑，摩拳擦掌，这片空地顿时变得拥挤起来。

"丁帮主！"领头那人远远拱了拱手。

丁桀上下看他一眼，也抬抬手："阁下怎么称呼？"

"敝姓姚，单名一个舸字，任职杭州总捕头，兼领嘉湖。"那人客客气气，斟酌用词，"并不知道丐帮丁帮主兴师率众来此，搅得我杭州城里城外，人仰马翻。"

苏旷心里一凛，松开颜中望的手，拍一拍示意留步，自己向前走。

"人仰马翻谈不上！"丁桀负手，"姚总捕头，这银沙教盘踞多年，经营地下银庄，往来银赃不计其数，杀人越货横尸当场，你身为地方捕快，在此地多年，不能保一方平安，还要来问罪于我？"

"丁帮主，不敢！"姚总捕头很是客气，"银沙教确实盘踞多年，可我等并非没有耳闻，早已布下天罗地网，只等近日下手，不想，被江湖中人捷足先登。丁帮主，国泰民安是一等一的大事，庙堂之高、江湖之远，理应齐心勠力于此，丁帮主远道而来，我司职地方，有失远迎，若是帮主道义为先，施以援手，我自然感激不尽；若是恃武滋事……"

丁桀微微一笑："哦，什么意思？怎么叫道义为先？什么是恃武滋事？"

"不敢！道义为先，好说得很，国有国法，朝有朝纲。这些银赃，都应收归国库，绝不可任由持刀之辈明火执仗，瓜分了去……"

"我当姚总捕头要什么呢，要银子好办啊。丁某此行，不是冲几两银子来的，你让我搬，我也没带车马。"

"好！丐帮丁帮主果然名下无虚……丁帮主，今日这笔银赃自然要充公，这个人，是此案主犯，我职责所在，必须带走。"

姚舸指了指周九桐。丁桀沉吟一声，这是可以考虑的，但也不能一句话就给他。

姚总捕头又指了指苏旷："还有这个人，是榜上有名的钦犯，既然见到，我必须扣下。"

身后，一片低声哗然。丁桀皱眉："凭什么？"

姚总捕头从袖子里抽出一份海捕公文："凭神捕营的红榜捕文。此事关乎国家法度，不才斗胆，请丁帮主抬手放人，你我方便。"

"朝廷公文，丁某可以一观吗？"

"自然！丁帮主请。"

姚舸礼数周全，双手平托，递上公文。丁桀接过来，扫了一眼，脸色慢慢凝重起来。苏旷很好奇，伸头也想看看。

"放肆！"姚舸当众大声呵斥，丝毫不留面子，"忤逆贼子，还不跪下受缚！"

苏旷心里一惊，忤逆？只见丁桀慢慢拢了拢那份公文，送还回去，摇了摇头："姚总捕头，你要这笔银子，要周九，我都可以留给你。苏旷，不行。"

姚舸脸色慎重起来："丁帮主慎言！这是国家法度！"

丁桀嘿笑一声："那也顾不得了。"

姚舸向前一步，语带威胁："丁帮主，说这种话，你可知后果如何？"

丁桀还是微微一笑："不知道，试试看？"

姚舸的脸色，顿时就不仅仅是很难看了。他是带了不少人来，但距离从丁桀手底下抢人还差很远，而且他没弄明白，丐帮和朝廷从未起过冲突，丁桀非要护着一个神捕营的叛徒干什么。可威胁的话已经出了口，不动武也不合适。但是和丁桀动武……就更不合适。两个人在角力，他们都不想和对方动手，也都绝不退让。

丁桀也真是不把这区区几个人放在眼里，还负着手，好整以暇："姚总捕头，想好了吗？丁某能走不能走？"

姚舸额头微微见汗，他没想到丁桀这么不识大体，他有点打退堂鼓了，无论如何，也不想贸然和整个侠义道为敌。他不肯直斥丁桀，怕这人散漫疏狂，再招出什么不该说的话来，回头指桑骂槐："苏旷！你好大胆子，还不束手就擒，这是公然反了吗？"

苏旷揉了揉鼻子，不说话。他不知道神捕营的公文上写的是什么，他很想看看。他也不知道应该怎么办，他就这么走，置红榜捕文于不顾，跟公然反了区别也不大；可他留下来，命就没了。他不想死在这儿。

所有人都围得很近，都在等着一声令下。

箭在弦上，一触即发。

一艘小船上，一个人缓步走了下来，青衫玉面，唇红齿白，衣袂当风。身后有下属要跟，他摆了摆手。他上岸了，远远地向姚舸拱了拱手："姚总捕头！"

姚舸也拱了拱手："楚大人！"

苏旷转回头，揉了揉脑门，太阳穴腾腾腾跳个不停。那人也向他点了点头："小苏，借一步说话。"

苏旷嘴里念叨着,怎么又是你。念叨归念叨,他还是走了过去。两个人,到了一株大柳树下,转到树那边。身后不远处,一边是丁桀、云小鲨虎视眈眈,江湖豪侠随时有拔刀之怒;一边是官船来往,铁面森森,恪守律法尺度庄严。

"随波,怎么回事?"苏旷开门见山,"神捕营要抓我,已经要用这种手段了吗?"

"个中曲折,一言难尽。"楚随波下巴向外指了指,"小苏,你听我一句,今天无论如何,你不能就这么跟着丁桀走,你这一走,目无法度,视同谋反,丁桀这么不知进退,当面抢人,视同叛乱。这种事但凡向上一报,别的人我不知道,上官乾绝不会放过这种机会,必然是兴风作浪。你猜,弄到最后,神捕营是要剿灭银沙教,还是要剿灭丐帮?小苏,跟我走,我给你句话,把归案的手续办了,少则十天多则半个月,问清楚几件事,我送你回沽义山庄。"

"得了吧!"苏旷压根不信,"我跟你走,还不如直接跟他走呢⋯⋯"

楚随波脸色一沉:"你知不知道你犯了什么事,敢说这种话?"

苏旷脸色也一沉:"随波,普天下的人,都能问我这句话,就你他妈不行!"

楚随波逼近一步:"苏旷,我不是求你,我是命令你。"

苏旷嘿嘿地摇摇头:"你凭什么?"

楚随波轻轻抬起手,手心亮了一块令牌。苏旷定睛一看,那真是晴天霹雳、五雷轰顶,他晃一步,伸手扶住身边的柳树。楚随波的手里,是一块万里戎机令。十大名捕的随身令印,是无论如何也不可能落在别人手里的。他盯着那块令牌,眼神闪烁,想问又不敢问,想猜又不敢猜。楚随波向他点点头,证实他的猜测:"我拿这块令牌,是兰二先生、刘伯都点头同意的⋯⋯明白了吗?苏旷,有些事一句两句说不清楚,这到处都是人,天马上要亮了,叫你那些江湖朋友赶紧走,别弄出别的事来,有些事情,路上我跟你慢慢说。"

苏旷闭了闭眼:"告诉我万叔怎么走的?"

楚随波直接回答他:"万老大被上官乾杀了,连同属下,一起吊死在城郊悬崖十九棵黑松树上。"

苏旷死死抓着那棵树,手心粗糙生疼:"没有报仇?"

"目前掌握的证据,报不了仇!我一遍遍地说了,有事要问你!"

这个理由够了。苏旷狠咬了一下舌头,免得自己哭出来,他点点头:"好,走。"走了几步,苏旷又说,"小鲨、丁桀脾气都不好,别当他们面锁我。"

楚随波接着推他肩膀:"小心眼真多,走走走!"

105

他们往河边走，那边四个人一起过来了。楚随波冲丁桀点点头，丁桀也冲他点点头，两个人都没有打招呼的意向。

丁桀直接问苏旷："怎么了？"

苏旷不想多解释："这位是楚随波，我在神捕营的朋友，那边有点事，很重要的事……我得跟他去几天了断一下……放心，就十天半个月，你们先回去吧，在沽义山庄等我。"

四个人互相看一眼，云小鲨先摇头："不行，不许去！还有什么要你了断的？这个时候，我不信神捕营的人！"

周围人已经越来越多了，天色也快要亮了，行船、行人也快要多起来了。

苏旷望了她一眼，见她极美的一双眼里有种从未见过的焦急慌张，双目遥遥一触，真是心神荡漾。他心里软得很，实在很想过去抱一抱说几句安慰的话，又想快刀斩乱麻，索性一跺脚："小鲨，真没事儿！随波我们走。"

他没有再回头，转身向楚随波来的那艘官船去。他一步不停，低了头进了船舱，楚随波也毫不迟疑地吩咐撑篙开船。姚舸的部下架起周九桐，也向官船押去。

天亮了。天光云影，万里如新。火把纷纷熄灭了，青烟袅袅。江湖众人齐聚，等待令下。

丁桀拍了拍云小鲨肩膀，叹口气："小鲨，既然他执意如此，我们走吧。"

云小鲨慢慢站了一会儿，眼里有一点泪，涌上来又落回去，点了点头。

地上的风雪原呻吟一声，伸手揉了揉脖子上的伤口，迷迷糊糊，慢慢张开了眼睛。他看见一个不可一世的人，带着一种呼风唤雨的气势，伸着一只重重包扎了的手，向着属下命令："我们走！"

四下一声呼啸，云集响应："是，帮主！"

第三十九章　二子乘舟

　　船很小，看起来是临时征调的，船舱里物什杂乱堆叠，竹篷上胡乱涂了一层黑漆。空间狭窄，仅容一几，脚底下是乱七八糟的竹竿，一个装鱼饵的小竹筒，两边篷子挂了许多东西，破缝里露出道道天光。

　　苏旷刚一进来，正要拂衣坐下，楚随波也撩帘子进来了。此人真是春风美玉，仪容翩翩，着一身正合时令、簇新整齐的藕袍白衫，有一种出游踏青的轻快神色。他手指了指舱尾一篓子，说道："那边有壶热水，还有毛巾，你擦一把，换身干衣服。"

　　苏旷点了点头，心想，楚随波真是非同常人，出来办案子，家伙事不见多带，倒不忘带换洗衣服。不过说起来，这时候还是早春，浑身湿透确实是不舒服。他走过去，见篓子里有一壶温水、一折毛巾、一套灰袍白衫赭裤的布衣、一双新布鞋，他抓起毛巾，胡乱擦了把头发，把湿衣服换了——尺寸很合身，就是鞋子紧了一点。

　　他回来坐下，楚随波又从船篷上摘下个褡裢，掏出两个荷叶包搁在小几上："还没吃吧？我早上出公署，见有卖荷包饭的就买了两个。"

　　苏旷点了点头，他折腾了一整夜，确实又冷又饿，抓过来一个就狼吞虎咽，三口两口把手里那个吞下了肚，连荷叶缝里的饭粒都啃了个干干净净。楚随波刚刚解开手里的荷叶包，见他饿相，摇摇头，又分了半个给他。

　　身无饥寒，这下舒服多了。说起来，不由得让人心生感激。苏旷在楚随波家一躺三个月，衣食全仰仗人照顾，那段时间，他吃什么都没胃口，饮食一再减半，骨瘦如柴，楚随波也常常带些新奇点心回家，每次也都是那么随手一推，说一声："小苏，糯米鸡。"诸如此类。苏旷不是知恩不报的人。楚随波对他有一段生死大恩，后来，他也还了这份大恩。按照江湖说法，这个就叫过命的交情。不管怎么论，他们现在都该是朋友了。

"小苏，事情有很多件，我们一样一样聊。"楚随波想了想，"先说正事，我跟你说说万老大那天的状况。万老大是二月二出的事……"

苏旷在听。楚随波细细说了一遍神捕营这些日子的事，从铁敖的葬礼，讲到昏迷之中的文陵江，他思路清楚，显然也已经复盘过多次，讲得很清楚，详略也得当，只是几乎每一处细节，都会补上一句"我没有亲眼看见，是听某人某人说"。他好像是个一直在场的局外人，即使讲到最热血，或者最悲壮的场面，他的语气里也总是带一点淡淡的讥诮。

"我是这样的人，并不想在你面前隐瞒这个。万老大是个英雄，是条汉子，我是神捕营的一分子，于理于法，会竭尽全力为他报仇，但于情，恐怕难免凉薄。"楚随波淡淡地解释，"国士待我，国士报之，路人待我，路人报之，草芥待我，仇寇报之，万老大草芥待我，我路人报之，自以为仁至义尽。"

苏旷很奇怪："万老大怎么草芥待你了？"

"在他眼里，我是个贪墨的官吏、无耻的小人、捅娄子的败类，还有很大可能是神捕营的内奸，竖子不足与谋。"

苏旷默默地叹了口气，他解决不了这个，只好说："讨论案子吧。"

案子被掰细了，揉圆了，条分缕析，反复过了三遍。苏旷凝神思索，他粗粗地理了一遍这件事，试图从杂乱无章的线头里，找到第一条打通迷宫的脉络。楚随波也在耐心地等着他。这种案子，此后会经过数百遍甚至数千遍的复盘，苏旷的第一直觉很重要。

"随波，你刚才说……万老大出事的时候，上官乾还在宫里陪高丽使节团饮酒、赋诗？"

"是。"

"那他赋诗了吗？"

"这我不太清楚，可能是写了吧……众所周知，这种诗嘛，应诏唱和而已，但凡是文武百官奉旨进宫侍宴的，背也会背两首模子过去，再说他又不是文官，根本没人管他写成什么样子。"

"别可能，再仔细想想，他到底写了没有？"

楚随波闭目思索片刻："没有。"

"你能确定？"

"能确定，对，关老爷子提过，那天上官乾喝多了，写了一句四海升平乐，就不胜酒力，一袖子把砚台都打翻在地上……"

"上官乾可不是个随随便便会在御宴上喝醉的人……"

"你的意思是说……？"

"诗毕竟是诗，再应制的诗总有些个人常用的字和词，如果被有心人细细检查，就有可能找出蛛丝马迹来……"

"换句话说……如果干脆避而不写，可能就是整个人都有问题？可是，人会有什么问题？"

"先等等……我再理理。"

苏旷盯着船角，那儿的船板有道细细的缝隙，随着船身摇晃，涌进来一小股一小股的河水。楚随波静静地等着。

"随波，你刚才还说，那个叫卢千里的小孩子，是从咱们隔壁早年训练的废甬道里钻出去的？那条甬道你知道吗？"

"所谓你们隔壁的事，我什么都不知道。"

"你不是那儿出来的人，不知道也是应该的……那条甬道，很不好用，大概用了五年就废掉了，知道的人不会很多……大概就是我那批前后……隔壁的名录查过没有？有线索吗？"

"没有，所有记录在册的都查过。我为了等这个消息，特地在神捕营多留了几天。"

"那些没有记录在册的呢？"

"什么意思？"

"按照规矩，中途犯了事被驱退出去的少年，为了神捕营的声誉考虑，也为了他们的前途着想，是不会在名册留名字的……但是这道记录，卷宗阁一定有。"

"你是想说，上官乾是从神捕营出去的？"

"我不敢确定，但可能性非常之大，以上官乾对神捕营的了解之深、对我师父的怨恨之重，绝对不像是一个没有瓜葛的人，如果他从卢千里下手，卢千里的那个管带师傅又中毒暴毙……可以试着从那儿查查看。"

"好，我都记住了。还有吗？"

"还有……"

苏旷声音压得很低，头凑过去，招招手，让楚随波附耳过来："你们敢不敢查一个人。"

109

"谁？"

"先皇！"

楚随波听了这个回答，大吃一惊。

"先皇做了四十年东宫太子，熬到六十多岁才登基，一登基，就有了上官乾，还有那块牌子。想想看，上官乾那样的身手，居然那么多年就潜在京城，没人听说过他，神不知鬼不觉，那除了帝王家图穷匕见那点事，还能是为什么？宫里的事，大家是不敢查，但只要查，一定有蛛丝马迹。"

"这个好，我也记住了，还有吗？"

"暂时想不出别的，我有个朦朦胧胧的想法，但还不够清楚。总而言之，盲人摸象，还没摸到那根象鼻子，我随时想到，随时跟你们说。"

"好。"楚随波一路点着头，好像对话结束了似的。

苏旷等着他："随波，我该说的说完了，到你了？"

"小苏，你不要着急，我都跟你说过了，凡事要一样一样地来。"一进城门，楚随波的态度似乎有了点微妙的变化，他拨开船篷，向外看了看，"哦，我们快到了。"

"什么意思？我们要到哪儿？"

"梅山书局。姚总捕头在这儿办案子。"楚随波很耐心，细细解释给他听，"姚舸是总领杭嘉湖事务的总捕头，威震江南，非同小可，他有了今天的功劳，恐怕秋天就要直升刑部，得罪不起。俗话说得好，强龙不压地头蛇，今天杭州地面上的事情我得跟他打个招呼。小苏，你的案子，你自己得明白，他手里拿着你的红头捕文，我得跟他做个交接，把你从他手里办过来。不然的话呢，等于是我拿着令牌，来抢他的功劳和花红。还有，周九桐事关重大，我们得把人押回神捕营去，走之前物证、口供也要一式三份，证明这笔赃银、这个案子的头功，是他姚总捕头的，大家签字画押，免得人带走了，将来有争端。你也知道的，京城下来，跟地方办事，就是这么麻烦。"

"随波，你的意思是，我要跟你去见他？"

"是啊。"

"容我提醒你，只要神捕营还是三杰共掌，万里戎机令可以从所有地方直接提人走。"

"我刚才说了嘛，你都不认真听，我直接带你走，他恐怕以为我要抢他的功劳和花红，将来京城打照面，平白添个对头。"

110

苏旷听得刺耳："功劳和花红？"

"对啊，小苏，你的花红是顶格开的，一路开到两万两银子。我就这么把你带走，是从姚舸手里抢钱啊。"

"等等，随波，你跟姚舸之前是全都约好了？"

"也不能说是约好的，我本来有别的事，前几天路过杭州，停下来跟姚舸打个招呼……设宴接风的时候听他说，就这半个月，杭州城里，多了千儿八百的江湖高手，也不知道是奔着谁来的，个个怀刃待命，咱衙门里头，大家伙都一脑门子汗，生怕闹到最后，动静大了摁不住。我一琢磨啊，能这么大手笔调度人马的，满江湖掰指头数，也就丁帮主一位了，想到他之后呢，也就想到你了，也就猜出来他是奔着谁来的了。既然如此，我就干脆在这守株待兔，捎带手也帮姚总捕头飞鸽传书，向营里调度几位高手，以防不测。"

苏旷觉得心里有点堵。他盯着楚随波的眼睛，想说点什么，又说不出来。

楚随波也望着他："小苏，还有什么事吗？"

没有什么事了。这太窝囊了，凭什么楚随波可以这样对他？花红？头功？好像他真的是个反贼，吃错了药非要进宫刺驾似的。如果不是楚随波发烧喝酒躺在床上，一副要死不活的熊样子，他何至于一步一扶腰地去找王素和灵妃？他腰被打折了，都没有给银沙教秘籍，但为了楚随波，他给了王素。他是报恩，但也几乎是一命换一命地把弑君的帽子挪到了自己头上，他以为楚随波记得这个。但楚随波就是不记得。而且，楚随波就是有这块令牌，如果愿意，他今天有生杀予夺的大权。

砰，轻轻一声响，船头撞岸。有人下来系了缆绳，搭了跳板，过来替楚随波掀开帘子。

"小苏，我们到了，"楚随波四下张望一眼，"说起来，丁桀待你真不错，那么些人撤得干干净净，这是怕我们为难你。"

苏旷闭着嘴不说话了，他有种傻鱼上钩的羞辱感。这一程水路真没多远，楚随波眨眼工夫，换了好几茬"我们"了。他也向外看一眼，外面光天化日，街道上已经戒严，没有了行人，放眼看过去，到处都是杭州城的捕快兵勇，船头有人按刀站着，河里官船来往如麻。四望去，天罗地网，就算能杀几个人，他已经没有闯出去的可能了。

"楚大人！"岸上，匆匆走过来一个小伙子，精神又干练，对着楚随波躬身一礼，

111

手里拎一条二指粗的铁链。

"小苏，我给你引见一下，这位是孟吴越，万老大亲自点进神捕营的年轻人，我这一次呢，是谁都不带也要带他来；吴越，这是苏旷，你就算不认识，也该听说过。"

孟吴越向他点了点头："如雷贯耳。"

苏旷脸色变得越来越难看，他盯着那条铁链，又看了看楚随波的眼睛，往后退了一步，浑身都在紧绷："楚随波，你之前可没告诉我要这么干。"

"我答应你的，一个字都不会反悔。但是小苏，那毕竟是红捕公文啊，你觉得我应该怎么带你出去？"楚随波从孟吴越手里接过那条铁链，走过来，轻轻拍了下他的肩膀，"放松，意思一下，搭一下走个过场。"

苏旷闷头站了一会儿。那种很堵的感觉变成了非常堵，在此之前，他没有遇见过这种笑眯眯地走过来说翻脸就翻脸的"朋友"。他有点不知所措，他已经很累了，凭自己杀不出去，也不想靠小金泄愤。楚随波好像摸准了他的脉，像给老朋友披条披肩一样，轻轻巧巧地把链子套在他脖子上，咔嗒一声紧着喉头上了锁。苏旷有点蒙，看着那条链子发呆，说什么也想不到楚随波这么对他。今天要是栽在这儿，简直是生得窝囊，死得滑稽。

"呵……随波，这样就行了？"

"哦，行了行了。"楚随波神色更轻松，吩咐孟吴越，"带走。"

走过半条老街，梅山书局就在西湖边的一处江南老宅里。这里是杭州最大的书局之一，在读书人里颇有盛名。白墙、青瓦、朱门，门前很大一面照壁，写着"诗礼传家"四个字。书局的大堂一片狼藉，四处翻箱倒柜，遍地是书籍、纸张、卷轴、扇面、信封、文书……几乎没有下脚的地方。

往里走，书局有很大的一片中庭。如今，满满当当全是人。左手边，是梅山周氏的族人、男女老少，男人全都捆了手委顿在地，只有个白发蓬蓬足有八十多岁的老头儿，按照律法，上了岁数不着缧绁，他是被一个倒翻的大箩筐抬出来的，歪着嘴斜着眼睛，看起来中了风，扒着箩筐的手一直在抖，嘟嘟囔囔着："强盗……强盗……"右手边，是一群绣坊的女人。准确地说，全是年轻的姑娘，最小的只有十一二，最大不过十八九，都低着头，头发散乱，瑟瑟发抖，在她们面前，几张芦席上，躺着十几个年长女人的尸首，看起来全都是服毒自尽的，和印坊小楼里一个模样。前方，是堆叠着的从印坊院子里挖出来的尸体、两个被精卫鸟啃了一半的女人尸体……乌泱乌泱摆了一大排。尸堆面前，一群剥了盔甲的"册府元龟"都锁了手，跪着。正中央，是浑身湿透了的周九桐。

后院的抄手回廊里，有兵丁在搜捕查抄，满地衣箱，污损的脂粉匣子、花架子……一扇破木窗上，一只鹦哥脚被银链子拴着，喊着些不知所谓的话："道不行……道不行……"

中庭和后院之间，摆了一张乌木八仙桌，有个戴着毡帽穿着皮袍、师爷样的人在奋笔疾书，誊抄公文之类。姚舸拖了张太师椅，捧茶盏坐着，身子前倾，很是客气地和两个人攀谈。

那两个人是孪生兄弟，一模一样的相貌，国字脸，浓眉冷目，相貌堂堂，不怒自威，穿的都是土黄色的布衣、绣银灰的坎肩，两人都抱着胳膊站着，背上都系着一根韦陀杵。

苏旷被带进门，那两人转过脸来。他大吃一惊，那是十大名捕里的韦慈、韦悲兄弟，一苇慈航旗在十大名捕里排第五。楚随波曾经在船上说过，"向神捕营调拨几位高手"，当时他没留意，没想到是这个级别的高手。这个级别的高手，他真跑不了。

韦家兄弟冷冷看他两眼，不打招呼，都向着楚随波点了点头。

姚舸忙站起来，老远一拱手："问楚大人安好！"

楚随波也拱手："姚总捕头辛苦！"

姚舸让座，吩咐人倒茶。然后用下巴示意苏旷："这个人犯……诸位是要解回京城？"

三个人一起答了一声："是。"

"好，三位大人既然人、令牌都到了，下官绝无二话。"

"姚总捕头客气了！"

"那各位什么时候启程啊？这旅途劳顿，千里迢迢……可否容我略尽地主之谊，盘桓数日，稍敬几杯水酒啊？"

韦家兄弟看楚随波，楚随波微微一笑："这就不大方便了，多谢姚总捕头美意，我们公务在身，理应尽快启程。"

"是，是。"姚舸又点点头，先吩咐，"这个人押到一边去。我们尽快把公文核对了，不要耽误三位的正经大事。"

几个人上来推着苏旷往墙角走，苏旷看着楚随波。楚随波眼珠子都不转一下，似乎默认了"稍后就把这个人犯解回京城"这件事。楚随波每个字都在蒙他！真要解回京城，那就算是长出翅膀，也回不了沽义山庄了。无论如何也不回去，说什么都要想办法跑。

苏旷眼睛四下瞟，寻找着稍后逃跑的路径，他这点小动作逃不过老伙伴的法眼，韦慈直接转头，瞪他一眼："苏旷，今天别想不该想的，几个小孩子不敢动你，我们可不算外人。你敢乱动一下，我让你知道什么叫神捕营。"

苏旷无话可说，自认倒霉，盘膝坐在一棵小桃树下，心里把楚随波和他娘骂了个狗血喷头。

满桌子都是文书。几个人都埋头，誊写的誊写，交换公文的交换公文，三方核对无误后就各自盖上印章，签上名字、花押，印了指印，做了封袋。刑部规矩，这样的事情，至少要有三人见证。

姚舸整理了十七八张公文，桌子上顿一顿，扫了周九桐一眼："这些全是这一个人的，这还了得！这是首恶，诸位押回去估摸着也是一个剐，就看周家其他人如何定罪了。"

周九桐本来一直在哆嗦，嘴唇从白抖到青，从青抖到紫，听到一个"剐"字，再也受不住，向前扑腾着，哀号起来："大人们饶命啊……大人们饶我不死……银庄的勾当，全都是……我父亲做的呀！"

一众瞠目结舌。周九桐还是一路狂叫："我没有说谎！我父亲……我父亲写了三十年，写了一套《浮槎记》，讲什么'道不行、浮于海'……那套书，有足足三十六卷哪！非要出不可！活活亏死我们家呀！我家欠了好大一笔债，我读书门第，诗礼传家，不晓得那些江湖勾当，利滚利！……后来银沙教的贱人找我父亲，说代他平债……我家才不得已为她们管账啊……"

姚舸张嘴就骂："胡说八道！梅山周氏多少产业，一套书就亏了？书上镶金子不成？张嘴就来，好忤逆的混账！"

周九桐试图膝行向前，被人按住，他已经快吓疯了，只要能脱罪什么都说："并没有半句虚言！我父亲不善经营，那时候已经只出不进，他非要写那部古怪书不可，耗了自己多少心血，耗了我家多少积蓄……大人！总捕头！我说的都是真的呀！那银沙教的贱人……处心积虑呀！她们跟我父亲说，这《浮槎记》讲的是海外推行仁政，道不行，另立圣人之国的故事，父亲苦心孤诣……只有她们能懂！能解！

她们还哄我父亲说……我家辅佐圣教，将来海外立国，我父亲就是开国的国师，我们全族……"

苏旷低喝一声："闭嘴……"

姚舸和众捕快全都站起来了，面色都惊骇。全族一起疯嚷："快住口！"

周九桐立即醒悟，双手一起捂着嘴，体如筛糠，裤子尿湿了好大一块。本来，只剐他一个人，其他人法外开恩，还能混个不知者不罪，他这一通满嘴浪叫，"海外立国"四个字一出口，到时候剐的可就不是一个两个了。甚至，这话只要坐实了……灭的都不止一族。

苏旷脑海里，本来混沌暗夜之中忽然亮起一道霹雳。他猛地就明白了，银沙教的教母到底为什么要费这么大劲把银子运出海去；也一下子就弄明白了，为什么那么些人本来都不愁荣华富贵，偏偏有那么大的干劲。所有不世之功里，没有什么比得上开国了。有几个读圣贤书的人，不做帝王师之梦？可比帝王师更让人热血沸腾的，就是在一个崭新的世界里，推行自己的道统。真是一场春秋大梦！这种事，变通得快的应该当场否认。否认得越彻底越好，自己不翻盘，姚舸他们是不敢做主为之减轻罪责的。毕竟，这种大庭广众之下，谁也不敢说自己没听到。可全族都在沉默。

姚舸脸色凝重，向三人拱手："三位大人，如此一来……这些个人，就不便随船解上京城了，我们得先送府衙，十万火急，连夜向朝中加送公文。"

三人都应："正是！"

姚舸脸色发白，擦了擦额角的汗："都带下去，押回府衙……"

全族都吓傻了，该喊的时候又不喊了，快要被带走也不喊冤。苏旷忍不住，明着向姚舸，暗着提醒："大人，这就是父子两个人的妄言，那本书全是怪力乱神……"

韦慈大步走过来，一拎他脖子上锁链："住口！还没轮着你呢！"

苏旷不敢大声嚷嚷，更小声："他们可能就没听说过……"

家族里立刻有人明白过来了。那毕竟是本小说而已，毕竟只是周九桐一个人胡说八道，没听过和听过区别太大了。众人开始挥舞着手臂，大喊大叫，尽力把老头儿和周九桐从家族里踢出去。老头儿从箩筐里扑出来，挥着手，不知要说些什么。木窗上，那只鹦哥开始跳来跳去，"啊"一声要开口叫唤。苏旷心里一惊，想这鸟要开口还了得？他牙一咬，赌了！就赌刚才没人留意那鸟瞎叫些什么！心一横，索性就一弹指，一股气劲透指而出，直接击杀了那只鹦鹉。没有一个人反应过来，只有周九桐冲着他大声叫："云缠手！"

苏旷脑子嗡的一声响，后脊梁唰的一下，密密全是冷汗。他心里炸雷一样喊，我去你妈的，真是欠剐的玩意儿。

几个人也不知道听懂没听懂，反正看见动手了，一起围上来，抓着他胳膊往后扭。姚舸冷眼看他，又问周九桐："什么是云缠手啊？"

周九桐连忙说："银沙教教主绝学！"

苏旷轻轻咬了咬牙，心里一片雪。老头子歪倒在地，眼角一滴泪流进泥土里，嘴歪歪地哆嗦："畜生……畜生……"

姚舸回头问三个人："各位都是武学高手，听过这个吗？"

韦家兄弟理直气壮，一起摇头："从未听过！"

楚随波更是直截了当："我所知武学极少……"

姚舸转头向绣坊那群姑娘："你们算银沙教的？"

"她们不算，她们太小了……"苏旷正想再多解释几句，韦悲伸手过来，直接把他头摁下去了。

小姑娘们哆里哆嗦，甚至不敢直视面前尸首。

姚舸大声喝问："是不是！说！"

几个小姑娘诺诺："是……"

姚舸又问："你们谁听说过云缠手？"

小姑娘们都抿着嘴，拨浪鼓一样摇头。

姚舸走上前两步，逼问："谁听说过，举个手，这就可以出去了。"

几个小姑娘你看我我看你，又哆嗦，但还是下定决心："不知道……"

姚舸也点点头："行，也都带下去吧，另案处置。"

人都被带走了。姚舸走到苏旷面前，背着手说："你话可真多。"

苏旷连忙说："我无妄之灾！我练的明明是一阳指……"

"苏旷啊，其实啊你不必担心，我就是试探试探……你的案子和我们没关系，我们呢，伸手也够不到，就算真是云缠手，也轮不着我们多管闲事，楚大人拿了牌子来要人，我们给人就完了。"

"是是是。"

姚舸从袖子里抽出一张公文，蹲下来，招招手，有人递了盒印泥来，又拿了支蘸了墨的笔，他慢慢展开红捕公文，按在苏旷面前："我们该办的交接都办完了，你签个字，按个手印，证明这个人是你，我们都没拿错人，这个事情，在杭州地面上的就算结束了。"

"是是是。"苏旷点点头，能走就赶紧走，这是个小手续，交接而已。

那公文被风吹折起个大角，苏旷伸手想按住，孟吴越还听话地扣着他。有位勤快的小捕快帮忙，平展在他眼前。他脸上本来还残存一点玩世不恭的笑，忽然，就变成了可怕的厉鬼。

公文写得很简单：

兹。密。

  告天下诸名捕，如有急况通令协传各州府、刑兵诸部：通令缉拿神捕营叛徒苏旷一人，诛杀王嘴村民一百一十八口，弑师。大逆不道，传形影，见即擒拿，如阻挡格杀勿论。神捕营告。

这是个顶级密令，加盖了大印，按理说该交到十大名捕手里，除非发现他的行踪又制服不了，才能就近传唤别人帮忙。但只要真是需要，这张文书传得动各州府、刑兵二部的人。那文字下面是他的形影图，他还记得，那是很久很久以前，拿到第一笔花红之后，上街画的那张。

苏旷慢慢抬起眼睛，不管姚舸了，死死望着韦氏兄弟和楚随波："你们……都知道？你们……要我在这个上面签字，按手印？"

没有回答，也就是默认。楚随波提醒他："这是归案，不是认罪，你应该能分清楚。"

苏旷还在摇着头，他在一个个看他们，认真而迷惑："你们……是都觉得……这样可以吗？这关从周他妈的干的是人事吗？"

韦慈正色："你觉得冤枉，应该回去申辩。"

苏旷眼角一根血管直接爆了，鲜红一片，他脸上有种奇怪的笑容，慢慢地想要挣起来："我回去……回哪儿去？回神捕营？跪在你们面前，求你们相信我，我没杀铁敖？"

"你不应该直呼总捕头的名字。"

苏旷腾地站起来了。背后有人更用力地拧着他的肩膀，他好像一点都不生气，

117

手指缝里金光一闪:"好没道理啊!既然我连人都杀了,还在乎直呼名字?我不想跟你们申辩,谁为什么发的这个令,谁自己心里有数。来,干脆点,你们哥俩一起上!来,你个小老婆养的也一起上,让我见识见识,你们神捕营的格杀勿论!"

韦家兄弟都看楚随波,楚随波对苏旷了如指掌,这人只要一提小老婆,就真是气疯了。他谨慎地摆摆手:"后退,小心金壳线虫……"

"后退?楚随波,过来,就你,我不用金壳线虫。"苏旷伸伸手,小金蹿出手背,后面几个人都有点吓着了,纷纷闪开,唯有孟吴越尽忠职守,拽着他脖子上长长的铁链子不松。

"找死!"苏旷头也不回,手一抬,金光向后射,直刺孟吴越双眼。他火气大,小金怒意也高,来得极快,孟吴越双手一捂眼睛,小金夺地穿过手掌,直刺眉心。

苏旷手一招,小金立即翻身弹回。电光石火之间,可怕的速度和精准度。这对于年轻人孟吴越来说,这是一个一辈子都无法抹去的伤疤。但孟吴越顽固至极,他二郎神一样,额头上一个血洞,毫不犹豫地又拽住那根铁链子。苏旷烦得不行,他不想弄死这个家伙:"叫你滚远一点!这是我跟他们三个的事情。"

孟吴越跟他争:"这不是你跟他们三个的事情,这是你跟这个国家法律的事情!"

苏旷胸中烈火起,真有了立地开杀戒的念头,他猛拽了一把链子,锁没拽掉。韦家兄弟双双从肩上抽出韦陀杵。姚舸拔出一把腰刀。四周全是金铁交鸣声。他们是神捕营。今天,他们一定要抓人。

"来得好!"苏旷脚尖一挑,印泥盒子在手里,他稍微抛起来,凌空抓出一团印泥,伸手当风一抹,阴墟内力到处,变成掌心一片血刃。

印泥这东西,滑溜溜的全是油,寒冬也不成冰,他血刃横空,向着姚舸当胸斩去,姚舸横刀招架。血刃一分为二,前面那半片刺啦一声划过姚舸胸口,寒气凛然,冰戈过体。苏旷血红一只手,抢过刀来,凌空三刀,唰唰唰分砍向三人。韦家兄弟一声赞叹,这人恢复得好快!他们一左一右,一个金刚怒目,一个菩萨低眉,韦陀杵当当格开两刀。苏旷最后一刀,又怒又急,刚猛之极,直奔楚随波咽喉。他这是要下杀手了,但楚随波也不怎么着急。

孟吴越是真不怕死,连躲都不躲,又抓住那根铁链子。苏旷被他拽得跟跄半步,恼了,也不管腰不腰,弹腿踢回去,用的是巧劲,踢的是孟吴越手腕下悬空的小半截铁链,链子头撞在孟吴越鼻子上,登时血流不止。他手里刀锋不变,招式一变,平平刺出,正是铁敖的成名绝技,浮生七剑,开门堪叹事还生。

他今天怒极了楚随波背信弃义,不管不顾,存心要这个人的半条命。韦慈围魏救赵,当头一杵。苏旷刀尖停在楚随波咽喉,韦慈杵尖停在苏旷后颈。地上的孟吴越就地一滚,又用身子滚住那根铁链。那根链子是真碍事,笃笃实实是个刑具。

"滚!"苏旷一个趔趄,真急了,抬腿就踹。

韦家兄弟觑准机会,一左一右,双双抢上,韦悲抱住他的肩膀,韦慈抓住他的手腕,玩命往地上按。这两个人都是擒拿的高手,苏旷腰上没劲,渐渐地挣不过,但被扭着手腕,滚来滚去,绝不肯撒手扔刀。小金就在附近跳,韦家兄弟也根本不在乎。

他们三个人撕扯在一起,苏旷眼红了:"是不是非要我杀人?"

韦慈当面啐他:"泼皮无赖!敢做不敢当!"

苏旷急了:"哪个王八犊子敢做不敢当?"

韦慈冷笑:"当然是你,苏旷,你自己亲口招的供,吐口认了在王嘴村杀人,今天又装什么别人陷害?铁总捕头一直和王嘴村遗民在一起,你能一夜之间滥杀无辜百余口,当然能杀了铁总捕头。"

苏旷愣了愣:"我……"

"你当场认了一次,神捕营认了一次,口供压在那里,你要我们怎么样?"

"可是……"

"你功夫有多好我们都知道,你今天走不了我们更知道。姓苏的,真有种,把刀放下,把话说清楚,别发火的时候,自己一跺脚逞英雄全认了,真来事的时候又当不起,平白害死旁人!"

"我害死谁了?"

"去年铁总捕头葬礼上,孙白鹿留绝命诗而去,追击甘州悍匪吴在田,深入大沙漠三千里,最终粮水断绝,叫兄弟们止步,留下青崖弓、白鹿箭,只身进了自古无人的大戈壁,他的生死已经不在天数之内,这你知道吗?"

"你说什么?"

"孙白鹿是为了什么、为了谁,你想过吗?你今天不明不白闯出去,将来捉拿你要枉死多少人,你想过吗?"

"关我……"

"你说别人不干人事,可你干的又是人事吗?好,铁总捕头不是你杀的,可总捕头到底怎么死的？前因后果你说清楚了吗？国家法律就在这里，想翻供有的是路径，你跟人耍横斗狠，一跺脚就来，你当我们兄弟没见过流氓还是没见过无赖？我们的旗子是豆腐做的？你给我放手！"

苏旷浑身绷得还是很紧，但已经并不十分抵抗，韦慈伸手，把刀柄从他手里摘下来了。

他有点恍惚，两个时辰前才知道失去万老大，现在，他失去了他的朋友孙白鹿。孙白鹿和他是同年的人，少年营的时候一直在一个屋住，好些年里，都是他们那一批人中稳稳的第一。他们长大之后，各奔东西，孙白鹿是真忙，常年在西北大沙漠里，一个案子一追两三年，并没有呼朋唤友的机会。他们偶尔遇见，一定会小喝几杯，认真热烈地聊半宿，彼此都很钦佩。他们成年后没有通宵长谈过，彼此都很遗憾，孙白鹿惜时，后半夜总是回去做事，这让苏旷很汗颜。孙白鹿是十大名捕里最年轻的一个，也是最有前途的那个人。可，他已经殉国了？……他是为了躲我？

刀被扔在一边，当啷一响。苏旷伸手抚着额头："白鹿是什么时候的事……"

"两个月前。"

"一直没有消息？"

"没有。"

"没去找尸体？"

"不知道。"

"绝命诗是什么？"

韦悲重捡了那张公文来，重新放在他面前，递了一支笔："少废话，写名字！"

"跟我说绝命诗是什么，我就写……"

韦悲背给他听："黄泉来报有冤魂，腰畔吴钩解不成，奈何桥上一声问，我去地狱第几层？"

苏旷抓了抓脑袋，他挺难接受的。他和孙白鹿从十八岁许通宵许到三十岁，居然一直没有找到机会，痛快喝次酒。笔塞在手里，苏旷咬了咬牙，把名字写上去了，手心正好还有朱红，就手摁上。几个人都沉默刹那，他的字和铁总捕头真像。

名字一落，身后几个人一拥而上，捡起链子把他手臂捆上了。小金跳回他身上，不知这回未战先败是为什么。

姚舸不知何时走出去了。楚随波挥挥手，其他闲杂人等也出去了。韦慈拿着那张公文，在他眼前晃了晃："趁着我们都在，给你一次翻供的机会。痛快点，铁总捕头是不是你动的手？"

　　"当然不是。"

　　"谁动的手？"

　　"没有人。你们说这种屁话，难道尸首运回去，没有仵作的文书吗？"

　　"再顶撞掌嘴啊！王嘴村一百多口是不是你干的？"

　　"我……"

　　"说啊！"

　　他头慢慢低下去。他认这个倒霉事认了好几年了，是真倒霉，提一次倒霉一次。那一天，记得他也是这么着，本来像只着了火的皮球，又气又跳，又吼又叫，也是一下子就被抽走了力量，束手就擒。当时……师父指着他说，是小徒做的。他遵命了。事后他想过，不是他又能是谁呢？那个场合，总要有个人出来承认的。就算师父自己想站出来，师娘怎么办？都不动，阿秀婶和二毛怎么办呢？最终他还是会顶出来的。他只是不愿意被那么指着，不是不愿意顶。这些年，他没有想过要翻供，师父死后也没有。他遵的师命太少了，无非最后相处几个月，那么寥寥几条而已，他的思念之情盖过一切，仿佛只要还守着些命令，就能守着他们之间的某种联系。而且，很奇怪，他不愿意让人知道这个事是"铁总捕头"做的。这种情感很微妙，因为"铁总捕头"，他才几乎没有师父。他并不愿意长大成人之后，亲手推翻那四个字。

　　"说啊！"大家都很着急，连楚随波都着急。

　　他闷着头，说不出"是我师父干的"。这六个字太重了。

　　他一辈子没有招出过任何人，在所有行为里，他最讨厌出卖朋友。更何况是师父！

　　"铁总捕头已经死了！快说啊！"韦慈快急疯了，上手拎起他的头发，把他深深低下去的脑袋拽起来，然后一愣，苏旷眼里有一点泪。韦慈抓着他晃："小苏，你疯了？说啊！这是个机会，我们几个都在……这事已经挑明了，你认了就是你！"

　　苏旷没有说话，轻轻摇了摇头。韦慈惊喜，已经有点诱供之嫌："是不是铁总捕头？"

　　苏旷仰起头，看天，眼角一点泪总不落，特别难堪。他想跟他们求饶了。这

121

一关太难过了,还不如认了呢。他摇摇头,拒绝回答。

韦悲真急了,抱住他肩膀,附耳轻声说:"求你了,小苏,你说实话吧!你到底明不明白?今天我们几个,大老远来这里,就是要你几句真话!神捕营不能永远供着一尊神哪,造这个神像的人,一个是你师父!一个是关老爷子,一个就是你!铁敖不是敢做不敢当的人哪,他在石壁上留了遗书,他说了诛凶于此,凶是谁,非是你来讲不可,给我口供!"

苏旷的嘴唇动了一下,大家都在盯着他。苏旷慢慢地点了一下头,几乎用尽全力,很轻地开了口:"蝴蝶是我师父放的,被借刀堂的杀手阴错阳差,打破匣子……"

韦慈韦悲双双松了口气,毡帽师爷奋笔疾书。

"还有别人吗?"

"我……师娘。"

"那是谁?"

"楚家的如夫人,他的……生母。"苏旷转眼看楚随波,楚随波也低着头,泪也满眼。

师爷吓了一跳,涂掉几个字,还是奋笔疾书。

"还有别人吗?"

"没有了。"

"你在其中到底做了什么?"

"我想……我试着保护所有人,可能没有做到,但我尽力了。"苏旷深深吸了口气,抬起头,堂堂正正,"除了有些行为失礼,我什么都没有做错。"

师爷写完了,口供拿来了。三个人都写了名字,摁了手印。这些被当众封存起来,很快,会送到神捕营。

"干得漂亮!你总算还了自己的一桩清白。"韦慈韦悲指挥属下,"带他下去吧,送上船,即刻启程。"

苏旷转头,还想说些什么,但终究是没有说。

苏旷被带走了。楚随波几乎一直都没有怎么动过,韦慈、韦悲过来拍了拍他的肩膀:"从这玩意嘴里撬话真难!一碰就急,软硬不吃的!随波,后面一段,就看你的了。"

楚随波点点头。

韦慈又向那个师爷问:"白鹿,你呢?是不是自己去告诉他……"

毡帽师爷摘掉毡帽,站起来,高高挺挺,露出一头乌发,英气逼人的一张脸。他点点头说:"好!"

苏旷被人推到一艘船上。那应该是艘专用于押解的船,船中间有根铁柱子。他们把他拴在上面,就走了。

船里很黑,四面都是铁,伸手不见五指。除了能感觉到船在水中颠簸,并不知道是白天还是黑夜。按照进食的规律推测,苏旷觉得可能已经过去了三五天。他不着急,慢慢等。他在等楚随波。他知道,楚随波总会来的。

楚随波开门的时候,阳光差点照瞎眼。他一进门就感慨:"孟吴越说你怎么这么能吃……"

这家伙换了新衣服,看起来依旧春风拂面。楚随波拖了张椅子坐在苏旷对面,递过去一杯茶:"说说,为什么最后一次口供也不招出我?"

苏旷闭着眼睛说:"看能不能对你有点用处,做个交易。随波,我想求你,放了我……"

"咦,新鲜!你什么时候变得这么低三下四了?"

"随波,我认真的,我回京一定会死。你放了我,缓我一年,我肯定回来,绝对不跑,你们要人头我给人头,要凌迟我扛到最后一刀,行不行?"

"为什么?"

"我有事要做。"

"我是问,为什么不回去说清楚呢?"

"说清楚更活不成。"

"未必,讲到底,弑君这种事,你是和王素、灵妃一起做的,对不对?推到他们身上好了。"

"很难。"

"为什么?"

"你敢听吗?"

"我来就是敢听。"

"因为最后确实是我动的手。我认了,我这辈子,真不该动的手,无论如何都不动。我动手了,说明我认为……他该死。"

楚随波猛地站起来，一挥袖子。苏旷继续说道："别激动，还听不听？"

"听！"楚随波又坐下。

"他要杀灵妃，并不是因为那是个银沙教的女人，只是因为那是他父亲的妃子，他们一直在通奸，怕事情暴露，杀人灭口，装作殉葬而已。他碰巧遇到了一个有手段的女人，死的是他。如果是个普通人，做这种事不该死吗？他凭什么？凭他是皇上？凭普天之下莫非王土吗？凭这是他一家的天下吗？我一直不敢跟人说这个事，那是因为我怕连累别人，不是我敢做不敢当！这动不动就几百几百的株连，谁受得了？你真指鼻子问我，这个事做没做？我做了。我就是不服啊，我们整天的国家法度，为什么到了皇宫，法度就没了？我就是想让人知道，律法这个东西，不该有边，往上走是天，往下走是地，天地之间还敢有别的挡着，刀就该拔出来了。"

"说到底了？"

"嗯。"

"把眼睛闭上吧。"

"什么？"

光芒闪耀，阳光又一次洒进来。门打开了。苏旷眯着眼睛，看见了韦慈、韦悲兄弟，也看见了……戴着毡帽的孙白鹿，他一下子站起来。孙白鹿走进来给了他一个拥抱。

"我活着从大戈壁出来了，也带回来了匪首的首级。"

"怎么做到的？"

"我没有走回头路，是从大戈壁另一头穿出来的。侥幸得很，老天赏了我一条命。"

"白鹿！真有你的！"

"你也一样，小苏，真有你的！"孙白鹿跟他短暂叙旧之后，递给他一份文书，"这是你刚才那几句话的口供，你过个目，我们签上名字，按上指印，封存起来。"

苏旷脸色一变："你们都跟你们家亲戚有仇？"

孙白鹿哈哈一声笑："这个东西，我们只留一份，会送到卷宗阁地下室最秘密的机关，硬开就会毁掉。我们可能十年后才会打开，也可能一百年才会打开，也可能永远都不打开。"

"什么意思？"

"我来说这件事吧。"孙白鹿说，"我们不是为了替你翻案，我们只是想记下来，今时此地，我们是如何做出抉择的。"

"那一天，随波要来找你，他单枪匹马，做了一个勇敢的决定——他希望，神捕营和你可以达成一个契约，在律法上破一点格，在诛杀上官乾和教母之前，神捕营全力支持你，诛杀之后，你伏法。作为人质，他把独子楚让带去神捕营了。"

苏旷看了眼楚随波。孙白鹿继续说道："他的想法是仓促之间提出来的，兰二先生和刘伯讨论了很久，但最终觉得没法就那么实施。倒不是不对，而是他单枪匹马，做不了什么。于是，刘伯约了我们，在十九棵松树下和我们推心置腹地聊了一次。说起来也很奇怪，万老大死了之后，我们所有人，都不约而同地想到了十九棵松树的故事。那是一个人的故事，有时候，很多人的事业，终归需要一个英雄来完成。小苏，我们都深信，即使在此生无法目睹，可终有一天，律法的边界将抵达人间的边界，到那一天，皇宫会消失，江湖也会消失。但是，在它还不是所有人的法律的时候，我们会捍卫大多数人。你记住，在终点之前，我们会尽力协助你。但在上官乾和银沙教灰飞烟灭之后，我们要你的人头。"

"我接受。"

"那就放手一搏吧！但无论之前还是之后，小苏，仅仅代表我个人，希望我们永远是朋友。"

苏旷认真地抱了抱他："白鹿，你能活着回来，真好！我这颗人头，做了一本万利的生意，也不知道还能留多久，来，把咱们的通宵酒喝了吧。"

第四十章　借刀一用（上）

三月的武夷山，群峰兀兀青青。晴空正午，云淡风轻。

沽义山庄的后山缓坡，一座十丈新炉前，鼓风扇的木架拆得七零八落。几十个工人，有人短打，有人赤膊，都在大槐树下，或坐或卧。他们中间放着口巨大的铁锅，里面是肉汤，锅盖翻转过来，上面排了十几个白硬的面饼，一边地上散着干荷叶包，上面摆着肉骨头，豆腐干和酱萝卜。沈南枝坐在一棵大檀树下，发梢在风里飞舞，小木架子搁在膝盖上，细细地算着些什么。然后，头也不抬地向地上那些人招呼："大家抓紧歇会啊，吃过饭再给一轮风。"

满地一阵叫，哀鸿遍野。丁桀和云小鲨一左一右在她身后，凝神细看她面前的图——那是一张交叉送风的图，挪了好几次鼓风扇的位子，列满了算式、数字、标志和符号。

"沈……"

丁桀刚刚只招呼了一个字，沈南枝就举一只手指摇了摇："不要吵。"她在一架鼓风扇的履带上画了个圈，在一个"弗"字形回风道上打了个叉，自己嘀咕着，"还得再拆一个……瞬间风力要给到非常大，但不能加到整道梁……"

"我们……"

丁桀终于有机会说了两个字，沈南枝依旧头也不抬，又举起小炭笔摇了摇："去去去，这忙着呢，你们自己去……"

她看起来全神贯注，嘴里念念叨叨。丁桀向云小鲨打了个手势，两个人轻手轻脚地离开了。

清风徐来，蝉鸣鸟唱，阳春三月，美不胜收。两人并肩而行，随意攀谈。

"小鲨，我们谋划来谋划去，船的问题是真没有办法解决吗？如果我们不找船，就是自己造，要造多久？"

"造？那你可就等吧，少说三五年，多了十年八年，那都不一定的事。造海船的木头，和普通船只可不一样，在没有找到海神杉之前，龙骨那根大木，简直可遇不可求，得不虫不蛀，一旦到手，桐油里反反复复先浸个三年，日头晒过，风雨打过，平平整整，刨起来不弯不翘，敲起来要有金石声；四个大舱，舱舱要试水，皮子要硝，麻索要泡……且不说我们有没有这么大的船坞造船，就算是有，造出来了，上了桅架了帆，你就敢往三千里外的南海走？总得先反复试水。一艘船前后折腾起来，差不离就五年往上了。再有，同样是船，商船和战船不一样，战船的船头要能抗撞，转身要灵活，你要拿去海战，那就必然不能同时运货，走这样的长途，我给你配配啊：一艘战船，配四个小艇，灵活上岛用；一艘平头双舱的粮船，路上补给用；四条中等海船，海战的时候拉开阵势进攻用；对了，长江里面的艨艟斗舰根本下不了海，一个浪过来，躲都没法躲，啪，直接给你压龙王爷那儿去了。"

"小鲨，好好好，海上的事，你说一不二，那你的意见呢？我们就这么无可奈何吗？"

"说起来只能如此。你本事再大，总是个人，又不会飞，又不能在水里活着，没船跟海斗什么气？顶多也就是严防死守，让那些已经上了岸的银沙教众回不去。"

"如果是别家的船，哪些能借用呢？"

"我视野所及，一共三家。常年跑南洋的，有一些海商，他们有些船拿来改一改就能用。可是，我不建议用，第一，那个价钱我们付不起；第二，那是人家吃饭的家业，子子孙孙要传下去的，你弄坏了，没的赔；第三，这个路数，你能想到，银沙教必然也能想到，银沙教来中原总也要搭船吧？搭谁的？他们的。最有名的几支船队，跟他们比跟你们要亲近得多。第二家，就是东海三十六岛的海盗船，那个船是最好的，中等、灵活，简直就是为了打家劫舍而生的，他们缺的是那种坐镇船队的顶大的船，这不要紧，云家船帮剩下的全是大船，编在一起正好是个船队。本来，他们输我一仗，按他们当初放的话，也是可以谈谈的，可是，人家招安了，如今变成了朝廷的船……朝廷要那个船好像也没什么用，但我就不敢打这个主意了，我家还有个钦犯在通缉着呢。第三家，是缅甸暹罗那边，缅族人孟族人掸族人，大族海军都有大大小小许多船队，一般是去天竺的，那条海路也是他们把持着。那边势力盘根错节，族群极复杂，除非你在本地头领那里有路子，

127

运货好商量，打仗不行，船权就是海权，不可能拱手让给你。"

"听起来，只有东海三十六岛的海盗船最好用。人是现成的，船也是现成的。"

"现成的倒是现成的，可又不是咱们的……"

"罢了，咱们再想想其他办法，真不行，把崖州以北的银沙教扫平，把上官乾、王素、十二月银庄一网打尽，也是大功一件，跟上回不相上下。这一番，至少保我武林二十年太平，至于二十年后，再有什么劫数，就是天命了。反正，到时候我岁数也大了，不该我出头。"

"怎么，连堂堂的丁桀也会想到后浪推前浪的一天吗？"

"万物自有天时，有生有灭，有起有落，丁某一介草莽武夫，活一世也只有一世的胆量。所谓圣贤，才有百世的担当。小鲨，你也总有跑不动船的一天，到时候你想过归宿没有？"

"这不劳费心，我们云家人，归宿是定了的，世世代代死在海里，没一个死在岸上。"

"真是传奇。"

……

后山走到头，是一座铁索吊桥。过了吊桥，是一面开满野花的山坡。转过山坡，一道浅浅山涧，清溪流动，大大小小的卵石在阳光下灼灼发亮。再向前，是一片密林，林上鸟鸣，林下长满松菌，密林的尽头似乎是百丈悬崖，再没有路了。

"从这里下去。"云小鲨找到了一棵红松树下面的铁钎暗标，"南枝交代，按标记走，不然后果自负……"

两个人老老实实，沿着铁钎标记下了山壁。回头看，绝壁上有黑漆印记：沽义。那道绝壁，天然地隔绝了江湖客与普通人。无人敢一撄其锋。

再向外头走，就是武夷山的莽莽群山了，除了送货的主路外，四下山路崎岖，不通车马。放眼四顾，十面山峰上旗帜招展，已经陆陆续续设了飞檄通报的飞鸟台，紧急通报的刀旗台，山间通报的烽烟台……沈家兄妹点头，门户半开之后，短短半个月里，附近山中已经有了千人驻扎，掌门峰上几十个名门大派派了先遣，各据山头，修起木寨，建起竹楼；数百个江湖中小门派，就在林间空地，搭起简易帐篷；至于游侠散客，就只能住到客栈里去。据说，不管是物事、粮食，还是客栈、床铺，都贵得惊人。但即便如此，也挡不住满江湖的人兴冲冲地过来扎堆凑热闹。很少有人真是为了除魔卫道来的，各自的理由五花八门，有些人是不愿意错过龙虎风云际会,有些人是来切磋武艺,有些人是带着年轻弟子来开开眼界,有些人是借机谈生意,有些人是无名小卒试图拜师学艺,有些人是磨剑十年正要霜刃示君,有些人来相亲,有些人来寻仇……还有些人,不远千里而来,只是为了见见传说中的英雄。江湖很久没有真正的英雄大会了——少林的开会真的就是开会,在别的地方能睡着,在那里睡得更香;昆仑的大会,根本就是登山探险。

丁桀在推波助澜。他曾经打破过一个旧时代的象征,如今,正在一个崭新的正在建立的武林联盟上写上自己的名字。他有把握,如今还只是第一波浪潮而已,三个月之后,这里会变成汪洋大海。

他们的前方,是一条下山路,那是一条平坦、宽敞的山路,可以通行车马,路上行人也眼见得多起来。一些人在找地方住下,已经安置妥当的就四下闲逛交游。

左手边,十几个青衣人正围坐在路边草地上,吹笛子玩纸牌,煮茶歇息,一见丁桀远远过来,都是你碰碰我、我看看你,扔了手里东西,站起来远远拱手问礼:"九华剑派参见丐帮丁帮主!江湖同盟!侠义重光!"

丁桀点一点头,伸手远远虚扶:"季兄客气!"

那是一种不约而同的礼仪,五湖四海的敬意。

这一路上,所有人众目所向,一见到丁桀,乘车的下车,骑马的下马,在路途正中的让到一边,全都是拱手行礼,自报家门——

"常山赵家枪参见丐帮丁帮主!"

"九嶷山白猿门参见丐帮丁帮主!"

"广寒乐府参见丐帮丁帮主!"

"青城剑派参见丐帮丁帮主!"

……

远远一条路通向山下,高高低低的唱名声也就那么传了下去。

丁桀步履不停,对于绝大多数人,他只是点一点头,安然接纳这样的礼遇。他本来就是在人群之中如履长空的一个人,身边忽然又多了个不可一世、华光四照的姑娘,顿时引得众人议论纷纷。他们不敢当面议论,直到丁桀的背影远了,几个人才开始窃窃私语:"可有人知道丁帮主身边的那位姑娘是谁啊?"

另一些人赶紧过来加入讨论组:"听说……是云家船帮的主人云小鲨。"

一些人大呼小叫:"哎呀!难怪难怪,门当户对啊!这位兄台,你消息灵通,

129

云船主和丁帮主，这是不是……"

"哎哎哎，什么呀就是不是！没听人说过吗，云船主的那一位啊是苏旷……"

"哦，那倒也是当世英雄！就是可惜了丁帮主……"

"你这话我可不爱听，什么叫那倒也是！瞎可惜个什么！"

"我是可惜咱们丁帮主，山尖上的人，惊才至此，天下无双，年纪也过了而立，居然就迟迟寻不到一位帮主夫人……"

"快拉倒吧！你们广寒乐府又不在八百侠义道之列，这大老远巴巴地赶过来，吹拉弹唱，恨不得大路上撒花瓣，你们图点什么，真当明眼人瞧不出来啊？我劝你，且收了这颗心吧！想一步登天？那是白日做梦！丐帮帮主再怎么转着圈地挑，也挑不上你家妹子！"

"你不要狗眼看人低，我妹子怎么了？我妹子才貌双全，绝代佳人，赫赫有名的赛嫦娥……"

"嘿嘿嘿，当谁不知道啊，一叫赛什么，那就什么都不是！赛诸葛？笨得没眼看！赛秦琼？连我都打不过！赛螃蟹？都是鸡蛋做的！赛嫦娥？哈哈哈……"

"我去你妈的，狗嘴里吐不出象牙来……你们常山有什么赵家枪啊？攀附赵子龙有脸啊？你就是住在常山而已！都不姓赵！你一个姓孙的矮子，舞得动丈八大枪吗？"

"你奶奶的，说谁矮子！"

"哎哎，二位息怒啊二位！都是江湖同道！"

……

身后，也不知怎么地，就推搡起来。

云小鲨回头望一眼："奇怪，好像你一过去，他们就吵起来了，也不知道在吵些什么。"

丁桀叹口气："有什么可奇怪？咱们俩一起走，讨论你跟我呗。"

"你跟我什么？……我明白了！三大家共掌武林，少林没有女弟子，昆仑又没有正经传人……这许多小门小派的，有闺女有妹子的，就盯上你了，是不是？"

"嗯。"

"之前丐帮长老给你张罗过？"

"当然。"

"你就没看上谁？"

"并没有想过这些事情。"

"你刚才那口气叹的，好像是深以为憾哪！是不是想到那个人了，她没法在你身边就这么肩并肩地走，对不对？"

"小鲨呀……"

"她谁啊？"

"苏旷没跟你嚼过舌头？我不信。"

"嗯，提是提过一点点，但他不让我跟你讨论，我这不是得装不知道嘛……"

"他都说了些什么？"

"该说的都说了吧。"

"欠揍的东西。"

"她还好吗？"

"我不知道，我不敢问。"

"丁桀？"

"我真不敢问，她名义上还是……稍等。"

眼前一个背着包袱的高大汉子，老远拱手过来，兔儿爷捣杵一样。他声音也洪亮，离近了真是如雷贯耳："参见丐帮丁帮主！"

"徐兄客气了，令尊近来可还安好？"

"托丁帮主洪福，家父身子骨还硬朗！老爷子这番差我前来，特地叮嘱，要代他向帮主问礼！"

"不敢当！"

"丁帮主这是要出山办事吗？小弟正准备放下包袱行李，就往帮主下榻处拜会！"

"哦，我不走远，过去山那边接一位朋友，回头徐兄到我那里坐一坐，我给你们引见。"

"要丁帮主亲自去接，是苏旷苏大侠吗？"

"是。"

"久仰久仰！我神交已久，闻名血热，少时就去登门拜会！"

"那就回头见！走，小鲨……"

"等等！丁帮主，敢问这位是……？"

"啊，看我糊涂的！这位是云家船帮的主人云小鲨，这位是西凉刀宗的少主徐

131

北客，此次徐兄东来，万魂刀必然已臻大成，待我稍后大开眼界。"

"丁帮主真是寻我开心！班门岂有弄斧之理？云船主，云家船帮纵横七海，真以为蓬莱神仙之事，不想今日有幸，得见真容。哎呀，你真好看。"

"久仰……"

"就不多打扰，恭送二位！"

那人躬身抱拳，又是一礼，丁桀哈哈一笑，路过时在他手肘上一拍："瞎客气。"

这西凉少主嗓门又大，看起来和丁桀又有交情，不是泛泛之辈，很快，刚才聚众攀谈的那帮人又围过来了，常山赵家枪和广寒乐府处得蛮好，似乎打不相识。

云小鲨则继续讨论更有意思的话题："我听苏旷说，你们在山里住了一年，没想到满江湖的，没人知道这件事。"

"知道那还了得！"

"能聊她吗？你们是青梅竹马？"

"能……怎么说呢，算是吧。"

"算？"

"我们四个都是被戴行云捡回来，一起长大的。她、我、周野、卓然……小孩子的时候，我们整天混在一起。丐帮跟少林区别不大，没什么女弟子，她在我们中间是独一份的，她聪明、漂亮、可爱，小时候所有人都宠她……就算有什么不顺心的，一跺脚，什么都有了。"

"那样到几岁？"

"十岁吧……十岁，我就不跟他们一块玩了，或者说，我压根就不玩了，我从那时候起，很早起来练功，上午听师父讲功课，下午跟人切磋，晚上接着练功……日日如此，月月如此，年年如此。我一天的安排是死的，只有午饭后的小半个时辰是归自己，那会儿就什么都不想做，也不爱跟人说话，但也舍不得睡，就想安安静静放空一会儿。周野、卓然他们都知道，他们有时候就跑来，在我身边，陪我坐坐，后来风眠知道了，也跑过来，她话可多了，噼里啪啦，把一天发生的事竹筒倒豆子说给我听。我其实听不进去，就觉得叽叽喳喳很有意思，我一直弄不明白，这一天到晚，无非吃喝拉撒睡觉练功，哪有那么多有趣的事情。"

"听起来很苦啊。"

"小时候身在其中不觉得，长大才知道亏了。"

"后来呢？"

"后来，她就跟周野玩得多了，有时候故意气我，到我身边打打闹闹的。我要是不理她呢，她就一下子消失三四天，不跟我说话了。周野那个家伙啊，跟谁都撒野，可从小就喜欢她，特别听她的话，叫往东不往西，要陪她玩什么就玩什么，要练武给她当沙包，要出气就给打两下，我可做不到。卓然也不会说话，可卓然会送她小东西，都是女孩子喜欢的那些小玩意，我也不知道从哪儿搞的。我什么都做不了，可也不想她不理我，我就……有回跟她说，眼光放长远一点，我将来要做帮主的，你要是乖乖等我，我长大了封你做帮主夫人……"

云小鲨转头看丁桀，见他转眼向一边看，深深苦笑。

"你当真的？"

"那时候怎么会当真？那时候我连少帮主都不是，无非就是不想被人比下去。我这个人，胜负心大，输不起，一输就难受，输给谁、输什么都难受，但凡是我认真的事，无论大小，非赢不可，至于彩头是什么，我倒无所谓。"

"彩头？"

"是，彩头……我当时就是想赢，就跟她这么说了。风眠当时一下子就当真了，就又继续跟我玩儿。后来她跟我说，她小时候心思和我们不一样，我们几个，生杀之类的，知道得早一点，师长们讨论江湖大事，也带我们听一耳朵。可儿女情长呢，我们开窍得晚，我一直到二十岁，脑子里根本就没有成家、娶妻之类的念头，无非就是知慕少艾，天然亲近好看姑娘。可她不一样，她不会功夫，别的事情也不教她，大家固然都宠她，无非因为她漂亮可爱。她跟我说，她懂事得早，在差不多的年纪，想到将来，心里头是慌的。当时我跟她那么一说，她就认认真真地想归宿了，跑来问我，真的假的？拉钩上吊吗？我跟她说真的，拉钩就拉钩。"

"后来呢？"

"后来，我十二岁了，那年啊……那年的江湖，已经是腥风血雨了，全是拜你霍伯伯所赐。霍瀛洲所到之处，顺我者昌逆我者亡，半壁武林尽成齑粉！你当时在父母庇佑之下，不问江湖事，我可是天天听战报，九天堡顾家那样的灭门血案，有段日子是一天一个。谁敢抵抗，就鸡犬不留。霍瀛洲一天天地势大，他武功、才略、胆识都是一时无两，即使中原武林之中，也有许多他的仰慕、追随者，人心里的防线逐一溃破，越来越多的中立门派归附了银沙，那一战真是生死存亡，魔教险些一统天下。你当这八百侠义道对我敬重有加，是哪里来的？无非是这里来的！那时候，人人都在渴盼、催促侠义道形成联盟，可是，少林、丐帮都是青

133

黄不接，即使发出英雄令，也保护不了江湖同道，令出如纸，这毁灭打击就更大了。在我之前，丐帮连换了七位帮主，六个都是战死的。那段年月，帮主的位置毫无荣光可言，站出来的，无非就是殉道两个字而已。我师父领了三代玄功，可他老人家毕竟禀赋有限，玄功如此积累，能承受已经不易，几乎施展不了多少。那时候，所有人都在盼我长大成人……当时，霍瀛洲每灭门一派，就有人将一件血衣送来，长老们就让我跪在血衣面前，默默记下这一笔血债……小鲨，你不知道，我，还有许多人，那时候是真恨你爹啊，普天之下，只有他一个人能够和霍瀛洲分庭抗礼，他若回来，领着我们打，不至于此！怎么就弄得……惺惺相惜了？再到后来，昆仑老掌门自愧教徒无方，无面目以对天下英豪，托人送上藏山一玉，带着独女、徒弟们去血拼霍瀛洲，丐帮总舵那是满门齐哭。那天呢，本来是该我跪接的。人家掌门说了，这柄剑留给我，将来手刃霍瀛洲，光复侠义道。但老掌门说来就来，也没打招呼，我事先不知情，偷了个懒，被周野拉着溜出总舵，找了个地方给风眠过生日……"

"挨揍了？"

"当然，动了家法！我那是第一回被往死里打，也是最后一回。当时长老们都气疯了，没人拦着可能弄死我。他们也不收拾周野，净收拾我，把周野吓的……打完之后，我一直没被允许站起来，跪了好几天，头顶着你家那柄藏山一玉，一遍一遍地背帮规，背错就打，没人能替……你那个剑啊，我真是刻骨铭心……"

"再后来呢？"

"再后来，昆仑满门尽殁，不仅是我，周野卓然也不许出去玩了……忽然有一天，消息传来，霍瀛洲死了，那时候江湖真是普天同庆。我们终于有了半天假，但出门一趟，找不到风眠了。她搬家了，没跟我们说去哪儿。后来那几年，我真不知道风眠在干什么，和谁在一起，她好像是自己长大的，我们所有人都有正事做，有点把她忘了。"

"就这样走散了？"

"是啊……霍瀛洲死了之后，江湖局势变了，银沙教固然还在，可没那么猖狂了，丐帮总舵也就没那么狂风暴雨了。周野和卓然年纪还小，毕竟与我不同，又放松了一些，我们也没以前那么常见。我和苏旷不同，苏旷记吃不记打，我记打，打一回记一辈子。那次帮规处置之后，我没再犯过错，日子过得精准，什么都为了功夫，我每顿饭是有数的，不会多吃，不会少吃，每个觉也是有数的，不会多睡，不会少睡。我十二岁之后，就开始陆续和江湖这些门派的掌门、少主之类接触了，我没有被任何人轻视过，所有人都知道，我将来不是池中之物。我十四岁之后，不与无名之辈交手，十六岁被立为少帮主，领受了四代玄功。那些年，我每天都很忙，雄心勃勃，迎来送往……我知道帮主的位置迟早是我的，但我想早一点到手。我太年轻了，靠阅历必然不够，只能靠绝世的战功，唯一能让天下心服口服的战功，就是剿灭银沙教总舵。我筹划这件事筹划了三年，朝思暮想，步步为营，到最后下手，真是摧枯拉朽！我们手段也确实严厉，以眼还眼，以牙还牙，血债血偿。呵，话说回来，那一次不可能不严厉，中原武林被羞辱折磨太久了，那次无非就是报复……我得偿所愿，是丐帮最年轻的帮主，我想，以后也不可能再有人超过了。"

"你当时杀了银沙教多少高手？"

"没数，除了霍瀛洲，其余能在江湖留字号的，全是我做的。"

"你……"

"霍瀛洲也是这么做的，你当他一步登天的大名从何而来？无非就是一路拿刀推人头。"

"你好像还很开心？"

"云小鲨云船主，我之所以跟你说这些，无非就是咱俩的路数全一样。你怎么出的道？你拿到的人头没我的分量重，那是因为功夫没我好，论满手血腥，我们大哥不要说二哥。讲起来，江湖绝顶高手，唯一不靠人头出道的，就是苏旷一个人……他跟我熟了之后，就跟我诉苦，说到底为什么呢，他也比了无数次武，明明赢了，人家当没发生过，压根不往外说，顶尖高手又没人上擂台，迟迟不能扬名四海。呵呵，天真！谁的名头也不是捡来的，哪个会用脸面往他的脚底下垫？他呢，憋屈着了，就又杀回来找我比画。那时候我才知道，武林之中，居然已经有了这等人物！他这条路，不折不冲，走得真是艰难。"

"你也很了不起。"

"我没有……小鲨，说到底在苏旷之前，我没什么朋友。遇上他之后，我才好像明白了一点霍瀛洲和你父亲之间的情分，予取予求，尔虞我诈，古来沙场，征战杀伐……再怎么样，到头来也还是想要有个知己的……我是真羡慕你们啊……"

云小鲨点点头："是……你拿到自己想要的东西之后，她已经嫁人了。你什么时候知道你喜欢她的？"

"她嫁人的当天。"

135

"丁桀啊……"

"我确实是不太地道！嗯，风眠嫁人，这个事很意外，戴副帮主，他……他岁数太大了，那时候风眠十五，他过了四十，岁数上像我们的父辈，我们都没想过有这种事，平时互相吃点小醋也就是我们哥仨。风眠后来跟我说，那些年里，我们都不要她了，连周野都拼命练武，冷落了她，只有戴副帮主对她好，体贴温柔，她使小性子能接住……你知道，我没办法，我再回头一千遍，那段时间也不可能陪在她身边，猜她的心思。那些年，我声名急速扩张，得天之力，整个江湖都在往我脚底下塞台阶，我二十岁已经是武林第一人了，这可能很久都没有人能打破……我心里不是没有她，但只有这么小的一块，讲真的，我心里连自己的七情六欲都没有，只有雄心，我玩命往上走，看能走到哪。她婚礼前的某一个晚上来找我，问我是不是忘记了还要跟她说什么。我当时看着她，跟她说，恭喜啊。她跺着脚，我就也生气，说是你先反悔的啊，你要问我，应该早一点来问我，你都定了日子，还要我做什么？难道要我去抢婚吗，你当我是什么人了？她很生气，似乎也很失望，抽了我一耳光就走了。说实在的，我虽然觉得自己一点错都没有，可也觉得，她可真美啊。有人说她骄纵又无理取闹，我就喜欢她骄纵又无理取闹的样子。我没话可说，也没追她，就去找了周野，他也很不开心，他倒是有闹婚的胆量，可风眠根本没找过他。那晚上，我们俩都喝醉了，到婚礼的时候，她一下子变成嫂夫人了，这我真受不了，那时候忽然觉得，这儿跟被刀扎一样疼，我觉得这个事要命，第一次觉得快疯了，跟自己说丁桀你不要这样，可也没有什么好办法。后面很多年，我尽量避着她走。我自控能力很好，感情的事我压得住，但周野不行……搞不清楚他，那天他应该也受刺激了，后来风眠一委屈，他就心疼，心疼也没办法，拿我发脾气，觉得是我负了风眠，我们俩……一来有这个芥蒂，二来上下有别，慢慢也远了，兄弟做不成。好些年之后，我回头想那段，始终都没明白她为什么要这么做。她总是用离开的方式，去表达她想要什么。我当时应该怎么做？我不可能让整个丐帮认定我是个不稳的人，而且我不可能和戴副帮主过不去，他也是救我命的恩人。"

"我好像明白了……她怕你丢掉她，所以先丢掉你？"

"或许吧。"

"如果她一直等你，你会娶她吗？"

"不知道，我的那股狠劲，到二十四五才稍微冷下来……我想过，其实她要一直等我，我可能也不会提亲吧，我不太想成家，一个人没什么不好的，可是，除了她之外，我也没有想过要娶别人。再后来，周野跟我越闹越僵，跟戴行云势不两立，慢慢地，他是真不拿帮规当回事，老想大闹一通出走。所有人都拱着我收拾他，下一次狠手把他干服了，我舍不得……戴行云觉得我们忘恩负义，而我们四分五裂，卓然公事之外，每天就自己躲着。我不知道怎么办，有一次我真受不了，跟周野暗示，那么喜欢她，带她走好了，我睁只眼闭只眼。他也暗示我，说风眠喜欢的是我，等的也是我……那我能怎么办呢？我也一走了之吗？"

"再后来你隐退，离开丐帮……娶她了吗？"

"也没有。"

"那又是为什么？"

"因为周野和卓然……我做不到，我的婚礼，他们不可能不来，我过不了自己这一关……风眠老催我，说去个暹罗小城隐居吧，就没人认识我了。我答应她了，可老拖着不想走。你知道，我学什么话都慢，学了半年梵语一个字都不认识，真到暹罗，三五年不一定能学会买菜。"

"真是借口，你就是不想退。"

"我确实是不想退啊……我喜欢做英雄，不想错过风口浪尖……我答应她了，那些日子我整天在逼自己，去那个什么暹罗，就当丁桀死了，一了百了。可偏偏这个时候，让我知道苏旷出事了……"

"呵，天助你也，是不是？那她如今在哪儿？"

"在戴行云手里。"

"丁桀！"

"我是个混蛋对不对？"

"对。"

"她不会原谅我了对不对？"

"对。"

"可我没办法！每个人都有他的做不到，我也有我的做不到，我没法离开她，我也没法依她，我没法不喜欢她，可也没法全喜欢她，我怎么做都是对不起她，干脆按自己的意思做吧，轰轰烈烈干票大的再说。最后总要还的，那就一把清吧。"

"我明白了。"

"小鲨啊，谢谢你听我说这些。"

"你跟苏旷怎么不聊？"

"我跟他们没法聊。苏旷关心我，但他相当不喜欢风眠，风眠也很讨厌他，他们互相真是……我很为难。我觉得，你好像比他更坏一点，可能一听就懂。"

"我懂。"

"真的？"

"这个我们俩可能是有一点像，我没有那么看得起好人，我喜欢活得尽兴的人。"

"你是真懂……相逢恨晚啊，云小鲨。"

"哎，你不能没完没了地撬你兄弟的女人。"

"你这个人！你这个人！"丁桀哈哈大笑起来，畅快极了。

下山的路也走到了尽头。午后阳光灼灼，山下的河心像有一柄巨大的银色的剑。一条小船靠了岸，艄公竹篙一点，两个人走上来。

苏旷在前面，天气有些热了，他敞开对襟灰袍，露出一领青衫。他看见丁桀和云小鲨就笑起来，脸上有一种温和又磊落的笑——他固执地捍卫着自己的道路，不该走的路一步都没有多，该走的路一步都没有少。他背后，有个看起来年龄很小可偏又高高大大的姑娘，是大雅，她用手指向丁桀这边大声叫："苏大哥，有人在等你！"

艄公离去了。丁桀伸手，苏旷搭手上来了。丁桀拍了拍他的手臂，上下打量他的气色："说半个月还真是半个月，一天不多一天不少，干什么呢？他们没难为你吧？"

"没事，都是老朋友，聚一聚而已。"苏旷也拍了拍他的肩膀，去拉他手臂，"你的伤……"

"不碍事，这些日子，我不动手就是了。"丁桀手背在袖子里，"回吧，南枝给你准备了一样礼物，可能已经快要做好了。还有你要有个预备，不知多少人等着见你。"

"好！"苏旷回身抱住云小鲨，看了看她的眼睛，轻轻在她额头吻了一下，"小鲨，想不想我？让你担心了……这回我把船解决了，厉害吧！"

第四十一章　借刀一用（下）

　　阳光普照，山路迂回，四个人信步向回走。丁桀走在最前面，特地留了云小鲨与苏旷并肩而行。大雅初生牛犊，不辨龙虎，跑上去和他攀谈。

　　与云小鲨这些日子的想象不同，苏旷看起来气色好得很，眼神活泼泼的，显然这半个月过得相当不错，一点苦头都没吃。

　　"什么船啊？"云小鲨接着刚才的话头问。

　　"东海三十六岛的船啊，"苏旷一路走一路兴冲冲地介绍，"我跟神捕营几位聊了，听他们说，三十六岛的船还在水师那边扣着，找关老爷子向兵部讨个调令，并不算难。那些个船说军用不是军用，说民用不像民用，泊着要占码头，改了要砸钱，扔了又浪费，想卖又没人买得起。地方上本来就没衙门想领这个麻烦，给咱们用，那是再好不过。"

　　云小鲨听得眼睛一睁："给咱们用？"

　　"是啊。"

　　"还再好不过？"

　　"对呀。"

　　"咱们可真是天朝上国，地大物博无所不有……这好几百条海船哪！搁着嫌占地方？扔了嫌浪费？说送人就送人，眼睛都不用眨一下！"

　　"哎，小鲨，不算白送人，给咱们用对他们又没坏处。那不是银沙教嘛，不是三千里外嘛，且不要说是发兵去打了，就算是说服兵部那些老头子，那都得讲到明年去，而且还八成没人信。咱们呢，正好要船；他们呢，正好要份功劳。各取所需，一举两得嘛。"

　　"倒也是！还是你聪明，之前咱们怎么都没想到呢！"

"就是，船是答应给咱们了，至于人呢，你没发话我不敢应承。原先那群海盗全招安了，有些没什么大罪过的就放回家种地去了，还有一些不太愿意离船，朝廷也不太好安排，死罪是赦免了，可真要说戴罪立功谁也不敢接手用，就看你想不想要，方不方便要，能不能信得过。"

"要！白要干吗不要？那帮人比商船水手好用……就是得挑一挑、调理调理，压服一番，不然到了海上，不知出什么状况。"

"要就好说，神捕营派了个人在太平客栈蹲着，等咱们商量完，给他们个回复。"

"哎呀，连接头的都安排了，这事办得太漂亮了！"

"还行还行。"

"一路上想这招想了多久？"

"什么？"

云小鲨本来笑吟吟的，转过脸，堆起的笑消失得一干二净："先发制人啊，一见面先跟我讲船啊。至于你这半个月去哪里了，和谁在一起，他们为什么叫你去，为什么能放你回来，他们找你问什么，你答了什么，他们约你做什么，你许了什么……你当这些，都可以绕过去不提？"

苏旷灰溜溜地挠了挠后脑勺。丁桀不回头，也跟着帮腔："又不是这块料，实在编不出来就招了吧……"

"嘿，我不是编不出来……"苏旷索性站住了，"小鲨、丁桀，我只是不想骗你们。"

云小鲨觉得奇怪："有什么不能说？"

苏旷点点头："我能告诉你们的，一定告诉你们，不能告诉你们的，就是真不方便说。反正无论如何，我们同仇敌忾嘛，我跟神捕营的事，大家先放一放，我们都要对付上官乾，也都要对付银沙教。先合作嘛，不是很好？"

丁桀咂摸着他的话，微微摇头："苏旷啊，合作当然很好，我求之不得。但你得弄明白一件事，银沙教是另一说，我跟上官乾，那可是往日无怨近日无仇，他在京城要干什么，杀人放火也好，谋逆篡位也罢，跟我是一文钱关系都没有，我们之间唯一的梁子，就是他敢伤你。至于你跟神捕营之间，说了什么、私底下谈了什么，你们有你们的渊源，有你们的恩仇，你不愿意说，这个我们管不了；可你也得明白，我们跟神捕营合作也好，结仇也好，无非都是因为你。你要是跟我们来个有的没的，那别的事就没法谈了，懂不懂？"

"懂懂懂！我自有分寸！"苏旷推他一把，眼光在阳光下的山野之间转一圈，"别多想，我好容易又活一回，这大好春光哪，我舍得你，还舍不得小鲨呢！"

两个人将信将疑，但也实在瞧不出什么端倪来，只好慢慢地把疑问揣在心里头，把这事暂且翻了篇。

一路向沽义山庄走，山道两边行人渐多，此处没有过客，都是携刀带剑的江湖人，众人目光所向，都有殷殷热切之意。没见过丁桀的接着参见丁帮主，不少人见着苏旷远远向他一抱拳，问一声苏大侠安好。苏旷不比丁桀，做不到安然受礼，他依次还礼，还低声问丁桀："怎么搞这么些人……你是怎么打算的？"

"英雄令发了，来多少人我说了可不算！如今江湖上，不仅仅是沽义山庄人多，洛阳人也多，我们设了八个点，拉起来就是四道网。如今我们是一道网从西向东拉，一道网从北向南拉，反反复复，见一个据点灭一个，只留一条通道，免得鱼死网破。既然神捕营可以合作，那真是再好不过，当务之急，我们先通飞檄，交换讯息，他们能控制官道、驿站、码头，这是江湖民间做不到的事情，两边联手，三个月之内，我们能把银沙教的主力赶到岭南一角去。"

"三个月之后，就是七月了。"

"是，到时候你换的新手应该能用了，我的伤也彻底无碍，正是放手一搏时候，到时候挑明了猛攻，迫他们下海。"

"他们下海之后，是要赶他们回总舵？"

"哪有那种美事！下海之后，非降即死。"

"我们什么时候去总舵？"

"这要问小鲨，我们什么时候能去？"丁桀说完，将下巴指了指云小鲨。

云小鲨说："问我也没有用，要问风。所有下南洋的船队都一样，都是在十月底十一月初升帆启航，趁着第一阵北方的信风下海，如果要回来，必须在明年七月之前赶回来，从七月到十月，海上都有台风。"

"那也就是只有半年了，我们要在半年之内，做好出海的全部准备。小鲨，你看时间上行不行？"

"既然神捕营放了话，东海的船能给我，那当然行。这些船舰都不用大改动，正常修补就了，但是水手这块……毕竟是海盗，以防不测，我得回去盯着。"云小鲨沉吟，"云家船帮这边，其实问题不大。但精卫鸟是个大麻烦，你们得想好对策，船队不是一艘两艘，在茫茫的大海上，也不可能绑在一起动，一只金壳线虫只能护着所在的一艘船，如果南枝的狩天者不够有效，精卫鸟只要结群，照样可以把船队灭了。"

"这么凶残？"

"是，道消魔长，它们在海上的威力，比在陆地上强十倍，它们甚至只要毁掉所有的帆，大家就都是死路一条。"

"对了，那个束星儿呢？你们问过她没有？她知道精卫鸟是怎么驾驭的，或许就能推出精卫鸟的弱点来。"苏旷又转向丁桀，问道。

"问了，小丫头气性大得很，一个字都不肯说。我们想直接下手用刑，你的那个宝贝师弟眼红脖子粗，没日没夜地拦着。我们商量了一下，寻思等你回来再说——你脑子一热自投罗网，万一他们不放你回来，需要几个人质去换，咱手里也得有全须全尾的是不是？"

苏旷脸上微微一报，这些日子来，他们真是没少担心他，好的坏的，死路活路，是全想了一遍的。他忍不住说道："束星儿在哪？我去看看她。我也有几句话，非当面问她不可。小鲨、丁桀，我自己去就行，问到什么，我们饭桌上聊。"

沽义山庄的大门就在眼前了，几个守门的庄丁向他们唱喏问好，苏旷在这里已经熟成半个家，挥挥手就进去了，走两步，又回头吩咐："跟你们大庄主、二庄主，还有厨房陈师傅说一声，我回来了，晚饭带我一份！"

"好咧！"庄丁齐齐应了一声。

沽义山庄没有牢房，就专门收拾了一间石磨坊，把束星儿扔了进去。磨坊的门很重，锁也很沉，窗户上装了铁栅栏。门口有四个守卫。除了守卫，风雪原也几乎寸步不离地看守着。他并不担心束星儿逃跑，可却担心这个小姑娘想不开自寻短见，也怕"别人"偷偷跑来伤害她。

想伤束星儿的人很多，外头那些江湖客个个都喊打喊杀。这也没办法，大家都有个差不多的底线，就是别的事好说，率兽食人万万不可，生之为人，就不该被畜生咬死，更别说给吃了。束星儿犯的是众怒。连每天送饭的庄丁都会很鄙视地啐一口。

苏旷的身影一出现，风雪原直接跳起来往这边跑。他惊喜地叫了声"师兄"，上次离别的时候还在大别山，他清醒过来之后，才知道师兄扶着腰一步一挪地去见了上官乾；这一回，似乎也是一样，他醒过来之后，才知道师兄一路上天地把他救回来了。好像无论出什么事，在什么地方，师兄都能把他救回来。他跑到苏旷身边，想要一把抱过去。但苏旷的脸色很沉，看起来并不想碰他，他很尴尬地站住了。

"没事了？"苏旷拨过他脑袋，看了看他耳后那个蛊虫曾经游动的创口。

风雪原紧张地点点头。

"你爹妈妹子都好？"

风雪原又点点头。

苏旷懒得看他，向前问守卫："钥匙！"

风雪原有点着急，赶紧又跑过去："师兄……师兄！你……你要干什么？"

门上的铁链哗啦啦开了。苏旷推门走进去，风雪原也想跟进去，苏旷指了指他的鼻子："站住。"

风雪原站住没敢动。

"万老大死的时候，你都在场，全都看见了，是不是？"

"是……师兄我……"

"住口！"苏旷指了指门槛，"今天你就在外面待着，敢进来我打断你的腿！"

风雪原急得一鼻子汗，但还就真不敢进去，一转身扑到窗户上，抓着栏杆看。

苏旷走进去在石磨上坐下。他居高临下地看着束星儿——束星儿倚着墙壁，坐在屋角一张垫子上，她低着头抿着嘴，头发有些凌乱，枕头抱在怀里，毯子盖在身上，露出两条纤细的白嫩的小腿。

说实在的，她是个很美的小姑娘，自有一种楚楚动人的味道。尖尖小小的下巴颏儿，挺直秀丽的鼻梁，眉眼盈盈，如同柳叶下一张荷叶上流转的露珠。如果不是不干人事，真是我见犹怜。

束星儿垂着眼睛，不与苏旷对视，可苏旷推门进来的时候，鼻子里轻轻哼了一声。苏旷静静地望着她，目光极严厉："束星儿，你不想跟我说话，我也懒得跟你废话，就开门见山吧！我在守默谷遇到的事情可以当没发生过，我师弟被设计在精卫鸟里中了蛊毒的事情，我也可以当没发生过，九天堡顾家发生的事情我虽然没法当没发生过，但可以算作银沙教和九天堡的旧恩怨，不扣在你头上。可我想知道一件事，神捕营的万蜀戎万大人，一生耿耿，赤诚热血，他的属下们餐风饮雪，铲奸除恶，算起来和你绝无半点私怨，你为什么能帮着那两个畜生下那样的手？做这种事对你有何好处？万叔他那样一条铁汉子，可谓俯仰无愧于这个天地！他十指尽断！双腕尽断！双肩尽碎！割喉之……之后吊死在黑松树上！你年

143

纪轻轻亲眼看见那一幕,你做不做噩梦?良心上会不会有一点不安?束星儿,你告诉我!"

苏旷说到最后,忍了又忍,把喉头一点哽咽咽下去。

束星儿还是一个字都不说。

"你既然不说,我就不客气了。"苏旷站起来,见束星儿眼里有戒备、畏惧的神色,他呵呵笑一声,"你怕我下手折磨你,是不是?你放心,我不对你动私刑,你伤的是神捕营的捕快,我押送你回京城,国法处置,这并不为过吧?你有话不愿意对我说,没关系,你去对他们说。"

束星儿眼里更恐惧,但还是紧紧抿着嘴。苏旷走过去,拽起她的手腕往起拎,束星儿尖叫一声,伸手去推打他的手。她挠她的,苏旷看着她春葱一样的手腕,隐隐有一圈铃铛的痕迹,一时摁不住,怒从心头起,捏着她的骨头微微用力。束星儿惨叫一声,眼泪立即就下来了:"你放开我……你不是人!你刚刚说不折磨我,你出尔反尔!"

"我不是人……还是你们不是人?这跟动刑还离了十万八千里,束星儿,我就是告诉你,每个人都是人,都会痛的,你要真想知道什么叫下手折磨你,我今天让你开开眼!"

风雪原急得走到门口,又急得走回来。

束星儿举着一条胳膊,挣不开,实在吃痛,委顿在地。另一只手抓着毯子,眼泪大滴大滴往下落,带着哭腔喊道:"你杀了我好了!你才是畜生,你杀了我爹,又杀了我娘,今天再杀了我,我们一家三口就在你手里团聚了!我才不去京城!不去神捕营!我不怕你!你放手……痛啊!我不怕你!"

"不怕我,那你倒是说啊,为什么帮那两个畜生那么对付万老大?"

束星儿嘴唇气得直抖:"我为什么对付他?他包庇你啊!你杀了我爹,你为什么不偿命?神捕营的国法呢?为什么只管别人不管你?你这个道貌岸然的伪君子!人家说得没错,你和你师父都一样,国法拿来对付别人而已,轮到自己,仗着会点功夫,杀人放火,想做什么就做什么!"

"胡搅蛮缠,你跟我讲国法?就事论事,讲哪一条国法我该偿命?你们刀砍到脖子上了,我还手而已!束星儿,你那个后娘抓了我师弟做诱饵,带着满山的手下,设下天罗地网,你看不见吗?她指挥十三只精卫鸟把我堵在剑冢里,一把熊熊大火烧得上天无路,入地无门,我那个状况你看不见吗?你父亲束天北,浑浑噩噩喝酒服药度日，我救他一命在前，他黑白不分助纣为虐在后，是谁道貌岸然？我师弟待你一片真心，你是三番五次地拿他当只傻鸟耍，要下毒就下毒，要下蛊就下蛊，当他没有人生父母养的吗？非说我偿命？我打断腰躺在冰上等死的时候，你好像也在你后娘身边，当时你高兴吗？还是觉得还不过瘾，就那么死了便宜我了？你如此恨我，在此之前，到底做过什么杀人放火的事？束星儿，你满嘴不都是道理吗？来，我听你的道理。"

束星儿瞪着眼睛看他："你不该死吗？"

"我就是请教你啊，我为什么该死？"

"你们江湖上拿刀带剑的，哪个没有杀人放火过？"

"我刚才告诉你了，人不伤我，我绝不伤人，跟你父亲这个叫还手。"

"那有什么不一样？"

"不一样大了！束星儿，所谓我杀人放火，是别人告诉你，你以为是真的，你不能按照你想象中的过错定我的罪。"

束星儿还在瞪着他，气焰弱了一点。苏旷明白了一点她的思路："你是不是还觉得，你给我师弟下蛊对他没有伤害？"

束星儿没有否认，也没有点头。

"那堆蛊虫就在左颈大血管边上，随时随地都会要命，我仗着金壳线虫才能直接吞肚子里，懂不懂？不然就是两条命。还有，九天堡的一些人或许有错，但是冤有头债有主，绝大多数人是无辜的，懂不懂？"

束星儿还是不说话。

"万老大也没有包庇我，你不许辱没他的清名。他一生刀里来血里去，除掉许许多多奸恶之徒，也在保护你这样的人。"

"你胡说八道！杀父之仇不共戴天！"

"你非要跟我讲父仇不共戴天，那没关系，冲我来就完了，但讲别的，就是另一说。"

束星儿想了想，终于恶狠狠地挺起胸膛："我懂了！你不是在说给我听，你是在说给你师弟听，你怕他知道你是个什么样的人！我娘说得没错，我才是为他好，我给他下的是有解药的蛊，你给他下的是没解药的蛊！"

"哦，我为什么那么怕我师弟知道我是个什么样的人呢？我干那么多伤天害理的事就为了防着他？我又不想睡他！他除了一次一次把我往沟里带，有别的什么用处吗？"

"你……我娘说你怕他长大以后杀了你……"

"那我现在杀了他不简单吗？还有我告诉你，束星儿，你娘叫韩娥池！是个有胆子有见识的女人，她死得蹊跷，谁是凶手还不一定呢，说不准就是你那个后娘，那时候你就是个认贼作母的东西！"

"你胡说！"束星儿真的被激怒了，忽然一声尖叫，爬起来就向苏旷手上咬，苏旷想揍她想疯了，又不知打哪儿下手，反手一拧她胳膊，她惨绝人寰一声叫。

"师兄！师兄！"风雪原真忍不住了，撞开门进来，一把拉住他的手，但也不敢用蛮劲，只晃着他胳膊哀求，"有话好好说……"

苏旷气不打一处来，他扔开束星儿往垫子上一搡，冲着风雪原一抬手："什么叫好好说！我跟你交代什么来着！"

风雪原低低头，闭闭眼，倒是不躲。苏旷气乐了："打你行，不要打她，对不对？"

风雪原点点头。

"她干了什么事，你都亲眼看见了，还非要护着她不可？"

风雪原憋了一会儿，还是点点头。

"好，好……"苏旷开始动怒了，回头看看，磨坊里还真没什么家伙，他随手抄了个扫米粉的刷子在手里，"非要替她挨一顿，对不对？不顶上来骨头痒，对不对？"

风雪原脸上一阵青一阵红，一咬牙扑通跪下了："师兄我对不起你，你消消气……你想打就打我一顿……反正是你嘛，也不会有多重的。"

"起来！没出息的东西，谁让你动不动就跪！"

"我不是动不动就跪，我是很认真地……师兄，我就求你，开恩饶她一回，我不是不明白是非啊……可是你真没替她想过。星儿从小到大都是一个人，三岁就死了娘，爹每天在悬崖上吃那个五石散，都是那个夫人一手把她带大……她跟普通孩子不一样，她一个伴都没有，只能跟小花小草一起玩，小花小草不觉得痛，她就感觉不到别人痛。她太孤独了！没交流啊，正常人的感觉都被封死了！她的世界是空的，想象里的世界就是真实的世界，谁对她好就是她唯一的亲人。那个夫人是她娘啊，她娘跟她说，你是坏人，是你杀了她爹，万老大包庇你，她当然就觉得你是坏人……她犯了罪，可真不是她的错，没有任何人教过她一点好东西！她才十五岁啊，你得给个机会，不能不教而诛，对不对？"

风雪原说完了，仰头看，苏旷手里刷子一动，他又耸着肩膀准备挨打。

苏旷原地站了一会儿。他确实不知道拿束星儿如何是好——真送回神捕营，恐怕是死无葬身之地；真下手逼供，十五岁的小丫头，他确实做不出来；可要说放她一马，万老大尸骨就在眼前滴溜溜转。无论如何，首恶不是这个小姑娘。饶不了她，但也杀不了她。他想了想，抬了一下下巴："起来吧，别跪着了！你要感化也行，要动手也行，我没有那么多时间，十天半个月之内，你把精卫鸟如何驾驭给我问出来。记住，这跟是不是小姑娘没关系，我们制不住精卫鸟，就一定会多死很多人。我给你这个机会，也给她一个机会。你问不出来，我就要自己问了，到时候什么手段，我不保证，明白了吗？"

"明白了，明白了。"风雪原连连点头，忙爬起来，从苏旷手里恭恭敬敬接过那个刷子，搁回石磨上，赶紧捧着苏旷的胳膊出了门，转身把大门锁了。

他长长松口气，苏旷还在拉着脸。然后跟着师兄走了几步，一个忍不住第二次抱住了他。苏旷懒得理他："给我走开！"

"我就不走开……师兄，我听他们说你能拔刀了，我哭了一晚上！"风雪原抽着鼻子，自顾自地说，"我真想你啊真想你……在神捕营，好多人跟我说你，越说我就越想，后来好多人又不敢提你，不敢提我就更担心……"

风雪原脸皮变厚了，一边抽着鼻涕，一边拉起苏旷的胳膊，抱着他自己的肩膀："师兄，你别不理我嘛，我知道我又做错好多事，你要真想出气就打我两下，我忍着还不行吗……"

"行了啊！我打过你几次？"苏旷拍了拍他，本来想推开小家伙，还是没忍心，在他后背上拍了拍，"算了，福宝，你这个岁数，该做的都做了，出事不是你的责任……我知道这段日子，你也不容易。"

风雪原号啕一声，放声大哭起来。他是个爱哭宝，扑在师兄怀里半天不起来，哭声之大，弄到很多人来围观。

"大师兄！大师兄！哎呀，二师兄你起来！"远远地，风筝听说大师兄来了，飞奔着跑过来。她不客气地双手拽着风雪原的腰带把他扯开，自己扑进大师兄怀里，换了一边不沾涕泪的肩膀。讲道理，抱着风筝哄哄还像那么回事。苏旷抱着风筝，往饭厅走。风筝好像更瘦、更轻了。

"大师兄，我生病了……生病的时候，都是东篱大哥照顾我。"

"什么？哪儿生病了？"

"我发烧了……烧了几天又好了。"

苏旷额头碰碰小姑娘额头,似乎没什么毛病,又捉她手腕搭搭脉,好像也很平稳,他稍微放下心来。风雪原失了宠,自己吸溜着鼻子,跟在后面走。

苏旷抓了个庄丁问:"你们庄主在哪儿,知道吗?"

"我们庄主在繁花照海楼。"

"行!福宝啊,你去洗把脸,跟大雅打个招呼去。我去跟东篱兄聊几句。"

风雪原一下子兴奋起来:"傻大个来啦!我去找她!"

他也没问在哪,一溜烟跑了。苏旷目送着他的背影,叹了口气。

繁花照海楼在小潭边,是沈东篱少年时候练剑的地方。如今,沈东篱没有练剑,他负手看潭水之中春草流动,杂花落英缤纷。

"东篱兄!"苏旷远远吆喝一声,抱着风筝过来了。

"大呼小叫!跟外头那群乱七八糟的人一样。我正在看这条锦鲤点桃花,被你惊走了。"沈东篱依旧负手,白衣飘扬,也不回头搭理他。

苏旷伸头看一眼,潭水里头,大大小小鱼多得很,都在寻东找西吃。他一屁股坐在红漆围栏上,说道:"东篱兄,听风筝说,她生病的时候,是你照顾她。真是太麻烦你了,让你照顾一个小孩儿,那得多为难……"

沈东篱微微皱眉:"你坐的那儿我刚踩过。"

"没事!我这裤子,刚在磨坊里坐一屁股豆粉!"苏旷站起来,拍拍屁股的灰,又随便坐在一边锦榻上,"风筝怎么啦?"

沈东篱惋惜地看了眼锦榻,又给他丢了个眼色。苏旷从一边拿了鱼食盒子,交给风筝喂鱼玩,跟沈东篱往角落走了几步。

沈东篱看了眼风筝说:"你走之后第三天,风筝忽然就高烧起来,浑身冷冰冰的,我开始也以为是着凉了,叫人给她喂了一服汤药,可药一喂进去,立即全都吐出来了,而且像冰水一样……我不知道怎么回事,没见过这种病患,实在不知如何是好,只好用内力助她调匀气息。苏旷,你得留个心,小家伙岁数虽然小,体内一股寒气,真是邪门,稍不催动血脉皆冰,我手掌没敢离开她的身子,就那么挨过了三天三夜,正为难着,可又不知怎么回事,也不用药,她自然就好了,奇怪得很。苏旷,我记得你好像跟我说过,风筝是从藏边大雪山里来,中过一个什么血毒……"

"不是中毒，是胎里毒。"苏旷心里一惊，当时，风筝三尸血毒附体，杀了附近多少猛兽，用热血也暖不回身子，最后还是石疯子父女换血，才渡过难关，本来以为这个血毒就那么断根过去了，居然又卷土重来。听着此时沈东篱嘴上轻飘飘一句话带过去，但当时的情形，必然是十分凶险，才让他不惜以内力续命，"东篱兄……我真是感激不尽……"

"行了，不要提感激两个字！苏旷啊，可能我上辈子欠你们师门的，活该倒霉招上你，我一遍一遍被你拖下水，也就算了，你师弟拉着我吐一场，你师妹又拉着我吐一场……你们这个师门到底是有多腌臜！"

苏旷就更惭愧了。普天之下，他朋友虽多，但再无人像沈家兄妹待他之厚，他们俩认识他以来，真是大麻烦加小麻烦，麻烦得没完没了，可他能回报的却微乎其微。他低着头，羞愧得很不好意思，可一揉鼻子大吃一惊："东篱兄？"

他货真价实地大吃了一惊，在沈东篱的雪白衣袖上，有一块碗口大的淡淡污渍，那块污渍洗得几近于无，不在那么白的袍子上根本衬不出来，要是搁在他身上就算是干净的部分了，可搁在沈东篱身上，真是开天辟地未有之奇。他认识沈东篱这么久，没见过这种事情。

"这这这……"他大惊小怪，拽着沈东篱袖子问。

"你师妹吐的。"沈东篱拂袖，不理他一惊一乍，"我当时脱了衣服，命人拿去扔了，只是洗衣工换了新人，不清楚规矩，就洗了又给我送回来，我本想随手烧掉，但又想起你跟我说的那些话……"

苏旷极惊讶地望着他。

"你知道的，我十三岁时远赴白帝楼，修习南剑隐宗的梼杌剑，白帝楼梼杌剑对心力专注要求极高，入门就要一袭白衣，所谓如初生、如初创、不染不沾、无血无尘，寸铁封喉；我神镜得道之后，修行日益刻苦，剑法日益精纯，到闭庐练剑时，断五音、灭五色、绝无二念，白衣益雪，从未离身。可这些年来，这一路剑法，凌霄直上，如登雪山，可峰巅无路，天外之天，徒望生苦，我在虚空之中凝滞已久，这一衣一剑，皆成雪牢。"沈东篱望着他，慢慢地说，"当时，我见白衣微瑕，忽然有了触动，就一念电闪，脑海之中，怒潮轰鸣。二十年来，忽见前身，想我学剑之前，难道没有见过世间五彩？今日剑道已入绝路，便是勉强自己穿了，又能怎么样？"

苏旷手有点抖，惊喜地问："那……你……又怎么样？"

沈东篱回答他："我试了很久，有……好几天吧，终于勉强自己穿上了，上身的时候狂怒欲呕，穿上之后，却并没有发生任何事情……可我饱睡一日一夜，再提起剑来，忽见繁花照海，虽然也没有什么大长进，但那片雪牢，无声无息地就破了。"

苏旷大喜，过去就抱他："那真是太好了！没有比这更好的事！东篱兄！你早该听我的！你要是换上红蓝相间的那件，保证什么心法挂碍都没有……"

沈东篱后退一步，避开他手，淡淡地回答："哦，那倒也不至于……还有，苏旷，你有个分寸啊，我是想破雪牢，不是从此不爱干净了，你回来了最好先洗个手换件衣服，满手灰就别碰我……"

"说得对！我这身衣裳还是楚随波给的，半个月没换了，都有点发馊，碰谁都不合适，我去洗个澡再吃晚饭正好！"苏旷一溜烟向外跑。

蹲地上玩鱼的风筝把鱼食盒子倒空了，伸手进小潭里一通乱抓，鱼没抓着，湿乎乎的手上带着青苔，随便往裤子上抹了两下，刚想扑过去抱沈东篱，沈东篱赶紧往后退一步，小脏孩见没人带她玩，干脆也跟着跑："大师兄带我玩……"

沈东篱摇了摇头，缓缓坐在那张锦褟上。又一皱眉，迅速站了起来。

沽义山庄的晚宴变得很热闹，陈师傅忙得乐呵呵的。大家都就了座，客人还差最后一位。

角落里，三个半大不小的孩子在一块儿，虽然没有故意吵闹，但也容易抢话、嚷嚷。风雪原和大雅好久没见了，双双连比画带挥舞，把这些日子又惊险又刺激的事，添油加醋，讲了一遍又一遍，风筝就配合着一惊一乍的。三个小家伙嗓门都不小。不要说是沈东篱，连丁桀都觉得吵。沈东篱忍无可忍一拍桌子："苏旷！管一管！都是你的人！"

屋子里暂时安静了。木门吱呀一声开了。最后一位客人来了。是夜哭郎君，他看起来憔悴极了。他的脸色没有反应，可整个人像喝多了酒，眼里也是木木的。但木愣愣的眼珠子里，还带一点兴奋的光。

他走到众人中间，噔的一声，搁了个铜匣子，双手打开——那是一只栩栩如生的假手，有一整套青玉色的玉髓手骨，明胶填充的肌肉，小关节做得极其精美，伸屈自如，皮肤和真的一模一样，细微的纹路、手指上的一点寒毛……连指甲都和真的一模一样。苏旷忍不住伸出右手来比对了一番。

"不管你满不满意，我尽力了！"夜哭郎君坐在椅子上，伸开双臂往后一摊，"喏，沈姑娘炼的骨头，其他是我做的。来吧！只要你的老骨头扛得住，接上就知道了，比锋芒，比力道，从今往后，右手什么都不是！"

苏旷是真激动，翻来覆去地看，手不愿意放开了。

夜哭郎君欠身，打开手腕一个小窗口："给小金的。"他又扳了一下四指，拳节上迸出一段拳锋，"这个是沈姑娘从碧海洗银沙上取下来的刀头，硬很多。"接着，轮着转了五根手指头，又说，"拇指带一根鲛丝，三指是三根弩箭，小指可以拿下来用，喏，折开是把小匕首……哎呀，我做的是得意啊！我都想自己砍只手把它装上算了。"

苏旷晚饭也不想吃了，抱着他的宝贝手，提前培养亲近关系。他打开手掌心，见掌纹里好像有极小的几个蚊须字，肉眼看不清楚。

"这是规矩，好东西必须留个名字。你这样看不行，得拿镜子看，这三条掌纹里，我留了夜哭郎君，沈姑娘留了洁义山庄沈二，中间空着，你需要什么我今晚帮你写上去。"

沈南枝也远远举了举杯子。她也累坏了，守炉子守了半个月，今天刚炼出来的骨头，人也半虚脱，但是看起来不憔悴，就是一副迷迷糊糊睡不醒的样子。

苏旷想了想："我就留——天下不平，借刀一用。再落个名字。"

大家一听都来劲了，凑过来指指点点："指头缝也能留啊，那帮我们都写一个呗……我留这……我留这。"连风筝都来劲："大师兄我留，风筝到此一游！"

"捣什么乱啊！我们机关界的规矩，是得意之作，机关师留名，主人留名，你们路过的跟着瞎写什么。"

苏旷绕过桌子，抱着夜哭郎君肩膀帮忙劝："真的，能留都留一个吧，这字那么小，又不难看……打开手，看见朋友都在，感觉特别好。"

夜哭郎君双手捂着脑袋："要命啊……你知道这多难写吗……"

"知道！知道！"

"那就再等三天吧……你也做个准备，沐浴更衣，吃饱睡好，老规矩啊，清早动刀。"

"一言为定！"

那是很幸福的三天。连着三个夜晚，苏旷都手臂枕着脑袋，望着小窗后的星空，微微地笑着，舍不得入睡。还有什么比这更令人快乐呢？命运把从他手里夺走的

151

一切，一样一样地还给他了——爱人、朋友、武功、刀，还有手……回光返照一样，生命忽然变得甜美而热烈起来。如果这就是活着，真想活到地老天荒。人固有一死，所谓生命，就是面对死亡，碰撞上去之后，反弹出来的东西。他每个夜晚都很郑重地吹熄蜡烛，极其自私地独享了一个秘密，那个秘密令他觉得幸福。

他告诉夜哭郎君，在手心里文一条小小的鲨鱼，这个建议让云小鲨笑逐颜开。他想，到那一天，我可以把这只手按在心脏上……那样，他们都在我身边，我不会再有任何遗憾了。

又一个春天的明媚清晨。蓝澈如海的天空，春风如剪刀，铰着丝丝缕缕的云。装手的房间是半地下的，正中有一张石床，侧边有一扇很大很厚的木窗，六只仙鹤香炉的尖喙里，向外吐着袅袅甜香。

"你一个人进去，脱掉上衣，躺在床上，正常呼吸。"

苏旷走进去，按照嘱咐躺了上去。石床洗刷过很多遍，有烈酒的气味和药香，他脊背冰凉，之后就渐渐发麻。窗户合上了，只有窗棂透着阳光，这让人镇定。他尽量如常呼吸，那香气甜得有点发齁，拱在鼻腔里，鼻子麻麻的。之后流进脑子里，脑子也木木的，顺着血液，慢慢流遍四肢，四肢都在发软，好像在睡一场难得的好觉。药力越来越猛，肆意在身体里流淌，他的眼皮慢慢地变重了，鼻翼和耳朵也变重了，手指无力地耷拉下来，神志昏昏沉沉的，好像是午后睡了个长觉，睁眼不知身在何方。

不知过了多久，一阵微风吹进来，甜香慢慢散去。门开了，大家都走了进来。他听得见他们的脚步声，但无法辨别，那些声音像鬼府的幽灵，像远古的回响，他好像在尘世中，又好像一直在悠长的大梦里，似真似幻。一只温柔的手在抚摸他的脸颊，轻轻呼唤他，小鲨的声音："准备好了？"

他尽力眨了眨眼睛。另一只温柔的手托起他的后颈，垫了块护颈的皮托，之后他的身体和胸口就被钢环一道道束住。

"应该不会痛。"沈南枝的声音。冰凉的液体擦在身体上，刀尖之类的锐利物在肘弯扎了两下，"还好吗？"

他眨了眨眼睛。

"这次还好吗？"

似乎是有些刺痛了，他轻轻皱了皱眉头。

"必须留一点感觉，你得忍一忍。"沈南枝慢慢调整着钢环，正好束住关节，露出动刀的地方,之后回头问,"你们谁的剑最快?"

苏旷迷迷糊糊地想,这问题!他竖起耳朵听了听,好像有回答,好像又没有,他的脑子和耳朵似乎都浸在深海的冰水里,一个个巨大的泡泡在耳边炸开,汩汩汩、响个不停,不知哪儿来的声音,他凝神思索了很久,才明白是自己的心跳声。他半垂着眼皮,眼光吃力地转过去,从人群中挑中了风雪原,喘息着,试图开口,喉咙里只发出些呃呃的气息声。

"你师兄是让你动刀。"沈南枝一边说着,一边用细细的笔蘸着冰凉的液体,沿着狰狞的手臂画了道线,"喏,那你动手吧,就这样,笔直地斩下来,完全斩断,越快越好,做得到吗?"

风雪原拿了一把准备好的短剑,点了点头。他举起剑,双脚分开,想了想,剑又举高了些,低低喝一声,正要出手,丁桀抬手拦住他的胳膊肘,像一次普普通通的指导练剑:"重新来一次,手放低一点。人紧张的时候,呼吸会变急,而且容易在吸气的同时出手,这个时候,心跳会加快,手就不稳。先调匀呼吸,来,凌空试一次,一二三,落。没问题,动手。"

丁桀的声音自有张弛,风雪原再度抬手,那一剑很快就斩落下去了。剑光一闪,半截残臂落在地上。鲜血如泉水一样涌出来,上臂部束着血管的钢环收紧。他们的速度要尽可能快。

"会有一点痛。"夜哭郎君按住他的肩膀和脖子,沈南枝剥去一截血肉,断骨里一部分骨髓被很快清理出来,藏山一玉的玉髓填充进去,那是种细微的冰冷的刺痛,和续腰时候的天崩地裂没法比,但也在沿着骨髓,游遍全身,好像有条小蛇衔着满带细碎闪电的耗子钻进身体里,随时随地张嘴放开,耗子在四处啃咬,闪电噼噼啪啪的,小蛇钻到头里,脑仁一阵阵地疼。

打磨骨头的时候发出一阵尖响,药物和刺痛的共同作用下,胃部稍微有点痉挛,苏旷的牙关在轻轻打战,云小鲨低头抱住他的脸:"忍下,很快就过去了……"

咯吱咯吱,骨头里一直在响着。止血的钢环必须打开。血流顺着血槽,流进一口废桶里。上臂的一整块皮被挑开了,但没有完全剥下来,肩部关节也剥开一点筋腱,什么东西被埋进去。不算痛,但酸溜溜的。慢慢地,疼痛感加剧了,但还在他的忍耐范围之内,但胃部的痉挛愈演愈烈。这个沈南枝跟他打过招呼,特地叮嘱从昨晚起就不要再进食。他忍不住了,扭头要吐,但脖颈被箍得很死,干呕了许多次,窒息感越来越强,他猛地逼自己一转脖子,吐了口酸水加胆汁出来。

153

这场面对沈东篱来说是个折磨，可他也没有离开。

咯吱咯吱，最后一个小关节嵌进骨头里，带了一点点明胶，酸胀得难受。他们的手已经很快了，但失血的眩晕还是令人难以抵抗。新的冰冷的液体冲下来，挑开的皮肤被重新缝合了。

"忍几个时辰。"沈南枝放开了他脖颈的钢环，凑到他耳边叮嘱，"应该会有一些不舒服，但不会很难受，你身边一直都有人，有什么不对随时招呼我们。"

苏旷点不了头了，他非常不舒服，整个身体变成了狂风巨浪上的一叶小舟，被抛高甩低，虽然明知被固定在石台上，还是总有被抛到无限深渊里的恐惧。心如已灰之木，身如不系之舟，居然是这样的感觉。

也不知过了多久，手臂深处，闪电一样的疼痛偷袭似的传来。那感觉怪极了，他神志不清。疼痛带来的第一反应是恐惧，好像在小舟之上，被深海里的巨兽咬住，要拖下海底的致命惊恐。

他低低咆哮一声，挥手想要抓住什么。有好几只手在按着他，有人在窃窃私语，可耳边又是深海泡泡一样的汩汩声，再也听不见他们在说什么了……

有点不对了，这绝不是麻药的功效！他在剧烈地打摆子一样颤抖着，身体如坠冰窖，体温在急速升高。他的状况不是特别好，比预期之中反应要激烈得多。

一股柔和醇厚的内力探进胸口，但只一接触，他口鼻鲜血横流，玩命挣扎起来。丁桀连忙收回手，被冰河寒流一样的狂乱阴虚吓了一跳——借着灵台失主，苏旷的内息急剧分化着，一股至阴，一股至阳，烈火撞着冰川，这是很可怕的一个内家高手在重新形成周天的时刻。

沈南枝有些着急："能喂药吗？"

丁桀摇摇头，把颈部的钢环又扣上了。

苏旷一直在深渊上，在那艘可以带他下地狱的小舟上。一股力量拖着他下沉，他快要沉沉睡去了。一股更狂野的荒野大火一样的内力占据了上风。

在人的记忆里，一大半的部分是蒙昧灰暗的。脑海深处，被禁锢已久的那扇启蒙之门被打开了，无边无际记忆的激流擦过双耳，他在沿着生命的长河回溯着。那是，很久很久之前，还不足以形成记忆的孩提时期……

那也是一个清晨，带着春天的芬芳。他在神捕营，一间青砖库房改成的又大又宽敞的房间里，那时候铁敖还很年轻，偶尔也会有宿醉的时候。他坐在地上，地上没什么可玩的,只有带着水渍的青砖、泥缝里的青苔。他便动脚指头,玩拖出来的一长截尿布,看团团乱转的大蚂蚁,和一只空酒杯。那是个锡酒杯,带着精致的花纹,举起来再摔下去,会发出咚当啷当的有趣响声。比蚂蚁好玩,也比尿布好玩,他乐此不疲。

铁敖从宿醉之中醒来,躺在一张乱蓬蓬堆满了脏公服的地铺上,靴子和腰刀就扔在一边,靠着墙,向地上的小孩举了举酒瓶:"旷儿,你什么时候能陪我喝一杯就好了。"

小家伙在用力地回应着,笨拙地摇他的大酒杯。铁敖继续说道:"我去她儿子的满月宴了……小孩子很可爱,长大了一定比你白净。"

小家伙似乎听懂生气了,又扔了一次杯子。铁敖看着他,一个字一个字很慢地说:"我很难过,我答允她的话,一句都没有做到……"之后,大滴的眼泪忽然就流下来了。那眼泪像是老牛临死时的泪珠,慢而凝重,流过黝黑的满是细纹的脸颊,忽然很快地冲进鼻翼,湿湿的一条。

苏旷伸手去摸了一下——他不得不对此印象深刻,此后的半生,再也没有见过师父当面流泪。

"我得起来了,今天要去趟刑部。"铁敖翻身坐起来,顺手拎起小孩儿扔到一边,抓了几件旧公服来看,都揉得不成样子。他打开大木箱,找出簇新的浆洗过的一身公服。新公服绸子亮闪闪的,小孩子喜欢一切会发光的东西,苏旷过来伸手够,可师父太高了,够不着。

"喜欢吗?"铁敖嫌碍事,随手揪起他的领子,把他拎到空地上,扔了那身公服在他面前,又随手扔了一柄腰刀、一本书、一块令牌,"想起来你还没抓过周,来,抓一个我看看!"

屋子里空荡荡的,没什么值得一选的玩意。苏旷谨慎地抓起每样东西摔了一下,这是他接触世界的方式。衣服散开了,令牌发出了格楞的声音,刀刃出来一小截,雪亮亮的,书软摔得噗的一声。他很快排除了格楞和噗的声音,这些都没有咚当啷当好听。可是,公服和刀都会发光耶。

"快选!别磨磨蹭蹭的!"铁敖拿青盐擦着牙齿。

小孩子听不懂"选",但听得懂命令。

铁敖已经洗好脸,梳了发髻,随手扎上一条青布带,托起发冠整了整,蹬上靴子,站在门口,准备穿外衣和刀出门了。

可是，公服和刀都会发光耶——苏旷在认真对待师父的命令，铁敖也在认真地看。

苏旷慢慢向公服走过去，那里的亮光更多。

"旷儿？"铁敖似乎有些意外。

那是令他自己也吃惊的意外。苏旷却欢喜起来，他喜欢被那么亲热地喊，感觉受到了鼓励，更努力地一扭一扭地向着公服走。

铁敖向后一伸手，把身后的大门拍开了。苏旷极其吃惊，抬起头，这一幕，从此此生不渝地烙在脑海里——那是一扇漆黑的门，门框的上方爆裂着耀眼的灿烂夺目的白光，一个背着光的黑衣人站在门口，像是肩起了黑暗的闸门。一寸长的刀刃上，立即就有了从此摄魂入魄的光芒。

苏旷走过去，握起刀柄，拖着腰刀，步行了几步。

"这是你选的路，很好。"铁敖摸了摸他的额头，声音里有些古怪地说着。之后，他穿戴整齐出门了。

……

这也是你选的路……苏旷轻轻闭上了眼睛，眼泪顺着眼角，流进发鬓，流进石台。他终于见到他了，听到了那句话。不在梦里，在回忆的最深处。或许是麻药的作用还没有去，眼泪肆意奔流着。

回程路上，有一截水路，他和楚随波还没有接上大雅，他们两个人，一叶扁舟，就么对坐着，面前只有一壶酒。

楚随波给他斟了杯酒，说道："很多年前，我一直很渴望，能够这样跟你喝杯酒……好像这样和你喝杯酒，我们就是朋友了。直到有一天，我忽然放弃了，我想通了，其实并没有那么想和你做朋友。"楚随波端了杯酒，搁在了苏旷面前。

苏旷拿起杯子，有些尴尬："我……我并不知道。"

他在"很多年前"从来没想过要和楚随波做朋友，一丁点都没有，他少年时候对楚随波最大的梦想，就是不受惩罚地揍他一顿。可是，命运有时候会开一些有趣的玩笑，就么一夜之间，他们莫名其妙地变成了朋友。

"不知者不罪。"楚随波微笑着。他这个人很有意思，无论心境如何，笑容里自带着春风得意，"我小时候渴望和你做朋友，其实是羡慕你，渴望变成你这样的人。"

"是吗？"苏旷点点头，"我小时候也很羡慕你。"

"呵呵，你图什么？图我没用？图我不会打架？图我没有朋友，人品也不好？

还是图……你没事就挂嘴上的小老婆生的？"

"随波，这个是我嘴贱，我改。我可能就是图你有人疼吧？你知道吗？我十二岁的时候，在神捕营我撞上个很大的事，那个事今天看来也是很大的事，不解决我就完了，命都没了，我就渴望见师父一面，天天盼，天天等，熬不住了跑去问，人家说，楚四少爷生病了……那时候就觉得……嘿！来，我敬你一杯。"

两个人轻轻碰了一杯，干了。没什么下酒菜，只有陈年心事。

"我知道你说的那次……不知道你遇到什么大事，反正那一段你总是有那些捅娄子的麻烦。可我那次是真的病了，烧得很厉害，快不行了。你小时候常生病吗？"

"大概……不怎么病。"

"你小时候从来不生病，你自己也没有小孩子，所以你不明白。对大人来说，小孩子生病就是最大的事。"

"也对……"

"我小时候经常生病，总是发烧，特别到了秋冬，每个月都发烧。找大夫也没有用，试着练武强身也没有用。没人知道病根，只有我自己知道，我只有一发烧，我亲娘才会来，坐在我床头，摸着我脑门，念菩萨保佑，喂我东西吃。你嘴上不积德，一急了就跟我骂小老婆，你懂不懂，你喊娘的那个是你仇人，而你亲娘是你下人的感觉？"

"我自罚一杯。"

"我离开京城之前，大大小小发烧得有一百次吧，你说的那次可能是最重的一次，后面还有更重的，不过后面我就长大了。那一次，大夫怎么治也治不好了，我娘就天天求菩萨，她本来就吃长素，身子瘦弱得很，那次急了，刺指血写心经，弄得自己也晕过去。后来我眼看快不行了，父亲在外地，主母和兄长根本不着急，没有办法，我娘叫人偷偷请了铁世叔。你说……你在神捕营众星捧月，跟我哇啦哇啦比什么呢？"

"惭愧惭愧，我再自罚一杯。"

"对了，你什么时候知道他俩的事的？"

"王嘴村啊，我师父叫我跪下来，讲给我听的呀……你不是也在场吗？"

"迟钝！之前就没有怀疑过吗？"

"也怀疑过，可怀疑不是知道。你是神捕营的人，明白这俩区别很大的。"

"也对，那你知道我是什么时候知道的吗？就那次。"

"说来听听？"

"我醒了，听铁世叔和我娘隔着我的床聊天，我就闭着眼装睡，呼吸也装得很深。当时，铁世叔问我娘，要不然跟他走了吧？我娘就说，胡说，神捕营你放得下呀？铁世叔说，你真给个话，放下就放下。我娘就又说，不要再胡说了，你愿意，我还不愿意呢，随波可怎么办？铁世叔说，你再给个话，我拿他当亲儿子待。我娘就生气了，说你混蛋！他逃到天边也姓楚，你拿他当亲儿子，要他怎么做人？他前程呢？要他一辈子跟着你我在深山里种花、养蝴蝶吗？我当时就想叫，我想说我愿意啊，在深山里种花养蝴蝶哪里不好了？可我还是不敢吱声。"

"后来呢？"

"后来，没声音了，我就眼皮眯一条缝看……我娘这么一说，铁世叔就深深把头埋下去了。过了一会儿，起身要告辞。我娘就又说，还有半刻钟，陪我坐一坐，之后老爷回来，就再没有这机会了……铁世叔就又坐下，两个人就互相看着也不说话，我娘还捡起绣绷子来绣。我当时也很着急，想多少再说点什么呀……后来，我娘抬头问，旷儿怎么样？"

"他怎么说？"

"铁世叔说，欠揍，没有一件事不欠揍，有随波一半乖就好了。我娘就又说，你就嘴硬吧，你徒弟要真像随波，你死的心都有……"

苏旷一惊，抬头看楚随波，见他嘴角依旧温柔微笑，小酒窝还是浅浅的："我当时心里头扎得难受，就盼铁世叔说点什么，说不是这样，可铁世叔就长叹了口气，看了我一眼，只说，也不好这样讲。"

苏旷给楚随波斟了杯酒，又给自己倒了杯。楚随波拿起杯子，不喝，在手里盘着，继续说道："半刻钟差不多就这么混过去了，铁世叔往外看，也是该走了。我就记得，我娘咬断了绣绷子上那根线，还在问，将来你的旷儿接你衣钵不接？我猜，铁世叔已经走神了，生怕有丫鬟下人撞见，就胡乱答，还没有想过。我娘就生气了。我也是第一回见我娘耍小性子，她摔了一下绣绷子，说那你不许走，就站这儿给我想！铁世叔也是惊了一下，就认真起来，说不准备让他走我的路，小蝶，你也知道，我这路，总是不得已居多……我旷儿有他自己的路，除了艰难些，我看好得很。"

苏旷心里惊讶，那时候我有什么自己的路？就算是有，何曾跟师父提过一嘴半舌？楚随波看他一眼，接着说："当时，铁世叔跟你神情真差不多，敷衍听着，心里全是自己的事情。我娘拆了那绣绷子，一丁点不着急，继续有一搭没一搭地

158

问,这么小就有自己的路了?铁世叔站了起来说,是啊,有志不在年高……小蝶我真得走了。我娘就拦他说,什么带我走,什么躲在深山里,什么拿随波当亲儿子,都是一时冲动,对不对?真是亲儿子,他的路你总是会想的,有志不在年高嘛,对不对?铁世叔当场就愣了,我娘把那块绣花的布扔给他说,拿着留个念想吧,走吧,以后别来了,也别总把带我走挂在嘴上。你是真想带还是假想带,铁敖啊,我怎么会看不出来?"

苏旷怔怔地说:"我师父他……"

楚随波接着他的话:"有意思,你师父当时也是这个样子,怔怔地捏着帕子,手足无措。我娘不看他叫他走,和你旷儿一起走得远远的。他想要过来摸我娘一下,我娘就生气了,叫他滚。铁世叔好像就明白了,转身滚了,之后也就再没来过。"

楚随波哈哈大笑。他是个很少哈哈大笑的人,笑起来多少有点放不开。他长长地望着虚空里大叫一声,举了举杯子:"苏旷,我是多年之后才知道啊,可你应该早就了然于心!神捕营铁敖铁总捕头,是当世英雄!虽然弱冠之前遭了家变,但他何等雄心!何等眼界!何等胆略!何等手腕!哪里是山居耕读、相濡以沫的红尘男女?他来我们家就是找个红巾翠袖揾英雄泪的地方,你要说以后不英雄了,哈哈,哈哈!他这个人,说神捕营放下就可以放下,真是欺人欺心!讲什么入公门是不得已,真可以天诛地灭!"

他说到最后,声音里全是怒火戾气,苏旷忍不住一拍桌子,杯盏跌了一地:"楚随波,你胡说什么!"

"我有没有胡说,你心知肚明!"楚随波手里那杯酒直接一顿,也全泼了,"你现在明白,我为什么不想和你做朋友了?我根本不在意他怎么对我,可他对不住我娘……他当时真要想带我娘走,你猜我娘走不走?我娘担心的哪里是我的前程!是他妈的铁总捕头的前程!"

苏旷默默看着他。楚随波又斟了杯酒,喝得又急又快,啪地杯子一摔:"呵呵,你还羡慕我吗?"

苏旷说:"随波……"

楚随波杯子摔完了,轻轻按了按他的肩膀:"没事!我就是想跟你喊一喊!该说的话,我都跟你说完啦,今后也不会再说……看见了吗?前面岸边那辆马车里面有大雅,她好得很……行啦,苏旷,你别瞎担心我了,我如今命也硬了,总死不了。铁总捕头已经不在了,神捕营他说了不算。我的前途,从今往后,在我自己手里。我的儿子，十二岁了！我把他弄到神捕营，不管将来如何，一言以蔽之，至少不会还是个窝囊东西！倒是你啊，苏英雄，你回去，把该做的事都做了，我知道你最想要的是什么，答应帮你的一定帮到底，你答允我的东西，回头不许反悔。"

"我从不反悔。"苏旷也站起来，按了按他的肩膀，拾起杯子，很郑重地倒了两杯酒，"随波，看来师父不仅对不起师娘，也对不住你……他那段日子不容易……算了，不管有没有用，我代他老人家给你赔个不是。我答允你的东西，是早该还你的，你只管放心。"

楚随波跟他举了举杯，然后仰了仰脖子把那酒干了，亮了亮杯底，反手扔进河里。

……

一应滔滔，俱成流水。苏旷终于慢慢地睁开眼睛。

所有人都围在他身边，丁桀握着他的手，云小鲨抚摸着他的脸，沈南枝和夜哭郎君一直在看他胳膊的血管，风雪原在另一边按着他的胸口，沈东篱负手站在眼前……

"我怎么了……"他迷迷糊糊地问，眼睛发涩，想揉揉眼睛，手腕被扣着。

"你刚才内息极其凶险，我以为走火入魔了……但也不知道怎么回事，你一通狂哭，慢慢又平息下来。"

"哭？"

"你哭得可凶了……我们都看傻了……"大家都在拼命点头，看来是真的。

"除了哭，我还有说什么吗？"

"没有，牙齿咬得咯咯响，一个字都没说。"

"好，来放开我……"

"最好是再等几个时辰。"

"等不及了，我得解个手……放心，我知道轻重不会乱动的。"

夜哭郎君很无奈，把钢扣打开了。苏旷坐起来，晕头晕脑，手臂还在一阵阵痛着，他揉了揉眼睛，眼睛真的有点肿，好像确实曾经借机会一场大哭，又看了看手——虽然手臂还不能动，刀痕还鲜红，缝线还刺目，肌肉还肿胀充血，可不管怎么说，时隔七年之后，他终于有一只新左手了，结实、凌厉、锋芒毕露，栩栩如生。

第四十二章　回头是岸

四月的武夷山，早晚还凉，中午已经微微地热了起来。沽义山庄的小饭厅里，新近流行一种骨牌，这种玩法是陈师傅老家流行的，用两副牌九配在一起打，玩法花哨复杂：四张梅花牌凑在一起最大，叫作天王梅花。天王梅花一出世，可以逼反，可以叫降，可以挑庄，可以跟杀，一路筋斗翻上去，三家筹码可以翻到十六倍以上，庄家通吃的筹码可以翻到三十二倍。这种骨牌赌性非常大，开盘很小的本也能层层翻番到家破人亡，在民间就始终没有太流传开来。

本来，丁桀对小饭厅的饭后牌局不屑一顾，总是主张大家一代高手既然有缘相聚，最好还是聊聊江湖格局之类的兴衰大事，再不济也要切磋一下武技，后来上手学了天王梅花，越琢磨越好玩，食髓知味，虽然自己不主动张罗，倒也一喊就来。他运气也是真好，这种牌，玩二三十把才能出一次天王梅花，结果次次都在他手里。

今天的四人牌局，是丁桀、夜哭郎君一边，苏旷、云小鲨一边，两两对家。苏旷和云小鲨已经连输了五把，屡战屡败，一副双双输不起的样子。

"真是邪性！"苏旷恼了，扔了一对长三出去，盯着自己的新左手喃喃自语，"这手什么都好……就是手气太臭，一抓牌全是歪瓜裂枣的。"

夜哭郎君在他下手，嘴里念念有词地跟了一对杂七："哎，这手啊，前三个月我们保修，你要不满意，忍着点疼拆下来，管发财的那条掌纹我再给你描一描。"

云小鲨冷着脸摔了一对长四出去："你是故意跟我捣乱的吧？这都什么呀！你到底会玩牌不会啊，我还就不信邪了他每把都……"

不信邪也没有用，丁桀直接推了四张出来，面无表情："天王梅花。"

三个人都快炸了，一起嚷嚷："这是老天在作弊吧，为什么每把他都有……"

丁桀言语无味面目可憎，冷着脸不理他们："反还是降？"

对家先说话，夜哭郎君扣下骰子在手里："翻番。"

苏旷手也压一枚骰子："也翻番。"

云小鲨还压一枚："一样，翻番。"

丁桀冷冷一笑："好啊，我翻两番。"

沈家兄妹本来在讨论铸剑，这会儿听这边越赌越大，觉得铸剑也不是很有意思，都走过来看牌。沈东篱站在苏旷背后："他们好像刚翻过一次，这要是真金白银……"

沈南枝在四个人身后轮着走，走到丁桀背后张了一下嘴。

手拿开了，三个人都开小，都是反。三家叫反，一家坐庄，夜叉探海，三十二番一路加到底。最后两张底牌亮出来了。

苏旷手里压了一对双天，夜哭郎君手里压了一对斧头，云小鲨手里压了一对双地……丁桀手里，一张丁三一张二四，居然是对至尊宝。

一屋子鬼哭神嚎。苏、云两个人相对啸叫，两岸猿声啼不住。

夜哭郎君摊了摊手："我已经算出来你们俩有双天双地了，我还以为这把无论如何都能反杀一局，真是人算不如天算，他一个根本不会打牌的人，手气怎么毒成这样……"

苏旷输得脸都绿了："不瞒你说，我玩牌比玩刀还早，小三十年了，就见识过两回这样的，都是情……咳！"

丁桀好像咂摸出乐趣了，破例主动邀战："再来再来，最后一把。"

四个人哗啦哗啦地洗牌，沈家兄妹干脆不聊天了，站在他们身后看。大雅和风筝本来在看大蟒枪和小蟒枪的图册，有牌玩也不想看书。大雅不懂骨牌，不耻下问，风筝细声细气地用一把小核桃讲解起骨牌怎么玩。核桃上没有点数，讲不清楚，风筝干脆跳起来："哎呀，大师兄说了，行走江湖不学打牌怎么行呢，等着等着，我再去拿一副牌来，我俩玩一次你就知道了！"

苏旷远远听着，上梁不正还批评下梁："风筝，功课做完了吗？小蟒枪你看了快三天了吧，过会儿考你啊……"

风筝悻悻坐回去，重新捧起图册来，不情不愿地看。

丁桀开始掷骰子："怎么你要风筝学枪入门啊？六六六……哎呀！"

"倒不是，刀枪剑先都轮一圈吧，找点手感，我也是犯嘀咕呢，风筝身子骨太弱了，从哪儿入门，都有点欠合适……吁，夜哭兄这手是稳。"

"我给你个建议。"

"哦?小鲨漂亮!"

"现成的呀,风筝身子骨弱,那是因为胎带的寒毒,你总给她补,后天哪里补得过先天去!你这现成的阴墟,以毒攻毒!"

"乱讲话,阴墟我都练掉半条命,你让风筝练?风筝几岁啊,哪儿能受这个罪!开个头熬不下去怎么办?六六六!嘿!我也就能在骰子上赢一把……"

"你练是因为不合适才掉半条命……一对么!得了,我跟你挑明了说吧,你想把寒毒连根去了?门都没有。就算你用内力压着,风筝现在没事,长到十二三岁——江湖中人我就不忌口了,一样是夭折的命。不如上手就用猛药,不要搞小铺小垫,开蒙直接阴墟,趁着你在我也在,怎么也能左右周济一把。要是我俩在都不行,那就是真不行了,该认命得认。就看你舍得舍不得,早几年晚几年的事情而已。"

"我想想……板凳!"

"你别想了,我帮你直接问,风筝啊,你觉得这样好不好?"

"嘿!丁桀!"

风筝坐在角落,一直在装着看书,其实在竖着耳朵听,听见丁桀问话,转过脸来,清清秀秀一张脸,星星闪闪一双眼,慢慢地点了一下头。小姑娘心里是笃定的,没准备用小蟒枪糊弄前程。

阴墟是险路,不仅是险路,甚至是绝路。这条路是徒手攀岩,非走到头不可,哪个节骨眼松了手,都是万劫不复。苏旷手里压了张牌,转头看着风筝:"风筝,你懂没懂丁大哥在说什么?想清楚啊,你要开始了,我只能帮你,救不了你。"

风筝毫不犹豫地一点头:"大师兄,我不想总给你添麻烦。我懂,我要是输了,就去和爹、娘、师父在一起,我要是赢了,长大以后就能帮你了。"

苏旷仰了仰背,靠在椅子上深深吸口气:"哎呀,行啊,铁敖的弟子,我的小师妹,是该有这点胆子……好,那就赌赌看!梅花!丁帮主啊,这回你可没有天王梅花了,我看你怎么打。"

"还是对么。"丁桀跟了一把,"我的意思呢,来事不要怕事,风筝这点坎,大家一起帮她过了。咱们几个,难得有缘分凑在一块,更难得都是朋友,彼此不提防,不如趁这个机会把压箱底的功夫全亮出来,彼此切磋……小鲨,该你了啊,对了,我答允过昆仑的狄飞白,给他一套《黄河古剑诀》的心法,你当时很是生气,我们就没法谈了,但其实你想一想,这心法得来何其不易!一代比一代难传,肯定是有根节的……这样的秘籍，它固然不能算是昆仑的，也不能算是你家的，真要是失传了，是武林的大损失。我们一起切磋切磋，对你未必是坏事情。又到我了，铜锤！说回来，霍瀛洲昔年北上，旌旗直指武林数百年积弊。武林数百年积弊深不深？深。最糟糕的地方在哪里？一言以蔽之，是关门。门派门派，门户开了才叫门派，门一关，就是小家小宅，自说自话，不成气候。武道如流水，一定要切磋，不是两三个朋友坐在一起切磋，是一代人拿出一代人的气象来，千帆共济，万户开门，开枝散叶，发扬光大，这才叫周虽旧邦其命维新嘛！我呢，或说我们丐帮，这些年了，非要一个绝顶高手也是逼不得已。早先四代，没有像样的高手，光有眼光也没什么用处，少林是吃素吃多了，脑子转得慢，因循守旧，昆仑那帮子小气鬼，老觉得我们想偷师他们，如今此消彼长，我们坐庄，我想趁着天时地利人和，做一点对天下武道有为的事情。说白了，就是守默谷那一句'武家之稷下，侠客之荆山'，这见识多正啊，虽然没弄成，总是还要有人出来做这个事的。不知你们意下如何？"

"真是酒无好酒，宴无好宴，牌局没有好牌局……"云小鲨随手打了一张，"我再想想。"

"慢慢儿想，不过也别太慢。"丁桀也随手打了一张，"时候不等人哪，我未必一直顺风顺水，谁也不知道，下一把的天王梅花在谁手里。"

天王梅花一破开，场面上就慢慢变成拼牌技，最后就成了苏旷和夜哭郎君对杀。这牌真是妙处无穷，有意思就有意思在明暗不定、有算有诈，苏旷压了一对暗牌在手里，笑嘻嘻地说："翻番。"

夜哭郎君也拿了一对牌，不看，手指肚在牌面上慢慢摩挲着，犹豫。

沈家兄妹看不清牌面，互相比了个数字，在猜。

云小鲨同声同气："翻番。"

夜哭郎君默默地心算着牌。他很快放弃了，手里牌直接推到牌池里："不跟。"

最后轮到丁桀了。他不太会手指肚摸牌这一套，骨牌藏在手心里，凑到眼面前看。

苏旷一直在笑嘻嘻看着他，胜券在握的样子。这把不好赌。

饭厅木门一动，有人在外面急敲了两下，一个风尘仆仆的丐帮弟子不等招呼，探进半边脸来。这多少是令人意外的，丐帮弟子很少在这个时候来打扰，更很少这样无礼。丁桀把牌扣在桌子上："进来！"

"帮主！"那个弟子急匆匆地赶过来，把手里的一支火漆封印的蜡筒递到丁桀眼前，"飞鸽传书，十万火急！"

丁桀捻开蜡筒，拈出张窄窄的小字条，一眼扫下来，脸色忽然就僵硬了。众目所向，所有人都在看他的脸——苏旷认识他这么久，很少见他如此遽然变色。

"我回洛阳一趟。"丁桀匆匆站起身，直接就向外走，扬声招呼，"请陈师傅给我准备一些路上的干粮、饮水，我这就去备马，马上就动身。"

大家大吃一惊，这太突然了。苏旷跟着他急走几步："怎么了？"

丁桀手心一直攥着那团纸条，想了想，递给苏旷。苏旷展开，看了一眼，脸色也变得很凝重。丁桀拿回纸条，一握一搓变成一掌粉末。苏旷想想，又跟了几步："我跟你一起去吧。"

丁桀摇摇头："我一个人先过去。我骑那匹快马，星夜赶路，你怎么跟？再说……毕竟一半儿是我自己的事情……得了，你留下养伤，等我消息吧。"

苏旷想了想，确实也没办法同行："好，你先料理总舵事务，我这边准备一下，迟两天到。丁桀，听我一句，此事非同小可，说不准是设计好了冲你去的，无论如何冷静一点。如果有大的动作，务必等我到了，大家商量一声。"

丁桀恼怒得很，无心对话，又摇了摇头，大步走了出去。外面厨房里食物饮水都是现成的，陈师傅已经打了个包，他拎起来，匆匆快步而出。不多时，外面就有了马蹄踏地打马的叱咤声。

丁桀来得突然去得倏忽，随从一个没带，单枪匹马，就这么千里迢迢直奔洛阳了。

刚才一局牌还没有打完，苏旷走回去，翻开丁桀扣着的牌看了看，还是一对梅花。丁桀不知道，这局牌他其实已经……

苏旷抬头想了想，安排了一下要做的事情，找了文房四宝，匆匆地写个纸条，边写边问："南枝，方不方便给我安排一辆马车？我明早动身，越早越好。"

沈南枝略思忖："那我还是去找快马堂吧，换车换马不换人，安全妥帖，还是他们家才能办到。"

"好，小鲨，你陪我走一趟。我这手实在不方便。"

云小鲨点头："好。"

"夜哭兄，你和福宝也跟我去一次吧？"

"好，到底什么事情这么大？"

"麻烦得要命，反正就是……嗨，左风眠把戴行云杀了，李牧跑了，总舵死了很多人。"苏旷很快就写完了，也把纸条卷一卷，找了蜡筒，火漆封了，在蜡筒底写了个"楚"字，递给沈南枝，"南枝，叫个人，立刻给我送到太平客栈，找一个叫孟吴越的，他手里有神捕营的风隼，这封信明早可以到京城。我怕就怕……说不好，防着点吧……"

沈南枝又点点头："我们不能陪你去了。"

"当然，外面到处都是人。"苏旷点头，"沽义山庄是我们的老巢，无论如何，守住这里是最重要的。等我消息，应该很快就有回音，没问题的话，我快去快回。"他站起来，原地踱了几圈又说，"顾不得了！再给我找两个人，面相、下手都狠一点的，把那个妞吊起来打，打到招供为止，我得知道精卫鸟在哪儿。马上！"

没有人有异议。这是他们战力最弱的时候，苏旷的左手还仅仅是装上去而已，丁桀的右手根本还握不了剑。再过两个月，他们就可以满天下横着走了，可如今，真有什么风吹草动，要多麻烦有多麻烦。而苏旷必须跟过去。丁桀的手伤已经尽量隐瞒了，但外伤毕竟藏不住，他们想把这两个月拖过去，就必然有人想趁人病要人命。

诸事匆匆，分头行事。大家虽然缄口不言，但都很好奇，就凭左风眠，是怎么把戴行云杀了的？但丁桀一言不发，苏旷脸色也很古怪，显然涉及了私密，他们即使猜到了一点，也不方便拿出来说。

北方的初夏，来得稍微迟一些。自从丁桀重掌丐帮，戴行云就不再前往洛阳城北的小院了。这是他和丁桀心照不宣的契约——在"大事"料理完之前，两个人双双不越雷池一步。

戴行云吩咐心腹看守也照顾着左风眠，除了不许出小院一步之外，也并没有什么为难之处。当然，戴行云也确实忙得像走马灯一样。这是理所当然的忙碌。丁帮主久居武夷山，经营南方武林的新联盟，戴副帮主责无旁贷，要将北武林的联络重任挑起来。

戴行云已经年过五旬，可今番才是他第一次作为丐帮的第二人发号施令。而且，以今日的局势，丐帮的第二人俨然已经是北方武林的领袖人物，所有人对他都毕恭毕敬，所有门派仰他鼻息，这种机会，一生里并不会太多。他被一股久违的热情鼓舞着，看起来勤勉、无私、忘我、红光满面。他吃睡都在总舵，每天很早就起床，挑灯批阅帮中往来文书，夜深之时才披着外衣伏在案几上睡过去。有时候袖子沾些墨汁，反正总要等服侍的弟子进来催一声"副帮主太辛苦了，就算是为了江湖大业，也要保重身体"，才摇摇手和颜悦色地说声"不妨事"，捶着腰走去床上睡。他很喜欢召集长老们开会，有时候会特地穿一身打着补丁的旧衣服，以示敝帮本色，弄得其他长老们也不得不穿得破破烂烂的。他虽然很忙，但开会时候说完了正事，总是要拉着大家再说会儿闲话，讲一讲当年是怎么在街头发现并且救了丁桀的。他并没有说谎，这是他在丐帮的大功勋，当年，他独具慧眼发现了许多个好苗子，看见丁桀的时候，真是如获至宝。后来，他多少有些淡淡的不满，丁桀并没有拿他做师父或者义父看待，连救命之恩也很少提及。不过，这类情绪他流露得并不多，毕竟丐帮是个等级森严的地方，他和丁桀上下有别。"侥天之幸，咱们帮主可算回来啦……"他总是眯着眼睛，很得意地结束絮絮叨叨的陈年旧事，"帮主英明神武，是咱们的福分，但是帮主毕竟还年轻，总有些个地方，总要咱们老家伙帮着拿一拿主意。"于是大家就唯唯诺诺。

不过好在，戴副帮主除了太来劲，也没什么别的毛病，他确实既没有什么私心，也没有什么私利可言，他忠实地执行着丁桀的每一条命令，不折不扣地恪守帮规，迎来送往行礼如仪，各项事务中转如流，除了需要大家没事夸赞两句，一切都很好。

至于洛阳城里，川流不息的各大门派的高手们……本来就更喜欢和戴副帮主打交道。倒也不是别的，丁桀太"规矩"了，不是跟人说正事，就是跟人动手，比较而言，戴副帮主更懂得一点正常人的"正常"需要，譬如喝点小酒，声色犬马之类——酒桌上有姑娘和没姑娘实在是差太远了，洛阳女儿甲天下，经常有人这么胡乱恭维着。

戴行云喜欢招呼朋友喝花酒，这是一种全身心的享受，大多数场合是喝素的，有时候也喝荤的，小曲儿一弹，小牙板一打，姑娘手白酥酥的，指甲尖红艳艳的，捧着酒杯娇滴滴往嘴里一喂，剩下什么事都好谈。戴行云精通此道，洛阳城里，六座青楼的老鸨都跟他熟。酒桌上，偶尔有人问及戴副帮主夫人可还安好，他就淡淡回答，拙荆身子不大好，常年卧床。于是大家都懂事，不再问了。

说起来，风月场里，戴副帮主算是很有规则的男人。他没有任何一个固定的相好，也绝不咿咿呀呀地假调情，岁数大了，他每个月严格地只来一回荤的，大约全程两个时辰左右，固定的过程是捏捏肩膀、捶捶腿、泄个火、洗个澡，没别的要求，姑娘不太丑就行，绝不过夜，下次一定要换人。他常常自嘲，年纪大了

167

就这点好，生活作息规律。日子就这样流水一样地过去了。

某一日，帮中弟子听闻，丁桀和几个朋友在杭州城大展威风，挑了一座三月银庄，血战过四只精卫鸟，天下英雄，众目所向，闻名拜服。又一日，六个昆仑高手从杭州回来了，直奔洛阳城登门拜访。这六个高手是昆仑赫赫有名的六龙回天剑阵，初次见面，戴行云理所当然要好好招呼。他在最熟悉的金钗楼摆下酒席，精挑细选了几个高手作陪，又把整个洛阳城六座青楼的头牌全喊去了，要这几位久居西北深山的朋友开开眼。那六个高手面朝黄土背朝天，听个小曲就浑身发酥，如花似玉的花魁们往身边一坐、端着酒杯往嘴里一喂还了得？都有点扭扭捏捏、眉开眼笑，拍着胸脯说戴副帮主薄云天，江湖有事任凭吩咐！

酒过三巡，一位花魁就挺遗憾地问："我等在洛阳城这么多年了，眼看就金盆洗手不干这行了，什么时候有缘见见丁帮主啊？"

戴行云真喝多了，就呵呵地笑："谁知道呢？敝帮帮主出了名的不近女色……可能是另有隐情？咱谁敢问呢……"

他这话答得又拐又滑又刁，而且捉着筷子在半空一通比画，顿时哄堂大笑，都说这回心里舒服多了，丁帮主绝世高手，也有绝世的烦恼，嘿嘿嘿。

戴行云嘴上讨了快活，再说六大花魁齐聚确实难得，他也就难免被灌了几轮，岁数大了，有些不胜酒力，当着外人不肯示弱，实在是真不行了，怕当场出丑，就告饶，先行离开。他下楼的时候，脚步踉跄，心里凄凉。楼上，丐帮几个七八袋弟子和六个昆仑高手还在高声赌酒，他们个个年富力强，谁也不肯在美人面前败下阵，他是又想吐，尿又多，真老了。

再到上马车的时候，又听见他们在楼上议论丁桀，昆仑有个人佩服得五体投地，大嗓门嚷嚷："我倒不信那些有的没的，丁帮主英雄绝世，不喜欢酒色怎么了？关二爷就不近女色，谁敢小觑他一眼怎的！"

戴副帮主心里就更凄凉，心说关二爷千里走单骑，可没把他嫂子给睡了。胸中无穷恶怒，又发作不得，烦躁起来，就下令说："去城外院子！"

这时候，已经是大半夜了。左风眠睡得正香，忽然听见外面车轮响动、大门砰砰砸响，看门狗吠叫起来，看守的弟子去开了门，又见戴行云醉得深了，还想伺候他更衣，被他拳打脚踢，喊着滚滚滚，撵跑了。

左风眠心里一惊，她刚刚披衣服起来，就见地窖的暗门开了。戴行云抓着梯子一步一摇地下来，老远就闻到酒气熏鼻，再看他，真是喝得多了，眼睛鼻子都通红,嘴角挂一点微微涎水。这小院荒郊野地,就是为她置办的,生怕闲人瞎打听,这时候,远近都不会有人。左风眠惊恐得很,四下乱看,哆嗦着问:"你……你这么晚来做什么?"

戴行云嘿嘿怪笑地脱了靴子,左右乱扔:"我是你……什么人?啊?你自己说,我是你什么人?你说大半夜的,我找你……能干什么?来,服侍老子……脱、脱裤子,来……你这水性杨花的……婊子……"

左风眠说:"你不是……答应他了吗……"

戴行云更恼怒了:"老子答应谁了?谁啊?他?叫得怪亲啊,跟我他他他,他你妈的!回头老子就弄死你,就说生病了,埋了!他能把我怎么样?来脱裤子!"

左风眠不想招惹醉汉,下了床想躲开:"我给你倒碗水,醒酒……"

戴行云暴怒了,今天他酒劲上来了,伤心事也上来了。他来的路上就想好要干什么了。这是他的妻子,明媒正娶、三媒六聘抬回家的,这绿帽子戴的,头上一重重绿水青山。

他很快就把自己衣服扒光了,脱裤子的时候绊了一下,很快又爬起来,上手摁着左风眠,扒她衣服。左风眠皱着眉头看他,抿着嘴不说话。洞房花烛夜,她也是那么看他的,又冷清又俏,又惊讶又瞧不起,那个夜晚,他也是被这种眼神激怒了的。他伸着嘴去强吻他妻子的嘴,有点颤巍巍地哀求:"风眠,咱们和好吧,算了吧……你有不是,我也有不是,你回头,我当什么事都没发生过……"

左风眠冷冷地扭过脸,避开他焦黄的牙齿和花白的胡子:"你嘴里臭!"

她是故意这么说的,洞房花烛夜的那个晚上,她也是这样回答他的求欢的。当年戴行云才四十出头,平时用乌木汁染了头发,身材保养得也很好,外头看见,风度翩翩,是个儒雅大叔,可讨小姑娘欢心了。可是,衣裳一脱,立即露出原形,人的岁数在床上是瞒不住的,那带着酒臭的嘴巴往脸蛋边上一凑,她立即就后悔了。

"婊子!"戴行云被激怒了,酒嗝往上撞,他今天就是要,非要不可。左风眠挣扎得厉害,他不管不顾,从帐子上扯下根带子,缠了她的手,摁着腰就要硬上。但莫名其妙,他颇不争气。这是他的老毛病了,在外面都还挺好,就是回家不行。左风眠盯着他一冷笑,他就立即泄气了。他不屈不挠,跳起来,光着屁股上梯子,去外头抽屉里找药。

左风眠歪着头,一头青丝盖着雪白脸庞,冷冷看他。她知道时候快到了。

她很小的时候,在他面前哭过,哀求他放过她,休了她,他不肯。不肯就算了。

169

她不会再求他第二次。她也不是个会亏待自己的女人，她十八岁那年，就微笑着向周野招了招手。周野吓坏了，喃喃地喊她嫂夫人，可还是跟着她，一步一咬牙地挪到她床前。

当时，周野也还是个少年，像条年轻的雄豹子，浑圆健美，手臂上有牙齿都咬不动的肌肉，上床前还特地用小刷子把指甲缝刷了一遍又一遍。而左风眠其实也还年幼，眼睛里水汪汪的，身体带着青春朝露，正在怒放。

那是周野的第一次，他什么都不会，不得门径，诚惶诚恐，听凭引导。结束之后，周野趴在枕头上默默想事，牙齿咬得咯咯响。她轻轻地笑，拿头发丝挠他鼻子："你为什么不看我？你还喊我嫂子吗？"

"我娶你吧，风眠！我娶你吧，我能把这事办了，我对天发誓，一定能。"周野咬着牙，红着眼睛跟她发誓。

"得了吧！多麻烦哪！"她挥挥手，她很难说清楚当时的感觉，也并不是很渴望床笫之欢，就是忽然很想叛逆，还很好奇，正当青春的肉体是什么样的。

但周野以后就像头眼红的公牛，总奔着戴行云顶撞。小伙子年轻，说话没轻没重，有时候狭路相逢，就牙缝里吐出威胁的句子说，老戴，你又不行，占着人家不放干什么。老戴恼羞成怒，从那时候起开始喝花酒，非要普天之下都知道他有多行。

这些闺中事，自始至终知道的人都极少。周野后来慢慢长成为一个真正的男人，他试着摆脱过，但没什么结果，在戴行云不在洛阳的日子，还是会魂不守舍地去找左风眠，他还是会用小刷子把指甲缝刷得干干净净的，还是诚惶诚恐、小心翼翼，想让她快乐。

直到有一天，他面色剧变，离席而去。那一夜，左风眠忘乎所以，在他耳边，喊出了另一个名字。像小时候一样，她寂寞的时候就来找他，心里想的总是另一个人。他什么都明白了，太耻辱了，他不会再去了。可不再去，不意味着不想念。

有一天，周野去找段卓然大哭一场，他敢和戴行云斗，可他不敢和那个人斗，那个人在洛阳是神。段卓然也没有办法，只能安安静静陪他喝酒。

日子久了，左风眠也不太惦记周野了，她自有人生目标，势在必得。她和丁桀一样，十二岁时候发誓想要的东西，最终都是会得手的。不过，她有一个他们三个都不知道的秘密。十八岁那年，她曾经怀过一次。那是戴行云的孩子。她不要戴行云的骨血，她梦想过和另一个人的。她立即找了个秘密的药房，把那个远未成形的胎儿打掉了。

而那个药房的老板，后来成了她半个密友。那个密友在她生命关键的时刻出现过很多次，总会在她耳边轻声说："你要是真心想……我还有别的办法……"

左风眠在丐帮长大，那些秘术和药剂不是天上掉下来的。她和丁桀在北邙山隐居的时候，那个密友也悄悄出现过一次，问她："这就是你要的日子吗？别傻了，丁桀心里没你，他是血里有翅膀的人，只要江湖上一阵风起，他随时随地都会飞回去。"

左风眠很害怕，怕丁桀窥破这桩友谊，她低着头问："我不在乎他后悔，我还能和他有一个吗……"

密友很遗憾地说："当初我告诉过你，药效很猛，或许之后有不好的后果……"

左风眠不放弃，密友又诱惑她："别傻了，你以为那就能捆住丁桀啊？记着，你在他心里头什么都不是……"

那是左风眠一生里最你侬我侬的一段日子，她每天看着丁桀的时候，眼睛里都是流着蜜的。这种教唆的话她才不信呢，坚定地摇着头："你走吧，我相信他，他答应我的事是不会违背的。"

密友最后一次出现，是不久前，她身子不舒服，需要找个大夫，来看一些"妇道人家"的毛病。又见密友，她大吃一惊。密友微笑着问她："这回呢，还相信他吗？"

左风眠闭着嘴，不说话。丁桀负了她，她无话可说。

密友问她："要不要我帮你？说实在的，你机会不多了……"

左风眠问："什么意思？"

密友说："告诉你一个事儿，戴行云迟早会杀了你……是真的哦，他亲口说的，杀了你，丐帮所有的问题都解决了。"

左风眠不相信："他不敢……应该不敢吧……"

密友冷笑："那我走了？"

左风眠拦着她："你能怎么帮我？"

密友告诉她："戴副帮主吃的那种药，一直是我们铺子里的，也一直是我们教里药岛上的。最近，我会稍微改变一点剂量，如果和酒一起吞服，可以致命。我会给你一个机会，到时候，你要当机立断，带着他的令牌还有钥匙，到这个地方来找我们。"

左风眠不太相信："你可以算那么准吗？"

171

密友嘻嘻地笑:"当然,在戴副帮主心里,青楼的女人不是人,你知道吗,很多次他都会抓着人家的头发骂你,骂着骂着,有些心里话就说出来了。风眠啊,我帮你盯着呢,他快搂不住火了,你到时候,只要再吹一股风就行了。"

左风眠默默地点了点头。她有什么别的办法吗?她没路走。

戴行云已经找到了他的一小包宝贝药,抖抖索索,倒进嘴里。药劲确实很猛,他刺楞一下来劲了,龙精虎猛地蹿过来。

"婊子!"他抽了她一耳光,恨恨地骂着,嘴里啐了口吐沫,有些舍不得,"这回我留不得你啦!"

"你永远都不如他。"左风眠回过头,冷笑着说出了他们夫妻俩人生诀别的最后一句话。

戴行云应声而倒,捂着心脏歪倒在床上。他嘴唇很快发青,然后发紫,喘不过气来。他吃惊又恐惧,用口型比着哀求:"叫……找大夫……"

迟了。左风眠下了床,找剪刀铰断手上的带子。她穿上衣服,为了行走方便,重新梳了梳头发,拢了拢袖子,再回头看戴行云已经彻底不行了,人像烂泥一样,不时地抖一抖,松塌塌的脸颊鼓动,吐出最后一口气。直到这个时候,她才知道他老得不成样子,头发根已经密密地白了一层,浑身都是松赘下来的皮肉。左风眠摸了他的令牌和钥匙在手里,挪回了暗门盖子,回头向过去微微笑一笑,趁夜色离开了。直到此时此刻,她也不明白,戴行云为什么非要杀了她。

她依约去的地方,叫作金钗楼,是洛阳最有名的青楼。青楼的老鸨,就是她的"密友"。一屋子客人都喝醉了,倒在地上,被铁锁锁着手脚。六个长大的壮汉子,作陪的还有一群丐帮的高手,不是七袋就是八袋,看架势,这六个人身份非凡。

"风眠,你总算是来了,我们得立刻动身,去救个人。"密友已经换了夜行衣靠,她一直在等她,好像知道她一定会来,"你知道丐帮的地牢在哪里,怎么进去吗?"

左风眠闭目片刻,如果说刚才还是自保,从现在开始,就是彻底地背叛了。不过没有关系,她喜欢背叛,离开一段关系的时候,才能感觉到真正的自由。

"我知道,我教你。"她嘴唇发干,点点头,"这有戴行云的令牌和钥匙,我能让你的人混进去……但是,最后一步总舵的大门,我不知道该怎么离开,丁桀下令看押的人别人是提不走的。"

"不要紧,"密友安慰她,"只要群策群力,办法一定比借口多。"

密友从头上拔出一根金钗,之后拿出一瓶酒,摆下一个个小酒盅,金钗在酒盅里点着,一点又一点鲜红的蛊虫融了进去。

"帮我一把呀,别愣着。来,就他吧。"她催促着,轮流为那些人把药酒喂了下去,"我们得在天亮前离开洛阳。这些天,他们查得太凶了,我们所有的鸽站都毁了,一点儿总舵的消息也没有,接上李牧,我们立刻就得走。"

左风眠拿着酒杯,有点哆嗦。密友指给她的是个丐帮高手,她认得他,有两三面的交道。她不傻,这杯不是酒,是投名状。戴行云这回带了不少高手出来。六龙回天剑是一代名阵,万一需要切磋,丐帮并不能落下风。

"非如此不可吗?"

"不跟我们走,你就自己回总舵……我不会拦你的。"密友笑道,"风眠,做事想想后果。"

左风眠站起来要出去:"那我不回总舵,也不跟你们走,我想自己……"

地上第一个人已经变成蛊尸了,有点蠢蠢欲动的意思。左风眠吓了一跳。她懂了,她走不了。

密友意味深长地说道:"风眠,想想后果。"

"算了吧……我又没得选。"左风眠瞑目许久,弯下腰把那杯酒给眼前人喂了下去。

她知道,如今正是夜最深、人睡得最熟的时候,靠地下这堆尸体,足够在总舵掀起腥风血雨了。她和丐帮再也没有关系了。她和丁桀,从此是仇人了。不过,也很好。

她这才想起,她还不知道密友的名字。这些年来,她一直让她喊她六姐。

"我叫奚金钗,在洛阳十八年了。"密友伸了伸手,"风眠,欢迎加入我们。"

173

第四十三章　天涯无归

黄昏时分，林间夕阳斜下。九乘大车在山道间奔走，山中有段难得的平坦路，驭手挥鞭，马蹄间有隆隆奔雷。

左风眠扶窗眺望，她目光所向不在沿途景物，只怔怔地盯着车窗上一块旧蓝布，那块布只钉了一个角，小旗子似的跳着、飞着、挣扎着，一意奔逃。她轻轻叹了口气，好像是冥冥之中，自有难逃劫数，她命里的某一个角似乎也钉死在洛阳城了——从夜半时分劫走李牧到现在，已经过了七个时辰，她们始终在围着洛阳城打转儿。她们运气并不好，在洛阳城南五十里地的小树林边遇到了一次拦截。那是一帮豫西刀客，来势汹汹，瞬间结成一张刀网。

原本，奚金钗已经决定弃路而逃了，但是，她们从某个刀客嘴里，听见了"左风眠"的字眼。那就意味着洛阳城里的事情已经传开了，同时也意味着向南方逃的道路已经被堵死了。她们除了斩尽杀绝之外别无选择。那是很惨烈的一战，她们干掉了那帮刀客，人与马的尸首堆叠在小树林里，鲜血染红了车轮与泥土，与此同时，她们也失去了自己一半的手下。

随着时光的流逝，离开洛阳地区变得越来越艰难。洛阳城是重地，向西北的函谷关，向东北的虎牢关，都有重兵把守；往东走，百里之外就是嵩山，那是少林的地界；南边已经有了逆向的包围网。她们几乎无路可去，只能走熊耳山，在山间避人耳目，一路向西。可西边也没有出路，冒险渡过黄河的结局一样是死路一条。奚金钗和李牧交换着意见，他们的看法渐渐趋向一致了，但左风眠还不明白自己的未来是什么。

马车在山间并不好走，遇到崎岖的路段甚至需要人下来抬车、推车。银沙教众一路也很疲惫，一场恶战之后人已力尽，马也伤蹄，急需找个休憩之地。李牧说，这一带他熟，前面鸽驿探了消息之后，听他的安排吧。奚金钗点了点头。

左风眠一路上寡言少语，她是被挟裹进来的，虽然点了头、交了投名状，但很难称得上完全自愿。她一生都没有想过要去万里之外的南海。她对丐帮弟子没有多少情分可言，谈不上自己人，但也谈不上恨，她不像李牧。

李牧恨丁桀，这事儿她早就知道。李牧和丁桀是同龄人，他十六岁那年写的那篇"万言书"，曾经在丐帮总舵掀起过不小的议论。李牧挺狂的，这事有人嘲笑过，可没有人真的在意。少年人嘛，狂点无所谓，有胆无识总比懦弱好。毕竟，在那之前和之后，都没有人敢那么明目张胆地说，丁桀不配做帮主，他配。

那段时间，她俩曾经在丁桀就任少帮主的酒宴上打过照面。她一个人坐在角落里，昔日的伙伴都跟在丁桀身边鞍前马后，只有李牧手里捏着厚厚一沓纸，走过来问，你是左风眠吗，你看过我的万言书吗？你看，我对女弟子也有安排……之后试图坐在她身边跟她聊几句，但很快就被人赶走了，一边走还一边跟她挥手。她知道李牧这个人，但印象不深。李牧当时真正的名头就是梵语学得好，一点就通，以至于少林点名要人，这在丐帮是个新鲜事。

那天的宴会很大，大家将丁桀团团围住，好多无聊少年闲极之余，都围过去问他，李牧李牧，用梵语怎么说久仰？李牧受不了这个，很快就转身就离开了。那种场面对他来说，不啻是一种羞辱，他原本是做好了准备的。他准备光明正大地挑战丁桀，并且不惜成为所有人的敌人，但根本没有人拿他当敌人，只把他当个笑话。

后来李牧离开了，回来的时候成了阿伽红莲禅师。可他万万没有想到，回来没多久，稀里糊涂就撞上了丁桀复出，一切的苦心经营又付诸东流。他很难理解，在国清寺里，丁桀甚至不用出手，伸着手指头数了一二三，就有人立即在他面前挥掌自尽。更不用说洛阳，今时不同往日，丁桀有违背帮规之处，如若论辩未必在上风。然而，丐帮弟子根本用不着论辩。丁桀回来了，山呼海啸，自然而然地就是洛阳城的主人。李牧在丐帮的地牢里被折磨得很惨。那些看守他的弟子们知道他精通六种语言，逼着他用六种语言分别说：我是个混蛋，我是个叛徒。

他之所以既没有死也没有残废，是因为少林继续点名要他。少林又有了一大堆非常难译的武学秘籍，一直没有人能译出来，需要一个真正的通才，他们愿意用各种条件来交换他，并且保证可以废掉他的武功，甚至如果丐帮实在不放心，可以挑断他的脚筋再送来，总而言之，让他一生无法离开少室山。

据说，丁桀还同意了，而且开出了很高的条件，愿意把他废了武功送过去，但要用一个戴罪出家的大和尚和许多刚译出来的武学秘籍来换……少林似乎也不介意一对一地换人，可加秘籍就不行了，顶多给三本旧的修订本。丁桀就不高兴了，说至少十本……这一两个月，两边来来往往地互派使者，反复磨。这令李牧怒不可遏。

聊到这里的时候，左风眠问道："丁桀要个大和尚做什么？"

李牧冷笑一声："听说大和尚是苏旷小时候的朋友，估计是要送个人情吧……"

左风眠就也冷笑一声："苏旷啊，呵呵。"

两个人顿时就彼此亲切了很多。

马车下山了，奚金钗伸手指点，他们的目的地就在前面。那是个很老旧的瓜棚，荒废多年的样子，半边砖墙半边竹架子，棚顶上盖着破席子，看起来是烧火做饭的地方。车队谨慎地在棚子前停下来。有属下前去探路，没什么不妥之处。奚金钗、李牧接连走了过去。左风眠嫌腿麻，也下来透气。奚金钗走到棚子前，指挥属下进去查看一圈，又转到后面。那是个很小的帐篷，破旧不堪，顶上凹下来一块，积了一片雨水，帐篷里是些锅碗瓢盆还有杂物，稍微挪开，里面藏了个鸽笼，三只信鸽在里面咕咕叫着。大家都喜形于色。这是银沙教的最后一个鸽驿了。

这些日子，在淮河以北，银沙教过得相当艰难。自从神捕营和侠义道联手之后，她们曾经星罗棋布的鸽驿站就遭到了灭顶的打击。神捕营送信用的是白隼，白隼是猛禽，不仅飞得快飞得高，还受过训练，会捕捉无哨的野信鸽为食，几百只飞隼围着洛阳绕了大半个月之后，几乎银沙教所有的鸽子都被吃得干干净净。对于银沙教这样潜伏的门派来说，切断讯息通路比切断食水也不遑多让，总舵的消息进不来，她们的消息也传不出去，也不知道丐帮截获了多少鸽信，拖得越久，危险就越高。她们的据点一个接一个地失联，最终暴露的日子越来越近，丐帮率领的侠义道联盟像一张火焰的巨网，罩在一片寒冰上，冰山一角一角地融化，短兵相接是迟早的事，她们不得不铤而走险，反戈一击。丁桀在逼她们现身，可她们毕竟是银沙教，现身总是有代价的。

鸽子笼卡在杂物堆里，稍微用一点力就拽出来了。但也就是拽出来的同时，帐篷后面腾的一声响，沙土里瓜蔓下的小机关弹动了，一枚带着红烟的响箭射向半空。糟了！最后一个鸽驿站也已经被发现了。养鸽人不知所终。鸽子的大羽毛被剪了一圈，飞不起来了，脚上的竹筒里只有一张纸条，上面用朱笔写着：奉丐帮丁帮主英雄令，银沙教魔道复起，荼毒众生，天下同道，互为臂膀，同仇敌忾，齐心协力共击之。

奚金钗默默地把那张纸条攥在手里。这些日子以来，这句话，她已经在不知多少具自己人的尸首身上看到。她不急着走，问李牧："你怎么看？"

李牧仔细追看那道红烟，说道："这是丐帮的鬼门烟，飞不高，是个临时报信的装置，估计来人离我们并不远。但这种荒郊野地，也不会朝夕守着，过来总得要一会儿工夫。六夫人，洛阳防卫是五里一鸣，十里一哨，百里一围，几百队弟子在外头搜捕，不见到您真人，不会随意发号令。依我看，咱们来都来了，一不做二不休，手里的毒药暗器凑一凑，就地埋伏，把来人拿下，手里也多几个人质。"

奚金钗看李牧："你觉得我们拿得下？"

李牧点点头："拿得下，这渑池一带是洛阳的后花园，按照丐帮惯常的安排布置，这里不会屯重兵。不过，需要左姑娘帮一点小忙就是。"

左风眠不明就里："什么？"

"左姑娘，以我对丐帮的了解，当时……戴副帮主那个状况，丐帮的人虽然会怀疑你，但不会一口断定你叛逃，可能提醒众人注意你，也可能以为你被银沙教劫走了。无论如何，丐帮那群长老一定会要你的活口，至少要留给丁桀当面对质，不会传令天下要你的命。来，只要你来做个诱饵，他们一定会上钩……"

李牧指挥着手下赶开马车，到了瓜田一口水井边设埋伏。银沙教众各自有一袭银沙披风，裹在身上，如同淡淡夜色。有人伏在地上，有人藏身树后，一匹失蹄的跛足的马被就地杀了，血流如泉涌，马车歪倒在地，李牧自己侧身躲进井里。奚金钗从食指上摘下片薄薄的近乎透明的指甲套，戴在左风眠手上："这里是断肠芯，只要轻轻搭在人皮肤上，只要微一用力，里面的细毫毒针就会射出去，任他什么高手，只要没有防备，绝无生理。风眠，来，你躺在这里……"

左风眠躺在马车附近，按照吩咐装作奄奄一息的样子，看起来好像是有人到这里，发现了机关，惊慌失措之余重伤左风眠之后，匆匆离去。银沙教的埋伏和潜藏是独步天下的。

之后没多久，一小队人带着火把来了。他们查看了鸽笼，左右四下张望着，有人发现了左风眠，然后立即示意头儿："是戴夫人！"

为首的那个人跨过马尸走过去，搭了搭左风眠的脉搏。几乎就在同时，为他

177

打着火把的那个人无声无息地倒下了,随即,那个人转头的刹那被左风眼抓住了手腕,那个细小的肉眼几乎无法察觉的暗器立即发动,细针刺入了他的皮肤,他挣扎着走了一步,之后挥舞着手臂,倒在地上,四肢抽搐。

细弩和暗箭齐发,埋伏圈布置得很好,上下左右没有任何死角。更重要的是,丐帮是个把义气放在第一位的门派,上上下下,很少防备"自己人"。另一个看起来也是头儿的人挣扎着想要扔出信箭,被李牧当机立断,用铁莲子打中了肩膀。

战斗很快就结束了。一共二十一个人,被以迅雷不及掩耳之势拿下了。他们被按在地上,挨个搜身,脱掉鞋子,捆住手脚。

领头的两个人年纪、面目都相仿,一个人的兵刃是把银色小斧,另一个人的兵刃是一把金色短弓。此外,还搜出了直达总舵的凌云信箭,还有一面令牌。

李牧走过去,捡起地上的火把,照了照他们的脸:"六夫人,这一把咱们有的赚。这是鬼斧张莘和神弓张梓!他们是兄弟俩,都是七袋弟子,颇受丁桀器重,原先在潼关一带活动,应该是最近才被总舵调回来的。"

张莘、张梓两兄弟都捆在地上动弹不得,认出他来,嘴里叫骂:"李牧……你这畜生!你不得好死!"

李牧微微一笑,根本不理会他们,他叫人把这群人嘴堵了,挨个抬到马车上去,然后拿着令牌把玩一会儿,有了新主意向奚金钗解释:"六夫人,我有个好去处,离这里三里多地有一座空相寺,那座寺庙的长老们与丐帮世代交好,我拿着这面令牌,应该可以直接见到主持方丈,到时候把一寺和尚捉了……丐帮是江湖门派,有帮规约束,不会打扰这种世外之地,我们可以好好休憩两天,等待大援。"

地上张莘已经被抬走了,张梓听见这话气得直抖:"李牧,你不是人!有什么冲我们来就是了!冤有头债有主,空相寺里全是大德高僧、普通和尚,连一个会武功的也没有,你打他们主意做什么?"

李牧懒得废话,踢了他的脸一脚。有属下过来,把他的嘴堵死了。

场面都收拾完了,银沙教众把凡是留下线索的东西全都堆在一处,一把火烧了,奚金钗扔了个淡蓝色的荷包进去。渐晚的暮色之中,一阵青烟直上云霄。

旷野风急,夜色已经笼罩四野。空相寺是一座大寺庙,在茫茫的熊耳山下。传说中,这座庙是达摩祖师只履西归之处,唐时曾经盛极。但如今,随着白马寺名扬天下，这座寺庙就显得冷清了些。此时暮鼓才过，是晚课时分。寺庙关了大门，经堂中一片灯火，全是敲木鱼、念经的声音。

李牧吩咐属下堵了前后山门，自己随手割开一个丐帮弟子的胳膊，弄了些鲜血在头脸上，带了张氏兄弟令牌，前去叫门。有个小沙弥来应门，一开门他就扑在地上，伸着手捏着令牌，嘴里颤颤地喊："我是丐帮弟子，奉命来报信……我们被偷袭了，银沙教就在左近，小师父快带我去见方丈大师……"

小沙弥大吃一惊，丝毫不疑地一路扶着他，进了方丈禅房。方丈年事已高，是个慈眉善目的枯瘦老者，一面命人取伤药照顾他，一面去经柜里取了一支令箭出来，向他安慰道："前日贵帮丁帮主曾经派人送来一支令箭，说是但凡有风吹草动，就……"

来不及了，李牧等的就是这枚令箭，他一跃而起，从方丈手里抢下令箭，随手勒住老和尚的脖颈，呼哨一声命令道："叫合寺弟子，全数到大殿来，一个不来，我斩一颗人头！"

银沙教众纷纷翻墙而入，为了示威，把那些满身是血的丐帮弟子扔在地上。空相寺里的僧众都是普通的出家人，在此之前，没有跟这种江湖门派打过交道，何曾见过这种阵仗？他们一寺之中，老老小小，连同伙夫、带发修行的小沙弥……全都按照命令，聚集到大殿上，又按照吩咐，哆哆嗦嗦地俯卧在地。银沙教众上前，把他们全都捆了，用袈裟套住头脸。直到此时，再无走漏风声之虞，他们才算是松了口气。

银沙教众饿坏了也累坏了，他们从僧侣之中挑了几个十几岁的小沙弥，命他们去烧火做饭。小沙弥胆子小，乖乖听命，去搜罗了些黄花、木耳、面筋……尽力做了顿好素斋。他们吃饱了，又命人烧了些热水，洗了脸泡了脚，再挑了些驯顺的年轻僧人，叫他们找来铁索，把丐帮那些弟子吊在偏殿大梁上，不给食水，再拿马鞭抽打一顿。眼看确实没有威胁了，他们才留了几个守夜的，占了禅房的好床铺，舒舒服服睡了一觉。

第二天清晨，他们醒来，听大殿有人呜呜咽咽地哭，原来是有两个老僧，受不得这样拘束，半夜死了。他们也并不介意，轮流放开另一批人，叫他们收拾尸首、烧水、做早饭，自顾自饱饱吃了一顿，只给僧侣们一碗稀粥，给丐帮那些弟子一口水喝。

天亮了，附近有村民来烧香，他们就命小沙弥去打发，说有邪魔外道在左近，

179

为了安全近日闭门不出，也请大家少在外徘徊。上午，有个丐帮弟子来探问安好与否，也被支走了。到了中午，他们吃了第三顿素斋。这些人饱归饱，但实在是馋，就在后院里杀了匹马，叫小沙弥去烤来侍奉。而那群丐帮弟子被吊到这时候，都蔫头耷脑、半死不活，他们见这个状况，才给了口稀粥吃。

奚金钗不是很明白，问李牧："你留着他们，难道丁桀就会放我们一马不成？"

李牧摇头："这些人功夫很好，死了可惜，做成蛊尸，还能挡丁桀一挡。"

他说这话的时候，存心不避人，张氏兄弟怒目圆睁，破口大骂，既惊且惧，恨不得把他剥皮生吃了。

有了肉食，教众都恢复了气力，可闹酒喝的人越来越多了。谁也不知道明日是死是活，谁也不知道丐帮的人什么时候追到，每个人都想着快活放纵。

快到傍晚，有个邻村的姑娘提着香烛，非要进山门，说是母亲病重，一定要拜一拜佛祖。小沙弥说了几遍万万不成，连施眼色，但那姑娘脸色惨白，心中忧虑，不明究竟，不断求恳。有个银沙教的，不耐烦，干脆就一把把她拽了进来。那姑娘见势不好，可也插翅难逃，被人一路拽进大殿，迎面就见佛像前的香案上摆了偌大一颗血淋淋马头，地上僧侣捆了一地，她腿一软跌坐在地，提篮香烛滚了一地，捂嘴惊叫一声。

"来得好！真是天堂有路你不走，地狱无门闯进来！"那个拽她进门的银沙弟子嘻嘻笑着，"爷正馋肉呢……"

姑娘凄厉地尖叫了一声，腿蹬着地往角落缩。她本能地知道危险来自哪里。

那人上前就摸她。大殿里像炸了锅，僧侣们都抗议。几个原本要去做晚饭的年轻僧人忍不住了，群起而上，试图反抗。但更多的银沙教众冲进来，双方武力悬殊太大了，而且他们都是普通人，一天一夜没有吃饱过，很快就被打翻在地。有人还试图挣扎、怒骂，很快，头颅也被斩下来，同样搁在香案上。顿时，噤若寒蝉，鸦雀无声。

大殿里，长明灯幽暗，莲花宝座上，佛祖望着众生——无头尸体的腔子里流出一地的血，蛇一样地沿着青砖缝隙流淌。少女和小沙弥都缩着脚躲那血，咬着手指头呜呜咽咽地哭。

银沙教众都饿了，吩咐小沙弥："先起来做饭……先吃晚饭再说！"

"你不制止他们吗？"禅房里，左风眠走来走去，她听得懂那些叫声和哭声，"他们这是要……"

奚金钗打手势,让她坐在对面,从随身带的首饰匣子里拿出另几枚小小的、薄薄的指甲套,点一点凤仙花汁贴在她指尖,轻声解释:"他们跟我走了这么久的路,前面死了那么些人,后面丁桀不知什么时候就来,他们也很害怕……风眠,这你明白吗?他们要放纵一下,就由着他们去吧,你不能既让人卖命,又让人出家……"

"可是……"

"风眠,没有那么多可是。"奚金钗帮她做完了十指,看起来,她手指细嫩纤长,指甲像是带着露珠的花瓣,奚金钗托起她的手看,啧啧赞美,"你的手真漂亮……风眠,别想那些闲事了,丁桀该到洛阳了,要活命,你得想想办法,找机会拉住他的手,明白吗?"

左风眠站起来,她还是有些不安。江湖仇杀和凌辱少女不一样,她很难把这个当作一桩过耳的"闲事",她毕竟是在丐帮长大的,这种行径被称为猪狗不如,畜生作为。她试图走出去做点什么:"六姐,这不行……而且这根本没必要,那就是个普通的姑娘!"

奚金钗没有拦她,依旧在她身后,意味深长地笑:"风眠,做事想想后果。"

左风眠手扶在禅房木门上,怔住了。她顿时明白了,那是一群魔鬼一样的家伙,如果不喂饱他们,就有可能遭到反噬。

不多时,晚饭送来了。她们依然是受到侍奉和尊享的,菜里有最瘦最好的几片肉。那匹马被吃完了。

夜幕又一次降临了,黑暗通常会给同类以勇气,魔鬼顺着地狱的罅隙一点一点往上爬。

万籁俱静,山风和松涛里有怒吼声。忽然之间,姑娘尖叫了一声,听声音,她被人扛起来了往一处空房里带。没有人捂她的嘴,这样的荒郊野岭,一个女孩儿的尖叫是没人听得见的,反而可以助兴。

左风眠的脸色越来越难看,她忍不住了,开门,去找李牧。李牧就站在走廊上,脸色也不好看。他是眼睁睁看着那个人把姑娘扛过去的,他没有管。他和奚金钗想的差不多,这个事情当然很不好,但如果确实发生了,在这个时候也最好别插手管。

姑娘近乎绝望地叫着。她本来是奔着万中无一的希望来的,她来求佛祖庇佑娘亲,可自己却一脚踏进了地狱。

左风眠准备向那间屋子走,李牧一把握住她的胳膊:"风眠,众生皆苦。"

左风眠还坚持，此时李牧语气里带了一点威胁："你非要去，我不拦你。我刚刚盘查过，我们的毒药和暗器都不多了，我制不住那么多人……而且，你小心一点，你比她美得多。"

左风眠愣住了。这是实打实的要挟。

空屋里，惨叫声近乎搏命。既然没人管，既然有一个人可以那么做，好几个人都向那间空屋走。

山风更烈了。大殿里，满地的僧众齐声诵经。他们声音很大，庄严，悲悯，愤怒。有人在他们身上抽打着，他们不怒骂、不还口、不呼痛，只是继续齐声诵经……那是地藏经里的一篇《恶鬼卷》，如是我闻，如是我见，有佛祖就请佛祖来，没有，就让此间化成一片红莲烈焰。

不知哪位神佛听见了他们的祈祷，偏殿里，一窗火焰熊熊燃烧起来。那是一群丐帮弟子吊着的偏殿。他们被吊打了两天一夜，有口气就算不错了，没人愿意再费劲看守他们。其中一个人踢翻了壁厢的长明灯盏，那里面是信徒们供奉的清油，灯油浇在腿上，烈火沿着衣襟，熊熊燃烧。无声无息，二十一个人摇摆着，一个引燃一个，一个引燃另一个。之后，木窗、窗纸、经书、香案……整间偏殿都烧着了。火势越来越大，终于有人忍耐不住，惨叫起来。另一个声音，在火焰里命令："我丐帮弟子，除魔卫道是分内之事。今日至此，纵使化身厉鬼，不可与帮主为敌。"一个声音，变成了二十一个人齐齐的怒吼："我丐帮弟子，除魔卫道是分内之事。今日至此，纵使化身厉鬼，不可与帮主为敌！"

怒吼也消失了。火焰吞噬了一切。哔哔剥剥，轰轰烈烈。厚厚的青砖屋脊上，开始冒出青烟，之后是零星火焰。火焰四面八方地斜蹿着，大梁和木柱都能燃烧——这场火是最好的信箭。

僧侣们在大殿里，他们仿佛知道了一切，诵经声传遍暗夜。那是梵语，讲的是《大光明经卷》，如果一个人以巨大的勇力，践菩提行，死后，就会进入一个极乐世界。

空屋里的人早就出来了。李牧闭了闭眼睛："走吧，快来不及了，我们连夜上山。"

"那些人呢？"属下人问道。

李牧看了大殿里的一群僧侣们说："别管了。"

他们跑得很急。出了后山门，越过一片古柏林，接着是一条砍柴和采药的小路，再之后，是茫茫无尽的熊耳山。山势险要，众人只能步行攀缘。到了半山，他们回头看，到处都是乱纷纷的扑火声、呼喝声、喊叫声，有山民打着火把来救援。

他们又走了一程，山势又高了，再回头看，明火渐渐被打灭，四处只有白烟。火炬来往如流星，那是快马云集，流星汇聚如银河，那是丐帮子弟。李牧只向银河正中望一眼，就通告大家："丁桀来了。"

银沙教众一起把火炬灭了。他们摸黑向山上爬。教众不放心，爬几步，就回头望，有人疑惑："丁桀来了，怎么不追我们？"

林间风冷，路滑，左风眠略有些吃力。此时她心里有个念头，这儿太黑了，他眼睛不太好，应该是要等天亮。但脱口而出的是另一句话："他在等苏旷。苏旷有金壳线虫，能克制住我们的蛊毒。"

奚金钗吃一惊："苏旷有这么快？"

左风眠点点头。她累了，他们坐下歇息一程，接着继续向上爬。大概在离山顶还有三里路的时候，所有人都看见了山巅在黑蓝色的苍穹之下，明月升起，有魔鬼的羽翼在飞翔。那是他们的强援，也是丁桀不敢轻举妄动的原因。再之后，他们看见了一道青烟。那是笔直的一道浓烟，向天如柱，直上近乎三十丈，居然没有消散。

有人啧啧称奇，李牧淡淡说："这是个绝顶高手。"

似乎作为响应，山下寺庙的顶上也起了一道白烟，也一路向上，向天如柱，没有消散。

山下的人应该就是丁桀了。两个人隔空相望，要等天明才能动手，如今在隔着十几里山路比拼内力。

此时，山顶的青烟一变。轰！一道化为九道，如一只鬼王的厉爪，向下界众生抓落。李牧大惊："一龙化九蛟！这是南疆早已失传的功夫！"

山下的白烟也一变。轰！那道白烟不会耍什么花招，在半空之中，缓缓变化凝聚成一个"丁"字。丁桀的内力之浑厚，确实是震古烁今，当今世上不做第二人想，普天之下，诸家内力变化之中，再没有什么比那一横更难了。当然，也幸亏他姓丁，这一点变化已经穷尽古往今来，若写别的，即便姓王，也万万写不出来。

片刻之后，山巅没有回应，青烟和白烟都消散了。快到山顶了，众人止步，咦了一声。山巅是双峰并峙，也或者是山崩地裂的时候，震出一道沟壑来。他们脚下，有一道深渊，一眼望不到底。通向另一侧山顶的是一道长长的吊桥，那道桥有二三十丈，看起来，像是通向噩梦深处，被山风一吹，悠悠荡荡，对面夜色之中，怪石嶙峋，白云缭绕。

简直像是奈何桥，左风眠这样想着，随众人走了过去。那道桥看起来险要，但有一块块木板连接，倒是还好。左风眠到了对面，见山石后面有个敞开的山洞可供休息，再回头，奚金钗带着几个人断后，正倒退着，在扶手绳索上插上毒针，在桥面木板上洒了一层银沙。

"大家休息吧。"奚金钗嘱咐着，众人拿出包裹里的毯子，或坐或卧，闭目养神。

左风眠很想问问山顶上来的是谁，但没人开口，她也就没有说话。山洞避风，褥子和毯子也还算暖和，她很快就沉沉睡着了，一夜无梦。

第二天清晨，左风眠醒得很早。虽然是初夏，山上可冷得很，她和衣而卧，手和脚冻得冰凉。再看对面，山色葱茏，晨鸟啼叫，山岚四起，东方拂晓。

有人生了火做早饭吃，李牧捧着两杯热水过来，分一杯递给她："左姑娘，除了你之外，这儿没有一个人能睡得着。"

左风眠接了热水，慢慢啜着："他来了吗？"

李牧也用热水暖手："快了吧。"

左风眠心里一动，眼角瞟过去："你冷不冷，要不要盖毯子？"

李牧一愣，她这个邀请真是主动，眼前只有一床褥子和一床毯子，所谓"盖毯子"就是挤一个被窝了……只是转念一想，立即明白她的意思，一点头："好。"

他脱下鞋子和外衣坐进被窝里，想了想，顺便揽住左风眠肩膀。左风眠微微一笑："没碰过女人？"

李牧轻轻一叹："前些年，我持律森严……"

左风眠叹口气："其实不值得，你这一身的本事，不斗这口气，哪儿去不了？"

李牧哈哈笑，跟她碰了碰杯子："是啊，都不值得……就算是这回，来洛阳之前，我也想过别的出路。"

"譬如？"

"我想过去暹罗，找个小城，与世无争……"

"什么？"

"暹罗……嗯，是南边一个国家。"

"暹罗我知道，我都忘了你会暹罗话了……用暹罗话叫我的名字，是什么？"

"哎呀，这可不好生搬硬套……你们这些人都爱这么问。不过有个近似的名字，和你的名字意思很近，叫倪娅古路蜜。"

"倪娅古路蜜？有趣，我很喜欢……"左风眠重复一遍，很快就记住了，她还想问另一个名字，但没有说出口。

"你为什么会问我逼罗名字？因为他吗？"李牧更近地搂住她的肩膀，几乎把她抱在怀里，向山那边抬了抬下巴。

左风眠本来向着李牧说话，听了后四个字，忽然之间，肩膀发冷，脸上的血色往下落，她慢慢地回过头——吊桥那一头，丁桀衣袂当风，抱着手臂站着，远远地望着她。

他们看起来真的像一对刚刚起床的、亲昵热络的小夫妻，甜甜蜜蜜地说着笑话。

左风眠笑了笑坐起来，倚在李牧怀里，扬了扬手里的杯子说："早！"

很难形容丁桀的神色——他黑衣，萧瑟、清瘦，像是海岸边一片冰封的山崖，冰雪正在一片片落在雷鸣的大海里。

太远了，左风眠看不清楚他的眼睛。

丁桀是第一个上来的。有左风眠在，他就一定会第一个上来。他想知道究竟发生了什么。他赶了一千多里路，近乎不眠不休，涉过大江，经过大河，从武夷山狂奔到洛阳，在总舵没有任何休息，处了戴副帮主和一众兄弟的尸骸，会合了一群武林同道，匆匆赶到这里。他知道丐帮给他的密信不会有错，可心里还在默默盼着，有个随便什么别的状况，能够让他为她开脱。可这一幕太耻辱了，左风眠隔着深渊，给了他一个耳光。

在他身后，树枝一动，苏旷匆匆忙忙跑了上来。他已经看见了这边的状况，匆匆跃过来，一把拽住丁桀："小心！别过去，那边山岩上也有银沙！"

丁桀低着头："知道了。"

对面山岩顶上，一个灰衣大氅的人迎风站着，大氅的领子遮住半边脸，遥看这出好戏。在他背后有四只精卫鸟，鸟足中间扯了一张网，上面盘腿坐着个瘦小的黑衣蒙面女人。

苏旷没心情打量他们，他看了左风眠一眼，不知说什么好。转过脸，此时看到丁桀低下的头慢慢抬起来看他一眼，眼里满是寒冷、痛苦、愤怒和……耻辱。

苏旷是直接从洛阳城外过来的，他看见了那个巨大的"丁"字，直奔熊耳山——江湖上不会再有比这更好的英雄令了。

他们身后，树枝又是一阵响动。丐帮弟子推着空相寺的十八尊铜罗汉上了山——这是夜哭郎君的杰作，稍微加了轮子，可以躲在里面防精卫鸟，也可以架起硬弩。

太阳照常升起，人越来越多。洛阳城里好些武林人士都来了。昆仑的狄飞白来了，他是首座，要为惨死的弟子讨公道；九天堡的顾青翼也来了，他和精卫鸟有不共戴天之仇，吕颂站在他身边。

云小鲨在狄飞白身边匆匆谈了几句，然后走到苏旷边上看了丁桀一眼。丁桀脸上已经没有任何别的表情了，平静冷淡，一如既往。

他们人数占优，可那道桥也不是轻而易举就过得去的。即使能冲过去，精卫鸟也来得及带走至少三个人。

丁桀不可能放走李牧和左风眠，无论如何都不可能。他向着灰衣人问："上官乾？"

灰衣人没有回答，不置可否。然后他走到了吊桥的另一端，慢慢挽起袖子，肌肉虬结的手臂上露出了两道血红的九头蛟。

"丁帮主，"灰衣人抬起脸，他的脸上有浓墨重彩画成的黑色龙头，嘴角翘着两道血红的龙须，"我等你很久了……今天，我给你一个机会杀了我，公平起见，你也给我一个机会杀了你。这样吧，我不要精卫鸟做帮手，你也不许带金壳线虫，旁人不得上桥一步，你和我一对一，咱俩走到这座桥的中间，只有一个人活着走下来。你意下如何？"

丁桀沉默片刻，他在权衡利弊。

苏旷在他耳边说："你要小心，这是百里南屠杀人时候的文面。上官乾以逸待劳，必然有诈……"

丁桀没等他说完，径直向着对面一点头："好。"

灰衣人哈哈大笑一声"痛快"，他从袖子里拔出一柄黑金交杂的铜锏，上面有一道朱红血槽，九个人头。

苏旷低声："九世佛争铜。"

丁桀随意向身后一伸手："剑！"

顾青翼抬手，把随身的银河剑远远掷了过来。夜哭郎君也过来，伸手摘下自己一双手套："丁帮主，小心绳索上的银沙和毒针。"

丁桀又点了点头走到长桥一头，他回头向狄飞白开口："狄兄，借披风一用。"

狄飞白把披风解给他。丁桀挥手，披风裹起面前一块木板，他手一抖，披风连着木板，鼓成一个偌大圆球，轰轰隆隆向对岸滚去，所到之处，木板尽数飞裂开，砰砰啪啪，坠入深渊之中。他清空了自己面前半座桥，说道："请。"

灰衣人也解下大氅，如法炮制："请。"

如今，他俩面前只有颤颤巍巍的三道长索了，脚下尽是白云，沟壑深不见底，山风一吹，悠悠荡荡。所有人都屏息凝神——无论如何，这是当世武林极其难得的一场交手。活着走下桥的那个人，就是天下第一。

两个人互相点了点头，一起向长桥中间走了过去。

第四十四章　龙争魔斗

山峰缥缈，长风浩荡。初升的阳光照亮了裂谷，云海涌动，其间似有虎跑。

山分南北，深渊之上是一道五索长桥，两条扶手，三条打底，如今所有的木板都被扫荡一空，只有五道长绳在云谷上飘着。

丁桀迈上的是正中那一条。他走得很慢也很稳，似乎还有一种与生俱来的漫不经心。他剑不出鞘，长发和黑衣一起扬成一道猎猎的战旗，身形笔直如枪，像是神的食指，凌空点住了这道长绳。

上官乾对面而来。他走的是丁桀右手边的那一条，如此一来，九世佛争铜正对着丁桀受过伤的右手。他走得也很慢，也很稳。他是个很强壮的人，手臂肌肉如铁，青筋如龙，高大魁梧，肩宽体阔，看起来大约比丁桀重了二十斤。他脸上的油彩，淋漓、鲜活，带着一种诡异的黑和耀目的红，呼吸的时候，嘴角的两道龙须似乎也在微微颤抖着。

两个人相隔已经很近了——在攻击范围的边缘，他们一起停住了脚步。

苏旷守在长桥的一端，金壳线虫扣在掌心里，目光片刻不离丁桀，以及对面山崖顶上那四只精卫鸟。说实在的，苏旷有一点微微的紧张。来的路上，他一直在反复思索三个问题：第一，京城发生了什么变故吗？按照他和楚随波的约定，任何关于银沙教和上官乾的变动，都会飞隼通知他，除非，这个变动的层级相当之高，连神捕营也无权知道确切的消息。或者说，这个变故相当之突然，神捕营还没来得及给他消息，上官乾就抢时间差行动了。第二，银沙教发生了什么变故吗？是不肯放弃北方武林的阵地就地反扑，还是要在临走前进行一轮带血的报复？第三，如果他是上官乾，什么时候、什么地点才是扭转战局的最好时刻，应该发动一次什么样的攻击？

他想了很久，最终的结论是这样的：对银沙教来说，被拔除掉北方最后一个据点时，就是最好的反扑时间，因为一旦错过这个机会，整个北武林会形成统一阵线，那张侠义道的网会从黄河一路推过长江。这样的话，洛阳就变成了真正的后方，丁桀将不用再两头奔波，主力战场就不得不挪到遥远的大海上。而且，在这个过程中，银沙教南撤的势力很容易被各个击破，当伤亡人数达到一定程度的时候，对士气可能就是一个无法恢复的打击。更何况，沈南枝一直在试着做精卫鸟的克星，而银沙教太倚仗精卫鸟了，一旦这些天上的屏蔽被解除，她们并没有太多还手的余地。银沙教必须还手，还手就只能突袭和血洗。

那血洗哪里呢？当然，如果能够血洗沽义山庄，效果会更好。但沽义山庄太难攻破了，那是一座机关城，而且严防死守外人的进入，强行使用精卫鸟可能会造成意料之外的折损。唯一能扳回一城的地方就是洛阳，唯一能够扭转战局的方式就是杀了丁桀。这就好像二十年前，侠义道无论付出什么代价，也一定要杀了霍瀛洲一样。只是，他们需要有足够的诱饵，冒足够大的风险，才能把丁桀引回来，引上这座山，引上这座桥。

今天的诱饵是足够的——总舵一地尸体、空相寺一地尸体，洛阳城南的小树林里还有一地的尸体……这些都和李牧、左风眠相关。丁桀有愧于私情，触怒于公义，不可能说出一个"不"字。更何况，桥对面的上官乾，提出来的也是一个够公道的提议，一对一。剩下的事情，顿时就变得很简单。只要当着他们所有人的面，杀了丁桀就完事了。

说真的，苏旷并不认为这是一个上官乾单独可以完成的任务。他连半个字都不相信上官乾——大别山里，他的苦头是吃到家了，那只蝎子真是没齿难忘。上官乾这种人，如果真有单枪匹马杀了丁桀的机会，当然不会放过，恨不得四处张榜昭告天下。可如果需要别人帮助、偷施暗算才能杀了丁桀，他恐怕也不介意把半辈子的"有言在先"一起吞回去。

他想，他自己还有对面那个黑衣女人都是一样考虑的——事关生死存亡，他们所有人，都在等着这场交手，静观其变，随时应对。

但所有人必须做好准备，今天的战斗，绝不会停止在两个人之间。

瘦小的黑衣女人和四只精卫鸟静静地坐在岩顶。今天这四只精卫鸟和昔日见过的略有不同，外表倒是一样，但显得温顺、乖巧很多，都伏着，像四只晒太阳的大鸽子。

这确实有些诡异，让苏旷心里难免咯噔一下，但是离得太远了，实在不能看清楚别的什么，眼下丁桀为重。不管怎么说，四只精卫鸟的杀伤力远在上官乾之上，它们愿意伏着总比站着好——这样的大鸟，从发布命令，到站起来、振翅、俯冲……多少还是要有一个过程的，虽然也只在片刻之间，可对于真正的高手来说，已经足够他们做出反应了。

金壳线虫只有一只，既不可能同时对付所有鸟，也不可能同时保护所有人。苏旷回头目测距离，打了个手势，让身后那些武功不怎么样的"江湖群雄"稍微退后一些，不要离十八罗汉阵太远。

昨夜他们上山之前，他和丁桀闭目调息，夜哭郎君通宵未眠，一直在拆卸和改造那十八尊铜罗汉，尽量让它们连为一体，成为一座可以抵御天上之敌的连环堡垒。十八罗汉外形上有个好处，就是举钵的举钵，托塔的托塔，骑狮的骑狮，坐鹿的坐鹿，都伸胳膊伸腿的，特别好在上面架机关。但是，再怎么样，夜哭郎君也只有两个多时辰，手边的材料更有限，即使竭尽全力，这个机关也不可能真正做到固若金汤。所以，十八铜罗汉的堡垒只能借助小树林的荫蔽，可是小树林的边缘离山崖还有几十丈的距离，待在罗汉阵里面，基本就是什么都看不见了。看见苏旷的手势，大多数人都服从命令，也偶尔有极少数的几个不自量力的家伙，非要在崖边晃荡不可。反正所有人都在看丁桀，没人管他们。

其中，当然就包括吕颂。他本来被姐夫虎着脸训斥了一句，叫他不要掉以轻心，赶紧回去，但他可能是这个江湖上最爱看比武的人了，叫他不要看丁桀的决斗，真比杀了他还难受。吕颂贼心不死，在罗汉阵里头窝了一会儿，缩头缩脑地又跑出来，不敢离高手的核心群太近，蹭到山崖边，挑了个看起来既很没人缘也很孤独的少年——风雪原，站在他身边，吸溜了一下鼻子，伸了一下手："小兄弟，你好呀。"

风雪原正目不斜视地盯着丁桀，胡乱点点头。吕颂站在他身边还在嘀嘀咕咕说道："我对江湖上的事情样样精通，你要是有什么看不懂的，尽管问我。"

风雪原啊了声，心说好大的口气。

"你别不信，看见那边没？苏大侠身边那个，那是我姐夫……"

丁桀快和上官乾走到一起了，眼看就要出第一招了，风雪原很想捂住身边这个人的嘴。

"丁帮主和苏大侠还教过我刀法呢！他们都算我半个师父！怎么样？"

吕颂见风雪原不答应,一拍风雪原肩膀。风雪原出于本能,往边上一溜肩,没让他拍实在,吕颂扑了个空,脚底下一打滑,一屁股往山崖下面滑,一溜儿小石子直往下面滚。这实在太笨了,眼面前简直就是平地,能踩滑脚也不容易。风雪原挺烦的,但还是得一把捞住他,往边上扯:"这也能有闪失!你笨成这样了,回那边不好吗?咦,你是那个……快马堂吕颂?"

他俩是打过照面的,不过,吕颂不记得风雪原了,他很高兴地指着自己鼻子问:"哎呀,我名声已经那么响了?"

两岸杂音不再入耳。

丁桀和上官乾停步在三丈开外。那是随时随地都可以发动攻击的距离。他们互相打量,一动不动。他们之间,很快就会有人出第一招。

第一招至关重要,是抢先手、尽出杀招,还是试探着、先摸对方的底?这比拼的是武者通盘的眼力,微妙的判断和时机的拿捏。

桥长且窄。桥上的绳索有三条,彼此相隔两尺。长索都是一样的——九股浸油的棕麻拧成,碗口粗细,接头处有铁环勾连加固。对于山间的吊桥来说,这算是很结实了。三道长索荡在裂谷之间,风一吹晃晃悠悠,落脚油滑,绝大多数人并不能行走其上,更不要说比武。

丁桀略一思忖,上官乾抢先手,发动了第一次进攻。在相距大约一丈半的地方,上官乾重重踏了一脚面前的长索,他一脚踩下去,足底弹出个小铁钩似的东西,铁钩带着绳索,往上猛一起。那条长索坚韧有余,弹性不足,可被这么直上直下地猛带起来,如同一条黑海之中蛟龙的脊背,远远向外抛着波峰。长索震荡到最高峰时,上官乾一跃而起,凌空向下,双手齐握着铜柄,九世佛争铜发出风雷呼啸,当空向丁桀当头劈落下去。

这是他出手击溃风雪原时,也用过的同样一招——力劈华山。力劈华山是武学上的入门招数,原本是斧招,后来融入了刀招,这招是绝对的硬碰硬,没什么可讲究的,无非就是尽量猛扎猛打,有多大劲用多大劲而已。上官乾向在场的所有人展示了强大力量的诞生过程——从他启动的那个刹那起,所有的发力都是笔直的,长索扬成风口浪尖,他凌空而起,劈空而落,巨大的外力传过双腿,传导到腰,整个身体鞭子一样抽下去,双臂肌肉虬结,如同蟠龙在柱,这一铜抢下去,风雷呼啸,似乎要在裂谷上再劈出一个十字来。

丁桀没有硬接，他确实不太敢硬接。上官乾也心知肚明，丁桀单手接不住这种力道。

但丁桀的战斗启动速度奇快无比。他轻轻巧巧转了个身，猛虎跳清溪，闪在一侧的长索上，宝剑依旧未曾出鞘，旋身落定的时候，就势往肩上一背，那也是很寻常的一招——二郎担山。

上官乾落在另一侧，金铜砸在长索上。这巨大的钝力里夹杂着锋锐，长索本身的韧性和震荡不足以抵消，被直接削断了一小半。

人群里炸雷一样地叫好。风雪原略有些迷茫——他看得懂这局面，但不知道大家为什么叫好，显然，这谁也没有胜出。

吕颂趁机指点他："你小时候都不看戏吗？力劈华山的是沉香，二郎担山的是他舅舅……"

丁桀给出的是一个有点戏谑甚至带一些侮辱的还手。他在展示他的预判之早，反应之快。不过，在正式的比武里，是个稍嫌轻浮的行径。在丁桀对自己有绝对自信的时候，他从不使用盘外的招数。他今天状态并不好，精神可以说是糟糕。在选择绳索的时候，就把最右边的路让给了上官乾，这本不应该。他做了个很无奈的取舍，左边有李牧、左风眼，他实在不想总看见他们，比起他们，他宁可面对上官乾。

上官乾脸上浓墨重彩，看不出神色。他转身，依样画葫芦，第二招，如法炮制。

第二招和第一招没什么不同，依旧是脚尖继续带着长索，上下晃动，三番两次，凌空一跃而起，双手反持金铜，凌空刺落，这次是一招夜叉探海。

丁桀摸不清他想干什么，一转身又躲开了，剑鞘翻了个剑花，随手虚还了一招古井无波。

上官乾的第二记砸的还是绳子，还是落在刚才的口子上，长绳断了一大半，像捏住七寸的长蛇一样垂在半空，断茬处细细的几道棕麻绷得笔直，窸窸窣窣，铮铮崩崩，一根根地断了，长索一拍两散，悠悠荡荡，砰的一声，双双砸落在两边山壁上。

二人脚下，只剩两根绳子了。两根长索相距四尺。迄今为止，丁桀还没有出手的意思。

上官乾这一回不再高高跃起，他逼近一步，双足分别立在两根绳索上，高举金铜过头，第三记又砸下来了。这第三记，远没有前两下惊天动地的声势，朴实无华，混元一体，立地生根，在众人耳朵里，甚至根本听不见风声。

苏旷轻轻嘟哝了一声："一佛出世……"

那是喻佛争的独门武功。喻佛争是一代奇才，创出这一套诡秘剑法，随即在弱冠之年跻身十大名捕，短短几年间，就成为铁敖之下的第二人。而仅以武功造诣而论，甚至是昔年神捕营的第一人。喻佛争的武功，博采百家、约观一身，来自铁敖、神捕营的众家精华和……百里南屠。很短的距离，很短的刹那，完美的节奏掌握，极具想象力的爆发，丁桀很难再闪了。

丁桀也并不准备再躲，他也是一脚迈出，双足分别立在两根绳索上，右手虚护着左手，持剑，斜抹上去，架住了这一击。

丁桀用的是纯巧劲，准备一抹而退，他并不准备老跟上官乾砸来砸去的，他的右手伤是个很讨厌的事情，拼外家蛮力是以己之短攻人之长。只是，剑铜相交的刹那间，九世佛争铜咔嗒一声，一颗佛头之中弹出个卡子，把银河剑连着剑鞘锁死在铜身里。上官乾有备而来，他双脚一用力，咔哒咔哒两声，两边鞋底也各自弹出个卡环，把双足锁死在两根长绳上。丁桀准备撤步拔剑，但这顷刻喘息，哪儿就能从容得来？

"哈呀！"上官乾终于低吼一声，双臂较力，向着银河剑猛压下去。

丁桀轻轻皱了皱眉头。于他而言，这是个非常吃亏的局面，剑轻铜重，长绳溜滑，他脚下并不扎实，而且相隔四尺，分腿站着，根本无法借力，单凭左手的一股挑劲，是很难挡得住上官乾全力一压的。上官乾本来就知道丁桀是谁，本来就没准备用那种普天之下心服口服的办法赢他。丁桀左臂发力，试着用内力硬抗，但地利已经失尽，他手臂一较力，两根长绳一起嘎吱嘎吱向下沉。不仅仅是沉而已，上官乾靴子锁在长绳上，踩得踏踏实实，有备无患，他双腿加力，越劈越直，快要压成一字马。

上官乾今天玩活了这两条长绳，他已经把绳子的宽度和自己的身高、体重、臂长和腿长全算进去了。丁桀不可能和他一起一字马，那样只能掉下去，如此重压之下，丁桀要么连鞘弃剑，重新发动一轮攻击，要么，就要把受伤的右手全加上去，把剑拔出来。

围观的众人不再喝彩了，都面色凝重。很多年了，没有几个人见到丁桀一上手就处在劣势过。

丁桀第二次皱了皱眉头，受伤的右手猛向上，握实了剑鞘。他一辈子没有弃剑过。他右手还裹着一层白布，里面还敷了一层药胶，这一实打实地迎着握上去，鲜血顿时浸透了白布，顺着手腕，往胳膊肘流。但这么一握之下，双手一起发力，架着金铜往上挑，总算是赢得了喘口气的机会。这电光石火的刹那，所有人都以为他要拔剑了，但他依然没有。

丁桀反脚尖，勾着长索，猛地一拧腰，银河剑锁着九世佛争铜，就势带着上官乾，变为头下脚上，从两道绳索之间穿过，那势头简直是扑向悬崖裂谷。他人倒悬在半空，从九世佛争铜里抽出银河剑来，平平向前，递了一剑。

完美至极的一剑，拿捏之准，控制住了上官乾上半身全部可挪动的范围。

苏旷直到此时才松了口气，赞了声："漂亮！"

风雪原也在看，看得全神贯注，他看到丁桀在劣势，也皱着眉头张着嘴；看到丁桀直扑下去，倒吸一口冷气；看见丁桀半空拔剑，他也忍不住，动了动手腕，作势欲刺，然后他想了想轻声赞："漂亮！"

曾几何时，他并没有十分服膺丁桀的剑法。他甚至直言不讳过，丁桀独步天下，恐怕多半是因为四代玄功的积累，至于剑法，好像和他的剑法也差不太多，差距无非在年龄。譬如说吧，在神捕营，他对着卢千里使出的那一剑，就马马虎虎可以称得上剑道之中的完美之境，丁桀就算再强一点点，也不过是锦上添花了。

当时丁桀失声而笑问他："既然少侠剑法如此通神，为什么对着卢千里使得出来，对着上官乾使不出来呢？"

他讷讷回答："没发挥好。"

丁桀冷冷地告诉他："功夫好不好这种事，不是看你在训练场好不好，更不是看你灵光一闪的那一剑好不好。一个江湖高手功夫的论定，是极其残酷的事，是按照你实战之中，挥出的一千剑里最糟糕的那一剑的水平决定的，没有一个对手，会允许你发挥不稳定。题外话，你想知道我在练武厅里是什么水平吗？"

风雪原没有回答，想了很久才问："我不懂，人的状态总是有高有低的，那到底要怎么做才能让一千剑里最差的一剑也完美无缺？"

丁桀又告诉他："首先，没有完美无缺这种事；其次，让实战之中的一千剑都很好，只有一个途径，就是在训练场上重复十万次以上，只要聪明人下笨功夫，时间如流水，自然会帮你大浪淘沙。"

当时，风雪原老在那儿拧巴，师兄在一边快发火了。他没办法，胡乱说了声："好，谢谢大哥，懂了。"但没有真的服气。他骨子里藏着各种不服，一件事、一种道理，如果无法真正说服他，他就永远不会真点头。他很有天赋也挺努力，只要没有别的事，每天也一早一晚、寒暑不断地练习。但丁桀告诉他，你的那个强度……怎么说呢？真正的训练还没有开始。

他一直很怀疑那个说法，他觉得丁桀自己没有童年和少年，也揣掇着别人没有。直到此时，他看见丁桀头朝下脚朝上，媳妇被别人半抱着，失魂落魄，满手是血，还能在一头往悬崖下面扑半空之中刺出的那一剑，依然是他神来之笔的水平。他这时候才明白了，为什么师兄总喜欢说丁桀很可怕很可怕……虽然在他看来，师兄最了不起，可师兄就是不自信，其实根本不比丁桀差，偶尔还会略强一点，如果丁桀没继承那个什么四代玄功，跟师兄比什么都不是。他发现，是他衡量的尺子错了，他的尺子是少年的尺子，只爱看最灿烂的部分。江湖上，很多高手发挥到极限的一招两招都不比丁桀差，差就差在短板——丁桀之所以能久居峰尖这么多年，无非是因为，第一，巅峰够高；第二，奇准；第三，稳。不过，他还是觉得师兄并不比丁桀差。虽然……这一次因为星儿的事情，师兄真的跟他翻脸了。翻脸就翻脸咯，无非就是冷两天，反正大家还是师兄弟。还是那句话，没有办法真正说服他的，他永远不会真的点头……

这一乾坤颠倒，丁桀顿时占了先手，这就很要命了。

丁桀脚尖倒钩着长索，左手剑灵蛇吐芯，上下前后，八方风雨十面埋伏，铺天盖地一轮快剑，向着上官乾快攻了过去。

丁桀的"快剑"比风不二慢多了，算得上疾风暴雨，但算不上无影无迹。他可怕就可怕在，始终维持在一个让上官乾一口气换不透完全无法变招的速度上，再快没有必要，自己伤肩膀。上官乾就吃力得多了。他铜筋铁骨，身高体壮，比丁桀重了二十斤，倒吊着的状态下，远远没有平时站立那么灵活。这本也无所谓，要命的是，他始终是被鞋底的卡扣倒吊在长索上的，差一口气，脚尖根本没法勾上去，也没法挪动，也是一个完全上不着天下不着地的状态。

丁桀准备下手了，剑尖越来越快，越来越重。上官乾的双臂多了一道一道的血痕，那不是剑锋，只是剑气而已。他的头和脖子慢慢充血，几次三番想要稍微直起腰来，但很难，他的左脚后跟已经离开靴筒了，右腿开始发麻。他需要喘口气。和刚才的丁桀一样，上官乾这样的绝顶高手也只需要一刹那、一错神、一停顿、半口气的腾挪而已。但想从丁桀手里讨这个，太难了。

黑衣女人稍微坐直了身子，有只精卫鸟似乎要站起来。苏旷和云小鲨目光片

195

刻不曾离开她们,见她们试图轻举妄动,顿时,一起举了举手——如果那边要动手,这边当然也毫不犹豫。黑衣女人歪头,好像笑了笑,精卫鸟又坐下了。很显然,她还有别的办法。

山洞这边,奚金钗打了个手势,一个银沙教众悄悄走到左风眠身后,将她往山崖下面推。左风眠在目不转睛地看着丁桀,这一下猝不及防,一不留神啊的尖叫一声。

丁桀的剑阵稍微停了一刹那。这是个本能,关心的人痛呼失声,自然而然手里就会停一停。这一顿已经够了,上官乾左脚猛蹬,向后狂退,离开丁桀的剑锋范围,甩掉那只靴子,一手抓着绳,翻身而上,半路腿脚也不算灵便,连蹬带踹,甩掉第二只靴子。丁桀摇摇头,有些懊恼,也翻身站了回来。

上官乾这一轮满头是汗,油彩倒流,黑红油亮的,看起来不像条龙了,像个柜子。他赤着脚,离丁桀相当之远,再退就到苏旷身边了,两个人的中间分别是两只鞋,他这人真是天生自信,非常人可比,一点头说道:"算我们打个平手。"

丁桀也没办法,人家固然是狼狈一些,但自己毕竟挂彩了,说平手也凑合。

此时,上官乾慢慢举了举手。这一回,衣袖褪下,他双臂上的九头蛟文身全都露了出来。这是今天的真章。

上官乾脸上的残缺龙纹看起来更恐怖,他手掌慢慢变成了血红色,左手蘸着血,轻轻抚摸上右臂。他手背上全是青筋,根骨指节嶙峋,看起来像是一只地狱伸出来的鬼手,他摸过手臂,鲜血抹过那条九头蛟,九头蛟嘴里叼的人头好像浮现凸出了一些,也是血红漆黑,栩栩如生。左臂也是一样。两只诡异的怪兽盘在手臂上,直没入后背,九头蛟各自狰狞,嘴里叼着的每一个活人都在挣扎,每个人头都像是真的。

这古老的文身,好像真的给了他某种巫歌里的力量。他慢慢又举起九世佛争铜,一扣机关,银河剑鞘落下山崖,金铜上九个人头,一起张口,当空凌风,发出呜呜咽咽的鬼啸声。

"丁桀,你确实不错。"上官乾一步步走过来,赤着脚,披着头发,金铜带着一股血光,变作刀法,劈头斩落下来。

苏旷认得这个刀法,大别山里,上官乾跟他过了一次虚招。他后来四下打探过,没人知道这套刀法的名字,可能是自创。这是上官乾的本相。他是个练刀之人,即便满口谎言,依然诚于刀魂。

那是鬼泣神哭的一刀。难以想象，上官乾的刀路底子和苏旷有异曲同工之处，雄浑、精纯、阳刚，整个手眼身法步，全是进攻的路数，大争大掠，大开大夺。但他的内家功夫，似乎是在冥界黄泉里修炼得来，被黑色的烈焰熔锻过，被骷髅的眼泪浸泡过，髓与血，雪与灰，除了痛苦还是痛苦，除了仇恨还是仇恨，似乎一个锁在十九层地狱的厉鬼之王，正一层一层地爬上来。这两者，阴戾和阳刚的极致，在一柄神奇的兵器里合二为一了——九世佛争，一世成魔，血光凛冽，残骨成锋，似有恶鬼王，前世鏖战阴兵十万，嚼人肝脑，满口犹腥。

"来得好！"丁桀这样说着，手里银河剑一振，嗡的一声响，抖开一天星河。

银河剑是极美的剑——剑槽上，嵌有夜光下的宝石，如果内力到了，真是日月奔行，若出其中，星汉灿烂，若出其里。

上官乾向前四步，前后左右，一刀一刀一刀一刀，如猿，如蛟，如虎，如龟。这四刀在百里南屠的卷宗上有记载，叫作蚩尤埋骨四象刀。

丁桀第三次皱了皱眉头。他闻到了周围有一股奇特的腥臭气，而且越来越浓，像是血，又像是腐烂的内脏，像在满是污秽的大泽里，又像是在古战场的尸骸堆旁，让人头晕欲呕，胸口烦闷。不知是什么，但很像是一种尸毒。他很快确定了，这股腥臭气是从九头蛟文身里传出来的，它们被鲜血激活了。

这功夫真是邪门，能够把尸毒练到自己身上，偏又不受其害。丁桀胸口烦恶得很，那隐隐毒气不知会有什么后果。常在大泽闻鬼泣，欲引清气上碧霄，他抖手一剑，小雷音破内力发出轰鸣——那一剑信手挥出，虎落东篱，月满天心，圆融、随意、纯粹、极美，正是华枝离别意，北邙折梅心，似乎一抖之下，手里银河剑盛开了一枝梅花。这也是他的本相。

左风眠抱着膝盖，痴痴地望着他，眼角有一滴泪。那个始终有猛虎啸着枯树的冬天，很多个结庐高卧、大被同眠的夜晚，有时候她披衣走出门来，就会看见这个人在门口折下一枝梅花，递给她，问喜欢吗？

她……她不喜欢……准确地说，她很厌恶这个，讨厌自己明明已经说过很多遍的不喜欢，丁桀还是一次一次地递过那枝梅花，之后才恍然大悟说，啊呀，我又忘了。他们为这个吵过很多次架，她很多次含着泪问，你但凡把我放在心上一点，也不会总不记得这个吧！丁桀向她保证说，下次不会了。她说，我们搬家好不好。丁桀说，好，大冷天的，明年吧。丁桀慢慢收敛了，有时候会自己在梅林里叹口气，再也不会带花回来，直到……那个冬天彻底过去了。

梅花对他来说意味着太多了，丐帮、总舵、师父的梅林、北邙山、洛阳……和江湖上的那个"丁桀"。她懂，所以不喜欢。她总想去一个南方炎热的小城，想去一个没有雪和梅花的地方。可也再没有机会了。

丁桀今天自始至终，没有看她一眼。他一直拧着头，说什么都不往她们这边看。

上官乾去左边，他就忍着，只招架不还手。那一剑刺出去，春枝满剑意。四象刀的分肉血海、拆骨刀笼，直接四分五裂。

上官乾喘了口粗气，这一次，轮到丁桀跃起来了。上官乾有点累了，他看得出来所谓四代玄功就是用来干这个的，别人累死累活快要结束的时候，他才刚刚开始。

折下那枝北邙山的梅花之后，丁桀似乎完全复苏了——他在慢慢地回到属于他的寂寞长空。他带着一道电光，高高跃起，向着无尽的深渊劈去。他喝的一声吼，一剑光寒，直下九渊，钉向黑潭之中的潜龙，寻找逆鳞。那一剑，紫电开霹雳，青雷动幽冥，白驹过北隙，梅花落南山。毕竟，在这个江湖上，约战丁桀，是要付出代价的。

万中无一的罅隙里，一剑直入千门。丁桀那一点点得极准，在上官乾锋刃舞动的无边血光里，点中了他的拇指。那是锋尖，拇指直接落了下来。拇指一断，右手就废了，九世佛争铜也立即脱手，落下悬崖。

上官乾喉咙里一声咆哮，说痛不是痛，说怒不是怒，左手劈空一捞，抓住那只拇指，看也不看，丢进嘴里就嚼。

丁桀看傻了，苏旷也看傻了。但苏旷记得那一刀。大别山里的那一刀也是这样的，上官乾眼睛里有狂热的光，脸颊肌肉在抖，他几乎不能自禁地用力咀嚼着，牙齿嘎啦嘎啦响。

上官乾真的是百里南屠传人，他必须吞噬什么，哪怕是自己的肢体，才能以血唤血，从修罗场里召唤厉鬼之王。

上官乾满嘴都是自己的断骨和肉末，丁桀硬是恶心得往后退了一步。上官乾那只血淋淋的缺了拇指的鬼手举了起来，极其诡异，他断指的血液慢慢变成惨绿色，九头蛟已经完全膨胀出皮肤，盘踞整个手臂，嘶嘶快要复活，金铜早就不见，可半空之中好像有一把万魂炼就的血刀。当是时，鬼王出世，乾坤颠覆，此人已登凌绝顶，雷霆呼啸，乌云密布，血咒祭天，召唤亡魂。嗜血的魔鬼从沼泽中缓缓爬出来。

丁桀又往后退一步。苏旷大叫："有毒！别让他碰你！"

废话！这么绿的手，想想也有毒。可真是来不及了。

丁桀一退再退，再向后就到精卫鸟的地盘了。

上官乾一掌挥了出去。那是第七记手刀，是绝杀的一刀。

祭天的血咒被纳取了，地狱之门开启了，地火从火山之中爆发，逆转乾坤，百鬼夜行。那一刀穿心而来——天地为炉，万物为铜，众生皆恶，我为之杀！就是今时，就是此地，他要取丁桀的性命。

丁桀一咬牙，黑衣鼓风，双袖隆起，流云飞袖，袖中藏掌——是他的当家本行，他向上官乾手上径直拍了过去。

苏旷一直在观敌瞭阵。他不是第一次见精卫鸟，也不是第二次见，可是……这一次，完全不同。他发现，不知不觉，两只靠后的精卫鸟从山岩后面"走"下来了。精卫鸟完全穿过了他们视线的盲区，一丁点儿声音都没有。这么绕来绕去，小金都做不到。那个瘦小的黑衣女人一直没动，手就老老实实放在膝盖上，像个听先生读书的好学生。她怎么做到的？她根本没有摇铃铛，也没有开口说一个字。

精卫鸟下来之后，离丁桀已经很近了。丁桀背对着后面，什么都看不到。

苏旷撕心裂肺一声狂吼，拔腿就向丁桀跑。

丁桀心里一冷，苏旷这么嚷嚷，只有一件事——精卫鸟起飞了。

反正来不及了，长桥上也可能摔死。他干脆一横心上了岸，退到了山那边。

那是对面山崖等待已久的时刻。岩顶两只打掩护的精卫鸟也出动了，一只飞到了长桥半腰，拎起绳索，往上猛提硬拽，长绳直接被拉起来，苏旷一步踏空，伸手挂住绳子。而另一只径直冲向半空的苏旷。那只鸟鸟头上戴着个小小的水晶笼头，似乎是为了防备小金的，小金一蹿向它，它立即振翅高飞。笼头根本拦不住小金，小金钻进羽毛缝隙里，往里一点一点挤，只要钻进去，进了眼睛或者是嘴巴，这只鸟很快就要死于非命。但是，那边的意志很坚决，直接牺牲一只精卫鸟，一子换一子，甚至愿意拼两只、三只……只要能要丁桀的命。

苏旷抓着长索，晃了几晃，直接翻了上来。头顶那只鸟向他抓落，他根本就没管，接着往前跑。背后，鲨齿链动，当啷一响，有人过来救命。那只鸟留给小鲨对付。

丁桀是挡不住的——面前是上官乾，背后是两只精卫鸟，这没有任何人挡得住。丁桀也没有挡，他干脆把眼睛闭上了。

黑衣无风自鼓，肩背成球，那只血淋淋的手抓在他衣袖上，但被内力推阻，

199

没能抓进去。丁桀横剑眉前,修眉闭目,印堂有玉雪之色,小雷音破催动到了极致,他几乎把毕生内力全数逼了出来,要靠故老相传的四代玄功,生生硬扛这一对精卫鸟的攻击。这是他有生以来第一次,使用全部的四代玄功。

背后,一左一右,两只精卫鸟到了,巨爪直接抓向他双肩,尖喙啄向后脑勺。

苏旷来不及了。他脑海一片雪凉,他太知道丁桀的内力了,可他也知道……完了。他唯一能做的,可能就是趁着一口气杀了上官乾。

丁桀周身旋转着一股气劲,越转越快,发出淡淡白光,笼罩住了全身。

精卫鸟的爪子,已经抓进了他肩膀。也在那一个刹那,丁桀周身长袍中衣,一起轰然炸开,变成漫天黑白蝴蝶。

苏旷还在三丈开外,依旧能感应到那种极其猛烈的气劲。那是上古传说之中才有的罡煞,是小雷音破突破至境之后化为金刚不坏之身的大雷音破。

那一股罡煞,居然将精卫鸟向后直推了三尺。上官乾血淋淋的手臂,随即也软绵绵地垂了下来。

丁桀乌发扬起,神色宁静,还是横剑眉前,不动如山,周身黑衣碎片随着气劲旋转、飞扬,之后慢慢飘落下山崖,如尘,如雪,如一天梅花。

本来,这种时候他应该举手之劳,就能杀了上官乾。可他没有,他一动不动,眼角在抽搐,似乎在忍耐极大的痛苦。上官乾也在剧痛之中,他的右臂骨全碎了,从指尖碎到肩头——大雷音破的绵力和爆力并存,几乎是无坚不摧的。

可上官乾真是有种,观察丁桀,居然又抬起左手:"丁帮主好功夫,有本事再来一次?"

丁桀一动不动,眼角一直在抖,似乎只能任由宰割。他一直没有睁开眼睛。

"要点脸,上官乾,那天我赢了没有?"苏旷跳上来站到丁桀面前。他双臂舒展,十指参天,慢慢提起一只脚。他这回睁着眼睛使出了那一式"无中生有"。直至此时,他才知道这一招的真谛。

没有完美的至境,永远没有。更没有创格完人。那是一个灭世之中的重生,恶沼底部的光芒,大悲之后的勇猛精进。那是知晓人间万世亦是偶然刹那,但也欣喜于达成一瞬即是永恒。那也不是回向众生。那是一个英雄,走过了漫漫长路,穿过无边幽暗,战斗到血火横飞,终于穿越了时间,回到了家园,重新见到了自我。

战斗即是勇气。道路即是新生。创造即是自由。三者合一,就是苦集灭之后的道谛,是开天辟地、诸恶至我为止的庄严。

苏旷看着上官乾。上一次，他没看见自己这一刀的结果，这回他看见了。

那一记血刀没有劈落，上官乾的左臂慢慢放松落下，双臂上的九头蛟也恢复了文身图形，那股澎湃而邪恶的力消失了。那是灭绝万物的一招，但攻不破这道生之屏障。

上官乾好像觉得今天这一切都很有趣，咧咧嘴，转过头，吐出自己嘴里的残渣血肉，离开了那个恶鬼附身的状态，耸了耸肩，扶着象鼻子一样的手臂，完全不在乎苏旷、丁桀，转身离开。

苏旷轻轻抱住丁桀的肩膀拍了拍，从他指节已经发白的手里拿下那柄剑。

他们身后依然还有两只精卫鸟，如果抓紧时间，依然可以杀了他们。但是，那个黑衣女人并不准备再冒险。

砰！半空之中，一具精卫鸟的尸首落下深渊，一路滚下去，砸断不少树木。金光闪过，小金破体而出，攀岩而上。

"走吧！"那个瘦小的黑衣女人招呼着。

她手上是有两粒小小金铃的，但没有那么丁零当啷地响。两只精卫鸟飞回到她身边，和小鲨缠斗的那一只也回来了。它们用爪子抓起那张网，径直离去了。路过上官乾的时候，略停了停，带走了上官乾。

苏旷一动不动，直到他们离开，才低声问："丁桀，你怎么了？"

丁桀扶着他的手臂拍了拍，稍微松了口气。他慢慢地慢慢地像是打开命运诅咒的榜文，一点一点睁开了眼睛。他在等待判决。

很难形容刚才那一刻的感觉，好像在一个黑色的平原上，苍白的太阳闪了一下，整个世界消失了。随之，就是双目剧痛传来，深入骨髓。如果不是知道敌人在侧，唯一能做的就是抱头打滚。那剧痛很久之后，才离开大脑。

苏旷略低头，看着他的眼睛，声音和手也在抖："那……现在怎么样？"

丁桀的眼睛，似乎没有异样，也可能他之前就那么茫然。他深深吸了口气，出气发颤，也不知是痛苦还是慰藉："我的左眼看不见了……"他慢慢眨了两下眼睛，"右眼看得见，可也不太舒服，上面好像有块小手指甲大的黑幕。我刚才发作的是两只眼睛，真是要命……苏旷，你要做个预备，我这只眼也不一定能撑很久，趁着我还能看得见，我们得尽快把各种事情安排一下。"

"不要吓唬自己……你刚才那个状况，内力震荡很正常，也可能是毒气。咱们回去找找大夫,说不定就没事了。"苏旷准备撕一块衣襟,"你等等,先不要再用眼了,来,闭上闭上,我们先下山。"

丁桀拍拍他的手,摇头苦笑:"我的眼睛我心里有数……你扶我过去,我还有事呢。"

"你心里有个屁数!"苏旷这样没好气地说着,但还是扶着丁桀转身。

丁桀转过眼。他终于看见了左风眠。

第四十五章　风中长眠

战斗结束了。此时乾坤朗朗，白日当空。山崖对面，一片欢声笑语。

围观的人们并不知道丁桀的眼伤，在他们看来这是一场酣畅淋漓的大胜——所向披靡的精卫鸟留下了一具尸体，神出鬼没的上官乾失去了一只胳膊，对方苦心安排的陷阱失败了不得不望风而逃，而他们的丁帮主继续了战无不胜的神话。

他们没有赢够，他们想继续赢。在场之人并无懦弱之辈，上山需要勇气。昨夜，几乎每个人都看见了月光下翱翔的精卫鸟，但丁桀一招手说了声"走"，他们就立即追随而来。一往无前的勇气如今得到了犒赏。他们需要一些欢乐来冲淡上山前的压抑和刚才的提心吊胆，危险解除，人群变得嘻嘻哈哈，吵吵嚷嚷。大家在议论着，复盘着刚才的战况，互相争论着丁桀最后使出来的到底是什么功夫，而且争得煞有介事。不是丐帮弟子的就向丐帮弟子道贺，说"丁帮主武功通神，名不虚传，贵帮兴旺鼎盛，指日可待"，丐帮弟子其实也没几个见过丁桀这样搏命出手的，但都矜持地点点头，表示我们司空见惯；那群从铜罗汉阵里刚钻出来的，明明什么都没看见，偏比别人讨论得都激烈，试图混进亲眼见证的行列。兹事体大，事关下山之后的喝酒吹牛，没亲眼看见还了得？山崖边的亲证者就嘻嘻哈哈纠正细节，说他们是矮子看戏何曾见？只是随人道短长。而另一些人在做正经事。

桥头稍微平坦的山石前面，一小群人围着，遥遥指点九世佛争铜、银河剑鞘和精卫鸟尸体落下去的地方。这三样东西都很重要，银河剑是九天堡的传家之宝，剑鞘也是一部分；九世佛争铜是上官乾的兵刃，是他们的战利品；至于精卫鸟，毛羽坚硬如铁，本来就是至宝了，而且据说沽义山庄有一个用明胶和硝石炮制一番的"大展宏图"的牌匾，放在会客厅做摆设，丐帮也准备弄一个回去耀武扬威。

　　顾青翼主动请缨，要攀着那条断索，在峭壁之间找一条好下脚的道路。吕颂忙拦着他，说姐夫大伤初愈，不如自己代劳。但姐夫显然不怎么信得过他，坚持让他在一边站着……风雪原本来无所事事，见行侠仗义的时候到了，忙飞奔过来，示意自己身手矫健，可以帮忙。至于丐帮几个长老，则商量着怎么去除扶手上的毒针，最好是趁着大家都在，把索子换掉，桥上木板铺回去。这是侠义道该做的事，狄飞白也被他们拉在一起商量，他本来不感兴趣，但也没什么办法，只好跟着讨论修桥。

　　没有人催促丁桀。兵随将令草随风，不管是走是停、是战是守……这里的一切都按照丁桀的号令进行。

　　丁桀远远招了招手，点两个功夫好的弟子向那个山洞走去。

　　那片山洞并不大。丁桀走进去的时候，像平常一样环目四顾。他控制得很好，敌人根本看不出来。不过，他很快就发现山洞里几乎没有"敌人"了。

　　那些黑衣的银沙教众全都靠墙待着，但都闭着眼睛，嘴角铁青，口鼻双耳带一点瘀血，已经服毒自尽。而奚金钗头倚在墙角，一片发髻垂下来，脸上的铅粉脱了大块，手里捏着个小药瓶，半张着嘴，也停止了呼吸。

　　苏旷上前检查了一番，摇摇头，示意已经结束了。

　　这些倒也在意料之中，银沙教很少被人拿下活口，一来是为了保守秘密；二来他们行事太过没有底线，也是惧怕遭到酷刑折磨。意料之外的，是李牧还活着。他蜷曲在墙角，看起来像是被刚才一群人同时自尽吓了一跳，他手里也攥着个小药瓶，手指搓来搓去的，大概是鼓起勇气试探了很多次，还是不愿如此。

　　李牧望着丁桀，慢慢放下瓶子，站起来举了举手，示意手里没有暗器，愿意束手就擒。丁桀点的两个弟子进来了，上前反拧住他手臂。李牧试着给自己找最后一条生路："丁帮主，我……我还可以去少林……还可以译经……"

　　丁桀嘴角有嘲讽："李牧，你不想死是好事啊……多少条人命，帮里兄弟没人希望你死，大家都在等你回去呢。"

　　李牧有些着急："我精通吐火罗文，少林很多秘籍非我不可……我知道银沙教的许多事……对了，我还知道九世佛争是一个佛经上的典故，我对你们很有用……"

　　丁桀笑了一声："可惜丐帮是个焚琴煮鹤的地方，辜负你的才华了。"然后，

204

挥了挥手说,"带回去,先把脚筋挑了。"

李牧脸色变得很难看,开始惨叫:"丁帮主……绝学不可失传,许多典籍非我不可!杀我之前你先问问少林!先问问少林!"

他被拖走了。丁桀回头看了看身后不远的苏旷:"我自己待会儿。"

苏旷有些犹豫,眼角瞥了左风眠一眼,走上前一步,吞吞吐吐:"丁桀,我不是不放心啊……但这个地方太黑了,万一有点什么,对吧……你又眼神不好……我在那儿,就那个角落等你行吗,肯定听不见你们说什么,你就让我能看着你……"

丁桀搂他的肩膀拍了拍:"是兄弟的帮个忙,出去外头等。"

苏旷这回真有点坚持:"那个……我直说吧,她又没搜身,都到这地步了……"

丁桀脸色一沉:"滚。"

苏旷举了举手,示意抱歉,出去了。云小鲨在外面等着,根本没跟进来,见苏旷一个人出来:"怎么说?"

苏旷撇撇嘴,大大地比了个口型:"滚……"

云小鲨噗地一笑:"自己找没趣!人家两口子的事,你掺和什么……"

苏旷拽着她在离山洞最近的一块石头上坐了,拉着她手在自己膝盖上拍:"不瞒你说,小鲨,我是真不放心左风眠,你说这要出点什么事我冲都来不及……得了,古人云,媳妇是自己的好,武功是人家的好……"

云小鲨凑近一点,在他耳边问:"有多好?"

"哎,别猴啊,坐端正,我听里面动静呢。"苏旷也被自己逗笑了,"妈的,你说你这样的人物跟我跑一趟,累死累活不说,还得学着听墙根!"

山洞里只有一地死人和两个活人了。

丁桀走向左风眠。左风眠坐在角落的褥子上,靠着墙壁蜷着腿,腿上盖着床毯子,抱着膝盖。她长发披到腰肢,两鬓细细编了两根小辫子,白净净的脸,清灵灵的眼,二月柳的眉,三月桃的唇,素淡得像是刚刚画好还未添彩线的绣花底子,两肩单薄,领口有些不太周正,窝了一团凌乱青丝,歪着头,小动物一样看着他。丁桀有句话憋在喉咙里,想问,又咽下去了。

左风眠冲他笑笑:"早!"

丁桀不知说什么,撩开褥子一角,坐下来。他有些恍惚,对面就是江湖群雄,背后是一地银沙教的尸首,可这褥子、被子,这个他见了很多次的起床的模样……

205

一切，好像他们还在北邙山的庐中隐居，某个早晨刚刚起床，忽然之间，被扒了一面墙下来。大多数清晨，都是左风眠先醒来，也不下床，就那么散着头发抱着被子看着他，等他睁开眼睛，跟他说声"早"。

左风眠也在看丁桀——丁桀的衣衫尽碎，挂在肩膀上的几片破布随手扔掉了，右手白布染成一块血板，赤裸着胸膛，露出劲白而瘦削的一身肌肉。

丐帮的少年们很喜欢赤膊练武，不仅大夏天脱，秋天也脱，有的脑子不太好的能一路脱到初冬，非要显得自己比人彪悍，武场看过去，几乎个个都是黑乎乎的、油亮亮的。只有丁桀，他从小就不喜欢光膀子练武，连短打穿得都少，常常三伏天也套件单布衫。整个丐帮，就没几个人见过他打赤膊的样子。

他们正经住在一起之后的第一个晚上，灯花哔剥作响，新世界就此打开大门。左风眠很快乐很满足，也很好奇，手指捉着发梢一直在他胸口撩："以前捂那么严实，我还以为你身上有什么见不得人的……"丁桀就嗤笑一声。左风眠倚在他怀里问："那到底为什么呀？"

丁桀想了想："习惯吧……我不喜欢被人看透。"

从那之后，他每个早上都要找一会儿衣服。

他们在一起的头三个月，左风眠像只小野猫，一发现他身上有什么过去的清规戒律，就扑过去咬断了。

丁桀在饮食上曾经是堪称苦行的，差不多二十年都是不多一口也不少一口，让肌肉和体形保持在一个最适合战斗的状态。即使是小时候长身体最馋油的那段日子，馋到夜里做梦常常咬破舌头，还是不多一口不少一口。但他们在一起，左风眠就很喜欢做一大桌子菜，托着腮看他，软软地命令说："吃完。"

积习难改，第一顿吃完的时候，丁桀几次三番要出去吐，熬到一头冷汗。她托着腮，微微摇头晃脑，很快乐的样子："坐下。"她太喜欢他"听话"的这种感觉了，他多少也有一点合谋的意思。她厌恶那个神坛上的丁桀，于是拿着人间烟火熏个没完没了。神坛上的东西就不能往床上放，谁愿意和丐帮丁帮主做夫妻呢？他也不喜欢，也想试试看，那个又冷又硬的东西，要不然砸掉算了。

可惜身体是有记忆的。练功的强度一旦恢复，几乎不需要再做任何努力，饮食随之恢复，体形也就恢复了。一切都是有记忆的。记忆强大而可怕，她所有的努力都失败了……

无边往事，温存缱绻。丁桀叹了口气说："聊聊吧。"

左风眠抱着膝盖不动："丁帮主要和谁聊啊？"

丁桀叹了一声："风眠……"

左风眠也低头看自己的手，那是春葱一样的指尖、漂亮的指甲："原来是和我聊，我还以为丁帮主在跟鞋说话。"

丁桀多少无奈，转过眼睛看她："风眠，所有人都在对面等，我不可能在这逗留很久，还是长话短说……"

左风眠冷笑："等什么？奸夫淫妇浸猪笼？"

丁桀无奈极了，手揉了揉印堂，仰起头长出口气，又点点头，转身正面对着左风眠："好，那就敞开说！风眠，这里只有你跟我。告诉我，当时为什么投奔银沙教？哪些事情是你做的？你杀人了没有？你都告诉她们什么了，她们告诉你什么了？"

左风眠根本满不在乎，扬起脸，眼里有种挑衅："哦，帮主要口供啊。行啊，总舵地形是我告诉的，总舵防卫是我透露的，我亲手喂了冯白蛊酒，眼睁睁看着她们放了火……还亲自做诱饵、设计张莘上了钩。丁帮主，这是不是够死个十次八次的了？"

丁桀是真忍不住，怒火攻心，啪的一掌拍在地上。左风眠摊摊手，还是满不在乎，掀开被子，下床找鞋子："这就不聊了是吗？不聊，我可要走了，丁帮主想做什么随意，我怕疼，痛快点。"

"聊，我们聊……"丁桀拉住她手腕，把她拽回去坐着，"你还没告诉我呢，为什么投奔银沙教。"

左风眠歪头看他，不笑了，冷冰冰地说道："戴行云半夜醉醺醺地闯进来，要硬上了我……他剥光我的衣服，绑住我的手，一边抽我耳光，一边说要弄死我。"

她说得直截了当，语气轻描淡写，乌溜溜的黑眼珠直视丁桀。此时的丁桀缓缓吸了口气，闭了闭眼睛："对不起。"

"对不起？"左风眠哈的一声笑，"丁桀，你现在跟我说对不起？我不投奔银沙教，我什么时候才能见到你？你知道我多久没见过你了吗？七个月零九天！你知道我被他们抓回去的时候在干什么吗？那天我在炖肉，你说你那天要回来，要吃笋干炖肉，越烂越好，我从早上炖到中午，可我等不到你，我等到的是孙云平，跟我说你有事，几个月都不回来了！你有什么事？什么事急到不能亲口告诉我一声？孙云平当时要吃那个肉，我都拦着没让他吃……可我等到晚上，等来的是戴

207

行云的手下。丁桀，我等来的是戴行云！"

丁桀点点头，除了道歉无话可说："对不起。"

"对不起？"左风眠接着冷笑，"在丐帮，我是什么下场，丁帮主你会不知道吗？戴行云要怎么对我，你猜不出来吗？是啊，我是个淫妇，可奸夫在哪儿？捉奸不是捉双吗？浸猪笼不是一对一对的吗？为什么丁帮主就重出江湖了？我就要继续做我的婊子？戴行云从我十五岁就那么对我，不行吃药也要上！谁能保护我了吗？你们侠义道吗？我就问你，丁帮主，那个跟我山盟海誓的男人呢？那个一遍一遍跟我保证会陪我去暹罗的人呢？他是手无缚鸡之力吗？他是斗不过戴行云吗？他是不知道我在哪吗？"

"对不起……"

"是你要跟我聊的，别光对不起，你倒是聊啊！你告诉我，我当时应该怎么办？"

"风眠，你当时……我真的没想到，我以为他答应我了……我们有过约定，他答应过我会照顾你……"

"你俩还有约定？什么约定？"

"我回来重掌丐帮，领袖侠义道，三五年之内，直到剿灭银沙教为止……在此期间，我不会去找你，他也不许动你。"

左风眠听到这里，眼里冒火，直起身子，抬手给了他一耳光。丁桀没躲，继续说道："戴行云的事……我确实欠你的。你不高兴可以再抽，抽完了还是得接着往下说。"

左风眠一动不动。

"来，说回来，你杀了他……但为什么要去投奔银沙教？你明知道他们都是什么东西！"

"可我到底能去哪儿……"

"你可以回总舵。"

"我刚刚杀了戴副帮主，你让我回总舵，我不会自己找个地方上吊死吗？"

"你可以回总舵，你可以跟他们……提我。"

"我配吗？"

"风眠……"

"丁桀，你我认识多少年了？你在人前提过我一个字吗？你他妈的脱了衣服才敢和我甜言蜜语，穿上衣服你是丁帮主啊，我是什么东西？我是你妻子吗？是你情人吗？我什么都不是！我配回你的总舵提你吗？"

"我的错。"丁桀又点点头，"风眠，我确实没有办好这件事……"

左风眠打断他："得了吧，你有种直说不行吗？你敢提我吗？提了我，你还有帮主的位置吗？刚才那一阵一阵山呼海啸的，听着心里很舒服吧！"

丁桀没开口。

左风眠眼里有泪："不否认？"

"是，我是不敢。"丁桀沉吟一声，"你说的我不否认，那时候情势所迫，我必须拿下帮主，而且是越利落越好。"

左风眠咬了咬嘴唇，给了他第二个耳光。

"发完火了？"丁桀想了想，"我试着解释一下这件事，风眠，我不是牺牲你。当时十万火急，必须立即把英雄令发出去，没法先走帮规处置你跟我的事，我也没法去见你，我……我确实也不想在那个时候彻底触怒戴行云，这样洛阳没人执掌，我不能两顾，丐帮内部必然分裂。你不太喜欢江湖的事情，可能以为我在敷衍你，不是的，我没你想的那么不堪。我跟他们说过……三五年之内，这个事情结束了，我娶你，把功夫还给他们……风眠你听我说，当时我在想，最坏的结果不过是你我一起死，这我可以接受啊。而且呢，事在人为，比如三五年之内，我真的立下不世战功，江湖有史也要另辟单章那一种，老戴再操劳点帮里别的事，慢慢地不那么在乎你，说不定我们将功赎罪，可以全身而退……到时候就算去暹罗也……"

"哈！暹罗！天大的恩情！"

"你……觉得我虚伪，是吗？"

"难道不是吗，丁桀？你娶我？你要把大事办完了，风光占尽了，青史留名了再娶我，那你娶的是我吗？你娶的是你小时候心里的一个玩意儿！跟我有什么关系？你江湖玩累了就回来，往我床上一躺，你在我这待腻了，拔腿就走，不管我在谁手里，你天下打到头了，告老还乡了，我还应该躲在戴行云地窖里苦苦等你。你凭什么？你算什么东西！你不是要问我为什么投奔银沙教吗？我告诉你，就为了这个，我不投奔银沙教，你怎么会这个样子走到我面前来？"

丁桀脸色变了。左风眠稍微往后缩了一点，她很少看见丁桀这样对她。

丁桀沉声，慢慢问："我刚才没听清，你再说一遍？"

左风眠低头："我……都说过了，你也都听见了。"

209

丁桀看着她："风眠……你算没算过，我今天这个样子来找你，后面有多少条人命？总舵是二百零六条，南门大火，惨不忍睹。左风眠，你们带去的那群……那是我们自己兄弟，还有丐帮的客人，你懂吗？一开始守门的兄弟根本没人下手，没人反应过来怎么了！好几个就想去抱住他们……一个一个，前面几十个人被生啃了，撕坏了，那个尸首没法收殓！那就是野兽吃剩下来的肉……凑都凑不成一个整人！这你都无所谓吗？来，你告诉我，因为他们是丐帮的，还是因为他们是我的人？来啊！你告诉我，放心别躲，我又不会动你，再说我想动你，你躲有什么用！"

"那些不是我做的……"

"总舵防卫呢？"

"我不告诉奚金钗，她会杀了我。"

"张莘呢？"

"我已经没得选了……我在他们车上，我能怎么办？"

"我就是问你为什么在他们车上？"

"是！我选错了！我没抓没落的时候，有人给了我一只手，我拉着就上来了，就是这样！丁桀，你不懂吗？普通人就是会受胁迫啊！我怕啊！"

"这会儿受胁迫了？那你后悔吗？你认错吗？"

"后悔有用吗？我能不死吗？"

"有用，至少对我有用。"

"我不想聊这个！"左风眠一转头，面向石壁。

"今天你必须说。"丁桀捏着她的下巴，把她的脸扳了过来。左风眠伸手推打，他不耐烦，攥着她手，摁下。

"你们都这样！"左风眠下巴生疼，拧不过他又甩不掉，正要发火，忽然一愣，"你眼睛怎么了？"

"没事，不用你管。"

丁桀的左眼远看没有问题，但是离得很近看，瞳孔完全是散开的，空空洞洞一片。左风眠想伸手摸他的眼睛。丁桀还是抓着她的双腕："别废话，说！"

左风眠慢慢点点头："我早就后悔了，从喂药的时候就后悔了，我不是对人命无所谓，可路选错了，一步错步步错，我没办法。丁桀，我不怕死，可我不想死在他们手上，而且我怕疼，我怕他们折磨我，再说我也跑不了啊。我知道你一定会来杀了我，我想再见你一面，就是这样。至于认错，我不会认错的。这个世上有人在乎过我吗？如果没有，我为什么要在乎别人？"

丁桀放开她，揉了揉额头。

对面那些人已经很好奇了，帮主和副帮主夫人聊什么，居然聊了这么久。是该回去了，可回头路不好走。他不想抓她回去，他做不来。

丁桀又想了想，从一边捡起一小块石头："来，风眠，你已经告诉过我，在你心里我是什么样的了……拿你当消遣，朋友比你重要，牺牲你换地位，你出事的时候抛下你不管……我想，我来打个比方告诉你，我觉得我心里是什么样的，好不好？"

他在地上画的是一朵五瓣梅花，左风眠伸手就要抹掉。丁桀捉住她的手，挪开："我知道你不喜欢……你看一次，就一次，好不好？"

石头尖儿吱吱作响，他指着梅花。

"有一瓣是你——这瓣从我十六岁起就是了，可能还更早一点，稳妥起见就说十六岁吧。你总问我为什么喜欢你，喜欢你什么，我不知道，我就知道这一瓣从来没有变过，以后也不会变，一直是你。如果你坏掉了，我的这一瓣就坏掉了，我会很难过。

"有一瓣是我的武功——你得明白，我是一个很喜欢武学的人，你也可以用比喜欢再重一点的词。天不曾负我，我靠这一身功夫得到了一切，我的快乐，我的光荣，我的名声，我的……所有。我在这里面活着，将来应该会死在这上面。你不练武，老以为没有武功我就是个普通人，普通人也很好。不是的，没有武功，我这一瓣也就坏掉了。

"有一瓣是丐帮、洛阳，和这个江湖——这是我的根，没有丐帮我是什么呢？我本来只是蒸锅上的一块肉啊……风眠！丐帮救了我，教了我，给了我一切，我的兄弟把能给我的全给我了，包括我根本配不上的！这个江湖是我的天地，我不做帮主，无所谓啊，我不在洛阳，可以去杭州啊，可以去广州啊，实在没处走可以投奔武夷山啊，至少我总在江湖上，我还是丁桀。可你要我去暹罗，那是个什么地方？你知道吗，我听到这个事情，我第一件事情去查查那个暹是怎么写的！我刚会写这个字，你就要我后半辈子去那儿，再不回来了。好，这我也可以依你，可你不让我准备准备吗？我从来不是一个轻举妄动的人，我去一个地方必定要做点什么，可那是个什么国家？有多大？有几族人？是什么外交？什么内政？什么战事？我心里一点数都没有……

"有一瓣是我的朋友——小时候，这一瓣叫周野和段卓然，后来他们不把我当朋友了，我很难过；你说我不敢在总舵提你，是，我是不敢，你猜为什么？风眠，我不敢提他们，我走在总舵里，看到卓然死掉以后那儿换了大门，我从此根本不敢从那儿过，过一次，那扇门给我一个耳光。可就在前天！我们总舵又烧了一次！可你跟我说你不认错！你别躲！后来，这一瓣叫苏旷，他对我很重要，没有他我走不出来那一段，可你是觉得我为了他扔下你吗？风眠，听着，我们给一件事情下判断，是按照事情的轻重缓急决定的。他当时情形很危急，可以说千钧一发，如果是你在别人手里，我也一样不和他打招呼就来了，这不是可以比较的。还有，风眠，这几个月，你受苦了，但这是我一辈子最开心的几个月，我交了几个新朋友，整天快活，喝茶打牌，我总想介绍你给他们，觉得你会喜欢他们的……

"还有，这最后一瓣叫侠义道——你总说侠义道虚伪，那到底什么是真？银沙教这样才叫真吗？你不是也害怕他们吗？风眠，你总说你需要救命的时候，侠义道在哪儿？可我俩不都是被丐帮救的吗？你当时不也是一个灰头土脸的小姑娘吗？你如今漂漂亮亮的，当时拿着馒头不还总往上吐口水吗？他们没有给你你想要的，可也给你锦衣玉食了，你都忘了吗？他们只是不在你需要的每个时候都能出现……风眠啊，我们做这些事情，往大了说，邪不胜正是天经地义，滥杀无辜同道共诛之，往小了说，我小时候被人救过，无非报恩。

"我一直对你很内疚，我的品行和性情可能是都有点问题，处置这种事情，多半是避而不谈。不把我逼到墙角，我不会跟你说这些。可是，风眠，你老说我看不见你，你看见过我吗？你听到过我吗？我也是个人啊，没有比你多活一次。对了，你知道我为什么叫这个名字？当时戴行云救我回来，他们问我叫什么，我只知道我叫丁桀，是这个音，不知道哪两个字，他们就给我一本字书，让我挑一个，我就挑中这个字了，这个字呢，画的是一个人，两只脚指向着相反的方向站在一根木头上面。风眠，他有时候也寸步难行，有时候也很为难。"

左风眠怔怔的，轻轻伸手摸了摸他的眼睛："疼吗？"

丁桀摇摇头，把她的手拉到那朵梅花上："这一瓣永远是你的，可你不能让我把这四瓣都扯掉。"

左风眠眼里有泪，慢慢落下来，点了点头。丁桀握起她的手："穿鞋起来，我带你回总舵。"

左风眠连连摇头，眉眼倔强，眼泪顺着鼻翼流进嘴里："我不去……"

　　丁桀也很郑重："风眠，跟我走吧，勇敢一点，去认个错，回过头看看你走过来的路。我不会躲这个事，我也希望你不要躲。"

　　左风眠问他："我能不死吗？"

　　丁桀犹豫片刻："我承诺不了这个，但我发誓会尽力，无论如何，我会陪你。如果你稀罕，我也会娶你。"

　　左风眠懒懒伸开手臂："那抱我！"

　　丁桀一愣。

　　左风眠歪了歪头，还是像只小动物："你永远只敢在人后把心给我吗？"

　　丁桀懂了，转向对面看看，许多人都在观望他们。他点点头，抱住了她。

　　左风眠又命令："吻我。"

　　丁桀又一愣。

　　左风眠还是熟悉的口吻，软软的、淡淡的："吻我，我就回去。"

　　丁桀想了想，他轻轻低头，亲了她一下。左风眠紧紧抱着他的脖子，吻得竭尽全力，泪流满面，一种压抑了很久的情欲在体内冲撞着，似火赴雪，似鉴天日。丁桀闭上眼睛，回吻过去，开始很浅，之后很深，唇齿交接，津液粘连，耳鬓厮磨，憾缺还诸天地，今生浪荡也罢。

　　左风眠十指在他脑后紧扣，薄而温软的嘴唇，带一丝儿缠缠绵绵，慢慢顺着脸颊，游移到耳根，清清冷冷叫了声："喂，丁帮主……"

　　丁桀第三次一愣。

　　左风眠有点得意地笑："丁帮主，来生吧……"

　　丁桀浑身一个激灵，他从骨子里往外冷。左风眠软软地垂在他手臂上。他扯下她交扣在脖颈上的手，即使眼力差劲之极，也能清清楚楚看见手背瘀青一片，嵌着八个月牙儿一样的黑紫色指甲印。

　　他慌里慌张地抵住左风眠的心口，一遍一遍地把内力催送过去。可没有用了。左风眠慢慢抖了几下，缩着肩头，似乎很冷很冷，向他怀里钻了钻，找了个合适的暖和地方，永远睡了过去。

　　"风眠——"丁桀一声惊叫。

　　那完全不是丁桀昔日的声音，那是狼嚎一样的厉声嘶吼，尖厉、恐惧、张皇失措。那是把心撕开的声音。

苏旷和云小鲨冲了进来，对面山头都向这边看——

丁桀抱着左风眠，脸贴着脸，左风眠小小的脑袋在丁桀肘弯摇来晃去，齐腰长发拖到了地上，丁桀手忙脚乱地想把她的头发全拢在怀里，好像掉出去一点，她就少那么一点，可长发顺不住，总是一缕儿一缕儿地落下来。

"风眠……你这样对我……"

隔着葱葱翠翠的山头和白云缭绕的深渊，所有人都听见了丁桀在号啕大哭，声嘶力竭。

第四十六章　明珠一颗

没有人听过丁桀那样放声哀哭，长恸终天。他的胸膛里，像是藏着一口深不见底的黑井，井底落了只猛虎，折尾断齿，撕抓着井壁，向天咆哮，声声啸血。

总还是有一些疏影横斜的往事，要到多年之后，抬起头看见月光和树枝，才心里了然。

左凤眠是这个世上第一个叫丁桀"丁帮主"的人。十二岁那年，丁桀曾经脱口而出"你乖乖等我，我长大了封你做帮主夫人"，在那之后就把这话给淡忘了。可他忘了，左凤眠可没有忘，只要有两个人私下相处的机会，左凤眠就咯咯笑着，突然袭击地跺脚大喊一声"丁帮主"！

对丁桀来说，这是个有点蠢的行为。丁桀是丐帮有史以来最年轻的帮主，固然是得天独厚、风云助力，可这个位置的得来也并不像外人想的那么轻松。丐帮有九位九袋长老，各自执掌一座堂口。丁桀七岁入帮，拜当时帮主为师，先立下名分。在此之后，早晚日常习武之外，每年跟随一位长老，熟稔帮规、尽早知道天下第一大帮的运转法则，这个叫作"九转堂口托龙头"。九转堂口期间，丁桀向九位长老行半师之礼，也就是他自称弟子，长老们不必称为师。九转堂口期满，长老们众望所归，才可以开香堂，请出历代祖师牌位，当众立为少帮主。这是很严格的规则，任何一座堂口通不过，之后就要从头再来一次。丐帮苦无绝顶高手久矣，帮主和长老们欲为本帮谋三十年恢宏岁月，欲为天下武林铸一柄盖世神兵，设下重重关隘，法度极尽严苛，德行、才智、识见、胆谋……一切都在考量之中。可想而知，这种时候"丁帮主"这三个字是万万不能提的。一旦不小心被人听见、传出去，就是他年纪轻轻，目无师长，私底下以帮主自居、搞小党羽。

215

轻则一顿责打，再搭上一年；重了，少帮主这件事就要再议。

可左风眠自有尺度，她觉得自己明明是看好了四下无人才开玩笑的。但左风眠每提一次，丁桀就提醒一次，语气也一次比一次重。左风眠就有点怏怏不乐，其实她只需要一声很轻很轻的"好啦，帮主夫人"，他们就算拉完钩了。她想要再确认一遍这个青梅竹马的约定，想要知道这个话是开玩笑还是当真的，要不要认真等。这是微不足道的小女孩情感，丁桀一直察觉不到，如同疾驰之中的高车驷马，感觉不到一根横在面前的蜘蛛丝一样。

不久之后，左风眠逾界了。

当时是午休时间，丁桀练完功，没去吃午饭，躺在习武的木厅里，扯起衣摆盖着脸。周野见他没吃过来送饭，顺便跟他商量，和段卓然三个人一起准备下个月风眠的生日礼物。可丁桀说最近练内功，太累，只想多躺会儿，让他们准备再加上他的名字。可他话音未落，左风眠就拉着段卓然一路跑过来了，一进门就很大声地嚷嚷："丁帮主！快主持公道！凤凰门的那个坏女人摸卓然的屁股……"

段卓然吓得忙去捂她的嘴。丁桀脸色立刻就变了，立马坐起来。这可是练功木厅！午休时间，木厅前后左右都是道路，附近是有人来往的！

"你在胡说什么！"他脸上那股冷峻，左风眠从来没有见过。她被吓着了，眼泪在眼眶里转，撇着嘴，要哭不哭的。

丁桀指着门："出去！谁让你来这儿的？以后我练武的时候不许过来，听懂了没有？"

他确实还什么都不是，但每个人都默认他有这么命令的资格。左风眠瞪了他好久，一跺脚就跑了。她记仇，也听懂了，以后再没来过。

那天，本来段卓然是苦主，准备来告状，忽然被这个场面一冲击，气头倒也过去了。他想出去追左风眠，丁桀直接吩咐："不许追！没轻没重的！晾她两天，让她反省反省！"

段卓然没敢动，坐下来陪丁桀吃午饭。当时，他们的友情正处在一个奇怪的阶段——段卓然坐下来的时候，已经在随手替丁桀盛汤、布置碗筷了，可周野浑然不察，拿起丁桀没动过的汤碗就喝，丁桀也不介意接着喝。权力是友谊的天敌，他心知肚明，但希望那一切晚一点发生。

丁桀想起正事，边吃边问："怎么回事？谁摸你屁股啦？"

段卓然本来脸上那股害臊都退了，又一下子涨得通红："就是凤凰门那个……

本来好好说着话，师父喊她们去吃午饭，我送她们出门，那个谁临走忽然捏我一把……"

周野激灵一下坐直了："凤凰门的奚蓝眉！那可是个大美女！你要不乐意，我可以毛遂自荐！"

段卓然咕哝着："不是奚门主……你胡扯什么呀，是门主也不行……是那个五毒侍者玉蟾蜍……就是疯疯癫癫的那个……"

周野笑得在地上滚："玉蟾蜍……哈哈哈哈，卓然，委屈你了……那你跟你师父说了吗？"

段卓然摇摇头："算了。"

周野跷着大拇指："卓然好样的，为了侠义道献身！"

段卓然恼羞成怒，就爬起来去踢他。段卓然在他们三个中间是兰芝美玉的一个人。他聪慧，过目不忘，处事公允，调停得当，少年时候，就有丐帮很少见的君子风。总舵那群少年在十六岁之前是一边勤学苦练、一边等待着被收徒的，最优秀的被九袋长老挑走，之后是八袋长老，下面七袋及以下的是没有收徒的资格。再有一些被分去江湖各大派、客寓别门、外放三年再回来……始终没有人挑的，就当作普通弟子，放到各个分舵去从一袋做起。但他八岁便被识器堂长老韩西岭相中，收为弟子。能拜入九袋长老门下，是无上殊荣。那批少年里，段卓然是丁桀之下的第二人，好几个长老都在抢他。周野一直等到十岁，才被传功长老龙得鳞带走。段卓然被悉心栽培，也被视作丁桀未来的左膀右臂。如果有一些重要客人来拜访，长老们很喜欢让他作为下一代的代表人物，行子弟礼，奉茶斟酒，侍立对答。而周野对答起来容易犯浑，丁桀不侍立。

那一年，凤凰门是极重要的客人。银沙教靠着三样法宝称霸天下——霍瀛洲、精卫鸟、蛊毒。当时，霍瀛洲是魔道第一人，鏖战天下十年，所向披靡，剑血犹腥，某种意义上说，丁桀就是为了克制霍瀛洲而出世的；精卫鸟则比今天差了很远，它们的翅膀、爪子和喙差了二十年的药力，这倒还在其次，问题是当时驾驭精卫鸟是个很困难的事，需要十三个人联手指挥，十三个人只要倒下一个就阵脚大乱，远不如今日狠厉灵活；最后就是蛊毒，那些年蛊虫还没有大规模炼制出来，但药岛的毒药已经独步天下了。在魔教东来之前，中原武林从来没有重视过毒药和机关，很多正统高手对毒药的理解，还停留在捅破窗户纸吹迷香和往酒里倒砒霜的蛮荒阶段。不仅不重视，中原武林讲光明正大，机关是奇技淫巧，"下毒"和"背后出手"

一样，是"下三滥"所为，大丈夫所不齿。几个以用毒著称的门派，全都在西域、苗疆、岭南百越之地，最靠近中原的凤凰门也在湘西。

但银沙教一到，先用铺天盖地的毒沙开路，大批高手不战而亡，灭起门来鸡犬不留。整个武林都被他们的毒药之烈之多之防不胜防给打蒙了，再加上霍瀛洲和精卫鸟，简直是只有叫骂之凶，毫无还手之力。等到他们回过神来放下身段，重视起机关毒药的研究，为时已晚，这哪是朝夕之功。

侠义道无可奈何，只能向那些边陲小门派求援。没有用毒的门派敢援手，只因霍瀛洲早就放出过话，他就是冲着中原武林和八百侠义道来的，那些事不关己的闲杂人等别凑热闹，谁敢来，自己掂量后果。

侠义道十年求援，十年孤绝。这是报应，傲慢和自大的报应，在此之前，用毒的高手不管害不害人，都被骂成鬼蜮伎俩，用毒的门派被排挤到天涯海角，不投靠银沙教已经是仁至义尽。而第一个也是唯一一个来援的，就是凤凰门。

凤凰门是一个从上到下全是女人的门派，极擅用毒。六十年前凤凰门主被丐帮前前帮主当众羞辱过，说是女流之辈，不敢做堂堂之战，才搞这种下作勾当。凤凰门倍感羞辱恼怒，但也确实惹不起丐帮，索性立下门规，从此不履中原。

这一回，侠义道危急，八方沉默，有人明哲保身，有人幸灾乐祸。几度踌躇之后，凤凰门门主奚蓝眉，带着故老相传的一卷毒经和五个侍者来了。

奚蓝眉长得极美，像是从楚辞里走出来的林间精灵，当时的江湖六大美人里，她排第二位。她不计前嫌，一路拜访了许多同行，查看了无数尸体，探问了亲历者和目睹者，最后到丐帮做客。一时之间，洛阳布贵，许多穿得破破烂烂的丐帮弟子都去买了新衣服、新鞋子穿，一天洗三遍脸，打扮得焕然一新。

奚蓝眉一进门，就直接告诉丐帮的帮主和长老们：其实，她也做不了什么，银沙教的用毒之术，实在已经远超她们所学，可以说没有任何门派有破解之道。她能做的就是帮忙整理出一套笔记，让大家有个了解，能够知其然也知其所以然，毒药毕竟是毒药，不是法术，哪些可以预防，哪些在空气中不能久置，哪些能喂在暗器上，哪些能化在水里……只要是知识，一旦能够学习和了解，就不会那么恐慌了，群策群力，慢慢研究，或许也就有了破解的法门。她带来了信心——恐慌有时候比毒药更能杀人。

丐帮待凤凰门以上宾之礼，凤凰门也绝口不提过去之事，本来宾主尽欢，其乐融融。唯一让人不悦的就是五毒侍者之一的玉蟾蜍，那是个胖胖的疯疯癫癫的中年女人，她手老不干净，以调戏白净清秀的少年为乐，一路过来，偷偷地摸了好几家的弟子。不过大局为重，段卓然忍了。

"对了，我来是说个想法。"段卓然问丁桀，"我还没跟师父提呢，先跟你商量。听她们说，凤凰门要在咱们总舵再住三四个月呢，等整理完了毒经再回去。这么好的机会，老叫我去多难受啊，让风眠去陪陪她们，怎么样？一箭双雕，也长长见识，风眠都十岁了，也没人认，老这么闲等着，将来怎么办啊？"

"不合适。"丁桀直接拒绝了，"现在什么时候？凤凰门牵涉的全是机密，风眠喉咙浅，总说些不该说的。还是天暖一点，送去昆仑。"

周野摇着手指头："风眠怎么肯去昆仑？青城她都不去！上次我跟她提了一点点话头，她哭得快晕过去了，说昆仑苦寒之地，没吃没穿，过的不是人的日子，打死她也不离开总舵，一辈子都是洛阳的女儿。"

"哪儿那么娇气！"丁桀午饭吃完了，筷子一扔往后一倒，"行，你们回吧，先放着我一会收拾……过几天，我找个机会跟她聊。"

他还要练功，段卓然和周野便一起离去了。

左风眠出路是很窄的，顶尖三大派的武学都以阳刚为主，力量是绝对尺度——少林当然不用讲；昆仑虽然收女弟子，但每年收徒只有一个月，赶不上就得等明年，而且对禀赋要求极高；丐帮人头杂往来多，本来就没什么女弟子，极少数破格的几个也都是帮主和长老们的女儿，更何况此时算是战时，好多杂事都搁置了下来。

去年，青城剑派的郑灵姑来访之后，曾经提出来要带左风眠走，不过不是客寓别门，是直接带回去收徒。这事儿最终没成，左风眠不肯走，发脾气哭得浑身抖，她不明白为什么四个人一起来的，一定要她自己走。她脾气越来越大了，这不是个好迹象。人是很容易有路径依赖的，她出于本能，按照之前赢得大家喜爱的方式撒娇，可是，一只凶巴巴的小奶猫是很容易招人喜欢的，长大就不行了。她还有最后一条路，那一年，戴行云在忙着"升八"，七袋弟子成为八袋长老是十里挑一的殊荣，戴行云带来了丁桀属奇功一件，这几乎是板上钉钉的事，只要"定八"，就有收她的权力了。

左风眠的生日很快就到了。而在那之前，发生了一个小插曲。

凤凰门邀请江南霹雳堂前往丐帮总舵，一起研究喂毒机关，但江南霹雳堂坚决不同意。当时霍瀛洲并不直接攻击洛阳，可总会挑些门派，神出鬼没，半路击之。

江南霹雳堂很客气地写了回信,说愿意携手合作,但要凤凰门自己下江南。凤凰门同意了。她们是贵客,不容有失,丐帮帮主带着两个长老,挑选上百精锐,亲自护送。但是,霍瀛洲还是出手了。

他们的行动和路径极其机密,但还是被发现了。霍瀛洲带齐了精锐,还有鲜少动用的精卫鸟,他势在必得。那是毫无悬念的一场血战,丐帮帮主年事已高,不是霍瀛洲的对手,而且,就算他年事不高也不行。他唯一的生路就是带着两个贴身护卫逃走,而且他必须逃走,大势已去,如果一帮之主也被格毙在路,对侠义道士气的打击是致命的。两大长老和弟子们一拥而上,缠斗霍瀛洲,誓死血战,让帮主有逃脱的机会。两大长老便是韩西岭和龙得鳞——段卓然和周野的师父。

帮主回洛阳了,他是被扶回来的,甚至没有机会回头看,那些被他抛下的人后事如何。他跑了一段,就大口呕血、活活气晕了过去,其实也没受什么重伤,纯粹出于奇耻大辱。有人去找过,据说,那一带没留下尸首。帮主抱着万一的希望,希望那些人只是被生擒了。霍瀛洲偶尔还是留人性命的,用来换赎金,或者秘籍之类。

十日之后,江南霹雳堂接到了他们等待的客人——大门口,端端正正摆了九层人头,花白的长老的人头在后面,奚蓝眉那颗极美的头颅摆在最前,玉蟾蜍在她右侧,都涂了药,栩栩如生。整个江湖,肝胆俱裂,既惧且怒。

但即使到了那个时刻,江湖还是一盘散沙,始终无法发出英雄令。霍瀛洲在奚蓝眉的头颅下留了一封信,昭告天下,给所有人最后一次机会,此时置身事外还来得及,他最终灭绝三大派就够了。

八百侠义道名存实亡,灭门的只是一小部分,大部分选择了无所作为的中立,还愿意与三大派共存亡的只有几十家了。投降派始终在上风,且有十足的道理——让我们这些草芥之人去千里送人头?凭什么?谁配?连昆仑都躲在山中!记住,江湖还有一个人,名号是万里奔流汪振衣,他可是和霍瀛洲称兄道弟,女儿还认贼作义父了,只要他还在娇妻爱女、种花种菜,过神仙日子,我们当然也可以闭门不出。

这些话传了出去。昆仑掌门无颜再立于天地之间,决意带齐全部弟子和独生爱女,迎战霍瀛洲,血祭侠义道。而在此之前,他要见一见那个天才少年,将镇山之宝藏山一玉托付于他。可天才少年不见了。

那是丁桀第一次不知所终,床上布置成睡人的样子。昆仑众人没有久留,血战在即，他们托付了宝剑，拂袖而去。

丐帮满洛阳找丁桀，直到他们看见城南一角的烟花。丁桀被周野这个不知怎么形容的礼物吓傻了。他以为的礼物是个小盒子，装点小珠子小花儿，写上三个人的名字，再吃碗肉丝面之类的。这样才能神不知鬼不觉地回去。

周野还在催左风眠，好看吧？我到处找，好不容易才找到，许个心愿吧。左风眠也在闭着眼睛，默默许愿：我想要一辈子留在洛阳……

丁桀两股战战几欲先走，听后面有响动，一回头，看见了师父带着一大群人过来，脚步巍巍，白发苍苍。他不知道凤凰门那个事，以为师父只是路上感染风寒，抱恙卧床而已，没想到一个月里，师父老了足足十岁。

丁桀直接就跪下了。段卓然拉着周野也跪下了。他们被带回总舵。丁桀直接被开香堂动家法。他托着那柄藏山一玉，经历一场漫长的刑罚。他手确实很稳，倒下去之前，剑都不曾落地。

三个少年在一夜间长大成人。而没人责怪左风眠，也没有人告诉她到底出了什么事。当她再去找丁桀的时候，吃了闭门羹。帮主开始亲自盯丁桀的习武，江湖不会再给他更多时间了，针对洛阳的攻击随时可能发动，他需要不惜一切代价地成长起来。

之后没几天，戴行云的"定八"通过了，他已经是戴长老了。他收了她，带她离开总舵，在不远处找了更大的有漂亮小花园的房子住，极尽所能，锦衣玉食，买了小鹦哥，找了婆子来服侍她，也请了一位刚刚教过知府家小姐的先生来教她读书。戴行云自己没工夫教她，他也忙，还想趁着这几年长老们折损得厉害的时候，冲上九袋长老。左风眠住得很舒服，或许，这样也没什么不好，至少比送去昆仑或者青城强多了。

到左风眠再一次喊"丁帮主"的时候，丁桀真的是丁帮主了。丁桀接掌丐帮，开升龙宴，照面天下群雄，是当时江湖天字第一号的盛事。那不仅是丐帮的英雄宴，也是侠义道向魔教发起总攻的出征酒。丐帮摆下十日流水席，无数豪杰云集洛阳，要亲眼看一看举杯祝福这位未来的侠义道执剑人。

杯酒祭胆，风云我辈。丁桀才二十岁，前程一片光辉。

那种大宴是不可能不动酒的，丁桀天生不善酒力，就提早拿羚羊化酒丸压着，实在压不住，转身到后面吐了。到最后一天，他都吐累了。他掰着指头数，还有

221

最后六桌——他扶着梅树，闭了会眼睛，默默记诵一遍稍后那些英雄的名号，调整了一下已经十分懈怠的情绪。整个流水席的名录，都是段卓然每天提前整理的，重要的客人会有标注。

有人过来了，一只瘦骨伶仃、肤如凝脂的手从侧面伸过来，拿着一只拧开盖子的银水壶。他接过水壶，转过脸。她披一袭白狐裘，素素净净、冷冷清清，憔悴瘦弱极了，嘴唇没有一点血色，大病过一场的样子。她腕上有块暗紫瘀青，低垂着眼睛，轻轻道了声："丁帮主，恭喜啊。"

她叫他丁帮主的时候，尾音里有一点嗔怨，像是冰块在银杯里划。丁粲皱眉看她手腕瘀青，她匆匆扯袖口掩住了。

"怎么了？"丁粲不方便喊她"风眠"，可不知为什么，忽然也不太愿意叫她"嫂夫人"。

"没什么。"

这样的憔悴病容，不像"没什么"，而且，左风眠显然有话要说。丁粲想要伸手搭一下脉，又觉得不太方便，他想了想说："你在这等我一会儿，我还有六桌，很快的，回来跟你聊这个事情。"

他先走了，一转过假山水池边的大柳树，段卓然就匆匆迎过来，显然是来找他。两个人一点头，并肩快步向外走。

"你知道风眠怎么回事吗？"丁粲问段卓然。

"不知道。"段卓然摇摇头，"凤凰门柳门主到了，还有两条街。"

"来得好！"丁粲拂袖振衣，"招呼八袋以上长老，跟我迎出去。"

凤凰门柳晓风，是当时唯一一个丁粲亲自出门远迎的客人。她带着侍者，素衣而来，要迎回前辈遗骨，亲手报仇雪恨。丐帮三百长老一起躬身施礼，群雄在后跟随。

"柳门主千里而来，有失远迎。"丁粲远远拱手，躬身一礼，"奚门主深恩大义，永铭五内，丐帮护卫不力，有愧于心。等这一回诛尽银沙，丁某亲自送柳门主返回湘西。"

这个江湖等了他十三年，就是为了这四个字。齐齐的喝呼声，手臂如林，金戈破风，群雄响应，万众高呼："诛尽银沙！"

那是一场恢宏大战。他们一路打通海岸线，千帆下海南，历时一年零八个月。

丁桀立下了盖世奇功，他拿下了无数硬骨头，生擒了一应高手，像昔年的霍瀛洲一样，一出世就摧枯拉朽。

丐帮功劳簿上排第二的是周野。段卓然和戴行云留守总舵，在后方策应，留守的功勋总是小一些。

大捷之后的回程路上，丁桀和柳晓风取道江南霹雳堂迎回那九层人头。人头在匣中，已尽成髑髅，只有钗鬟和白发可以辨认是谁。沥血于酒，大仇已报。

丁桀要返回总舵，长老们提醒道："帮主有言在先，要送柳门主回凤凰……我等老朽筋骨疲惫，还要押解俘虏，就不追随奉陪了……"

他们的意思，没人不明白。柳晓风明慧端庄，英气干练，是很合适的帮主夫人人选。凤凰门是个小门派，本来略嫌门不当户不对，但江湖事不比朝堂，仁字当先，义字当头，丐帮欠凤凰门的。

丁桀就送了，也难得浮生悠闲，游山玩水。他们从烟雨蒙蒙的江南，晓行夜宿，聊江湖平生，听夜雨秋池，也顺道步履西南，修复一番丐帮和西南帮派断裂的关系，拜访一些不出世的奇士异人，千里路途虽远，但也一直有人迎来送往，闻名拜见，一路相处甚欢，到了山灵水秀的凤凰。

柳晓风置酒："送君千里终须一别，此诺已践，丁帮主请回吧。"

他就饮了那杯酒："柳门主保重，他日有缘，江湖再会。"

他们双双一礼，就此道别，不该提的话，只字不提。

等丁桀最终返回洛阳，又是半年以后了。凉风秋末，太平时节，总舵没有什么大事。唯一的"大事"是不久前戴行云和周野彻底闹翻了，撕开脸公然过不去，某次，周野仗着酒胆，还把戴行云打了。

这个事情，很多人都不太理解。周野要"定八"，他的功勋履历本来毫无争议，可偏戴行云当众反对，说八袋长老不是普通弟子，确实用不着读书人，可也不能太乡野莽夫，周野长这么大连一篇五百字以上的文章都没看过，毫无谋略可言，怎么能领袖众多弟子？周野不服气，找段卓然，说，多大点事！去给我找两篇，随便啥都行，五百字以上的，我来学着念念，吓死老匹夫。段卓然就给他找了点简单的，吴下阿蒙变成洛阳阿野。

过了一个月，中秋酒会上周野喝得醉眼乜斜，端着海碗找戴行云，酒水泼泼洒洒，一只脚往桌上一架，问他："老戴！如今我有学问了，我来考考你。你说说看！《岳阳楼记》和《滕王阁序》哪个写得好？"

223

戴行云非常吃惊，划着拳呢，忽然要回答这种问题！他嘶了一声，表示还是《岳阳楼记》写得好。

周野酒碗直接往他头上砸，说："放屁！《岳阳楼记》给《滕王阁序》提鞋也不配！你也配读书？老狗尽会糟践好玩意！"

戴行云头砸破了，满脸是血。两个人当场打了起来，周野下手极重，直接膝盖撞断了戴行云的两根肋骨，要不是段卓然玩命拉开，差点要出大事。一众哗然。

周野这么干，是要开香堂动家法的——戴行云不仅比他辈分高地位高，还有救命之恩，半师之孝。但周野横得狠，谁碰他，他就拿腰刀往桌子上一拍，要搏命的样子。

所有人都在等丁桀回来，处理这个事情。丁桀一进门，包裹都来不及解，径直去找周野。他踹开门直接问："你什么毛病？到底为什么？"

周野一直不说话，这就很要命了。丁桀直接回头下令："执法长老开香堂，给我拿下！"

周野还敢摸刀。这真是反了，丁桀亲手收拾了他。周野倒在地上动不了的时候，眼珠子瞪得发红，鼻息虎虎，他叫丁桀附耳过来有话要说，他在丁桀耳边问："你就不是个东西，装聋作哑……你知道老狗怎么对她？"

丁桀脸色微变，直接挥手："打。"

周野厉声高叫："丁桀！"

失礼之极！丁桀弯腰，在周野耳边轻声回答："戴夫人什么状况和你我没关系……这都不明白吗？打！"

丁桀也是后来很多年之后才知道，周野实在不方便当众说，那是很隐私的部位，很阴损的手法……可他妈周野也不该知道这个事……

周野最终还是熬不住，向戴行云当众磕头道歉了。不那么做，他功夫要被废掉，段卓然居中调停，每天都在苦劝他。再之后，周野"定八"也过了，都是人，该低头是会低头的，他再也不会犯这种无法自辩的错误，但从此和戴行云势同水火。

丁桀如日中天。他二十三岁，武技上已是天下第一人，威望上有如天神，战功上即便是历任帮主也没有几个能做到的。但他也一天比一天郁郁寡欢。他的问题来了，在已知的江湖格局里他上升到头了，几乎是在短短三年里，享尽一生盛名，出道就是巅峰，似乎人生只有下坡路可走。而且，他内心深处是有一点不满汪振衣的，汪振衣要么下山就打，这样他就有个正常的童年和少年；要么就干脆不打，把霍瀛洲留给他。他斩掉了自己的一切旁枝末节，付出了如此可怕的代价，修来这身功夫，用来收拾残局实在大材小用了。内心深处最渴望的荣誉被人抢走了，其他干什么都提不起劲来。他只能维持在峰巅上，等一个真正的挑战者的到来。这是一个绝大多数人很难设身处地理解的困境，所以也无处寻找慰藉。

后来交流人生际遇，大家都很唏嘘。同样的一年里，苏旷也在人生的大苦闷里。他烦恼的是已经二十二岁了，同期进神捕营的朋友全都升了，孙白鹿已经升到了见面要行礼、不能再随便打招呼的地步，他还在整天拿着俸禄条子去堵人，就逮着人问："到底为什么扣我银子……我是迟到了还是早走了？上个月就扣完了，这个月还那么扣，你们看一下行吗，三下五除二，这就不剩什么了。各位行行好，下手别这么狠，我攒了半年钱想买双新鞋，一直没买起……"

当时听到这里，丁桀笑得抱着肩膀："我其实不太明白，你为什么……升不了？"

苏旷一本正经："可能因为我爱买鞋吧。怎么说呢，你知道，我们经常出外勤，就是去抓人的时候呢，肯定十万火急，但回来的时候呢，多少会轻松一点，宽裕一点，有时候就……有一些蹭人家比武打擂台的机会。我不可能不比武，不比武功夫会掉的，但也不好穿我们的皂头靴过去，太扎眼了，人家一看就知道你是谁，路上现买也不合适，鞋底滑，还容易绷线……我就经常买那种小羊皮的靴子，随身塞包里，要用的时候换上。但纸里包不住火，后来这事就被捅出去了。"

"啊？买鞋犯法吗？"

"不犯法啊，可是人家也能不升你。"

"我好像明白了，你捎带的那个不是鞋，是……"

"私心。"

时光还是有用处的，他们俩云泥之别也能聊到一起去。

"我那时候根本就没想过会真的彻底离开，我在神捕营从小长到大，不遇到连根拔的事我走不了。我当时九成都是公心，就一点私心，就是去洛阳再会一会丁桀。"

"荣幸。"

"你有什么可荣幸的？全江湖的人，都想去洛阳找丁桀。"

"荣幸是因为你嘛。"

"丁桀，那你的私心呢？"

"我没有……"

"嘿嘿，真的吗？"

"算了，是风眠……"

感情这个东西很奇怪，像是一颗明珠，某年某月，不经意间，滚落到黑暗的大裂隙里去了。少年总有凌云志，想的是把名字写在天上，当时并不介意这个，滚走了就滚走了，没有也很好。可总会有一天，发现生命里缺了点什么，还要大老远找回来，把变粗了的胳膊伸进深深的裂缝里，摸得一手灰，蹭得一手血。

中秋之后的那年冬天的一天，鹅毛大雪，有重要的江湖朋友远道而来，丐帮做东。

丁桀已经不再需要解酒药了，他以茶代酒，似乎也没什么人觉得不妥。至于酒桌上的那些应酬，都是戴行云代劳的。

戴行云酒桌上很拼，他一直在致力于升九，可迟迟提不了九袋长老。九袋长老有实权，一个人一个堂口，实在不好安排。更可气的是，总有些宵小鼠辈，说他没什么真本事，连八袋长老都是捡来的。

那一天，戴行云很努力，把客人放倒了半桌子，自己也吐得人事不省，看起来状况不太好。临走时，丁桀扶戴行云上车时心念一动，干脆吩咐了一声，自己也跟过去。

他们敲门的时候，下人都很惊慌。这可真是稀客！那天，他看见左风眠日常的样子——松松绾个发髻，套了件白底蓝花的素袄子，袖子挽得很高露着半截雪白的小臂，肘弯还是有块瘀青，她忙前忙后煮醒酒汤，绞冷水手巾为戴行云敷头、擦脸、宽外衣、脱鞋子。

他莫名地就有点不舒服。这是最让他怦然心动的也是想象中妻子的模样。湘西路上，他郑重考虑过婚事，说实在的，杀伐决断的江湖女子他见得太多了，枕边人没必要也这样。他想要的就是一个能让人心头一软的姑娘，没弄错的话，应该是清秀、温婉、宁静、忠贞，能陪他在洛阳地老天荒，生三个儿子，两个女儿。左风眠和他的标准差得很远，顶多也就是清秀。他想清楚了，就自以为把这事断了。

可鬼使神差，他还是来这儿了。他不舒服也没立即走，嘱咐雪大也无事，等戴长老无事再走。不多时，丫鬟奉了茶来。几个属下都渴了，揭开茶盅就喝，然后哎哟地说："茶都不一样哎，我这个里面是个枣，你那个里面是什么？龙眼？帮主，你的是什么茶？"他稍稍揭开盅盖，惊在当地——茶是普通的茶，可白瓷杯沿上有浅浅一弯胭脂唇印，红得触目惊心。身边有人还要探头来看，他惊慌之下啪的一声把杯盖合上了，将茶盅握在手心，一掌冷汗。

丫鬟又来说，戴副帮主没事了，已经睡着了。他想，这回总该走了，老坐着也不像话。等人家全都喝完茶随手撂了杯子，他还握着杯子，喝也不是，不喝也不是，留下来又担心丫鬟看到，索性双手一合，茶杯化成齑粉。

临出门的时候，左风眠送出门来，说了些有劳诸位的客套话，忽然跟在他身后小声问他："丁帮主，茶还好吗？"

她的声音里，有点冷清幽怨，似乎是冰块在银杯中搅。丁桀脊梁上寒毛桀了，脖子上、鼻翼上都冒了密密一层细汗。当时，十丈左右都有人，左风眠就在他身边，靠近了他的脖子，吐气如兰，向他耳语了一个天大的秘密："丁帮主，你脸红了……"

他不仅仅是脸红，他浑身都有反应。清清楚楚的，一个男人的反应。少年的爱慕和情欲是两回事，爱慕可以明亮而遥远，情欲不是，情欲炽热缠黏。这两种力量汇合在一起，是致命的。他的神志像是黑井上的辘轳，绞索绞到头，铮的一声断了，水桶直落到深不见底的水里去。

他夺门而出。左风眠不是他喜欢的那种人，不是他欣赏的那种人。可她是风眠。

再过一个月，就该过年了。又某一日，丁桀去找段卓然。

段卓然是最年轻的九袋长老——丁桀拿下总舵之后，还没有来得及回洛阳，就借着风头正盛，跳过帮规，强行指令段卓然执掌识器堂。识器堂掌管人事任免，在九大堂口里排第一。此时，段卓然正夜以继日地拟定识器堂的大名录。大战之后，人员伤损严重，高阶弟子与长老会有巨大数量的调整和补充，丐帮是"一三五不论，七八九分明"——九袋长老是核心权力层；八袋长老充任总舵要职、主持分舵；七袋弟子人数最多，是中流砥柱，也是江湖高手和普通人的分界线。这一年的"定七"和"定八"是权力争夺的重中之重，丁桀一口气狂提了一半的名字，全在三十五岁以下，长老们携手合作正试图稍稍控制住他日益膨胀的权力。

丁桀一进门，反手把门关了。段卓然见到他，忙站起来，行礼问好。丁桀犹豫片刻，抽冷子问了句怪话："卓然啊，问你个事，年底……咱们设家宴吗？"

"帮主……问我？"段卓然愕然，却还是回头找酒宴单子，"我还没过问，这不就吃饭的小事……喏，帮主过目！"

丁桀随手翻，也并不细看："布置家宴这块……女眷还是单列三席？"

段卓然更糊涂了，但还是帮他翻到那一页，指给他看："是，是三席。"

"能不能拨个职位……嗯，让风眠出来做点事？"

段卓然目瞪口呆，他很轻声地用一种奇怪的表情问："帮主什么意思？"

丁桀有点窘，脸微微红了："风眠……总是挨他打，这不好，还是出来做点事情……"

段卓然轻轻摇头："帮主，你当时教训周野是怎么说的？"

丁桀开不了口，而段卓然眼神更奇怪："你跟她干什么了？"

"胡说！什么也没有，咱们四个是小时候一起玩大的朋友，关心一下也是应该的。你就说，能不能想想办法？"

"不能！我跟你直说吧，你硬塞是可以塞，可这样定七会出乱子的。多少人就等着往你手上缠绳子，你不能自己把胳膊背身后去。"

"你的意思是只能我自己来安排？"

"帮主，看在过去的分上，你给我交个底，你跟左风眠有什么关系？"

"真没关系，就是关心。"

"好，那你别管了，算我求你了，年前你就盯着定七，这一轮要是出差错，后面可没有第二次大战！过了年，左风眠的事交给我。我去找戴行云，我给你把这事办了。"

"卓然，你找他什么立场？"

"我能什么立场啊？你和周野什么立场，我就什么立场！朋友嘛，关心！"

"卓然！"

"听我的，这事乱规矩，你要跟我硬办，我只能跟你硬顶。风眠想要出来，只能让戴行云提，周野不能开口，你更不能开口。我有个办法，戴行云想定九想疯了，每个月是初一开一次会，十五开一次会，喋喋不休，每次都要讨论这个。说真的，这不可能！一个萝卜一个坑，他顶谁啊？他顶谁那个堂就废了。只能这么着，给他单立一个副帮主出来，里子差一点，面子是有了。"

"你觉得老戴能同意？"

"我觉得行。老戴一辈子图什么，你不知道吗？反正他同意风眠出来，就是副帮主，不同意，升九我能给他卡到死。"

"卓然啊，你也是他救出来的。你跟他说这个话，梁子就算结下来了。"

"比你开的那个口子强，丐帮你不能乱来。"段卓然极少对丁桀失礼，但这次，他直接就走出去了，出去前很冒昧地拍了拍丁桀的肩膀，"帮主，是，我们四个是从小玩到大的，是很好的朋友，我提醒你一句，想想另一个名字带桀的是怎么亡国的，德不配位，必有灾殃。收手，到此为止！"

是啊，德不配位，必有灾殃。我只是打赢了一场早就分了胜负的残局而已。我也没有改变什么格局，武林还是老样子。人只能失去他配不上的东西。我配不上得到的一切，所以，一切都失去了。

我还有什么可骄傲的呢？我尽了全力，好像还是都做错了。我少年时候失去了自己，后来失去了朋友，之后失去了爱人。

我以为我能找回来，我以为我能真正赢一次。

我错了。

……

丁桀肩膀耸动，站了起来，他抱着左风眠的尸体向外走。苏旷、云小鲨跟在他身旁。

他的脸上是一种深不见底的悲伤，好像心里头有个米袋子，被捅破了一道口子，那些组成灵魂、神采和骄傲的东西，在唰唰唰地往外流，一泻千里。

他走到洞口，抬头看天。想必是尸骨不宜面冲天的缘故，需要找个遮盖。但他身上也只有一条破裤子了。

苏旷忙伸手脱外衣。丁桀看了眼怀里的人，神色木然，摇了摇头。云小鲨伸手把自己的长袍解下来，递过去了。那是一件藕色带着浅朱纱的袍子，朱纱罩在脸上，像新嫁娘的盖头。

丁桀在前面走，走得摇摇晃晃。苏旷从来没有见过这么绝望和沮丧的丁桀，从没有！绝没有！他轻轻拉了一下云小鲨的手，小声问："小鲨，我很担心他，得留下来……你陪我在洛阳多待几天，成吗？"

云小鲨点了点头。苏旷拍拍她的手，跟上丁桀，可又不敢太靠近。

山风鼓荡。丁桀又踏上长索，脚下依旧深渊。他像是陷在一场浮生大梦里，眼前空空茫茫一片山河，耳边全是飒飒肃肃的风声，风里夹着人世间的窃窃私语。

他一步向左，险些踏空，一步向右，又险些踏空，之所以还能在长绳上行走，完全是倚仗着根深蒂固的本能。他的左眼看不见了，那是一片绝对黑暗的盲区。可他看见，所有人都在向左看——裂谷的东方，天穹之下丛林之上，十只精卫鸟

229

倾巢而动,摆成了"四三三"的阵形,最后那只带着小小的黑衣女子,再度卷土重来。而每一只精卫鸟的脚上都有个斗大的网囊,飘飘洒洒,洒落下一地银沙。如月化影,如髓化羽,如雪化尘。

"躲起来!就地躲起来——"

云小鲨在长绳上,夜哭郎君在铜罗汉阵里,他们俩认得这个,惊心动魄,一起大叫。即使没见过这个场面的人,也听过那些毒沙的名字——碧海洗银沙。一种骨子里的绝望感,席卷了所有人。

苏旷望着那十只精卫鸟想,那小姑娘竟会骗人?不可能!所有人里只有他在守默谷见过它们。这真是可怕的后手,甚至骗过了上官乾。

"小鲨,快!你照顾丁桀,别让他再动手,带大家伙去夜哭兄那儿顶一下!"苏旷目测距离,迅速拍了一下云小鲨的肩膀,把金壳线虫塞到她手里,翻身向峭壁下躲,"快快快!数到一千,放回来给我!"

他知道那个个子小小的可以驾驭全部精卫鸟的黑衣女子是谁了——教母。

第四十七章　眼枯见骨

从山崖边到树林，大约百丈左右的空地已经变成了一片修罗场。十只精卫鸟，像是十朵蓄满死亡汁液的乌云，展翅向人群追去。所有的人，都在向着十八尊铜罗汉跑。

恐惧到了极点的时候，惊叫声像是潮水。噩梦在天上，纷纷漫漫，裂素撒盐。几个落在最后的人，被天空飘落的细白毒沙雨追到，像是被一群无形的野狗从身后扑倒，他们开始浑身搔挠，像是要把皮肤下面的血管撕出来，疯了一样地抓烂衣衫、头发和胡须，皮肤一旦破裂，很快就变成满地打滚，滚得越多沾得越多，血肉渐渐溃烂。

操控一切的驭鸟者，始终坐在最后一排鸟阵的正中，她下半身隐没在一个月牙形的吊篮里面，上半身看起来瘦瘦小小，像个还没有开始发育的稚龄女童，一袭黑纱蒙着脸庞，只露出眼睛，手腕上没有金铃，但是十只巨鸟，好像和她心有灵犀，指哪儿打哪儿。

第一轮"银沙"很快洒完了，这一回，网囊的孔洞可能做得太大了，洒得也不够均匀，看得出精卫鸟的这项技能也久未操练，有些失于生疏。很显然，干掉的人不够多，这让黑衣驭者很有些不满。她拍了拍手，十只精卫鸟一起松开爪子，装着最后一点毒沙的白布网囊飘落在地上。其中一个，坠在一个受了伤挣扎着想要爬进树林的男子头上，他试图抓掉网囊，但毒性太烈了，那些毒沙像活的虫蚁一样生生噬去人的一层血肉，惨叫声烂在喉咙里，他无声无息地翻了几个滚儿，很快就不动了。他还保持了一个向树林里爬的姿势，双眼里全是脓血，左脸颊已经烂成半个骷髅，露出了雪白的颧骨和牙齿。

树林里，一片满是恐惧的呼声。大多数敢来此地的江湖中人都是胆大包天之辈，但毕竟也还是人。

跟随丁桀上山来的大约有两百多人，除去攀下悬崖、捡拾精卫鸟尸体的一小队，剩下的大约两百人都躲在十八尊铜罗汉围成的堡垒里——夜哭郎君上山之前，曾经针对精卫鸟，把空相寺里的铜罗汉们做了改装。罗汉的底座加了地钉，身上缠了链子，举钵罗汉的钵、托塔罗汉的塔、芭蕉罗汉的芭蕉、菩萨座下能掰下来的莲花瓣……各种家伙事别在一起，组成了一层还算是坚固的盖子。十八尊罗汉和十八棵大树交替混在一起，牢牢固定，展开的树冠和茂密的枝叶是天然的屏蔽。单论防守，这个小小的铜堡是可以抵挡几轮进攻的，再加上金壳线虫，基本可以高枕无忧。

夜哭郎君是数一数二的机关师，即使是桥上战局最酣的时候，也没有离自己的堡垒太远。一旦突袭开始，他第一个反应过来，启动罗汉阵，指挥大家伙鱼贯奔入，而且号召大家都脱下外衣，塞住罅隙和裂缝。

大树遮天，四周都是灌木，直接进攻堡垒是个费时费力的抉择。精卫鸟群在天空上逡巡了两圈，眼看着落单的人都成了尸首，黑衣驭者调整了方向，转而追逐试图从树林另一侧绕路进来的云小鲨和丁桀。

逃命的路线是云小鲨当机立断拟定的——精卫鸟在从北向南追击，他们俩掉头向西跑，那是下风向，需要跑得足够快也足够远才能彻底离开毒沙飘落的区域。她聊以欣慰的是，丁桀虽然失魂落魄，但也没有傻到站着不跑。她最担心的是精卫鸟分头追击，但至少目前看起来并没有，十只鸟始终围绕在驭鸟者的身边，并没有离开太远。

那十朵乌云转身追来了，巨大的羽翼一起扇动，发出破空的轰轰声，像滔天巨浪在头顶上，原本四三三的阵形，慢慢拉长成一条月牙形的弧线，像是毁灭这个世界的魔君，从天之涯掷出他的月牙铲。黑衣驭者的吊篮在弧线的底部，像项链的一颗坠珠。

快要到树林边缘了。越往里树木越密，这样翅展径丈的大鸟，只能在树木稀疏处从空伏击。

"丁帮主先走！"

云小鲨叮嘱一声，让丁桀先进树林，双臂一振，鲨齿链和海牙枪分在左右手，她拧腰，抖手，海牙枪斜着砸下，削断了一棵碗口粗细的小杨树。不等树梢落地，鲨齿链卷着杨树，在电光石火之间，她跳起来，翻身一跃，长链拽着小杨树横在两棵大树之间，封住了精卫鸟低空掠飞的路径。

这一串动作灵活利落，翻身落地时精卫鸟正到面前。十只鸟避着小金，一起振翅向上掠飞，要从树顶找到缺口。云小鲨也攀着树枝，一步纵跃上树冠，踩着树枝向前奔跑。她双目余光瞥着丁桀，一路跟着腾挪起伏，始终在头顶一丈处保驾护航。

她的身法本来就是在风口浪尖练出来的，在地面上有许多吃亏之处，上了树梢还真没把谁放在眼里，如履平地，一路纵横开阔。十只精卫鸟虽比她快得多，始终是包围的架势，但也一直没有找到俯冲的机会。

黑衣驭者不肯善罢甘休，精卫鸟群几次降落几次飞开，十面埋伏，作势欲冲，要强突出一条通道。云小鲨冷笑一声，吹了声口哨，小金直接蹿到海牙枪头，她双臂齐扬，鲨齿链打圆，海牙枪守正，海牙枪的枪尖带着金光绕了一个旋风一样的圈子，防得滴水不漏。枪阵之中，寒光闪烁，隐隐透出十字交斩——那来自传说中，南天大海上一座璀璨辉煌的十字星。

这是极度扬长避短的打法，金壳线虫迅猛如闪电，但毕竟身形太小，无法克制十只飞鸟，可一旦借助长兵器，自成阵势，几乎无懈可击。此刻，丁桀已经到罗汉阵的门口了。眼看头号猎物无法得手，精卫鸟的攻势减缓，回到了最初的高度，恢复了四三三的阵形，拱卫着它们的主人。

云小鲨转头看向远方——天上白云飞扬，空地上，那些打着滚惨叫的人已经不怎么动弹了。她并不着急下去跟大家会合，就站在罗汉阵顶的树梢上，身形随着树枝上下起伏，右手一招，小金蹿回掌心。她想得挺好，这边能稍微多拖一会儿，那边苏旷的时间就宽裕一点。

"好一个永不登陆的云家船帮！"黑衣驭者对她的一点心思似乎心知肚明，坐在吊篮里，凌空俯瞰一切，拍手笑了一声，"云小鲨，你居然跑来给一群臭男人当狗，真让我瞧不起。"

云小鲨听得一皱眉，那明明是稚女的声音，又一种孩子绝不会有的完全没有感情的冷笑，像冬天的海啸从冰封的海面之下传来。

"你认识我？"云小鲨望着那个黑影。很是奇怪，这样的对话里有种没来由的熟稔，她看不清对手，自始至终，那都是一个无法让人看清楚的距离，黑纱蒙着头和脸，在风中如鬼焰。

"你做了错误的选择，小鲨，这是要付出代价的。"黑衣驭者在远处歪了歪头，

233

又拍了两下手,十只精卫鸟和她心意相通,一起鬼啸一声,好像天空卷起一阵阴风,掠过云小鲨头顶,向着峭壁而去。

擦身而过的时候,云小鲨看见了她的眼睛。那是一双非常苍老的眼睛,好像经历了好几个劫数轮回,有一种吞噬所有光的幽暗,完全不像是孩子,或者干脆说,根本就不是人类,更像是……海边经历了无数风吹雨打的黑色巨岩。

云小鲨激灵灵打了个寒战。她摇了摇头,驱散脑海中可怕的念头,目送精卫鸟,见它们向悬崖边寻觅二号猎物去了,手指递到嘴边,吹了声口哨,手一伸吩咐小金"去吧",自己纵身跳下地面。她没有数数,心里估算,大概比一千多一点。

人群的呼叫声渐渐远了,耳边只有呼啸山风。

苏旷的身体紧贴着岩壁,向三十丈外的一株虬松横挪,他的脸几乎贴在山崖上,大口的呼吸激起一股土腥气,闻起来像是死亡的味道。山风直吹在背后心口上,冷飕飕的,一层迅速冒出来的细汗收了回去。刚开始横移的时候,他在一刹那感觉到了腰椎的剧痛,但很快,残存的一点出息告诉他,那不是真的,那是身体被长期回忆吓唬出来的幻觉。可能是因为对这具身体还不够熟悉的缘故吧——躺在床上的那一年,他大概掉下去三十斤,尤其是双腿,萎缩到没眼看。在沽义山庄前后住了小半年,好吃好喝,慢慢又长回来,一身新血肉没挨过什么锤炼,猛一投入绝境里,差点反应不过来。

"耐心点,再来点胆。"他一路谆谆告诫新长出来的腰和腿,提醒它们发扬前辈的荣光,然后小心翼翼地稍微使用一点新左手,渐渐地,身体适应这个节奏了,动作没刚开始那么着急,但反而快得多。

前方是他的目的地。一棵大松树从岩壁里横伸出来,虬结、粗壮,鳞如老龙,枝叶繁茂,树干上系了根很长的绳子,一端飘飘荡荡垂到谷底,另一端吊着那具精卫鸟的尸体。松树后面是两块巨岩之间的一条石缝,下面一尺多宽,三尺多深,越向上越窄,最后成了"一线天"。松树前面站着风雪原,他一脚踩着石缝,一手攀着石壁,正伸过手来想要拉苏旷一把。那不是个很好的落脚点,而且这么拉拉扯扯地过去,相当费工夫。

"起开!"苏旷吩咐一声,他目测,离松树大约还有六七尺的距离,稍稍舒展腰背,蜷腿,蹬着石壁,直接跳了过去,一把扑住树干。

马马虎虎,算是很完美利落的动作了,只是蹬落了一脚的小石子。离巅峰状态当然还有段距离，但已经算相当不错。

在他面前，狭窄的石缝里站了三个人，其实也不能说站，石缝歪歪斜斜没有立足之地，大家互相拉扯着。最里面的是吕颂，他是唯一一个踏踏实实站着的；外面是顾青翼，勉强蹭着石壁；风雪原一只脚在石壁上，另一只脚只能踩着松树了。已经没有别的地方可以落脚了，苏旷干脆骑在松树上，把长绳甩给后面的风雪原，示意大家一起伸手拽那具鸟尸，头也不回地直接问：“诸位，下面什么状况？”

"问苏大侠好，下面还有八个人。"顾青翼回答他，"领头的是丐帮的公孙小李，本来他们在下面拉绳子把鸟给拽上来，我们在上面提。精卫鸟过来的时候，我估计大局势不对，就扯了块衣襟，连树皮包在一起，顺绳扔下去，让他们自行找路先走。我虽然瞧不见上面的状况，但猜测上去危险更大，干脆先躲在这里。"

这已经是最好的安排了，一切都是在片刻之间发生的，能够迅速排清轻重缓急，做出这样的分头处置，需要非常清醒的头脑。

"顾二爷临危不乱，佩服。"

"唉，苏大侠谬赞，顾某不敢当。"

"来，拿这个将就挡一下，精卫鸟马上就来。"鸟尸拽到松树上了，大松树扎扎实实颤了几下，但也还牢靠。苏旷伸手，从左手小指头上拽出柄小匕首，在精卫鸟的翅根下划开了道口子。

他动作很快，一边做，一边略抬头留意天外，他回头看了看，见石缝里插着九世佛争铜，伸手问风雪原要过来，费了点劲，把九世佛争铜从它胸腔里捅穿过去，又伸手问顾青翼要来连鞘的银河剑。鸟尸不太好操作，他握了握左拳，拳锋上短刃弹出，咬了咬牙，伸胳膊住里捅，一路顾不得疼，拳锋割开血肉，拿过银河剑，再从它胸腔里竖穿过去，拿绳绑成个十字。快绑好的时候，山崖的另一端，已经出现了鸟群。那是赏心悦目的编阵，精卫鸟群飞成了三五二的阵形，背后是苍翠群山，白云被阳光照出一层金边，强风吹过，它们整齐划一地发出了嗷呜的鸣叫，在山谷里掠行。黑衣驭者看见他们了，手一指，向这边飞过来。这时候，云小鲨的呼啸同时传来。

"来不及了！福宝上去！"

苏旷等不及再炮制那具鸟尸了，他直接把左臂伸进去，拽住那个十字中心，拎起长索，稍微在身上绕了两圈。

石缝里显然躲不下四个人，顾青翼上下打量一圈，直接把吕颂托起来，风雪

235

原双手按着石缝两侧，双臂较力倒立着，头下脚上，把双腿卡进上面的石缝中。如此一来，勉强挤出一个人的空当。苏旷拽着鸟尸，把它们双翼向内折，贴着石缝两侧插进去，然后拽着鸟尸，人向后，把整具鸟羽当作了封门的盾牌。

顷刻之间，精卫鸟群集结而来。那是一片狂风暴雨，上下左右四面八方，到处是黑色的羽翼，它们疯狂地乱叫着，拍打着翅膀，像是巨浪拍在小小的船帆上。但这石缝太窄，大多数的力道是拍在石壁上的，它们也四面八方乱啄着，长而尖的铁喙凿得石头上一道一道白痕。

嚓！尖喙从鸟头一侧的缝隙里硬挤进来，尖尖地一凿，甚至稍微张开了一点，满是血腥气，苏旷尽力拧着脸。那东西擦着头过去，啄在顾青翼的发髻上；之后是坚硬锐利的爪，隔着鸟羽和鸟皮抓在左手上，试图把鸟尸拽出来，也差点把新手臂从身体里拽出去。苏旷转了转身，用身体做轴心，紧了紧绳套，把鸟尸往里扯。幸好鸟羽上浸泡四十年以上的药物，滑而腻，几次三番无法被抓实。而长绳是桥索一股一股拆开再重新系上的，被桐油反复泡过，很硬，很结实。

风雪原手撑着石壁倒立着，双腿卡在石缝里。他庆幸腿还算瘦，七八道尖喙在沿着石缝狂啄，好几次，喙尖碰到了他的裤子。另一道长喙从鸟尸翅膀下面伸进来，就在眼前嚓地一啄。这本来就吓人，何况倒立，风雪原手上有汗，又尽力往里缩，左手拽着块钟乳石，右手直接抵着石壁，有点撑不住。

苏旷晃了晃右肩，示意风雪原可以扶住他："顶一下，小金很快就来了。"

"师兄……"

"行了，上去再说。"

这是他们俩这一路上风雪原第一次开口叫他。临行之前，苏旷发了很大一次火。当时情况危急，他必须得用最快的速度从束星儿嘴里问出口供来。而最快的速度通常也就意味暴力。在衙门里，逼供有惯用的手法，为了确保万无一失，这种一对一的口供，必须来回拉很多遍，制造肉身的痛苦，用以突破精神防线。苏旷直接下了命令把束星儿吊起来打，这通常很有用，双脚离地的时候，人会产生巨大的恐慌。他也希望束星儿能借此机会，适当记起来万老大和他的属下们，是怎么被吊在十九棵松上的。

他只是把马鞭弄得噼啪作响，作势吓唬了一下，吊起来已经足够让束星儿没命尖叫了。她清秀瘦弱，可毕竟是束天北的女儿，如果是普通的女孩子，这一下子就可以让手臂脱臼。

护花小英雄应声而到。风雪原二话不说,要把花容失色的小姑娘先放下来。他不是没有理由的,在此之前,师兄弟俩反复讨论过这个问题,并且有巨大的分歧——苏旷认为束星儿算是从犯,风雪原却认为是胁迫,觉得一个无依无靠的女孩子,遭遇巨大变故,反抗不了强大的力量,最终附恶,那是因为没有别的选择,比起惩罚,更需要同情。他们俩都很固执,彼此说服不了对方。

到真动手的时候,风雪原疯了,指着他的鼻子叫唤:"你敢!"

这不是什么敢不敢的问题,而是必须让束星儿明白,这里没有任何人能够护住她,她才不会说谎。苏旷毫不犹豫地下了第二道命令:"那你也一样,给我吊起来打!"

风雪原惊呆了,他盯着师兄,完全不相信这个命令,死死咬着嘴唇,眼里涌出大滴的泪珠。几个庄丁也面面相觑。但命令是不容置疑的。小家伙被人抓住的时候,没有做任何的反抗和挣扎。他把手给人家,一直盯着师兄看,那是一种非常柔软和惊讶的眼神,甚至还带了一点赌气的好奇,他还是不太相信,师兄真的会动手抽他。

"打。"

一鞭子挥下去了,风雪原像是被着了火的野牛顶穿了肺一样,玩命地蹬着腿,撕心裂肺地大叫起来。是疼,也是失望,他之前并不相信师兄是这种人。

这一鞭子效果很好,沈南枝她们全都跑出来了。

"哎呀呀,打人可不好,打人太野蛮了。"沈南枝看了眼,又回去了。

"打。"

第二鞭子挥下去了,小家伙眼里全是绝望,昔日的爱和尊敬灰飞烟灭了。那个眼神全是万念俱灰,不过,倒也似曾相识,某天清晨,师父把他交给村民们的时候,他曾经那样看着师父。

"打。"

第三鞭子抽下去,风雪原忍不住了,开始哭,哭得铁石心肠都会心软的。一起吊在旁边树上的束星儿不叫了,眼泪忽然也出来了,对苏旷说:"你别打他了……他从来不肯留在我身边,在他心里,你比他命还重……你问我什么,我告诉你。"

于是束星儿说了,她一边说,风雪原在一边哭。

她知道的也很有限,过去几个月里,她一直在南方某个荒芜的海岛上学习驭鸟,听五夫人说,她在驾驭精卫鸟上有罕见的天赋——整个银沙教里,能操控它们的人没有几个。驭鸟不是一项人人可以学习的技巧,那些金铃本来是具体而微的驼铃,刻着古老的符咒,那里面藏着精卫鸟们的乡愁,驱使它们攻击对手的是焚毁家园的仇恨。银沙教大量训练驭鸟者,但是能成功的,近乎千里挑一——驭鸟者的心灵与众不同,需要长期的与世隔绝,孤独而敏感,又能够不被那种深海一样的孤绝杀死,久而久之,她们和人的情感不相通,和鸟的情感反而相通。相通的程度越大,驾驭的鸟就越多。很多驭鸟的少女可以驾驭一只,夫人通常可以驾驭四只。五夫人是佼佼者,她能双手摇铃驾驭八只飞鸟,而且她负责训练大多数驭鸟的少女。只有一次听五夫人讲过,她失去一只手之后,就再没有别的人能够控制鸟群了,北边只能留四只精卫鸟,其余的随同大部南撤,送去海南和广州。

束星儿安安静静地说完了这番话。苏旷相信了。

可那之后,风雪原被放下地之后,拂袖而去。他去敲过门,小家伙没起来开门,蒙着被子,接着哭。不开门就算了,他需要连夜准备别的,他所有的注意力都在丁桀身上,他有预感,这次洛阳之行,丁桀很难全身而退。

不过,小家伙第二天还是黑着脸跟过来了。两人一路无话,他和夜哭郎君、小鲨一直在紧锣密鼓商量着。

束星儿的口供听起来是很可靠的消息,也完全符合之前他们的部署,他们信以为真,把所有的分析都集中在上官乾身上。所有人都低估了这次行动的危险,没有人做全部精卫鸟倾巢而动的预备,他们都默认教母还在三千里外的大海上,朝夕之间,不可能远道而来,真正的决战还在半年以后。

倒不是低估教母的手段,只是低估了她的赌性。她甘冒奇险,抛弃了地利,孤注一掷,牺牲掉一个夫人,放弃全部北方的据点,甚至用一种充满想象力的背信弃义,全程欺骗了上官乾,用全部的力量,只为除掉丁桀。如果苏旷没有跟过来,她是一定会成功的——丁桀几乎没有弱点,唯一的弱点在二十年前已经抛弃了,但教母又把它捡回来了。

轰!鸟群四散,小金来了。黑衣驭者并没有放弃,她很快发现了那根垂在山壁上的长绳,指挥着精卫鸟将其拽出来。

崩!整根长绳拉紧绷直了,绳索还缠在身上,苏旷连同堵门的精卫鸟一起被扯了出来,失足向外跌。但小金来势不停,它弹着山壁,跳过松枝,沿着那道长绳一路冲向拉绳的精卫鸟,像电光在刀锋上驰骋。精卫鸟近乎本能,振翅躲开。

教母在远观着——这不是任何一种已知的驭蛊，甚至也不是心灵相通，这是……小金自己在战斗。她又一次拍了拍手，精卫鸟群再次离开向来处去了。

苏旷被挂在半空，顾青翼将他拉了上来。小金折返，跳在苏旷手心上。苏旷来不及休息，大口喘着气说道："我们快走，上去跟大家会合！小心一点，上面有毒沙……"

树林里，危险稍稍缓解，人群急不可耐地出来透口气。如果不是亲眼所见，很难想象那么一个小小的"盒子"里居然可以挤得下如此之多的人——脸贴着脸，脚绊着脚，肩膀和肩膀折在一起，一大团"身体"一股脑地被罗汉堡垒"吐"了出来。

有个最早进去但是被绊了一跤的小伙子被奇怪的兵器硌伤了肋骨，脸孔紫红，倒在地上喘息。他的朋友蹲在他身边，解开衣襟，一边扇风一边啰里啰嗦地怒斥一个带流星锤的朋友不讲江湖道义，既然明知道有那么多人，就应该在进去之前把这么碍事的玩意儿丢在地上。带流星锤的那位也很不服气地说，自己是先进去的，也不知道有那么多人，更何况谁能保证一定是他的家伙硌的呢，那边不是还有个拿雁翅镗的吗？拿雁翅镗的那位也很不高兴说自己一直把家伙举在头顶，只有带流星锤的，还把家伙别在腰上……很快，那一片就吵成一团。

夜哭郎君头也不抬，在一本小册子上奋笔疾书。云小鲨探头去看，他画的是刚才的精卫鸟阵，前后左右密密麻麻都标满了尺寸，之后他走到树林边，俯身去看地上毒沙，然后吐了口唾沫拿根树枝捣一捣，又匆匆在本子上记几笔，嘴里轻声嘀咕着："无色无臭，见水即溶，像盐……这个东西熬炼起来应该是很费时费力的，也不知道她们是怎么带过来的……我就说，没有纰漏的话，她们不会匆匆忙忙拿出来那么胡乱洒。云姑娘你看，后面那个，皮肤就没有问题……好像在太阳下照久了，毒性就会变弱……"

云小鲨在他身后，按照他的指点去看最后面的一具尸首。的确是毒性前后差距十分明显，最开始直接洒到身上的毒沙，足以腐蚀血肉，后面再沾上的，就只有一片红肿了。夜哭郎君确实是慧眼如炬，这个毒沙虽然猛烈，见血封喉，但毒性并不稳定，只要开封，就不能久置。

"我拿不准，带一点回去给沈姑娘看看。"夜哭郎君记完了，把手心一支小小铜笔旋开，极其小心翼翼地挑了一点毒沙，装进空心笔杆里，再旋紧塞回到小册子里去，连册子搁回袖子里。然后站起身来，边向回走边问云小鲨："云姑娘真是好功夫！大开眼界！对了，小苏呢？"

云小鲨向桥头悬崖努了努嘴,说道:"在山那边,顾青翼、吕颂、风雪原都在下面,好像还有些丐帮弟子……"

那是他们看不见的地方。夜哭郎君问道:"云姑娘不担心?"

"不担心,我们等他一会儿,他会回来的,会合了再走。"

"好,大家做个预备,"夜哭郎君踱步回来了,"精卫鸟的攻击,不可能只有一轮,它们待会儿再来的时候,大家伙互相照应一些。有长大家伙的,就搁在外面,别带进去。真要是挤得受不了,就稍微把手举起来些……都明白了吗?"

狄飞白坐在地上,他的鞋子被踩掉了,刚刚找回来,一边用布带系牢鞋子一边抬起头,有些冷嘲热讽道:"哦,丁帮主也要躲进来吗?"

他话音一落,所有嘈杂都安静了。大家都转头去看丁桀。丁桀根本没有靠近,一直坐在不远处一棵大树下面,披散着头发,裸着上身,一副失魂落魄的样子,和昔日宛若天神的样貌判若两人。这边吵吵嚷嚷,他置若罔闻,一直没有抬起头,怀里还是抱着那个朱纱覆面的姑娘,无声无息。没有人知道丁桀怎么了,但每个人都知道,他一定受了伤,不然的话,刚才不会是云小鲨在保护着他一路狂奔。而且,每个人都看见了,他之前是怎么抱着通敌的副帮主夫人的,怎么肆无忌惮地拥吻,怎么痛彻心扉地大哭。在此之前,根本没有人会把丁桀和"通奸"两个字联系在一起。但在此之后,就永远会了。这样的行为,足够让他后半辈子都抬不起头来。

丁桀没有抬头,也没有回应,他像被一层冰冻着,与外面世界隔绝开来。狄飞白更来劲了,站起来向这边走了几步,似笑非笑地说:"丁帮主要躲进来?当然,当然,这事儿新鲜了点,但也是应该的……不过,咱们大家连大一点的兵刃都没法带,丁帮主总不会要带尸首进来吧?"

丐帮弟子勃然大怒,一拥而上:"你胡说什么!"

狄飞白站在丁桀面前,居高临下说道:"我说什么,丁帮主心里有数!"

丁桀依旧不抬头:"狄兄,何必这样着急?"

狄飞白脸上挂不住:"丁帮主,你小人之心度君子之腹!我着什么急了?我有什么可着急的?我是在替侠义道抱不平!在场许多兄弟,都是听从你一句话,就冒死上山来,你看看满地的尸首,再看看自己,你在做什么?你挑战银沙教,发号英雄令,是为了私义!你追上熊耳山,来救戴夫人,是为了私情!你独斗上官乾,是为了私名!你当年跟昆仑过不去,是为了私仇!你一身私心,予取予求,丐帮还肯奉你为主,那是丐帮自己的事,我不便多言!可我就不明白了,你凭什么领袖八百侠义道?"

夜哭郎君第一个冷笑了一声:"狄飞白,你别给脸不要脸!我这罗汉阵也是私造!阁下这样天下为公的,稍后就不要再进来了!"

云小鲨也冷笑:"狄飞白,你说到底就是个首徒而已,哪儿来的脸面跟丁帮主这样讲话?我倒不知道昆仑掌门是按什么规矩推举的,我能抢不能?"

他两人夹枪带棒、冷嘲热讽,狄飞白真是浑然不惧、傲然抬头:"二位都是当世俊彦!如何这样恃武欺人?夜哭兄台,这罗汉阵当然是你的手笔,你不让我进,狄某也不敢厚颜求命,无非死战而已;云姑娘,我知道你是汪师叔的女儿,论资历、论武功,本来都在我之上,只可惜当年汪师叔也是一身私心,弃天下武林于不顾,置昆仑于水火之间!不然的话,你又为何姓云,连认祖归宗都不敢?诸位!狄某不才,技不如人,但也有一颗公心,知道道义两个字是怎么写的!我真是不明白,丁帮主失德至此,不许人说吗?说了就是觊觎你的位置,要取而代之吗?凭什么?凭你武功好?要是武功好就能号令天下,我们当年为何不归降霍瀛洲算了!"

他这话说得倒是铿锵有力,不少人赞许地点了点头。周围人一点头,丐帮弟子立刻就急了,几个年长弟子慌忙解释:"狄飞白,不许妖言惑众!帮主一己之力,立下多少战功,由得你仗着一张嘴胡说八道?戴夫人……和我家帮主有青马竹马之谊,我们帮中兄弟人人皆知!这……生死诀别,情动于衷,也是难免的。各位对不对?他们清清白白……你怎么敢血口喷人?"

这一解释,倒也说得通,少年情侣,后来嫁了旁人,死后哭一哭倒也寻常,边上不少人就又点了点头。这次狄飞白是真急了,逼问丁桀:"丁帮主,清白不清白,你自己说!"

丁桀怔了怔,他慢慢抬起头。说来真是奇怪,远处就是他刚刚血战过的吊桥,不远处就是一地尸首,这不过是喘息的当口而已,精卫鸟转瞬还要来,但所有人都在看着他,等他开口。不过再想想,也很清楚,只要下了山,他回过神来,帮里一合计,这通奸的招子就未必能插到他脖颈上。云小鲨和夜哭郎君毫不犹豫站在他身边,可这没有用;丐帮弟子满脸焦急,拳拳之意,就希望他能辩驳几句,放下左风眠;其他人半信半疑,狄飞白咄咄逼人。

丁桀为人寡言,可不是讷于言辞的人,但今天被这么指着鼻子指斥,还真还不了口。左风眠生前,对他千般怨万般恨,无非就是恼他"只敢人后把心给我",如今她的尸骨真的还没有冷下来,温存缠绵还在耳边,要他面无愧色地说出来"我

241

和戴夫人清清白白"九个字,实在难如登天。他叹了口气,抱着左风眠站起来,转身就向山下走,也不知是跟谁说:"你放心,我不躲。"

一众讶然。这句话一说,分明就是应了。许多弟子跟在身后叫:"帮主!帮主!"更多人指着天边:"来了!又来了!"夜哭郎君着急喊:"丁桀!"

丁桀不为所动,头也不回,径直向前走。云小鲨一跺脚,追了过去。身后,许多人一回生,二回熟,慌慌张张地往罗汉阵里钻,这回都知道事先放下兵刃。

精卫鸟依旧带着白纱包裹,但这一次只有九个,而且一路过来,什么都没洒。它们带的东西好像也重了很多,飞得吃力极了,翅膀急开急合。

夜哭郎君一惊,大叫:"出来!都出来!"但没有用,一个人的喊声微不足道,人群惊慌成一片,还在向里躲。

它们飞到罗汉阵的上空了。教母又一次拍了拍手掌,最前面的一只精卫鸟松开了爪子,一样东西落下来了,半空之中白布滑脱,机关火石打着了一颗火星。那是口装满了火油的缸,重逾百斤,砰的一声巨响,精准地砸在罗汉阵的铜顶上。接着是第二个、第三个、第四个……

火油是特制的,燃烧起来迅猛爆裂,罗汉阵瞬间变成了一座火焰山。来得及逃出来的,带着火焰满地滚,浑身扑打;来不及逃出来的,推搡着铜罗汉,想推开条路,可这怎么可能,罗汉阵是特地加固过的。胡乱推搡之中,罗汉阵的门锁死了——那扇门只能从里开,也是为了防范精卫鸟设计的。之后,更多的油罐从四面八方落下,一树一树的火焰在面前暴涨开。黝黑的火油四下满地流淌着,带着幽蓝的火苗,沿着一片片灌木丛,轰轰烈烈地烧起来。教母真的是有备而来,她似乎知道人心是什么样的。

"快走,快走啊!"夜哭郎君边向外跑边回头喊。

轰!一大团火焰在他面前落下了,熊熊灼烧着。他脸上那张人皮直接被燎到了,被烤得软且滚烫,眼皮黏在一块儿,睁不开眼,一阵撕心裂肺的剧痛,让他差点把那玩意儿整个撕下来。云小鲨跳过来,拉住他的胳膊,带着他向外跑。两个人避着烟,往上风向乱穿,跑了好远才离开火场。背后浓烟滚滚,已经看不见人影了,火场里全是惨叫声。

苏旷率众找过来了,他冲过来扶着夜哭郎君的胳膊说:"夜哭兄!怎么了?"

夜哭郎君的脸被烧得奇形怪状,惨不忍睹。他好不容易把眼睛弄开,摇摇头,指指脸皮说:"没什么大事,回去再做一张就行了……"

"小鲨？"苏旷又看了看云小鲨，她看起来更是安然无恙，"丁桀呢？"

云小鲨有些疑惑："丁帮主离火最远，居然没有跑出来吗？"

苏旷抬头找了一圈精卫鸟，推算了一下教母和精卫鸟的位置，然后说道："小鲨、福宝，你们在树丛里躲一躲，照顾夜哭兄！我马上回来！"

他一头往树林里冲，一路拨开着火的树枝，浓烟四起，呛得难受，他捂着口鼻，闷声喊："丁桀！丁桀！"

教母一直知道他有小金，她今天来要除掉的是丁桀。她是不会放过这机会的。

丁桀根本没有离开火场，他几乎来不及做任何事。那九个从天而降的载满火油的大缸，在瞬间夺去了大多数人的性命。他们中一些是他的属下，一些是他的同道，他们一些刚才在质疑他，一些在支持他。但此刻，那些都不重要了。到处都是焦尸，火势还在蔓延。逃出来的人，轻则灰头土脸，咳嗽不已，重则手脚焦烂，衣衫燎尽。有些人坐着，有些人站着，有些人在地上打滚，试图扑灭身上的火苗。火场上方，浓烟滚滚里，精卫鸟又来了。依旧是四面八方，依旧是十面埋伏。旁边有丐帮弟子在喊：快走，帮主，快走！

丁桀轻轻放下左风眠。如果今天不是他的决断失误……可是，没有如果了……

烟很大，他一只眼睛瞎了，另一只眼睛也生疼。他眼里没有泪，只有血。今天的一切，是他噩梦一样的奇耻大辱。从太阳升起来开眼看见的第一幕，直至此时此刻，每一幕都是耻辱。他的属下让他先逃走。上一个丐帮帮主就是这么扔下兄弟跑掉的，这一回，他不能再跑了。他从那个弟子腰间摘下一柄剑，真力慢慢蓄满手掌。他在盯着教母，寻找最后的机会。

"丁桀！"苏旷从一侧灌木丛里冲出来，横空飞过来，一把抱住他的双臂，"冷静一点！留一只眼睛！留一只眼睛！"

"滚开！"丁桀挥胳膊甩他。

"冷静一点！丁桀！我们还没输！"

苏旷死死箍着丁桀，根本不许他抬手，他能够感觉到丁桀浑身都在抖，遏制着玉石俱焚的冲动。他玩命地拽着丁桀往外拖，回头向一众伤者大喊："走！走！互相扶着点，能动的都跟我走！"

伤者们互相搀扶着，聚拢在苏旷身边。这些人因为受伤没法快，可金壳线虫只有一只，小鲨、福宝和夜哭郎君他们还在外面。他们需要立即聚拢，用最快的速度下山。

243

今天，对丁桀来说，是彻头彻尾的惨败和耻辱，但对他们的战斗来说不是。是，他们损失了很多人，场面上难看极了，可是银沙教出动了十只精卫鸟，那已经是最后的底牌了，更何况还带着银沙！无论在什么时候什么地方，第一次遇到这样的场面，都是一定会丢下一地尸体的，这是空中对地面绝对胜算之下的打击，伤亡不可避免，今天提前见到了，总比来日在大海上遇见要好。更何况，只要丁桀活着，失去一只眼睛并不是太大的损失，毕竟相对而言，上官乾伤得要重得多。趁着这个机会，只要核心主力都能全身而退，京城里抓住机会，除掉上官乾，他们就赢得了巨大的胜算。平时所有人都不够冷静，丁桀一直在掌控全局，但今天，唯一一个失去理智的是丁桀。

火在沿着树林向外烧，地上的朱纱被扬起一角，露出左风眠的脸。她快要被火焰吞噬了，但好像还在笑。丁桀木愣愣地望着她，不拖不动。

苏旷满脸是汗，他喊得嗓子都哑了："丁桀！快走！别看了，那只是具尸首！"

丁桀今天第二次听见"尸首"了，他憋了一天的火终于全冒出来了，回头看了一眼苏旷，口不择言："大别山里那个，也只是具尸首！"

苏旷一怔，张嘴，猛吸了口带着浓烟的空气，他用尽所有的理智把一句骂娘的话咽了下去，剧烈的咳嗽和想揍人的冲动全憋在喉咙里："是，本来就都是！走啊，丁帮主！我们他妈的还活着！你是不是非要所有人都变尸首！"

丁桀被拽动了。

精卫鸟猛折头，向外头疾飞。那似乎是发现了猎物的飞法。

"糟了！"苏旷一跺脚，甩开丁桀，扭头又向小鲨那边跑。他只有一个金壳线虫，可有十只精卫鸟，而且都他妈的会飞。

这树林里都是烟，跑起来，呛得也很不舒服。他已经快要跑出林子了，一抬头，精卫鸟根本不遛他，又转头向丁桀飞。"干你大爷的！"苏旷只能转身又向丁桀跑去。今天是彻头彻尾地疲于奔命。

不过还好，丁桀没事，他正率着残众向苏旷这边跑来。苏旷略一停留，一抬头，目瞪口呆。头顶上，确实有精卫鸟群，但只有八只。没有命令，也没有攻击。教母不在上面。原来精卫鸟……真是可以分而治之的。

丁零，丁零，丁零。金铃声再次响彻苍穹。八只精卫鸟听见了远古的召唤，一起回头，向林子外边飞。

一声惊呼！那是云小鲨的叫声。认识这么久了，苏旷还没有听过她这样惊心动魄地叫。

"小鲨！"苏旷疯了，甩下丁桀，再度折头向外跑。他用尽全力，一路衣襟被灌木丛扯得稀烂，狂奔出树林，迎面正看见一只精卫鸟爪子下面抓着个人，低空贴地，正昂首振翅起飞。那是夜哭郎君！他双肩似乎都被利爪抓穿了，双臂无力地垂下来。

来不及了！它起飞得太快了。苏旷再度狂奔，全力跃起来，大概跳出了一生最高的弧度，在半空中抬手，小金用尽全力向那只精卫鸟射过去。可是⋯⋯小金扑空了，它从夜哭郎君双腿之间穿了过去，落进一侧的灌木丛里。精卫鸟展示出了可怖的飞行能力，它曾经每年从南海飞到沙漠，即使没有药物的作用，也早已是羽界的王者，它带着一个人能够在空中垂直地急速拉高。而且那是个蓄谋已久的圈套。就在苏旷跳起来的刹那，身侧一棵大树后面，另一只精卫鸟带着小篮子里的教母疾冲出来，半空之中，狭路相逢。苏旷已经在最高点，力已用尽，精卫鸟犹能转向，挥着翅膀，扎扎实实拍在他后背上，凌空把他抽飞了出去。苏旷眼前一黑，脑袋嗡嗡直响，似乎被铁锤砸到，一口血快要呕出来，人直接从天上摔下来，一路滚了十几圈，直到撞在一棵大槐树上。他试图爬起来，但身后翼风又至。

小金来不及了。嗡嗡声中里，似乎传来了小鲨和福宝的惊叫。但是⋯⋯轰！金刃破风声！

天地之间的那道无形之弦又被拨动了，丁桀脸上一点表情都没有，他似乎在做一件很平常的事情。他腾身跃起，手里剑尖指向教母，大雷音破运到极致，刀锋撕裂了空气，好像有另一股看不见的火在围着刀身熊熊燃烧着。

前方跑过来的云小鲨站住了脚步，仰头看；后面走过来的狄飞白站住了脚步，也在仰头看——

丁桀一剑挥出，半招在手里，半招在天上。那不仅是大雷音破，还是万里奔流。云小鲨在他面前展示过一遍，也讲述过一遍。她曾经在父亲临终之前，看见过昆仑武学的至高境界，那一击直接终结了霍瀛洲的雄途万里，也结束了侠义道和银沙教纠缠数十年的恩仇，此后再也无人可以复制。而狄飞白只想象过，在汪振衣之前，昆仑的绝学已经失传很久了。

今天，他们又看到了。

那是九曲黄河，万山一溪，出昆仑，开群山，过河套，走平原，汇百泽，行千里，吞天吐地，奔腾入海，掀起雄浑如雪山的巨浪，带着开天辟地的龙吼雷音，向浩瀚宇宙冲去，之后在月光之下的万里汪洋，归于平静。

大雷音破与万里奔流，近乎自然而然地合二为一。那是至高的内家心法，和至刚的外家绝学，至高的武道本来就在呼唤抱元守一。

天地为炉，造化为铜，天行为道，地沉为招。这一击，是中原武道的新巅峰，此后可能很多年都没有人可以突破。

那只精卫鸟，原本是扬起翅膀伸爪去抓苏旷的。但情急之下，居然挥起翅膀，向下直降。它也会护主。

那柄刀带着雷音龙吼，撞在它左翅上。刺的一声裂帛声，它左翅翅根处裂开了，整个左翅膀根骨折断，耷拉下来。大雷音破余势不绝，带着股巨大的撞击力，将精卫鸟带着教母，一起撞飞，滚落在地。吊篮隔着吊绳，毕竟是无法传递力道的。教母直接从那个月牙儿小篮子里滚了出来，袍之下是两条瘦弱如麻秆一样的孩童的腿。她显然不能行走，也显然从未遇见过这样的状况，一时仓皇，不知所措。

云小鲨和风雪原他们向这边跑。树林里的伤者也向这边来。可丁桀并没有乘胜追击。他微微低着头，手还保持着握剑的姿势，闭着眼睛，睫下有微微血色。

小金蹶回来了，它可不关心敌人，直奔苏旷。八只精卫鸟借机回防，拱卫在主人周围。教母伸出一只手腕有气无力地摇了摇，一只精卫鸟衔起她的腰带，带着她起飞离去。所有的刀剑暗器一起向她掷过去，但精卫鸟成群地围在她周围，没有任何利刃可以碰到她。她在众人的眼皮子底下离开了，没有人可以阻止这一切的发生。断了一只翅膀的精卫鸟在原地转着圈扑腾着，它伤的不仅是左翅，好像所有的骨头都碎裂了。它被抛下了，其他九只缓缓振翅升上天空，带着它们的主人和今天的战利品。

苏旷抬了几次头，试图坐起来，他口鼻全是血，微微摇着头，几乎祈求地望着教母。他不敢想象，夜哭郎君被带走后会是什么下场。

那个孱弱的在地上像只肉虫一样的生灵，一到了天空便恢复了那种冷冰冰、不可一世的语气："苏旷，一命换一命。"

苏旷慢慢点头："好，你说怎么换……"

教母没有回答，笑而不语，他们快要离开了。

苏旷扶着树硬站了起来，跌跌撞撞往前追。他声音已经完全哑了，半是哀求半是怒吼："你还没告诉我怎么换！"

"小……小苏……"夜哭郎君慢慢地摇了摇头，一本小册子落了下来。他张了张嘴，声音很微弱，一出口就飘散在风里，仅仅依靠口型可以辨认，"给南枝……"

一边是浓烟蔽日，一边是朗朗乾坤。

丁桀眨了一下眼睛，双目中的两道血泪终于落下。他刚才看见大地尽头那个孤独的太阳最后闪了一次光。之后，精卫鸟飞走了，世界寂灭了。

第四十八章　一羽凌江

怦怦，怦怦。好像外面的世界全都失去了声音，寂静得只能听见心跳声。文陵江在她儿时的噩梦里。她小时候在龛缝里窥见的那一幕，余生再也无法忘怀——

大摊的狰狞的鲜血映在瞳孔里，血在流淌，血在燃烧，血在挣扎。心在血液里跳，在喉咙里跳，在耳鼓里跳，简直快要炸掉了。

母亲在咬紧牙关，她在默默忍耐着，自始至终没有发出惨叫，只是从喉咙里发出一两声低沉的如母兽一样的嘶吼。她的白衣被血浸透了，那是傍晚时候刚从后院竹竿上收下来的衣服，带着皂荚水和太阳的芬芳。她不敢叫，怕叫得太惨了，女儿会跟着哭出声。

父亲在活生生地看着这一切。他被很多双手按在地上动不了，他也在默默忍耐着，偶尔发出一两声无力的威胁和咆哮。他也不肯叫，他是神捕营的人，他知道惨叫只会让畜生们更兴奋。

刀开始落下了——她眼前只有一个小孔，看不见父亲的大部分身躯，只能看见刀举起来再落下，闷哼和哀号捂在喉咙里，眼前的小孔变得鲜红，大摊的血沿着地砖上的缝隙向她蜿蜒过来，像条蛇。

那些人是怎么闯进来的呢？他们来得太快了，像一群挟裹着腥风血雨的饿狼往有灯火的地方冲，带着荡平一切的爪和牙，带着刻骨铭心的仇恨和饥肠辘辘的欲望。

他们来的时候，她睡得正甜，正在做一个有关于星星、小燕子和野花的梦。但那些梦，以后也不再有了。她唯一记得的是父亲直接把她连着小毯子一把抱起来，塞到墙壁后面一个从来没见过的暗龛里去，爹爹妈妈对她说，"陵江！江儿！听着！听着！不许出声！"

那是最后的叮嘱,也是第一道命令。那是她人生的扉页,无论什么时候掀开来,都满是淋漓的鲜血。

她在那个黑黑的小格子里躲了好几天,就那么怔怔地缩成一团一动不动地从小孔里向外看。

血干涸了。天亮了,天又黑了。直到另一个高大、魁梧、穿着黑斗篷的人,疾风一样冲进来,惊啸地四处喊她的名字。"陵江!江儿!"

她没有回答,她不知道那是好人还是坏人,但爹爹和妈妈都说了"不许出声!"她很听话。

那是个很厉害的人。她一点声音都没出,可他还是找到她了。

后面很长的一段日子里,她总是裹着小毯子一声不出地坐在黑暗里。她怕黑,怕血,怕刀,怕暴力,看见红色的东西就会缩成一团。她有和母亲一样的鹰眼,有清晰到可怕的记忆力。她记得一切,清清楚楚、明明白白的一切,她记得那柄匕首是怎么剜进母亲眼眶,甚至能记得刀尖在眼眶的骨头上稍微硌着滑了一下。这是她的天赋,也是她的酷刑。那本人生之书太可怕,她翻不下去,始终滞留在第一页。整整一年里,她又瘦又矮,一寸都没有长高,一斤都没有长胖,生长好像完全停止了。

那些日子里是万叔,坐在她的小床前拍着她,哄她闭上眼睛,等她入梦,再等她从梦中惊醒。出于原始的饥饿,她肯吃一点东西,但始终不肯说话,她害怕所有的红色,即使看见天边的晚霞也会立刻捂住眼睛。

"陵江!江儿!看着我,看我……"

万叔一直很有耐心。不管她是坐在床上,还是趴在窗前,只要她看起来心情还不错,万叔就会打来一盆水,当着她的面把一块染了朱砂的白布浸进去,拿着胰子反复搓,反复漂洗。

起初她总是闭着眼睛不肯看,万叔就反复喊她,那声音温柔又醇厚。后来,她从手指缝里看了——那一盆鲜红的水淡了一点,又淡了一点;那块白布白了一点,又白了一点。一次,一次,又一次。可惜,自始至终,没有一块布是可以彻底洗白的。

万叔这么做了很多次,每次攒下来的一块白布,都会晾干后整整齐齐叠起来,已经厚厚堆了两箱子。最后,一块染了一片淡红的白布摆在她面前。

"陵江!江儿!看着我,看我……"

万叔拈一支笔,蘸了墨,在上面勾了一枝梅花。他不太会画画,是找人现学的,学几次后能大致勾出个样子。之后,万叔就把笔递给她说:"江儿,你来画,好不好?"

她没有动。她手在抖,鼻翼在用力。她怕那东西。

万叔就那么一次一次地画下去,有时候是朵桃花,有时候是朵石榴花,有时候是一山晚霞,或者一个戴着斗笠背着酒葫芦的人在山里走。他一直画得不太好,每次他都会不厌其烦地问:"江儿,你来画,好不好?"

有一次,她忽然就生气了。她抢过笔,蘸了许多许多的墨,把那块布、那张桌子、那面墙、万叔和自己的脸和手,又甩又抹,满屋子都是横七竖八的黑印。万叔还是很有耐心的,等她涂完了,带她去洗脸和手。

再到下一次,万叔还是会把笔递给她:"江儿,接着呀,再试试呀?"

后来她就开始画了。她画的第一张画是个小小的有着长头发的女人躺在血泊里,画着画着,她抓着笔号啕大哭。万叔就把她抱在怀里,慢慢拍:"江儿……好样的!不怕,画出来咱们就不怕了啊!"

很多年以后,她才渐渐地明白,"美"无非就是这么个东西,接过笔,在心里最深的那个阴影上画一画,只要持之以恒,伤口里总会长出珍珠来。不知从什么时候起,她闭上眼睛,不会再看见那一幕了。

开始的时候,万叔在她小床边上打个地铺,后来,就睡到屋外木廊去。她不怕血了,可还是怕黑,吓醒的时候,还是会出去找万叔。

"小孩子怕黑,有什么关系呢?"万叔总是摸摸她的头发,柔声安慰她,"江儿,等你长大就明白了,真正可恶的是,成年人怕光。"

她开始长大了。她还是瘦骨伶仃的,比同龄孩子矮一头。她会说话了,可是不爱跟别人说。万叔有时候出门办案去,一去三四个月,把她托给邻居婶婶,到回来的时候,邻居婶婶对万叔说,我还以为小姑娘又聋又哑呢,原来耳朵是灵的呀!

万叔走多久,她就沉默多久。这是个麻烦事——万叔抓头说,这不是长远之计,小孩儿总得有个伴啊。后来,万叔就带她去了隔壁。

一路上,许多人都对她笑,之后惊讶地看她的眼睛,那是一双秋水里黑珍珠一样的眼睛。许多人就都感慨:真像呀,真像!她明白那些人在说什么,于是就把肩膀缩起来了。她不太擅长在人前展示哀伤,顶难过的时候,也无非就是把肩膀微微缩起来。

万叔发火叫那些人滚一边去。她低着头问:他们是说我娘吗?万叔,跟我说说我娘吧。

万叔就拉着她的手，跟她说——

她娘本是个绣娘，也是个孤儿，被绣坊收留着。十五岁的时候，暮春小雨天，挽着竹篮在青石小巷走，当时有个年轻捕快在追一个蒙着脸的亡命之徒。亡命之徒穿街越巷，不要命地疯跑，经过她的时候，掀开面罩喘了口气，之后就从街对面的屋檐上翻过去了。捕快追过来，随口问，有谁看见那个人没有？他有胡子吗？她娘不说话，从竹篮里拿出一支笔，随手把那个人画了下来。

年轻捕快非常吃惊，抓住大盗之后，特地拐回来问了她姓名，还起劲撺掇她："姑娘，想不想进京？做绣娘有什么意思？一辈子闷死了，跟我们做英雄吧！"

姑娘文静又羞赧，低着头一言不发，年轻的捕快要离开了，她才用很轻的声音回答："好。"

那个年轻捕快叫文钊，他一手芙蓉鹰爪独步天下，单论贴身擒拿在神捕营排第一，到递辞呈的时候，距离十大名捕只有一步之遥。

……

"可是，我娘不喜欢做英雄啊？"小小的她问道。

万叔说："是啊，可惜我们很久之后才知道。"

隔壁到了。赫赫有名的隔壁看起来普普通通，屋舍不大，校场也很小。校场上有许多小孩子，当时正是午后放风玩耍的时候，小孩子们没头苍蝇一样吵吵闹闹，跑来跑去的。

万叔带她上一座灰砖小楼，介绍一个人，让她喊温叔。温叔和万叔差不多岁数，待她也很和蔼，特地打开柜子，给她找了许多没收来的糖果糕饼，让她在一边慢慢吃。两个大人背着手，在窗台边说话，离她很远。他们以为她听不见，可她全知道，她看见嘴型，就知道他们在说什么了。这是她的天赋，她娘进神捕营之后，训练了好几年才学会。

温叔说："蜀戎，这事不好办！"

万叔说："怎么就不好办了？"

温叔说："一来呢，江儿是个姑娘……你看，咱们这个地方啊，哪儿有适合姑娘的呢？练也没法练，住也不好住，管带师傅也没法管带！而且呢，这个先例不好开，真要开，那得报刑部去，惊动可太大了，而且未必批得下来！"

万叔就急了："要不行，你指条路，我去试试！"

"且等等！等等……蜀戎啊，那是第一条，麻烦归麻烦，你真是非要通融不可，咱们自己老兄弟也能想想办法。真麻烦的，是第二条。你想想啊，江儿是文钊和舒窈的闺女，这两口子当时怎么办的事啊？他们一拍脑袋，辞呈是递上去了，上头批了吗？没批啊！他们说走就走，两个人一起私奔！"温叔拉着万叔胳膊肘，手指头在窗台上噔噔地敲，"这算什么！往重了办，这都能给他俩算成叛国！蜀戎，你想想看，尤其是舒窈，当时跟神捕营签的可是生死契，要不然那么些机密卷宗怎么能全给她看？神捕营是用了她一双眼，可没亏了她吧？湖心岛给她弄一小院儿，出入有人侍奉，除了画形影图，想干什么干什么，想怎么着怎么着。她呢，给咱们来这一手！你说你想成亲，好事啊！咱们营里不能成亲吗？兄弟们不能喝你们喜酒吗？非要退！你说就他俩往哪儿退？就舒窈那双眼睛，得罪多少人？出去能有命吗？好说歹说，不听！他们这一私奔，老关脸上得多难看！本来舒窈那个小院就是他一路拍胸脯拍下来的，刑部当初跟咱们说得清清楚楚、明明白白，规矩不能乱，姑娘家事儿多心胸小，咱们不许要，他非留不可。这把他臊成什么了？你还想再弄一茬！我跟你说，打住！"

万蜀戎闭着眼睛，胡乱搓着眉心："怀仁，你也不能这么责怪阿窈，她后面那段是扛不住！你也知道，她那个眼睛跟咱们普通人不一样，过目不忘！那些个案子，不管多瘆人的场景全刻在脑子里，一刻不消停，睁眼闭眼都是，整宿地睡不着，实在是不行了……"

"不行了歇呀！找大夫呀！不行了能跑吗？"

"也不是她一个人的主意，文钊也是，非觉得是自己的过错，自己照顾着能行……你说你单枪匹马的，带着媳妇孩子，架得住几个人！"

"来点吗？"

"瞎搞，这大白天的，我还有事。"

"这个淡得很。"

"唔……一点点。"

……

两个人没话说了，就一起杵在窗台上，手里拄一杯薄酒，看下面小孩子们散了，少年们捉对厮杀。

"那孩子真不错，有人定了吗？"

"你说白鹿啊？嗨！早定了，来一个问一个，你排不着！"

"那……那个呢？"

"别想了，全都抢没了。"

"那都给我剩谁了？"

"没谁了呀！这茬收成好啊，就这拨啊，你看看，出挑！够劲！前后三拨都没得比！这苗子一好啊就没办法，一个个打小都盯上了，掰着手指头等长大！蜀戎，你别不信啊，我估计他们将来能出几个升旗子的，跟你们那一拨有一拼！"

"嚯！都这么出息……那你就没想着给我留？"

"给你留了啊。常言说得好，响鼓要用重槌敲，给你留的那位，别人也都不敢带，人家都说了，整个神捕营，万里戎机还带不出来的，那就真没人带得动了……"

"嗯？"

"真的，老铁也是这个意思。"

"去他的吧！我不要！"

"蜀戎……老铁不方便自个儿带嘛……"

"他方便也得自个儿带，不方便也得自个儿带！自己屁股上的屎自己擦！别想让我接烂摊子！他们家那个混账东西，从头到脚都是毛病，步踵武教那么久，都在瞎教些什么呀？立身之本就没理清楚，都搞不懂是要做捕快还是做贼！你知道吗？天牢前几天押进去一个死囚，他偷摸跟人家屁股后面说久仰大名！那把鲍老六气的！那么喜欢进去，自己进去得了！我跟你说，老铁这么当甩手掌柜，将来要出事的！"

"放心嘛，老铁在擦屁股啦！前几天给送扬州去了，说……既然那么闹着要闯荡江湖，干脆放出去看一眼，看看所谓江湖什么样，老憋屋里自己瞎琢磨，真以为我们多冥顽不灵，外面多少条好汉！你放心，根都掰不正老铁能给你吗？不管他是谁，是什么人的弟子，神捕营就是神捕营，铁门槛是杵在那儿的——不是英雄，出不去这道门；不求公道，进不来这道门。"

文陵江轻轻抬起头，用很轻的声音重复了一遍："公道？"

两个大人一起愣住了，都回头，之后你看看我、我看看你。

"这眼睛……真和舒窈一样？"

"何止一样……恐怕有过之无不及。温怀仁！你得给我支个招。没这个道理啊，铁敖的弟子都那个熊样了，三天一打五天一罚，人家一头一头往外冲，你们就一把一把往后拉，我也带来一孩子，这好得不得了，怎么就没地儿送呢？没公道啊，

253

这不公平啊！"

"行了行了啊，我这不给你想招吗？蜀戎，我有个主意，不过有一点比较麻烦，你得先找个好点的房子，最好有个小院。"

"这简单，好办！雪拥城里好几套房子呢，全空着，都带小院，地段还好，钥匙都搁我这儿。"

"哎呀，你说嘿，那么大个财主……当初来我们这干吗？"

"求公道，温怀仁，你刚才自己说的！行，说正事，房子我有了，然后呢？"

"那行！既然文钊、舒窈不在了，江儿就算你家姑娘了，你干脆自己带……哎，你别急嘛，前车之鉴摆在那里，官面上我们真通融不了，但是私底下，咱们都是文钊和舒窈的朋友，你找好地方雇个丫鬟婆子之类的，帮忙照顾点家务事，钱不够咱们给你凑，我们这帮老朋友呢也排一排班，休假都给错开喽，轮着上门去教，保准什么都不落下，也不耽误你出门办事，到你姑娘长大成人，从西大门，迈过铁门槛，堂堂正正进来。"

万蜀戎就回头："都听见了？"

文陵江听见了。万蜀戎又问她："那就这么办，行不行？"

文陵江点点头："行。"

"那走吧。"万蜀戎这回不牵她手了，拍拍她肩膀，"江儿啊，将来不许丢我的人！"

文陵江记住了。她在安安静静地长大，勤勉而执着地学应该学的一切。她很聪明，天赋和悟性都很好，学什么都快。但她还是太瘦，吃什么也没法长壮实，偶尔跟万蜀戎对招，像一根羽毛，轻飘飘地就被打飞了。

据说，她母亲少女时也是一样。她们像鹰，眼如秋水，骨如竹节，天生就比大多数人都轻。只是她敏捷得多，越女一剑，轻灵曼妙。

"不着急啊，江儿，我给你想想招。"万蜀戎那段时间也一直抓着头，自己愁眉苦脸，但总劝她。

一个云淡风轻的午后，万蜀戎高兴极了，背着个大箱子，大老远吆喝着进门，他一路嚷嚷着："陵江！快来看！有个好礼物给你！"

那是雷公斩和电母翼，是一个盗墓贼从地宫里找出来的，本来要收归刑部，被万蜀戎要死要活地截下来了，听说，为了这个宝贝，他跟许多人翻了脸，四处跟人嚷嚷："再报再批？那我得等到什么时候？你们要这个玩意有什么用啊！你们不上秤看看自己多重！除了我家江儿你们谁能飞啊？我卖了这么多年命了，我跟你们要过什么了？今儿就是这个，归我，我要定了！"

文陵江试了那个宝贝，她一下子就明白了所有的先天"缺陷"，都是为了等待此刻，她有翅膀了，她能飞。

她一直文静又沉稳，可那次冲动极了。她一路振翅从墙头跳上烟囱，从烟囱跳上树梢，之后是蓝天。

"江儿！江儿！"万蜀戎跟着她跑，伸手乱舞着，"快下来！怎么敢在京城里这么乱来！小心把你射下来！"

她落下来了，但还不太会收翅，半路往下直掉，万蜀戎伸胳膊接住她。

她一直在笑，眼里有光："万叔，我真喜欢这个！以后我进神捕营，跟你好不好？你带我，我跟你一辈子！"

万蜀戎脸色变得不太好看了："想跟我？想清楚了？"

"嗯。"她重重地点点头。

在那之前，她只见过万叔；在那之后，她就见到万里戎机旗的主人了。

"先把这玩意脱下来。"万蜀戎吩咐，"没让你这么胡乱飞，自作主张！围着池塘跑四十圈，跑完了再吃晚饭。记住，陵江，做大抉择，不要跟人，要跟着道理走。"然后拂袖而去。

是个惩罚，她不知道自己哪儿做错了。从那以后，万蜀戎不再喊她"江儿"了。她还挺怀念那一声的，万老大喊得又急又快，两个音串在一起，跟擦着铙似的，噌的一下就起来了。

那是很大的一个池塘。她跑了一圈又一圈，最后跑得眼前一黑，差点栽倒在地，但还是跑完了。

四年之后，她手刃了仇家。按道理说，她不该有这个机会的。万蜀戎这个事，处置得有点滑头。

她是个大姑娘了，可以堂堂正正从西门走进去了，她去拜见了铁敖。铁敖摇头拒绝了她："神捕营从不二过，舒窈的事不会再发生一遍，你走吧。"

铁敖是言出如山的人。她咬牙，长跪在铁门槛外："我娘是我娘，我是我，我们不一样。铁总捕头，我知道您疑虑什么，我对天发誓，我会留在此地，至死方休，不管看到多少险恶，只要还有一口气，绝不主动闭上眼睛。"

铁敖又问她："为什么要进这道门？"

她回答："世上还有许多个小女孩，还留在角落里，她们之中的大多数人，一生都没法开口。"

她留下来了。她是第二个得到"破格"机会的女人。她回到了母亲住过的小院，拿起画笔，开始画母亲画过的形影图。

一年又一年，一年又一年。她和她母亲外表一样文静，但心要坚硬得多，她处理起形影图来游刃有余，遇见大凶大恶之事也不会恐惧。她早就不怕黑了。只是，路过风雨校场的时候，她也会偶尔驻足，凝视大旗。

万蜀戎问过她："陵江啊，如果将来你有机会跑马升旗，那旗子叫什么呀？"

她不假思索地回答："一羽凌江旗。"

她答得太快了，万蜀戎哈哈大笑："旗子什么样的，想好了吗？"

她回答得更利索："是，早就想好了。"

那是一对雪白的翅膀，像闪电一样，飞翔在奔流的大江上。

……

"陵江……文姐姐……你醒醒啊！醒醒！"

有人在喊她，一直喊。那声音真是奇怪，既遥远又像近在耳畔，好像……有一面雪山屏障，轰隆隆地碎裂，冰封的海水从下面慢慢地漫过来。那久违了的一大片血色湖泊，又涌上来了，没至咽喉，令人窒息。

怦怦，怦怦。好像外面的世界全都失去了声音，寂静得只能听见心跳声。大摊的狰狞的鲜血映在瞳孔里，血在流淌，血在燃烧，血在挣扎。心在血液里跳，心在喉咙里跳，心在耳鼓里跳。心快要炸掉了。她又看见血色狰狞里的爹爹、妈妈……还有……万叔。万叔的肩头和手腕全软软地垂下来了，身躯吊在大松树下面，喉咙割开长长一道口子，伤口触目惊心，像婴儿咧开的嘴。

她看见……血顺着花白的胡须，落在鞋面上，落在地上……

她看见……万叔的嘴唇嚅动了一下，似乎是在说，交给你了……

她看见……上官乾那张脸上，藏着蛛丝罗网一样的冷冷笑意……

她看见那双肌肉虬结的手臂上，九头蛟的黑红文身……

她的眼睛是天生的捕手，擅长捕捉微妙到毫厘的细节，之后，在性命攸关的刹那，把看见的一切化作至死不渝的记忆。一声憋了很久的痛哭，卡在胸膛里，她急促地呼吸着，胸口上下起伏，那一口恶气，来回如割利弦，拉着声带，嘀嘀作响。

床前，四个医士中有两个按着她的肩膀，另两个在眉心和喉头慢慢捻针。

"陵江！陵江！"年长的医士在急急唤她，"醒醒！醒醒！"

她已经这样挣扎、反复了十几次了，这些日子来，她每天都是如此。这是她最接近醒过来的一次，肩膀和胸口都在急剧颤抖，脸皮憋成紫色，眼皮颤动得飞快，嘴唇也在哆嗦，似乎要喊出什么来。

"文姐姐！"二毛忍不住了，抱着她，大声哭了出来。

那哀哀的哭声，似乎是另一场痛哭的引子。那一口气勾魂夺魄，在嗓子眼来回绕着，直冲天灵，她终于惨叫了一声："万叔！"

闷在心口的一声喊，含着泪水，一起冲了出来。她睁开了眼睛，清清亮亮的一双眼。昏迷了两个月零九天，在鬼门关转了无数圈之后，文陵江醒过来了。一屋子里，人人都惊喜，床头床尾的二毛和阿秀婶都泣不成声。

文陵江怔怔地睁着眼睛，缩着肩膀，很快就知道了自己身在何处。她没有失声号啕，只是泪流满面。很多人都在等她。她左右看看，眼睛望向窗外："我……这是什么时候了？"

窗外时令已变，初夏时节，浓荫长草，红红翠翠，莺莺燕燕。恍如隔世的一场长睡。

她抚了一下额头，想要坐起来，可头晕目眩，好像触手之处头发也剃掉了许多。几个人一起来按住她叫她不要乱动，她闭了会眼睛又一次问："这是几月啦？今天什么日子？"

"文姐姐，你别急啊，今儿四月十一。"

那一天是二月初二，龙抬头。

"那，万老大……出殡了吗？"

"文姐姐，万老大停灵在十九棵松下，兰二先生说，要等你醒过来。"

"兰二先生在哪儿？请他立即来一趟，也请刘伯也来一趟，我有事跟他们说。"

外头有个人进来回禀："文姑娘，兰二先生和刘伯似乎是一早去关老爷府上了。"

"我这儿有着急的消息，还是请他们立即来一趟吧。"

"是！"

到国公府叫人，总是要一段时间的。外头熬了一锅肉汤，说是给她补补身子。肉汤在焐了，香气扑鼻。

文陵江打量着自己，她虚弱极了，瘦得被子下面没有人形，但身体还很洁净，似乎也还有一丝力气。显然，在她昏迷的这段日子里，得到了很好的照料。

一个医士就指了指二毛："陵江，你伤着的日子，阿羽可是衣不解带，整天整夜地侍候你。"

"阿羽？"

"文姐姐，"二毛觉得这个节骨眼说这种小事情有点不好意思，但还是说了，"可能你不记得给我的功课了……我有名字了，叫王羽。"

"王……羽？"文陵江让人扯起枕头稍微靠着床头坐起，轻轻揉了揉头颅。隔着包扎，她摸到左颅有一小块骨头凹下去了，头皮很勉强地缝着，但口子太大了，没有完全愈合上，摸起来疙疙瘩瘩一片。她想了想，记起来了那天离开神捕营之前，发生的一点小小不快。

她咂摸了一下，很快就明白了："懂了，羽是两根毛的意思？"

"嗯！"

"也是飞起来的意思？"

"是的！文姐姐。"小姑娘王羽按捺着激动说。

肉汤盛好了，有人端进来。汤碗边上，还有个空着的小碗，送汤的守卫舀了一勺在空碗里，自己先喝了两口，再递给医士，示意无毒。很显然，奸细还是没有找出来，这里的防守严密之极，整个神捕营都在等文陵江醒过来，生怕她有丝毫闪失。

有急匆匆的脚步声走来，几个守卫一起问好。是孙白鹿和楚随波。他们看了看她，脸上都是喜不自禁。

文陵江看着孙白鹿，也是惊喜万状。和所有人一样，她一度以为他们永远失去他了。她又转眼看了看楚随波，有点弄不明白状况。

"陵江，随波的事，回头跟你慢慢说！"孙白鹿在她床边坐下，接过医士手里汤碗，示意所有人都退出去，楚随波走过去闩上房门。之后，孙白鹿一勺勺地舀肉汤喂进文陵江嘴里说道："兰二先生和刘伯一早过去国公府，吃晌午饭的时候，接到上谕，叫国公爷未时进宫面圣。具体什么事我也打听不出来，反正国公爷把老哥俩都叫上了，三个人饭也不敢吃，撂筷子就匆匆进宫了，如今该在面圣，一时半会回不来。"

勺子递到嘴边，文陵江怔了怔，她摇摇头说道："好……那上官乾呢？"

她说"上官乾"三个字的时候，声音里没有恨意，只有冷，冰块敲着冰块的冷。

"上官乾……奇怪得很，"孙白鹿摇摇头，"我们就是想不通这个！本来，万岁传口谕召了国公爷之后，就叫人去带上官乾了。按理说，这时候上官乾也肯定在圣驾前。可是……真他妈的活见鬼！"

楚随波手里拿着一个打开的飞隼传书的竹筒："我们刚接到苏旷的信，说是上官乾在洛阳受了重伤，左臂应该废了，叫我们盯着点，他一回京就想办法下手，趁机要他的命。"

文陵江没听懂："我可能还没醒利索……"

楚随波摇摇头："不是的，文姑娘，你没听错！我们特地去问过，上官乾入宫的时候，四肢灵活，毫发无伤。换句话说，苏旷他们在洛阳见了一个上官乾，万岁面前是另一个上官乾。"

文陵江扶着头，皱眉。

"这个事太蹊跷了，我们也没想明白怎么回事，苏旷又不是白痴，不至于连上官乾都认错……"楚随波叹口气，"文姑娘，你大病初愈，不要劳神，先歇歇吧。白鹿，你照顾文姑娘，我想办法进宫一趟，看能不能给二先生他们送个信，见机行事。"

"好，万事小心。"

楚随波点点头，竹筒掖在腰里，正要向外走。文陵江喊住他："等等，我也有个口信。我想，我们可能快找到上官乾的底细了。"

"什么？"孙白鹿和楚随波异口同声问。

文陵江闭目片刻，稍微提了提神说道："上官乾九头蛟文身中间那个骷髅蛟下面，还有另一个文身，如果我没看错，那是一只紫金蝎子。"

"蝎子？"

"对……那个文身用药水处理过，好像是试图洗掉，再被覆盖上，很难辨认出来。但针孔的紫金色还是在的，那个蝎子形状很怪，和中原的蝎子不太一样，好像是沙漠里面的某一种。"

孙白鹿和楚随波对视一眼，他们都知道，苏旷曾经被一只紫金蝎子钉穿过后背。

此时，文陵江轻轻闭上眼睛，她声音变得很轻，似乎在描述眼前看见的另一幅画面。

"我见过那只蝎子，在一幅画上……是某个卷宗里的一幅画，很大的一张……是几年前，刘伯找我去帮忙，他在誊抄卷宗，叫我帮忙摹画。对，那是一幅宴饮图……那张图更像是张壁画……我印象很深，因为那全是从来没见过的异域景象……异域的花园、喷泉，非常富丽繁华。其中好像有个戴王冠的王子，许多客人……还有猎鹰和猎豹……对，还有个和尚，和一个很美的少女……"

"那……蝎子在哪里？"

"在喷泉水池中心石台上，是一个紫铜铸像。"

"喷泉中间的铸像！那意味着是一个很重要的象征，说不定是哪个国家或者部族的标志。白鹿，你跑过好几次大漠，你记得有这样的地方吗？"

"没有。"

"是没有还是不记得？"

"没有，西域各国的标志我都很清楚，没有黄金蝎子，这个我也可以确定。"

"嘶……"

"陵江，你记得是哪一本卷宗吗？"

"不记得……刘伯给了我画，我只管描摹就好了。"文陵江想了想，"但我记得，我们是在地下密卷库画的，锁了三重门，点着灯，隔一会儿就头昏脑涨，要出来透气。画完之后，刘伯把它搁在第六排……第七个架子……最底下一层。"

孙白鹿和楚随波又对视一眼。楚随波啪地一击掌："清晰、精准……这已经足够了！你们等着我，我马上进宫去找刘伯！"

第四十九章　萧墙之内

去年冬末，宫中起了一把怪火，烧着了一座宫殿，火势连带着熏燎到周围六七处建筑，虽然没有伤到根基栋梁，但屋顶、房椽……都要修缮。一旦动起土木来，难免就有尘土，故而，天子就把议事之地挪到了御花园里。此地是个清幽的所在，积土成丘，上头建一座三层小楼，斗拱飞檐，五彩朱漆，小楼白石阶下衔接一条亭廊，在树木苍翠之中曲曲折折，通向内廷东门。正当初夏，晴空朗朗，飞檐在长廊的边沿投下短短的影子。

南书房在御花园的东南角，此时大门紧闭着。里头有小太监唱账的声音，高高低低地随风飘出来——

"襄阳去岁大水患，工部支取疏浚河银三十万两，结存在地方，户部应拨青苗三十万两，桑补二十万两，实拨七十二万两，免徭……修缮七殿二百万两，安置内廷三百万两……"

四个小太监在白石阶上持拂尘站着，另四个小太监在长廊转角处的六角凉亭外随侍。未时刚过，五个臣子，在六角凉亭之中候召。

邓国公关从周和刑部尚书李霁坐在一处，他俩手边上各自搁着个小漆盘，上面摆着小茶盅、一小碟茶点，都没动，偶尔低声聊个几句，也不过是宫中花木整饬之类的闲话。天气有些炎热，关从周摘了帽巾，露出一头稀疏银发，鹿头杖在一边木栏上架着，李霁要来个宫扇，边说边扇着，一大半在给关从周打凉。兰雪拥和刘伯庵坐在另一个角落里，身边木椅上也搁着茶盅，双双一言不发。刚从杭州来的杭嘉湖总捕头姚舸坐在另一角，穿一身簇新朝服，刚浆洗过，折痕宛然，他看起来第一次面圣，有些惶恐，屁股挨着一点木椅，手里捧着茶盅，拇指摩挲那杯盖。

亭中人都在谛听——他们来时已经打听过，南书房里头正面圣的是礼户二部的尚书和内廷总管，从下了早朝就在此地，连午膳都是一并传进去用。南书房里，唱账的声音时有停顿，那是天子质询大臣应对。

"内廷安置"这一项，显然已经停顿许久了，里头大臣一直在报内廷的账目，牵涉者众，项目细碎，一时半刻很难陈列清楚。忽然之间，天子高声，颇有三分怒意："如何就裁不下！是后宫的几个胭脂水粉要紧，还是生民之本要紧？尔俸尔禄，民脂民膏，汝等大臣，孰轻孰重，还要朕教你们不成？"

这话实在是重了，里面齐齐一声惶恐山呼。连亭中五臣也无人再敢安坐，尽数站起，向南书房俯首，口呼了一声："万岁。"

众所周知，后宫的账确实麻烦，但也不是一天两天的难处了。四月本来就是钱荒的大月。元月末，内廷的各项开支、礼部的各项开支报讫；二月末，各州各府的青苗银子拨完；三月末，河道疏浚预算报讫，工部的春秋二支算了一半。这三个月里，国库有出无进，全是关系到国计民生的大事，哪个也不能暂缓，照例难免亏空，只是亏得大亏得小而已。只要熬过四月，春蚕的丝绢北上，夏收的粮食入库，海贸的集市大开，万物百货都充盈……国库的账上，也就陆续盈余。

今年的国库尤其吃紧。从年初到四月，一直在腾挪。去年年景并不好，夏秋时节，闹了两次洪水，诸项用度，一直紧算紧用。这倒也还罢了，到了年尾，接连崩了两位天子。这崩的可是两座金山！国丧、登基本来就消耗极大，老皇帝年事已高，礼部本来是有预备的，可万万没想到，能一气崩俩！这样的事情，本来就足够消耗了，偏偏去年冬初，内廷一把火，连着六七座宫殿的屋顶、房檐……修缮起来更是流水一样的花钱。诸多事项之中，最要命的，还是后宫的人，三代后宫济济一堂，人满为患。

老帝君在位六十年，前三十年可以算得上英明神武，一代明君，后二十年不过不失，天下太平，到了最后十年，他缠绵病榻，或许是受了医佛蛊惑，或许就是不愿意放手，总而言之，既没有传位也不肯放权，和许多年迈的帝王一样，总渴望在青春肉身上寻摸一点生气，尽量长生不老。最后的十年里，他广纳宫娥秀女，一时之间，妃嫔美人，佳丽三千。到了先帝，他一世东宫，难免有些屈伸不得处，于是也纳了许多美人。如此一来，太皇太后，太皇太妃，皇太后，皇太妃，许多各品各级、没品没级的妃嫔美人，还有无数侍奉主上的宫娥……全都挤在一起，再加上七座宫殿正在修缮，十分腾挪不开。搞得当今天子的后妃，不得不缩在内廷一隅，共度时艰。

但腾挪偌大的后宫是个麻烦事，按照先例，一些人要去守陵，一些人要去出家，一些人跟着太皇太后或者皇太后去别苑清净度日，宫娥们就要遣散。可是，皇陵里头，列祖列宗总共也就那么多，上林苑、北苑本来也就那么大，即便是出家，也要先修道观。更何况，妃嫔美人都有月例用项，遣散的宫娥也有遣散银子……内廷早就亏空了，只能问礼部要，礼部是无论如何，也凑不出那么多钱来，只能再向户部要。这几个月，哪笔银子都关系国计民生，户部无论如何没法拿出来，只能先拖着。

拖着就会难调停。三代妃嫔实在太多了，连带着宫娥也多，如此一来，干活的太监就不够用了，后宫容易显得到处都乱。当今天子固然有些龙颜不悦，但也没别的办法，毕竟，先皇祖和先皇的妃嫔，总不好就那么稀里糊涂地赶出去。只能敦促内廷总管，尽快调配安置。

但是，就在不久前，国库里忽然多出来很大一笔钱。那是刑部上交的整个杭州银庄的藏银。这笔藏银，恰好足够覆盖户部和内廷所有的亏空。此事立即轰动了朝野，本来，十二月银庄只是个小案子，可谁也没有料想到，牵涉的数额居然如此之庞大。是什么人、用什么手段设下这样的十二座银庄？除了已经发掘、缴纳国库的台州和杭州银庄，其他几座都在哪里，藏银几何？这是真正的天赐祥瑞，没有什么比这种"贡品"更适合一位刚刚登基、正待大展宏图的新帝君了。

关从周和刑部尚书李霁是同时被宣召的，他们略微合计了一下，在此之前，天子问了几次十二月银庄的来龙去脉，这一次又召见，而且还是跟在户部后面召见，想必就是再细问这个详情。因为案子是神捕营主导、追查的，他们怕答不清楚，就把兰、刘二人都带上了，真有询问，随叫随进。至于姚舸，是天子点名要一并进宫的。

太监唱账的声音停下来了，天子的声音似乎是在质问——区区安置内廷，如何拖了三个月之久！

君臣问对的声音不够清亮穿透，不像小太监，一嗓子吊起来，方圆几十丈都清清楚楚。关从周奋力听了一会儿，实在听不分明，掩着嘴，打了个长长的哈欠。他已经年过八旬了，实在是精神不如往日，在平时，每天午后都要小憩片刻，不然的话，就有点瞌睡上头。

他拿起茶盏，呷了浅浅一口，润了润嘴唇就放下。茶有些冷了，他肠胃太弱，

263

喝得不舒服。有个小太监眼明手快，要上来替他换茶，他摆摆手，扶栏站起身来，舒展筋骨，向四处望，也提提神。斜后方不远处，一个大太监指挥着四五个小太监，正在把一方盆一方盆的翠云草在长廊之外摆成一列，放眼看过去，一行郁郁的绿意。下午天气热，大太监圆脸上油汪汪的一层汗渍，他拿袖口揩了揩，两手杵着把花锄，下巴搭在手背上喘气。更远一点，御花园姹紫嫣红，白石水塘边海棠朱浓，垂柳飘碧，草地上倒着两棵待移栽的青檀树，根上都有偌大土块，用棕绳缠裹着。

大太监催着小太监，手指头指着身边的一棵海棠树："抓紧点！就这个！快挖！"那是一棵稀品海棠，种在这里已经七八年了，垂丝吐蕊，红极一时。论品相，远不是地上那两棵普通青檀可比。

关从周轻轻皱了皱眉头，长眉有几根白毛，已经垂到了眼角。他招了招手，凉亭外的小太监忙过来："国公爷！"

"那株海棠是怎么啦？"

"回国公爷，"小太监回头看一眼，恍然，"是圣上万岁爷吩咐，说咱们这个园子里，浓艳太重，少了些硬硬朗朗的栋梁之材，叫奴婢们抓紧换了！"

关从周略点头又问："那株海棠是圣上点的，还是你们自己拿主意的？"

"回国公爷，奴婢们哪儿敢！"小太监腰弯得更低，"是圣上万岁爷，前些个日子在园子里头散步，走到那棵树下，指着说换了的！"

"行了，知道了。"关从周摆摆手，然后又坐回到亭中木椅上，闭了闭眼睛，凝神思索。

"老爷子，这是怎么了？"尚书李霁在他身边，看出他神色有些古怪，轻声问。

"霖安哪，咱们今儿个可千万要谨慎着点。"关从周捋着雪白胡须，若有所思，也轻声，"未必就是咱们想的那点事！"

李霁回头扫一眼，也明白了。

这株海棠是极品，当年，是医佛献给先皇祖的。讲到底，一朝天子一朝臣，赶上个破旧立新、雷厉风行的当口，人人都得当心。

南书房里，有雷霆之怒："黎民有饥色，后宫安可尽奢靡。不必再奏了，一个月内，该清腾的，尽数给朕清腾！"

齐齐一声应："臣领旨！"

南书房的门开了。几位重臣拿帕子揩着汗，挟着卷册，鱼贯而出。

凉亭里的全站起来。两班人马，擦身而过，宫中不便寒暄，大家各自拱了拱手。

南书房门前一个小太监快步走出，当门挺胸直立，高声宣叫："圣上有旨，宣邓国公关从周、刑部尚书李霁、杭嘉湖总捕头姚舸、上官乾，觐见！"

亭中五臣都是一惊，一起回头向走廊尽头的皇宫东门看过去。大门不知何时已经开了，上官乾一身灰布衣、黑布鞋，双腕、双足上系着镣铐，被两个侍卫挟着，向这边走过来。他脸上没有任何表情，既不见昔日嚣顽，也没有阶下之囚的惶惶不安，只有镣铐声响，一步一锒铛，在寂静宫廷里，显得分外刺耳。走近之时，兰雪拥冷冷望了他一眼。他眼神空空洞洞，有种视而不见的傲慢。

圣上已经宣了，众人不敢怠慢，兰、刘二人未得宣召，就在亭中候着，另三人都整了衣领袖口、正了冠巾，一起快步走了进去。

南书房里，窗明几净，刚刚按照时令换了入夏的碧纱窗，案几上摆了个五彩琉璃的大盘子，蟠龙鎏金白玉瓶里单插一枝菌苕，边上围着川芎、甘松、沉香、龙脑——想来前几日是浴佛节，宫里也一并换了鲜花香料。地上红砖铺就，接近书案处向上高了一阶，本来设了两扇雕花木屏风，如今都向两边推拢着。阶下，摆了几张锦凳和一张长方桌，桌上有许多凌乱的册页纸张、两把算盘，地上也散落着些火漆封口的碎蜡、分册的牙签、束卷的青绳……几个小太监正在匆匆收拾着。看起来南书房搬进来方桌已经是寻常事，他们并没有抬下去，只是把木桌挪到一个不碍事的角落放着。

天子站在南窗前，负手而立，他四十五岁朝上、五十不到的年纪，国字脸，眉宇开阔，微微有须。这是一位以勤勉著称的帝君，即位以来，常常是下了早朝，就叫臣子来议事，夙兴夜寐，日理万机。

关从周、李霁、姚舸一进来，齐齐行礼，口呼万岁圣安。两名侍卫挟着上官乾，就远远地在门口跪了，不叫他上前。天子信步走回案前："三位卿家免礼，老国公赐座。"

此时日影西移，窗前好大一片白亮地，照得天子的影在阶前浮动，一时难量难测；凉风习习，珠帘玲珑作响，案上菌苕无声无息，落了一片花瓣下来。

"三位卿家。"天子从案上捡起一封开了口的奏疏，"日前，朕想起这个人来，关国公参了他一本，言之凿凿，道他是肆意妄为，朕削了他的爵职，叫他闭门思过。"

天子讲到"这个人"的时候，手在上官乾头上指了一指。阶下，上官乾本来就伏在地上，又略叩一叩头。天子手里拿着那封奏疏，轮着在空中点了点："不过，

265

前些日子……此人也给朕上了一封奏疏,内中所道倒是大开眼界。此人大胆得很哪,朕叫人先拿了他,说错一个字,朕今日摘你脑袋! 来呀,把这封奏疏,念给三位卿家听一听!"

天子一伸手,把那封奏疏轻轻掷到地上。关从周吓坏了,忙站起来。李尚书躬身低头,上官乾继续伏地。一个御前太监回了声"遵旨",恭恭敬敬捡起奏疏,面向阶下而立,开了封套,抽出信函,就朗声念了起来——

罪臣上官乾谨启陛下天听:

罪臣自去岁冬末,遭邓国公关从周、登云巡检司参劾,蒙圣恩指点迷津,引颈待戮,闭门洗心,迄今三月有余。

罪臣生于草莽,混沌粗鄙,唯遇先帝恩擢,拨云见日,可谓毛羽成人。今有负天恩,心实惶恐,臣自居郊地,冰蘗自守,一枕一席,衣不敢彩,食不敢肉,夜读《论语》《春秋》,辨君臣之义,每念亏负君父,忸耻交加,万死号啕。

待刑之身,本宜泣涕负荆,以候鼎镬,然臣有一事,自始而疑,深思且讶,后极惊惧,实骨鲠在喉,茹之恐误朝纲,故竭诚泣血,乞死阶前。

不日之前,罪臣路上闻听,朝野之中,风传谣诼,人人道臣于二月初二在京西野山之上,戮杀神捕营名捕万蜀戎。万公殒身一事,臣亦知之,当是时,叹息扼腕,且愧且冈,孰料鬼蜮含沙,射影须眉! 臣本无意自辩,然此一事,刑部衮衮诸公人人皆知,神捕营伙役门吏口耳通传,每在道路,议论加背,独臣一人在梦中耳!

事发之日,正是陛下宴饮高丽使团之时,臣得恩召,幸在宫中侍酒,百官众目睽睽,关公本人也在左侧,如此昭昭之事,如置石在道,非瞽目者孰敢不见? 凡关公发一语,即可定风波,援臣于焫火,公却不语,缄默竟月,天日在上,此欲掩耳而诬臣乎? 此欲无为而杀臣乎?

呜呼! 人非禽兽,安能受此奇耻大辱?

臣虽愚鲁,亦有须眉! 既忸且怒,再思前事,夜中骇然惊坐。

关公参劾臣者事二。去岁四月,臣奉旨执御令,前往神捕营商年玉处缉拿查抄,复命之时,路遇神捕营管带步踵武阻拦,臣上谕在身,挥之不去,无奈杀之。此即关公参劾臣跋扈事也! 去岁十月,臣得刑部公檄,率部于大别山之中，捉拿铁敖弟子、屠戮百余村民之弑师恶徒苏旷，再遇江湖大盗燕某阻拦，明言法纪而不去，臣不得不斩其首以示众人，此即关公参劾臣嚣张事也！此二事，前有路人口供，步蹉武夫人供述陈书，后有地方卷宗，刑部正印公文，桩桩条条，有据可查，以此二事论臣之罪，真可谓捕风捉影！前一事，臣奉先帝旨意，后一事，臣怀刑部公文，此二者尚不能公然行于天下，是世间纲目仰神捕营之只手乎？

臣惶惶然，孑孑然，始思则惘，再思肝肠俱裂。神捕营一再虚张臣过，是真臣过耶？是先定臣之罪、再网罗臣之非耶？设使真有此举，神捕营国之利器，天下法度，安敢为此大逆不道之事耶？

去岁冬，台州知府石南庚报地方事，十一月十七，有江湖不法之徒行邪祟事，地下银庄之主家横死街头，巡捕讯中言，人人见臣持御令以非常手段号令有司。此匪夷荒诞无边事也！当日为阿弥陀佛圣诞节，臣在上苑，侍奉太后、皇太妃礼佛，须臾不敢离左右，安有千里分身之术耶？然假扮臣之相貌、伪持臣之令者何人？此一事看似极难，实则极易，朝中探访，无端无迹，民间查询，一问皆知，盖其人乃江湖枭首、聚持械之众十万、自以为法度，动辄恃武定人生杀之丁桀也，与神捕营之叛逆苏旷互引为生死至交。此一人，居于洛阳，则洛阳知府形同虚设，行于天下，则天下匪类莫敢不从，退一步，隐隐一城之主，进一步，噂噂南面称王，此一裂肱大刃，神捕营昧之不报，屡以小人目中蛇影，伪报臣之杯酒波弓，是不知有法纪乎？是不知有朝廷乎？是不知有天子乎？

神捕营国之利器，规天矩地，除恶务尽，百年之间，忠臣良将仰之弥高。然，铁敖在日，刚愎自用，自立奖惩荣誉，不以品秩论人，营中名捕部吏，皆以十面大旗为荣，只知铁总捕头，不知刑部，只知有国，不知有君。自铁敖故去后，门生沉瀣，党羽合谋，擢迁自主，任人唯亲，铜墙铁壁，水泼不入，自立一铁门槛，非同类不可轻越一步。贪墨枉法之楚随波，一再复用；弑师杀人之苏旷，屡拿无果。江湖匪聚，无非癣疥在足；国器生变，其毒瘕瘰在颈。细想臣之过，无非误入雷池，知其端倪而已！

罪臣所言，皆有真凭实据，神捕营有一卷宗阁，凡定夺推演，尽数记录其中，不堪入目者皆隐其密宗，欺君罔上。臣启陛下，愿开其阁，据其密，广昭天下，若罪臣血口厚污忠良，愿寸磔弃市，以正天下，若真诚如臣所奏，愿以区区一身之死罪，为天下再开太平。

阶下待刑之徒上官乾再拜，伏乞圣安。

这封奏疏，所言实在是石破天惊，念到后来，小太监念毕，额头都有点点虚汗，几次偷眼打量天子神色。关从周、李霁都俯首，等待皇帝问诘。姚舸本来以为进京面圣是件大喜事，不想撞上这等惊天动地的是非！上官乾还是伏地不动，只略叩一叩头。

天子巡顾众人又问："关国公、李尚书，二位卿家，对这封奏疏有什么话讲？"

关从周弓着身子拱着手，腰腿站得发颤，须发气得乱抖，苍老的声音里含着大怒："老臣启禀陛下，这样的乱臣贼子，该当乱棍打死！"

李霁、姚舸都纹丝不动，心里暗自一惊，老头子手段硬得很！这样的一封奏疏，含血带刃，全都指向神捕营众人，若是落在实处，当先要摘下的是兰、刘二人的首级，关从周和刑部固然难脱关系，但真要撇清，也有托词。关从周开口一句话，先把自己退路封死，明明白白，开口讲清楚他和神捕营是一体的，这样一来，李霁也就无法再说刑部失察。

天子饶有兴致："哦？老国公此话怎讲哪？"

关从周又躬身："启禀陛下！这贼子可诛！神捕营无非是一个缉拿盗捕的所在，凡穷凶极恶之徒，全在深山老泽，谋深算远，盘根罗网，一案动辄三五年，一众名捕，赤诚肝胆，功劳簿上，丹丹血书，自十九棵松下迄今百年，白骨如山，何曾有一个见诸汗青昭彰？自古至今，普天之下，结党营私总要一个私字！神捕营私在何处？自铁敖至其门生部属，毕生勋劳，连个子嗣也无！出了神捕营，衣不朱紫，职无品级，泯然众人而已！所谓的一点虚名，不过在那十面大旗之上，这怎么会是自立奖惩？无非是一点英雄自照。这贼子还敢挑唆，什么只知有国，不知有君，何其狂悖荒谬！试问，自古至今，世上有谁是只知有天、不知有日的？世上又有谁是只知有四海，不知有真龙的？神捕营桩桩案案，全在国家法度里。倒是这贼子，趁着先帝归天，持其御令，大开杀戒，践踏法度，若不严惩，才有伤先帝颜面！"

关从周一口气说了许多，天子微微颔首，诸臣不敢抬头，也不知他脸上褒贬。

本来这个时候，是互相发难的好当口，但不知为何，上官乾伏地不动，只是叩头。攻防的当口，失声即是失守。

刑部尚书李霁也旋即应声："启禀陛下——"

"讲！"

李尚书斜瞥一眼上官乾："上官统领这封奏疏委实荒谬绝伦！启禀陛下，臣听来，震讶得很！上官统领信口胡言，讲什么只知有神捕营，不知有刑部！上官统领难道不知？刑部四司，各循其守，秋审、掌狱、修例、提辖……无一在神捕营治下，你口中所言的门生党羽、沆瀣一体，如何沆瀣，怎么个一体？神捕营连个自立的账目都没有，一出一进，一举一动，沾上银两就要三重报批。即便是刑部，司法断案也越不过大理寺去，更有御史台监察复劾——上官统领自己是个横冲直撞的莽人，就不要妄自揣度三法司的运作法理了！"

不知道上官乾葫芦里卖的是什么药。他真是托大，还是不开口，只顾着叩头。若要在别的场面，关、李二人今日非诘难到底不可。但这封奏疏实在可怖，关从周顾不得别的，接着躬身："启禀陛下——"

"讲。"

"上官乾所奏的两桩弹劾事宜，也在查中。步踵武一案，有人虚诱了口供。这数月以来，翻供之人，都有捕快暗中盯着，几乎是人人得了大笔银两，这些银两变动，全数指向国色天香楼，该有的端倪线索神捕营都有了，只是全案尚未水落石出，不敢繁文以扰天听而已！至于，大别山的刑部公文，恕老夫揣测，恐怕是上官乾公然作假！伪造大印！"

这一回，连天子都动容："什么？"

上官乾伏地，总算大叫一声："血口喷人！"

"贼子！"关从周回手戟指，"你事机败露之后，想不凌迟都难！"

"关国公只管回禀！"

"是，老臣失礼。启奏陛下，上官乾手下，应该是有极擅伪造的高手，那方印是他们自己伪刻了搅浑水、脱罪的。封套、火漆、信笺全是刑部的，这如何偷来，要问上官统领本人的手段！但是那印泥是兵部的！刑部的印泥，合混的松香、明脂要比其他五部多得多，实在是因为刑部公文常常要跋山涉水，在身边收放许久，容易折污。而且，刑部的公文，凡是千里要件，一律加蜡，先熨烫一遍，也是为了防风雨、防涉水。这两样，当时一过眼看不出来，搁置数月之后，极细微处就有了变化。侥幸神捕营之中，有慧眼如炬之人，找出了不同！这一桩，物证就在手里，拿兵部公文、印泥与刑部密件一对比就知道了。"

"果真如卿所言，那信上提到的两个人怎么讲？"

"上官乾为了构陷神捕营，真是什么犄角旮旯的人都能挖出来！启奏陛下，铁敖确实有过一个弟子，名叫苏旷，但据老臣所知，他二人名分上虽然是师徒，可情分淡得很，鲜少来往，许多年里连照面都打得少，谈不上有什么牵连、关涉。此人曾经在神捕营待过几年，但因为没什么本领，寸功未立、品级过低，始终是个无名小卒，是以，老臣对他知之不详……听人说，他后来……似乎是不得志流落江湖。"关从周顿了顿，他今天在御驾前所讲的，就是苏旷明面上的生平了，"神捕营倒是发过捕文，缉拿于他。在此之前，也确实有过一桩渔村血案，哦，案子早已经定了，元凶主谋，都是江湖匪类……嘶，好像是向苏旷寻仇去的。卷宗之中记载过，铁敖铁总捕头亲口指过苏旷与此事有涉，之后不久，铁敖就归隐，终老在大别山之中，营中旧部曾经在案里发现过一些端倪，怀疑过苏旷和铁敖的身死有关，但此案……还没有查清楚。"

李霁在旁，也点了点头。关从周做的是极其得当的取舍，他无论如何，都要明明白白保住神捕营和铁敖，但也无论如何，都要把苏旷切割出去。苏旷是洗不干净的，洗干净需要伪造他的大半个生平，这不可能，也不应该。而且，铁敖本来就不该有一个流落江湖、品行不端，而且手里有过人命、牵涉过血案的弟子，如果有，铁总捕头最应该做的事，就是大义灭亲，如果没有来得及做或者没有做完，这件事，神捕营会替他做完。

一时之间，南书房里寂静无声。日头已经渐渐西斜，阳光柔和下来，照在莲花瓣上，有影如醉波。

天子打了个哈欠。这是个微如草芥的小人物，吹口气就没了，在隆隆运转的庞然大物里，就算是卡到关节里，也阻碍不了什么。这个名字，本不该被写到奏章里，送到他面前。看起来，上官乾确实是没得写了，无所不用其极。天子有些倦了，他伸了个懒腰，问了最后一句："还有个人哪？"

"启奏陛下，姚总捕头曾经与那人打过交道。"

"讲！"

姚舸一直站在最后，保持着躬身俯首拱着手的姿势。今天是他第一回进宫面圣，本是他仕途上的大日子，临行之前，和夫人、儿女们一一展望过未来的美好前程，甚至和一个西湖边的相好名妓依依许久，承诺要纳她为妾，带她一起进京。他悉心准备了很久，定做了一领新朝服，为往来京官们都带了新奇但不会太贵重的江南小礼物，准备了七八种在圣驾前的应对措辞。如果一切都不被打乱节奏，他会在今年九月进入刑部，如果得到足够多的保举，或许能拿到一个员外郎的位置，如果青云直上，说不定能在五年左右走到刑部侍郎。他并没有准备要听到这样一封奏疏——如果参劾落在实处，整个刑部，都要天翻地覆，神捕营要交上很多颗人头——他听了关国公的对应，也看了李尚书的态度，于是，谨慎地拱了拱手，头更低，说道："启奏陛下，上官统领言之太过，他所提及的丁桀，不过是个江湖草莽，一群叫花子的头儿。"

天子有些失望，向后靠在龙椅上，松了一扣玉带。毕竟，从下早朝一直问政到现在，龙体也有些乏了，到了判决的时候了。天子最后给上官乾一个机会："你还有什么话，要对朕说？"

"启奏陛下！"上官乾双手伏地，慢慢抬起头来，用一种异常坚定、不可置疑的口吻回禀，"他们合起伙来，欺君罔上！罪臣不善言辞，可所奏都有真凭实据，只要打开卷宗阁，一望皆知。"

关从周还要开口，天子摆了摆手，瞑目片刻，睁开眼睛："来啊，传谕！"

"万岁！"所有人都应了一声。

"传朕的口谕，着令——此事朕要查个明白，上官乾收押在内廷，若有厚诬大臣，欺君罔上之罪，并刑处置。大理寺卿严岳，御史赵汀，内廷总管黄玉，刑部尚书李霁，邓国公关从周，五人齐赴神捕营卷宗阁，当面清点密卷，相关案卷，择其摘要目录，报与朕知！"

"遵旨！"

四月维夏，初上的一点炎气渐渐消退了。树坑已经填平了，挖出来的新土浇了一桶水，湿漉漉的，几个没来得及敲碎的土坷垃滚在旁边的草丛里。新栽的青檀还差了些水土护持，枝叶有些软蔫蔫的，想来再过月余，就能抬头。

六角凉亭里，兰雪拥和刘伯庵始终肃立。小太监宣读奏疏的声音清晰可辨，他们侧耳谛听，字字句句，都不曾错过。关老爷子在里头奋力抗辩，虽然听不真切，但凭着风里若有若无的一点精气神，似乎也是不落下风。南书房里一片山呼，这场辩战似乎是结束了。

他俩互相望了一眼，眼底都有一层深深的疑惧。关老爷子倒是光明磊落，可这个节骨眼上，卷宗阁的几部密卷是断不能交出来的，那里不仅有王嘴村血案、夜审苏旷的留底，也有楚随波、孙白鹿、韦氏兄弟和苏旷船上对谈的密录。

那仅仅是一个记载而已——有时候甚至很难解释清楚做这件事的动机，或许是春秋以降，这个国度的陈书者就在骨子里有对秉笔实录的忠诚和信仰，有时候会把某年某月的某件事情，刻在竹简上、刻在石头上，深埋在地里；也有时候会把它寄托到一个曲折隐晦的故事里，在一片桃花流水间避过烽乱，不知有汉，何论魏晋。所谓传统，无非如此，一千年以前，人们是这么干的，两千年以前，人们也是这么干的，照此推演，一千年以后、两千年以后也不外如是。光天化日之下，按照今生今世的法则生存着，而夜深人静的某个刹那，仰头遥望星空，会敬畏一个更大的尺度，那个时候，会像候鸟从温暖的南方向北飞一样，完成一个血脉里对广袤严寒之地的承诺：我活过，我看见了，我也曾诚实。

但无论如何，那份密卷是不能拿到光天化日之下的。可是，也很难在众目睽睽之下，直接把它销毁。他们必须立刻做出决策。

南书房里的政事结束了，大门又一次轧轧打开。很快，几个臣子就会出来。

"兰大人。"一个小太监丢了个眼色给兰雪拥。兰雪拥顺着他的目光看过去，东门外楚随波正在张望着，手掌在袖子下面轻轻招摇，似乎有事要报，很是焦急。

太不知轻重了！兰雪拥皱了皱眉头。关从周他们已经鱼贯走出来了，关老爷子扶着拐杖，走得很慢，一路跟内廷总管说着话。四下都是耳目，不便轻举妄动，兰雪拥没有搭理楚随波，向那边低着头等他们过来。

"兰二先生！兰大人！"楚随波实在是着急，已经在轻轻地叫了，实在叫不动兰雪拥，又低声喊，"刘伯！"

刘伯庵转过眼，有些疑惑地望着楚随波。楚随波更大胆了，手在袖子底下悄悄摇着个小竹筒，比着口型："苏旷……"

刘伯庵试图往那边走几步，兰雪拥一把扯住他。这还了得！天子还在南书房呢，说不准就站在书窗边上观望，看见他们就这么公然交头接耳，作何想法！

两个挟着上官乾的侍卫要转向了，他要被押到北边。

"兰大人！"楚随波忍不住了，喊出声来。

所有人的目光，都往他这边看。关从周不动声色，但眼底已经有了真火——这个"贪墨枉法"的楚随波，还真是一再复用，居然就敢在宫廷之内、天子眼皮下面，大呼小叫。

楚随波试图往里走，被侍卫拦着，他又没法继续把下面的话实打实喊出来，继续比画口型："这个上官乾多半是假的……苏旷刚在洛阳见过他……"

大家都在盯着他。楚随波天生不是个能把嘴巴张得很大的人，他说话自幼温糯，十个声音总要吞个两三声，平时好好说话的时候还好，这一比口型，前半句说了什么，谁也看不明白，可后半句，因为"苏"是个舌尖音，"旷"是个开口音，口型变化非常大，倒是所有人都看出来了。不提苏旷还好，一提到这个名字，关从周猛一顿拐杖，口中森森叱骂一声："大胆混账！住口！"

刑部尚书和内廷总管又过来了，商讨稍后清点密卷之事。兹事体大，没人再看向楚随波。

楚随波站在东门的门洞里，他眼前一片良辰美景，阳光照得白灼灼一片。他不知道应该如何是好。上官乾离他只有十丈左右，但中间似乎隔着一道天堑。上官乾"多半"是假的，他能推论此事，靠的是一种出于直觉的猜测，但是无论他怎么睁大眼睛分辨，此人形貌，都并没有丝毫不同。如果他有十成十的把握，就会大叫出声，或者直截了当地扑过去。但他没有，如果这个上官乾不是假的，他和神捕营都会付出难以考量的代价。他没有时间拖延了，必须立刻做出决定，因为一旦上官乾转向，走远，追也来不及，可能半路上就被截下来。

就在一个刹那，一种近乎耻辱的像个熟悉老朋友一样的恐惧感，攫住了他的头脑。这是他骨子里的懦弱，像宿命的诅咒一样，在命运抉择的最关键时刻，他总是无所作为，只差毫厘就可以赢的时候，他总是不自觉地选择了输。他一路来时的勇气忽然消散了，那种要命的消沉往外咕嘟咕嘟冒。他灵魂深处，好像还是躲着那个恐惧小孩，总是渴望消失，总是想要躲进一间小黑屋里，闩上门，躺在床上，缩进被窝里，任由命运摆布。"踹开那道门啊！"门里的恐惧小孩对外面的英雄小孩说，"你他妈得自己出来！"

他脑子里像是一块被烧灼的白地，他在废墟之中寻找着纵火的源头。一个清清楚楚、明明白白的念头冒了出来。我好像知道这是怎么一回事了！来的路上，他一直在想一件事：如果苏旷的消息是确凿的，那么，有一个问题就要浮出水面了，上官乾为什么要冒险去干掉丁桀？银沙教要孤注一掷地杀掉丁桀，那是天经地义的，但上官乾大可以不这么干，他还在京城，还有的是机会，可以躲在背后，等鹬蚌相争。上官乾赌性很大，行事神出鬼没，心思缜密恶毒，但从来不做没把握的事。他到底有几分把握，可以万无一失地干掉丁桀呢？没有的，世上不会有人敢拍这个胸脯。

那么是为什么？唯一的原因是上官乾自己心知肚明，他已经没有任何机会在京城翻盘了！

　　这一步是确定的，那么，再往前回溯一年……去年四月，老皇帝驾崩的那一天，他从城外王素家返回城里，上官乾在商年玉府门前匹马踏碎步踵武。

　　那是上官乾出现在京城众人面前的开始。在此之前，如此的人物、如此的身手、如此的行事，上官乾何许人也，居然无人听说。上官乾是一个没有"过去"的人，他的履历是被修改过的，即使是神捕营也找不到任何端倪。

　　可这是京城，不是江湖，每一个走到高位的人，后面都有一条长长的晋身之阶，阶梯上写着来龙去脉，家族背景、师门朋友、功勋绩劳……那道阶梯才准确地说明了这是什么人，可以担当什么责任。上官乾为什么没有卷宗？他凭什么能做到？"如朕亲临"的御令是谁给他的？谁扶持他登上禁卫军统领这样咽喉要职？给他这样的权力和人马，是要干什么？

　　有些答案，不是因为猜不出来，而是因为不敢猜。唯一的答案，就是先帝——当今天子的父亲、老皇帝的儿子、昔日的东宫太子。

　　先帝驾崩的时候，已经年逾六旬，苦苦做了四十多年的东宫太子，他豢养这么一个人物，在京城埋下这样一柄利刃，是图什么？答案无非是血淋淋的两个字——篡位。

　　篡位并不容易，一个四十多年还不能登基的太子，也就说明了他的对手是何等样人。如果不能奉天承运，顺利继承大宝，逆转乾坤必然是要血流成河的。那么，再推一步，一旦祸起萧墙之内，最需要直接钳制住的力量是什么——神捕营。

　　神捕营是在天然地维护京城以及整个国家的秩序。神捕营的发扬光大全是在老皇帝的治下，从关从周到铁敖，都受到了老皇帝的提携，或者直接说，神捕营在势力划分上，属于老皇帝的一脉。而且，相对而言，神捕营毕竟容易全盘摘下，说破天，也不过是一个捕快的世界，和守城、戍边的兵马没有可比性。整个神捕营，没有任何人提防过这一点，他们自诩是执法者，国家的脊梁，但脊梁总是管不了心脏的事。

　　哦，也不一定。至少，铁敖应该是通盘考虑过身后事的，他耿介刚直，两袖清风，没有一点私蓄、家业，没有子嗣，也没有给过苏旷任何往上走的机会，这在当时想来有些不可思议，但此时再想，这是在给神捕营续命。

　　铁敖来自一个谪贬过、在宦海浮沉过的家族。他选择了另一个谪贬过、在宦海浮沉的家族之子来继承他的身后事。楚家，终究是给过楚随波真正的礼物的。

恶在黑夜中掠过，有如黑驹过隙，看不清楚，可也会莫名打个激灵。

这一切，当今的天子不可能全然不知，但是，他也永不会让人知晓——他的父亲，曾经试图谋杀他的祖父。

如今，海棠树已经挖掉了，青檀树已经栽上了。国之利器，把柄有时候会松一点，敲一敲，紧一紧也就是了。汗青到了另起一章的时候，那么，猜猜看，上官乾的命运是什么？上官乾是乱世之子，无论他有多大的能耐，不管他是不是忠心，只要曾经被赋予过那样的权力和使命，一旦天下太平，就必须消失。

最初的问题回来了，上官乾为什么要冒险杀丁桀？答案也昭然若揭。

他立足的根本，像是春天的冰层，很快就要融化了，这是天时的力量，人力无法阻挡。一旦离开京城，银沙教是有势力的，可上官乾并没有足够对抗的本钱，他唯一的机会就是去江湖上吞噬别的势力，这一切的前提，就是立威。他临走的时候，还参了一本，就好像弃船之前，狠狠反踹上一脚。那么，眼前这个人会是他本人吗？

好像就是那么一恍惚的工夫，前因后果一条线，清清楚楚摆在眼前。"去他妈的吧！"楚随波心里叫了一声。他撩起衣襟，推开守门的侍卫，大喊了一声："站住！他是假的！"竭尽全力，纵身跃出，全力向上官乾背后猛扑了过去。

锵锵锵！背后全是刀剑出鞘的声音，耳边是乱哄哄炸雷一样的一片"站住""放肆""拿下""格杀勿论"……镣铐当啷一声响，上官乾被凌空扑倒了。楚随波没来得及抬头细看，立刻被无数双手狠狠摁在地上，七八柄刀刃刃压在颈边脑后。他脑海中空白了一个刹那，不过还好，总算没有被格毙当场！

之后，好像摁着他的手稍微松了一点点，他鼻子蹭在地上动不了，稍微转过一点眼睛，他看到上官乾的左脚还戴着脚镣，但从小腿肚子那里，完全折向了另一边，像是被完全撅断了似的。一个侍卫抓住他的脚，晃了晃，之后撸起他的裤管，扯下了一只假的木脚来。

"上官乾"的伪装是精细到令人赞叹的——两只"裹"起来的脚，脚尖绷直，用胶板固定着插进假腿里。他的肌肉简直是雕刻着，一层一层裹在皮肤上。他的身体里还藏着一个人，一个瘦小的罗圈腿的人，他上身宽大厚实，鸡胸又驼背，可贴上明胶，正好是上官乾魁梧如巨岩的胸和背。他的外壳被一重重剥掉了，最后是脸——脸上的一切纹丝不动，再用力撕扯，会把脸皮剥下来。那个人有一双茶褐色的、和上官乾简直一模一样的眼珠子，他木愣愣了很久，终于被撕扯皮肤

275

的疼痛惊醒，用一种又甜又腻又哭泣的声音哀号着："我肚脐眼里有药……"

他的"脸皮"终于被洗下来了，好几个人都认识他，是上官乾那个小丑一样的亲随，常年跟随左右的。

这是真正的戏谑玩弄级别的欺君之罪！

人群分开，天子缓步走过来。所有人都跪下了，一起口呼："万岁！"

亲随被压在地上，扯着发髻，拽起脸来，他脸上有卑微、讨好又惊骇的笑。楚随波也被压跪在地上，外襟扯下来，刀刃在喉头架出血槽。

天子挥了挥手，有人把楚随波松开了。天子又问地上那个亲随："上官乾本人去了何处？"

亲随原本还木愣愣的，有个侍卫踹了他肋骨一脚，他吃痛，如梦初醒，鼻涕口水一大把："我不知道……救命啊……上官大人吩咐我说，等他三天，还不回来，就把这封奏疏送出去……"

天子有些怒意，挥了挥手："关国公，你们把他带回去，严加拷问，审明真相。至于上官乾，与朕诛杀此獠！"

关从周连忙答应了一声"遵旨"，众人齐齐俯首。天子拂袖而去，几个大臣你看看我，我看看你，有事不明，公推李霁。

李尚书弯腰提着袍子追了几步："启禀万岁，这开启卷宗阁……查录密宗之事……"

天子在簇拥之中，步履不停，亦不回头："容后再议！"

第五十章　蝇头小利

一出宫门，众臣寒暄礼毕，各有去向。

兰、刘二人要把假上官乾带回神捕营审问，特地借调了一队禁军押解。停驻车马处在宫门外百丈的空地上，囚车前人群簇拥，戟刃光寒。此犯关系重大，兰雪拥不敢怠慢，亲自上手锁拿；刘伯庵不是擅长动手的人，就站在附近，手揣在袖子里，慢慢地等。楚随波觑准机会，凑过去，把飞檄竹筒塞进刘伯庵手里，又附耳将文陵江醒转的消息细细转述了一遍，提到"第六排第七个架子最后一层"的时候，刘伯庵若有所思，唔了一声。

不多时，人犯收拾停当，二人要随车回营。刘伯庵上前，和兰雪拥附耳说了几句，一边说着话一边撩袍角上了车，他腿脚不好又驼背，上车不好腾挪，要倒退着上去坐下，兰雪拥很自然地伸手一扶一送。随即，兰雪拥自己也上去，捎带关上车门，指挥驭手掉转马头。

楚随波不远不近地站着，他本来也想前后脚跟着上他们的车，毕竟这个关口形势瞬息万变，多交换意见总是好的，但人家压根没招呼，他一时心里芥蒂，迈不开腿去。罢了，他心里很轻很轻地叹了口气，想来该送到的都送到了，倒也没有什么非在路上讲不可的急话。他去牵了来时马，信手挽着缰绳慢慢地走，恍惚间转头看去，不知不觉已是黄昏，远处红霞夕照，映着殿宇庄严，群鸟振翅夕归，仿佛砰砰有声。他怔怔地望着，晚来风急，吹得衣袖里手臂冷飕飕一片，一时故日凉意上涌，只觉得今日已经自告奋勇、奔走冲撞，再枉自热络，好生无趣。

"楚随波——"身后一声招呼。

轮轼辚辚，一辆厚旧青绸子马车缓缓驶来，前有驭者执鞭，后有侍从跟随，车窗帘挑开，关从周伸出半颗白发苍苍的头颅，伸手招了一招："来。"

楚随波连忙应了一声，把缰绳交给侍从，掸了掸袖口，拂了拂衣摆，从命上车。兰、刘二人的马车刚刚掉好头，嘎嘎轧轧地赶上来，兰雪拥见状招呼一声："国公爷找你，那就营里会。"

神捕营的马快得多，错身而过，转眼就前面去了。

马车轻稳地走起来，厚厚的车窗帘又放下，底下摇晃着一线光。楚随波是头一回和关从周这样咫尺相对，他恭恭敬敬低着头，目光四下溜一圈——车厢里陈设样式都老旧了，但是舒适宽敞，四月天了，坐垫上还搁了套羊毛薄毡，座椅下面，塞了个朱漆马桶。

"国公爷！"他躬身问礼，关从周示意他坐，他不知究竟，并不敢坐实在，屁股谨慎挨着半边座椅。

关从周半闭着眼睛，早早地把腰带玉扣解开，腆着肚腹歇息。他在御驾前侃侃而谈，矍铄精明得很，丝毫看不出八十有四，但一上车，腰背就全委顿下去，看起来老态龙钟。关老爷子歇了一气，还嫌坐着不舒服，弯腰脱靴，那靴子口略紧，他又弯不下腰，一时捉着靴口揪不下来。楚随波也不知该不该伸手，只恭恭敬敬地看着。关从周咳一声，搥膝呵斥："眼力！"

楚随波连忙俯身帮他把靴子轻轻脱了，腿脚抬放在座椅上，盖了羊毛垫子。又退坐回来，依旧拘谨得很，不太抬头。老爷子倚靠舒坦了，又闭了闭眼睛。"这是个实实在在的老人了！"楚随波定睛细看，忽然有了这样强烈的感觉。老爷子脸和颈子全松垂着，银须下面满是灰褐斑点，突兀的青筋在枯皱的皮肤里耷拉着，似乎看得到死亡正在攀着这些蔓藤向上攀缘。老人开口总是很慢，话语像是在那些青筋里绕了一圈："楚随波啊……"

"在。"

"听霖安说，你有个儿子？多大岁数了？"

"回国公爷，犬子十三岁了。"

"叫什么呀？"

"回国公爷，叫楚让。"

"有多高了？"

"啊？"

"问你儿子，有多高了？"

"有……有这么……到我这……"楚随波伸手在胸口比画着。

"矮了点……"

"嘿嘿……是……"

关老爷子讲话有一搭没一搭的,眼睛半睁不闭,好像随时随地都要睡过去。楚随波丈二和尚摸不着头脑,就一路留神敷衍着。

"楚随波啊……"

"在。"

"听霖安说,你那儿子……你前些日子……是交给了雪拥,还说……可以拿他当个人质?"

"是。"

"你这当爹的能狠下心?"

"回国公爷,那倒也不是……毕竟,覆巢之下,焉有完卵……"

"少来这一套!老夫问你,这个人质,你预备怎么个当法呀?"

"这……"

"是说你的事儿办不成,雪拥就能下手,把小孩子攥脖子捏死?雪拥是这种人吗?神捕营是这种地方吗?"

"嗯,倒不是……"

"还是……你就是表个决心?"

"是……国公爷这样说也可以。"

"听霖安说,你那个儿子,还是从城西客栈里拐出来的?"

"不是……国公爷,我带他出来,不能叫拐吧!"

"本来是谁带着他来的呀?"

"是……我大哥。"

"哦,楚家老大,他在客栈干什么呀?"

"这……"楚随波伸手揉了揉太阳穴,一时不知如何作答。

关从周不是空口说白话的人,这么问了,必然是知道了一些事情。他都知道些什么了?兰雪拥都告诉他些什么了?他喊我来是要问什么?是要告诉我什么?楚随波额头有细细的微汗。瞒不过去的,他在神捕营,早就被查了个底朝天,还有什么秘密可言呢?但他依旧不愿意和人聊起"楚家"。

关从周饶有兴致,咄咄进逼:"哦,不能提吗?"

"回国公爷。"楚随波躬了躬身子,"属下……不方便作答。"

279

一时寂静。

楚随波的大哥是去年被他一封信喊来京城向医佛提亲的，结果人算不如天算，昭通到此，路途遥远，大哥一进京，医佛已经犯了天条，小院也被查封，连楚随波本人都系狱。大哥无处可去，下人散尽，只能寄住在客栈里，转眼间寒冬又至，路途遥远，置办不了车马，想回昭通只能等来年春天。大哥没有一技之长，也没能找到什么挣银子的勾当，又不懂得穷家节俭度日的门道，随身那点银子流水一样花着，行李、衣物、提亲的礼物……一样一样都典当了。如此坐吃山空，日子自然好不到哪里去，刚进京的时候住的是上房，后来降格到普通客房，再后来死乞白赖窝在空账房里，饥一顿饱一顿，眼睁睁看着客栈的债打着滚往上翻。出来之后，楚随波听人说过，最开始那一段，他大哥还是四处打听他的下落的，再后来，他大哥给上官乾传了去，最后一丝幻想也破灭了。曾经有过那么一个冬天，楚家人也是在京城走投无路、惶惶不可终日。毕竟，好些年里，他们父子真有了楚家复兴的妄想，居然还是强自忍气吞声，把希望寄托在最看不起的老四身上。大哥上回在上官乾面前抽了他，谄媚到没眼看。那回拿了银子吗？不知道，应该是拿了吧，不然这么长的冬天，他大哥带着他儿子，靠什么过活呢？

楚随波从狱里出来之后，一转身就又奔了神捕营了。这前前后后一年多，他并没有机会见到儿子。也不是真没机会，可是做父亲的去见儿子，不能落魄潦倒地去。他的处境和大哥相比，凄惨得多，他也是死乞白赖才留在神捕营的，既没有俸禄，也没有住处，公署里有的是床，可没人肯和他同住，实在是主管的人见他可怜，指了一间茅房边堆放扫帚、簸箕之类杂物的小屋给他，一床一卧，聊蔽风雨而已。吃饭的时候，楚随波厚着脸皮等人散尽了再去大厨房，倒不是厨房连口吃的都不给他，而是难免有人对他指指点点，还有些小伙子什么都不说，大老远一见他就阴阳怪气地喊他副总捕头。他自幼心细且重，既容易自傲又容易自轻，那个冬天过得真是身心皆苦。风过破窗，雪湿褥草，布衾似铁，鼠啮墙垣……三九天里，实在冷得睡不着，就到井台边跑个几圈，操练拳脚，倒也强身健体。

那些日子，风雪原被兰雪拥、万蜀戎厉声告诫过几次，不要与他来往，少年已经掂出轻重，偶尔擦身而过，悄悄道声"楚大哥珍重"；二毛也被叮嘱，小姑娘不敢公然忤逆大人，就偷偷送些食盒、点心，母亲绣的鞋垫、缝的背心，总是卷成小小一包挂在井台边；唯一一个不知天高地厚的是大雅，她压根不把什么"贪墨枉法、构陷同僚"当回事，常常阿秀婶让她捎点热菜热酒来，叮嘱着趁热吃，她自己路上就兴冲冲吃了一半，醉打山门一样，响亮亮地叫着"楚大哥"，拍门进来。没有大雅，那个冬天会相当难熬。

楚随波是个很讲究的人，喜好清洁，早些年他跟"兄弟们"怎么都走不近，多少也有点嫌他们腌臢龌龊。他如厕喜欢干干净净的，担任代总捕头的时候，在公署边上弄了个很私人的所在，上面架着香木，下面铺着鹅毛，一点污秽和异味都没有。所以，于他而言，别的艰苦还都好挨挡，最难以忍耐的就是住在茅房边上——不过薄薄一面土墙，时不时就有股臭气袭来——神捕营里，大多数人都耿直，就算是之前看他不过眼，也不愿意在落难时折辱他，走过路过，就避开这个茅房，改投别处；可还是有些年轻人，气性大，按规矩偏又奈何他不得，非要大老远地不辞辛苦，跑来拉屎。这群孙子阴损得很，非要憋到楚随波吃饭、睡觉的时候才来，一通噼里啪啦，清晰可闻，完事了还要嘻嘻哈哈："副总捕头辛苦收拾！"

楚随波做不了什么，遇到这种时候只能"出去转转"。那两条罪名，像是文在他脸上一样，谁见都能啐一口，永世不得翻身。但有那么一回，赶上了大雅在。

几个小伙子喝多了，在隔壁一泻千里，有一个还怪声怪气地例行打招呼："我说，副总捕头，有纸没有？"大雅当时睁大了眼睛看楚随波，不可思议。楚随波低了低头说："大雅没事儿，你先回去吧。"

大雅站起身来，毫不犹豫地冲出门，一脚踹开隔壁门。几个小伙子惊呆了，这可是茅厕！忽然就闯进来一个又高又大、声如洪钟的小姑娘，压根不知道害臊，眼睛上下左右乱瞟，一手捏着鼻子，一手就来拽他们，手劲还特大："你们在干吗？"

在干吗？这不是一目了然吗？顿时，里面炸锅一样地喊："不能拽不能拉！别乱来别乱来！楚随波……楚大人，帮帮忙啊！"

楚随波连拖带扯地把大雅拉出去了。但自那之后，大雅臭名远扬，这里还真就没人来了。

冬天过去了。楚随波在慢慢地等，慢慢地熬，要从没机会里熬出机会来。说起来，这是很残忍的事，如果万老大不出事，他永无出头之日。他几乎是孤注一掷地出现在兰、刘二人面前，像条潜伏很久的饿狼，一跃而起，并且扑住了这个机会。他开始重新赢得信任了，也得到了生活上的必需——新的住处、得体的衣服、日常零用、必要的交流。

临去杭州之前，楚随波觉着时机差不多了，特地去了趟客栈，把"人质"给

281

接回来。出门前,他厚着脸皮,借了一圈钱。他在神捕营没什么朋友,别人手头紧了都是找关系好的周转,他只能找名头响亮、乐施好善、出手大方的,这弄得借钱的感觉和要饭也差不多。他逢人就借,近乎贪婪,三五十两不嫌多,一二两不嫌少,小账本一笔一笔记得老长。轮到孙白鹿的时候,孙白鹿有些诧异,直接就问了:"随波,你到底缺多少,给个数吧?"楚随波开不了口,他预感到,客栈里欠下的会是很大一笔钱。

孙白鹿见他沉默,点点头,明白了,什么也不问,回屋拎了箱子出来——他给了整整一千两,那是他在大沙漠里拿命搏出来的花红。孙白鹿连箱子塞给他,豪爽得很:"还不够就开口,我账上还有些,反正也没什么用钱的地方。"

楚随波很不好意思:"这么……我该给……按外头的利息……"

"扯!"轮到孙白鹿惊讶了,"随波,这儿是神捕营!"

楚随波无言以对。

孙白鹿微微笑:"你那事大吗?要我跟着一起去吗?"

楚随波摇了摇头。他带着共计一千五百三十二两银子去了京西客栈,想着无论如何,都该够了。但也没那么笃定,他对楚家人的预感一向是不会出错的。

京西客栈是京城最大、最乱、最鱼龙混杂的一个客栈。这儿的好处是想要一掷千金,玩点野的,这有的是;欠了钱,想赖段日子,也没问题。

楚随波到客栈的时候,还没来得及开口打听,大老远地就听到了一大串昭通土话。接着,他看见了大哥。大哥在天井里和账房先生捉对厮杀,滚过来滚过去的,客人们里三层外三层都在围观,随着他们的满地滚,人群忽而东忽而西。他没有挤进人群里,就在外面远远张望,大哥的狗皮帽子滚掉了,人腿缝里闪着花白、稀疏、油腻腻的头发,他时而在上风,嘴里叫嚷着一些在窑子里都嫌脏的骂娘话,扯些"老爷当年在京城的时候"的风光快活;时而在下风,输架不输嘴,呵斥着"狗眼看人低",吓唬着"老爷家亲戚转眼就到,到时候把你们捉去衙门,狠狠地打"。这些老把式看起来已经是家常便饭了,没什么人劝,周围都是拍手起哄声,还有楼上的雅间和上房的客人直接端着干果碟子出来,倚着栏杆看热闹嗑瓜子,瓜子壳直接往下扔。想白住就得给人点乐子嘛!不然凭什么!

楚随波臊得慌,叹了口气,转身去找儿子。倒也没费什么劲就找到了,儿子蹲在厨房里,贼头贼脑,虚掩了门,趁着大家伙都去看热闹,正在用撕下来的十几页书裹着烧鸡,撩起衣服下摆往裤腰里塞,又踮着脚去柜子里翻酒,他慌里慌张、笨手笨脚的，偷个东西脸涨得通红，看起来很像是当年那个往衣服里塞书的自己。

楚随波又叹了口气，脚步顿了顿。他没推门进去，悄悄一转身又回去了，拐到人群外，老远地很大声地招呼："请问诸位一声，有位楚家的先生，是住在此处吗？"

厨房里一声打碎器皿的琳琅声。人群散开了，所有人都向他望，大哥从地上手脚并用地爬起来，用手去团那个踩变形的狗皮帽子，头上还沾着瓜子壳。

楚随波出门前是特意收拾了一身行头的，看起来玉树临风、卓尔不凡。说来也很奇怪，他出身来历不过如此，但举手投足之间确实有一股浊世之中的翩翩贵公子气，颇能镇住没见过世面的人。大哥眨着眼睛，嘴巴半咧不咧，那一双小眼珠子黄溜溜的，已经被世事打磨到包浆，没眨几下子就盘算出他的身份地位来，立即用一种难以想象的高高吊着的热情嗓门招呼："老四！四弟！"

楚随波摇头苦笑，世事荒谬无常。很小的时候，他大哥就抡大耳刮子抽他，骂他是窝囊废、软骨头、惹祸的根苗。到后来，他进了神捕营，平步青云，大哥就热热切切喊他四弟了。过去的事情好像只是场梦一样，整个楚家都直接忘了那些"不愉快"的事。再后来，噩梦重现，他也重蹈覆辙出了事，沦为阶下囚，大哥变本加厉，在上官乾面前抡鞭子抽他，窝心脚踹他，大骂他是个不忠不孝、当诛当剐的畜生。可宦海沉浮，如今他又有东山再起的势头，那一切图穷匕见在刹那之间又消失不见了，如今他们又是手足了，一笔写不出两个楚字，血浓于水。

"大哥，"楚随波点了点头，声音里全是冷嘲，"我是来带楚让走的。"

他儿子两手空空地跑过来了。衣摆和裤腰都油腻腻的，手里还攥着一沓子纸，也全是油，上面印的是"昧昧我思之，如有一介臣，断断猗无他技，其心休休焉，其如有容。人之有技，若己有之。人之彦圣，其心好之，不啻若自其口出。是能容之，以保我子孙黎民，亦职有利哉！"

楚随波微笑着打量儿子。那个矮矮小小、脸庞黑乎乎的少年，五官轮廓里有他母亲的影子，但嘴角也带着一对浅浅的酒窝。看来，傻小子真不是读书的料，一年前，往来通信的时候，他就在说苦恼，实在读不懂《尚书》，如今看起来，还是没弄明白。

少年用一种陌生又熟悉、隔阂又崇拜的眼光看着他。扪心自问，他是个很糟

283

糕的父亲。他儿子今年十三岁了,这十三年里他们只聚过三次。最初的时候,他对这个骨血毫无感情可言,这个儿子是他留给楚家的香火,也是他害死妻子的人证,在外头浪荡久了,他甚至会偶尔忘记他是有过婚配子嗣的人。但后来,他们陆陆续续通过很多次信,他看着儿子从稚童变成了一个平庸碌碌的少年,用啰啰嗦嗦的敬语诉说着对他的孺慕之思。楚随波知道这种感觉,哪个男孩子小时候不曾渴望过父亲是英雄呢?小家伙在乡下长大,所有的梦想都来自他这个远在京城的父亲,父亲召他相见,他喜出望外、千里迢迢地来和父亲相见了,但……父亲让他失望了。不过,至少此刻,父亲看起来还不错,儒雅倜傥、风度翩翩。

"爹?"少年怯怯地喊。

"楚让,跟我走,好不好?"他伸出手,轻轻摸了摸小家伙的头。

楚让用力地点了点头,这对于一个十三岁的少年来说,有些过于用力了,显得有点傻。

"老四,你可终于来了!你等我啊,我收拾收拾东西……"大哥也很高兴地说。

楚随波皱了皱眉头,不搭这个腔,向掌柜点了点头:"掌柜的,我们先把账结了。"

掌柜的望穿秋水,等的就是这一天。账本摊开了,大哥连本带利,一共欠了一千四百六十六两!这里面包括房钱、饭钱、酒钱、果子点心钱、刚开始小孩子的读书钱、衣帽鞋袜钱、炭火钱、奔波的车马钱、招姑娘听小曲的钱……还有赌债。据介绍,大哥闲在客栈里,心里闷,晚上就去后面打牌。赌得倒是并不大,但也挡不住每夜都去,利滚利地翻。楚随波原先的计划是先还了大哥的债,再给他安排车马,置办点东西,送他回昭通,毕竟是他写信把他们喊来的。但如今……一千五百两银子居然不够!大哥十几年没回过京城,一回来,就像个纨绔公子哥一样过日子。

楚随波翻着账簿,皱着眉头,越翻火越大:"大哥,如果我死了,这个账你怎么还?"

大哥不说话。

"那这样吧,"楚随波转向客栈老板,"掌柜的,您看这么样行不行?我这儿就这么多银子了,容我留一锭,带我儿子吃点好的。剩下的,咱们把账平了,您再管我大哥几天吃住,劳您驾,留个心,剩下这点银子,您别让我大哥沾手,也别安排上房,普通吃睡就行,再帮我问问去云南的车马。我这边有个大事,顶多……三个月吧,我回来再补您一百两,成吗?"

掌柜的没什么不成的,这账能平,就算阿弥陀佛。但大哥很生气。

楚随波转向大哥:"大哥,您过去怎么对我的,问问良心。您把儿子给我送来了,有劳。这么着吧,回头我也补你一千两,算你不白跑,行吗?"

"楚随波!你拿我当要饭的!敢这样打发我!"楚家老大急了,劈胸抓住楚随波的衣襟,"真当老子是乡下人,不认识神捕营的大门?"

"我不是打发你,是仁至义尽。"楚随波把他的手指给掰了下来,捏手里攥着,"老大,你想做什么,尽管随便。容我提醒你一句,做得过了头,那一千两也没有!"

"楚随波!你忤逆至此!你拿一千两打发我,准备拿多少银子打发你父亲?"

"大哥,你又弄错了。"楚随波微微一笑,头凑过去压低了声音,"那一千两银子,是用来打发你和楚云山的……你记住,我不贱。"

说完,他没有看大哥的脸色,直接带着儿子离开了,再没有回过头。

那之后没多久,他去了杭州。回来报告完正事,偷偷摸摸四下打听了一圈,大哥没有来,这很好。他也不是不怕事的,只是怕有什么用呢?那么些年谨小慎微的,他不还是一个贪墨枉法、构陷同僚、忤逆不孝、该诛该剐的人吗?不过,离三月之约还有段日子,他有言在先,还要再凑出一千一百两银子。

他不知道怎么弄这笔钱。他在杭州抓住苏旷的时候,心里真有个念头一闪而过——要是就这么交上去,我能分五千两,那就什么都解决了……

马车上,关从周一直在看他的脸色。但楚随波的脸色一直没什么变化。

关从周轻声提醒他:"楚随波,你可知道?楚家大郎,到过神捕营了?"

楚随波脸色一凛。

"嘿,这个事啊,雪拥没让人往外说……楚家大郎说是觅到车子了,要回去……不过呢,回去安家置业的,你许的那仨瓜俩枣,不够用。"

一千两还不够用!楚随波心中怪自己太过仁慈!

"楚家大郎擦眼抹泪的,说楚家老爷多病,家里几个兄弟都不是买卖人,下一辈小的也都庸庸碌碌,看起来不是读书的料,也考不了功名……说楚家就出了你一个人才!也够了,该知足了!雪拥是个聪明人,一听话锋,该明白的全明白了,就问,给个数,多少够?"

楚随波吁了口气:"他开什么价?"

关从周举起一根手指头:"说,来个整的吧。"

楚随波头嗡的一声。一万两！不如去抢银庄得了！

"雪拥本来说他胡闹。不过，老夫听闻，他跟雪拥关上门说了半天的话，也不知道都聊了什么，雪拥就答允他了。"

楚随波坐得腰杆笔直，他大哥有什么能拿捏住神捕营的呢？其实，有的，而且只有一件事——不要脸到什么地步，才能用这种事来换钱！太耻辱了！

"唉，要说雪拥这些年，手头也并不宽裕，他跟楚家老大说，真是非要这个数不可，也不难办，但得给他段日子，他手里还有点东西，得腾挪腾挪，不是拿出来就能立地变成银子的。你大哥也同意了，但说他也没住处了，就在神捕营等着。"

楚随波的脸终于红了，耳朵根子烫得快要烧着。

"雪拥一听没招了，就转身去找伯庵商量。他寻思伯庵是个淡泊名利的人，这些年呢，俸禄全没动用过，两个人凑一凑，应该能拿出来这个数。可一打听，伯庵不仅是没动用过俸禄，他是压根就没支取过，说是用不着，拿回来又沉又绊脚，就都在公账上存着。可这几个月正赶上六部账上都吃紧，账房也支不出那么一大笔现银。本来，雪拥准备找大家伙凑凑，伯庵劝他别这么干，说易走漏风声。雪拥一想，也是这个道理。两人又一合计，得，神捕营还真是有那么一笔银子，而且是笃定拿得出来的，就跟你大哥说，这银子他们老哥几个掏了，不过不能一次给，先给一半，等你大哥到家，老爷子亲笔书信给个字据，再派人送剩下一半。你大哥是个明白人，就说，神捕营是什么地方？兰二先生一口吐沫一个钉，怎么会信不过？这事儿就这么定了。"

楚随波有些地方明白了，有些不明白："什么字据？借条？"

关从周看着他，干脆挑明了："休书。"

楚随波彻底懂了，楚家真是……破罐子破摔了。不过也好，名正言顺，一了百了。他沉默了很久，点点头："神捕营哪里还能拿出一万两？"

"大头是蜀戎的抚恤银子，还有他结余的花红、俸禄。那笔银子本来是准备给陵江的，不过陵江还昏着，就先挪给你用。等刑部账上宽松了，伯庵把他的支出来，雪拥再补一笔，再给陵江填回去。"

"都是什么时候的事？"

"前头那五千两，你去杭州的时候已经给过了。这个事情，还是刑部账房来报，说兰二先生和刘伯要动用大笔银子，不知何故，老夫给硬问出来的。雪拥的意思是干脆就不告诉你，可老夫觉着不妥。"关从周挑起车窗帘，向外看了看，"快到地方了……楚随波啊，你前面下吧，老夫这个车骑不方便往那街上拐。对了，你这回出去办事，临走之前就把你儿子搁隔壁吧！"

楚随波猛抬头，"隔壁"是子弟营，这是对他的一个很高的认可。

"你这回要办的案子，实在非同小可，神捕营给你善后也是应该的，事成之后，自有青云之路。"关从周举起三根手指，"楚随波，你是个明白人，有些事情非你不可。记住了，三颗人头，一颗都不许少，少一颗，神捕营这一篇就翻不过去了。"

楚随波轻轻点了点头。他一直是个明白人，他知道关从周在说哪三颗人头。事到如今，他们已经非支持他不可，他确实是世间唯一能了结这件事的人。

楚随波告辞，下了车，牵马向前去了，转过弯，就是神捕营的北街。

关从周一直目送着他。岁月奔流，百年去来，倏忽几个寒暑，这一世也就将尽了。似乎还是在昨日，那条街还是荒草土垄，荒地里仅有人踩出来的一条羊肠小道，夜色一落，树丛里有小兽啸叫。有一个初夏的黄昏，也是在那条路上，也是这般年纪的铁敖，在他身边，两个人肩并肩，在羊肠小道上来来回回地走，走到月明星稀。

铁敖踌躇良久，开口问："关总捕头，能不能借笔银子？"

他回答："给个数。"

铁敖想去提亲，要借一笔很大的数目。听说，那是一对孤寒的父女，女儿生得美，做父亲的并不欣赏这门亲事。做父亲的希望女儿终生有靠，这是天经地义的事情。他需要一个能给女儿遮蔽风雨的家，而不是一个一身风雨的人。至少，没有人希望女儿嫁过去就是个寡妇。父亲看中的是另一家，去那家女儿地位差些，但可保证一世衣食无忧，平安喜乐，也可以保证他自己的下半生。铁敖很少这么犹豫，他不是犹豫该不该提亲，是犹豫时机，他有个大案子，追了快两年，只要了结就是一步登天，这边他想再等一等，但快没机会了。

"你们合适吗？"

"不合适。"

"那……喜欢吗？"

"喜欢……"

"好，这笔银子我给你留着。"关从周也踌躇良久对铁敖说，"你什么时候需要，随时来提。不过，容我提醒你一句，你是个明白人，自古登高不负重，这个节骨眼上，多少兄弟的命已经填进去了，不可功亏一篑。"

　　"多少兄弟的命"是个很重的砝码，也是个事实。

　　"我明白了。"铁敖点头，"我等案子了结。"

　　案子了结了，可"那笔银子"再也没有被提起过……

　　"走吧。"关从周放下了车窗帘。他这一生，在每一个节骨眼上都做了对的决策。

　　"是，国公爷！"侍从们齐齐一声应，车骑离开了。

第五十一章　按图索骥

暮霭如烟。神捕营的北街上，华灯初上，青石坦荡。

楚随波牵马信步，随意张望。这条街他很久没有走过了，出门宁可绕路，今天一看，似乎两侧铺子变化不少，街面和宅邸整饬一新。想来，是万老大出事之后，这条街人头太杂，非调整不可了，只是不知道，这偌大一笔银子，刑部怎么批得下来。

有家小小的铺子，一桌一炉而已，刚揭开的蒸笼屉团团白雾蒸腾，风里有股甜香。几个小孩子都在门前捧着什么热乎乎的糕点，倒着手吹凉，好像很好吃的样子。楚随波抬头，门前挑着招子——江米红豆糕，三文一个，五文两个。

唔，买几个做晚餐好了……楚随波这样想着，不知为什么，自打系狱之后，今天还是头一回有这样的想法。他走上前去，摸了摸兜，捏出一块最小的碎银子："就来那么多吧！"

有个小孩子认出他，不再嬉笑了，神神秘秘跟伙伴咬耳朵根，几个人都看他。

"呀，我这可没秤，银子不好找！这屉就剩七个了，下一屉还早得很，客人，要不这样成吗？我到隔壁琼姐摊子上给你拿个烧饼？"掌柜娘子忙着，手里使长筷子夹着糕，嘴里麻利算着账，"那是梅干菜酥油渣的，也好吃！哎，好嘞！这七个先给你，要槐花酱吗？"

"多谢，不用了。"楚随波捏着热腾腾的红豆糕，慢慢吹着送进嘴里。说起来这一家的味道真不错，糯米面滑而劲道，外头洒了一点点炒熟的栗子粉，红豆馅清甜又不腻，好像是加了一点茶汁和梅子汁。他决定下次来带楚让一起吃。

掌柜娘子匆匆跑出去，到隔壁摊子上拿了烧饼，热腾腾油汪汪，老远闻着也挺香。边上小孩子们刚才就买了两个糕，掰开分着吃，囫囵一口就下了肚，正馋着，没走远，见人吃得香，也馋那烧饼，互相打气，要阔气一把，纷纷解囊，把兜里剩下几个铜板全拿出来,头碰头,嘀嘀咕咕算计着,准备合伙再买几个分了。他们算得很投入,你两个子儿、他一个子儿……

长街一端,有人大叫"闪开",说时迟那时快,几个小孩儿一抬头,一匹惊马奔腾而来。这条街就挨贴着神捕营,男女老少都不算没见过世面,可也绝没有人见过这样的骏马——那是一匹快到不可思议的马,黑得像是怒火,鬃毛像是狂风,它头上戴着个纯铁的笼头,笼头后面拽着半截断了的缰绳,马蹄踏地,掀起一阵狂风暴雨,转头去看时还刚刚转上这条街,一声惊叫未绝,已经冲到眼前。

它来得太快了,眼看就要冲撞到人。楚随波纵身跃起,凌空冲向马背,一冲一折,正落在马背上,拉着那小半截缰绳,狠狠一拽马头。那黑马唏律律咆哮一声,原地旋转腾踏起来——它真是如狼似虎,嘴里还有个嚼子,咬得嘎嘎直响,脑袋左拧右撞,非要把背上那个人掀下去不可。后面的一队人马也追过来了,呼喝叱咤,手里拿着长绳套索,比画着要往上套。为首的那个没有下马,也没有亲自下阵,他还戴着肩甲、护臂和胫甲,动手不太方便。

楚随波脱了外衣,迅速罩住马头,一左一右嗖嗖风响,两道套索全套在马颈上。这玩意儿真是天生神力,背上一个人,边上两个人拽着,还是咆哮着一尥蹶子,把后面小铺子的一张木桌、整个蒸笼连同两屉半生不熟的红豆糕全踢飞了。

"抓活的!上官乾的马!"

有人这样嚷嚷着,长街另一端,兰雪拥也带着一队人跑过来。又上来两个人,加上了两道套索,大家一起用力把它掀翻在地。楚随波凌空一个转身,轻飘飘落了地,周围小孩子一片叫好。几个人连扑带摁,在马蹄子之间拴上了绊子,这马野性难驯,嘴里嚼子脱落一半,硬硬的一块铁,嚼得满嘴是血,兀自扬着脖子,砰砰乱撞。

"楚大人好身手!"追兵的首领抚掌两下,翻身下马,拱手问好,"问兰二先生好!"

来人正是西门守将许鹰农,盔甲霜雪,英姿勃发。兰雪拥和楚随波一起回礼:"许少将军客气!"

"兰二先生、楚大人,"许鹰农指了指地上那匹马:"我是送这牲口来的。今儿未时前后,有手下来报,说城门外有匹马,骏得很,好像快不行了。我去一看,嘿,它嘴上都用生铁环束着,该是好几天没吃过东西了,不知从哪儿来,长途跋涉,浑身都是土,我看它摇摇晃晃的也没什么力气,就把它牵进城来了,费了老大劲,把那环给撬开，给它好草好料，让它饱吃一顿，洗刷一番。这一洗不得了，真是漂亮！我还想着能跟它亲近亲近，可这畜生吃饱了不认人，还把我厩里一匹军马咬伤了。后来我就寻思，这个马，这个脚力、这个脾气，好像是上官乾的，我又拿不准，就想着……怎么说呢，反正如今这个局面我也看不透，干脆带到你们这里问一问，就安排了一下，亲自来送，结果都快到地头了，喏，就在前面那个岔路口，遇上国公爷的车骑，我去问了个好，也得知了宫里状况。不知道怎么回事，它听到'上官乾'三个字忽然疯起来，噌棱一下拽断缰绳蹿出去，还把我们一匹马踢伤了！"

许鹰农一边说，一边啧啧惋惜——行伍之人，没人不爱宝刀名马，这匹马是马中之王，骨相如龙，千里其风，烈火其神，他显然是有心收归麾下的，实在收服不了，扼腕叹恨。

兰雪拥捡了几个滚落在地的红豆糕丢给它吃，它倒是识相，给吃的就痛快大嚼，再想摸一摸，还是张嘴就咬，翻脸不认人。兰雪拥向那掌柜娘子转头吩咐："阿婿嫂，你不要慌张。这里损毁了什么，拟个单子，交来给我，保你不亏！"

"兰二先生哪里话！"掌柜娘子看见兰雪拥，十分感激，诺诺连声，"没有兰二先生，我姊妹这铺子哪里开得起来？这些都不值钱的，您只管忙正事！"

"好说……许少将军，你刚刚说它，到了岔路口似乎觉出什么，就朝这边跑？"

"是。"

兰雪拥抚须，向长街一侧看了看，又向另一侧看了看，若有所思。

"那诸位先忙，末将有公务在身，先告退了！"许鹰农是聪明人，见状一拱手，"万大人故去，国家失一栋梁，兰二先生务必保重身体！"

"许少将军请便。"兰雪拥也拱手，"上官乾尚未归案，各处都要警戒，此獠凶残狠毒，少将军多加小心。"

各道珍重，兵分两路。

楚随波刚才瞥见兰雪拥眼里疑光，就问："兰二先生，你是不是在想……这匹马追随的……未必是那个假货？"

兰雪拥点点头。这毕竟只是匹马，总不至于真听得懂人话，至于假上官乾重重束缚被关在车里，未必就能留下什么气味。那莫非是……真的上官乾？讲起来，刚才那两三个时辰，他和刘伯庵双双进宫，是神捕营里难得的可趁之机。

兰雪拥抚须，吩咐属下："好，那就放开它，看看它嗅到什么了。"

他一声令下，几个属下就把马绊子放松了些，紧了紧笼头，依旧拽着套索，几个压制着它的人都起开。

　　黑马唏律律咆哮，猛翻身站起来，它四蹄牵绊，原地挣顿、踢腾了几下，又在青石板上俯首嗅着，好像被一个看不见的幽灵指引着，它开始慢慢地沿着街边，向西门走。哒哒，哒哒，哒哒。马蹄踏着石板路，声音清脆而悠扬。长街上所有人都肃立，目送着这个奇怪的行列。

　　西门到了。西门的守卫看见他们，扶刀、抚胸、点头。铁门槛依然屹立，常年来去磨下的两道车辙凹痕上，赤铜光芒闪烁。说起来，这道门槛，也就寸许厚，却是一家国可倚的关隘；不过径尺高，偏成多少人难越的关山。

　　金柝声声，刀鞘敲击着臂甲，枪矛撞击着地面，警戒的消息在传播。所有人都在等候命令，神捕营已经变成了重重刀网，无声无息，严阵以待。

　　黑马一路向前。不过，它的路线很不寻常，是顺着北边围墙的墙根从西往东走的。那好像是大厨房的方向。

　　兰雪拥脸色一沉，举手下令："传令下去，神捕营上下原地肃立，不可轻举妄动，饮食不得入口。"

　　"是！"一声应命，火把在风里挥舞三记，低低的牛角号吹起来，一声接着一声，悠长、急促、悠长，号令兵一传十十传百。

　　很快，大厨房到了。所有人都按照命令，原地肃立。灶里的火压到最小，大锅的锅盖四周泛着白沫，几个小伙子用大木桶装满了白饭，正准备推车去送。

　　但那匹马没有进厨房，它从大厨房后面拐过去了，那是一片狭长的荒地，差不多还是贴着围墙根的，平时少有人经过，边上的窝棚里放着柴堆、架着鸡笼，厨房的人有时候也会在这里杀猪杀羊。黑马没有停留，顺着那片荒地一直向前走。

　　"彻查！立即检验有毒无毒。"兰雪拥命令，"入口的一概不许放过，井水、米仓、柴堆……查一片清一片。"

　　"是！"

　　黑马接着向前走，它简直是遛着北边围墙走了一圈。它到了东北角之后又折向，走了个很大的"之"字形，斜着穿过风雨校场。在十面大旗的旗杆下，它停留了片刻。十面大旗在风中猎猎飘扬，铁血落日旗降下了，万里戎机旗也降下了，如今，雪拥蓝关旗排在第一位。黑马在一根旗杆下不服气地转了转颈子，扬起头咆哮一声，试图扬蹄。几个人拽紧套索。所有人都抬头，马首所向是青崖白鹿旗，如今，上升到了第四根旗杆。是错觉，还是巧合？冥冥之中，马背上好像端坐着一位鬼王。

它胡乱绕了几圈，接着向前走——它这趟走得相当远，已经沿着北边围墙走了一大圈，穿过风雨校场到了西南边，又沿着西南边的围墙向东走了一大圈。这令人十分费解，神捕营里，去任何地方都不需要兜这么大的圈子。如果它跟随的是上官乾，那上官乾到底在干什么呢？后面好几个人都嘀咕——马毕竟不是狗，可能弄错了。

黑马又一次停下了。前面是一片荷塘，柳枝旖旎，清波涟漪，菡萏如杯，碧玉如盘，托举着初夏的风华正茂。荷塘中，白玉小桥，玲珑小院，遗世独立。桥上也有守卫，扶刀，抚胸，点头行礼。

黑马没有上桥，它围着荷塘又转了一圈，拐到了一个最为避人的角落。那里正对着小院的后花墙，花墙后北窗，一帘风帜飘鼓，孙白鹿当窗，抱拳行礼。

兰雪拥问："陵江呢？"

"服药刚睡。"

"没什么异样？"

"没有。"

"小心为上。"

"是，我盯着呢。"

黑马围着柳树又转了几个圈子，到荷塘白石堆边，似乎有试探着下水的意思。

兰雪拥一挥手，几个属下拉住了绳套。他目光四下逡巡一圈，见一处石头上有些泥泞，仔细看像是鞋底的擦蹭。他皱了皱眉头，俯身伸手到白石堆小石洞里，轻轻扳动了什么。荷塘之中，铮铮楞楞一阵响，几十道铜菡萏从水波下升了上来。

楚随波暗自吃惊，他在神捕营也十年有余了，居然不知道这片荷塘里有机关。而且离岸丈许处，有一枝铜菡萏已经"开"了。

兰雪拥看了那枝铜菡萏，立刻回头比了比角度，火把在柳树上照，发现一小片水渍，撕下衣襟，在上面揩了揩。但什么都没有。

"他来过了……"兰雪拥摇了摇头，伸手指点，"他应该是想要从这里涉水过去，第一跃点在那里，落脚触动机关，就又回来了。但若是上官乾，以他的身手，不至于立足不稳……或许真是受了重伤！你看，他从这里就势退到树边休息，手上应该是沾了血，在树上扶过，但此人细心得很，自己又蘸水擦了。喏，这块树皮既没有灰尘，也没有苔藓，明显是擦洗过的痕迹。"

楚随波觉得有道理，点头又问："这机关触动了，会引发什么？"

兰雪拥回答："铜菡苔里是牛毛针，细如牛毫，只要碰上，没有不中的道理。这个针啊颇有讲究，防贼不伤自己人，误中之后不疼不痒，拿膏药一烘一贴、粘走就好，但若是不立即处理，还四处走动，一时半刻还不妨事，但越走越痒，过不多时，须针全钻进血脉里，非要找个地方切开皮肉挑出来不可。要是还敢硬撑着不挑，半条腿都要废。"

他这话一说，后面跟随者真是群情沸腾，摩拳擦掌。上官乾真敢来吗？而且带着伤来？不好说，他是有这个胆量的。而且，刚才兰雪拥和刘伯庵都在宫里，替身也还没有暴露，真要想做点什么，那两个时辰是唯一的，也是最好的机会。或许，文陵江是个很重要的目标，不过，小院在岛中，池塘环绕，前有守卫，后有机关，严防死守，没有机会。那……还有什么别的地方要去呢？

夜幕彻底降临，火把打起来了。微茫初升的雾里，灯火星星点点。号角和低啸此起彼伏——那是血誓，也是血仇。有声如铜，有心如铁，兵戈在手，吹角连营。如今，终于可以光明正大地"诛杀此獠"了，只要找到他！

黑马溜达了好几圈，又找到新方向了，直接向东走。北边、西边全都搜查完毕，许多巡逻的人都往东聚拢。兰雪拥跟着，楚随波也在他身边并肩，趁机问："兰二先生，我有一事不解。这营里面都是自己人，设置机关是要防谁呢？"

兰雪拥摇头笑笑："那一段是陈芝麻烂谷子的事了，你年轻，不知道也是应该的。那个小院，之前是陵江的母亲舒窈在住，有一段日子，她整夜睡不着，总说有人盯梢她……大家伙都劝她，神捕营里面，再有什么贼人，岂不可笑吗？可她也不依，说有奇怪的感觉，反正非要布置机关不可，不然真翻来覆去睡不着，说不同意就不留在营里了……我们实在拗不过她，想想这里是重地，做个机关防卫也好，将来说不定有别的用处，就在荷塘里设置了铁藕阵、铜菡苔，有几个自告奋勇的，还轮班在附近守着……没承想，又过了半个月，真就捉到了一个盯梢她的。"

"谁啊？"

"陵江的父亲，文钊！布置机关那阵子，文钊出去办案子了，不晓得这回事。一回来呢就急匆匆直奔老地方，也就是那棵大柳树。那会儿，他还真鬼鬼祟祟的，埋伏着的那群家伙费好大劲才逮着他，问他这大老远的，只能看见墙，盯什么呢？他说是舒窈一洗头、洗衣裳就喜欢唱江南水乡的小曲儿，他觉着好听。他们就纳闷又问他，好听就听着呗，下荷塘一脚泥的想干吗呀？他说，那天听舒窈唱，采莲南塘秋,莲花过人头……听着听着就醉了,忽然想下去摘一朵送她,没提防有人给他设套了!这套机关设置起来麻烦得很,本来也二十年没动用过了,陵江一出事,我们怕有人算计她,怕万一护不住她,对不住她父母,也对不住蜀戎……"

提及万蜀戎,兰雪拥喉头微微哽咽,不再说了。楚随波也就不再问了。好像冥冥之中自有天意,舒窈当年,非要设置形同摆设的机关,真的就保护住了女儿。

楚随波的感觉也蛮奇怪的。这是兰雪拥第一次跟他说"不相干"的闲话。说完之后,他们好像就彼此自在了一些。

又走了一程,才发现黑马直奔的方向,是卷宗阁。那是一条笔直的线路,亡命之徒连犹豫都没有。兰雪拥的脸色有点沉,他从身边属下手里拿过火把,打了个手势,一大群人把卷宗阁给围住了。

"给我搜,犄角旮旯都不要放过!"他一边命令,一边大步走进去,有点着急地喊了声,"伯庵!"

黑马从他身边挤过去,居然也向着刘伯庵的房间走,拉都拉不住。兰雪拥急了,猛跑几步。刘伯庵的房间就在一进大门的右手边,几近空旷的屋子,靠墙两只巨大的樟木箱,箱子上面吊起来个床板,放下就是张床,除此之外,一桌、一炉、一架书而已。刘伯庵坐在桌前,人声鼎沸,他一抬头,看见许多人,竟然还有匹马,颇吃了一惊。桌案上,油灯刚点亮,今天忙了一天耽误了许多正经事,他正准备边看卷宗边吃晚饭——一盒白饭、一份腊肉炒白菜、一盅海米冬瓜汤。

"伯庵,别吃了别吃了!"兰雪拥快步冲过来,夺了他筷子,拿油灯上下照他脸色。见没什么大碍,又端起饭菜闻闻,也没觉出什么不对,又说道:"这饭菜你已经动了啊?那有什么异味没有?"

刘伯庵摇摇头:"汤咸了。"

"汤咸了要叫人换!"兰雪拥四下张望,又往樟木箱子走,"别怪我吓唬你,上官乾可能在你这儿!"

屋里一下子拥进来许多人。刘伯庵扶着桌子,慢慢站起来。兰雪拥蹲下,在左边箱子上敲敲打打再打开,里面是一床冬被几套冬衣,两双刷洗干净的冬天的布靴,这也是刘伯庵的全部身家。他把箱子合上,又敲了敲右边那个,从怀里取出一枚鸡蛋大的铜丸旋开,从炉子里抽了根木柴,粉末撒在木柴上,小心让粉末避开些火焰,向后挥手:"闪开一点。"

大家向后退了几步,兰雪拥飞速掀开箱子缝,丢了木柴进去,没什么反应,

295

但是有叮里哐啷的滚落声。他一脚踹开箱子盖,捂着口鼻低头看一眼,咦了一声:"好像真没人……"

又过了一会儿,卷宗阁上下搜查的人回来了,但都说无任何发现。兰雪拥摸出一瓶解毒丸,两粒塞进鼻孔,又递给刘伯庵、楚随波两粒,便当先拿了火把迈步进了箱子,示意二人跟他一起下去。

刚被兰雪拥踹开的箱子盖下有个薄薄的挡板,现已经被挪开了,露出一道木梯。顺着木梯直下,下面是一丈多深的石"井",四周一目了然,都是青砖白墙,不要说藏个人,藏个耗子也难。木梯下到底,是道木门,木门上还有个黄铜把手。黄铜把手下面的小孔里,插着一柄铜钥匙。兰雪拥摇一摇,钥匙被卡死了。兰、刘二人对望一眼,脸色都凝重。兰雪拥用布包着手轻轻拉开门,门后面是一道白墙。他们发现,门里侧有个淡淡的血手印,已经干涸了。

兰、刘二人对视一眼:"他来过了。"

兰雪拥又问:"他没找到门?"

刘伯庵检查了一下:"没有。被障眼法诓到了。"

火把在墙上、地上仔细照着。兰雪拥发现了点什么,撕下衣襟在地上揩了揩——那是一滴干涸的血迹。应该是爬梯子的时候,滴下来的。他来过了,中了牛毛针,急需找个地方疗伤,发现这里不能藏人,又匆匆出去了。黑马就在这附近乱转,这里气息最浓。

兰雪拥上去吩咐一声:"四周找一找,应该就在东边,所有能藏人的地方都不要放过,一旦发现,格杀勿论!"

"是!"

人群应命散开去,一尺一寸地贴地搜索。

兰雪拥再度下来,向刘伯庵问道:"伯庵,第六排第七个架子最下一层,陵江说的那份卷宗究竟是什么?"

刘伯庵问楚随波:"随波,也想看一下吗?"

楚随波重重点了点头。刘伯庵转身,伸手拽住木门上方,伸脚抵住木门下方,略用力,转轴那里出现了一个钥匙孔,他从腰间摸出一大串钥匙,从里面拿出不起眼的一把,调整了几个活卡,伸进去旋转一半,露出第二个钥匙孔;又拿出另一柄,稍微活动,缩短一截,伸进另一个孔洞里,转一半便露出第三个钥匙孔;最后拿出第三柄,细细转了好几圈,再伸进第三个钥匙孔一转,连门带墙,隆隆地旋开了。而墙转了半圈，带钥匙的那面朝向正里。一个巨大的地下仓库也显现在眼前。

"我们尽快，看一眼就走。"刘伯庵招招手，三个人一同进去。里面到处都是架子，铁的、木的、高的、低的、带锁的、带盖子的……有的一丈多高，锈迹斑斑；有的仅一人高。架子上密密麻麻地摆满了数以十万计的盒子、抽屉、箱子，每个上面都做有标记。那是一个……浩如烟海的信息世界。

楚随波举目四顾，啧啧称奇，这种庞大的无边无际的密集度，不应该是一个人的脑子能够处理的数量。他们走到第六排，那里放的全是大一些的藤箱。

刘伯庵弯腰把第七个架子最下一层拉了出来。里面最大的就是一幅画，展开来，足足有房间里一面墙的大小。兰雪拥拿过烛台，低头细看。

这是一场宴饮，富丽堂皇。那是一座巨大的花园，孔武有力的侍从们带着关东的猎鹰和西域的猎豹，正在随时随地等候主人出行，一匹骏马被猎鹰惊得扬起前蹄，侍从们从四面八方赶上制服了它。

花园的一角有巨大的喷泉，喷泉边七八个美丽的姑娘正在举着银杯饮酒，她们赤着脚，长袖用丝带系到肩头，一手举着杯子，一手用长长的发簪敲着，似乎能听见她们的高声大笑。其中最夺目的是个十三四岁的少女，有着人世间不可一求的美貌，她扬起脖颈，向花园正中的厅堂眺望，身形之优雅，如同一只孤独飞过银月光华的天鹅。

宏大的宫殿一样的厅堂里聚满了宾客，有峨冠长袍者侃侃而谈，也有市井之中的摊贩抚足大乐，有袒胸露腹的勇士在用匕首割开铜盘里的牛头，也有深目高鼻的胡人举着观测星辰的仪器。他们的核心是主人和主宾，那是一对年轻人，英朗的主人神采奕奕，半侧着脸，正据案斜坐，一手撩开腰间的长剑，一手托玩着一只雪白的凤凰一样的小鸟，向客人专注倾听。更年轻的客人是个清秀的僧人，他置身于泼天富贵之中，却如同端坐在菩提树下，落落传谛。

繁复，鲜丽，完全不是中原技法。明亮天穹的蓝，血滴宝石的红，璀璨流转的金，月下珍珠的白……光辉灿烂，济济一堂。其中最大的人物高达三尺，最小的人物只有手指长短，每个人都是健康而美丽的，好像随时随地都有青春歌笑破壁而出。

画美极了，除了颜料稍微差了一些，基本就是场景的复刻。

除了画之外，藤箱里还有些零碎小东西，一只被火烧燎过的很小的虎头鞋、一块手帕、一片带碎珍珠链子的纱巾和几粒极好的珍珠。

"这些是什么？"楚随波请教。

"这是京西客栈纵火案。"刘伯庵指了指标识的卡片，一瘸一拐地走着。他又从架子里抽出几卷相关的卷宗，如数家珍，"那是个悬案，之后不了了之。大概二十年前，或许早晚几年，有人报京西客栈里窝藏人牙子，拐了好人家的孩子。当时查到一大半，所有线索都指向诬告，本来都准备结案了，之后没多久，客栈莫名着了一把大火，尸骸遍地，什么都烧光了，只有一具尸体完好无损。那是个女人，跳了井，身上的物件才得以保存，留下来的就是这些。"

"其他相关人呢？再查不出来了吗？"

"什么都查不出来。那个客栈多少年都是鱼龙混杂，四面八方什么客人都有，早年是靠一套西凉乐伎班子起家，渐渐名满京城。不过，后来那个西凉乐伎班子五湖四海地浪游去了，来无影去无踪，京西客栈没了台柱子，生意一落千丈……鞋子、纱巾、手帕，都是最寻常的物事，满街都买得到，倒是这几粒珍珠是上好的东珠，不像是普通人家拿得出来的，看来颇不匹配。"

刘伯庵一路走一路抽取，抱了一大抱卷宗在手里，像个老农在他心爱的田里采摘。兰雪拥还在用心琢磨那画，他只是随意听一耳朵，听到这里，远远发问道："哪家被拐了孩子？"

"我记不住了，好像是小桑村。"

"这幅画有什么说法吗？"

"据当时的口供，那本来是天字号上房里的一幅帛画，侥幸得以保全……我之所以记得这个案子，就是因为后来整理卷宗瞧见了这幅画，虽然不认得来处，也知道绝非凡品，眼看那帛画快要朽坏了，就找舒窈临了一稿。我们的颜料不太行，十五年就褪色，正好，陵江赶上来了，又让她也临了一稿。"

"这些和紫金蝎子都没有关系……"

"是，没有。"

"那紫金蝎子这条线……"

"看看这个。"刘伯从怀里的一大堆卷宗里抽出一本非常破旧的羊皮册子递给兰雪拥，"我记得的所有关于蝎子的卷宗全在这了，可能只有这一卷有用……"

"这是什么？"

"老古帅当年剿灭西域小国，带回来的战利品清单。"刘伯示意兰雪拥打开，指了指其中一幅关于蝎子的图样，"回头让陵江看一眼，确认上官乾手臂上是不是这个。"

三个人头碰头凑过去看——如果没有意外，他们找到了想要的。

那是一幅蝎子打造的图式，和喷泉中心的塑像、押解苏旷回来的降龙蝎子都一模一样，边上简单地标注了此物的来龙去脉。那是绿洲小国里的一种残酷刑具，专门施加给十恶不赦的逃犯，如果刺入脊柱之后不取出来，但又给以食水，犯人可以在不生不灭的极度痛苦之中活上三到五年。

那只蝎子来自佛经，是厉鬼之王的化身，穿行于六道之中，抓捕穷凶极恶又试图逃脱天条者，攫着他们的脊背，把他们吊坠进炼狱里。而那只蝎子的出身是这样的：它是雪山蝎妖之子。蝎妖在灵山听经时，蜇伤了佛祖，佛祖一怒之下弹她出去，她借此得了佛怒灭世之力，从此蜇罗汉，咬菩萨，肆无忌惮，甚至去灵山掳来最俊美的修行者，奏琵琶迷乱其心性，与之媾和行乐。后有修罗鬼王，觑准她化为女身沐浴的当口，施法禁住她法身，强行与之交合。女妖脱身之后，咒天大怒，返回大雪山金刚狱中，诞下一子，此子一出世，其母即寸裂而死。它懵懂之中，食母身而长，又往修罗界噬其父，法力无边，杀生无数，佛祖见此獠难以降服，就在大雪山顶，高诵光明经藏七七四十九日，蝎王顿悟，弃暗投明，可也从此忘却前尘。蝎王护法之后，疾恶如仇，每每感知有个犯下滔天大罪的魔王就在自己身边又遍寻不到，从此穿行六道，到处追捕穷凶极恶之徒，施以酷刑，投诸炼狱，万世无休。

这个故事里有一股诡异的寒意，三个人互相望了一眼。

突然，当当当的响声大作，原来此地石墙极厚，隔音防火，墙里埋着根金属管子，外头有重要讯息来报，就敲那管子通风报信。

"晚上我再过来，咱俩一起秉烛夜聊！"兰雪拥最后看了眼那幅画，卷起来，匆匆向外走，边走边问，"对了，伯庵，那幅原画在哪里？"

刘伯庵一边反手锁门一边回复道："早就扔掉了，破得不成样。怎么了？"随即便听见咯咯咔咔一阵转动，似乎每柄钥匙又有变化。

"这幅画的笔法不对。线条不够顺畅，起笔、落笔都不合常理，好像是先定了几个点，再在上面临摹一幅画来……我就匆匆看了一眼，还不好一口说死，我回头得去问问陵江。"

两个人这样随口聊着便出了那道门。门与墙又恢复成老样子，这里看起来固若金汤，如果刘伯庵不领路，连只苍蝇也飞不进来。

有人找到落脚处了。黑马一牵过去，果然就咆哮掀腾起来。

那个地方，楚随波也很熟悉。就是他曾经栖身多日的茅房边上搁置杂物的小屋。屋里陈设还是很简单，一床一枕一席，一褥一被，一个小炉子。他好些日子不在这里住了，床上落一层灰。但如今，被褥有坐卧过的痕迹，看起来相当挣扎了一阵子，褥子都被撕破了。如果没有意外，上官乾在这里做了包扎和处理。而且掀开枕头，下面有许多细如牛毫的牛毛针和血。地上也有一摊血渍，干涸得差不多了，只是正中还有些濡湿，这说明他离开不会超过半个时辰。床底下还扔了一块白布，布上沾着一大片绿色的脓血。脓血又腥又臭，非常难闻，可黑马就是冲着这个兴奋不已。众人搞不明白，人的身体里为何会流出这种颜色的东西。除了这一切之外，这里还有一点淡淡的臭气，那倒是常识中的臭气。

"哦，我知道上官乾走的是哪条路了！"刘伯庵左右环顾，猛地一拍脑袋，"是我的老本行——粪车倒粪桶的路线！"

几乎所有人都在瞬间豁然开朗。果然如此！没有别的什么路，需要沿着墙根走，几乎把整个神捕营都走了一遍。这也是上官乾可以大摇大摆出入神捕营的原因，粪车经过的时候，绝大多数人避之唯恐不及，很少有人会盯着细看的。除了刘伯庵之外，在场之中没有任何人熟悉所有茅房。

值日主管被叫来了。他非常之震栗，两腿直抖——排班表上，记录潦草马虎到了不忍卒读的地步。他甚至说不出来，今天负责粪车的应该是谁。

本来按照规定，神捕营的杂役会把粪桶准备好，送到东门外骡车停驻的交接处。可是，这些规矩已经废弛很久了。扫茅厕、倒粪桶，是杂役中的贱活，神捕营无论如何还有一个"神"字，几乎所有人都是经过遴选才进来的，没有人愿意做这个。慢慢地，这个活变成了一种惩罚，而且只有犯了很大的错的人，才会接受这种惩罚，视为奇耻大辱。再之后，这个活就被偶尔推卸了出去——如果干活的人生了病，或者没人被惩罚，就也没人愿意顶替。而那些附近的村民也是半个自己人，知根知底，给他们一点银子，他们愿意帮忙扫得干干净净。何乐而不为呢？至于村民，就很好被收买了。这真是一个常人很难想出来的漏洞。

兰雪拥翻那个簿子，长长叹了口气："什么时候开始的？"

值日主管低着头："我接手的时候……大家已经都这么干了。"

"你什么时候接的手？"

"两……两三年了。"

"好，你说的那些我懂。可之前为什么不是这样？"

"兰二先生，您有所不知，更早一些的时候，铁总捕头还当家，他是从早到晚，吃喝拉撒睡都在营里，只要没事就四处转，无论什么门，都推开进去看看。要是茅房没打扫干净，被他撞着了，那麻烦就大了！所以，大家伙不敢偷懒……"

兰雪拥没有再问下去。因为，再后来……总捕头虚位很久。楚随波是个很讲究的人，他公署的那个"私人所在"，别人是不许用的，他也压根不会去别的地方，大多数时候还是回自己小院；而商年玉，直接是朝廷大员，更多的是"刑部的人"；兰雪拥自己也是个很优雅的人，自幼富贵，华服美食。他主持神捕营之后，自己甚至拿了很大一笔银子出来，去关照北街那些鳏寡孤独，扪心自问，已经算是俯仰无愧天地。他们都没有错，他们都尽力了。只是，铁敖是个疯子，他把四十年心头热血，全都浇灌在这个地方，几乎连一丁点都没留给自己。这不是一个人做得到的，也不是一个人应该做得到的。不会再有第二个铁敖了，就好像也不会再有第二个刘伯庵。

兰雪拥心中已翻江倒海，但面上仍不动声色，继续问道："负责接洽粪车的，是哪个村？"

"兰二先生，我们附近就一个村，叫小桑村。"

兰、刘二人的脸色都变了变。"我们走！"兰雪拥挥了挥手。他有种很不好的预感，这么大一片血渍，无论如何都处理不掉，上官乾已经败露了，按照他的习性，一旦败露，必然斩草除根。

火把煌煌，弓箭在腰，人马向东门小树林疾走。

神捕营东门外是荒郊野林，中间有一片空地，空地上一架骡车拉着四个大木桶。每日黄昏，这里都会有交接。那也是楚随波熟悉的"蒙难之地"。可这个时辰了，骡车还在那里——一只温顺的大青骡子，缰绳拴在木桩子上，看来饿坏了，低头啃着草根。几个人一拥而上，掀开盖子。两个桶里是秽物，一个桶是空着的，另一个桶里……有两具尸体。灰衣、短打、草鞋，看起来是普普通通的村民。一个是被单手直接抓裂喉管的，伤口有一点淡绿色的脓血；另一个则是一剑从背后穿心。完全不一样的路数，看起来像出自两个人。

"上马！我们去小桑村。"兰雪拥招呼一声。他有种无力感，来不及了，这么

301

长的时间差，已经足够上官乾做所有事。

小桑村在六里外——神捕营距离天牢大概七里地，小桑村距离天牢大概五里地，神捕营、小桑村、天牢三者共同组成了一个三角。按照地方记录，那个村子很久之前只有三家人，后来，人慢慢多起来，如今有二十多户，一百多口。之所以能够慢慢壮大，完全是因为收粪。神捕营本身养马，天牢更是有许多囚犯。粪可以肥田，所有粪桶全部运到小桑村，洗干净后再运回来。小桑村有十几口很大的粪窖，发酵好、用不完的肥料，还能卖到别的村子去。他们在荒地里开垦了大片的菜地、粮田，自给自足，还有盈余。

小桑村之所以说是"半个自己人"，是因为早些年他们几乎全是天牢里牢头、牢卒们的亲戚家属。他们和神捕营的往来并不密切，但和天牢就密切多了——天牢有更多的活计要做，颇有一些是脏活、累活。很多年了，没什么人关注过这里，这一带是刑部辖地，地方根本懒得管，贼人吃了熊心豹子胆才敢在太岁头上动土，连鸡都不曾丢一只。但真正的刑部精英，一辈子也不会来一回。

夜风呼啸，血腥气越来越浓。小桑村空无人烟，鸡鸣桑树，狗吠平野。一众捕快打马过荒原。刀鞘拍打着马鞍，火把如流星。

似乎是一场蓄谋的迎接，在他们赶到一里之外时，冲天大火燃烧起来了。鸡狗疯狂地吠叫着，骡子在火里惊慌失蹄，直到烧断了缰绳，带着粪车四下逃窜。可始终没有任何人的声音。之后，稻草、椽子、大梁都轰隆隆地燃烧起来，夜风带着巨大的火舌舔着黑夜，浓烟腾上半空，像个狂浪的魔女展着白裙在夜色中旋转飞舞。

火势越烧越旺，梁椽已经开始砸落，神捕营的人马停在火场外，无法再进入了。这不是一场普普通通的纵火，这样的大火快且猛烈，需要大量泼油。这是一场处心积虑的谋划，目的是销毁一切尸骸与线索。

这是上官乾的挑衅——熊熊烈焰，无人生还。

第五十二章　极乐世界（上）

一个崭新的清晨，阳光还未破云，白岚凝成朝露，早鸟鸣啭啁啾。

卷宗阁二楼的尽头，是刘伯庵整理卷宗的书厅。书厅正中是一张大而宽的书桌，桌沿磨得泛白，正中嵌着一支青铜灯盏，四周还保留着茶色的漆面，如同凹着一泓秋水。桌边七八处，斑斑点点全是蜡泪，有一堆已经积成了小火山口，乳白色的蜡浪翻滚而下，依稀残留着挑灯的印迹。桌上整齐排着二十多摞卷宗，厚的一尺多高，薄的只几页。

兰雪拥负手立在窗前向楼下闲望，他手握着卷文书，手指在旧纸页上轻轻摩挲，发出早蚕噬叶的沙沙声。刘伯庵在长桌一端，披着件粗布褂埋着头，胡乱窝着的发髻里扎出一根根短刺样的白发，他左手边一碟油条，右手边一碗重卤的豆腐脑，喝得呼噜噜响，一口豆腐脑一口油条，又一口豆腐脑一口油条……好像从会吃饭起，就用这样固定的节奏吃着，绝不会哪边多一口哪边少一口。

墙角书架上有个小小的琉璃沙漏，快要漏完了。刘伯庵吃得很快，而且一扫而空，连碗也刮得干干净净。他从袖子里抽出一块叠得整整齐齐但已经旧成了败絮的手巾擦了擦嘴，站起来收拾了碗筷，正要端着出门，兰雪拥冲他招了招手，刘伯庵便一瘸一拐地走到兰雪拥身边，顺着他的目光往下看——

卷宗阁外守卫森严，十步一哨，五步一卫。窗下不远的一株大槐树下，孙白鹿和韦家兄弟随意站着，聊得正兴起，他们似乎在等什么人，时不时地向着槐荫小道一头张望。韦家兄弟都是灰衣、薄披风，靴上微尘，似乎刚刚从外面奔波回来，看起来眉眼略带倦意，像是一宿没睡。孙白鹿像是刚从校场下来，外衣扎在腰间，薄薄的白布衫上胸口处全透湿了，他一只手掀着领口晾汗，另一只手里提了一柄青郁郁冷森森、非金非玉的长弓，腰间挂了一麂皮筒白羽箭。

303

"我这一连好几天都守在陵江那儿,陵江一躺两个多月,伤是没大碍了,可身体太弱,睡不了囫囵觉,总睡个把时辰醒个把时辰的……大夫叮嘱说,卧床静养最重要的就是要静,我也就一直没怎么敢闹出动静……哎呀,昨晚上二更天,我躺床上翻来覆去睡不着,骨头缝里一阵阵发痒,实在忍不住了,跑楼顶上吹风,正好看红舟打楼下经过,赶紧招呼他上来给我顶会儿,到校场上出了身透汗。真是痛快!"孙白鹿说道。

"红舟?他这大半夜的从陵江楼底下经过……是想干点什么呀?"

"他说他刚下夜守。"

"嘿嘿,这话谁信啊?你说他从风雨校场回屋睡觉,怎么绕也经不过你们那儿……白鹿啊,别怪我们没提醒你,当心引狼入室,红舟可是觊觎你那个活,不止一天两天……"

"嗨,胡扯什么呢!"孙白鹿有点不好意思,轮流指了指韦家兄弟的鼻子,三个人一起哈哈大笑起来。

窗前,兰雪拥遥望良久,忽然没头没脑地称赞一句:"白鹿真是勤勉哪!"刘伯庵跟着点了点头。兰雪拥又想了想说:"要说吴在田的案子,是个足斤足两的大案子,白鹿拿了这个功勋,到九月论功,旗子至少能往前挪一位。我呢,想趁这个势头再提携他一把,你觉着怎么样?"

刘伯庵又点了点头说:"好哇!"

"哎,伯庵,我还想啊……有些合适的大案子,往他手里喂一喂,咱们今后到国公爷那儿说事呢,也尽量带着他……"

"我没意见!"

"好!你没意见就好!我还有个思路,咱们不是一直说到最后要三颗人头吗,教母一颗,上官乾一颗,对吧?要是机会合适呢,尽量让白鹿摘下来一颗。"

"这可不是普通提携。雪拥,你是想白鹿接班?"

"倒也不好那么说……就是,稍微有点儿苗头。"

"这个我劝你慎重。"

"你觉着他哪点不合适?"

"不是哪一点!雪拥,我和你一样喜欢白鹿,他的品行、功夫、谋略、见识……都是上上之选,位列十大名捕,那是名副其实,你想再往上提一把,我也举双手赞成,可是你要他接班……恕我直言,他恐怕难堪大任。"

"我知道……也没说一定是他,就是想试一试……"

"不用试,试了白费心血,这两条路,路数压根就不一样!你不是问我意见吗?我的意见很清楚,孙白鹿,是个将才,不是个帅才,这个领袖群伦的禀赋不是能教出来的,他没有。"

"那你倒是说!年轻一代谁是帅才?"

刘伯庵很郑重地摇了摇头。神捕营没有。他们都知道什么叫帅才——神捕营是个龙虎风云、英雄辈出之地,要在此间领袖群伦,那必须是一个能把璞玉浑金燃烧成星辰的人,是一个带领着他们声震人间的人。万蜀戎留下了一整本花名册,留下了一大群年轻俊彦,可他们看遍了所有热烈的眼睛,再也找不到那个可以在人心里放一把火的魂魄。

兰雪拥轻轻叹了口气。刘伯庵安慰他道:"雪拥,我觉得……你不要自作聪明,狗揽八泡屎,咱们做事情,走一步算一步,你在算计上官乾的人头,人家还在算计你人头呢!谁先到手还不一定哪!再者说,我们哥仨本来就是顶老大差使的,对不对?我们要是知道谁能胜任,之前不就使劲推了吗?之前整整七年推不出来,不就是因为没这个人嘛!如今,蜀戎不在了,趁咱们俩还能联手干的时候,把手里这摊子干好就很不容易啦。至于后面是谁接班、有没有人接班,想开点,雪拥!有,固然很好,没有,那就是命中注定。"

"伯庵,话不是这样讲,人无远虑必有近忧!我就问你,譬如我折上官乾手里了,后面谁来当这个家?你坐镇卷宗阁,总得有个往外冲的吧?"

"那你就重新部署!还有,不要跟我乱譬如!你多大岁数自己不清楚吗?五十岁的人了,不要动不动往外冲!"

"嗤!"

"你这个人哪!你要是问我意见就问,不问就别问,问完了嗤之以鼻!"

两个人一时无语。刘伯庵摇摇脑袋、晃晃肩膀,准备拿碗筷出去。刚一转身,兰雪拥一把拽住他,目光向下示意。楼下,三个人等的人到了,楚随波从对面走过来。

楚随波比别人穿得都保守些,褐色长袍罩着件白衣,还是前些日子的春衫。四个人互相打招呼,也不知道楚随波说了些什么,孙白鹿咧嘴大笑起来,不经意间就拍了拍楚随波的肩。比起之前,楚随波似乎也自在、亲近不少。

兰雪拥努努嘴:"白鹿有意亲近他。"

"不挺好嘛。"

305

"挺好？"

"我是觉着挺好哇。做人不要太多疑！你和国公爷既然要复用人家了，还晾着人家干吗？"

"伯庵，我不是不放心楚随波……你说，那天在马车上，国公爷到底跟他说什么了？忽然就指了他主持苏旷的案子？"

"想知道就去问嘛，问国公爷问楚随波都行。问我？我哪儿知道？"

"你就一点都不担心……"

"我担心什么呀？雪拥，我都不知道你在瞎担心什么，你到底是怕楚随波把苏旷放了呢，还是怕楚随波把苏旷坑了？"

"都不是……"

"那你就是……担心楚随波把咱们的事坏了？"

"虽不中亦不远了。"

"你干脆直说得了，你就是看不上楚随波，觉着他是个小人，到哪儿都坏事，不堪重用。"

"……莫非他不是吗？"

"懒得跟你多说，我收拾碗去！"

"你别老弄你那碗！伯庵，直说了吧，我是不太明白你怎么就……就那么看得开呢？你倒是说说看，神捕营自从创立以来，还有谁干过文狱构陷的勾当，这种人你真放心他？"

"那我管不着，我只负责卷宗，不负责识人，你真要觉得楚随波不配进这案子，你跟国公爷打招呼！"

刘伯庵转身要走，兰雪拥又一把拽住他："伯庵你不能这样，蜀戎不在了，你又不和我商量，我独木难支啊。"

刘伯庵叹了口气，点点头，回望兰雪拥说道："好，雪拥，你非要问我，那咱们就摊开说好了。凭空构陷这种事，咱们神捕营可不止楚随波一个人干过。有些位高权重的人也干过，有些跟我亲如手足的人也干过！"

兰雪拥脸色轻轻一变。刘伯庵盯着他眼睛，接着说："有些人还跟我说，可能他自己说过的话，自己都不记得了，但我记性好得很，他跟我说——如果你实在忍不了，你可以一言不发回卷宗阁，从此不再管外面的事情；也可以选老铁那条路，等他的人头送到了，这个事情一旦了结，我下去陪你。"

兰雪拥脸色又一变。

"你当时跟我商量了吗？跟蜀戎商量了吗？"

"伯庵，你怪我？"

"我不是怪你，我就是提醒你！有些事你记得，我也记得！雪拥啊，我们俩认识四十年了，你动什么小心思，你以为我不知道？你觉着你对不起蜀戎，是不是？你觉着当初要不那么安排，他出不了那事，是不是？你觉着这一回上官乾就在手边了，还伤了，大好机会千载难逢，你想亲手报仇，是不是？可你觉着你真这么干了，我会原谅你吗？"

"伯庵……"

"我不会原谅你的。这一回，你给我踏踏实实在营里待着，该让谁冲让谁冲，你五十岁了，动手不比年轻人！唯一能做的，就是再支撑几年，明白了吗？"

兰雪拥最后叹了口气，什么都没有说。

晨风吹拂，天光渐渐明朗。时值卯正，小小的沙漏流沙已尽。楼梯上有了一片脚步声，到了门前。

啄啄啄，孙白鹿在门上敲了敲："二先生！刘伯！"

"进来。"

吱呀一声推门响，四个人走了进来，一起问了声好。如今是全城全力搜寻的时刻，随时有报，随时出战，一触即发。每个人都随身带了兵刃，韦家兄弟的披风里各自藏着沉甸甸的短刀短杵，连楚随波的腰间都携了一柄同尘剑。第一缕阳光射进来，东窗前的地上满是白晃晃的光，窗棂的影子划下第一道印记，像是日冕。一屋子人都在肃静候命。

兰雪拥问孙白鹿："白鹿，诸事都交代了？"

孙白鹿重重一点头，拱手一礼："是！回二先生，末将及青崖白鹿旗下一百单七人，随时听候调遣！"

"好！"兰雪拥示意众人桌前围坐，"既然人到齐了，咱们来对对案子，老规矩，我来主讲，伯庵录写。"

"第一桩案子，小桑村的纵火案，这是由我亲自负责的。"兰雪拥拿过第一份卷宗，在手里理了理次序，"这头一份，是里正的人丁籍录。诸位，这个村，一言难尽，他们这个位置在天牢和神捕营的中间，也就没有什么巡捕过来查治安，这是一不管；他们做运粪、粪窖的生意，此业有些不上台面，最初只有三家，早些年地方抚恤贫苦，就免了丁税、春秋二捐，后面萧规曹随，一免就是四十年，这是二不管；再后来，这个村子人丁渐渐兴旺，可是，来来往往、添丁、送殡、迎娶……婚丧嫁娶依旧不在记载之中，这就意味着，这个村子在京城里面算是个黑村，这是三不管。我们能拿到的就是最早三家的一点记载——桑家、李家、黄家，他们是这个村里的起家大姓，每家都有天牢的狱卒。我想直接提醒大家注意一点，这三大家分别是桑家、黄家、李家，而喻佛争的本名叫作李喻，他的父亲也是一个狱卒。"

"这一份，是清点之后的火场图；这一份，是仵作的验尸单子。小桑村的火场里，一共捡拾出来一百三十四具尸骸，其中大多数已经无法辨别面目身份。"兰雪拥把几张炭笔画的草图摊开在桌上，招呼众人围拢来看，"一百三十四具尸骸，注意这个数目，非常奇怪。我们过去检视，发现所有的尸体都堆在一起，他们把小桑村最大的两口干粪窖打通了，变成了巨大的地窖，而且，你们看，这个尸体不是胡乱堆的，凶手在粪窖里搭了个很粗糙的木塔，一共三层，高六丈，很可能是直接驱使村民做了这个劳役，之后，又把全部尸体都摆在塔上，而且全部浇透了火油。你们再看这个图，大约是这样摆的。这些火油都不是民间能到手的物品，既烈且猛。如果尸体是摆在外头的柴堆上，再浇了油这么个烧法，到我们来查的时候，就看不出什么了；但因为是架在粪窖里，通风不够，木塔烧到半路，哗啦一垮，尸堆叠在一块，最下面的一层压实了，没有烧透，倒是给我们留下了一批物证。我们当场做了验尸，一个稍微好一点的消息是，火场里没有七岁以下的男童和十二岁以下的女童。"

"你们再看这张，"兰雪拥又拿起另一张勾画的木塔侧面的草图，翻转给众人，"按照仵作的查验，木塔的堆放大约如此：最上面一层，堆了七具尸体；最下面一层，摆了十八具尸体；中间一层，足足有一百零八具尸体，这也是木塔承重不足，在大火里直接烧塌的原因。当时，我们就在想，为什么是按照这个数目摆？"

在场的人，同时默默做了一个简单的计算——三层木塔加在一起，一共是一百三十三具，还差一具。

"另一个尤为蹊跷的地方是，按照残存的骨殖来看，最下层的十八具尸体，根本不是活人，他们应该是从周围坟地里挖出来的陈尸，而且已经埋了很久，早就是枯骨，骨头缝里已经有蚱蜢做窝了。找陈尸出来凑数，无非就是两个目的，第一，这是一个巫邪的仪式，非凑这个数字不可；第二，为了报仇，把仇人的尸体再刨出来一遍，白骨冲天，烈火焚身。为了弄明白这些枯骨从哪里来，我们挖遍了附近的墓地和乱葬岗。不出所料，这些人，应该是从小桑村的祖坟堆里挖出来的。我们还发现，小桑村的每一座祖坟都被破坏得很厉害，所有的墓碑都被毁了，有些木牌和棺材可能就在火里烧了，没有任何名字和记载留下来。在这之后，我们又重新回头检查村子里的房舍，发觉这个村子应该还有个宗祠之类的地方，但是这个地方被拆了，所有的木梁和椽子都拿去搭那个火葬的木塔，原址只剩砖石。也就是说，这个村子，绝大多数人的命和名字一起在火里消失——这是一个非常大的、可谓不共戴天之仇。"

"查验完这一切之后，我们想知道，如果搭建这座木塔是为了报仇，那么它是为了谁报仇？火场里是不是有答案？我们就继续在木塔下面掘地三尺，诸位，那个火地已经被烧得非常硬，全是焦土，挖了足足七尺之后，我们才找到了第一百三十四具尸体，但那具尸体，是好好收殓被放置在一具新棺木里的。我亲手查验了那具尸体，那是一具女尸，至少死了二十年，完全是枯骨，死亡的时候，年龄大约不超过三十岁，明显有生育过的痕迹。她的身上还特地换了身全新的衣裙，尤其这个裙子，我已经叫人去查了，你们看，这个是西域的样式，做了一点改进，在中原或者在京城穿也不会太突兀，料子很好，裁剪也很得当，作价不会太低。如果没有猜错，她就是这座白骨塔所祭祀的主人。时隔太久，我们不知道这具女尸生前遭遇，但她的颅骨有明显破损，颈骨也有撞击痕迹，这种撞法，头颅和脖子需要折成这个角度……这很像是，投井。到这一步，我想做个大胆的推测——如果我们假定凶手是上官乾，那么从年龄上、手段上讲，这个女人有可能是他的母亲。"

第一桩案子讲完了，兰雪拥环目四顾，看大家还有没有问题。

刘伯庵提笔，顿了顿，抬起头："对了雪拥，我有一个问题，喻佛争也就是李喻，在神捕营是个跑马升旗的人物，难道就没有什么别的人去过他家见过他父亲？"

兰雪拥摇了摇头。

"为什么？这也不合规矩。"

"铁总捕头特批的。"

刘伯庵从桌上抽出一个卷宗袋："时至今日，这份绝密是不是可以公开了？"

兰雪拥想了想："在座的先看一看吧。李喻是另一个案子，今天先不讨论。小

309

桑村纵火一案，诸位还有别的问题没有？"

孙白鹿点了点头，直接问："二先生，火油查过没有？"

兰雪拥示意韦慈。韦慈点点头说："火油是我查的，当天晚上，看见黑焰冲天，二先生就让我去查了。我们兄弟俩兵分两路，韦悲去查城防一路，我查的是兵部和禁卫军一路。"

韦家兄弟是大理寺出身，父亲、兄长、几位师兄弟都在大理寺任职，他们在朝廷里、宫里根基都算厚实，常年跑京畿，有许多盘根错节、来回调度，需要三司通力配合的复杂案子，他们常常参与其中。

"火油是突破口，我连夜去了兵部，把人从床上叫起来。"韦慈介绍，"这种火油，有个别名叫作地狱火，是藏边一带的产物，偶尔西域也会出现，燃烧起来极为猛烈。这东西完全是军中之物，严令禁止挪作他用，调度的记录也极其严格。我查了火油来往最大的一笔漏洞，是出在去年四月初七，禁卫军持御令直接调走了三十桶。"

去年四月初七，也就是皇帝驾崩、京城戒严、上官乾持令横行无忌之时。但烧这么个普普通通的村子，显然不需要用完三十桶。三十桶可以攻下一个小城池了。

"我又立即请了手令，天明之后，追查到禁卫军。说起来，上官乾一出事，那真是人人自危，兵部好几位大员一直扎在那里，拿下不少人审问。此事本不该我讲，与上官乾亲密的那几个将领可谓无妄之灾，兵随将令草随风，他们也无非就是依令行事而已。我拿了手令，轮番又问了一遍话。说实在的，上官乾这个人，城府深厚，步步为营，不该说的话一句也没有，我们想查他的底，真是千难万难。我在那里停了一天一夜，问了许多人，总算是问出几句有用的来：第一，上官乾经常在城北边的禁军草料场仓库里面住；第二，说来匪夷所思，上官乾唯一的心腹，就是被我们抓到的那个亲随，这个人居然没有名字，他是亦步亦趋、随身左右，可没有任何人听见过上官乾怎么称呼他；第三，上官乾是被上峰指来的，来的时候，只带了这个亲随，还有那匹恶马。得到讯息之后，我立即赶到城北，找到了那个仓库。那个仓库果然十分空旷，藏三十桶火油不成问题，我仔细搜查了一遍，在角落的一个暗格里，发现了一口箱子，里面全是易容用的胶，还有其他奇奇怪怪的小玩意儿，那些东西我都带来了，就在外面。除此之外，我还发现了一个刑架，上面有铁链之类，我问过几个他手底下的人，说这个刑架自从铸好，还没有用过，曾经有个手下多嘴问过一句，上官乾回答他说，是为一位老朋友准备的礼物。"

说到这里，韦慈从怀里摸出个小布包，打开，里面是一根细细的金链子，上面吊着一个九头蛟衔骷髅的坠子。他把布包交给兰雪拥:"所有的东西里面,就这玩意有点邪门。二先生,你瞧瞧,或许有点什么别的用处也说不定?"

兰雪拥拎起来,对着阳光看了看,坠子小归小,做得当真精细,九头蛟栩栩如生,和二毛画的上官乾手臂上的文身似乎一样。

在查案的最初,他们遇到了极大难题——那个好不容易抓到的假上官乾一被带到神捕营放开,就变得抽搐、近似癫痫,满嘴白沫,鬼上身一样胡言乱语,且不要说问话了,似乎不被压制着,很快就要自己弄死自己。他很显然是被什么邪术控制住了,但谁也不知道如何解开。他太重要了,是唯一一个了解上官乾底细的人,没人敢对他用大刑,生怕一动手就把他弄死了。或许,这根金链子可以试一试。兰雪拥把布包收进怀里。

韦慈歇口气,接着说:"因为所获不多,我也无奈得很,本来走在路上已经准备回营复命。忽然灵光一闪,又去了宫里,我想,上官乾总住在马场,那匹黑马又千里迢迢回来找他,他和那匹马或许有些渊源可追溯。我连忙赶到大内,托人问了一大圈,最后有人向我推荐了一个人,他是相马世家的传人,人称张伯乐,平生爱马如命,在大内干过十五年,那些人说,要是连他都不知道那匹黑马的来龙去脉,恐怕就没有人知道了。我又打听了一圈,这个张伯乐去年四月辞了职,没人知道是为什么,也没人知道他去哪儿,只听宫里的马师说,他好像是受了什么挫折,一下子心灰意懒。那时,大内也乱糟糟的,一个相马师微不足道,也就没人太留心。我到处找他,昨天清早,终于是打听到了,他在离此地三百里外的一个马行做事,我们兄弟俩就会合后一道快马赶过去,万幸是很快找到了人,我们跟他聊了好久,他总算是跟我们讲了那匹马的来路……"

韦慈说累了,韦悲立即就接上——他们是孪生兄弟,不仅面貌相同,连音调、语速都差不多,不留神,根本听不出是两个人。

"十五年前,西域进贡来一对神龙宝马,使团那是万里迢迢、千辛万苦、风餐沙宿,一路走了小半年,那一对宝马呢,来都来了,路上也没闲着,不知何时,牝马就怀了小马驹儿。眼见离京城已经不远了,大半夜的,使团的营帐忽然遭了狼群,那群饿狼来势汹汹,使团就仗着火堆、弓箭,一宿苦战,在帐篷守到天明。人倒是没事儿,可马还拴在外面呢,就听那个马嘶狼嚎,叫得真是惨。到天亮之后,狼群散了,使团出去看,见那匹牝马已经被吃得只剩马头马鬃,地上全是血腥残骨,连拴马的石桩子都被拔出来了,它缰绳还连在上面,除此之外,还有六具狼尸,显而易见,是经过一场可怖厮杀。可那牝马不知所终。诸位,想想看,使团千里迢迢,是来进贡宝马的,好不容易快到地头,宝马给狼吃了,也不知是继续前行来问个好呢,还是就此打道回府,于是人人都懊恼。正无计可施,到使团快要拔营开路的时候,那匹牝马居然从远处跑回来了,围着地上那堆马鬃咻咻扬蹄悲鸣。使团可不管它,它还怀着小马驹呢,等到时候,不还是两匹宝马吗?但那匹牝马死活不肯走,围着马鬃直转圈,但事不宜迟,昨晚上吓得人人腿软,谁知道还有狼没有?大家伙就赶紧把它给硬带走了。可万万没有想到,从此之后,那匹牝马水草不进,撬开嘴才能喂进料去,慢慢地就瘦出了骨头,而且脾气彻底坏了,见人就踢、见马就咬。后来,它是给送宫里了,宫里马师们也嫌弃,这马是废了,没什么用了,专等那小马驹儿。结果等啊等,时辰到了,那小马驹偏就生不下来。当时,那个张伯乐跟着他的七叔——哦,他的七叔是宫里最好的驯马师——他七叔就说,这没招了,只能把牝马肚子剖开,把小马驹取出来,这小马驹也就是如今这匹恶马。当时,那匹小马驹一取出来,站都站不起来,却暴躁得不成样子,老要踢人。须知,马驹儿可不是人,要是站不起来,那就是死路一条。他们正束手无策,就听见背后小太监、侍卫一起问安,然后就看见东宫太子爷,匆匆忙忙带了个少年人进来,那个少年也不说话,看见这匹小黑马,眼都直了,就过去抱着它,那马驹血糊刺啦,他也不嫌弃,一边轻轻地摸它,一边给它唱歌,跟唱什么咒似的,哄那马驹去啜那母马的血,过了好久,那小马驹猛地就站起来了,拿鼻子拱他。再后来,那个少年跟东宫太子爷说了几句什么,太子爷就吩咐说这马驹他要了,还特地叮嘱张伯乐的七叔,不要跟旁人讲这桩事,若有旁人问,就说接生不下来,母马和小驹儿都死了。张伯乐跟我说,那一幕,他恐怕此生难忘,他当时也不过十六七岁,少年和他差不多年纪,但那个阴沉劲儿……真是骨子里发冷。我又问他,还记不记得那个少年唱了什么歌吗?张伯乐说,不知哪儿的话,反正不是汉话,别的也记不住,就记得调子,他哼了几句,是这样的……"

韦悲说到这里,回神思索片刻,敲着桌子打着拍子,哼出一段小曲。在座的几个人,本来都欠着身子,认认真真地倾听,一听这曲子,又都"哎呦"一声坐回去。韦悲不愧是一代名捕,三百里去来,真没二话,可他真不怎么通乐理,哼的根本就不是个调。

兰雪拥叹口气:"先说别的,还有旁的收获没有?"

在座的四个人都摇头——小桑村纵火到如今,也只过了两天两夜而已,所有的网才刚刚撒开,这只是大家第一次碰头。

"好!既然第一轮查不出什么具体的,咱们就推到第二轮,依计划行事。韦家二位兄弟辛苦了,你们先回去歇息,好好睡一觉。白鹿、随波,你们接着追查。"

"是!"

天色很好,窗棂之间被醒来的苍穹染成清澈的蓝色。这次短会碰得很快,到结束的时候依然是清晨。几个人都站起来,除了刘伯庵之外,还没人来得及吃早饭。后面还有很多轮、反反复复来回拉网。大家该休息的休息,该继续的继续。

"等一等。"刘伯庵皱着眉头,摆了摆手。

所有人都站住,看他。刘伯庵弓着背,在桌上找了一通。那些都是兰雪拥画的草图,他翻出一张来,上面是火场之中深埋女尸的裙子样式——那是西域的样式,又按照中原汉人的风俗改了改,即使在京城穿也不显得突兀。

刘伯庵趴在桌上,使劲瞪着,快要把眼珠子盯到那幅画里了。他在迅速地思索,手指在桌上哒哒地敲着、划着、鸡爪一样地抽搐着。众人屏息凝神——刘伯的手变成这样,说明他的情绪开始激动了。

刘伯庵用力地闭上眼睛又睁开,有些迟疑地四顾问:"你们……觉不觉得,这个女人穿的好像少了点?"

大家都愣住了,这可真是大哉问!刘伯庵又解释:"不是……那个……你们,谁会给女人配首饰?"

几个人都愣了,但兰雪拥完全听明白了,他猛地一拍手:"笔!"

一支笔递到手里,兰雪拥俯身轻轻地在那身衣裙上勾勒几笔,他加了一片带珍珠链子的纱巾。一切宛如天成,这真是个恰如其分的首饰——有一点异域,也很中原。兰雪拥不久前刚刚见过块纱巾,那是绝密的物证,来自京西客栈纵火案。

最重要的两条线索开始交汇了。

刘伯庵哆里哆嗦地拍了下桌子,说了声:"等我。"

没人敢动。他一瘸一拐地下了楼,过了一会儿,又一瘸一拐地上来了,手里拿着一本发黄的乐谱:"雪拥,你看看这个。"

"这是哪儿来的?火场不是烧光了吗?"

"这个不是火场里的……二十多年前,西凉乐伎班子是个很传奇的班子,据说,京城里颇有些人,极其痴迷于她们的奏乐,长年累月地苦等,只要她们一来,就包房住在客栈里，日夜地聆听。这是她们最有名的一套曲子，那些痴迷者煞费苦心把谱子记下来，试图在她们离开之后找别的乐伎、琴师演奏，但总也不得其神。但毕竟二十多年啦，那些痴迷者也找不到了，就找到这本谱子。雪拥，你看看，这么些曲子，有没有一支会和上官乾有关系？"

兰雪拥接过来看，在手里慢慢翻着。他是个聪明绝顶、百艺精通之人，好像无论什么技艺，大家都自然而然地认为他会。而刘伯庵恰恰相反，无论什么技艺，大家都自然而然地认为他不会。

"邪门。"兰雪拥皱了皱眉头。

大家等他解释。

"狗日的。"兰雪拥又嘀咕着骂了一句。很少有人听见兰二先生骂人，这更有趣了。

"这不是一套曲子……"兰雪拥很快翻完了，跟大家解释，"这是一支曲子，有十二个乐部，一起演奏……这简直是不可能的，太诡异了，如果成功简直是鬼斧神工……韦悲，你再把刚才的曲子唱一遍给我听。"

韦家兄弟竭尽全力。

"试试看吧，我们取中间这两段，这已经是最靠近的两个了……这要是还不行……"兰雪拥轻声嘟哝着，抬头，眼光在人群里扫视一圈，但最终只落在楚随波脸上，"随波会乐器的吧？"

楚随波点点头。

"会什么？"

"琴、箫、瑟、琵琶。"

孙白鹿和韦家兄弟不动声色地扯了扯嘴角——曾经有个家伙说过，楚随波色艺双绝。

兰雪拥示意孙白鹿去取。孙白鹿问："那二先生要什么？"

"随手拿吧，什么都行。"

孙白鹿取来了一管笛和一管箫。楚随波拿了箫，兰雪拥横笛。

一声呜咽，寒夜乐起。那是一支悲凉的曲子，不似中原旋律，也不知乡关何处。前世今生，千回百转，我亦是归人，我亦是过客。好像是在无尽的远方，浓雾茫茫的长夜里，醉舟漂流在黑茫茫的大海上。

箫笛别离，曲子渐渐成两个乐部。低音的萦绕徘徊里，小舟在慢慢地沉下去，冰冷的海水慢慢涌上来，漫过膝盖，漫过胸口，漫过喉头，无边无际地沉沦，无声无息的水泡向上涌，脚下是死亡，是海妖吟唱，永恒禁锢的海牢。高音的那个部分，在天边飞翔，海市蜃楼，光彩门户，一个尖抛上去，跟着又一个尖抛上去，一个烟花炸开，接着万千个烟花炸开，繁花似锦，光芒之中五彩诞生，鲜亮的绿，柔软的蓝，奔流的红，炸裂的黄，莽莽雪原翻覆旋转的白，星辰璀璨，梵音海潮，天魔献礼，飞升之上，还是无穷飞升，白茫茫无边极乐，再无贪嗔痴，再无爱别离，须弥芥子，顶礼膜拜，极乐往生。那两个乐部不可思议地交织着，它们原本不应该会面的，那是最圣洁的和最肮脏的，最庄严的和最残暴的，最燃烧的和最冰冷的，最美丽的和最丑陋的，最慈悲的与最血腥的。但很快，高下已分，那个低声的乐部开始绞杀高声的乐部了，海牢里的魔鬼在浪花里、在泡沫里，它们是海中之火、天空之狱，魔君弑杀了佛子，红莲烈焰升腾着髑髅瘟疫。

楚随波的脸色越来越白，喉头抽搐，鼻孔有微微鲜血。但他并没有停下。兰雪拥微微闭着眼睛，嘴角有一种僵持的微笑。大家都发现不对了。

"雪拥？雪拥！"刘伯庵轻声提醒。

兰雪拥很轻微地摇了摇头。他不得不继续，他们已经彼此纠缠得太紧了。

孙白鹿站起来，握着弓，慢慢拉了满弦。

青崖弓，白鹿箭，西北望，射天狼。孙白鹿数着兰雪拥的乐调——一声，二声，三声。铮然一声，天地绝响，万物休止。

笛箫齐齐戛然而止。良久寂静。

好一会儿，兰雪拥才放下笛子。又过了好一会儿，楚随波苍白的脸上有了血色。

"随波，该断就断了。"兰雪拥叹了口气，语声温柔许多。

"是，多谢二先生。"楚随波垂袖，手中箫裂，碎竹落地。

"真是大开眼界。不知这样的曲子，十二乐部合奏是何等绝响！"兰雪拥转头问刘伯庵，"伯庵，这个曲子叫什么？"

刘伯庵回答他："《极乐世界》。"

"我知道他在哪里了。"兰雪拥站起来，"四面布防，不许打草惊蛇，点齐精锐，跟我去京西客栈！"

第五十三章　极乐世界（中）

三十年前，京西客栈盛极一时。客栈酒楼是酒色财气的生意，这种生意从来不好做，能成名立万的，每一家各有擅长。譬如国色天香楼，拼的是十丈红尘富贵天，黄金白玉买歌笑，王侯府邸，繁华风流，达官显贵，一掷千金。

京西客栈的地段不好，挤在京城西大门边上，除了西域商旅，无人远道来投，此处也能财源滚滚，靠的是一方整个京城最大、最好的舞榭歌台。舞榭歌台曾经耗费重金，歌台附近三面墙全都做成了嵌白铜片的回音壁，一旦奏乐，余音袅袅；舞榭里头做了可以移动的空当，供变戏法的穿梭其中，神出鬼没；正中一根齐天竿，号称高乎百尺，人在地面仰头看，竿子一路钻进云霄去，只剩一点细细竿头。

诸项技艺之中，西域乐伎班子当然是压轴，但更被普通客人们欢迎的是杂耍，什么吞剑、吹火、顶坛子……毕竟外行看热闹，越是刺激惊险，围观的人就越多，尤其是"穿云"——一个人顺着竿子攀爬，一路腾挪闪打，竖蜻蜓翻筋斗，做出许多险些跌落的动作，引人大声惊叹，等到了竿头，斗篷一甩，人消失不见，任怎么看也看不出端倪。

穿云是独门绝活，不过，就像大多数"传承固然好，不传也无所谓"的民间技艺一样，大火之中，最顶尖的乐伎班子和杂耍班子一起绝迹人间，同行们固然纷纷惋惜，但也没有人真花心血研究这玩意儿，天长日久，穿云也就随之湮没了。

那场大火之后，舞榭歌台付之一炬，客栈损失惨重，几度易主，再也无力重现昔日风光。到重建时，做了全盘调整，从"匚"形变成了"匸"形，格局显得局促得多。歌台全拆了，取而代之的是个小得多的杂砖天井——吵吵嚷嚷、人来人往，地上永远有随手一泼的剩茶水、嵌进砖缝的骨头果皮、东一头西一头满地乱滚的破酒瓶，伙计们一天扫个七八回，也不见干净。至于那一根齐天竿，就直直地立在角落里。它在两栋小楼之间,所以看起来并不那么扎眼,但还是突兀地高出一截,渐渐地,没人知道那是什么东西。

风流总被雨打风吹去,京西客栈埋没无名。唯一还能撑一撑台面的,就是硕果仅存的"天字号上房"了。

虎死不倒威,这间上房依旧贵得出奇,即使是今天摆在国色天香楼里也是顶天的价。它独占小楼一个角落,木梯上来就是紧闭的门,得益于此,当年的大火几乎没怎么波及。一明两暗的套间,宽敞阔绰,梁栋门窗都是扎扎实实的好木头,老画匠在上面工笔细描过,如今漆面大都剥落了,剥蚀凹凸里残留着一点朱红和碧绿。所有当年顶好的物件都整整齐齐地摆着,依稀可见昔时的盛大——正屋里架着琉璃红木的屏风,一只角用松木补过;玩架上搁着老旧的鎏金花瓶,缺了环的一边冲里;小几上燃者混了一点点乳香的檀香;交椅上铺一张白狐皮子,狐狸尾巴掉下来过,又缝缀了无数次,毛都秃了一半。

"这家生意做不好,是有道理的!想当初,我包了半年的房,那可是现银付讫!猜猜怎么着?一个子儿的折扣都不打。"王素半拉屁股倚坐在窗台上,穿一件半新不旧的墨绿寝袍,松松绾了个发髻,一手拿着个小铜镜,一手拿着支笔,鼓着嘴,往颧骨上点淡褐色的油料。他的脸颊、颧骨上都已经刷了一层厚胶,看起来,整个轮廓柔和不少,眼角也做了一点手脚,让眉眼都向上吊,一副短髯挂在脖子上,还没有上脸。他拿镜子左右看看,觉得效果确实挺好,自己一打眼都认不出来。

不过,没有人回答他。上官乾躺在一张软榻上,鞋也不脱,鞋底全是炭灰。他散着长发,看着房梁,紧紧咬着牙,两腮肌肉微微隆起,看起来,整张脸像是黑色波涛下的岩石。他上身裸着,袒露着磐石一样的胸腹,右臂上裹了厚厚一层白布,肘弯隐隐沁出一点绿脓。

"上官兄,你可真是贵人语缓!"王素已经改口不叫他"上官统领"了,他走过去,拖了张椅子坐下,小镜子在膝盖上慢慢敲,"咱们哥俩说道说道,我王某人自问算得上是两肋插刀、赴汤蹈火,从神捕营眼皮子底下把你接回来。就你这个伤,说救回来也不为过吧?这一路上到地头,我没闲着呀,里里外外,来来去去,鞍前马后地服侍你。我说,你这爱答不理的是什么意思?真嫌弃兄弟,给个明示呀?我扭头就走,绝不热脸贴冷屁股!"

上官乾好半天没动静,连眼珠子都没转一下,王素都要伸手在他眼前晃一晃了,他才懒洋洋瞥一眼,又慢慢转头继续看着大梁,又等好一会儿才开了口:"素侯啊,

317

你们不讲道义。"

"哦哟！新鲜了新鲜了！"王素忙拖凳子，离上官乾近一些，伸头问，"上官兄，这话怎么说的呀？王某人可担待不起！愿闻其详。"

"银沙教带了十只精卫鸟，居然不同我打招呼？"上官乾转头望王素，眼里森森冷意，"这么好的机会！只差一点，我就能把他们一网打尽！我倒是要请教这是谁的意思？是素侯你的主意，还是教母的主意？是借刀杀人，还是一石二鸟？"

"上官兄说哪里话！"王素拍了一下大腿，"要说起来，这可是你的主意！"

"什么？"

"想当初，是谁跟我们口口声声说，丁桀不足为惧？苏旷手到擒来？云小鲨就是你床上之物？上官兄呀，你可是当今天下数一数二，不，只数一不数二的绝顶高手，论武道，跟你比，我王某人算什么呀？我做买卖的，管账的！教母又算什么呀？她再机关算尽，也就是个瘸腿的女人！你说说看，我俩懂什么？你既然都放了话，说这些人不足为惧，那我们可不得照着你的吩咐安排吗？"

上官乾没有说话，只见王素继续说道："上官兄，我们算着呢，你一己之力，能把他们全干掉，我们出四只精卫鸟，帮你打扫残局，再带几只那是为了替补轮换呀。这精卫鸟啊，你有所不知，那可是教中至宝，折一只，少一只！就说这一回吧，教母她折了两只精卫鸟不说，而且生平头一回摔到人堆中间，差点命就没了，她怨了你吗？怪你说大话了吗？没有吧！上官兄啊，疏漏谁都不想！你不想，我不想，大家都不想，做人要向前看。"

"你们管这个叫疏漏？"

"当然叫疏漏。上官兄，叫疏漏，是给你留面子。"

"呵呵，不留会怎么样？"

"别威胁我，你那点手段要能吓着我，王某人经营什么十二月银庄啊？上官兄，这事儿你想不明白吗？教母真事先把十只精卫鸟全交代出来，黄雀在后的就是你。咱们出来做事情，无非就是放手一搏，赢家坐庄，愿赌服输。"

"怎么个愿赌服输法？"

"我给教母传个话……哎，对了，有言在先，是她说的，不是我说的，我一个字不加，一个字不减，没什么立场，也不添油加醋，就是带个原话——如今，你洛阳失了手，京城丢了替身，重伤如此，恐怕没有多少和银沙教讲条件的资格，你唯一能选的路，就是归顺。"

"不归顺会怎么样？"

"实不相瞒，不归顺，没精卫鸟你恐怕出不了这城。对了，这也是教母说的，不是我说的，我还是没什么立场，上官兄你要是真能单枪匹马再杀出一条血路去，那我是佩服之极，此后常随左右，牵马坠镫。哦，容我提醒，上官兄，这次要回来，也是你自己非要回来的。我们胆小如鼠，左劝右劝，是你说神捕营如今都是庸庸碌碌之辈，不足为惧，你还有个后手，他们肯定没胆量戳穿。"

"呵呵，我归顺，那你呢？"

"什么？我？我不劳费心，过会儿贴上胡子自己跑啊。如今他们掘地三尺，见人就查胳膊，眼中钉肉中刺，搜的可是你，我自有退路。"

"我是问，素侯，你二度归顺银沙教了？"

"哦，那不算，这各有各的契约，不方便透露。"

"好，素侯，教母现在何处？"

"离这两里地。你做了决定，精卫鸟立马就到。"

"银沙教能给我什么？"

王素轻轻附耳过去，说了几句。上官乾沉默片刻，良久一叹："难怪你动心，大手笔。"

王素从腰带里摸出一个朱红色的小瓷瓶和一个金色铜铃："上官兄，你自己斟酌吧，想明白了，就把这个铜铃挂在窗户上摇一摇。明人不说暗话，这是蛊虫，你得当着教母的面吞，她才能带你回去。"

"我要不吞呢？"

"那好说，这套上房的钱我付了半年，三天后到期，算兄弟请了。我对神捕营忌惮得很，这就得跑路，你自求多福。"

"好。"上官乾闭了闭眼睛，"素侯，话既然带到了，你先请便吧。我一路疲惫，休息休息。"

"哦，上官兄真不着急啊？"

"不着急。素侯，我还有个不情之请，能不能帮我送封信？"

"给谁？"

"拿纸笔来，你看看就明白了。"

王素点点头，转身去拿了笔墨纸砚。上官乾翻身坐起来，略有些吃力，他的右臂还是垂在身侧，软绵绵地垂成一条。他左手执笔，行云流水地写了一封信。

王素就站在他身边歪着脑袋看，眨巴眨巴眼，觉得有些不可思议。

"你应该知道送到哪里。"上官乾吹吹纸，墨痕很快就干了。他将信折起来，也不封口，递给王素，"我等他来了再做定夺。素侯，你也知道，我不喜欢服输。"

"好！"王素点点头，"看热闹不嫌事大，我立刻就去。上官兄，多保重，后会有期。"

王素最后往上唇涂了一层胶，戴上了那副短须，换了身衣服。他看起来完全是另外一个人了。黑绸绣金卍的员外氅，胖乎乎的脸，贼溜溜的眼，一寸宽的假金腰带紧勒在溜圆肚皮上，像个羡慕弓马一直号称习武，可越来越富态的土财主。这简直不像是能装出来的。

"我有时候也在想，"王素很谨慎，又拿小镜子照了照后脑勺，"当初，我要是没卖祖宅、没去找藏宝图，应该是什么模样呢？我应该也能发点小财，换个大点的院子，家里人丁兴旺。"他提起人丁兴旺的时候，小小的眼睛里闪过一丝怅惘，但仅片刻，顿足离去，"不过也不后悔就是了。"

上官乾起身，走到窗前向下看。王素下了楼，晃晃悠悠向外走，一路走，一路哼着："呀……谁不是星夜客，赴科场，田舍郎，天子堂，朱衣卿，紫衣相，千金散尽，一枕梦黄粱，浊酒阳关长亭唱……"

上官乾目送王素远去，之后抬头看了看远处的齐天竿，关上了窗，慢慢解开了右臂的白布。惨不忍睹的一条手臂，骨骼当场寸断，许多处已成齑粉，这一路奔波已经无法接续了，血肉里全是脓水，皮肤肿得发亮，看起来好像是一条九头蛟正在反噬故主。他从靴子拔出一柄短刀，也不怎么多做处置，就在蜡烛上烤了烤。右臂就在身边摇摇晃晃，绿色的汁液越来越多，滴滴答答地落在地上，像个哭哭啼啼的孱弱家伙，不肯离开主人。

太累赘了，他厌恶地看了眼胳膊，也不叼什么手帕毛巾，牙齿在嘴里咬得嘎吱响，顺着肩头骨节，一点儿一点儿地慢慢地把整条手臂齐肩旋了下来。

绿色的汁液消失了，肩头鲜血暴涌如泉。他放下刀，左手小臂上一条墨黑鲜红相间的九头蛟重新浮现。他什么药也不用，伸左手按在肩头断口上，那条九头蛟一鼓一动，似乎在狂饮鲜血。满地都是血腥气，夹杂着绿脓异臭。他没有去捡那条胳膊，而是摇摇晃晃走到软榻边躺下，脸色惨白，扯了条毯子盖在身上。

"一条胳膊换一双眼，我倒也不吃亏。"他微微一笑，阖目睡去了。

他一定要回来，是有非回来不可的原因。有些人，这次杀不了，以后就再也杀不了。太羸弱的肉体不配存在，太羸弱的记忆也不配存在。就像每一个暴君都会篡改史书一样，上官乾在成为"上官乾"之后，回顾了此前短暂的人生，毁去了其中的大部分。

除了仇恨……

他五岁之前，和母亲一起生活在荒山野岭之中的一口枯井里。

那段人生懵懂混沌，并没有成段的记忆可言。之所以很清楚地知道这回事，是因为他好几年之后，又重新下了一回地狱。

那是口不算大但是很深的土井，四壁都凿挖过，有一段长而狭的井口，看起来像是观音菩萨手上的羊脂玉净瓶。井底经过修整，略宽敞一些，正好容得下一个成年女人带着孩子坐卧。井壁上钉着一根很长很长的大毛竹，竹节上钻了孔，揳满了扎成捆的小竹篾。因为他们每次都是坐着吊篮上上下下，所以他从来没有想到过那是一架梯子。

他有个母亲。这世上，谁没有母亲呢？母亲是个哑巴，可能也并不天生就哑，也能发出一些残缺不全的声音，她用了很长时间教会他说"阿妈"，再有就是用一些古怪的音节表达情绪，比如啊啊，哎呀，嗯嗯，嗷呜。因为实在除了转圈没什么可交流的，他也一直没学会说话。

井底无非就是个土坑，有铺盖、衣服，在一个角落吃饭，另一个角落拉屎，家规森严，角落不可乱换，屎每次出井的时候要带走。除此之外，实在乏善可陈。

成年之后，偶尔会在午夜梦到某个刹那——废井某一处好像有个深不见底的可能是黄鼠狼的洞穴，总是吹出冷飕飕的风，头顶上不断有土坷垃掉下来，他伸着胳膊使劲够，顺着角落的缝隙一个劲向里钻，直到被牢牢卡在深处为止。梦到就梦到，转身接着睡就是。他活到今日，并没有失眠过。

五岁那一年，他的世界发生了一件小小的奇怪的事。之所以知道是五岁，是因为每年"过年"的那一天，母亲都会在土壁上刻上一道，那年恰好是个"正"字。

那天很冷，母亲在睡午觉。他仰起头来，看到了遥远处一片茫茫天光和一些飞舞着的小白粒。天光他是见过的，每天都见，小白粒没有。他伸手去等了一会儿，井太高了，小白粒始终落不到手心。于是，他开始去爬那道梯子。梯子很长。他有一种与生俱来的野兽一样的灵敏，这让攀爬毫不费力，但小竹篾总是时不时夹到脚心的皮肉，有点儿疼。

他爬了很久,终于到了。井盖是一块很重的青石板,而且打了铁环上了锁。井盖下面是一圈井台,井台坍坏了一部分,用一段三尺宽两尺高的铁栅栏封住。铁栅栏一共五根,扎进石头里的部分生满了暗红色的锈斑。而小白粒就是从那里飞进来的。

他握住铁栏杆,拉长了身子,踮起脚尖,把脸凑过去。他先闭着眼睛吸了口气,很新鲜的空气,小白粒打在脸上,冷冰冰的,一会儿就没了。之后,他睁开眼,看见了一道破烂的柴火门,破门下面,有两尺空缺,视线所及正好是一片折扇形的雪野。

在看见那片残雪之前,一切本是虚无。此刻,他被彻底地震撼住了。他认知的边界被打破了。一个洪荒世界简直是轰隆一下掉在他面前。他把脸更用力地挤过去,凑在铁栏杆之间,贪婪地汲取那一切——

那一幕景象刻骨铭心,几乎变成了他本身的一部分。那是早春的午后,天空阴沉沉的,像把湿冷的夜幕拧得半干胡乱搭在太阳上。放眼望去,半寸厚的暗白色薄雪盖,覆着北方褐色的土地,雪盖的边缘已经变成了半透明的冰晶,偶尔有一两滴融化雪水落下,把土坷垃浸湿成黑色的土壤。土壤里钻出一根嫩绿色的草芽,嫩到带一点鹅黄,半蜷着细小的叶子。它是这附近的第一株野草,草芽上还带一点细土。

一只甲虫飞过来了,细细的薄膜一样的翅膀带着粗笨的身子,飞得有气无力、路线歪斜。它们熬过这个冬天殊非易事,靠着翅鞘缩在土缝里或者墙角,不吃也不喝,更有经验的甲虫或许再等个几天,但它坚持不住了,既然已经醒过来,就必须得吃点什么。它径直飞到草芽边,迫不及待地塞窣大嚼。

可在这片荒野雪地上,黑色的甲虫和绿色的草尖都太显眼了。觅食的过程也是成为食物的过程。一只山雀扑棱着飞过来,一爪子把甲虫按在地上,那只甲虫仓皇逃窜,扯掉了一片薄翼。它是跑不掉的,山雀的尖喙像是两道从天而降的铁剪,连夹带啄撕破了它的背,一点乳白色的浆液被挤出来了,它手舞足蹈。

同样的,山雀也犯了致命的错误,它本应该第一时间带着猎物起飞,回到自己的巢穴去。但是,这个冬天漫长得过了头,大家都太饥饿了。它正专心致志地低头大吃,浑然不觉,另一片雪盖下面一条刚刚从冬眠中苏醒的土蛇,无声无息地游了过来。

砰!土蛇猛蹿起来,脊背弹开雪盖,扬起一片小小的雪雾,它准确无误地咬住了山雀的翅膀，继而缠住了它的身体。它们缠成一团，在地上滚着挣扎着，蛇尾像条小鞭子，在地上乱抽乱打。

山雀被活吃了。它是被从头吞下去的，翅膀横亘在蛇吻前，那条土蛇很是费力，向着天空扬了扬脖子。它活下来了，嘴角带着一只颤抖的爪子。它是幸存者，这片土地上的食物太少了，它们最爱的田鼠躲在洞穴里，靠着冬储还能再撑半个月，大多数的冬蛇醒过来之后，只能徒劳无功地饿死。

远处有犬吠声，那条吃饱了的蛇尽快游走了。它如今行动不便，也是上好的午饭。草芽还留了一半，蜷曲的芽尖向着阳光，乐观而顽强；半拉甲虫被甩在不远处的雪地上，像初习字的顽童用力戳下的一点。

目击者在铁栅栏后面，学习了一切。这个杀机勃勃的世界向他展示了本来面目，他并不意外，也不恐惧，当然也谈不上兴高采烈。就像是无数鸟兽的幼崽一样，他只是静静地看着，接受本来如此的命运，评估一番自己在食物和掠食者之中的位置。

他开始有意识了，不过还没有名字。他很快就认识到，这个世界，在他和母亲之外，还有另一个"人"。

每一次，远处一通犬吠之后，那个人就来了。那个人有四条大黑狗，从大老远开始就威风八面地叫，一路冲进小棚子里。棚子很破，直接就搭在井上，三面都是混着稻草的筑土墙，一面是"门"，所谓门无非是用一张草席钉在木柴上。

那个人，在最初的记忆里，是个高大又健壮的人，要扬起脸来才能看清楚整个脸庞，不过那段记忆也是错误的。

那个人每次来都会带点东西，带吃的，也带水，有时候会按照母亲的比画，带一点其余日用，一把梳子、一双鞋子、新的铺盖之类。母亲有一次抱怨过底下一角的泥土整个塌下来了，半夜差点砸到人，那个人很英勇地下去"修理"，吊上来了整整一大篮子泥土。

那个人话很少，跟他说的话和跟那四条狗说的话差不多，都是些很简单的指令——过来！过去！坐下！吃吧！

只要他来，他们就能吃上热腾腾的饭——那个棚子角落有一套炊具。炊具是慢慢多起来的，开始只有小炉子和一口破锅，后来有了盆子、碗筷……再之后有了一套寝具，有铺有盖的。那个人会和母亲"躺"一会儿，那时候，会把他抱出去，关上门。

他不清楚他们在里面干什么，有一次他试图伸头钻进去看，但稍一动弹，那四只黑狗就凑过来，威胁一样在喉咙里咕噜，长舌头从獠牙边上绕出来。他很怕那四只狗，它们很厉害。

也不知道为什么，他不肯回井里了。那段日子，那个人和母亲相处得很好，所以也不算反对。谁知道呢，可能世界本来就是这样的。

天气热起来了。春天来了，然后是夏天，无穷无尽的绿色。那个人来得越来越频繁。那个人好像很容易生气，又很容易饿，一来就吩咐母亲去做饭，时不时找些破罐子、烂瓶子，踢踢打打，骂骂咧咧，吃饭的时候，总摸出个小瓶子抿一口再抿一口，喝完了就开始破口大骂，把那些破罐子摔得更破。

不过，这倒是学说话的好机会。那个人很喜欢大声说"日铁敖的娘"，之后把过程描述得绘声绘色。他骂到眼珠子都发红，嘴角开始流口水的时候，母亲就护着儿子，走远一点点。如果不幸到了兴头上，那个人有时候会抓过母亲打几下，有时候抓过他打几下，有时候会抓过狗打几下，大家都习惯了。

如果喝得更多一些，那个人照例要小睡一会儿，但总是会睡很久，直到日头西斜。趁这个机会，母子俩可以出门走走。外面是一片荒野地，没有山，全是土坡，到处都是灌木和草丛，母亲带着大篮子，他带着小篮子，一路有些野果和蘑菇可以摘。他们一前一后地走一段路，双双在外面拉个屎，再到一条小溪边去洗衣服、汲水。太阳好的时候，溪水里全是闪闪发光的石头。母亲用木槌在石头上敲敲打打的，脏衣服在溪水里漂，有时候顺水流下去了，就命令他去追。洗衣服是母亲很快乐的时光，有时候哼起小曲来。她的嗓子坏掉了，哼到高音会发出拖木头一样的刺耳尖声，很难听，难听到令她难过。有时候，她就坐在溪水边，摘一片芦叶，卷起来，呜呜咽咽地吹。一支又一支，曲子有的快乐，有的悲伤，有的动人心魄。他就那么伏在母亲膝盖上，听了一天，又一天。

再后来，盛夏到了。

他很喜欢盛夏。盛夏的白天长，在外面玩的时间也长。天最热的时候，母亲会直接给他在溪水里洗个澡，这时候他会嘎嘎地笑。母亲有时候会边洗头边哼曲子——她有一头又长又密的黑发，冬天在枯井里待久了，就变得像是浸满了泥浆的渔网，可是洗干净了，吹一吹风，依旧像是闪着珍珠的海藻。他喜欢听她哼曲子，听的时候紧张到不敢出声。只有那个时候，她才忘记自己的嗓子，脚在溪水里打着水花，如同打着拍子，快乐得像个小姑娘。

盛夏将尽的某一个午后，他见到了生涯的第三个"人"。

那天午后，像往常一样，母亲在洗衣服，他在溪水里捉一只小螃蟹。忽然之间，他听见了奇怪的声音。溪水对岸站着一个年轻人，牵着匹黑马，马鞍上搭着行囊和斗笠，那匹马伸长了颈子去啜溪水。

年轻人看见他们了，就停下来，远远向他们躬身打听："请问这位大嫂，神捕营是在这附近吗？要怎么走？"

母亲有些茫然，又一件脏衣服顺着溪流漂下去了，但没有吩咐他去追。他也没有一如既往地主动去追。那个人的每个字都像是奇怪的野果子，在牙齿中间迸出新鲜的滋味。

"怎么走？"他咂摸着这三个字，真是好问题。这意味着，他从别的地方来，到别的地方去。而且别的地方都是有人的。在此之前，他并没有意识到世界上还有第四个人，没有意识到溪流之外还有别的地方，当然也没有想过那个人是从哪儿来的，那些东西是从哪儿来的，更没有想过某个地方可以去。这一问，如同晴天霹雳，开天辟地。与数月前第一次看见残雪一样，另一个崭新的世界哐啷一声砸落在他面前。

"啊……啊……"母亲看见那件漂远的脏衣服了，挥舞着胳膊，吩咐他去追。

"嘿，嘿。"他奋力把衣服追回来了，摆在石头上，向母亲邀功。

看起来，母子俩都是哑巴。年轻人明白了，顿时有些抱歉，他轻轻嘀咕一句"失礼"，转身要走。

可他还没来得及离开，远处四只黑狗就大声吠叫着，直冲那人，踏水而来。那匹马惊了，扬蹄掀起一荡水珠，四只狗像是围猎一样，奔着那个年轻人就咬了过去。

"畜生。"年轻人骂了一声，随手从马鞍下摘下马鞭，也不见怎么扬手，斜斜一鞭子抽下去，抽在第一只黑狗的鼻梁上。那狗顿时夹起尾巴，向后退。其余三个同伴也跟着唔噜唔噜。

这同样是让人震惊的一幕！很久以来，这四条狗在林野之间耀武扬威，俨然是此间之主，原来也是一鞭子下去就会害怕的东西。

"大嫂，这是你的狗吗？"年轻人微微不悦。

325

母亲抿着嘴,低着头,轻轻摇了摇头,匆匆收拾衣服。

"那我送你们回去吧?"年轻人转而有些担心。

母亲很害怕,继续摇着头,脏衣服还没洗完,匆匆收进篮子里。年轻人不明所以。母亲啊啊了两声,他还站在原地没有动,母亲一手拽着他,落荒而逃。

回"家"之后,那个人已经醒了。他坐在小凳上正在埋头吃中午湃在水桶里的西瓜,一抬头看到了母亲,之后看见了没洗完的衣服,还有狗鼻子上的鞭伤,立即明白过来:"你见外人了?"

母亲慌张起来,跑过去,啊啊啊地抱着他的膝盖摇晃。四条狗做证一样,汪汪狂吠。

"你他妈见外人了!"那个人抓着母亲的头发,拿起半拉吃剩的西瓜拍在她脸上,之后举起脏衣服、篮子也砸在她脸上,之后脱下只鞋没头没脑地往她身上抽,"我跟你说过多少次?不许见人!你们娘儿俩这两条命哪里来的?老子从死尸车上偷下来的!被人发现了,你死,小杂种死!老子也死!你不懂?你哑了就哑了,还聋了?啊?"

母亲护着头,不说话,她是个哑巴,也不会写字,解释不了。他扑过去了,纯粹是本能。

"臭杂种。"那个人狂暴地发怒了,拎着脖子,把他往外拽。

他转头,不假思索地在那个人手腕上咬了一口。那是很可怕的一口,不是小孩子奶里奶气地咬人,是一只幼年猛兽的咬法,非常狠,而且直奔血管。

"狗东西!会咬是吧!狗东西!"那人痛坏了,甩着手腕,一脚把他踹到门外,大声地嚷嚷,"老子早说了不要留杂种!喂狗吃了算了,给我上!"

四条大狗一起冲了上去。他蜷成一团,小腿、胳膊和屁股被咬住了。他试图护住头,离开战场,但很难做到,这四只是凶猛的猎犬,擅长围攻,一拥而上,足以撕开一个成年男人。

母亲大声惨叫起来,想扑过去,但被那个人强硬拽着。那一刻,她的声音可怕极了,她没命地叫,一口气滚在喉咙下面,像海边礁石洞里的小浪花,随便外头大浪怎么咆哮也上不来。

他应声抬头去看母亲。母亲做了一件他这个年龄理解不了但此生难忘的动作——她战战兢兢,抱着那个人的腿跪下,哆哆嗦嗦地解开他的裤带,之后,那头带着珍珠的海藻一样的长发,披散在那个人的两腿之间。

那是一个女人彻底驯服的动作。那个人很满意。

撕咬结束了。夏天也结束了。

秋天不知不觉地来了。不知道为什么，那个人来得越来越勤，有时候干脆在这过夜。他们开始生火过日子了，而且居然过得还不错。他俩似乎都忘了放狗咬他的事，也忘了别的事。

那四只狗依旧占山为王，它们时不时叼回来一些猎物。这附近贫瘠得很，狩猎所得实在有限，哼哧哼哧跑半天顶多弄回一只兔子，那个人就大声夸奖他的狗，把兔子挂在树上，开膛剖肚，肉拿去烤，头和内脏丢给它们吃。可能是总在那里杀兔子，血流得比较多，有一天，树叶黄了。

秋天一天比一天深。又有一天，那个人带了许多好东西来，簇新的袄子，花裤子，新被子，新鞋。甚至给他也带了一身新衣裤。

那个人对母亲好了许多，声音里温柔又甜蜜，总是说："这个好看，你穿最好看，小心肝儿啊，喜欢什么我都给你买，我以后待你好。"

他不太明白发生了什么事。那个人越来越勤快，做事麻利，洗衣做饭。且再也没有动过手。母亲似乎真的跟他好上了。

这让他很懊恼，他哼哼唧唧质问为什么。母亲用喑哑的声音教他："恩人。"

他不懂。母亲又示意他去喊："爹。"

他不会。那个人就是那个人。

光阴如梭。很快，秋天也要过去了。

谜底揭晓了。母亲的小腹又一次微微隆起，她又要做母亲了。

他有点失落。不过，很快找到了别的乐趣。他越跑越快，而且学会了爬树。起初是为了躲狗。之后，渐渐地就有了点不臣之心，想在这一片荒郊野地做山大王。他慢慢发现，那四条狗不再像过去一样所向披靡了，它们也是有弱点的。他知道该怎么做，只是做不到。他本能地渴望一种力量，一种强大的、杀戮的力量。他不知道怎么得到，只能一再向更高的地方爬。可能因为从来没有人向他喊过"当心别掉下来"之类的话，所以他从来没有掉下来过。

叶浸寒露，地起浮霜，转眼冬初。

有一天，他在高高的树上放哨，发现"家"里来了个不速之客。他连忙回来了。

那是他见到的第四个人。那是个气势汹汹的妇人，比他母亲脸黑，但是擦着白白的粉，小腹也微微隆起，不过别的地方也都隆起。四只狗认得她，并不上前。

那个妇人冲进来，先揪着那个人的耳朵大骂："猪狗不如的老东西！人家跟我说我都不信！吃我的喝我的，腰里一个子儿没有，怎么就敢讨小！"

那个人脸上臊得猪肝一样红，不敢还手，嘴里小声骂："不守妇道……"

那个妇人又转身揪着母亲的头发，冲脸啐："骚狐狸！烂婊子！什么臭鱼烂王八你都要！你！你！你！啊，你还有了他的种！"

母亲啊啊地叫，妇人试图踢她肚子，她拼命护着。那个人搓着手："娟啊，算了算了……别这样……"

妇人并没有收手，她体格健壮多了，一个劲抽母亲的脸。母亲又生气又害怕，拼命比画，可没有用。他谨慎观察，不知如何下手，伺机上前，在那个妇人的屁股上咬了一口。他咬得又狠又重，妇人撕心裂肺地大叫起来。

那个人连忙加入战团去抓他，凶起来："杂种！"

四个人缠斗在一起。狗弄不明白状况，也加入战团，胡乱叫。

打得正热闹，背后有个人叫了声："住手。"

他回过头，看见了人生中的第五个人。很难形容第一眼的印象，那个人像从无尽的夜雾里走出来。在场人声犬吠，戛然而止，遍野空寂，静可闻针。

那个人来得很快，初冬时候，他只穿了件薄布衫。他相貌不算俊俏，但眉眼间有股出鞘的英气，像一柄正在出炉的神兵。他走过来了，四只狗都夹起尾巴。不是认主，是惧怕。

"李喻呀！"女人上来扯他的袖子，"你来得正好，这个婊子……"

李喻摇摇头，转头四下看了一圈，抹开妇人的手走到井边，看了看井盖上的铁环和锁链，他有点明白了，皱皱眉，咬咬牙，径直踹了一脚，那力道大得可怕，铁环第一记被踹歪了，之后直接被踩下来了。

李喻推开井盖跳下去，上面没人敢出声。过一小会儿，他又上来，脸上有活吞了一坨大便的表情。再之后，李喻径直走到那个人身边，盯了一会儿，扬手抽了那个人一记耳光："老狗！"

那个人往后缩，没有用，李喻一耳光接一耳光抽过去，怒火渐渐不可遏："你无法无天！就在神捕营边上，私设黑牢，囚禁哑女？还……有了个孩子？"

说起来，也很奇怪，在此之前，那个人凶归凶，但好像一直是高高大大的，可就在那个刹那，他看清楚了"那个人"的长相——又方又大的脸，脸颊向下耷拉着,眼皮也耷拉着,枯黄的小眼睛,缩着头,弓着背。

母子俩抱在一块儿,或者说,母亲过来抱住了他,试图护着他,也试图从他身上寻找保护。

李喻有种难以按捺的无名邪火,他从井盖上哐啷一声抽下那条锁链,当空轰隆隆一甩,看了看那个人,眼角都在抽搐,又狠狠一跺脚,回头抽在一只狗身上。铁锁在空中掠过,死神的翼也划过,那条黑狗被直接抽成两半,血淋淋的,满地内脏。李喻还在继续,他要泄愤,去找第二只狗。

那个人冲过来,奓开双臂拦住他,冲他嚷嚷:"干什么!畜生!你敢!畜生!你有种冲老子来!"

李喻牙齿咬得脸都变形了,一抬手,脸色狰狞:"你要冲你来是不是?你要冲你来是不是!"

妇人冲过来,被他挥胳膊推开,一屁股坐在地上叫:"李喻!你疯了!李喻!那是你爹!"

"我没这种爹!"李喻向前逼,那人往后退。

他在仰头看,像那天看到一地残雪一样,没有恐惧,近乎贪婪。那个刹那,他有种很奇怪的感觉,既寒冷又震栗,脊梁骨一阵阵发麻,好像是冰河下面有条巨大的怪鱼游过。那是他想要的力量,他认识这个东西,骨髓里都在颤抖。那是杀气。

那个人软了,忽然就踉跄着后退着,一屁股坐在地上,手撑地往后爬:"不是我!不是!她是京西客栈的乐伎!是被人弄大了肚子,弄死,扔了,被我捡了的!"

妇人忙帮腔:"乐伎就是唱歌的婊子!李喻!李喻!"

李喻不理她,接着甩了下手里的锁链,威胁着逼问:"谁干的?"

"我不知道!"

"不知道?"

"交给我的时候就是尸首了,人家给我塞俩钱,叫我去埋了……我拖到半路,发现她还有气……嘿,又好看……"

"谁给你塞钱?"

"客栈一个老伙计。"

"然后呢?"

"我费了好大劲,把人救了,把孩子接生了……"那个人眨巴眨巴眼睛,小声嘀咕,"我花好多钱,我又救她命,怎么不能……怎么就不能……"

李喻一链子抽在地上,当啷,土块飞扬:"怎么不能?当然不能!你妈的,给你钱你就干!你报官啊!"

"嫖客日的东西,你胡吣乱骂个什么!我妈是你奶奶!那不是乐伎嘛,能把乐伎肚子搞大的,都是大人物!是爷!我敢吗?"

"有什么可不敢!"

那个人爬起来了,戳着李喻的胸口,轮到他反击:"有什么可不敢?你还不知道我吗?我就是个窝囊废!老绝户!我好好的俸禄给人家停了,好好的差事被人扫地出门,窝在家里头吃岳父岳母的,就一个儿子,跟人家跑了,临走把族谱烧了,名字改了,啐我一口,看都不看我一眼!我还敢问谁呀?我还敢管什么呀!我被人弄死了,有儿子替我收尸吗?"

"你……"李喻愣在当场。

"行了啊,别没完没了的!发发火,说两句有的没的,知道你是神捕营的,不就完事了吗?"那个人耸了耸肩,软硬得当,进退有度,浑身涂了一层油似的,又嬉笑起来,走过去把母子俩拽起来,扶着她肚子给李喻看,"瞧瞧,大喜的事,给你闹成这样。哎,来,你跟他说,你乐意跟我不跟?弄明白哦,不跟我,我给人抓了,你可就没处投奔了啊。"

"啊啊……"母亲赶紧点头,抓着他胳膊,鸡啄米似的护着肚子。

"还有你!都是你带头闹事!跟你儿子说,这个妹子,你要不要?"

妇人还在生气:"老狗东西!生米煮成熟饭,问我要不要!"

李喻怒了:"娘,这不是你要不要的事,他私设牢笼,强……妈的,这是国法!"

"呸,就你事儿多!国法!来啊,抓老子去啊!让人瞧瞧什么叫大义灭亲!"

"你当我不敢?走!有话神捕营里说吧!"

李喻的火真上来了,一手拽着他爹就走,后面两个女人都叫。但没什么用,李喻大步流星,走得飞快,几乎把人架在胳膊上走。三只狗不敢上前,但也护主,老远地汪汪叫。

"妈的畜生!仗势欺人!"李喻一伸手,手里链子呜地甩出去,凌空砸死第二只。

"混账东西!"那个人彻底被激怒了,非要抽李喻的脸,李喻转脸,但也不十分闪躲,还是径直地走。

他玩真的,他想把那个人送进去。顷刻之间,他爹不嬉皮笑脸了,但也不怒气冲冲了，就任他拖着，用一种阴森森的口气问："哦哟，我给忘了，你是喻佛争喻神捕，哪能跟我论亲戚呀？对吧？喻神捕，对了，老头儿问你一句，你胳膊上那九头蛟是怎么回事？"

李喻站住了。他慢慢转过脸，眼睛里是挖坟见骨的森冷和不敢置信："你……说什么？"

"我说什么，喻神捕你不懂吗？"他父亲站住了，也和他刚才一样，从胳膊上抹掉他的手，得意起来，还了他一个耳光，接着一连串抽下去，"你不懂吗？啊？不是要见铁敖吗？见呀！我好久没见铁捕头啦，想他想得发疯啊！正想跟他问个好啊！走啊！给你亲爹送牢里，成全你的英名！送啊！不是你朝思暮想的吗？跟他说呀，你胳膊上那九头蛟怎么来的？你真以为天不知地不知人不知鬼不知吗？告诉你龟孙子，剐百里南屠那天，老子他妈还在天牢当差！老子也在场！"

其他人不明白他们在说什么。但每个人都能看出来，李喻显然被这番话制住了。他近乎动弹不得，唯一做的就是静静站着。

他父亲抢回上风，找所有东西砸他、抢他——石头、木块、死狗。"还去不去神捕营？到底还去不去神捕营！"

他不说话，不还手，不出手。

"杀我的狗！打我的人！忤逆不孝的东西，千刀万剐的东西！今儿你老子给你上一课。你不愿意喊我爹，随你。你不愿意入我家祠堂，也随你。你嫌我什么都随你。可是李喻，你记住，天下一等一的难事就是换老子，想跟人姓铁，行啊，那先学哪吒，剔骨还父，割肉还母！"

李喻握着拳头，骨节发出可怕的响声。他绝非易与之辈。老狱卒察言观色，见好就收："行啦行啦！今儿被你们娘俩这一通折腾！腰酸腿疼……得咧，也好，都是一家人，不打不相识。"那个人搓搓手，见好就收，推出个不会被拒绝的，"哎，这个……这个是你大哥，啊，去打个招呼！"

他很听话，走过去了。说来很奇怪，他不愿意认爹，但愿意认这个大哥。

李喻不肯看他，蹲下，手在头上狠狠抓着，小臂上青筋一鼓一鼓的。

他轻轻扯了扯李喻的袖子："啊……我……哎……"

李喻抬起眼睛看他，茫然无助，奇耻大辱。他不知道该说什么，闷了好一会儿，捂着脑门问："你也是哑巴？"

"不是……我……我会……会说！"他只是太少练习了。

"你叫什么名字？"

"啊？"

"我叫李喻……是啊，我确实叫李喻。"李喻在地上写了"李喻"两个字，"你不会说话，那认字吗？"

他想了想，摇摇头又点点头，他只认识一个字，就写给李喻看——正。

"对不起……操，对不起。"李喻看着那个字，五雷轰顶一样，单膝跪地，一手拍过去，烟飞土散，他一拳一拳在地上砸，砸得指节见血，"他是个畜生，你们肯定受苦了，我知道，他以前就是……我没办法，我不敢说，我不敢，我没办法，我在想办法……对不起，真对不起……小正，他欠你的，我肯定补给你。"

他极其痛苦，而且掩饰不住，那股与生俱来的英芒锐气，在慢慢割碎他自己。他亲妈受不了，赶紧劝："喻儿，别较这个劲，好不好？行了，没事，都是一家人，以后我待他们娘俩好，不就行了吗？你非这么死板，她以后也没人照顾呀。你多少年没回家了，跟你……小兄弟，回家吃个饭？"

李喻站起来，想随手抓个什么摔在地上，但手头什么都没有，团团转。他没招了，指了指他父亲的鼻子："老狗，先别打如意算盘，我去京西客栈！现在就去！我得弄明白，你是不是在哄我！我告诉你，你不许碰她们，听懂没有？你要瞎说一个字，我弄死你！我真弄死你！"

李喻转身就走。他父亲嘿嘿地笑："嘿，吓唬谁？"

李喻站住了说："我没吓唬你。老狗，你知道吗？今年的九月七，我跑马升旗了，我他妈快高兴疯了，可你不懂。那天，我没歇气地喝，我喝完跪着吐，吐完跪着喝，我就想，为什么呀，你要不干那些……狗屁倒灶的事……多好！"

"少来这一套！老子好得很嘛！对得起天地良心。你觉着老子有什么丢人现眼的，找姓铁的去。"

"好！"李喻转过头指了指他的鼻子，"我记住了！你别以为你吃定我了，老狗，逼急了，我真还你！"然后绝尘而去，走得很急。

李喻再没有回来过。这也就意味着，京西客栈的调查结果，证实了那个人没有说谎。

他们回了小桑村。从此之后，他有名字了，叫李正。不过他不喜欢。他不愿意姓李，可也没有别的办法。

他母亲欢欣鼓舞，终于可以回到人间，过她想要的太平日子了。另一位母亲，也渐渐想通了，开始真心实意关心那个快要出生的孩子。毕竟家和万事兴。

据说，李喻当年走的时候，不知何故，自行斩断后路，摘名夺姓，从此再不回还。很多人都以为这家的儿子失踪了，继而默认没了。没有人知道他就在不远处的神捕营，他的父亲很有默契地保住了这个秘密。

他另一位母亲姓桑，桑家在村里很有威望，是三家之首。他们做了很多努力，村里商量来商量去，终于决定接受他的存在。

那个冬至，祠堂开了。他母亲带着他，一家四口，其乐融融。他作为李家的次子，认祖归宗。

第五十四章　极乐世界（下）

太平岁月，荏苒冬春。日子就那么饥寒饱暖、三餐一宿地过着。

"家"在小桑村东头第三家，普普通通的。当家的是桑妈，她在天牢里做禁婆，看管、羁押那些女犯，每个月上中下旬各去一次，一次住五天，来去都让丈夫赶着骡车接送。

桑妈健壮、勤快，家里家外一把好手，但脾气暴躁，她给新来的"妹妹"起了名字叫哑姑，在家的日子，常常看着哑姑冷笑。这女人很漂亮，皮肤白皙，五官清秀，手臂纤细，顾盼里有一种天然的楚楚可怜，没什么力气，担水的时候只能担半桶，除了洗衣做饭之外干不了什么。冬去春来，哑姑日益显怀，行动不便，桑妈不得已腾出手来照顾她饮食，弄了些好饭菜扔过去，骂一声"小娼妇，这才几个月，这样娇惯！"

桑妈有一肚子的怨，这个家是她养的，那点微薄月钱本来就稍有风吹草动、立即捉襟见肘，如今，又添了两张吃饭的嘴，而且很快要添第三张，不得不向娘家求援，求不到就厚着脸皮硬拿些东西回来，时不时地跟娘家嫂子、弟妹隔空发火。她火气冲到额头的时候，谁都骂，一边做活，一边抄着什么敲打什么，哐哐当当的，骂老东西、骂小娼妇、骂野种，骂命。

没办法的事，她命不好，她原本以为会殷殷实实过一生，丈夫原先是个牢卒，天牢里牢卒虽然不是个多上台面的差事，但不便明言的油水确实不少，而且很快就能升牢头。没想到，差事没了，"家道"一落千丈。

其实，她丈夫不做牢头也是有事做的，而且眼面前就有，整个小桑村都在收粪运粪，虽说是脏活累活但利并不低，可他毕竟是"刑部的人"，瞧不上这个，宁可跟一些不三不四的朋友到处鬼混，看有没有"别的机会"。肯出力气是饿不死人的，高不成低不就才会把路走绝了。

比起让人无可奈何的"小娼妇"来,"野种"就很招人讨厌了。李正是个很奇怪的野孩子。别的小孩子再讨人厌,也只是个讨厌的孩子,可李正更像是一只黄鼠狼,或者是一只狗獾,他充满警惕,几乎不说话,从不亲近人,走起路来无声无息,大多数时候把自己藏在屋子的角落里或者院子的草堆里,被人不小心惊起才一溜烟蹿开。

除了他亲娘,没人能支使他干活。桑妈在某一次端了一大盆衣服去屋后晾的时候,被高高蹲在柴堆上的李正吓了一大跳,刚洗好的衣服失手落地。她实在忍不住了,跑出去沿着村子走,拍着大腿又哭又喊:"你说我贱不贱呐!我贱不贱!不知道是在替哪位老爷养少爷。"

这一招是奏效的,很快,就有些四邻女人们走过来,安抚她,拉她去家里坐坐,陪她说话,倒碗热水,再抓点瓜子之类的小吃给她。

哑姑从屋里扶着腰出来,冲李正严厉摇头。李正冲她龇了一下牙,就跑开了。

他还只有六岁,迄今为止,并没有融入过"人类世界"。他并没有其他地方可以去,他很生气,但又没法像桑妈一样明明白白地嚷嚷出来心中所感,他的本能是跑开,一路快跑,跑过齐腰的荒草,跑过坑坑洼洼的土路,跑到一片荒芜的土坡上,跑进一片稀稀拉拉的灌木林里,跑回到了出生的那口井边。他也不知道跑回去是为了找什么,但他看见了李喻。

还是那片很破的窝棚,还是那口井,李喻倚靠井栏坐着,头发上有抓得乱糟糟的痕迹,薄亮的黑绡披风窝在屁股底下,沾满了灰,手里举着一柄金灿灿的有九个花骨朵的铜棒,甩一下又甩一下,迎风听那里的啸声。

两个人打了个照面,都一愣。李喻长得不算俊俏,是因为他骨相有些崚嶒——他的眉骨横绝,颧骨凸出,腮骨也棱角分明,像是层峦叠嶂的一方绝壁。这种长相的人,通常是不讨小孩子喜欢的,但李正有种莫名的亲近感。他一路跑急了,低低喘着粗气,慢慢走到李喻身边。

"哦,小正,我正想去找你呢。"李喻拍了拍身边的地,李正慢吞吞走到他边上,坐下,但保持了一臂的距离。

两个人一时沉默,他们都不太擅长这种套近乎的交流,倒像是山林里两只野兽,山风震荡、溪流汩汩,他们四目相对,彼此之间在传递一些来自更古老世界的消息。但李喻毕竟是个大人了,有义务率先打破僵局,他想了想,从衣兜里掏出一包压扁了的点心，递过去："吃吧。"

李正打开，嗅了嗅，小心翼翼地舔了一口，之后就大口咬起来。

那是江米红豆糕，他没有品尝过的美味。他吃得噎坏了，但附近也没有水，就直着脖子吞下去。

李喻看着他，也不知道在跟谁说话，轻轻哼唧："有的少爷看不上……有人吃不着。"

李正狼吞虎咽吃了一半，包起来不吃了，他也没有兜，就在手里那么拿着，他意犹未尽，舔了舔嘴唇，又把手指上的饼渣舔干净。

"不好吃？"

"好吃的……要带回去……"李正举了举点心袋子，家里还有娘呢。

"你娘还好吗？"李喻闲话家常。

"她老睡觉，肚子变大了，有这么大。"

"那是得有七八个月了？"

"啊？"小孩太小了，对几个月生育没有概念，不理解这个情况。

李喻换了个话题："那你过得好不好？"

李正摇摇头。

"为什么？"

"骂我，她老骂人。"

"哦，明白。"

"她也骂你吗？"

"当然了。"

"你也懒，也眼里没活吗？"

"当然了！"

共同话题好像越来越多了。李正靠近了一点。

"老狗常回家吗？"

李正摇摇头，又笑了笑，他喜欢这个称呼。

"我估摸也是……快临盆了，家里到处都是事，老狗那个德行，肯定躲清静去了，不知道在哪儿玩呢。"

李正赶紧点头。

"老狗还打过你们吗？"

李正又摇摇头。

"我估摸他也不敢……欺软怕硬的东西！"

李正嘿嘿地笑了几声，赶紧向前辈讨教经验："他以前凶你的时候，怎么办？"

"我也凶他啊，我不怕他的。他问话别理他，问第一遍不作声，问第二遍也不作声，第三遍的时候保准暴跳如雷，你看好后路扭头就跑，等他忘了这事了，再跟他说话。"

"那他会追啊，打不过他怎么办？"

"那就没办法了。"李喻想了想，摇了摇头，"我后来……命好遇上我大哥，很快就能打过他了，不过回头想想，打不过就真没办法了。"

李正连连点头，又靠近一点，简直挨着他坐了。

"对了，小正，你来得正好。"李喻欠了欠屁股，从兜里又摸出一包银子，"这个你也帮我带回去……正该是用钱的时候，哎，对了，记住不要给老狗。"

李正把银子拿在手里，可这么拿着路上容易掉，李喻挪开铜铜，解下披风，随手做了个小包裹，递给李正。李正接过包裹，眼睛不离那根金灿灿的铜棒，那铜棒好看极了，九个金色的花骨朵其实是九颗人头，锋脊略钝，一侧有短短的赤红的刃，像炉火里烧红的矸石。他有点羡慕，咽了口口水："我能摸一下吗？"

李喻点点头，递给他，示意铜棒有点重。李正接过来，确实很重，他要双手举才能举起来。铜铜上写着四个字，是铸刻的铭文，看起来七拐八弯的。

"这个是小篆。"李喻怕他不懂，指给他看，之后才想起来，就算是正楷他也不认识，就又在地上写给他看，"九世佛争。"

李正跟着在地上摹写了一遍，歪歪扭扭，但一次就完成了，他是个很聪明的小孩子，学什么都很快。

"这是我的兵刃。"李喻挥了一下，示范给他看，铜上有个小机关，九颗人头可以一起张嘴，"这四个字，是我大哥给我写的。"

李正又接过来，模仿着，当空也挥了一下。李喻就是看着，并没有说任何小心点之类的话。李正年龄幼小，臂力不足，但第二次握起铜铜，就已经架势有模有样了。

"九世佛争。"李正摸了摸那四个字，字很美，遒劲庄严，"那是什么意思呢？"

"我在外头还有另外一个名字，叫喻佛争，"李喻又写给他看，"喻就是李喻的喻，我的本名；人争一口气、佛争一炷香的那个佛争。"

李正眨巴着眼睛,他飞快地记住了那个名字和这句话,懂不懂没关系,他记性很好,回去之后,有的是时间反刍。

"当然了,跟别人说是这么说的,不过我起这个名字另有原因。"李喻似乎对他很亲近,"我像你一样大的时候,经常在天牢里……玩。天牢里关过一个老和尚,很老了,眉毛胡子全是白的,据说之前是个得道高僧。他有时候跟我讲佛经,说地狱有十八层,按照人的罪过,从浅至深,在最深的十八层地狱里,镇着一只恶鬼王。据说,他本是如来佛祖的三弟子,受佛祖点化,立下誓愿要十世修行,解脱众生一切苦厄,入极乐世界,成不朽金身。结果呢,他前面修了九世,都是好人,在如来佛祖那儿呢,就给他拿小本儿记着,修成罗汉果了、修成菩萨行了……没承想,第十世了,他也做了一辈子大善人,眼看着要成功了,可就在涅槃之际,他一念杀意起,唤起十方魔谛,十万阴兵,四洲六道白骨成兵,要与如来佛祖争个高下,焚毁极乐世界。这也就是九世佛争,一世成魔。"

"那……那个人为什么那么干呢?"

李喻默怔了一会儿,他摇摇头:"我也不知道,之前没想过。谁知道呢?我猜……可能觉得自己被愚弄了,也可能就是顿悟了,觉得这场修行没意思。"

李正轻轻摸了摸他的膝盖。

"我还有差事,先回去了。"李喻不太喜欢这个动作,站起来,并不怎么把地上的小东西当个幼童,"你既然能来,应该也能回去吧?"

李正点点头。

"那就好,我每个月的初一、十五有假,你来这等我,我尽量一早来,教你武功。"他说完就离开了,走得很快。

从那以后,每个月的初一、十五就变成了李正最大的日子,雷打不动。

每一天的等待都是煎熬,他在墙上画了一个又一个的正字,头天晚上就开始期待。他之前没有得到过教导,未曾进入过人之生活,此后也不会了。

李喻尽量每次都来,清早来傍晚走,如果要出远差,就留足后面几次的功课。他是个很好的老师,或者说,在他自己少年的时候,受到过非常扎实、严格的教导,他一板一眼,把这些重复了一遍,并且加入了这些年来自己的见解。

他教得有点赌气,好像在跟什么人争高下似的。这就让他跳掉了不少"华而不实"的内容。譬如开蒙。

李正没有受过严格意义上的武道的开蒙。那是个玄而又玄的东西,但每一个武者上路时都曾被那么谆谆告诫——各家各派的开蒙都不一样，但一言而总之：破混沌，开鸿蒙，正光明，鞘在剑外，道在武先。

李喻受教过，但并不真的信。人很难传授自己并不真信的东西。李喻直接告诉他人世间的律令就够了——该做什么，不该做什么，如果违反，会受到什么惩罚。

李正也并不需要所谓道统。他混沌未开，这是习武的绝佳根基。他不喜欢条条框框，也不喜欢枝枝蔓蔓，他喜欢笔直上升，突飞猛进。

武学是吃天赋的，一个人的上限几乎是从出生就注定的，此后的无尽长路和折磨无非是通向这个上限而已。据李喻说，他的天赋高得离谱。但李喻也说，这么练是练不出来的，习武是很奢侈的事，需要每天都专门做这个，有高手陪喂招。

五月，哑姑生了，孩子晚产了一个半月，所以起名叫李迟。

老狗扬眉吐气，李喻离开的时候，把族谱上自己的名字划掉了，摘名夺姓，断得一干二净，如今，他终于又有儿子了。这是天大的事，万万不可怠慢。他办了一场满月酒，请齐了全村的人，甚至还请了些天牢的昔日故旧。哑姑穿了新衣，簪了花，抹了粉，红绸龙凤袄里抱着咿呀婴儿，被众人啧啧赞赏。谁能想得到呢？这样一个无赖子，也能坐享齐人之福，膝下平添幼子。那天，老狗和村长喝得酩酊大醉，村长冲他饶有深意地笑。

再后来，老狗又向村里祠堂捐了笔银子，得了个看祠堂的活。那是个很小的村子，人丁不旺，三家祠堂是伙在一起的，列祖列宗一起享受阖村香火。说起来小祠堂也没什么可看的，更没有钱拿，顶多就是冬至、端午村里给伙点油和米，但是不管怎样说，那算是个差事了。

老狗很受用的，腰上常常挂着挺大一串钥匙，红光满面，挺着肚子走来走去，见到乱跑的小孩老远就骂。人嘛，就是这样，背后倚仗着稍微大一点的东西，就威风起来了。

这两项花销不菲，那一小包银子用完了。桑妈和他吵了很久的架，骂得他狗血淋头，但也没什么用处。村里妇人劝她，都是命，再强的人，也无法和命过不去。她好像终于认命了，有时候会争着去带那个小孩子，不好意思再骂小娼妇，嘴里嘀嘀咕咕：说到天底下去，屋里头总有个大小，他长大了，敢不给我养老。

一如既往，李正旁观了这一切。他并不太痛苦，他看人间总像是隔着一层淡淡的冰，窝囊痛苦过不来，温热快乐也过不来，唯一的甬道是他母亲，如今多了个大哥。如此而已。

雁阵南北，四季轮回。曾经齐腰的荒草终于只过膝盖了，李正雷打不动地学了三年。

有时候李喻在外面办差事不能到，他也照常去，那口井让他安心。他每月两次去见李喻这事儿，老狗、桑妈和哑姑都知道，但很少有人主动提。他时不时地带回一小包银子来，默默地放在桑妈手边。李喻渐渐变成了家里最主要的支柱——一家五口，衣食住行。

李喻不回头，不踏进小桑村半步，这是他对昔日的底线誓约。他们彼此之间有一个心照不宣的契约，谁也没有主动去打破。

李正长大了。有时候天气好，李喻会带他四处走走。有一次，顺着溪流，他们走到土坡顶上，李喻就指着大路那边的烟尘给他看——喏，那儿就是神捕营。

李正看不见，登高看，那边的确有条大路，被正午太阳照着，像条明晃晃的河，路上有许多快马穿梭，激起烟尘如浪，路那边黑黢黢的一片，估计就是李喻嘴里的神捕营了。

李喻提起神捕营的时候，声音轻得像梦。闲下来的时候，他喜欢讲神捕营的故事，讲很多面旗帜、很多英雄，他会很郑重地介绍"我大哥"，谈笑间神采飞扬。

很难不神采飞扬，那正是神捕营的黄金时代，一切正走向鼎盛，路那边每天都在破土动工，新的营房、新的饭堂、新的校场、新的公署……新的英雄。连小桑村都偶尔议论：听说呀，我们这块地，刑部批给神捕营了，那我们的房子和粪窖呢？他们得买呀，到时候跟他们讲价钱，一笔挣下来就不用做这个生意了……

那条大路上，骏马飞驰之间鲜少无名之辈，不仅仅是各州各府慕名来奔的捕快，许多江湖侠客，也千里迢迢，特来拜会铁敖。那时候，神捕营名震九州，江湖上，黑道闻风退散，避让三舍，白道一时侠隐成风，洗手田园。那是一个极其古老的不成文的约定——公义行于天下，江湖何须用武，律法如若清明，我辈归鞘封刀。

直到有那么一次，李正听得悠然神往，忍不住脱口而出："既然这样，神捕营那么近，我能去看看吗？"

李喻脸上立即有些慌张，从此闭口不谈。

相比较而言，李正短短的人生就没有什么谈资可以贡献了。他知道的，无非是蜗角蛮触的一点蚊须小事。他只能讲讲村子里，但村子里没有任何新鲜事可言，总的说来，所有人一年到头都在忙，大多数人都在收粪、运粪、酵粪、卖粪、养骡子、套车……这个活计毫无诗情画意可言，迎风臭三里，逆风也恶心，随便什么人都不可能干出乐趣来，不像种地辛苦，但站在边上看看也蛮有意思，一大群诗人还能吟出诗来。

"我不太明白他们为什么都要干这个。"李正毕竟不是昔日的井中小兽了，也学会了思考，他谨慎地提出异议，"做别的不能挣钱吗？"

李喻哈哈大笑："做别的当然能挣钱，但你知不知道，干这个能挣多少？"

李正当然不知道。小桑村的利润比很多人想象的高很多，他们不少人和天牢有点关系，出去找生意的时候点头哈腰，城里很多地方的污秽是让他们打扫干净、免费拉走，还给一笔辛苦银子的。这粪加工成粪肥，京郊农田一卖，一桶净赚十文。薄利多销，远比许多普通铺子挣钱多了。

"看不出来。"李正皱着眉头，"好像家家户户也就那么回事。"

"你看不出来，是因为大头在黄村手里。"李喻告诉他。

黄村就是姓黄的村长。黄村之前有个名字，大家都不爱叫了，叫他的绰号黄霸天。黄霸天是个粪霸——小桑村里有一大半是在没日没夜干活，另一小半人是跟着他出去摆平"道上"事情，免得别家染指这门生意。他们得天独厚，跟硬茬打交道，他们是天牢一系的，多少算刑部的人，唬起人一套一套，跟普通村民打交道，又蛮横得很。至于真正做大买卖、他们压根斗不过的那些人，人家根本就不会来"染指"，大老远看见他们就捂着鼻子走开了。天长日久，尽管创业艰难，在黄村的率领下，他们几乎包圆了整个京城的运粪生意。

李正听得连连点头。他太喜欢和李喻在一起了，每次都对人世多知道一点。

又有那么一次，他直截了当地发问："我恨老狗，你知道的，可你喊他老狗，究竟是为什么？"

李喻想了想，也是，九岁了，能说了。他就问："我是不是跟你说过，我小时候，老狗会带我去天牢玩？"

李正点点头。

"你说天牢能有什么可玩啊？本来也不允许带小孩子进去的。我小时候不明白，可爹妈都不在身边，牢里至少新鲜……"他有些艰难，吞了口唾沫，"后来，很偶然的一次，我不小心发现，老狗是拿我当幌子，他和黄村……黄村那时候是牢头，有时候会结伙去干那个事，你明白吗……凌辱那些快要死刑的女犯。"

他们本来在散步，李正站住了。李喻示意他一起向前走。

"别的事还多着呢。你以为牢里是什么好地方啊？牢子都挣棍头钱，什么叫棍头钱呢？就是上夹棍的时候，夹棍紧一紧、松一松那可是天壤之别，有的就是皮肉之伤，有的就是伤筋断骨，区别全在乎这个。"李喻三个指头搓一搓，示意数银子，"不仅如此，天牢里面，到处都是生财的门道。有些是落难的官，这个要看案子啊，先估一估，能不能东山再起呀？能，谁也不敢得罪；不能，家里就得打点；有时候是江洋大盗，用刑弄得一身伤，家里要托人照顾，怎么照顾？那就看荷包了，有时候撒药，有时候撒盐；有时候是读书人，人快不行了，弟子门生千里迢迢过来，要见一面，多少得有点意思。总而言之，一鱼三吃。"

"上面不管吗？"

"谁管啊？犯人压根不会闹，哪个骨头那么硬，敢得罪牢头啊？这种事自古有之，简直就变成了牢里的规矩，要不然为什么叫'生不入公门，死不入地狱'？"李喻嘿嘿冷笑，"所以啊，我小时候，别看家里头什么都不是，还真算殷实，穷酸秀才根本比不了。"

"那后来呢？"

"后来撞上铁屏风了。"李喻负手，"那年，天牢进来个巨匪，叫百里南屠。"

李正竖起耳朵听。

"神捕营铁敫的成名作，就是百里南屠案。这个案子，关系重大，牵连极广，是二十年一遇的天案。"李喻又嘿嘿一笑，"百里南屠前前后后，关了九个月，老狗当时也是狱卒之一，他跟黄村为了争这个看守，前前后后，争取了好久。为什么呢？百里南屠跟他们有关系吗？没有。可黄村眼刁，一眼就看出了铁敫是关总捕头的心腹爱将，前途不可限量，他们就有意巴结。铁敫当时没事就往天牢走，审人要问啊，有时候是正着问，有时候是抽冷子问，来来往往，对话多了，铁敫不说，挡不住百里南屠自己要叫骂，黄村他们就知道了，这个人还是铁敫的仇家，而且是灭门的血仇。当时人人都知道，百里南屠手上尸山血海，最后是非剐不可，而且一定会千刀万剐，零割碎剥。有鉴于此，用刑的时候，老狗就往死里使坏，有一回，百里南屠膝盖上了夹棍，夹断了，他还往断骨头里面塞铜钱，说恭喜发财。可他走了眼，百里南屠哪是寻常之辈，下次见了铁敫，啐了他一脸，直接就骂回去了。铁敫一听就怒了，非要严明法纪，真回手就收拾天牢。他前前后后，明察暗访，直接就给天牢换了一次血，有此劣迹的，全部扫地出门。"

"小桑村这群人……"

"所以说，梁子结大了。"

"可就在神捕营边上，铁敖……不在乎吗？"

"我估摸，他是真忘了这个事。他仇家太多了，记不住蝼蚁之辈。"

"那他们去……女囚这个事……"

"那就真没人知道了，他们专找第二天要行刑的，天不知地不知人不知鬼不知，第二天嘴一堵，直接就上路了。做得很干净，绝对没有证据。"

"可你知道啊。"

"是。"

"你没有说……"

"我没有说。"

"为什么呢？"

"当时是因为年纪小，我很怕……失去神捕营这个机会，每个神捕营的捕快，一定是查透了三代二族的，老狗真被供出去，我就进不去了。你能明白吗？那是我唯一一个机会，我这辈子不可能再遇上铁敖这样的人，他是我大哥！我想追随他，想换个名字、换个人生重新开始。"

"我明白的。"

"到后来，我岁数大了，胆量也大了，其实想过和盘托出……可一来，我还是舍不得神捕营，我的一切都是这儿给的。二来，也是更重要的……"

李喻想了想，摇摇头不说了，决定有所保留。可李正已经会推演了："九头蛟？那个到底是什么？"

李喻摸了摸他的脖颈："你不会想知道的。"

散步结束了，他们向回走。

"我告诉你这些事，是因为……你也长大了，小心防着点黄村。抓紧练今天的吧，顶多再过两年，我就不用担心你了。"

"嗯！"

时光掀过半页，又是层林尽染时节。

李正九岁的那年秋天，黄村黄霸天办起了五十大寿。那是小桑村的头等风光大事。村里很久以前就在筹备，从村头到村尾张灯结彩，还请了鼓乐班子来吹拉弹唱。黄村存心显摆，弄来许多山珍野味，摆了满堂筵席，男女老少，都来祝贺。

老狗来来去去、里里外外地忙活。桑妈捽着手巾骂，从来没见过他在家里这样起劲。

筵席正午开始，烟花鼓乐，黄村给足了老狗脸面，两家的桌席并在一块，称兄道弟，勾肩搭背，俨然一字并肩王。

酒过三巡，所有的男人都被灌得醉醺醺的，女人们也不得不吃了几杯酒，黄村乜斜着醉眼，拿筷子敲杯子："哎！诸位有所不知，小弟妹是京西客栈最有名的舞姬，一支舞，可谓冠盖京华，今儿大伙儿开心的日子，正好有鼓乐班子，怎么着，小弟妹，给大家开开眼吧？"

混筵不分席，酒宴上女人都低头吃，哑姑正在捡软烂的菜喂孩子，听这话，猛抬头，不知所措。连老狗都尴尬："这……"

黄村酒劲上来了，红着脖子撺掇，他使了个眼色，一村子都跟着起哄。哑姑脸通红，闭着嘴，狠狠摇头。

黄村就勾着老狗的肩，拿酒喂他："那可怎么办？小弟妹不给我面子。"

老狗就为难起来，一杯酒下了肚，想了想说："要不……跳一个就跳一个，你不是喜欢跳舞吗？"

哑姑低着头，搂得孩子直哭。看来今儿不答应，过不去这一关了，全村都喝高了，嗷嗷叫："跳一个跳一个，小弟妹多大场面没见过，跟我们摆谱！"

实在不行了，桑妈也轻轻推她："随便跳两下吧……他们喝多了。"

哑姑点了点头，站了起来。鼓乐班子问奏什么乐。她摇摇头，摆摆手，解开外头的粗布袄子，散开一头长发。

她确实很久没有跳过舞了。她生了两个孩子，腰身早已不再是少女时的盈盈一握。她也确实曾经是名舞姬，满堂花醉三千客，明珠美玉摆在面前，眉头都不皱一下。她轻轻举起手，凌空击掌，啪啪啪，给自己击打着久违的节奏。

她腰肢舒展起来了，二月的春柳一样摇；她眸子明亮起来了，草丛里的露珠在草穗上摇；她的双腿跃起来了，明月下白羊跳过山巅；她最后在脚尖上旋转起来，海藻一样的长发飞舞着，她在绽开，初雪落上荷心，清波燃起红莲。

是，她曾有过绚烂之极的青春。尽管往昔岁月封印已久，也难免回眸祭奠。

所有人都看傻了，他们先是被某种刹那之间的美震栗到无言，之后，很快找补回来，交头接耳："官老爷们都看这个呀，啧啧，这得多少钱……"

"哎呀,小心,小心……"黄村一边伸头看,一边起身离席,拈着酒杯,围着哑姑转。

哑姑转过来的时候,他故意上前一步,哑姑的腰撞上他的手,躲闪不及,脚一扭向后歪。"小弟妹小心!"黄村叫一声,顺手在她胸口摸了一把。

她胸膛很美,他觊觎很久了。哑姑的脸完全就红涨了,不假思索地抬手打了他一个耳光。一屋子的调笑都安静了。

黄村也不生气,笑眯眯摸着脸,回头问老狗:"老弟,这怎么说?"

老狗忙打圆场:"哎哎,干什么干什么,自己人不要伤了和气,你回屋去!"

"回屋?今天什么日子?我白挨了一个耳光?"黄村手一摊,"小弟妹,我扶你一把,好心嘛,对不对?圣人不是说嘛,'嫂溺援之以手权也',你说自己人摔倒了,我扶一把,不应该吗?"

众人都说:"是是是,五十大寿呢。"

老狗示意:"敬杯酒,赔个不是,算了算了。"

边上有人倒了杯酒,递到她手里,哑姑不愿意去。这是她自从来小桑村之后第一次如此强硬,梗着脖子,脸上泪慢慢流下来。她两个儿子都在看着呢。

桑妈赶紧上去代:"黄哥,我敬你一杯,福如东海寿比南山。"

"去去去!大弟妹一边坐着去,别人不心疼你,哥哥心疼你。"黄村手指头在桑妈肩膀上敲两下,"呀?真是敬酒不喝喝罚酒?从良了,牌坊立起来了?"

哑姑忽然发起怒来了,拿酒杯一倾,泼到他脸上。她一直在忍气吞声,可泥人也有土性子,她以为无论如何,自己有个家了,有家的女人,不应该还受这样的羞辱。

黄村脸色一变,抬手就要抽她。就在一刹那,李正像只真正的獾,直接蹿了上去,踩着桌面,凌空就扑了过去。他扑得太快了,不是行动出乎众人意料,是速度出乎众人意料。他已经不再用牙了,不等落地就挥拳,一拳直击正面。他还没开始发育,力量远远不足,但出手已经是个正规的武者,格斗远超普通人。

一拳正中山根,黄村应声蹲下,闭着眼睛,捂着脸。老狗连忙来拉。李正落地,就地一拧腰,转身直接就打。勾拳落在胃上,老狗也蹲下了,刚才喝得快漾出来,这会儿呜嗷一声开始吐。

李正被激怒了,他认准了黄村打,可惜没有打到几下,附近的人全过来拉。他不管也不顾,谁拉打谁,谁来打谁。他练武三年,还没有检验过。他是个天生

345

的武者,像他的母亲是个天生的舞者一样,对于身体的控制和协调是与生俱来的,能够把力量发挥到极致。他在人群的缝隙里跳来跳去,用一种野兽的直觉捕捉着人身上的软肋,专找那些碰一下疼得要命的地方打,周围人群,一个接一个地捂着这儿或者那儿,哎哟哎哟地叫唤。

他用酒壶扔、酒杯扔、盘子扔、筷子扔、面条扔……他跳得正欢,身后,一床被单罩在头上。他什么都看不见了,脚下一个跟跄,很快,被身后很多只手摁在地上。一道一道的绳子,连着床单一起捆。李正终于被捆结实了。哑姑在撕心裂肺地叫,桑妈和几个妇人都抱住她。

所有人都在惊讶,不过三年而已,他是什么时候从野种变成野兽的?如果这个岁数是这个身手,过几年呢?

黄村终于站起来了,拿热手巾擦了擦眼角的血,走到他身边蹲下,拉开床单,准备训话。李正蓄谋已久。他的身体用一种奇怪的姿势斜蹿出去,那更像是一条蛇在发动攻击。他一口咬住黄村的耳朵,拧脖子就要硬拽下来。黄村耳朵咬掉一半,挂在脸上,血流如注。无数双手伸过去,扼住他的脖子,掰开他的下巴,撬开他的嘴。之后他就什么都看不见了,拳头、脚如暴风雨般落下来。他迷迷糊糊,只听见哑姑的挣扎,似乎被人离地扛起,不知带到哪里去了。

李正醒过来的时候,并不知道自己昏死了多久。他是呕吐之后被自己呛醒了的。他在一口地窖里,准确地说,是一口干粪窖,用来轮换的。

他依旧被捆住手脚,而且脸上被戴了奇怪的东西,好像是套狗的笼头,一根铁嚼子咬在嘴里,铁锈混合着血腥气。他蠕动着,但轻轻一动,浑身都疼。他嘴里咬着那根铁,嘴角早就撑破了,胃已经空了,一直在干呕,污物顺着嘴角流。

他不知道外面怎么样了。但他知道,黄村的生日是九月十四。十五快到了。他信他大哥。不过他弄错了,十五已经到了,他已经昏过去一天一夜。

封地窖的木盖被掀开了。他听见李喻的声音:"小正?"

李正呜噜呜噜地回应。

上面火光重重,又是黑夜,李喻站在地窖口,反手扣着黄村的咽喉,挥手,命令人把李正拉上来。

李正被拉上来了,绳子解开,狗笼头拆掉。他哑着嗓子问:"我娘呢……"

"不太好。"李喻想要解释,但又不想在这个场合解释,压抑着愤怒,摇了摇头,

"不过你放心，没有生命危险。"

李正挣扎着想站起来，未果。

"我说到的事情没有做到，实在对不起你，我先处理完这个人。放心，一会儿我带你们一起走，再也不回来了。"李喻对他说。

黄村在他手里挣扎申辩："他先咬我，狗东西咬我。"

李喻根本不理他，把他摔在空地上，走过去。

黄村蜷缩着向后退："你要干什么！救命啊，李喻！喻佛争！你别以为我不知道你干了些什么，你要我说给大家听吗？你要所有人都知道吗？"

李喻蹲在他身边，秃鹫看着猎物一般，饶有兴趣："说？"

黄村还向后挪，极其恐惧："你走开！你敢！你不怕铁敖，不怕神捕营吗？这些人都是人证！你跟你老子，干的是一样的勾当！你假公济私，押解的时候，用九头蛟吸犯人的精血。"

"哦？什么是九头蛟？"

"你……你们……快报官哪！报官哪！"

人群外围有人要跑，李喻看也不看，抓起黄村的靴子扔过去，那个人扑倒在地。

"都别乱动，看着就行了，就当是开开眼界吧，贵村有几个人，我心里有数……谁跑，我要谁的命。"李喻转了个方向，方便地上的李正看清楚，慢慢挽起衣袖，露出双臂，"小正，你不是问我什么叫九头蛟吗？"

李正点点头，他在看。李喻的右手手臂上，渐渐地出现了一条黑红相间的多头怪蛇，鲜艳可怖，如鬼如怪。

他的手搭上黄村胸口："我早就该杀了你。"

黑红相间的一条九头蛟，似乎浮动起来，一起在伸头啜饮鲜血。黄村竭力惨叫，他叫得凄惨极了，像是百鬼食髓。黄村的胸口泛起一层青绿色，之后整个人都绿了，脖子和四肢慢慢肿胀，像条特大号的菜青虫一样。之后李喻抬起手，脓血从胸口五指孔洞里流出去，黄村的身体被活活融化了，变成一具半僵尸。

李喻转向众人，如今他最后的秘密不再成为要挟了："之后要怎么做，你们自己决定吧。我的建议就是趁着天黑，把他埋了，此事就当揭过不提，诸位也方便，我也方便。记住，只要有人知道了，我侥幸不死，一定会回来，届时不管你们逃去哪里，一家不少，鸡犬不留。"

没人敢说话，没人敢动。地上的僵尸还在张着大嘴，可怖极了。

李喻套了辆骡车出来，抱了李正上车，又进黄村屋里，用毯子抱了哑姑——她也在昏迷之中，紧闭眼睛，嘴唇是残雪一样的枯白色，送上车时不留神垂下半个褥子，下半身被血湿透了。

李喻要走，哑姑鼻翼微微翕动，呼吸沉沉："啊……我……啊……"

她比画着，她还有个孩子。李喻点点头，把那个小的也抱出来。小的可不安静，蹬腿大叫："我不要走，我要娘，你是谁……我不要！"

李喻不管他了，全都塞在一起，一挥鞭子，骡车动了，一家三口离开了小桑村。

天穹浓墨，后面似乎有什么要炸裂的东西，长夜快到尽头了。

骡车到了地头。前方是京西客栈，李喻先下车，匆匆进去，没一会儿，里面灯亮了。

哑姑醒了，头倚在儿子手臂上，头发湿漉漉的全是汗。

李喻又出来，匆匆向李正解释："希望你们不要介意，我们……暂时无处可去，整个京城，只有这里有长包的上房，还算清净、隐秘，我会替你娘请大夫，等她好了，再送你们离开京城。"

李正点点头。

李喻先把哑姑连铺盖抱进去，之后是两个小孩子。他要出去请大夫，但哑姑坚决地拒绝了。李喻叹口气，就现请了一个客栈里常驻的长工何姐。他摸出荷包，搁在床头，向李正交代："我没办法，得马上离开。我本来带着队呢，这就要出发了，临走之前，忽然心里不踏实，想起来过去看看你，叮嘱你一声，没想到……我这趟挺危险的，不知道能不能活着回来，这里的房钱我付了半年的，你们放心住，何姐的工钱，我给了一个月的，剩下的已经不多了，全在这儿了，你们要省着点花。不够的话去找齐掌柜赊欠，我托了他照顾你们，账我会解决。还有，不用再怕了，我也跟掌柜的说了，只要有人来抢人，就报神捕营。去他妈的，我不管了。"

三个人都需要照顾，但他确实只能离开了。临出门的时候，李正颤声喊他："大哥。"

"嗯？"他半转头。

"那是真的吗？押解囚犯……那个事？"

李喻背对他，点点头。他勉为其难地解释："其实……不能算吸精血，那是妖怪了，这个是一门……化毒的……是，是个邪术，我一时半会讲不清楚，但没错，练功确实是需要人命的，而且越是高手越好。"

"那你……为什么？"

"为了速成。九头蛟可以在短期内提高极大的功力，妙用无穷。没有那个助力的话，我没那么快的。"李喻摇摇头，"小正，我没得选。"

他离开了，轻轻带上了门。

钱确实不够用，荷包很快就空了。第一个月快要过去了。

李正好得倒是快，他都是皮肉伤，几乎没几天就能下地到处走，一个月已经恢复如常。可哑姑身体差得厉害，她憔悴多了，脸上也显老，轻得像一床羽毛。她始终坚持着没有请大夫。李迟整天又哭又闹，要桑妈，那才是他的"娘"，他在家虽然称不上锦衣玉食，但也照顾有加。

这里没有何姐是不成的，下个月还得继续请，李正问她工钱。何姐回答："照顾哑姑、李迟，连洗衣、做饭、抓药……一天要一百文，饭钱和药钱另算。"

李正很奇怪地问："为什么要那么多？"

何姐就一脸嫌弃给他看："床单动不动都是血，大冷天我洗洗洗；小孩子都三岁了，还尿裤子，饭不喂不吃。三个人一天三顿，你说要多少？嫌多自己来。"

李正低下头，他试探着问："我娘到底怎么了？她不肯告诉我。"

"造孽呀，"一说到这，何姐就抹眼角，"你还是个伢，不能跟你说，这样，每天少你十文钱吧。"

李正点了头，他懂了。

他和李喻一样，家务事再多也绝不干活，缺钱了就去想来钱的路子。路子倒是有，而且是现成的，京西客栈最不缺的就是杂耍班子。

他默默观察了几天，之后找到客栈最负盛名的一家，进门就直截了当地问："你们缺人吗？你们会的我都会，不会的给我几天就可以学会。我要钱最多的那种。"

班主有点吃惊，示意他露一手。李正立即连翻了一百个跟头，正着翻、倒着翻、凌空翻，利落敏捷，小弹簧成精一样。他身手真是很好，在他这样的年龄，几乎独一无二。

班主心动了，他去盘问了掌柜这家的状况。李正在原地等，没过多久，班主回来了说："你学穿云，干不干？一个月我给你十两，你满京城问，不会有更好的价钱了。"

李正不知道那是什么，但一口答应："好。"

穿云是杂耍中的帝王。那是一个小孩子，戴了内藏机栝的假脚、假手、假肩膀，扮成各式各样的人物，在竿子上纵横腾挪，做各种惊险绝伦的动作。穿云的竿头是特制的，最上方最粗，但是人在地上，由于视线的缘故看不出来。竿顶有个窄窄的机关，转一下，就会露出个开口，竿上那个人需要手疾眼快，斗篷一转，先把假肢丢进去，人再飞速蜷缩进去，最后收拢斗篷。在底下看，就好像人凭空消失了一样。这个难度非常大，因为是假手，要在里面用力握住机关，其实是很难使上劲的，竿子又高，稍不留意，随时可能有生命危险。

穿云是门绝学，一般是少班主出道的作品。有这个身手的小孩子通常不缺这个钱。这一次，这个班子正巧没有少班主。

李正有活做了。他稍加练习，很快掌握了初级的穿云。他扮猴儿，手搭凉棚，竖蜻蜓，拿大顶，一路青云直上。底下敲锣打鼓，很快就聚拢了一大群看客。

说实在的，他还蛮喜欢这个把戏的。这个把戏的每一个环节他都喜欢，无论是把自己扮成另一个人，还是青云直上、俯视众生，还是最后远离人群、消失不见。

穿云是杂耍，不是功夫，不仅需要硬桥硬马，还要表演。他很像他娘，台风大方，越多人看，表演得越好。他很快就成了京西客栈的王牌。客栈原本在一个低潮期，入不敷出，几个压箱底的老杂耍班子被人挖走了，如今有了穿云，又从东城重新挖了个乐伎班子，生意立马变得好起来。

一切都在向好。哑姑虽然恢复得慢，但毕竟也在恢复。她还是以卧床居多，但时不时能下地，走动走动。

但她一直沉默，因为她认出这是什么地方了。有一次，大半夜的，她悄无声息地走到天字号上房，从夹壁的暗柜里取出一张帛画来。在京西客栈，天字号上房是个很奇特的存在，客人整年整年地长包，但一年来不了个把月，几乎所有时间都是空着的。

不过，她摸是摸进去了，一出门就被拦住了。她焦急地比画说这本来就是我的。那晚上小小争闹了一番，掌柜的做决定，让她带走了那幅画。她看那幅画，上面有个流光溢彩的少女，泛起了岁月的黄色。她躺在床上流泪，用已经很粗糙的手指去摩挲，布帛声刺啦刺啦。

李正还小，尚不能理解回首往日之幽情所在。他觉得这里一切都很好，京西客栈比小桑村强一万倍。

不过，他没什么朋友，他和人群之间的那一面冰始终是存在着的，顶坛子的小孩和吐火球的小孩试图跟他玩，他置之不理，他们就说他耍大谱，这才红火几天呢。

班主和客栈掌柜都很高兴，天天商量着振兴客栈。这世上人人都有大事业，之前连小桑村也老开会，明明就是个运粪的，非要做大做强。

又一个月之后，李喻回来了。他风尘仆仆，憔悴而疲惫，好像刚刚完成一件大任务。

他走进客栈的时候，一抬头，李正在竿上。那一天，凉风起秋末。李正扮演晴空一鹤，一边振翅，一边发出啸啸鹤唳声。这个他表演得不太好，他没听过鹤唳，不知苍茫碧霄的辽阔，叫起来总像是井底之蛙的哀鸣。场面有些寥寥。

李喻舒口气，拖了张椅子，坐下，叫小二上了茶盏果碟，找准一个白鹤亮翅的机会，拍手大声叫好，向竿子下聚宝盆扔了好大一块碎银子捧场。

底下顿时也掌声雷动。这手笔在杂耍界难得一见，杂耍班子的鼓乐队立即举起唢呐，对着他呜啦呜啦一通吹。

李正转过头，和他隔空相望。他头上戴着一个尖尖鹤喙，愣在那里，无声无息地喊："大哥。"

李喻很开心地挥挥手，示意完成表演再说。

他马不停蹄刚回京城，还没来得及去神捕营报到呢，正需要喝杯茶，稍作休息，等李正演完去了妆，再跟他聊聊别的事。李正在竿子上更加卖力，继续各种鬼叫。

不觉间，一个小书童从楼上下来了，他走到李喻身边，手指了指天字号上房，低语："我们家老爷，请这位公子上去坐坐。"

李喻一怔："我？你认识我？你们家老爷谁呀？"

小书童声音很轻："喻神捕上去就知道了。"

他是个小书童，但有种居高临下的口吻，似乎是命令。李喻点点头，上去了，下来的时候，整个人似乎都有点不一样。

李正在等他，二人相见甚欢。但又要匆匆别过，赶着回去报到。好在，这一回，他没两天又来了，换了身体面衣衫。不是冲着李正，是冲着天字号上房的客人。

他上楼去见那个人的次数越来越多，驻留的时间越来越长，着装也越来越花哨。这很显然，是为了迎合那个人的喜好。他陪那个人喝酒、听曲、打牌、看杂耍……要陪玩什么就玩什么，不会的立即去学。

又一个月过去了，李喻在楼上陪着酒，忽然下来叫了李正，让他洗手更衣，

351

随他上楼。

天字号上房有个独门楼梯,李喻一边领路,一边叮嘱:"记着,进门要行礼,跪下来,不要抬头目视,问话再答话,嘴里说参见太子殿下。"

李正一惊:"太子?哪个太子?就是那种……将来要做皇帝的太子吗?"

李喻呵斥他:"去!瞎说什么!"

这对李正来说,是个匪夷所思之事,他没想过有一天在竿子上耍完把戏要见太子,就好像没想过运粪之后能见娘娘。他一路上楼,一路做足了准备,但进门之后,还是被那间上房惊呆了。他有一种高而眩晕,金鸡独立在竿头上的感觉。在此之前,他没有见识过荣华富贵。天字号上房就是这样,那东宫呢?那皇宫呢?

一进屋,软榻上倚着个四十出头的男子,短须,颇为精干的样子,穿了件很普通的绸衫,披了件轻貂裘。他手边的几案上设了个大银盘,几样精致小菜,一个双鬟少女在向夜光杯中斟着琥珀色的酒,另一个白衣少女在吹笙。这笙乐,太子显然不太满意,时不时皱皱眉头。身后,两个侍卫笔直站着。

李正进门就跪下了,他跪得略早,挡了后面李喻的路。

"哎,坊间行乐,不比宫闱,起来赐座。"太子抬手,接过酒杯,抿了一口,"你就是李正,孤特地来看了你几回穿云,不错,不错,好身手。哎,叫你坐下就坐下,都跪一地怎么喝酒。"

李正哆里哆嗦的,什么都不敢说,什么都不敢动,李喻示意锦凳,他就半拉屁股挨着坐了。

太子示意吹笙少女不必再继续,伸手,示意李喻为他添酒:"坊间乐舞,别开生面。"

"是,殿下微服,见民心之喜乐,也是一桩美谈……"

太子不耐烦,打断他:"喻佛争,年纪轻轻,不要总学那班老臣,什么都要扯到民心,孤只要听个好曲儿,这不成吗?"

"是,殿下说得是,臣下拘泥了。"

太子微微不悦,李喻低头不语,太子想了想,转问李正:"李正呀,孤问你,在竿子顶上,怕不怕呀?"

李正摇摇头。李喻忙捅他:"回话!"

"你不要多嘴!"太子欠身问,"你说。"

李正还想摇头,忍住了,回话:"我觉得吧,人只怕掉在坑里,怎么会怕往上走?"

李喻还想指点措辞，太子瞥他一眼："说得好！李正，孤再问你，假使孤有意提拔你，想把你带在身边，你如何应对呀？"

　　李正想了想，现学现卖这几天刚学的戏文："都说学成文武艺，货与帝王家，天底下就没有第二条路可走，这是……天经地义的呀。"

　　"好！"太子轻轻鼓了鼓掌，又转头，"喻神捕，听见了吗？你这架子不小啊！"

　　李喻一惊，翻身跪下："殿下恕罪！微臣不敢！"

　　李正不明所以，跟着跪下。

　　太子站起来，拂袖："不敢？孤头一回见你，就说要提拔你，你这三推四延什么意思？"

　　李喻叩头到地："启禀殿下，微臣不敢，殿下青眼是微臣万世求不来的福分，万死不辞，怎么敢推托？只是……这神捕营易进难出，臣贸然上辞呈，必被……被铁捕头追查近日所为之事……"

　　"哦，莫非你有什么见不得人的事？"

　　"不是，没有……不敢！"

　　"不敢就好。"

　　"殿下……殿下……"李喻犹豫着，"微臣有个不情之请……只要一纸调令，微臣就好……"

　　"糊涂！内廷东宫，向六部发什么调令！"太子直接掀翻了银盘，"你是要孤为你一个捕快，背负欺君之罪吗？"

　　李喻面如土色，连连叩头："殿下息怒！微臣糊涂，罪该万死！"

　　太子又喝了杯酒，有些厌倦了，挥挥手："出去。"

　　李喻倒退着出去。李正不太明白应该怎么办，低头看李喻，李喻冲他勾勾手指，他磕了个头，也出来了。

　　李喻离开那栋小楼，抓了抓头发，烦恼得无地自容。李正不明白："大哥，你为什么不肯跟太子啊？"

　　"嘘。"李喻带着他，找了个没人的地方，看准无妨才回答，"谁说我不跟，我想跟他快想疯了。可我真没法走，这时候递辞呈，没头没脑的，神捕营一定是一查到底，那时候我活都活不成。"

　　"太子是皇帝的大儿子，他都不能下调令吗？"

　　"你听他的！内廷东宫怎么不能下调令了？大内找刑部借调个人很费劲吗？他

353

就是既不想惊动大内，又不想得罪神捕营！非要逼我得罪！"

"那你得罪了会怎么样？你就直接跟太子走呀，神捕营难道敢去东宫抓你吗？"

李喻看着李正，不可思议地摇了摇头："小正，行了，快住口，你不知道你在说什么。"

李正住口了。他还很小，不太懂得世事，也没读过几本书，但他觉得，太子暗示的就是那个意思。

快到冬至了。

李正把穿云练得出神入化，老把戏演完了，开始配合鼓乐，琢磨些新把戏。有一天，他扮嫦娥，偷药、奔月，碧海青天夜夜心。乐伎班子在下面合奏。这下两套班子合二为一。

李喻也来了。如今，李喻是硬着头皮，他不敢不来，太子也没说让他上去，也没说让他滚，时不时还在窗口望他一望。他如坐针毡。

那天客人分外的多，楼上满了，雅座满了，门口都站满了人。忽然，人群潮水一样分开，城戍卫兵冲进来。掌柜的吓一跳，忙去问怎么回事。

卫兵说："有人来报，说你这里有人牙子，拐了孩子做坛童！"

这可真是邪了门了。坛童是个传说中很邪恶的把戏，是把小孩子放在大坛子里，只给吃喝，不让出来，天长日久，身材畸形，长成个大坛子一样。这东西根本不可能出现在京城。

掌柜的连忙喊冤说："这一查，今天生意打水漂了。"

城戍卫兵也没办法："报给我们了，说得有鼻子有眼的，我们就得搜一下。列位委屈点，站着不要动。"

掌柜的苦着脸看李喻。李喻硬着头皮，他得帮这个人情，掌柜的帮他们不少。

他低声问领头的："哪家队长的兄弟？"

人家不领情："这……你是……？"

"我是神捕营的。我在这里很久了，可以保证没有这种事。"

神捕营的当然没问题，这样的治安案件，神捕营的权限是顶格的。那边恭恭敬敬："神捕营哪位大人，亮个名号吧，兄弟们好交差。"

李喻想了想，摸出面令牌，亮了亮。他不能让这些人胡乱搜，这里没有其他小孩子，他们只会搜出李迟，后面的事就会变得很麻烦，城戍卫和刑部打交道从来头疼。

名捕令无论如何都够用了，几个领头的一起躬身："既然喻大人在此，我等遵命！"

他们要出去了。看起来，这只是个演出前的小小插曲而已。人群又一次给他们让开条道。

只有一个人没有闪开，他站在门口，背着双手。李喻看见他的眼睛，脸色一下子就变了。他像块沉沉的黑铁，有种镇得住一切的威慑力，穿一身洗到淡黑的布衫，青鞋白袜，发髻上只束一根青布带。他慢慢走过来了。李喻低头，躬身，一抱拳。

城戍的每个卫兵也都知道这个人是谁了，一起拍了一下刀鞘，领头的拱手："见过铁大人！"

铁敖走到李喻面前："我头一回知道，名捕令是这样用的？"

"老大！"李喻双手垂在身边，低声求恳，"容我回去解释。"

铁敖看着他，慢慢摇了摇头，举手："清场。无关人等，立刻出去。"

人群又潮水一样地向外退。只有四个角上，坐了四个神捕营的捕快，一起起身，显然铁敖是有备而来。

城戍的领头走过来，递了份告纸："启禀铁大人，适才我们兄弟在西城门下巡逻，有个妇人，来报此地藏有坛童，就在现场，恐怕片刻就要逃窜，我们兄弟就在左近，不及报备神捕营，擅作主张。如今，请铁大人示下！"

铁敖拿过那张纸，看了一眼："妇人呢？"

"在西城门扣着。"

铁敖指了指一个手下，那人过来，接过那张纸，看了一眼，说了声遵命，向城戍卫："我跟诸位过去。"

他们也离开了。空空荡荡，场子里没有人了。李喻一声不出地站着。

铁敖的面色毫无缓和，他打量着李喻的裤子，那是一条洒金的绣满了花蝴蝶的阔脚裤，标准纨绔子弟的装扮。

李喻想解释："老大……"

"喻佛争啊，你这些日子，请了多少病假？在这里干什么？"

"我……是，近日有些懈怠、贪玩……回去自领责罚……"

"懈怠？贪玩？"铁敖啪地一扫桌子，杯盘碗盏远远甩开，碎了一地，在空空荡荡的场子里哐啷不绝,"居然还不说实话,给我搜身!"

李喻大吃一惊,转过头:"老大,为什么!我只是请假……就算是说谎了也不至于这样对我!"

铁敖看着他:"喻佛争,搜身该怎么站,你不知道吗?"

李喻无话可说,双手分开扶着桌子。两个人上来,慢慢搜起,先拿了九世佛争铜搁在一边,之后是一柄鲨鱼皮的嵌着名贵宝石的匕首,一小袋珍珠,一堆玩牌的筹码……九世佛争的令牌,几枚铁莲子的暗器……一样一样,摆在一边。他们并没有抬手放过他,勒令他脱下靴子,赤脚站着,解下腰带,宽去外衣,松开双腕箭袍袖扣,袖扣也扯下来。

李喻忍不住问:"老大,你们在找什么?"

搜得已经差不多了。铁敖眼一动,抬手,去摘李喻发髻上的发带。李喻肩膀肌肉一紧,不自觉地就想去护。两个人一起扣住他肩膀。

发带解下来了,上面也有一颗琥珀,铁敖拿过来,拧开,取出一枚小小印章。李喻轻轻闭了闭眼睛。

"喻佛争,这么多年了,我从来没有亲自查过你的仵作单子。你敢作假?"

神捕营的捕快前去捉拿要犯,亮明身份之后,还敢拒捕,只能格杀勿论。如果格斗之中,不得不击毙,或者路上暴毙,或者前面还有任务,总而言之,凡是实在不便千里迢迢把尸首带回来的,可以就地处理,但必须就近找一个地方上的仵作,写一份单子,验明正身,盖上印章,这才能结案。李喻想用九头蛟练功杀人,仵作单子就非作假不可。但说实在的,地方上的仵作真是糊弄得一塌糊涂,顶多就是标个四至,写上致命伤,随随便便用个假印就能解决了。至于尸体,真要回头再查,已经成腐尸白骨。铁敖既然都来搜身了,就说明房间全都搜过了。

"老大……我是初犯,就是这一次,实在找不到仵作了……"

"锁上,带回去审问。"

两个捕快拿过一块手枷,示意伸手。李喻无可奈何,只能伸手。

铁敖又示意停一停,伸手把李喻双臂袖子撕了下来——白净结实的肌肉,没有任何不该有的。

李喻双手上了锁,披头散发,赤着脚,软语求饶:"老大,千面狐是个易容高手、采花淫贼,罪该万死,他对我用迷烟,我只能杀了他,那是在江边,四野荒凉,确实找不到仵作了,我还有伤,要带着他的尸首,要走几百里,我真是初犯……"

356

铁敖脸上没有任何神色："穿了他的琵琶骨。"

没有这个道理！穿骨就是武功全失，只有万恶不赦之匪徒，才能这么对待！

李喻根本不敢相信听到的命令，他要扭头，两个捕快一左一右压住他肩膀，把他摁在桌上，另一个人撕开他衣服，露出肩胛。李喻嘶吼，眼眶发红了，微微有泪："老大，我干什么了！我干什么了！"

另一名捕快拿出一枚破骨钩。李喻忍不了，开始挣扎，那两个人手像铁钳一样，毫无情义可言，上来就是分筋错骨的重手。他手腕在枷锁里咯咯直响。那个捕快按了按他的肩胛骨，毫不犹豫，一刺而下。

铁钩破皮的一刹那，李喻抡着手枷，就桌子一滚，硬甩开了一个人。他快要把那面手枷拧断了，错身的时候，攻击的方向正对着铁敖——这是本能。铁敖静静看他的手臂，右臂上黑红色的九头蛟不受控制地慢慢浮现出来。铁钩适时擦身而过，那个人是留力的，只挑破了一块皮肉而已。

铁敖看着李喻的眼睛："是，我没有证据。"

李喻浑身都在抖，他很多年没哭过了，可像九头蛟一样，眼泪也不受控制地流了下来："铁……在我心里，你一直是我的总捕头，我的大哥，你这样对我。"

铁敖一点表情都没有："你是现在招，还是回去招？"

李喻只觉得在他面前这样哭，奇耻大辱，他想闪过脸擦一擦泪，但又被扣住了，眼泪顺着鼻尖往地上流。

"那就是现在不招。"

铁敖走过来，伸出手按在他颈椎上，微微用力，示意两个捕快，打开枷锁，把他双手反锁到背后。这已经是对随时可能伤人的重犯的招呼了。

李喻任由摆布："我当你是我大哥……你这样唬我……为什么，到底为什么，那些十恶不赦之徒，押回来也是处死而已！铁敖，你杀了我没关系，我把命给你，你跟我说句话。你他妈说句人话！我真存那个心，有的是机会杀你！"

"押回去。"

"铁敖！"

"你要么现在招，要么回去招，你跟我之间，有什么话只能录完口供再说。这么简单的道理，你不懂吗？"

"懂，我懂了。铁敖，你太自以为是了！我告诉你，你有什么手段用什么手段，今天你要么杀了我，要么给我句话，不然你别想从我嘴里撬到一个字。你玩你那

357

十面大旗的游戏，玩到走火入魔了吧！公义行于天下，律法严正清明，你骗鬼呢！你他妈自己全家都死绝了！"

铁敖终于开口了，看着他："喻佛争，你是什么时候起开始不信的？"

"我从最开始就不信。"

"那你这些年，也蛮辛苦的，你图什么？"

李喻很慢很慢地摇头，之后抬起眼，眼里全是冷："你不知道？"

铁敖看了他一会儿，也很慢很慢地摇了摇头，回答他："我不知道。"

李喻点点头："是，好，铁大人，既然如此，口供回去录吧，我怕你家伙事带得不全。这里有三个人，是人证，你得带回去，我怕我落你手里了，她母子保全不了。"

铁敖点头："好，在哪里？"

李喻转过脖子。他本来想目示哑姑的居所，但是，看到了天字号上房，那个从来不曾打开的纱窗打开了，太子站在窗前。太子身后的房间里，哀哀一曲吹奏起来。是那首叫作《极乐世界》的曲子。她在太子屋里！

铁敖躬了躬身，拱手："殿下，刑部行国家律令，公务在身，不便行大礼。"

太子微微一笑："铁捕头名不虚传。雁姬是我旧相识，要在我处暂留片刻，她的儿子也同我有缘得很，想要聊点闲话。不知有碍公务否？"

"遵命。"铁敖指了另一个捕快，"你留下，护着证人。"

"臣告退。"他又向太子躬身一礼，"带走！"

两个人推着李喻往外走。李正从竿子上匆忙追了下来："大哥！我跟你一起去！"

李喻看了看那扇窗，似乎明白了点什么，摇摇头："小正，你留下来吧，你娘在等你呢，殿下想必真有话跟你说。"

李正抓着他胳膊，不愿意放开："我跟你一起去！"

李喻想了想："小正，今天什么日子？"

今天是腊月十四。李正明白了，松了手。李喻被带走了，没有任何反抗。

李正回头，有些懵懂，慢慢走上台阶。他开始思索那个真正重要的问题——谁是我的父亲？那一晚，有个大人物，让她失了身，怀了孕，开始了一生的噩梦。真的会是那样吗？真的期待那样吗？我不是野种吗？我是龙种吗？

他又走进那间天字号上房里了。他看见母亲手里捧着那张帛画，微微张着嘴，看着太子。母亲和那两个侍奉的少女比起来，已经判若云泥。一个是荷花上的初雪，一个是粪土上的残雪。她明白的，很久之前，她就放弃了痴心妄想。她在求恳，并不是求恳自己，而在托付儿子。她把李正推到太子面前，之后，重重叩头下去。海藻一样的长发里，已经有了银丝。

"雁姬，"太子这样柔声问候着，提醒，"你是哑巴，那你也是瞎子吗？他和我长得一点都不像。"

李正完全愣住了。一桶冷水，或许还是冰冷的粪水当头浇下。是啊，如果不瞎，就能看出来……自己和太子，长得真的完全不像。

他之前从没有考虑过这个最简单的选项。那我像谁呢？

他长得不像老狗，因为，老狗已经被岁月变成了老狗的样子。就像母亲也被岁月变成了母亲的样子。他当然照过镜子。他小时候像母亲，这些年，他稍微长开了一些。他长得不算俊俏，是因为他骨相有些崚嶒——他的眉骨横绝，颧骨凸出，腮骨也棱角分明，像是层峦叠嶂的一方绝壁。哦，我长得像大哥。大哥一定知道的。

母亲啊啊啊地叫起来，那是被激怒的声音。

"你不要激动，也不要生气。"太子待她很有耐心，可谓温柔宽厚，"雁姬，你有此误会，孤不怪你。十二乐伎里面，孤最动心的是你，当初也是打定主意带你回宫。那一晚我确实命你侍寝，可是你奉酒、陪酒之后，就喝得酩酊大醉，还吐到了孤的身上。孤一时没了兴致，叫客栈老常送你回屋休息，告诉你，三日之后孤还要再来，叫你好生准备。可是，没想到三日之后，你已经走了。"

雁姬被最锐利的一把刀割碎了。

"孤没有必要骗你。"太子招招手，两个少女捧出巨大的两个银盘，一盘是珍珠，一盘是美玉。

"孤当初让你留下，致使你没有追随姐妹们而去，这让孤很是过意不去。雁姬，这是一点微不足道的补偿，你还要什么，尽管开口，只要做得到，孤一定满足你。"

雁姬脸上，露出一种奇怪的惨笑，像井底之蛙的哀鸣。一个少女把一盘珍珠递到她手上，那确实都是名贵的东珠，足够母子从此衣食无忧了。雁姬捧着那盘珍珠，摇摇晃晃地离开了，珍珠在银盘里滚着滚着，落了一地，晶莹剔透。

"娘！娘！"李正追了上去，他也屈辱，也难堪。但是，他毕竟并没有母亲那么在意，他更想娘冷静一点，这是非常好的机会，毕竟所有的要求都可以提。不过他顾不得了，娘更重要。

"李正，"太子叫住了他，"孤真的有意提拔你，我问你，你和喻佛争究竟是什么关系，你的功夫是从哪里学来的？"

李正吐口气，机不可失，时不再来，李喻这辈子不可能遇到第二个铁敖，他也不可能遇到第二个太子。他回过头，单膝点地："是，启禀殿下……"

他回答完了，尽量快。之后他追回去，满地都是珍珠，沿着这条路走，就可以找到母亲。但他找不到了，母亲居住的屋角浓烟渐起。整个京西客栈都是木楼，那是一场很大的火。

"护驾！护驾！"侍卫们这样叫着。其实用不着的，天字号上房是独栋小楼，做了石基，很难着火，只是会被浓烟略熏一熏。

"娘！娘！"李正懊恼又绝望，在火焰里跑着，找着，追着。他不知道母亲在哪里，他听到了李迟的哭声，他根本不介意。

"火！火！"神捕营的捕快，客栈的掌柜、伙计，都来灭火。

来不及了，哑姑放火的时候，可能把所有的被褥之类都堆在一起，一烧就烈焰冲天，那天风很大，那是一场真正的大火。而且眼看就要向南边弥漫过去。

"娘……娘……"李正还在火里找。到处都是燃烧的椽子，浓烟四起，他大声呼唤，之后用力咳嗽。如今，他的麻烦已经是自己跑不出去了。一根燃烧的椽子砸下来，燎到了他的肩膀，他摔倒了，之后又一根。他在咳嗽着，捂着嘴，向外爬。烟成白夜，他看不见了，呛得快要晕死过去，只能凭着皮肤烧燎的程度，向着有风的地方爬。

忽然，他脚下一陷，落进了井里。那是很深的一口井，他的脚崴着了，但没有大伤，下面有具尸体，是母亲的。母亲最后一次保护了他。

燃烧的椽子架在井壁上，火光照亮了母亲最后的装扮——披散的长发，用手帕系着，一条用珠链、银丝织成的胸衣，极低的挂在胯骨上的轻纱长裙，脖颈整个摔折了，手里紧紧握着一只虎头鞋，看起来，是在找她另一个儿子时候失足落下来的。那是异域少女的装扮，太紧了，箍在一个中年妇人的身上，显得极其可笑，枯草一样的头发，苍老的脸，细腰带勒着一包松垮的肚皮，上面文着一只正翘起尾针的蝎子。她还记得她跌落那口井之前的样子。

李正爬不出去，浓烟渐渐弥漫了整座井。他痴痴望着母亲，不哭也不动，昏昏沉沉，又一次晕了过去。

今天是十四，明天是约定习武的日子。大哥说话是算数的，他想。

360

又一个星辰漫天的夜晚。李正慢慢睁开眼,看见了李喻。

李喻手臂上包着很厚一层白布:"抱歉,我伤得厉害,只能把你带出来。你母亲的尸体,应该被神捕营的人带回去了,按规矩,验尸之后,会还给小桑村。"

他点点头,接受现实。

李喻想了想:"你都明白了?"

李正点点头:"你呢,你什么时候明白的?"

"我……"李喻声音里有些艰涩,"那天,我们第一次见面之后,我来查了你母亲的案子。我很快就找到了老常,他已经死了,是投河自尽的。他的夫人说,不知道为什么,就知道,老常有天半夜回来,又害怕又后悔,说自己是个畜生。我又问了客栈的老客人们,他们说,十二乐伎一直同来同去的,但最后离开的那次,最小也最美的妹妹留下来了,她的姐姐们劝她,她不听,她不想过那种飘来荡去的生活了,她想要配得上她的。小正,见过她的人都说,她很美,是仙女那种美。"

李正手臂暴出了青筋。

"那天……黄村和老狗……他们都在这里赌钱。"

李正摇摇头:"不要说了,我已经明白了。我刚才问的是,你什么时候明白的?"

"带你离开小桑村那天。你知道,老常已经六十岁了,一直没有子嗣;而那天,我知道……黄霸天之所以用了别的……是因为他是个天阉。"

"什么?可你明明说他在天牢里……"

"每次都是……"

"大哥。"

"小正。"

"大哥,谁告发的你?"

"小桑村的所有人,他们联名到刑部击鼓,说我在村里无辜杀人,不是你死,就是我活。"

"那……难道连桑妈?"

"我娘……也没了,和你娘一天没的。她的尸首在地窖里……我想她是要跑出来告诉我。"

"老狗干的吗?"

"老狗不承认。"

"你杀了他吗?"

"是的，小正。"

"其他人呢？"

"我伤得很重。"

"知道了，交给我。"

"好。"

"大哥，你是怎么出来的？"

"我告诉过你，九头蛟可以短期内极大地提高实力……代价就是吃掉一个高手。"

"你杀了谁？"

"我的一个朋友，一起进神捕营的好朋友，只有他没有太提防我。"

"为什么？"

"我忽然觉得，只要他一直在玩十面大旗的游戏，他死在谁手里都一样，与其如此，帮我一把算了。"

"大哥……"

"我知道，我已经是那个恶鬼了，小正。"

恶是收不住的，而且会成倍地暴增。

"大哥，这一切到底是为什么？"

"你还记得那个十世修行的好人吗？"

"记得。"

"你还记得他为什么吗？"

"你说过，或许是觉得受了愚弄吧，也或许是他觉得没意思了。"

"差不多，小正。……小正，我时间不多了，今天是十五。今天的功课，你还要学吗？"

"当然，大哥。"

"九头蛟。"

"九头蛟……"

……

上官乾抱着肩部的断茬伤口，看着那根穿云竿。他很多年没有那么喊过，嘴里没有，心里也没有——大哥，我也已经是那个恶鬼了。他算了算时辰，回头喝了一点茶，吃了一点点心，稍微补充些体力。不知什么缘故，我的客人好像是失约了。不过没关系，只要他还在就好。就此刻而言，好像没有别的办法了。

楼下，宾客们似乎有些异动。有人同时向前后门移动。

他们来了。神捕营做事就是这样的,总要清场，让无辜人等离开，这很容易被动。他拈起那个金铃，迎着光看了看——很美的赤铜色，有一圈古老的铭文，摇起来像驼铃一样的清脆。他把那个金铃挂在窗户上，他要投降了。

丁零零零，丁零零零。

京西客栈，所有的包围都完成了。外面在清场。他们必须如此，让无关人等尽快离开。每一个出去的人，都被盘问，被检查是否易容。

清场完成了。每一个年轻人都眼睛发红，想要踹门往里冲。他们的兵力，足够拿下十个上官乾。

兰雪拥在控场。他极其谨慎,几乎是一尺一尺地收紧包围线。他不允许直接冲，许多钩锁钩住围墙，奔马来回驰骋，要把四面墙全部拉倒。

"二先生！"有人惊呼着，向里一指。

浓烟四起，熊熊烈焰。好几栋楼同时在起火，放火的是此道高手。

神捕营几个人刚准备进去，兰雪拥直接制止了："退！"

令行禁止，所有人一起向后退。

轰——轰——轰——一声又一声的巨响。四围沿墙，十几罐没有用完的火油连环炸裂，带着砖块的碎片、地砖、墙瓦，地狱烈火冲天燃起。京西客栈再度成为一片火海，这次的毁灭是彻底的。

火焰中心的唯一空白地，一个独臂人在顺着竿子向上爬。

火势太猛，人只能后退，离得太远，寻常弓箭无法奏效，需要行军用的百丈弩。孙白鹿弯弓搭箭，瞄准，青崖弓弯如满月，白鹿箭穿越火海而去。

还是太远了，箭总是要飞一会儿的。上官乾噌的一个竖旗动作，滴溜溜一转闪开。

孙白鹿咬着牙，一箭跟着一箭，连珠快箭。谁都无法忍受，这一次近在咫尺，还那么眼睁睁地看着他逃走。

可偏偏，上官乾巨猿一样的身材，灵活到无法想象，腾挪闪打，做出无数个匪夷所思的动作，每次都觉得他马上就要掉下来了，每次都还能再往上一点。他快要到顶了。那根竿子撑不住这样一个成年男人的体重，慢慢有些摇晃。

363

最初也最猛的爆裂结束，浓烟散去一些，北边火势不猛的地方勉强有路，第一批人强行冲进，在着火的建筑物中向前。

穿云竿摇晃的幅度越来越大，烈火里几乎能听到嘎吱嘎吱的声音。

西门的城戍卫推着炮围过来了。第一批人马也快要穿越废墟。前面就是竿子了。

但是天空上，精卫鸟也到了。这是京城许多人第一次看见精卫鸟。九只精卫鸟，结成阵势，拉着一道网兜。教母端坐在中央，已经越过着火的楼了。

教母离上官乾很近："愿赌服输？"

"愿赌服输。"

上官乾站在竿顶上，掌握着近乎可怕的平衡。他在火海正中，四面八方都是追兵，弓箭和火炮已经就绪，而那根竿子居然不再摇晃了，笔直穿云。他也有一种人类所不能及的毫无一丝感情的冷静。他举起那个朱红小瓶，向着远处的兰雪拥举了举，似乎在敬神捕营，之后当着教母，一饮而尽。

他跳了起来，穿云竿在脚下倒了下去。他尽可能一跃，拉住那面网。九只精卫鸟一起振翅，网兜暂时一沉。所有的箭镞、暗器、兵刃，飞蝗雨一样招呼过去。城戍的卫兵们不管不顾地开炮了。

轰隆隆——轰隆隆——轰隆隆——硝烟在天空上一路追逐，长空烟波滚滚，精卫鸟带着那两个人，振翅离开了京城。

第五十五章　再逆长空

初夏，小满时节，丐帮洛阳总舵二里地外，有一片高大的梓树林，郁郁绿冠，丛丛白花。这里是丐帮的鸽驿站。

丐帮是天下第一大帮，洛阳总舵是中原武林的枢纽，大江南北合计有上百家分舵，讯息往来之频繁，可谓天下无双。如今正是午后，绿树之中，松散地钉着一排排鸽舍，微风一吹，夏日白花摇曳，梓林千羽，花翼双雪，美不胜收。当然，这场景远看是美，近观则难免沾上点点"天粪"。

梓林正中一小片空地上，苏旷坐在一道黄土垄上，弄了一套渔夫用的箬笠、蓑衣，正弯着腰干活。他手边上设了个小木架，摆着简易纸笔，眼前一小筐都是竹筒，他挨个把那些竹筒剥开，取出蜡封，装进油纸袋里，按标识写上名字。他的新左手是干活的利器，小指上拆下来就是柄小刀，锋利又坚固，随手取用方便极了。

一小筐竹筒很快就剥完了，另一处鸽舍前还有另一小筐。最近的信件实在是太多了。近些日子来，江湖之中惊闻洛阳生变，无数快马往来，千翼飞羽纵横，多少江湖客驻足洛阳城，所有客栈都一房难求，大家都在打探着最后的消息——丁桀的眼睛，会好吗？丁桀通奸的事情，能够逃脱帮规吗？

这个消息，甚至事关武林的格局。如果丁桀不再是丐帮的帮主，那么，他还能担当八百侠义道的领袖吗？如果丁桀不再是侠义道的领袖，那么，他之前发布的英雄令还有效吗？将来是谁来主持大局，是谁来号令天下，对银沙教是战，还是和？还会发起跨海的总攻吗？

一切都在未定之天，没有人知道答案。但是，人人心里都有数，武林数百年来，还没有一个瞎子，能够执掌这样的名门大派。

掐指算算，离那一战已经足足半个月。这半个月间，丁桀除了帮务之外不发一言，像一块完全没有感情的石头，没有找过任何"别人"，就像瞎了这种事没发生过一样。丁桀每天除了见大夫、医眼睛，就是日夜不停地见九袋长老、各分舵的香主……丐帮和侠义道的行动减缓了，但并没有停止，银沙教的势力撤退得极快，几乎消失到无影无踪。

这半个月间，丐帮几乎延请了江湖中所有知名的神医，每个人都急匆匆地走进去了，又缄默不语地走出来。或许，这已经是答案本身了。

这半个月间，苏旷一样在默默等待。是的，他和丁桀的私交很好，但是洛阳城里，照样还是要分个里外亲疏。

他有些郁郁寡欢，丁桀的这双眼睛，是为了保护他交代出去的，这让他有些担待不起。就好像夜哭郎君的性命，似乎也是为了他而拱手让人的。他好几个噩梦里都是一身冷汗，惊坐而起，眼前又是熊熊烈火之中夜哭郎君被精卫鸟带走的那一幕，仿佛还能听见那一声微弱的"小苏"。银沙教的手段之残忍毒辣，不堪细想，对寻常人、对敌手都是如此，更何况是对叛徒。夜哭郎君落在教母手里……他还会好吗？他遭受了什么样的对待？教母说一命换一命，那么她究竟要什么筹码？他不知道，他每天都来等，等一个消息。他轮番担心两个朋友。

这半个月，他并不算空闲，几乎每一天、每一顿饭，从早到晚都有无数江湖客找他攀谈、吃饭、喝酒。有的是套近乎，有的是慕名认识一下，有的是探讨江湖大势，有的是打听丁桀。他尽量做到有求必应，但多少也有点疲于应对。他回答不了绝大多数的问题，真正的问题需要丁桀来解答。在丐帮达成一致向外公布之前，作为丁桀的朋友，他只能沉默。

他和云小鲨住在总舵附近的客栈里，包了间最贵的上房。云小鲨每天吃完午饭，照例要小憩一会儿。他没有午睡的习惯，就出来散散步。附近最空旷、人最少的地方就是这片梓林。来也来了，闲着也是闲着，索性每次随手帮帮忙。

第二筐信也找完了，没有他要的，罢了。

苏旷站起身来，把蓑衣挂在树上，斗笠依旧带着，走到林子一角，跟鸽驿的管事张快打个招呼："张香主，我这边弄完了，你忙着，我就先回去了。"

"好，苏大侠尽管自便！"

张快坐在鸽舍前的一张小马扎上，正在给一只白鸽上眼药，也不知是不是白鸽的一双血红的眼睛触动了心结，他手里的药管高高提起，顿在半空，手一抖，药汁滑落，滴到了脚背上。苏旷看在眼里，轻叹口气。他刚要转身离开，张快拎着鸽子，站起来送了两步："苏大侠不用着急，真有你的信，我一见着，就立马给你送过去！"

苏旷又点点头，说了声"有劳"，刚要再度转身离开，张快又向前送了一步，迟疑着，终于忍不住低声问："苏大侠……劳烦你给我交个底，我家帮主这个眼睛，到底是能好哇，还是不能好？"

苏旷一时不知如何作答。他想了想说："张香主，说真的，我不知道，我也在等，我也盼他好。但无论如何，你心里要有个准备。"

张快点了点头，苏旷又想了想说："张香主，那劳烦你也给我交个底，丁柴的眼睛要是好不了，你们丐帮弟子心里还认他做帮主不认？"

张快放下鸽子，指了指梓林鸽驿，叹口气说："苏大侠，不瞒你说，我是帮主亲手提拔上来的七袋弟子。在此之前，我并不曾有过这等痴心妄想！你想，我武功平平，智算谋略也无过人之处，唯一的丁点儿擅长就是调教鸽子，谁能看得上我呢？可帮主看见我了，提拔我做香主，让我放手施为，我也倾尽全力回报他。他提拔我之前，丐帮五湖四海、十万弟子，消息往来何其之乱，今儿一个传说是这样，明天一道命令是那样，帮主嘱咐我从头做起，我们就一个分舵一个分舵地整饬，挨个地设立鸽驿，设了消息如何报怎么报。现如今，丐帮的消息灵通，冠绝天下，一声令下，云集响应，八百侠义道能够同气连枝，我们多少也有功劳。帮主不在位的那两年，别人怎么想，我不知道也不敢说，可是我们这群这几年提上来的、想做点正经事情的，真像丢了主心骨一样，唯恐他不回来。再后来他又回来了，我们高兴得快疯魔了。苏大侠，你说，他瞎不瞎的，我们怎么会嫌弃他？只是他这样心高气傲的性子，又遇上姓左的那个事……嗨，我们私底下都议论，这回怕是留不住他了……苏大侠，你是他的好朋友，帮主耳根硬、心也硬，我们这群人的话，到不了他心里，你一定要帮我们多劝劝他。"

"我明白。"苏旷点点头，握了握张快的手，"你放心，我尽力。"

他离了梓林，缓步而归。一路上，阳光正好，清风徐徐，如今四月半，正是牡丹花期将尽之时，道边一丛一簇尽是牡丹，魏紫鹅黄，朱红白檀，国色天香，迎风吐蕊，开得极盛。良辰美景，本来是无边惬意之事。说起来，他途经洛阳也有不少次，专程到访也有两回，可是自少及长，提起洛阳，胜负心压过了闲情逸致，从来不曾想过，此城竟有如此风物景致。北邙山下的梅园，旧王府里的牡丹，四时花好,可丁桀再也看不见了。

苏旷一边走,一边轻轻扯开衣襟,让清风微微地吹拂在胸膛上。他深深地呼吸吐纳,揉了揉脸颊,振奋精神。无论如何,大家都还在,前面还有许多场大战,不可失了锐气。

快到总舵了,看得到大门前的鹿栅和驻马的旗杆。丐帮总舵设在洛阳王废旧府邸里,因为是丐帮,从来也没有做过任何修缮,断壁残垣里透出一股质朴气象。总舵西边有一排柳树,下面是一片又大又旧的花圃,还有老大一圈空地。离着老远,能看见空地周围里三层外三层围满了人,不时传出几声叱咤吆喝,显然,有人正在比武。丐帮总舵外面到处都是江湖人,大家都在等消息,一等半个月,又闲又闷,这个时候,不比武才是奇怪的事情。

苏旷压了压斗笠,也挤进去,见大柳树下面有张旧木桌,围了几张条凳,桌上搁了些桃子杏子,茶水瓜子,这些"宝座"都被人占了,其余人都抱着兵刃站着。他实在找不到空位了,干脆攀到大柳树上,站着高高地看。

圈子里面,风雪原正和一个少年人斗剑,打得嘀哈有声。这斗剑平平无奇,没什么看头,苏旷逡巡一圈,见吕颂嘴角青紫一块,衣衫上全是灰尘,蹲在地下,苦着脸,还在聚精会神地看,估计上一场他是苦主。又见另一株柳树下,云小鲨抱着胳膊,懒洋洋站着,时不时打个哈欠,她鲨鱼皮水靠外面套了件白绡睡袍,显然是午睡刚醒没多久,腮边还带一块竹簟印子,长发松松散散随手一绾,拢在一边。

起哄、叫好、喝彩的声音,全是冲着风雪原去的。对面是个和他差不多同龄的少年,看起来脸上通红,有些左支右绌。

风雪原打得很守规矩,没有咄咄进逼,时不时地给对手一个停下来的机会。他只穿了件汗衫,额头上全是汗,看起来,已经战了好几场。对面少年路数太正,四平八稳,剑法之中精妙处施展不出来,好像是惊涛狂潮困在堤坝里。毕竟,风雪原在同龄人之中可能早就没有对手了。差距太明显,苏旷兴趣不大,瞭两眼就准备离开。

"天山游龙剑!"就在此时,大柳树前面的那张木桌主座上,一个人用一种故意压低嗓门又让人人都能听到的声音说,"天山游龙剑剑路辽阔,居然被这个庸才练到逼仄至此!"

苏旷听得微微一皱眉头，这人好不刻薄，游龙剑剑路辽阔是没错，这个少年剑路看起来逼仄也没错，但这跟庸才不庸才没有关系，风雪原比他强太多了，任谁和比自己高出一截的人动手，打起来都逼仄。可那家伙身边还有不少听众，都伸着脑门听："狄掌门说得是！那个风雪原呢？"

苏旷心想，搞了半天是狄飞白，更有意思的是，他这就"掌门"上了。只听狄飞白继续点评："这个风雪原乍一看是不错，再一看嘛，锋芒出得太早，后继难免乏力，我看哪，将来还不如苏旷呢。"

苏旷听得摸了摸鼻子，心说："狄飞白啊，你这高看我一眼真不容易，将来不如我是个多丢人的事吗？你堂堂一个昆仑首徒，一把岁数，现在还不如他呢。"

狄飞白那群跟班也不管懂不懂，就跟着一起乱点头。

那边很快打完了，胜负早就分了，就是找个大家都能下台阶的借口而已。风雪原今天连战连捷，正在兴头上，看起来浑身都是劲，想要找一个真正的高手过过招。他眼光四下一转，落在人群里的云小鲨身上："小鲨姐，睡久了醒不了困吧？下个场，活动活动？"

人群之中，顿时一阵鼓噪喧哗。云小鲨可是江湖之中数得着的绝顶高手。她声名极响，行踪又神出鬼没，很少有人见过她真人，更不用提见到她出手。风雪原这一叫阵，不少人就往前拥。云小鲨见场里噼里啪啦打得热闹，手也正痒，就点了点头，应了一声好，用手做梳子随手编紧了头发。场面上立时就热闹起来了。几个围观的冲远处一连声地打口哨，更多人围拢过来，立时之间，旧花圃围得水泄不通。

苏旷远远看。说起来，自己家媳妇，真是和别人家的不一样，别的姑娘要是脸黑，穿白的显得很古怪，小鲨真是穿什么都好看。除此之外，对于打斗他没什么想法。就今时此地而言，云小鲨是洛阳城最强的人。

云小鲨系好了鞋子。说实在的，她在洛阳实在无聊极了。丁桀自从下了山，压根没找他们聊过天，整天也不知道在干吗，也不知道到底瞎了没，苏旷天天难过得眼泪汪汪，恨不得挖双眼睛还给丁桀。真按她旧日的脾性，早就一走了之。闲极无聊，不如活动筋骨。

她收拾利索了，扔下睡袍，从腰间解下鲨齿链。和风雪原动手，她还用不着海牙枪。

风雪原笑嘻嘻地从身边人那里借了把剑，小心翼翼，平平请个先手："小鲨

369

姐，请。"

云小鲨步履中原之后，只比过两场武，一战沈东篱，一战丁桀，都打得极有章法，步步为营。可和风雪原打，就完全不同了。她错步、拧身，随随便便一抬手，鲨齿链起，从花丛里长蟒一样掠过去，刺棱一声，掀起漫天牡丹，再一跃而起，腾身半空，鲨齿链寸锋寸芒，寒花照影，硬桥硬马，一式借花献佛，当头而来。

"小鲨姐，以大欺小！"风雪原也叱一声，一个马步，手臂一抖，剑尖直点鲨齿链链头。

剑尖直接点住链头当然可以，这是打蛇打七寸，但这对电光石火之间的精准度要求太高了。云小鲨谅他点不住，理都不理他，一链子抽在剑刃上，那一股力，如风如浪，如潮如涌，直接把剑身绞飞了。风雪原就地一滚，半空接剑在手。云小鲨并没有追击。

风雪原一站稳，鲨齿链立即动地而来，链头扬起，搭上剑尖，格愣一声套牢了，狂风鼓浪，惊涛拍岸，直向前推，风雪原手臂一缩，试图卸力，但那股力绵绵不绝，滔滔不尽，裹着他的胳膊向半空斜飞。风雪原这回绝不弃剑，身形随着链头，在半空之中滴溜溜连转三圈，脚尖找准一棵柳树，凌空就准备借力。只是，他人在地上已经是劣势，人到半空，就进入了云小鲨的天下。云小鲨点地，凌空倒翻，后发先至，脚尖抢先踹在那根柳树大枝上，柳叶纷纷而落，合着草叶、牡丹，花飞花谢花满天。风雪原人扑了个空，半空落地，又翻了个跟头，站稳。云小鲨双脚反勾着几枝垂柳，依旧不追。

到风雪原再站起，鲨齿链二度弹起，已是她的拿手招数日月经天，链影如层云，荡胸而去。

就在此时，人群里，有人大喝一声："云姑娘，接招！"一道长索，白虹贯日一样，凌空向着鲨齿链头直撞过去，半空荡开链头，接着那人身随剑至，夺夺夺夺夺夺夺，一步跃出，连出七剑。

"来得好！"云小鲨来了兴致，凌空一转，让开那七剑，抽出腰间海牙枪，也不甩开，拿在手里，做短兵刃用，夺夺夺夺夺夺夺，连还七枪。

风雪原一看，这我也会，快打快本是当家本行，挺剑而出，也跟着直刺七剑。这人来得好快，会合风雪原，变成了一左一右，双剑合战云小鲨。

苏旷在树上忍不住笑出声来，这是怎么一回事？真是大啄木鸟给小啄木鸟开门——俩啄木鸟见面了。

来的这个人，居然是狂风吹剑风不二。不过江湖上，打招呼就是这么打招呼的，彼此仰慕久了，闲言少叙，见面先动手再说。

风不二抡开架势，狂风索在左，穷奇剑在右；云小鲨放手施为，海牙枪经天，鲨齿链纬地。这三样长兵刃施展到极致，真是大开大阖，三龙闹海一样。十几丈方圆，全是寒芒刃影，梭梭索动，烈烈风声，整个圈子里，尘飞土动，花流叶溅，人人都向后退了几步。

云小鲨渐渐打得兴起，以一敌二，依旧是只攻不守。

风不二和风雪原本来就是一脉相传，配合起来极有默契，一左一右双剑齐出，白虹穿日月，寒光射斗牛。风不二再进逼，狂风索席卷，扫地而来，已然是上天无路，入地无门。

云小鲨狂叱一声，当行本色尽显，她泰山裂地一样，鲨齿链抽在地上，掀起一阵尘暴，人一跃而起。这一跳，起得极高，白龙跃于长渊，海牙枪笔直指天，白龙礼天，苍龙礼地，真如一道闪电，自苍穹照入海底，手底下是霍瀛洲的四海升龙。

那些个过来看热闹的都在啧啧称赞值了值了，谁也没想过，吃完午饭出来散个步，能看到这样的场面。

人群里，居然还有人凑热闹。"阿弥陀佛！"那人先宣一声佛号，先礼后兵，手里一道弯刀，破月而出。

夺！云小鲨人在半空，已经下落，硬是由竖坠改为横落，凌空变向，腰身硬生生一拧，发辫全震散了，一口叼在嘴里。

"阿弥陀佛！"那人再宣一声佛号，弯刀回手，月出东山，鲛歌东海，以一道匪夷所思的弧线奔腰而来。

夺！云小鲨再躲那刀，刀锋滴溜溜划过，她一道荷包被丝绦抛起，凌空削断。荷包落在地上，红珊瑚、玛瑙珠、珍珠、金叶子……琳琅满目滚了一地。洛阳亲友如相问，我家媳妇最有钱。

人群闪开老大一片空当，弯刀来回往复，若海中月，隙中驹，风中影，梦中电，越转越快，越快越诡异。只是出手之人，出手之前必要高宣一声"阿弥陀佛"，以示提醒。

场面上已经三打一了，云小鲨依旧只攻不守，似乎还有余力。虽然四个人都不是生死相搏，没有人出杀招，但云小鲨武功之高，确实令许多人叹为观止。

只是狄飞白真是铁嘴,还在点评:"这云小鲨的功夫,千变万化,底子全在我们昆仑的《黄河古剑诀》上,这是她超出群伦之处,也是最弱、最无可奈何的一项。《黄河古剑诀》是至阳至刚的功夫,由她来练,终究难以登峰造极!"

　　苏旷听得嫌烦,觉着他们也切磋得差不多了,招呼一声:"小鲨,结束战斗!"

　　三个人一起哈哈大笑,人群闪开,那位大和尚双手合十,破月刀运到第七式,那柄弯刀佛轮万转,内蕴精进,掣正大光明而来。这一式,纯粹是以武会友,只有精进之心,绝无攻击之意。

　　云小鲨身形早动,人也在半空,单手反抄,分光捉影,抄住刀背,她柿子拣软的捏,一式叶里藏花,旋身反手,刀刃抹向风雪原喉间。风雪原一屁股向后一坐,大声求饶:"小鲨姐!"

　　人群之中,一片炸雷一样的叫好声。

　　苏旷跳下圈中,左看看、右看看后说道:"颜大哥!风不二!你们怎么来了?"

　　两个人都连忙摇头,一个说:"阿弥陀佛,贫僧法号明镜。"另一个提醒说:"苏大侠,在下纪书柳。"

　　苏旷没奈何,叮嘱自己记住。

　　明镜禅师合十:"方丈法谕,命我等前来拜见丁帮主,问此间事如何善后。"

　　既然提到"我等",想必少林是来了不少人。

　　风不二回答:"苏旷,我将父母合葬之后,一直在山中攻读家传医书,本来无意再出江湖。实在是丁帮主和上官乾一战,传得天地惊动,八荒之内无人不知无人不晓,我也是按捺不住,就过来洛阳看看,没想到,没想到……"

　　没想到,苏旷已经是可以从树上跳下来的人了。这一别,山高路远,生死契阔,实在有太多话要秉烛夜谈。

　　"小鲨,来,这位纪书柳,是我跟你说过的,纪老爷子家的三郎。"

　　风不二交手之后,佩服得很:"云姑娘名不虚传!这等身手,恐怕不止纵横七海,也要气吞中原了吧!"

　　云小鲨看着丐帮总舵的大门,摇摇头:"不敢当。"

　　几人都在互相致意,寒暄问好。苏旷心里一动,问风不二:"纪兄,我也知道老爷子是仵作出身,但还是多嘴问一句,贵府家传里面,可有医眼之术?"

　　风不二看着他摇头苦笑。苏旷摇摇头,也苦笑道:"是是是,我想多了。走走走,大家坐一坐,就到那边客栈喝一杯,颜大哥……大师,咱们就以茶代酒,我俩多少年没见了,我有许多话要跟你讲;纪兄,此一别千山万水,来来来,我们聊个通宵。"

一行人都有欢聚之意,正要起步,就见总舵门里孙云平匆匆跑出来:"苏哥!云姑娘!我们帮主请你们过去一趟。"

"就我们俩?"

"是。"

死等活等,一晃半个月,丁桀终于愿意"开口"了。云小鲨和苏旷对视一眼,点点头,携手随孙云平而去。

一地宝石珠子闪闪发亮,风雪原想了想,就地蹲下,捡拾起来。

"二位,这边请!"孙云平前面引着路,停在了一处木厅前。

那是一间方正又朴素的木厅,厅前的石阶早就开裂了,缝隙里淤满了泥土,长满了青苔。厚厚的一道木门,门环上的漆已经磨尽了,轻轻一推,门轴里发出悠长的吱呀一响,好像有个白发苍苍的老风妖,躲在里面纺一架永远纺不完的老纱车。

苏旷携着云小鲨的手走了进去——不必声张,脚下的木板自然地发出清脆悠远的响声。

丁桀站在一处高窗下,木窗残缺了一个拐角,雕着虬枝,此时约莫申时,阳光长长地拖在地上,拉出几枝梅花的影子。

他消瘦多了,一袭黑衣显得空荡荡的,随风而曳,眼上系了条黑布,听声音,慢慢转向门的这一边。刹那间,苏旷有种恍如隔世之感。十三年前,他也是这么轻轻推开这扇门的,他清楚地记得,走进去之前甚至在裤子上擦了擦手心的汗。那个时候,丁桀也站在差不多的位置,也是那么慢慢地转过身来,那一刹那,风、门和整个木厅都一起咯吱了一声,地上梅影如落英,十九岁的丁桀像是一把即将打开旧世界的新钥匙。如今,丁桀依旧笔直地站立着,下午的阳光打在他脸上,没有任何痛苦,只有种完全松弛下来的宁静,像是江心里的孤石被巨浪洗尽了尘土。

"丁桀!"苏旷忙快步走了过去,活动了一番脸上的肌肉,尽量让自己的声音变得愉悦一些,"你再不来找我们,小鲨就把外面的人都打一遍了。"

"你着什么急呢?"丁桀摇摇头,微微苦笑,"人摔下来,总得坐地上蒙一会儿。"

他的神色一如既往的平静,好像在说一件别人家的稀松事情,只是蒙着眼睛,

373

这份平静里难免渗着点凄凉。

"是，是……"苏旷点点头，干脆直奔主题，"蒙半个月，也差不多了。你眼睛，大夫怎么说？"

丁桀摇摇头："别想那些没用的，我当场就瞎了，大夫无非聊尽人事而已。"

靠着墙角有一根手杖，但是丁桀没有去拿，他迈步向前，苏旷犹豫了一下，还是把手臂递过去。丁桀手指在他手臂上一触，略有犹豫，还是自行向前，走得很慢很稳，但还是有些摸索的意思："这个地方我熟悉得很，应该还能将就。"

丁桀慢慢地走到了练武厅的正中央。他脚尖触了触地，示意苏旷。苏旷顺着他的脚步看，他脚底下那一片的木板，全都碎裂了，有的翘起角来，有的碾进泥土里。很少会有人在木厅练武，就算不觉得木板昂贵，更换起来也多少嫌麻烦，但丁桀不同，他从上道起，就对控制和精准有很高的要求。

"前些日子，我心里有一块石头，迟迟不能落地。"丁桀转向苏旷，"我双目已盲，自己当然也明白，恐怕日后江湖之上，渐渐就没有我这个名号了……只是，人难免有点惰性，总是倚仗一些无中生有的希冀。苏旷，我白天头脑里清楚得很，可到了夜里，又老觉得说不准我还可以一战。后来，我就自行来了这里，试着练武。"

"你可以找我啊……"

"我本来是想找你，可是，这也算不上喂招，无非左摔右倒，何必扯个人来看着。再说，你这个人，心软、容易难过，守在身边，我反而更不自在。我试了七八个晚上……"丁桀拉起裤管，瘀青蓝紫的一大片，全是磕碰的痕迹，"呵，我之前曾经蒙着眼睛，练习过盲打、夜战，颇有所得，我本来还在侥幸着想，或许可以退一步糊弄个二流高手？那样也不至于永别此道。可是，事非经过不知难，蒙眼和眼盲，真是天差地别。能试的我都试过了，往前冲也摔，往后退也摔，转身也摔，跳起来就更摔……哈哈，我高估自己了，想想也是，再遇上上官乾，恐怕我会被他夹生吃了。"

苏旷听着，摇摇头，丁桀真的是个武痴，痴狂到什么地步，才会连盲打都练。可是，蒙着眼睛，和眼盲当然是绝对不一样的。一个只是暂时的黑暗，而且光感还在，另一个是无边无际的恐惧。即使是在这样从小练到大的习武厅里，也要脑海之中不断回忆这间房子的样貌，等再传到拳脚上，已经慢了太多。一个绝顶高手，失去一只手臂甚至一条腿，都还能借着义肢，成为一个一流高手，但失去眼睛……

苏旷柔声劝他："丁桀，再等一等！你太着急了，人的所有行为、第一反应一定倚仗视力，你活了三十多年，所有的身体反应，都是跟着眼睛来的，乍一失明怎么可能适应？至少要等个一年半载。而且，听他们说，失明之后耳力一定会变好，直觉也会变强，到时候协调起来，不会像现在这么糟糕的。"

"我又不傻，我当然明白。"丁桀还是苦笑，"但我没时间了，丐帮不会一年半载等着我。且不要说丐帮，苏旷，你这些日子在外面，外头什么状况？"

"大家都在等你，等你康复……或者……"

"呵，江湖朋友没有立地逼我，那是给我脸了。"

"丁桀，我想大家不是这个意思。"

"大家什么意思，我想我还不至于不明白。"丁桀摆了摆手，"与银沙教一役，我们做得还算不错，大江南北，已然肃清，只有两粤沿海，还暂且力所不能及，未来之事，依然需要侠义道携手与共，确实不可僵局在此。我已经命人请了少林方丈，来此地共商大事，并代为八百侠义道主持大局。"

"什……什么？"

"苏旷、小鲨，我想，旁人知道这件事之前，我还是应该先跟你们说一声。这些日子，我和帮里的长老、香主都碰了碰，大家的意思我大致也明白了，事已如此，丐帮恐怕已非我用武之地……追溯前因，前后总舵两场大火，许多帮里兄弟的性命，这些我恐怕也难辞其咎。既然和左风眠共宿之事已经昭告天下，当然也德不配位。今天晚上，丐帮会开香堂，开香堂之后会摆场夜宴，一些侠义道朋友也会列席，算做个见证！我会当众请辞帮主一职。"

苏旷和云小鲨对望一眼，都很诧异。

"至于我本人……这些年来，我对丐帮没有功劳也有苦劳，既然瞎了，倒也不会过分难为我。只是，我此番回来之前，已经与大家有言在先，这一身内力，并非一己得来，按照帮规，只能传给丐帮的年轻才俊。但目前这个状况……恐怕想要立时立地找到这样一个人并不容易，长老们的意思，或许就是找三四个或者五六个，反正分而传之。在找到合适的人选之前，我不会离开洛阳。帮中有事，还可以代为献计谋划。"

苏旷一边听一边摇头。孙云平显然事先并不知道这个状况，他粗人嘴快说道："帮主！谁敢！哪个蛋比旁人大，敢接你内力！"

"孙云平，你要么住口，要么出去。"丁桀眉头一皱，继续向着云、苏二人，"我此番重新接掌帮主之时，也与昆仑狄师兄、少林方丈大师都有过承诺，此间事了，会还狄师兄一本心法秘籍。只是，大事中道而绝，我未必能如他的愿，小鲨恐怕也不会太把他放在眼里……罢了，这一节，我和他私底下单论吧。苏旷啊，我想着，这个事情还要烦请你跟沈姑娘、沈庄主他们代为沟通，依我之见，无论将来的侠义道领袖是谁，沽义山庄还是应该和侠义道继续打交道，这对沈家兄妹有利，对整个武林也有好处。"

苏旷还是摇头，这简直是不可能的，沽义山庄寄傲东南，独树一帜，丁桀一旦退位，沈家兄妹必然关门谢客，好不容易形成的联盟格局必然溃散。再想一想，也难怪这些日子来，狄飞白在外头指手画脚、臧否人物，还多了许多跟班，一个个的上赶着喊他"狄掌门"。若丁桀真退了，丐帮只能九长老共同执掌，分权之下，实力大减；少林那个方丈是个久已不谙世事的大德高僧，武林诸事还是要达摩院出头，达摩院首座毕竟不是方丈，身份略差，很难一言九鼎；万一狄飞白真能混上个掌门，倒是地位非凡……无论从什么角度考虑，丁桀都不该退。即使非退不可，也不该这么任人摆布地退。要等九长老找齐"四五个少年英俊"才能传功走人，那也不知道何年何月，几乎是被半禁足在洛阳，是个传功的器皿而已。

"苏旷、小鲨，丐帮的意思……今晚上，还是请贤伉俪一同与会，一来也是个见证，二来，将来共商义举，少不得要和二位联手。我的意思呢，你们俩也该站出来了，总不能让狄飞白真捡了这个大便宜！"

苏旷听一句摇一下头，再听一句再摇摇头，到最后，已经拨浪鼓一样忍无可忍："丁桀，这是多少人的意见？"

"大多数人。"

"什么叫大多数人？几位九袋长老？几位八袋长老？几成？"

"这不重要，这是丐帮的家务事。苏旷，我请你来，不是同你商量，是告诉你这个决定。"

"那你自己呢？你自己什么态度？"

"我谈不上什么态度，无非就是给个交代。"

"这算什么鬼交代？这是人为刀俎我为鱼肉的交代！"

"苏旷……"

"我说错了吗？少林方丈能主持大局，早就出来主持大局了。你们侠义道，之前群龙无首，你离开之后依然群龙无首。你既然可以谋划，为什么不能接着谋划？既然要你谋划，现在废了你的位子和功夫算什么！"

"你真是多管闲事……我已经同意了。"

"你决定做早了,我不同意!"

"敝帮上下,已经达成了一致,无非就是早晚公布而已。你不同意,你……算老几啊?"

"那你就别找我啊,我吃饱了撑的,非要参加你那个什么退位会?肠子都气炸了!你也不要找什么东篱南枝,那是我朋友!"

"苏旷!我是个瞎子,这是个事实,事实你接受就可以了。帮中许多事务,是需要用眼观察迅速决断的,这不是一个盲人能够做到的。我空怀一身内力,无的放矢,今时此地,再遇上官乾,恐怕……我其实后悔得很,上两次我都有机会杀了他,都是一错手的工夫,让他跑了,后患无穷。"

"你不必亲自动手!上官乾交给我!再说了,帮主非要天下第一吗?你们丐帮以前多少代帮主功夫差成那样,不是也没办法吗?不是也糊弄着领袖十万之众吗?"

"苏旷!行了!其实我一直在想,如果不是帮规所限,我最应该做的是把内力传给你,之后许多事,就简单明白了许多……"

"少他妈废话!我要你内力还有什么用!"

苏旷有点着急,胡乱嚷嚷了出来,他的话让云小鲨略略诧异,转眼看了看他,苏旷立即就明白了话里的漏洞,跟着嚷嚷:"你的内力你自己都接不住,是要我也瞎不成?"

"我知道你接不住啊,我也没准备全给你……"

"那就自己留着!你那身内力,是一双招子换回来的!说旷古烁今并不为过,怎么就束手无策了呢?武道上还可以接着探索!你们丐帮那些叫花子规矩臭不要脸,什么好东西弄回来了都要几个人搅和在盆里一分,分完了什么都不是,我才没那么没出息,跟你屁股后面等着捡漏!丁桀,我告诉你,我能靠自己站起来,靠自己拔刀,我就能靠自己把上官乾人头摘了,我不会像你,屁大一点事,就心灰意冷的。"

"是是是……你厉害……"

"什么意思啊?我挤对你了吗,嘲讽你了吗?是,你瞎了,这肯定会打一个天大的折扣,可瞎了这辈子就完了吗?江湖上成名的瞎子少吗?告诉你,不是吹,你跟我真没法比。你知道每天要被人抱着帮忙才能拉出屎的感觉吗?我难成那样

377

放弃了吗？我没有啊！"

"是是是……比不了……"

"丁桀，你别不高兴，你记不记得？我那会儿无非就是心灰意冷了那么一点点……别说像你这个熊样子，跟你比，我心灰意冷得简直很正当！前有堵截后有追兵，我一路连滚带爬钻乱葬岗睡棺材才算活下来，不知道死里逃生多少回，最后给人摁头跪地上差点给剐了，我就如实跟你陈述了一遍，跟你说我一个年过三十的人，腰打断了，就算能站起来也可能拔不出刀了，你怎么挤对我的？我可牢牢记着呢。你当时都说些什么呀，说就算那样也不教我师弟，好东西他配不上，好人他也配不上，叽叽叽，反正我师弟不配，我也不配，我只有他妈九死一生拔出刀才配得上跟你丁神交朋友。好，为了配得上，我九死一生地把刀拔了，你就这么，就……两手一摊任人宰割了？"

云小鲨又诧异地看了他一眼，有些事，这个家伙之前没提过。

苏旷越想火气越来越大，越说越快，嗓门慢慢就高了，丁桀有些疲于应对："苏旷！我这不是任人宰割……"

"你说不是就不是？我觉得当然就是啊！废物极了！你小时候没背过书吗？什么叫'文王拘而演周易，仲尼厄而作春秋，屈原放逐乃赋离骚，左丘失明厥有国语'？算了，对你来说太高深了，等等，我另外想个通俗的比喻……"

"滚蛋！你到底觉得我应该干什么？"

"废话！争取啊！你都两手一摊要给人交代了，人家还能怎么样呢？奉你为帮主有什么用吗？添堵吗？丢人现眼吗？盲人骑瞎马给丐帮找不痛快吗？当然是能割块肉割块肉，能炼点油炼点油！你到沽义山庄去的时候，谁信你那一套了？你不是连哄带谈带吓唬，也把门撬开了吗？现在可好了，沽义山庄大门敞开着跟你合作，外头乌泱乌泱全是侠义道的人，大老远啊，从西凉到福建，就为你一句话，两肋插刀在所不辞。你撂挑子不干了，这是对的吗？拿出一点你当时摔我小鲨的劲头来！"

站在一旁的云小鲨白了他一眼。

"苏旷，你跟我的情况不一样。"

"有什么不一样？"

"你……你是在说完那些丧气话之后，才遇上小鲨的。"

"好！那就不是瞎的问题，又绕回来了，还是左风眠的问题？"

"我不想跟你讨论这个。"

"你做梦吧！我在这守了半个月，就是等着跟你讨论左风眠的问题。"

丁桀想走开。苏旷一把拽住他胳膊："想甩手走？此一时彼一时，甩啊？谁拳头硬谁老大！左风眠死了，你是自杀不方便，想借着帮规殉情了账是吗？"

"屁话。"

"那借着帮规惩罚自己，自暴自弃总没跑了吧？"

"苏旷！"

"你什么时候能醒醒？你到底懂不懂啊，人和人之间是平等的，你和左风眠之间也是平等的，你能不能让她承担属于她自己的责任啊？"

"你越界了。"

"你太傲慢了，你以为你可以对所有人的人生负全责是吗？你以为你是神，是吗？你以为做不到神才能做到的事，你就什么都不是，是吗？"

"越说越离谱！"

"看着我！我知道你瞎了，没用，脸转过来对着我。听清楚，你三十二岁了，不要一遍一遍地刻舟求剑，你十六岁的时候对不起左风眠，再也弥补不了了，她做了杀人放火的事，她用命顶了，撒手让你好好活，这件事就翻篇了，明白吗？你真要想弥补，你给丐帮其他女弟子机会，那叫大仁大义。你作茧自缚，对得起谁啊？将来你俩九泉下见了面，互相一盘问，哦，你这么窝囊，嘿，你也那么窝囊，都有脸吗？"

丁桀不管怎么甩手，苏旷都拽着他，转着圈地脸冲脸。丁桀有些怒了，一翻手腕扣着苏旷小臂，脸色慢慢沉下来："苏旷，你真觉得你拳头已经硬到这个地步了？"

"哈哈，你敢动手最好了！我就怕你再也不敢动手了！"苏旷嘿嘿一笑，"丁桀我告诉你，你在那个位子上横了这么久，要是真这么直挺挺摔下来，还想平平安安？做你妈的千秋大梦！大门外面抢着踩你一脚分你肉吃的狗多了去了，与其到时候我在一边被气死，不如现在抢个头汤喝。"

丁桀的脸色在慢慢变难看。但是挺好的，脸色难看比面无表情好，怒火中烧比心如死灰强。苏旷一咬牙，转过身，推着云小鲨和孙云平出门："你们俩外面等我一会儿，我跟他有几句话说。"

云小鲨瞥他一眼："什么私房话连我都不能听？"

苏旷想想，附耳嘀咕："小鲨，你可以自己偷听……"

云小鲨出去后倒是爽快，翻腕一记手刀，把孙云平砍晕了。苏旷愣了愣，觉得倒也不必，不过晕了就晕了吧，他关了门，又走回来。丁桀在等他，他不知道苏旷要说什么。

苏旷回来，盯着丁桀的眼睛问："你跟丐帮、侠义道都有约在先，必须履约，是不是？"

"是。"

"巧了，我跟神捕营也有约在先。那天在沽义山庄，你和小鲨来接我，你们不是问我干吗去了，哪儿来的船吗？当时我不愿意说，那我现在告诉你，我答应他们了。丁桀，银沙教事了，我会回去伏法。"

"伏法？"丁桀眼上虽然有黑布，但他明显向着苏旷"看"了一眼。而门外，呼吸声也暂停了。

"是，丁桀，我没有很长的命，我在掰着手指头过日子。"

"你搞什么……你有病啊！"

"我没病，我健康到不得了。丁桀，是你从天而降，救我一命，然后简直是揪着我的脖子问我，是改名换姓、窝窝囊囊活一辈子，还是放手大战一场，不问死活！也是你跟我说，只要跟你一起干，你既然入局，就要打到铲除银沙教老巢为止，无论遇到什么，绝无半途而废的道理。我都当真了！我血给你烧热了，你现在一屁股往地上一坐，人不人鬼不鬼的，我怎么办！"

"你这么应承……到时候小鲨怎么办？"

"这就是我跟你不一样的地方！我从来不替小鲨瞎操心，她是个成年人，自己闯天下比我还早，她知道我死了她该怎么好好活。她要是一不留心被谁弄死了，我也知道找谁报仇。丁桀，咱们又不是出家人，没见过人命吗？世上人谁不死啊，都多大点事啊！我早想明白了，我不是还能活一年半年吗？挺好，我就热热闹闹，痛痛快快活这一年半载！难道还不够本吗？跟你说，我这辈子，就想着活出三个字——不窝囊！"

丁桀在静静地"望"着他。

"我这条命，本来就是我师父从地里挖出来的，往开了想，迄今为止，每一天都是赚来的。等我到那一天了，我下去见师父，我要听师父说，这是我徒弟，是条汉子。我还有些朋友，已经不在了，没关系啊，将来有一天，我下去见他们，我也要朋友们说，小苏，你够可以的。我喜欢的那个人叫云小鲨，这个事我一直没敢告诉她，我不想看她难过嘛。但我猜，她会接受的。多大点事啊，我无非先走一步！走之前我们天天在一起，甜甜蜜蜜的，快快活活的，不好吗？反正她也是人哪，也会死啊，总有一天，她也会来见我，会跟我说，她和她的船队都去了哪些地方，又遇上哪些人，可能……我他妈走太早没办法，还有个王八蛋又跟她好了，但没关系，我肯定能赢啊。我非要她一辈子都记得我，想起来我一次，就狠狠跟自己说一次，我没爱错人。这个才叫配得上，你那样不叫，你明白吗？我想看得起我自己。我想配得上活着。我也想配得上赢！丁桀，我在你门口等你这么久，就是为了来告诉你，你要配得上丁桀两个字，懂不懂？这一战你不许退，我们一起赢，赢了再提死不死！过五十年、一百年，我们骨头渣子都化了灰了，江湖上还得有我们的名字……"

丁桀沉默了很久，苏旷在等他。

丁桀轻轻抚了抚额头："你这个劲头……是非要我争取？"

"是啊！"

"……你知道要怎么争取？"

"不知道啊，我想……左风眠要是活着，你带她回来怎么争取，你就怎么争取，视死如生呗！"

"争取就是光明正大着来，明着来，我还未必有如今这个结局。你知道在丐帮通奸是什么罪？"

"不会阉了吧……"

"苏旷！"

"我不知道啊，我又不是贵帮的人，就是觉得怎么都比现在这个好，这个太窝囊了。"

"行吧，还有一个时辰，我休息一会，再想想吧。"

"好，我陪你想，你有想不通的，随时请教我。"

"我的意思是，你先出去。我静一静。"

苏旷长出口气，出去了。他走出门外，孙云平还歪倒在地上，云小鲨在看着他，眼里有一点泪，一点火。苏旷头疼得很，抓了抓脑袋。云小鲨死死咬着嘴唇，板着脸，甩手给他一个耳光。

"小鲨，对不起……我……我真是不敢当着你的面说……"

"你要回神捕营？你一直骗我？真是诓我的船啊？"

"对不起，小鲨……我真一直想跟你说来着，就是每次一开口，就觉得，干吗呢，良辰美景，开开心心的，对吧……"

云小鲨转身就要走。苏旷上前两步，拽住她的手，轻轻摇："哎，小鲨哎……"

"别摇，直接说！"

"你先别着急，别生气……好不好……回头呢，我慢慢儿跟你道歉嘛……好不好……先帮我个忙。"

"什么玩意儿？"

"来来来，来嘛，先帮我个忙，很重要的！我怕屋里那个瞎孙子，自个儿闷一会儿脑筋又软了，我给他加把火，让他骑虎难下……"苏旷拽着她，走得飞快，顺便一脚踢醒了孙云平，"来来来！孙云平也来！"

孙云平晕得要命，也不知道为什么就躺在地上，也不知道什么就"也来"，幸亏他糊涂胆子大，听从召唤，爬起来拍拍屁股上的灰，跟着苏旷就一溜小跑。

苏旷一边大步流星地走，一边大声叫，气冲斗牛："狄飞白！"

云小鲨跟着他快步走："你到底要干什么？"

"小鲨，过会儿我扑过去揍他，你拉开我啊，记住拉三次，第一下慢点拉，第二下轻点拉，最后一次再彻底拉开，把握好那个度……孙云平，你看我们打起来了，就去拉狄飞白，你就说，二位远来是客，不要争执，诸如此类，懂不懂？"

大家都没太明白，他一路快走一路交代，一路大声喊"狄飞白"，总共喊了十七八声，到出了大门，干脆拽着云小鲨一路小跑起来。狄飞白确实在大门口，本来还在一群人里面吹着牛呢，不知怎么了，名传遐迩的苏旷一脸铁青就奔他来了。前面有个昆仑弟子挡着，苏旷就手把他扒拉开了，上去攥着狄飞白的衣领子，吐沫星子差点喷他一脸，劈头就骂："你这个小人！狼心狗肺的东西！"

狄飞白彻底晕了，我怎么了就小人？他试图推开，苏旷已经算计角度很久了，一拳打他脸上。

云小鲨还是不太明白，但还是很尽力把苏旷拽开了，随便咕哝了两句："不要动手哈……"

狄飞白跟跄两步。而苏旷甩开云小鲨，第二次冲上来了，这回是勾拳，往下巴上打："只会背后嚼舌根，还会什么？狗东西，你自己说了什么，你自己心里有数！"

云小鲨勉为其难，第二次轻点拉，好像要拉开没太拉开的样子。

孙云平跑出来去拉狄飞白。狄飞白牙齿被打出血了，正捂着呢，孙云平胡乱抓着他胳膊，叫他来者是客不要起争端。

苏旷第三回冲上来了。这回是右手刀，带着点柔劲，打得他原地转了半圈。他一边打，一边骂骂咧咧的，他其实也没有什么可骂的，他主要目的就是来打这三拳，一边打一边使劲编而已，干打架不骂人，就像是干喝酒没点小菜一样不痛快。

三拳过去，狄飞白彻底晕了，但好像也明白了，回骂："苏旷，是你做贼心虚吧！我说什么了？我无非就是说你守在洛阳，是在等丁桀的内力，想当那个天下第一嘛！你敢说不是？"

苏旷怔了怔，他没想到能打出来这个话。狄飞白真的是这样看他的。这诛心的家伙，还真是不打不相识。

这第三回，云小鲨已经彻底把他拉远了。云小鲨配合做戏的兴头不强，完成任务就闪开了，懒洋洋地冷着脸。一群人不明所以，劝他们"有话好好说"。

苏旷的"火气"消了点，改成"有话好好说"："狄飞白，你这混蛋东西，除了编排人还会干什么？我问你，你想要《黄河古剑诀》是不是？"

狄飞白愣住了，这大庭广众的，挺不好意思直接说"是"，但他朝思暮想的还真就是那个秘籍。不仅仅是为了武功，有了秘籍，或者有了藏山一玉，就有了镇派之宝，离掌门就很近了，或许就直接成了。

"我打你，你说我欺负你，小鲨揍你，你又说小鲨欺负你。这么着，我指个人……吕颂，过来！就他，你跟他打，你赢了，我给你，你输了，今后只要在我面前一个字不许多说，怎么样？"

这个筹码是很有吸引力的，如果说让狄飞白就此离开洛阳回昆仑，他未必愿意，但一个字不说而已，还是能做到的。

狄飞白当然见过吕颂出手，这半个月，没几个人没见过吕颂出手的。就在一个时辰前，他的弟子把吕颂打得鼻青脸肿。简直是万无一失，没道理拿不到这份秘籍。他也不顾满脸的瘀青了："苏旷，你说到能做到？你做得了云小鲨的主？"

苏旷捅捅云小鲨。云小鲨虽然不太明白，但也点了点头。

"你俩保证不下场？"

"废话！"

"什么时候比？"

"现在啊,离吃晚饭还有一会儿呢,不正好吗?"

狄飞白有些疑虑,但还是点了头:"好!这是你说的,不要后悔。"

围观的人群今天很是满意,一下子,又蜂拥冲向刚才那个小小的花圃练武场。

孙云平很惊讶,丈二和尚摸不着头脑。比孙云平更惊讶的是云小鲨,心说:"王八蛋,我答应了吗你就往外赌?"比云小鲨更惊讶的是吕颂,一连串的事情让他目瞪口呆。但今天,苏旷一连串的言行快得要命,根本来不及解释,慌里慌张,不知道他在抢什么。

"吕颂啊,"苏旷走过去搂着吕颂肩膀,晃来晃去给他鼓劲,"来,帮我个忙,赢他一次。"

吕颂点头如捣蒜:"好好好……可是,苏大侠……我也想赢啊,怎么赢呢,你能帮我打通任督二脉吗?"

"别胡扯,我打了好多年了,这俩脉估计根本不通。"苏旷附耳低语,"我们赌一把,吕颂,我经常看见你练刀,你是按照我教你那套练的,对吧?"

"对!"

"好,练得很是纯熟,不错!"

"可谁也打不过!"

"谁也打不过的问题呢,我上回在大别山已经解释给你了,你开蒙刀法走了歧路,后续刀法又弄得乱七八糟的,九耀刀的步法又被你那个朋友叫……"

"花半仙!"

"对,花半仙的那个什么……"

"无名花花刀!"

"对,他那个步法,是自创的,东一榔头西一棒槌,你最熟悉的那两招,我老看见的,叫什么?"

"第九招,路边野花刀!是这样……"

"不是,那一招叫风起长河。还有呢?"

"第十五招,树上飞花刀。是这样……"

"不是,这一招叫日暮苍山。行了,事急从权,按你的记法叫吧。听我说,吕颂啊,狄飞白这个人,我观察他很久了,他学武很多年,但从来不敢跳出窠臼一步,他也并不怎么跟外人比武,在江湖上,全靠着昆仑首徒四个字耀武扬威。他的身手最致命的地方，就是僵硬，非常非常的僵硬。而且是改不了的二十多年落在套路里的僵硬。我教你个办法，能赢他，但需要你全心全意地拼命。"

"你说！"

"你这两招，练得都很熟了对不对？"

"我练刀十年……"

"好好好！"

"苏大侠，真的很熟了，很熟很熟。"

"那就好，有句话，叫'不怕千招会，就怕一招毒'，你过会儿直接向他冲过去，用那一式路边野花刀。这是横扫千军、大开大阖的一式，九耀刀阳刚无匹，狄飞白用剑，放心，他不会硬挡的，我刚才试了他三拳，他情急之下，都是向左转半步，这是昆仑入门的卸力步，他过会儿必用。之后，你的问题是脚步跟不上，对不对，你就玩命大叫一声'万里奔流！'有多大声喊多大声……嘘，别让他听见，我告诉你，他想这招想疯了，万里奔流是开天辟地的一招，他一定会抬头往上看，之后你用这招树上飞花刀。这是斜掠式，不管能砍到哪儿，让他给我见点血，全力以赴！听明白没有！"

"明白……可是……"

"又怎么了？快说！"

"苏大侠，我长这么大，练武没见过血，我有点晕血，也不敢砍人。"

"我去你……算了算了，你练刀十年了哎！少爷，你为了学刀，搞掉我半条命哎，这会儿你不敢砍人？"

"我……我争取敢！"

"不要争取，必须敢！"他们俩已经快走到了，苏旷很认真地轻声对吕颂说，"吕颂，对自己有点信心，这一战很关键。想想看，你是世上唯一一个丁桀和我都传授过刀法的人，因缘际会，不会久是池中之物。你明白吗？你今天赢下这个人，丁桀才能保住帮主，武林和侠义道才能长盛不衰！"

吕颂听蒙了，热血上头，咽了口唾沫。无数个过去的日日夜夜，都化成泡沫，往头上涌。他练刀十年，坚持到耻辱的地步，每个人都说他是笑话，甚至到了最后关头，他自己都认为自己是个笑话。但是，今天，机会来了。他的槽牙咬得咯咯响，胸膛里也有什么东西被撞得怦怦跳："苏……苏大侠，我一定！我一定！"

他们到了，苏旷拍拍他的肩膀，给他胸中烈焰，又加了把柴火："去吧！做得到，我收你为徒。"

人山人海。江湖快乐时刻之一。

两个武者站在圈子正中央刚刚云小鲨赢得满场惊叹的地方。

狄飞白扎了袖口,拿过佩剑,慢慢拔出剑,剑鞘扔到一边。他是昆仑嫡传的首徒,这江湖地位着实非凡。在昆仑山,每个人都叫他大师兄,在江湖上,即使丁桀也要恭恭敬敬喊他一声"狄兄"。他知道自己武功不行,但也并不以为耻,师门所有前辈都殉道而亡,他是个庸才,和普通人无二,可他愿意苦苦支撑。

他握着剑,手心有一点冷汗。很多年没有在众人面前比武过了。久到他一度以为人生中不会再有这种大庭广众面前的考验了。这一回,他不是谨慎选择的比武,而是被苏旷连打带诱惑地推进了比武场,他的脸上、头上挨了三拳,很是无辜,脑袋现在还在晕。

人们都在起哄,他有点后悔了。他当然不是怕吕颂,但是苏旷如此笃定地安排了这场赌局,那么,一定是稳操胜算的。苏旷和吕颂是什么关系?以前觉得他们没有关系,可刚才明明那么亲热,好像兄弟一样。是不是这一切都是障眼法,吕颂每天都在拙劣地表演,就是为了让他信以为真?其实背地里另有传授?一定是的,这是个阴谋。那……苏旷要什么?

他今天真是太糟糕了,还没反应过来,苏旷就冲出来,揍了他,辱骂了他,让他上钩了。但如今,满场都是人,退出就是认输。来不及再想了,对面的吕颂和苏旷一模一样,像条疯狗一样直冲过来。

轰!太有声势的一招,倾力一刀,像是狂风拍击在湖面上。神完气足,这手眼身法步,明明是浸淫此道十年之久的高手!

狄飞白心里一虚,向左转了半步。

吕颂用有生以来最大的声音吼着:"万里奔流——"

万里奔流!巍巍昆仑开山的誓愿!九曲黄河归海的梦想!汪振衣一舟东渡,为了什么?昆仑派故老相传,又为了什么?师门尽毁,苦苦支撑,他奔波千里,费尽心机,更是为了什么?

狄飞白忍不住抬起头,看向那魂牵梦萦的一剑。然而,并没有。

他一抬头就知道不对,一低头已经来不及了。

自下而上,一刀斜掠,日暮苍山,风雪夜归。白漫漫的雪野上,苍凉凉的落日下,落满大雪的地平线上，血色孤鹰嘹叫翱翔，呛啷一声。

你走过的十年长路终究不会辜负你。

狄飞白胸襟一寒，忙退步。刀尖划破衣襟，在胸膛上翻起一道血痕。狄飞白啊的一声大叫，捂住了刀伤。

不过两刀而已！一个鬼都不知道的无名小卒！堂堂昆仑首徒！场面胜负已分！

苏旷领头大叫了一声："好！"

吕颂也不知道后面该干吗，狄飞白还在看着伤口发怔，苏旷怕他回过神来想明白继续动手，连忙招呼孙云平、风雪原都冲进场去，抱着吕颂，拍他的背，开始庆祝。

吕颂激动到泣不成声，哆哆嗦嗦，试图在苏旷怀里跪下来："拜见师父……"

"行了行了，先蹦先跳！"苏旷小声叮嘱。

几个人的又蹦又跳，很快就变成了全场的欢呼。围观的众人安静了片刻，掌声、跺脚声、口哨声、叫好声一起冲破了云霄。谁都喜欢看以弱胜强。

狄飞白终于明白过来了，铁青着脸，一跺脚，扭头就走："姓苏的，你算计我！行，你给我记住了，咱俩这梁子结下来了！"

苏旷才不管结下来不结下来呢，等狄飞白走远了，他才松开吕颂，瞟了他一眼，叹了口气。

吕颂还在跟着他，唯恐他转脸不认账："师父……"

风雪原听这一声，瞪大眼睛，不可思议。他不太明白状况，只见师兄一脸晦气向前走，走了几步，才垂头丧气点点头，示意认了。

吕颂那个激动，赶紧跟风雪原套近乎："小师叔！"

风雪原追了过去："师兄……师兄啊……到底图什么……"

苏旷摇摇头。

人声依旧鼎沸。人群之中有一种莫名的快乐。喜欢围观和看热闹的，总是年轻人多一点。这是一种最为古老的力量，让世界更新换代的力量。江湖之中，那些自由自在的年轻人，乐于见到另一个籍籍无名的年轻人击破一种古老僵硬的传统和层障。很多人都围拢过来，祝贺吕颂。这一战，足够他成个小小的名了。也有一些没来得及看热闹的"年轻人"，丈二和尚摸不着头脑，在人群里四处张望，试图找个人打听。

风不二一把抓住苏旷："到底怎么回事啊？你到底在干什么？"

苏旷刚刚从隔壁酒店摘了人家的店招子下来，又借了文房四宝，他搂着风不二的肩膀问："风……啊，纪兄！瞧瞧我这脑子！你刚说，这些日子都在干什么来着？"

风不二已经告诉过他一次了，就又重复了一遍："攻读家父传下来的医书。"

"那你离开借刀堂之后，知道借刀堂怎么样了吗？"

风不二摇摇头。那好像已经很久很久以前的事了，借刀堂早就烟消云散了。苏旷把招子白布的那一面翻过来，就蹲在地上，蘸着墨写。风不二歪头看。

"我要重建一下借刀堂。"

"苏旷，重建一个门派，一般不能叫重建一下吧？这是个很大的事啊，还有，你什么时候重建的，我头回听你说。"

"晚上丐帮有个大会，侠义道的一些首领也都来。你知道吗，侠义道是个门派的集合，我觉得单枪匹马不太好说话，马上要开会了，弄个门派似乎稍微体面一点。"

"什么？你是随手弄一个吗？那明天还有这个派吗？你重建一下也得要人吧，你的新借刀堂有人吗？"

"有，我是第一个呀，你是第二个嘛……"

"我……"

"福宝来得正好，你排第三个。"

"师兄，什么呀？什么第三个？"刚来的风雪原一脸蒙。

"吕颂，来来来，你排第四个。"只听苏旷继续说道。

"师父，什么第四个？"吕颂也是没懂。

"好啦，我们已经攒四个人了！晚上去占个席位！"

四个人蹲在地上，头碰头地讨论了一会儿新门派。

云小鲨没有看比武，不管怎么降低标准，她实在是不想看吕颂的比武。今天，自己下场比武之后，又去见丁桀，半天没有喝水，实在有些口渴，就去沏了杯新茶端出来，一路走，一路轻轻啜着，准备去看一眼比武的结果怎么样了。只听吕颂毕恭毕敬地叫她："师母！"云小鲨嘴里的茶水一口喷了出来。又听吕颂指着那个招子说："我们有门派啦！"云小鲨剩下的另半口茶水也喷了出来："好再来……这也是个门派吗？"

丐帮总舵压抑太久，很久都没有那么开心的事了。新门派建立了，今晚就要登台。人群交相传颂，一时之间，总舵大门口沸沸扬扬。

丁桀扶着手杖探索着地面，慢慢地一步一顿地走了出来。

这是他半个月来第一次出门，也是第一次接受了盲人的身份，在光天化日之下行走。他站在门边的阴影里，没有几个人看见他。但是孙云平看见了，连忙跑过来："帮主！"

丁桀向吵闹的地方抬了抬下巴："那是什么？"

"帮主！我们苏大侠建了个门派！"

"什么？"

"苏大侠，他说晚上开会，门派比较好说话一点。"

"他……什么派？"

孙云平抬头，眯着眼睛望了一眼，"好再来"的招子被风吹过一面，他念给丁桀听。

"天下不平，借刀一用。"孙云平念，"帮主，那个门派叫借刀堂。"

此时，所有人都看见他了，欢呼的人群沉寂下来。人们默默让出一条道路。

夕阳落下半山，洛阳城金灿灿的。时辰已经到了，丐帮很快就要大开香堂。如果没有意外，丁桀将辞去帮主，侠义道将重回少林之手。

不过，今晚，或许是会有意外的。

第五十六章　一言九鼎

五百年来，武林之中，以少林、丐帮、昆仑三家居首，领袖群雄。

昆仑起家的时候，气魄最为恢宏浩瀚，半仙半道，遗世逍遥，《黄河古剑诀》奔流天下，不知多少代天下第一高手出自此山中。

少林是泰山北斗，天下武库，深山古刹，庙宇庄严。少林并不争锋，传奇故事少一些、英雄少年投奔的也少一些，但江湖生变、万众惊恐的时候，总需要那么一块敢当之石，庄严巍峨地镇住中原大地。

至于丐帮，立派的时候，气势就差得多了。丐帮一直没有真正的"总舵"，主要还是穷，盖不起那么一大片建筑，总是鸠占鹊巢。在霍瀛洲横空出世之前的很长一段太平岁月里，丐帮的总舵对江湖是不设防的，它对所有人打开大门，十万子弟随时可以流动，黑白两道谁都可以登门，哪怕真穷苦的叫花子上门来，也总得有口饭吃。

丐帮非佛非道，属于人间，它犯下的错误比别的门派多得多，创立的功业也比别的门派多得多，因为势力浩大、鱼龙混杂，所以帮规难免严苛甚至严酷，但五百年来真正不变的帮规只有一条，叫作仁义为先。靠着这一条，数百年来，江湖之中人人敬之为天下第一大帮。

近百年来，丐帮帮主通常也兼任八百侠义道的领袖，只有在丐帮帮主不幸罹难、暂时后继无人的情况下，才由少林方丈代为接掌数年。

丐帮在武道上也曾经有过夺目的辉煌，但论传统、论历代天下第一人的数量，那实在比昆仑差远了。昆仑藏玉山中，习武是头等大事。丐帮要过问的事多得多，牺牲的英雄也多得多。一个最简单的数字，最近一百年里，少林迭代了五位方丈，昆仑迭代了四位掌门，而丐帮，先后更换了十三位帮主。

丁桀是丐帮这一百年来第一个集侠义道领袖和武道第一人于一身的人物，他身上实在承载太多希望。很少有丐帮弟子能够接受这个结局——丁桀会跌倒在下三路上。这半个月来，很多人都猜想过，这个事情会怎么处理？绝大多数人想的都一样，没别的办法，只能静悄悄地废了丁桀的功夫，让他销声匿迹。不然，以丁桀的倨傲，难道会在众目睽睽之下，依从帮规、明正典刑吗？

但万万没有想到，丁桀真的决定这么做了。

人人都在疯传，今夜丁桀临时改变了主意，他要大开香堂，在九堂长老、历代帮主的神位前公开抗辩，把那些桩桩件件翻到台面上，刑分功过、鼎定生死，要一个光明磊落的结局。

不管这是不是一个对的决定，这都是一个很野的决定。野的意思，就是血性。

晚来微凉，风如江潮。总舵外面，人流奔涌，四面八方的丐帮弟子和数不胜数的江湖中人纷纷向里面冲。消息不胫而走，总舵的地方不够大，能够看热闹的空地全被占满了，片刻之间，连香堂附近的屋顶也全部爬满了人。弟子们开始关门、清场，更多人就在总舵外面围成汪洋浩瀚的一圈，有人举着火，有人打着呼哨，有人拍着腰刀，有人举酒狂饮，到处都在高谈阔论。至于那些来不及抢占有利地形的，就在忙着和里面的人套近乎，一旦有什么山崩地裂的大消息，千万记得也让外头兄弟听一耳朵，要一个屋顶一个屋顶、一声一浪地传出来。

准确一点说，最激动最热情的这群年轻弟子，等待的是丁桀翻盘——哪个年轻人到江湖中来，是为了追随一班白发老朽、按部就班的呢？他们要一个万象更新的世界，他们要风口浪尖。

万众翘首以待。

时辰到了。

丐帮的总舵坐落在洛阳王府的旧址里，丐帮的香堂也就顺势设在王府的祠堂中。香堂里供奉着历代帮主和传奇人物，也就意味着荣耀和传承，丐帮绝大多数最重要的决定，都在此地做出。

香堂门已大开。一壁龛位里，历代帮主神位在列；香案上，长明灯烛火通明，千百炷香烟气袅袅；香案前，九口大鼎一字陈列，里面堆着木炭，暗红的火焰吞吐，那代表着九位长老各自执掌的堂口——丐帮上下严明，当帮主犯下重罪，须由执法长老请开香堂，请出历代祖师爷坐镇，九长老合议，如果九人意见同一，就有了反向生杀予夺的大权。

前些年，丁桀的权力达到最巅峰试图废除帮中所有反制力量的时候，曾经一力提拔段卓然为九长老之首，也就是识器堂长老，从而牢牢控制住人事任免大权，破旧立新，更迭了一大批八袋弟子，换血了几乎全部七袋弟子。段卓然死后，九长老重新回到老朽们的手中。丁桀无可奈何。

他是丐帮的荣光、领袖，甚至是象征，但他毕竟是侠义道的人，只要犯下大过，那一股写在帮规里的古老力量就一定能够就地按住他，这是数百年来历代先贤决定的。他无法做到霍瀛洲之于银沙教。那是邪教，一旦起势肆无忌惮，银沙教绝没有人可以制衡霍瀛洲。丁桀一直很稳。可是，稳如泰山的人一旦崩塌，就要接受泰山压顶的代价。

香堂里，九长老一起顿响手中竹杖。笃笃，笃笃，笃笃。门前，有迎客的弟子朗声问候："诸位远道而来，请列席。"

客人们鱼贯入座，面色都很凝重。人不算多，但都是侠义道有头有脸的人物，想当年，不少人赴过丁桀接掌丐帮时的升龙宴。今天，他们远道而来，本来是准备喝丁桀的辞行酒的，至少送请帖的时候是这么说的，但如今风云突变。

居中就座的是少林方丈慧澄禅师，他率达摩院首座智远禅师、戒律院首座智定禅师、菩提院首座智净禅师、译经院首座智素禅师，身后侍立几位护驾弟子，是今天最尊贵也是人数最多的一群客人。大师们脸上都有些明暗不定，他们本是应邀来接掌侠义道的，是故礼仪周全，锡杖袈裟俱全，这一节变故多少出乎意外，一时只能作壁上观。

苏旷也蹭了一席。他的借刀堂本是小微门派，成立不满十年，又没有固定居所，暂时只能挂靠在沽义山庄，并没有达到加入八百侠义道的门槛。即使达到了，也需要同道的举荐、领袖的首肯。好在，丐帮的知客长老按照云家船帮的规格，也为他们单设了一席。

昆仑在少林另一侧，亲近狄飞白的多半在那边，人并不少。这些年来，丁桀得罪的人也很多。

笃笃，笃笃，笃笃。总舵要强行关闭大门了。这样的场合，理应肃静，不应该再让闲人出入。场面越来越庄严沉穆。

云小鲨匆匆忙忙，从人群里挤过来，坐在自己的位置上。苏旷转头看她一眼，她刚刚回客栈换下了寝袍，穿回了劲装，重新编了发辫，洗了把脸，灯火下看来明眸皓齿，唇红齿白，宛如一把艳光拂刃的镶嵌着红宝石的弯刀。苏旷握了她的手，正想赞她一声好看，忽然一怔，云小鲨脖颈上一直戴着的那根拴了小鲨鱼的青布发带不见了，取而代之的是条普通的珍珠链子。

"小鲨？"他有点不知所措，"怎么了？你生我气了？"

"哦，不太搭。"席上有酒，云小鲨自斟了一杯，轻轻抿一口，神色倒也如常，"是有几句闲话，等丁桀平安了，我再跟你说。"

苏旷惴惴的，云小鲨不是随便耍性子的人，这次肯定是真生气了。说起来，他俩在一起半年了，如胶似漆，好不快活，还没拌过嘴、红过脸呢。他想马上问个明白，但此地人多耳杂，确实也不是说这个的地方，又不能扔下丁桀出去讨论，只好先按下诸多心思。

香堂里面，九位长老第三次顿起竹杖。笃笃，笃笃，笃笃。一时之间，万众屏息，静可闻针。

丐帮弟子人群开处，哒的一声，哒的又是一声，丁桀拄着竹杖，一袭黑衣，披了件薄绸披风，眼上扎一条黑绸带，慢慢走了过来。

他瞎归瞎，席间所有人还是一起站了起来："丁帮主！"

丁桀向着人群，微微躬身，抱了抱拳："承蒙诸位不弃，丁某感激不尽，我眼初盲，必有失礼之处，还请诸位海涵。"

"不敢！"众人又是齐齐一应。

"慧澄大师法驾光临，蓬荜生辉。丁某这不堪之事，真是有辱清听，惭愧得很。"丁桀听声辨位，走到少林方丈驾前，双掌合十，俯身一礼，"当年，我师父往生之时，丁某尚年幼，也是大师照拂丐帮，执掌侠义道安稳，少顷若是……"

"丁帮主客气了。"少林方丈也合十一礼，打断了他的托付，"丁帮主人中之龙，吉人自有天相，小挫不必萦怀。"

"多谢大师，多谢各位师兄。"丁桀又合十，深深一躬身，转而走到苏旷席前，听那借刀堂的招子窸窸窣窣，压低声，"苏旷，你究竟在搞什么东西……"

苏旷也低声："你不要管我了，泥菩萨过江，想想自己屁股湿不湿。"

丁桀轻轻叹口气："行，我进去了。对了，苏旷啊，你这个人容易着急，着急了容易胡来，你得答应我一句，过会儿见着什么也不许跳。"

"嗨！我是那不懂事的人吗！"

"我觉得你是。你真得郑重应我一句，今天是丐帮的家务事，你不许插嘴，更

393

不许插手,不然的话,不用别人,我饶不了你,明白吗?"

"行啊!我明白,快别废话了。"苏旷满口应承。

丁桀点点头,转身走到了香堂的门槛边,笔立,未迈步。

香堂里,九长老也齐齐躬身,抱拳,先礼后兵:"属下等参见帮主!"

"诸位长老不必客气。"丁桀点了点头。

"启禀帮主,香堂已开,我丐帮历代帮主神位在此。"执法长老一边说,一边回头恭恭敬敬地托起香案前一只乌金古钵,依次拈了灵前神位的香灰在钵里,又取灵前鼎火上一杯热酒倒进灰中,再取一柄乌金小刀,割开手指,沥血在那香灰酒里,之后,他在其余八长老面前走了一圈,人人依法炮制,沥血在钵中。

执法长老极其慎重,双手托着那钵,走到丁桀面前,沉声叮嘱:"天地四方,杯酒祭祖,九堂沥血,侠义照我门户。帮主低头。"

丁桀依言低下头。执法长老手指蘸了那香灰血酒,在他额头慢慢抹了一道,再沉声:"一令免尊!"

这就是把他帮主的位子暂时拿下了。丁桀点了点头,解开披风,和手杖搁在一边,翻开双手手腕向上。

执法长老又蘸那香灰血酒,在他左右手腕上各抹了一道:"二令止戈!"

这就是说,有这两道无形之械在,今日在香堂之内,丁桀不许动武,真有什么,打死就打死了。免尊之后,执法长老已经不称呼他为帮主,直接吩咐:"进来。"

丁桀迈步,过了门槛,走到灵前。

执法长老取过一套铜香具,点着那血酒香灰,在丁桀四周插了一圈:"三令禁足,画地为牢。"

丁桀又点头应命。今天这个事处置完之前,他不能离开这个圈子。丐帮对他,用的是道械,无形无影,但也是最不可违抗的一种。

执法长老又斟了一碗热酒,递给他。丁桀也划开手指,沥血于酒,双手捧碗,对灵前牌位诵一声:"弟子丁桀,请罪于历代祖师灵前。今宵所言,天地神佛共鉴,句句属实,若有半字虚言,教我生生世世,死于乱刀之下,挫骨扬灰,不得往生。"他仰了仰脖子,对满墙的神位一饮而尽,这就是血诺血誓,绝不会食言。

没有人站在他正面受他的礼,八长老分别站在他左右,执法长老站在他斜前方。

执法长老吩咐:"你跪下吧。"

丁桀拂衣,跪倒在神位之前,他来之前吞了半瓶解酒药,但实在是多少年没这么直接干过一碗烈酒,还是有些天旋地转。

"丁桀,听我问话。"执法长老在他面前问,"你三年前离开总舵拂袖而去,是因为什么?"

"总舵一场大火。"

"什么人纵火?"

"卓然。"

"丁桀,这是灵前问罪,不是月下叙旧,提人要讲清姓字。"

"是,弟子知罪。三年前,总舵纵火的是九袋长老段卓然。"

"因为何故?"

"总舵之中,有人下了千尸伏魔阵蛊虫,段卓然段长老已遭不测,是故关门纵火,以保全众人。"

"何人下蛊?"

"当时不知。只知落花堂长老陈紫薇勾结作乱,事后查明,是银沙教左护法柳衔杯暗中下蛊。"

"还有何人合谋?"

"据我所知,没有了。"

"左风眠不知情吗?"

"据我所知,左风眠日后才知情。"

"柳衔杯还做了何事?"

"洛阳城北马厩之中,我帮赡养一众孤老,柳衔杯为取我性命,也在彼处下蛊,我侥幸逃过,马厩之中无人生还。"

"当时还有何事?"

"丐帮副帮主周野与副帮主戴行云多年不睦,与我也……有颇多不快,当日设计陷阱关我,之后只身叛走,自立门户。"

"这是犯上叛逃。"

"是。"

"依照帮规,应当做何等处置?"

"可轻可重,重则……格杀勿论。"

"你没有追究。"

"是。"

"为什么？"

"因为私情，周野是我朋友。"

"好。丁桀，当日情况已经分明，你身为帮主，应该做什么？"

"祸事之前，消弭裂痕；祸事之中，平定叛乱，拿下魔教余孽；祸事之后，稳定人心。"

"你做了什么？"

"丁某……惭愧，我自行辞去帮主一职，说一年之后再给交代，拂袖而去。"

"真是放肆！一年之后，你回来了吗？"

"没有。"

"在何处，做什么？"

"去了昆仑，坏了青天之会……回来之后，佯称已死，实则……就住在北邙山，和……左风眠同宿。"

外头屋顶上，一阵嗡嗡嗡嗡的议论。许多人知道他跟左风眠睡一块了，但并不知道，他们曾经就在北邙山住了一年。

"丐帮帮主是何等尊贵之位？位置动荡干系整个江湖，按照帮规，请辞必须开香堂、过血酒，九长老合议，觅下传人，容得下你拂袖而去、匹马而来？且失信于人？丁桀，你并非弱冠之年，无知之辈，你知道我阖帮子弟何等颜面无光？多少人翘首期盼，连你生死都打听不出来？"

"是，弟子知罪。"

"你回来之后如何交代？"

"并没有交代。"

"为什么？"

"因为……魔教又起，江湖十万火急，正是用武之际，无暇追查旧过。我当时求恳诸位长老、诸位同道，再缓我三年，待诛尽银沙，到时候一并交差。"

"再之后呢？"

"我……丁某汗颜，不曾妥善处置左风眠，致使她……她其实……她那个受了戴行云欺侮……"

"你要弄明白，这是什么地方，你是什么人。不用说这些闲话！"

"是，丁某失策，未曾料到左风眠叛帮，勾结银沙教，杀我兄弟，牵连昆仑六位道友，祸患总舵，再度纵火、纵蛊……前后死伤二百四十余人。惶恐之极，奇耻大辱。"

"仅仅是未曾料到？"

"是，我与戴行云有约在先，实在是……"

"这等丑事，你还有脸申辩！丁桀，你违背帮规，不是一样两样，你是一桩一桩结，还是到头一起结？"

"弟子……术学得不好，听候发落就是了。"

"杖责八十，先罚你这拂袖而去，失信于人！"

丁桀稍微有些意外，他倒是没有逃刑之心，但没想到上手就打。此时，两名执法弟子已提了竹杖进来，看着丁桀背影，有些不敢。

"打！"执法长老怒喝一声。

两名弟子轻声念一声"得罪"，抡开竹杖就抽下去。丁桀跪着低着头，身形跟着竹杖微微晃动，一声不吭。他本来就是一身黑衣，也不见血痕，只有几处紧贴肌肤的衣襟，略有濡湿。

整个香堂里是极其沉闷的砰砰声。外面宾客都屏息凝神，没有人斟酒，也没有人说话。丐帮帮规，可谓严刑峻法，这还就是不告而别呢，后面大件事还没来。

苏旷看了云小鲨一眼，云小鲨眼里也有惊讶——这种是杀威棒，就是昭告天下，今天进了这个瓮的就是戴罪之徒，没什么人是特别的。可这是图什么呢？这样重手，是奔着要人性命去的。难道说……九个长老，真有合谋做掉丁桀的念头？

苏旷小人做在头里，伸手向孙云平暗暗招两下，极轻声问他："孙云平，我多心问一句啊，丁桀这个帮主要是给废了，这帮长老，谁能捞着便宜？"

孙云平一脸惊讶。苏旷那个气啊，凑更近，耳语道："那几个所谓的要传功的少年天才都有影子没有？你知道他们是谁的人吗？"

孙云平神色讶然，一脸的不知情。

苏旷挥挥手："你走吧你走吧。"

孙云平心机淳朴，对明争暗斗、争权夺利，真是一无所知。而且说实在的，丁桀是个真正的丐帮的人，里外分得非常清楚，他俩在一起那么久，交情好到互托生死，丁桀并没有告诉过他很多关于长老和派系的事。苏旷希望是自己多心。

"七十八。七十九。八十……"两名执法弟子嘴里报着数。打完后齐齐躬身，向执法长老复命，提着竹杖，倒退出门，杖头一片淡红。

"丁桀。"

397

"弟子在。"

"接着问话。"

"遵命。"

"你去昆仑是为什么,做了什么,回来又是为什么,做什么。"

"此事说来话长。"丁桀向着灵前牌位点了点头,一直硬挺着挨打,略微挪动一下膝盖,伤口有所牵动,稍稍抽了口冷气。

狄飞白微微一笑,斟了杯酒喝,好像此情此景,真是下酒好菜。苏旷眼角开始瞄他。

"列代祖师在上,诸位长老在前,弟子前往昆仑……实在也是无可奈何之举。我当日拂袖而去,无礼、无法、无信、无义,一念忆及,无地自容,但也确有隐衷。"丁桀略思忖,理了理头绪,先奔主题,"弟子以为,丐帮当日之所以内乱,是因为几派势力常年争斗,分崩离析;丐帮之所以常年争斗、分崩离析,是因为大局如此。这十年之间,整个江湖的格局纹丝未动,可谓死气沉沉,各派日益闭关,门户之见日重,蜗角蛮触,争斗不休,任谁也无法独善其身。三大派本应领袖群伦,破旧维新,但观其举措,未免格局保守,小家子气十足。恕我不敬,少林的诸位大德前辈、师伯师兄,只管闭门清修,诵经礼佛,多少江湖人不敢妄议,但也有腹诽;昆仑则更甚,自从汪振衣之后,门户无人,早已经不堪三大派武林基石的重任,卖弄招牌,走火入魔,年年摆弄那青天之会。试问,多少人死在路上,也不知所为何故,也不知所求何事?我虽身为一帮之主,但一来有内伤沉疾,二来年轻识浅,三来洛阳城之内也是处处掣肘,几次也想要有作为,总也找不到破局之点,实在心力交瘁。在当日生变之前,我也每每在想,武林日益僵局,处处关隘,但总有锁钥,锁钥在何处?就在昆仑青天峰。我只要破了青天之局,让江湖中人知道,那不过是几个人画地为牢,设一场虚名浮利,既不值得一死,亦不值得一往,就少了许多无聊的生死争夺。当时,我的想法只跟我好友苏旷说过,我们一拍即合。"丁桀接着侃侃而谈,"路途之上,我又遇见了扬州都一泡的况年来,知道魔教余孽指向昆仑,不敢怠慢,随即前往,后来也确实在昆仑之巅,寻找到了蒙面设局的袁不愠,他易容成玉虚真人,就在青天之会上,设下杀局……"

狄飞白听得恼怒,一顿酒杯:"这厮又来!敢问诸位长老,这话是怎么个讲头?合着贵帮有乱,江湖有难,全是我昆仑的错?"

执法长老跟着打断丁桀:"丁桀,讲你的正经事!有的讲就讲,没的讲换个话头说。还有,今儿不要指摘兄弟门派!"

"瞿长老,这我恐怕做不到。你身为执法长老,主持责罚就好,我领刑就是。今时此地,就算是历代祖师真显了灵,当他们面,该说的,我也要说上一说。丁某前往昆仑,必然是因为昆仑有问题,昆仑没毛病,我去做什么?江湖格局僵化,有识之士人人忧患,但这毛病从哪儿来?丁某以为,就是从昆仑山和银沙教来。昆仑昔时一战,英雄俱殁,我等人人垂泣,但是再怎么痛惜,那也是二十年前的事了,恕我直言,此后昆仑实力上已经是二流门派,强行主持青天之会,从崆峒、从整个西域武林硬挖人手,都是硬要恢复往日荣光,于自身力不从心,于江湖并无裨益。至于银沙教,霍瀛洲死了这么多年,我们还在处处设防,唯恐魔教死灰复燃,不敢有大破大立、进取之心。那到底是他赢了,还是我们赢了?诸位长老,昔年丐帮初立,江湖群星璀璨,英雄云集,无非四个字——志同道合,沙上不能建城,破镜无法重圆,我们……"

狄飞白实在听不下去,站起身来,冷笑一声,高声大叫:"丁帮主开始自说自话地邀功了,无非想把你犯下的罪过甩到我昆仑头上?门都没有!贵帮的规矩,我也略知一二,帮主不妨跟各位长老报一报,当年一同上山的帮主夫人是哪一位啊?死在山上的丐帮长老又是哪一位啊?还有你口口声声说我……"

苏旷也听不下去,也一顿酒杯:"狄兄,少安毋躁,我们下午刚比过武。"

狄飞白一时无语,倒也是,下午比武的时候,他们是说好的——如果吕颂赢了,狄飞白就要一个字不许多说。这许多人都是见证,狄飞白无奈之下,又复坐下,狠狠瞪了苏旷一眼。

只是这话,执法长老听在耳朵里:"丁桀,他问的话,你听到了?"

"和我一同上山的是左风眠,死在昆仑山上的是周野。狄兄不用多此一举,左风眠的事,既然来了,我就不会躲。"丁桀没有回头,自顾自地嘿嘿一笑,"而且我提银沙教,也不是为了邀功,我要是想邀功,呵呵,恐怕还轮不到你……"

执法长老打断他:"丁桀,住口!今天是开香堂动帮规问罪。你在历代祖师灵位前,兀自无端放话,到底狂成什么了!"

丁桀无语,一头到地:"是,弟子知罪。"

他确实是在冒进,多少铤而走险,如果是平时,不会在一开始就要连少林也微讽几句。但今天,这几位长老好像合计好了,上手就打,他要是按部就班,一问一答应下去,恐怕没等问完,就被活活打死了。

"昆仑山上，你指挥失当，致使江湖侠友一地死伤，你可知罪？"

"弟子知罪，但也不是我一人之过，昆仑……"

"丁桀！今天晚上，是丐帮料理家务事，来者是客，不许再提昆仑。"

"是。弟子知罪。"

"周野怎么死的？"

"被蛊尸杀了。"

"当时你在何处？"

"我……误中瞳术，当时神志不清，不及援手……"

"和什么人在一起？"

"左风眠。"

"她何处学来的瞳术？"

"是柳衔杯……银沙教的左护法。"

"你们俩什么关系？"

"我……"

"说！"

"同……同宿。"

"给老夫大声一点！我们年纪大了，耳朵不灵光，丁桀，你是说昆仑山上，你们已经通奸了？"

"这个，我其实……"丁桀额头慢慢有汗，似乎是被烛火烤的，这样的事情，实在不好启齿，何况大声嚷嚷？他咬牙，尽量大声，"是。"

"周野是我丐帮长老，身死如此，你未曾怪罪过左风眠？"

"是……"

"丁桀，那就说清楚，你和戴夫人，是什么时候在一起的？"

"就是那个……昆仑山上。"

"再大声一点。"

"昆仑山上！"

"之前清白吗？"

"我和她……"

"这是问罪，不是聊天。丁桀，你为人一向还算磊落，不该这样吞吞吐吐，不明不白。"

"是！我们不清白！"

"怎么个不清白法？"

"狎昵！"

"说清楚，是什么程度的狎昵？"

丁桀的脸，微微涨红了，连耳朵根都红。这太难启齿了。要说什么呢？茶盏上的唇印？那些私密的肌肤相亲？左风眠已经不在了，这是他一个人的记忆，会带到棺材里去。他实在忍不住了："瞿长老，你到底是问罪，还是打探无聊隐私？这……不重要吧？"

"这怎么会不重要？"

"你就按通奸办吧！"

"哦？按通奸办，也就是说……"

"当年，戴副帮主酒醉，我送他回家，遇上左风眠，就……旧情复燃，睡了。"

"戴夫人和周野的传闻呢？"

"这……瞿长老！你是不是假公济私了一些？总打听这些细节干什么？我说了无关紧要！"

"你发过誓。"

"是是是！弟子知罪！他俩……也不清白，或许更早几年。"

"段卓然呢？"

"段长老是清白的，他是为我办事的。"

"这可真是个淫妇祸水！丁桀，你长跪在历代祖师面前，说这些不堪之事，念及我帮历代清誉、帮中无数兄弟对你的忠心，你还敢动怒，居然没有一点悔意吗？"

"我没有悔意！"丁桀被激怒了。"瞿长老，各位，你们当我今天来这儿是干什么？不就是等你们办吗？是，我跟左风眠睡了，该认的都认，帮规我不熟，你们该干什么干什么，不必……再评论这许多！"

执法长老点点头，颇有玩味："哦？帮规你不熟？"

"太长了，我记不清！"

"失言，失态，失礼，一再辱我百年盛名。丁桀，你何等身份，今日说这样负气轻浮的话，叫外面那些弟子怎么看你？怎么自处？从此之后，执法堂何以服众？连你帮主之尊都无视帮规，我丐帮是自今日起就不复存世了吗？"

丁桀深吸口气，这责备得太重了，他对着一墙牌位，又一次叩头到地："是，弟子不敢，弟子知罪。"

他没敢抬起头来。长老们也不容他抬头。

外面，屋顶上那群年轻弟子，都在微微地起哄——打也打了，差不多就行了！执法长老示意外面安静，走到一边，九个长老聚在一起，头碰头聊了几句。丁桀默默在等。

他们很快交换完意见，执法长老过来看他："丁桀，你还有什么要说的没有？恐怕等咱们办完了，你也就说不了别的事了。"

丁桀有些不明白："瞿长老，你说什么？"

"降龙烙。"执法长老指了指九鼎，木炭烧了大半，灰烬里有像是熔冶的金红色烙铁，一鼎一段龙身，执法长老提醒，"丁桀，戴行云不仅是丐帮的副帮主，也算是你的半师半父。"

丁桀差点站起来了，猛摇头："他不是我师父！"通奸是一回事，乱伦是另一回事。

"丁桀，做人不可忘恩负义，每个人都知道，你怎么来丐帮的。"

执法长老用铁钩在九鼎里扯了扯——那是九段乌金，合起来，是一条很漂亮的闪着金光快要烧成红铁的长龙。这是顶格的刑罚。通奸，加上乱伦，在所有地方都会死得很难看。

丁桀慢慢站起来了。这太过了，他不接受。看不到，也能感受到那种炮烙的烫。血肉之躯的活人是顶不住的。而且，这条龙已经在火焰里埋了很久，可见，刚才无非是逼他开口受辱，他走进来之前命运就已经判定了。可能在他改口不愿传功、要开香堂的时候，他们就这么想了？

丁桀摇摇头，脸色微微难堪，说道："诸位，这到底是为什么？"

他确实不懂，这九位长老都是丐帮德高望重的人，在之前的很多年里，他们是曾彼此争夺，但也彼此扶持倚靠。为什么，他们要一致这么对他？这对丐帮难道有什么好处吗？而且……就这么在众目睽睽之下杀了他，几乎是不可能的。就算他严守无形之械，就算他不还手。

所有人——屋脊之上，手臂如森林，整个总舵是山呼海啸一样的反对声浪。判决一浪一浪地传出去，总舵外面，人海也在愤怒。那些年轻弟子快要气炸了，直接手圈成喇叭嚷嚷：你们是不是他妈的疯了！我们帮主又没睡方丈！全场都在狂吼，渐渐地变成了一浪一浪的风墙阵马一样的咆哮。

咆哮立即变成了攻击。

这是洛阳！这是丐帮！很多人不知道对于丐帮来说，丁桀到底意味着什么。他即使瞎了，也是这里许多人的神。如果他需要换眼睛，很多人会毫不犹豫地挖出眼睛来送给他。那几个长老才有多大的势力？敢当着所有人虐杀他？他们倚仗的，不过是在他手腕上抹的这两道香灰！

但执法长老已经把那条长龙一环一环地拼起来了——半丈长，栩栩如生，火星在地上跳，用九根通红的铁链连在九鼎的烈焰里，滚烫会持续很久。

"你跪下吧！"执法长老对外面的山呼海啸充耳不闻，吩咐道。

"瞿长老，你们这算什么意思？"丁桀淡淡地说，口气有些倨傲，他的手腕开始泛起一阵明玉的光芒，大雷音破运遍全身，无非是硬碰硬，正巧，他也不是凡夫俗子的血肉之躯。"我不想跪了。诸位长老，这并不违反三道禁令。列祖列宗既然都在，你们想干什么，就当他们面干吧。"

"跪下受刑，或者直接滚出去。丁桀，你做了十二年的帮主，独断专行，一手遮天，帮规对你来说，本来就不过是两道香灰而已，不是吗？"

丁桀怔住了。

是，这是积怨了。但也不是完全没有道理。他眼没瞎的时候，把什么放在眼里过呢？他北上神捕营，所谓国之重器，等闲事尔，高来高去，如入无人之地；他南下银沙教，生杀予夺，多少闻名四海的高手，不过是祭我剑锋的人头。何况是在洛阳！在此之前，他对这些长老一直很守礼节，但也仅此而已了，可谓尊而不敬。说到底，他是四海参见的江湖之主，这些人，只是他的"掣肘奈何"。

外面，那些山呼海啸，已经有了侵略如火的熊熊怒气。只要一个小火星，整个总舵就会变成一个火药桶。

呵呵，帮规？他慢慢握紧了拳头，抬起双腕，手腕上已经没有任何感觉了，如果需要，他今夜还可以把帮规永远变成香灰。

九鼎被推过来，合围在身周，执法长老已经用铁钳把那条火红的龙拎起来了。即使从很远的地方看，也是栩栩如生，张牙舞爪。

……

哦，帮规确实太长了，很厚的一大本，烦琐而且严刑峻法。除了执法长老和他的弟子之外，很少有人能做到烂熟于心。

丁桀得天独厚，自幼人人重他三分，这半生里，只有两次被开香堂动家法过。

403

第一次，就是左风眠生日的那个晚上。那一晚，他偷溜出总舵，错过了昆仑掌门的临终托孤，被罚跪在香案前，双手托着那柄藏山一玉，被师父责打到昏死过去。和这次一样，他固然是坦然受罚，但也没有丝毫悔意。

那次之后，他的师父也就是昔年的老帮主，亲自督授他武功，同时命令他背下帮规。他背得不太好，他背书的本事一直很差劲，比李牧远远不如。

一次，背到极为烦恼的时候，师父命他陪着一起出去走走。师父当时的身体已经不太好了，扶着手杖，脚步有些颤颤巍巍。师父一路走，一路继续考问他帮规。问得很严，比督促他学武严格多了。他有点不明白。霍瀛洲不是还在外头吗？丐帮不是刚刚战死了两位九袋长老吗？这个时候，不是应该用最快的速度增强实力吗？为什么要浪费时间给自己加那么多条条框框？

"师父，"他轻声地问，"这到底是为什么？"

"丁桀啊，"师父扶着手杖踱着步，说了一句他很多年后才有点明白的话，"你懂不懂，最强大的力量必须是受控的？"

"我懂啊。"他一直是那么练武的，他控制力一直很惊人。

"为师说的不是练武，武道练到头，也不过单枪匹马而已。丁桀啊，这个世上有远远超过一己之力的存在，将来总有一天，那个更大的力量会落在你手上。你得明白，你越是强大，越要有不可逾越的底线。否则，你得到的，永远只是服从，不是信任。"

"区别在哪儿呢？"

"服从的力量，是近似于山崩和海啸的力量，是破坏的力量，足够在顷刻之间，摧毁最强的敌人。如霍瀛洲一上岸，整个武林联手都挡不住他，就是因为他无所顾忌、为所欲为。"

"那么另一种呢？"

"信任的力量，会弱得多，也慢得多。而且你越强，别人越忌惮你，给你的服从就越多，信任就越少。"

"那……有什么不好吗？"

"如果有朝一日，你成为一个真正的领袖，品尝到权力的滋味，你慢慢就会明白，底线很容易变成一道碍手碍脚的灰线，抬手就可以抹掉；如果你选择抹掉那条线，以你的天赋，在最短的时间里，会变得不可一世，甚至会超过霍瀛洲。但是，丁桀，你记住，毁掉底线之后，有个诅咒会如影随形，山呼海啸可以毁掉一切，但什么也建设不了。"

"那又是为什么呢？"

"因为绝顶聪明又极其强大的人，很少会把普通人当人看，不太瞧得起别人心里的感受，会擅自替别人做决定。出于天性的傲慢，他们会直接去拿那份应得的权力，而不会等人授予。可是，丁栎，你记住，这一步必须要等，只有当大多数人都知道，你和他们一样，有突破不了的底线，才会放心地把最后那一层守护挚爱的力量交给你。得到这个，才能真正战无不胜。"

丁栎哦了一声，领受教诲。他没有不相信，也没有很相信。主要是……他不觉得师父真的知道怎样做一个"真正的领袖"，师父是天资平庸的老好人，既不绝顶聪明，也没有极其强大，所以才对帮规滚瓜烂熟。可他不同，他是天才。在丐帮，丐帮中兴，到昆仑，昆仑绝顶，到银沙，魔教称王。他当时心里唯一能够和自己对标的人就是霍瀛洲，甚至汪振衣都略嫌笨一点。他听不进那些建议，这是傲慢的盲区。

他们溜达了一圈，转向回走。他换了个角度讨教："师父，我们连最糟糕的、最迂腐的帮规也不能更改吗？"

"改变之前，要先服从。"

"这……"他不是不理解，是压根就不认同，"又为什么？"

"因为你是领袖，这就是制衡。"师父转过身，告诉他，"丐帮的帮规是这样，更大的法则当然也是这样——想要破除旧世界，创立新宇宙，就一定有人走捷径，领受双重益处，也一定有英雄走长路，背负双重担当。"

他想这句话，想了很久。然后又问："师父，侠义道输过吗？"

"以十年为尺度，侠义道常常落败；以五百年为去来，侠义道战无不胜。"

"真的，我们一次都没有输过？"

"一次都没有。"

……

丁栎举了举手，示意安静。

愤怒和咆哮是一声一浪的，凝固起来也是一声一浪的。他有可怕的号召力，他知道怎么煽风点火，也能够让风和火戛然而止。整个总舵，万籁俱静。每个人都在盯着他的后背。

"是……弟子知罪了。"丁栎抬起头，直面满是神龛的那面墙，好像刚刚才"看"

到师父的神位。他低头，重新跪了下去。

原来，我的罪过，不是通奸，是傲慢。我想要革新的时候，以一己的意志，凌驾于所有人的意志之上；我处置了她的感情，安排了朋友的命运；我以为是善意，但似乎和霍瀛洲也没有很大的区别。

不过，我不是一个接不住命的人，也不是一个回不了天的人。既然知道错了，那我错得起。

执法长老伸出手，嗞啦一声响，那条暗红的几乎还在燃烧的火龙过肩缠到了身上，头发、衣衫和布带都有火苗蹿起，带伤的皮肉泛起一股烧灼臭气。丁桀咬紧牙，紧紧闭眼，只低低唔了一声，丹田气海之间，大雷音破强运起，通身泛起明玉色泽，血肉之躯上，烙铁带起的火苗和一股看不见的气劲纠缠着，铁和火居然被慢慢地压制下去。

一众瞩目，很多人都按着桌子，有人站了起来，伸头去看。

当今世上，没有几个人有机会见到这样的武功。这确实已经接近"神"的境界。大雷音破在江湖上绝迹百年，是梵音至境，修行者几乎是金刚不坏之身。只是凡夫俗子，抗不了很长时间。

每个人的神情都很奇怪。有人是贪婪，看见也是好的；绝大多数人是膜拜，是那种丁桀毕竟还是丁桀，江湖毕竟没有令人失望的膜拜；苏旷在担忧，丁桀和他不太一样，他也很能忍，也很有种，但真痛苦极了，是会大喊大叫的，多少能够发泄出来，而丁桀是闭上嘴就不会再喊疼的人，如果扛不住，会直接死；云小鲨在惊讶，她没想到丁桀会在洛阳受这个；狄飞白的脸上阴晴不定，说实在的，作为昆仑的传人，他有点害怕"丁帮主"真能再走出来。今夜，丁桀对昆仑羞辱太甚，直接用了"二流门派"这种词，如果他重掌侠义道，昆仑岌岌可危。

狄飞白脑子里有股邪火，使了个眼色，手指在桌子上画了几笔。一个傻大胆弟子借机去茅房，到了角落忽然回头，扯嗓子就嚷嚷："丁帮主！你可知道戴夫人的骨灰在哪里吗？她要跟戴副帮主合葬了！"

这是想干吗，人人都知道。场面哄地一下就炸了。苏旷站起来，二话不说就过去了。好几个丐帮的人也开始往里冲。若丁桀略有闪失，这个弟子和这一群昆仑的人今天都活不了。

丁桀身体轻轻摇晃了一下，伸手去扶身边的鼎耳，但实在烫极了，又半途缩回手。他似乎是想要转身说一句什么,只是这种龙虎交济的时刻,稍一动弹,火龙上铁链一起牵动,整个人就蜷缩下去,忍不住又闷哼了一声。

狄飞白吓一跳,赶紧呵斥那个弟子:"干什么!胡说八道!"

但苏旷是奔他来的。隔壁桌就是少林,几位高僧一起站起来:"阿弥陀佛,苏……"

苏旷脸色极其难看,闭着嘴,二话不说,拎起狄飞白往外拽,看高僧围了过来,也怒了:"狄飞白,你别咸吃萝卜淡操心,以后江湖没你事了,我叫你们昆仑今天断个根!"

他抡起来狄飞白就远远扔出去,直接砸到一个火鼎里,火焰乱冒,狄飞白一声惨叫。背后有个人,一掌就劈到了。反正是个高僧,或许是戒律院弟子,或许是达摩院弟子,反正碰上背后出手,苏旷火气有点摁不住,抡着也扔出去,又砸进一口鼎里。高僧倒是没啥事,拍拍屁股上的火赶紧下来了。

这下,场面彻底大乱了。苏旷今天本来就有点不痛快,说实在的,他看少林那点不顺眼也不是一天两天了。颜中望当年被抓回去,强行剃度,他就很不高兴,就觉得这个少林肯定是泰山北斗,但怎么说呢,一有什么大魔头,老待在家里念经,一对付落单的江湖客,名门正派那一套就搬出来,倒也不是说有什么错,就是不太够担当。当然,颜中望那事他也没办法,颜中望确实是偷人家刀谱了,只好认倒霉,由人处置。但丁桀这个太可气了,他闯荡江湖这么久,这还是第一次见少林方丈呢,穿得跟西天取经似的,跑来捡侠义道领袖。他想我一坐半天,闲着也是闲着,好久没好好打场架了,碰上少林,真是赶巧,多稀罕呀,以后不一定能遇得上,手直痒,打一架算了。

少林高僧莫名其妙,他们本来是来拉架的。但过过招就过过招,苏大侠也挺稀罕。达摩院首座智远禅师单掌就推过去了,排山倒海,恒河沙数。苏旷单掌凝胸,也一招就推过去了,开门见山。两股气劲交错,砰的一声响。

苏旷背后风动,似乎是一串念珠。他也不回头,纵身、点地、反跃、拧腰、弹腿,凌空直抽那念珠。嗡的一声劲风响,念珠在半空之中喀喇喇散了,苏旷右手斜兜,揽起一股流云气劲,脚步不停,接着一粒一粒单抽那念珠。嗡嗡嗡,还是径直向着狄飞白抽过去。

"苏大侠得饶人处!"戒律院首座智定禅师广袖卷起,将那串念珠卷在袖里。

"大师得罪!"苏旷大喝一声,左手拳锋新刃如雪,凌空蜷腹折腰,再弹腿,锋刃甩过长袖,把那长袍广袖撕下一截,跟着单腿踢出去,一枚念珠嗖的一声响,凌空直砸在狄飞白鼻梁上。

云小鲨看愣了,她多少年没有见过苏旷这样肆无忌惮地用腰。她也没想过,苏旷还会有能施展出这种身法的一天。

他终于忘记腰断过这回事了。夜风在给他回响,大地在给他回应。那是二月河开,冰凌之中的流水筋骨,舒畅、简洁、天然凌厉。如彼初创,如我新生。

苏旷刚打兴起,准备奔另一个高僧去。那位是译经院的首座,赶紧往一边退:"阿弥陀佛,贫僧译经院的,学梵语的。"

苏旷哈哈大笑一声"得罪",一路狂奔到丁桀身边。

丐帮几位长老一起大喝一声"出去",齐齐要出手拉人,云小鲨跟在后面过来,鲨齿链斜飞荡过,挡下一击。

苏旷来得正是时候。丁桀脸色有种奇怪的惨白,喉结滚动。扎眼的绸带,已经被汗水浸透了。他一直向里跪着,一动不敢动,也没法回头,但听得乒乒乓乓,也多少知道有"不懂事的"在闹事。

长老们看不出来,他也开不了口——刚才狄飞白那个弟子一句话,他心气动了,气血逆袭五脏,几乎是被几支烈火长枪钉在地上。这半个月,他真的守规矩,没有去收敛过左风眠的骸骨,毕竟双眼盲了,没有人帮忙,是做不来这件事的。他知道丐帮必然已经收了,不知放在哪儿,准备今天这一关过了,再问这回事。可不问,不代表不想。

苏旷一见他脸色,知他强弩之末,伸手,握住他手心,缓缓把一股内力递了过去。一个是长鲸雪山,肝胆冰雪;一个是九州风雷,火烈具扬。

"小鲨护我!"苏旷低喝一声,一身内力直接过入丁桀体内,两股气劲在丁桀血海一撞,九渊惊蛰似的,沿周天撞开,丁桀纹丝不动的身体晃了晃,大雷音破自反而缩,防御着直撞向苏旷胸口。苏旷门户大开,硬接下来。冰河之上,青天一声惊雷,霹雳直入雷池,带起无边火海。

顷刻之间,大雷音破与阴墟双双易主一轮,在二人体内运转一周天,又各自归位。丁桀通身黑衣一起迸碎开,通身创口齐裂,浑身浴血,那道金龙哐啷一响,火色去尽,复归本色,玄寒真气四出,九鼎余焰齐灭。

"诸位,我不是要帮他作弊。"苏旷指了指丁桀,求饶,"大雷音破是极玄之境,他初窥天道,玄婴未成……"

长老们被这八个字惊呆了。

"张嘴就来的臭毛病……"丁桀想站起来,但终究未果,身体歪向一边,靠在一口大鼎上,上身皮肤被烙伤了一大半,赤红狰狞里,透出一道过肩龙鳞。他自始至终,没有离开那圈画地为牢。

脚步声来了。他转向执法长老,慢慢抬起双腕,颤巍巍地抬头,有些求恳。

执法长老摸出块手帕,呸地吐了口唾沫,其他八位长老跟着各自吐了一口,蹲下身,轻轻擦掉了丁桀额头和双手的香灰:"帮主,过了。"

丁桀忍着恶心,扶着苏旷硬站起来:"这个帮规……真的要改了……"

他慢慢走到门口,缓缓向外面众人抬起一只手。大门外,原本安静之极,忽然炸雷一样地欢呼起来。欢笑声,鼓掌声,呼啸声……一个屋顶一个屋顶,一声一浪地传了出去。丐帮的总舵再度被激活了,江湖的心脏重新开始跳动。

少林方丈站起来:"丁帮主!"

所有客人都站了起来。今天,他们都见证了这一幕。

只有狄飞白,远远坐在角落,捂着鼻子,他鼻梁被砸断了,一手血。今天是个悲伤的日子,他被反复羞辱了。他刚才有杀意,人人都看得出来;他刚才枉做小人,人人也看得出来。可他也真的尽力了,他天资平庸,江湖人人都知道,昆仑再无英才,江湖也人人都知道。他做个老实人,不出去吹嘘,几乎得不到什么尊敬;他好容易挖了点别的派的人,再度被丁桀一句话变成笑柄;他竭尽了一个笨人的全力,甚至不惜一切手段,想要维护那个传说中的万古奔流的昆仑。如今,该结束了。昆仑将成为一个彻底的二流门派,而他,该维护自己的尊严了。狄飞白狠狠咬牙,闭上眼睛,挥手,一掌向额头击去。夺!海牙枪荡开手掌,苏旷、云小鲨一起大叫:"喂,你干什么!"

狄飞白双手捂着脸,呜呜地叫,浑身直抖。这真是耻辱,在这几个高手面前,武功真是个笑话,自杀也不成。

"狄兄!"丁桀慢慢走到他面前,想要弯腰,腿一软,干脆坐在他身边,"丁某刚才,也是自保……昆仑昔年一役,英豪尽殁,三大派之中,也唯有昆仑尽心收教女弟子,说起来,实在代我们做了许多事情。江湖……是欠昆仑的,侠义道也是欠昆仑的……我身为侠义道的领袖,其实本应该想到,早日助昆仑一臂之力……我若有作为,或许,就没有日后你我的那么多嫌隙。"

"丁帮主……"

"狄兄,你不嫌弃,今日之事,过往之事,你我一笔勾销。"丁桀伸手,"你休息休息,我也休息休息,明天,我们坐下来谈,大家一起出谋划策,一定比狄兄一个人独木擎天的好。"

狄飞白愕然很久,还是轻轻握住丁桀的手——那是修长的,也是今后很多年里江湖之中最有权力的一只手。如果没有一点口水臭,其他都很好。

丁桀拍了拍狄飞白的肩膀,回头示意苏旷扶他起来,接着向外走:"苏旷,我双眼已盲,许多事有心无力,银沙一战,只能全交给你……你扶我回屋,我们也坐下来谈一谈……"

苏旷点点头,脱了外衣披在他身上。云小鲨手里握了点什么,想了想,还是没有说。

门外,人群激昂,万众瞩目之中,鸽驿的管事张快一直在等着苏旷。他一见苏旷,忙挥手:"信!苏大侠你的信。"

苏旷脸色一凛,快步过去,接过来看。云小鲨也伸头去看。

丁桀慢慢悠悠走过来:"什么信?"

信很短,只有寥寥几行字。苏旷看后皱了皱眉头:"是教母的信。她说,七月半,用李牧和束星儿换夜哭郎君,地点到时候会告诉我们。"

第五十七章　孤帆远影

一夜之间，洛阳无事。丁桀与苏旷连夜商议，既然北武林已经风平浪静，他决计不再在总舵逗留，稍稍安置帮务，三日之后，启程前往武夷山。

排车布马乃快马堂当行本色，吕颂当仁不让，主动请缨，沿途代为安排交通行宿，虽然诸项事务紧急且烦琐，但有姐夫顾青翼在身边指点，倒也忙而不乱、井井有条。启程的消息一传出去，江湖群雄纷纷上门，把快马堂剩余的几十路车马抢订一空。快马堂的车马快捷、舒适而昂贵，绝大多数人负担不起，另一些江湖子弟就去寻觅了附近骡马行的普通脚力；至于连普通车马也负担不起的小门小派的年轻人，干脆就带上干粮、酒壶、火把、斗笠、武器和乐器，相约结伴，徒步而行，提前出发。

"朋友，去武夷山吗？"年轻人互相询问着，交流着旅行方案，"我们的计划是三天步行，篝火露营；一天车马，客栈休息；过河、过江的时候一起包船。怎么样，结个伴走吧？路上风景好得很！"

"咦，你们这么个走法，半个月能到吗？我们在商议，要不然跟着华山派的马队走，他们过长江前一路都骑马，贵是贵了点，可快多了……"

"嗨，那么远的路，半个月肯定到不了哇，再说你们走那么快干吗？还真想除魔卫道啊？丁帮主路上会跟你聊天吗？不如大家一起，路上游山玩水，顺道结交新朋友？来来来，认识一下，我们是淮上银瓶会的，对对对，要钱不要命、动口不动手的那个银瓶会，我们在江湖各大酒楼都有说书的堂口……你们是新门派对吧？要是想要扬名立万，找我们准没错……没有传奇轶事？不要紧，可以编嘛……对对对，看情况看情况，价目是不一样的，单子可以看一下……"

"算了算了，我们是个传统的帮会，行侠仗义，砥砺正道……还是跟着华山派吧。"

"行！买卖不成仁义在，反正我们人也齐了，先走一步，路上见。"

"路上见……哎，对了，稍等，那几位姑娘也是你们银瓶会的吗？"

"是，都是银瓶会说书的姑娘，趁热闹出来玩，顺便采个风。"

"哎呀，你们这个……动口不动手的，路上不怕有个闪失吗？"

"所以才要广邀江湖同道，结伴而行嘛！"

"那刚才的单子我再看一下……要么还是结个伴吧，华山派太古板了，路上容易冷场，大家都是好朋友，互相有个照应……"

一时之间，到处都是快活、热闹的空气。旅途比目的重要，旅伴比旅途重要。

年轻人熟得快，互相通名报姓，通宵达旦地几场高谈阔论，几杯酒、几次面红耳热，就是朋友了。他们风华正茂，正在铆足了劲往前冲的年龄，像是明亮的叶子，有一层鲜绿透亮的保护膜，苦难的浊水从听闻中流淌过去，还没有来得及沁入生命的肌理。

到沽义山庄去！不要错过风口浪尖！人人这样起劲地互相鼓舞着——如果所有的传奇都云集在彼，我们也要到那里去。

三天期限是很短的，白驹过隙，一闪而过。

第一天，丁桀与狄飞白彻夜长谈，狄飞白率众返回昆仑，丐帮阖帮上下送出洛阳。

第二天，丁桀与少林方丈一席共话，少林率众返回少室山，丐帮阖帮上下当然也送出洛阳。少林一众离去，独留下一个明镜禅师。这一留其实不合戒律院的规矩，但首座没有多言，旁人当然也心照不宣。明镜禅师只说俗世间还有尘缘未尽，待牵挂了结之后，再长伴青灯古佛。

第三天，丁桀单约了苏旷，上了一趟北邙山。时值仲夏，北邙山上的梅林已经结满了小小的青果，林间溪畔草木丰茂，旧时庐门户依然，苏旷在梅林中的虎石上坐等了两个时辰，丁桀没有告诉他去干什么了，他也没有问。

再之后的那个清晨，他们启程了。同行的人很多，车队很长，拉开距离时，前后蜿蜒长达里许。快马堂为了这一程，调度了七成以上的家当。这一路上，顾青翼总领车队，亲自驾头车，为丁桀执鞭、驭马，照料饮食。

丁桀始终没有时间闲下来。他的车厢是一个移动的江湖枢纽，接连不断地有重要客人。除他饮食、休息、换药之外，就是一场长谈跟着一场长谈。很多人陪同行车马，就是为了能和他聊一程，聊完之后，就地转马回归。

吕颂驾着云小鲨和苏旷的那辆车。天上掉下来个苏师父，吕颂诚惶诚恐，就怕侍奉不周，他特地挑选了一辆最舒服、最严实的马车，关起门来说话，外面听不见。他又细心安排了茶点、水果，甚至考虑到天气已经有些炎热，还准备了两碗奶酪红豆碎冰。

启程的时候，人多、口杂、马乱，云小鲨早早登车，闭目养神，躲个清静。苏旷起身早，动身迟，他和留守洛阳的一群江湖客轮流打了通招呼，拍肩搭背，说了些日后喝酒之类的闲话，又跑前跑后记住了车队的位置和次序，直到马队已经扬鞭开拔的时候，才匆匆登车。云小鲨托着腮，懒洋洋地在看他，居中小桌上厚手巾包着两个青瓷碗，里头碎冰已经化了大半，红豆漂在奶酪和冰水之间。

"小鲨，你早饭吃了没有？前两天还挺凉快的，今天一阵风就热起来了！"苏旷上了车，关好车门，扯块手巾擦了圈额头和脖子后面的汗，掀起衣襟扇扇风，又把车窗支大些，之后才自在惬意，一屁股坐下，端了两个冰碗在手里献宝："这个有葡萄干，这个没有，你要哪个？"

云小鲨瞥了他一眼："你都吃了吧。"

苏旷还托着冰碗认真比较："他们都说这家的冰可好吃了，我这两天老想去给你弄一碗，一直没工夫。这碗没葡萄干……但是奶酪多……来，你都尝一口，不爱吃的给我。"

云小鲨转眼望着车窗外，叹了口气："我都说了，你吃你的。"

苏旷眨了眨眼睛，就算再笨也听出不对了，他闷着头，自顾自地舀了几口，过一会儿看一下云小鲨的脸色，见实在没转机，才讪讪地问："怎么了小鲨？"

云小鲨转过脸来，她脖颈上依然空空荡荡，她叹口气："你到这个时候，才舍得找我聊聊天？"

苏旷赶紧端着碗凑近了一点，讪笑："小鲨，你这几天是不是生我气？嫌我老不在你身边？这不是丁桀那个眼睛嘛，人人都找他说事，他多少有些不方便，我替他挡一挡。咱俩这不是来日方长，有一路可以长谈……"

"不关丁桀的事。"

"那你是怎么回事？"苏旷莫名有点心慌，眼光在她脖子上扫了扫，试探着问，"那个……一直想问你来着，你不喜欢老戴一根布带子，不好看，对吧？想换着点花样?"

"苏旷啊……"云小鲨叹了口气,从衣兜里摸出块帕子,里面裹着那根发带,洗得干干净净,折得整整齐齐,"我想……这个对你很重要,还是要还给你。"

车厢摇摇晃晃的,好像车轮碾过很大一个坎儿,所有的器皿都跟着跳了一下,红豆和葡萄干也在冰水里跳了一下。苏旷愣住了,伸手接过那块帕子,不知该说什么。他低着头,拿勺子胡乱搅了搅碗说:"我没想到……怎么会……怎么会这么严重?小鲨啊,这是个决定……不是个商量,是吗?"

"是。"

"那行……小鲨,那……你既然已经决定了,要是愿意告诉我原因,我会很感激。"

"好啊。"

两人彼此对望着,坐得很近,瞳孔里映出对方的脸,膝盖快要碰到膝盖。情人话到分手的时候,总会不自然地想起初相识——初次见面的时候,云小鲨破门而来,像是暴风雨里冉冉升起的一轮明月,狂野得像一场永不回头的冒险。苏旷有点紧张,想捏一下她的手指头,又缩回手。云小鲨静静地望着他,严肃得像个判决。

"是这么回事。三天前,就是丁桀进香堂之前我去迟了那次。我在客栈里,换好衣服准备出门,风一过,忽然就看了看窗外,外头街上人头攒动,人人都要去看丁桀。那一会儿,我好像就有点恍惚,感觉……夜风浩荡,似乎是听到了海潮的声音,一浪生一浪灭的。就在那一刻,我忽然想起来,云家船帮号称是永不登陆,可我登岸已经半年了,往内陆走已经两千多里了,浑然不知,走得好深啊。"

"是……小鲨,我耽搁你很久。"

"这么一转念呢,我就不太着急出门了,我就又坐下,想这半年里,我在着急什么呢?我在着急你,盼你好起来,盼你见到你的朋友们,快快活活,说说笑笑,盼你能重新拿起刀,了却半生的遗憾,盼你能大仇得报。可我在干什么呢?我没干什么。你总跟我说,小鲨,上啊!小鲨,护着我!我陪你打了一架,又打了一架,别的什么都没干,跟个打手似的……哦,对,还不全是打手,你跟我说小鲨上啊,说得可溜了,嘿嘿,倒也不拘什么地点。苏旷啊,我就那么守在你身边,眼睁睁地看着你,一天天康复了,到处都是朋友,可真是为你高兴。你回报我什么了呢?你跟我说,你要回神捕营,千里送人头。"

苏旷低了低头。是,很难描述小鲨对他的意义。那个夜晚,她像是一支燃烧

414

的蜡烛,慢慢倾倒过来,热、烫、缠绵、火焰、光明,之后点燃了生命。他没忍住说道:"小鲨,我不是没心没肺的人,没有你,我……"

"听我说完!我不是跟你邀功啊,苏旷,我从来没有后悔爱过你,我说这些无非是告诉你,我没什么对不住你的。可你明白吗?我是个很自私的人,不会白白在另一个人身上耗费心血。我这么陪你,是因为一直以为你会跟我走,来日方长嘛,这段日子你想怎么着,都由着你。我没事儿常胡乱想,到时候呢,我俩的船上这样那样的重新布置一遍,甲板上每天用海水洗得干干净净的,风平浪静的时候,大海上闪着阳光,船舷上吊着瓶酒,我下去泡一泡,你烤着鱼,等我上来……哎呀,想得可美了。"

苏旷也静静地看着她。

"我有时候还想,不是说好了吗?我们要向着北极星,一直远航,或者就向着太阳升起的地方,一直走一直走,看看天尽头到底有什么……那我就很开心啦,想着每天清晨,第一道阳光落在船舷上的时候,你和我一同睡醒,一块儿起来,互相说道早安,说说昨晚梦到什么,嗯,我们一定很快活。"

苏旷眨了眨眼睛,忍着没说——我也想的。

"但后来呢,你大局为重,跟我说,说大战生死未定,别老想有的没的,免得功亏一篑。好嘛,那就算了,先赢再说。我想过你可能会战死,我不在乎,当生则生,当死则死,没关系的,我们这样的人,谁没见识过命呢?可是,苏旷,我想了那么多,什么后果都考虑过了,就压根没有想过,你会骗我。"

苏旷又眨了眨眼睛,眸子里似乎被什么东西轻而准地扎了一下。

"你要回神捕营?伏法?你把人头许出去了?这都扮什么玩意儿忠臣孝子啊,这是你吗?这么大的事,你居然一直没有跟我商量过。凭什么呢?苏旷啊,我愿意跟你走这一程,无非就是因为那八个字,和盘托出,自由选择。凭什么你骗了我,还要妄想我余生都要在大海上想你,永远爱着你,即使将来遇到别人,也忘不了你?我问你,你以为你是谁?"

"我那个是……一时说得兴起……"

"那你这会儿不兴起,我再给你个机会,你冷冷静静、认认真真给我个解释,凭什么?为什么?"

云小鲨盯着苏旷看,郑重而犀利。这是他最后一次机会了。

苏旷想了很久。或许也没有很久,就是几个深呼吸。

不凭什么，只是太恐惧了。人其实可以向死冲过去的，脑子一热就行了，但这么漫长，一步一步，踱到它眼面前去，难免胆量不够。死，就是永远都不在了，一切都消失了，太可怕了。我只能想象着，你还爱我，靠那份爱，活蹦乱跳的。不过，确实不公平。

他想清楚了，点了点头："小鲨，不凭什么，我之所以瞒着你，是因为我太贪心了，总想……你在我活着的时候都在身边。我想，无论我什么时候告诉你，你都会离开我的。"

云小鲨点点头，嘴角有些冷硬："好极了。接着说，那是为什么？"

苏旷摇摇头："也不为什么，成事的代价而已。神捕营不是江湖组织，那是个庞然大物，有铁一样的尺度，我想要借它的力量，就必须遵守它的运转法则，除此之外别无选择。"

云小鲨冷冷盯着他："非成事不可？"

"当然。"

"非要借神捕营的力不可？"

"是。"

"跑不了？"

"跑不了。"

"能跑的话，你跑吗？"

"我……答应过他们了。"

"可你也答应过我了！而且你先答应我的！"

"对不起。"

"好，够干脆！苏旷，我也告诉你，我对自己发过誓，这种事在我生命里，不会出现第二次，你懂我的意思吗？"

"懂。"

"你真的懂？"

"小鲨，我又不傻……你连伯父都没有原谅过，怎么会原谅我？"

他真的懂。

云小鲨望着他。是的，她没有原谅过父亲，不是为了自己，是为了母亲。在幼小的年龄，她一直在想，这些到底有什么难办的呢？那些昆仑的人不是一直在逼父亲吗？他不是已经背叛了吗？那些侠义道的人不是一直在凌辱我们全家吗？

丐帮那些"坏蛋",不是试图动手抓走我们母女吗?那么,抉择还有什么难的呢?听从霍伯伯的建议、跟霍伯伯走,不就没事了吗?即便不加入银沙教,远走高飞很费劲吗?到底是什么,值得父亲放弃一切,决然应战,慨然赴死。

她不太明白,也不太想接受那个答案,她长大了,比母亲强十倍,自由自我,无拘无束,与大海血腥缠绵,彼此生杀予夺。她以为自己不会再爱上,但还是遇到了一见倾心的人。那个人和父亲不一样,嬉皮笑脸,坑蒙拐骗,动不动脚底抹油,嘴里没有一句实话,动不动笑得直不起腰来。看见他第一眼的时候,就有种东西吸引她走近一点、再走近一点。那时候她以为,也是自由。但很奇怪啊,那个人被完全打碎之后,露出了和父亲一样的东西,像是厚土之下,坚不可摧的矿脉。我不可能重蹈覆辙,我至少还有随时抽身离开的能力。

云小鲨点点头,说道:"我没话说了,你还有什么要跟我说的吗?"

"没啦!"苏旷耸耸肩膀,"来世当牛做马,结草衔环,以报大恩大德!"

"痛快!"云小鲨冷冷一笑,伸手掰开他手心,把那块手帕抽回来,发带留下,"你是什么样的人,我很清楚。我是什么样的人,你也很明白。苏旷,你非要回神捕营,我拦不住你,也尊重你的选择。那我把这个还你,彼此还个自由,你看,还有什么不妥吗?"

"没有。"

苏旷拿起那条发带,折了折,揣怀里。

云小鲨点了点头,嘴角有点讥讽的笑意:"好极了,至于船的事你大可以放心,一码归一码,我答应丁帮主的联盟,不会反悔。"

苏旷摇摇头,也苦笑:"小鲨,你不用这么嘲讽我,我再下作,也不至于真是为了赚你的船。行,这个事我算对不住你,那天真是上头了,不该说那些妄言。"

他仰头把另一碗奶酪红豆冰化水也干了,伸手去拉马车门,想了想,又多少眷恋,回头望了一眼:"小鲨……我们还是朋友吗?"

云小鲨哈哈大笑,伸手,摸了摸他的脸颊:"苏大侠,想什么呢!"

得了,拉倒吧。苏旷嘿的一声自嘲,一把拽开车厢门,不等车停,就地跳下车。

吕颂吓一跳,忙勒马:"师父,去哪呀!怎么不招呼一声!"

苏旷没好气地回他:"冰吃多了,肚子不舒服。你别管,我四处走走。"

这里并不好走,窄窄一条土路,两边都是麦田,后面一辆一辆的车疾驰而过,扬一鼻子灰。他不知道能去哪儿,只能踩在人家田里发愣。而且挺烦,身后每辆车经过，都有驭手看他一眼，热情洋溢地招呼一声："苏大侠，干吗呢？"实在没地方去了，苏旷看准人，又蹦上一辆车。那辆车上，是明镜禅师、风不二和风雪原三个人。

风雪原在驾车。禅师盘膝，手里转着念珠，嘀嘀咕咕大概是念经。风不二杵着窗户看风景。苏旷就这么轰地蹿上去，大家都吃一惊。他上去后也不跟人打招呼，从角落里拽床毯子，就地一滚一躺，碍事绊脚的。

车厢里两个人都赶紧偎过来问——

"阿弥陀佛，小苏，你这是干什么呀？"

"困啊，睡会儿觉。"

"小苏，你不能躺这儿，躺这儿我腿都伸不直。"

"你盘腿坐，也学学大师念经。"

风雪原也回头说："师兄，那是我的地盘，你睡这我睡哪儿？你自己的车那么大，非要跟我们挤。"

苏旷谁也不理，扯了个枕头盖在脸上。

风雪原有点明白了："师兄，你是不是被撵出来了？"

苏旷脸闷在枕头里，没好气："你才被撵出来了！"

三个人一下子都明白了，都不作声。

"唉！"风雪原冲风不二招招手，示意换个班，他钻回车厢，坐在苏旷身边，"师兄，怎么回事啊？小鲨姐不像这么绝情的人啊？要不说来听听，我给你出谋划策？"

苏旷闷闷地说："掰了。"

"完了完了。"风雪原不敢再说话了，嘟哝一声，从贴身衣袋里拽出一小包那天地上捡的宝石，依依不舍地摸了摸，叹了口气，"我还当这就归我了呢……"

此后路上，苏、云二人刻意回避了单独相处的机会。车队每晚停下来，都有帐篷、人群、篝火、饮酒高歌。苏旷开始参与丁桀的每一场谈话，这是丁桀的安排，他在试着一步一步交出指挥权。丁桀既然盲了，登船跨海已无可能，第二仗苏旷责无旁贷，他需要尽快挺身而出，像个真正的领袖，熟悉每一个人，遴选出自己的队伍，要定夺决策，他要学习的还很多。云小鲨很少会和江湖人坐在一起喝酒唱歌，她总是一个人，有时候远远站着，有时候远远坐着，独守一架篝火，有时候枕着胳膊仰望星空，有时候整夜沉默。路上天气很好，几乎每个晚上都在喝酒烤肉，苏旷有时候烤了一两串好肉，会命风雪原送过去，她也会回赠一串虾之类的，再偶尔问声好，就没有回复了。

他们分开得悄无声息。直到第六天，丁桀才在顾青翼的提醒下，发现了两个人不对劲的地方。那时候，车队已经过了淮河。

一路奔波，换车换马，到第十天，车队到了九江。眼前渐渐出现一片大水，正是浩渺长江、烟波辽阔，轻舟坊严、柳二位当家在江边等候，整顿舟楫以待。一江分南北，许多北武林的首领人物就送到这里止步。

说起来隔行如隔山，海陆不同天。云家船帮一代传奇，名头虽响，可在北武林众人心里，也没有多少特殊之处。但是，到了轻舟坊众人眼里，真是仰若神明。机会难得，兼之一回生二回熟，严当家特地带来了独生爱女严揖雪，向云小鲨求教控帆操舟之术。

快马堂与轻舟坊一直筹划着联姻联营，吕颂和严揖雪年前就订了婚，严柳顾吕都是姻亲，站在一处家常谈话；云小鲨和严揖雪并肩而行，侃侃而谈；众人鱼贯安排上船。所有人都上了船，到收船板、解缆时候，北武林众人倚马，一字长蛇排开，目送丁桀过江。

岸上只剩云小鲨一个人了。她和严揖雪已经说定了，又向严、柳二人确认了几句，互相点一点头，走过来辞行："丁帮主，诸位，如今才入夏，船队下南洋要等到冬天，实在太久了。我久不回船帮，挂念得很，也唯恐有闪失。沽义山庄还有许多江湖大事，第一我不懂，第二没兴趣，第三帮不上忙。我和严姑娘一见如故，已经说定了，搭轻舟坊的船，水路回泉州。我们就此别过，山高路远，后会有期，有事书信联系。"

大家都惊讶，都一起看苏旷。苏旷硬着头皮，走下船，到云小鲨面前，轻声问："小鲨，我知道你不想看见我……你也不想见南枝了吗？"

云小鲨摇摇头。

"好，随你。"苏旷从腰间解下小葫芦，递到她手里，"你一个人上路，不怕一万，就怕万一，多少有它帮个手。"

小金在葫芦里轻轻跳，它跟云小鲨已经很熟了。

云小鲨抬头看他一眼："你不怕我不还你？"

苏旷低着头，苦笑："你也知道的，我这人呢……说话不算话。不瞒你说，我也答应过小金……跟它许，以后海参、鲍鱼什么的随便吃。可我又买不起，还是

419

拜托你吧。"

"那谢了！"云小鲨也不客气，抄葫芦在手里，转身就走了。

苏旷眼光在她背影上转了转，也转身上了大船。

此时正当午后，天空白茫茫一片，江流浩荡，水声震天，百舸扬帆，千橹齐摇。渐渐地，舟过江心，北岸众人已成芥子之影。云小鲨带了严揖雪，两人上了一叶扁舟，扬帆乘风而去。只见长空入江影，波光起明灭，两人一着红衣、一着黄衫，青舟白帆，风行水上。那一叶轻舟，如欲振翅，在风口浪尖上腾跃着，有种说不出的淋漓写意。

苏旷遥望着，见她渐行渐远，始终并不回头，心里极怅惘，江风在耳边呼啸，悲从中来。那一片白帆渐渐地小了，如同一翼飞鸟，在江天浩渺处翩翩不见。苏旷怔怔愣着，好像心里头有根线终于脱断，在空中随风飘忽似的，似乎至此一刻，才明白了什么叫"孤帆远影碧空尽，唯见长江天际流"。

轻舟坊送众人到岸，也不登陆，只齐齐一抱拳，喊了声"丁帮主、苏大侠，诸位保重，后会有期"，摇橹拨船而去。

过江之后，又复启程。在路上，顾青翼向丁桀辞行，说是此处离庐山已经不远，妻子刚诞下三子才出月子不久，要回去照看妻儿。"启禀丁帮主，顾某家宅难安，此后就不便侍奉左右了。银沙教与我血海深仇，不共戴天，得蒙丁帮主主持义举！今后有事，只要丁帮主一道令下，九天堡上下遵命而行。"

"是，我倒是想起来了，顾兄添丁之喜，本不宜这样奔波。银沙教是侠义道同仇，将来势必要渡海一击，我眼残如此，一样不堪同行。此一番劫波，终结在何人之手，恐怕只能由天注定，顾兄要是信得过我和苏旷，不妨就此放手。世间事离恨多，团圆少，有家可回，实属万幸，未必就要血刃亲仇。"

"丁帮主折煞我了！顾某何德何能，敢在丁帮主面前担一个兄字？顾某家中三桩血仇，唯有托付侠义道。再者说，普天之下，若信不过二位，还能信得过什么人？倒是我家三儿这才满月，还没有来得及取名字，如蒙丁帮主不弃，赐个名字，那真是蓬荜生辉。"

"岂敢！"

"这是丁帮主不看顾我！"

"哈哈，顾兄……好，顾兄前两个孩儿，叫什么名字？"

"一子朝阳，一女明月。"

"那正好，就叫长星吧。"丁桀不假思索，就说出了一个名字。

420

"好！好！那就等长星略大几岁，带他来拜见丁帮主！"

顾青翼朗声一笑。车马辚辚，他调换了驭手，将车队交给吕颂率领，向一众江湖客一一辞行道别，就在三岔路口，打马离去了。

前后半个月，车队到了武夷山。沽义山庄的大门再度隆隆敞开，沈家兄妹率众相迎。说实在的，有丁桀在，百里一传、五十里一报，想不知道他们的行程都难。

沽义山庄外头，本来就聚拢了一大群江湖客，再加上随后又来的，真是满坡满谷，旌旗摇晃，人山人海。

人群两边分列。丁桀在正中，缓步而行——他扶着手杖，苏旷和他并肩而行，到了台阶，抬手略扶一把。

他们二人向上走，沈家兄妹向下迎，沈南枝轻轻拍了拍风筝的脑袋，重逢的场合，小孩儿叽叽喳喳先蹿过去比较合适一些。小孩儿大喊一声"大师兄"冲过去了，个挺大的大孩儿喊了声"苏大哥"也冲过去了。

苏旷拎起风筝，举在空中掂了掂："怎么回事啊？你这小孩儿怎么不好好吃饭呢？我走这么久，还敢瘦了呀？"

他心情不太好，但也不愿意让风筝失望，就马马虎虎抱在胳膊里。

"苏旷，"沈东篱已经到面前了，沉吟一声，"怎么说呢……夜哭先生的事，我和南枝已经听说了。"

"这是夜哭兄留给南枝的，我怕飞鸽传书有闪失，还是亲手带回来。"苏旷从贴身衣袋里摸出那本小册子，只有一只手，又捎带着挟出了那根发带。

"你放心。"沈南枝接过册子，"我们一定救他回来。"

"云姑娘的事……其实我们也听说了。"沈东篱看了看苏旷脸色，"只是不明白，半路上到底发生了什么？"

"别问了，真不想说。"

"好吧！"沈南枝手里一直拿着根手杖，顺手就塞丁桀手里，"丁帮主的……好消息坏消息我们都听说了……据说，有一战惊天地泣鬼神，我无缘目睹，无以为敬，雕虫小技，做了这个送给你。杖头有个小机关，能抓地能探路，反正试试看，肯定比你用得好。至于……哎呀，刚刚我站那琢磨半天了，也不知该说什么，有时候呢，这个世界就是那么……肮脏！丑陋！不堪入目！我们眼不见心不烦，对吧！"

"对。"丁桀哈哈大笑起来，他眼盲之后，还没有这样开怀过。

第五十八章　百兵之胆

盛夏一到，热风快要把天地吹胀了。举目四望，满眼都是浓郁的绿，草丛茂密到下不了脚，远山树木苍翠，枝繁叶密，绿水苔藓森森，沟满河平。武夷山风光奇绝，独秀东南，本来就是个消夏、避暑的好地方，何况如今群雄毕至，万众心向往之。

沽义山庄里面倒还算是清净世界，仅仅一墙之隔，外头简直是人满为患。一出大门，放眼十座山头上都是木屋、竹棚、帐篷、旗帜……几乎有了吹角连营的阵势。从后山往外走，正好一片平缓山坡，树荫下、草地上，动不动人头攒动，那些浑身都是劲的年轻人们吵吵嚷嚷，呼啸喊叫，互相串门，互相结识。正午后，瀑布下、溪流里挤满了洗澡的人，小河滩、深潭里漂满了游泳的人；一到傍晚，一群人摆了摊位，把井水里湃好的瓜果梨枣端出来卖，熙熙攘攘，简直快要弄出夜市。

谁也不舍得离开，这里的生活简直是多姿多彩，银瓶会的筑了个台子说书，打牌的一群一群聚集着赌牌，广寒乐府的几个亟待出头的弟子抓紧时机，写了好几首新曲子，四处凑着热闹吹拉弹唱。

当然，万众瞩目的还是高手。大多数年轻人，一辈子都不会见到那么多高手同时出现。高手是奔着高高手来的，高高手是奔着高高高手来的，武学一道，单打不成阵，独斗不成兵，天生就要切磋、就要碰撞、就要竞争、就要交融。大时代如同苍穹，自有其明灭交替，星辰从不独来独往，要么群星璀璨，要么万马齐喑。

没有几个人真的惦记除魔卫道这回事，天塌下来有高个子顶着，兵随将令草随风就是了。更何况，自从四月初精卫鸟在京西客栈最后一次现身，从此再也没有银沙教的消息，乐天派们开始揣测，他们可能已经吃了苦头、落荒而逃，并且永远也不会出现了。

午后的沽义山庄,是一天里最安静的时刻。

"师父师父师父……"吕颂一路小跑,急匆匆地喊。

他新得了个宝贝师父,珍而重之,一次喊一声都不够,非要喊个两三声。他一路跑进小厨房,推开后头碧纱门,后院有块清静角落,是沈南枝日常处理庄务的所在。

一推门,他"呀"了一声。靠墙一棵大橘树,绿冠里怒放着星星的白花,阳光穿过层层橘叶,在石桌上洒下小银鱼儿一样的光斑。石桌很大,沈南枝和苏旷一人一边坐着,埋头处事。石桌正中是高高的一大摞账本,账本顶上头落着几壳硬而绿的叶,叶上噙着冰莹的露水。苏旷衣袖卷到肘边,左手边上是一把黑檀木珠子小算盘,右手提笔,似乎正在纸上鬼画着什么。沈南枝面前是一大盒子宝石,红宝石、绿宝石、珊瑚珠子、珍珠、翡翠,大个的小个的,囫囵的散碎的,成色好的成色一般的……阳光一照,满桌子流光幻彩,璀璨到不可方物。

吕颂被这珠光宝气震慑住了,愣了一会儿,才往前走,再仔细看,宝石盒子边上还配着称重的戥子、浸润用的油脂匣子、擦拭用的粗细毛皮、分辨宝石成色的琉璃透镜……还有六七叠细细分了一百多格的木匣子,看起来是要分而装之。

苏旷沈南枝都停手抬头看他,等他说来事。吕颂回过神来,快步走过来,忍不住又瞟一眼:"二姑娘,这沽义山庄跟我们小门小户的真不一样,这堆珠宝要是在我们快马堂,得躲在里屋,关上门拉上窗户,连窗户缝都得拿黑纸糊严实,哪能在厨房后头就分了。"

"别啰嗦,到底什么事?"苏旷搁了笔,顺势活动手腕,"还有啊,下次有什么事,不要提前嚷嚷,也不要那么大声叫唤,进门的时候问一声就行了!"

"不是啊!师父,你上回跟我说,'将入门,问孰存,所以致敬也;将上堂,声必扬,所以戒人也'。我这不是,讲礼嘛!"

"行了说吧,到底什么事!"苏旷抓了抓脑门,算了,冰冻三尺非一日之寒,慢慢焐着吧。

"师父师父!"吕颂赶紧一屁股坐他身边,"外面,大草坡那块儿,可热闹了!他们玩剑的一帮人,搞了个讲剑坛!用剑的高手,都上去论道,施展绝学,哎呀,好看!好看!"

"好看就看啊,找我干啥。我早知道这个事。"

"我这不是怕你不知道吗……刚刚，连丁帮主和沈庄主，都上去坐而论道了。"

"论什么？"

"沈庄主在讲慢剑道，丁帮主好像是在讲……反正剑道的七重境界之类的。他们还互相盘问刁难来着！"

"那个叫诘驳，不是什么盘问刁难。问难驳诘是论道里很重要的一环，论道者自身会不自觉回避思想弱点，这就需要互相辩论、互相攻防、互相映照，说者自明其理，听众得其真谛，是所谓共道。"

"哎对，对对，我知道是诘驳，一时想不起那个词！哇，观者如山啊，那靠近的位子都拿钱抢，谁要是去撒个尿，一抹身子位子就没了！那都能打起来。"

"吕颂！"

"哦哦哦，二姑娘……"吕颂这才回过神，沈南枝还在一边杵着胳膊听着呢，连忙轻轻在脸上拍了一下，"我刚才太来劲了，没注意！"

"你到底找我干什么？"

"师父，他们玩剑的人多啊，净欺负人！说什么剑是百兵之君。你听听！君！剑道才能配得上叫道，咱们玩刀的，那练的叫刀法！你听听，法！说剑道格局高、境界深、寄托远……刀嘛，万变不离其宗，抡着砍就完事了。"

"真敢说啊。"

"对啊！真敢说啊！但他们那边高手是真多啊，丁帮主和沈庄主刚刚讲完，弄得谁也不敢上……这不大家都找我，来……嘿嘿，撺掇撺掇你嘛！"

"行了我知道了，我对完账就过去。"

"哎！"

"等等，来都来了，那边井里有湃好的西瓜，切一个吃吃。"

"好嘞！"

吕颂连忙跑到井边，细细洗了三遍手，再去厨房里头拿了刀和托盘，井水里用竹篾吊了十几个瓜，他轮番拎上来敲一敲，选了个最好的，切了端到二人面前，先冲沈南枝献殷勤："二姑娘您看，这块红通通的，籽也少！"

沈南枝接瓜在手，笑眯眯的，哪壶不开提哪壶："对了，吕颂，这也半年多了，我那债怎么样了呀？"

吕颂也正咬着西瓜呢，想了想，满嘴淋漓："启禀二姑娘，我们家这趟……本来我算着能挣不少，结果回头一对账，哎，不知道为什么，就……不赚不赔的。"

"什么叫不知道为什么？做生意的，挣不着钱，还有不知道为什么的？"

"嗯……马没调养好，蹄铁也没及时检查，伤了两匹；时辰也没控制好，有一天大家喝多了，我也喝多了，就睡到第二天中午才走，后面好几个点都跟着乱了；人也是，忘了轮换，一上路就告假病了一位，中途才补上。"

"还是知道为什么的嘛。顾二哥没盯着？"

"姐夫说我主持嘛，他帮我带个队就完事。"

"别兜圈子，那你给我的答复呢？"

"启禀二姑娘，吕某窃以为，钱，是真难挣啊！"

"哟，你姐和你姐夫当年管事的时候，钱可没那么难挣。"

"是是是，我就没想过他们有多费心……二姑娘，你尽管放心，无论如何，吕颂绝不赖账，我今年，凑一凑，能给你……五万两，以后等我上道了，挣钱就快了，就是想求你，宽限点利息。"

"凑一凑？你拿什么凑？"

"我姐说先借我……"

"吕舟华真是！"沈南枝烦了，那块瓜吃两口就扔了，拿块新的，尽咬瓜尖吃，"吕颂，你挺大个人了，有点出息啊，自己惹的事，自己学着扛！我告诉你，利息呢，免不了，看在我跟快马堂交情的分上，我给你按江湖上最低的利走，一年三厘，先还本后还息，这够可以的了吧？"

"够……够可以……"吕颂随身带了个小本子，赶紧记下来。

小本子还挺厚的，他埋头，唆唆写了不少，记下了"不要提前嚷嚷""问难驳诘"和"一年三厘利"。

"沈二姑娘，"他把小本很郑重地合上了，"二姑娘，我没说不自己扛！一路上，我跟姐夫净讨论这个债来着。我们想，快马堂的生意那么麻烦，也不是我努力跟学个一年半载就能全上道的，将来还是得请我姐分出一半精神头来管事，咱们姐弟俩一内一外，就好办了。原先这个事儿成不了，因为我们家在关中，马场也在关中，庐山离关中太远了，一往一返就好久。但以后，我们要跟轻舟坊联手做事了，也不能指望人家事事去关中呀，对不对？我们也得弄个分舵，取个三家折中的地方，我姐也好出门，轻舟坊也好常来常往，我还沈姑娘钱也快多了，对吧……但事嘛，总得一点一点慢慢做，我们这不是还在合计嘛！……嘿嘿，您吃这个，这块籽也少！"

425

"听着还蛮有一番打算的……吕颂啊，你说你以前怎么不学呢？"

"二姑娘，您不知道！以前他们老叫我别练刀了，说我败家子浪费钱！我这不是拧嘛！我这人，就靠一口气撑着。他们不让我干我想干的，我也不干他们要我干的！如今好了，我有师父了，你说，大家伙儿满江湖打听打听，我师父是谁？谁还敢不让我练刀？哈哈，说起来也怪呀，我这一能练刀，一顺百顺，也就能花心思琢磨生意了。唉，以前听不进去的，就全能听进去了。"

沈南枝挺惊讶的，她真没想到，吕颂见识完丁桀、苏旷，在武学一道上居然还有孜孜不倦的追求，她心说，我肯定是不懂什么武道，没事练点剑，纯粹就是为了瘦小肚子，可就我这水平谅你这辈子都追不上，这都哪儿来的野心啊……她叹口气："好吧，我也不知道苏旷平时都教你些什么，反正，练刀不关我的事，你喜欢就好……"

"我喜欢，我真喜欢！"吕颂不能提刀，一提两眼发绿，赶紧拽了拽屁股下头的石凳子往前凑，却也没拽动，"我每次听师父讲刀，骨头缝里都发酥，真的，我到现在半夜，做梦都能激动哭，你说老天怎么就垂青我了呢！二姑娘，我师父跟我说了，热爱这个东西，很珍贵的，从来不白白出现。他说，如果一个人能苦走十年，又此路不通，说不定是沿着另一条看不见的路在走。武学这个东西，走到最后，也不一定就是靠技击取胜，有的人会练不会教，有的人会教不会练，有的人自己广纳百家但没法开枝散叶，有的人自身天赋有限但也能在论著上有所建树。我师父还说，武道滔滔百年，对天分要求越来越高，入门的门槛也随之水涨船高，终归不是个好事，门槛变得太高，能入门的人就会变少，很多绝顶高手都想回过头来，做这个降低门槛的事，可他们办不到，因为他们不知道那一招简简单单的为什么就施展不出来，可我知道呀！我太知道别人轻轻松松、自己玩命也做不到是怎么回事了，我想做这个事情。等回头……过个十年八年的，我把二姑娘的钱还清了，自己也攒点江湖经验了，我就把快马堂给我姐，后半辈子专门干这个铺路搭桥的事。我的毕生心愿就是想让和我一样没天赋又喜欢练武的人，也能进这个门，享受这个事，顺便挣点钱。真的，就算到最后什么都没成，我也很高兴，因为不管怎么说，这是我的人生了。"

苏旷一直在静静地听。沈南枝好像有点理解，苏旷为什么会收这么个徒弟了。

吕颂真的是个很有热情的年轻人，说到毕生心愿的时候，眼睛里放着光。苏旷确实很欣赏百折不挠的人，因为他自己也是。

沈南枝想了想,向水井边一指:"这样吧,来,吕颂,那边有个浸在冷水里的罐子,给我拿过来。"

吕颂连忙跑过去,端过来,是个茶碗大小的白玉罐。沈南枝打开,里面是淡淡茶色的药膏,她拿小玉勺试了试质地,抬头问吕颂:"想不想挣点外财?"

吕颂点头如啄米。

"喏,就这个,你每天等有太阳的时候,洗干净左胳膊,薄薄涂一层……之后不要在屋里头待着,多在太阳下面走走。记住啊,只许涂左胳膊,我要个对比。涂满半个月,我给你,嗯……总账上免五百两银子。你愿意涂脸吗?"

"愿意!"

"那行,记着,也是左脸啊,右脸别动,我给你免一千。"

苏旷挺好奇的,凑过去闻了闻:"南枝,这什么呀?这钱这么好挣我能挣吗?我愿意涂右脸……"

沈南枝白了他一眼,把罐子盖上了,交给吕颂:"放阴凉地啊!哎呀,跟你们讲你们也不懂,小鲨在就好了,银沙教总舵不是在大海之南吗?应该很晒对吧?我这是兵马未动粮草先行。"

"师父,二姑娘!我先走了!外头还在继续呢,我去起个哄,不能被他们练剑的全抢了风头!师父记着来啊!"吕颂殷殷勤勤收拾了西瓜皮,抱着小罐儿,兴冲冲地跑了。

宁静、幽凉的下午时分。炽烈的阳光变得温厚起来,一桶又一桶井水浇在地上,青砖地上潮而凉,偶有一张无字宣纸落在砖缝上,洇出一道黑而皱的十字,白纸四个角在风里颤颤地抖,很快就湿漉漉地服帖了。

陈师傅起床了,在为今天的晚餐预制高汤。白水煮着大块肉,空气里飘着原始的甜香。苏旷的账本快要翻到头了,他的新左手很好用,算珠打得清脆噼啪,嘴里轻轻地念着数目。沈南枝的宝石也整理到了最后一个木盒。

"南枝?"苏旷提笔,在纸上速速算了些什么又掂着最后几页,翻来覆去地看,"你这总账是不是计少了?合计加起来十万两的账,总计怎么只有八万两?"

"没事儿,你不用管总账,帮我核一遍细账就行。"沈南枝埋头,拿着小夹子把一枚翡翠上镶嵌的银叶子一点点撕下来。果不其然,下面藏着一道裂缝。她嘁一声把那枚翡翠扔到脚边上的"废物"箱子里去,大概是有些困倦,用胳膊肘揉了揉眼睛："我最近睡得少，脑子不清楚了，那个细账估计有疏漏……"

"那我核完了。"苏旷把手里的账本推过去，"没问题的，南枝，没什么疏漏，你做的账，想找出点瑕疵来也不容易。"

"哦，厉害。"沈南枝又托起一块鸡血玉，对着光仔细照，皱皱眉，又拿麂子皮擦了擦，反复掂量，有点儿疑惑，"这玩意到底怎么估啊……歪歪扭扭，沉甸甸的，估多了也不合适，估少了也不合适。"

"黄金有价玉无价，留着自己用得了，这个玉不错，刻个章正合适。"苏旷要过玉来，对光也看了看，手里掂了掂，"这个血，淋漓厚透，算是上品了。南枝，相识一场，我好像只送过你一盒点心，说起来真有点惭愧。今儿借花献佛，送你块印吧。你要刻什么？"

沈南枝心里咯噔一动，想好端端的，这话怎么有点道别的意思，她嘻嘻一笑："就刻'想钱而钱来'五个字，其他随你。"

"好。"苏旷从工具盒子里找了杆镌刀，托那块鸡血玉在掌上，略思忖布局，斟酌着下了刀。

一时之间，天地寂静，一边是咯叽咯叽的刻刀划石声，一边是叮当琳琅的宝石入匣声，两人各做各的事情，不知不觉，日头偏西，一阵长风吹过，天地萧萧，大橘树飒飒摇摆，绿叶白花连着露水落了一地。

不多时，沈南枝的整理和分类完成了，她又拎出一大堆素白锦囊，把那些一小堆一小堆的宝石装进锦囊里，一一标好名字。苏旷有点好奇："南枝啊，忘了问，这到底是在干啥呢？"

"发工钱。"沈南枝指了指桌子，"这些是太平客栈半年的分红，他们没有现银，拿珠宝顶了，按行价给我打了个八折。本来呢，还有小鲨的一半，但是前些日子，小鲨订了一批木材、桐油、机栝、帆布……她手头缺钱，我帮她先付了那笔款子，说好了用这笔分红抵，这些呢就全是我的了。我这儿也没有现银啊，正愁着拿什么发工钱呢，呐，送上门了！哎呀，没办法，如今啊，十二月银庄一出事，全江湖的银票都不能用了，哪儿哪儿都缺银子，所有开门做生意的地方，都在拿货换货，红货就算是最硬的了。"

"什么？除了十二月银庄，江湖上就没有别的银庄了吗？"

"有。"沈南枝揉了揉脖子，"可是没用。在此之前,根本就没有人能想到这一出。十二月银庄的家底子太厚了，比其他家加起来都多，它们一出事，别家跟着都乱了。

428

现在谁都不知道，江湖上还有多少黄金白银，要真是都被银沙教运走了，银票就是废纸。"

"到时候，乱的不仅仅是江湖。"苏旷掰着手指头，数给沈南枝听，"十二个银庄，元月银庄在京城，二月银庄在长安，三月银庄在杭州，四月银庄在成都，五月银庄在苏州，六月银庄在金陵，七月银庄在扬州，八月银庄在兰州，九月银庄在台州，十月银庄在广州，十一月银庄在福州，十二月银庄没人知道在哪儿……十二个银庄里头呢，挖出来三个银庄，三月的、九月的、十一月的，就这三个银庄，已经足够让今年国库亏空填平了。如果按照这三个银庄的数字，翻四倍，那大概……十二月银庄总的藏银，是这个数。"

苏旷在算盘上打了个数字，数字大得可怕。

沈南枝揣度着："这是……国库两年的赋税？"

苏旷摇头："足足三年的赋税！"

"那就更要命了。"沈南枝也摸出一本薄薄的小册子，翻开反推过来，"我按照江湖上各门派走银票的账面，粗略推演过银沙教的财富总数。按照我了解的情况，他们发出去的银票，可能是这个数字的十倍，甚至二十倍。"

"十倍和二十倍的差距可是相当大啊！"

"我没办法算出准确的数字，没有任何银庄愿意交底，别家的账你也看不到，所有的都靠估，这一估呢，差距就大到离谱。"

但无论如何，那都是一个真正富可敌国的数字了。那个数字甚至大到可以逆转乾坤。

"苏旷，我最近才开始研究十二月银庄。这个王素，是我知道的最天才的一个人。可怕的设想！不可思议的布局！"沈南枝摊开那本账簿，翻到一页谱系图，推给苏旷看，"他根本就不是在敛财啊，他在织的是一道财富的巨网，这个网一旦流动起来，整个江湖的财力就全挟裹在其中；这个网一旦瘫痪，全江湖的银子都没法动了。如果按照最坏的情况，十二月银庄所有的藏银都被带走了，那我们后果不堪设想，就又得回到一百年前，靠镖局送、镖师押，一车一车、一箱一箱，用马车成年累月地拉。我在想，我们不能就这样眼睁睁地看着，是不是还得找丁桀商量？我们想办法把这套十二月银庄给照抄下来，江湖以后还得靠这个转。"

"丁桀不敢！"苏旷直接摇头，"你真当他无法无天了？他敢碰这套东西，不出一年，侠义道直接灰飞烟灭。十二月银庄能流转那么多年，是因为他们隐藏得

429

太好了,从一出生起就是阴阳两笔账。他们每一家银庄,都建在一个极其光明正大的建筑下面,每一笔账目,明面都有去处,简直滴水不漏,可以说,从银沙教第一天设置这个架构起,就处心积虑防着人查。可是,这个东西注定是见光死,这是动摇国家根基的,比什么蛊虫杀人之类的破事儿大多了,可以说,从神捕营知道'十二月银庄'这五个字的那一刻起,他们就没活路了。其实,我一直都没弄明白,王素这个人,到底图什么?说他聪明是真聪明,说傻也是真傻,他这个才华,干什么没有一番作为呢?全部用在这种邪门歪道上,何必呢?"

"嗯……他们真能把银子都带回总舵吗?"

"我觉得不可能,小鲨也说不可能。而且退一万步说,就算朝廷瞎了疯了,自废武功不拦着他们,他们又正好有这个本事,能命令所有海船一起出动,又正好老天眷顾,碰上风平浪静,也就是说,就算是天时地利人和凑齐了,真让他们把那么多银子搬回去了,那又有什么用呢?在荒岛上,金银财宝无非就是石头而已。王素是精通此道的第一人,经营这么久,他怎么会允许这种场面发生?如果说,他是被蛊虫要挟,不得不这么干,教母为什么要这么做?什么值得他们费这么大周章?从头到尾,我最想不通的就是这个。"

"你怎么猜?"

"我不知道,隐隐约约地有一个特别疯狂的设想,但想法太碎了,不成章法,我还没法子很清晰地描出来……"

"那你再猜,目前剩下的九个银庄,到底什么状况?"

"我猜,剩下九个银庄的藏银,应该还埋在地底下,至少大部分是埋在地下的,他们搬不走,我们也拿不到。你看,银沙教原先的路径是很清楚的,他们专走后门,先变成夫人,渗入到光明正大的场合,像是蛊虫侵入宿主,全面渗透之后,当然接管一切,你能奈他何呢?我还在想……她们七个夫人,到顶的是灵妃,灵妃是老皇帝的妃子,跟俩先帝都搅在一块儿,原本是想干吗?不管她们想干什么,敢这么干,无非仗着更先的那个先帝缠绵病榻多年,后宫空虚。去年,京城连崩二帝,格局大变,朝野震荡,这样的大乱局,谅她们之前也想不到,如果这个都能谋划,那她们没必要走那么阴森森见不得光的路子。如今,不仅是我们天翻地覆,她们也一样乱了初衷……再等等看吧,等教母出招,她要是不出招,前面做的全都没有用了。"

"如果她宁可前功尽弃也不出招呢?"

"我猜不可能,她越拖,局面对她越不利。这个判断应该没有错,银沙教近期会有动作的。"苏旷拿着刚才那本小册子快速翻了一遍,"南枝,这个我能不能誊一份,送到神捕营?"

沈南枝想了想:"你还是自己写封信尽量概述吧。这里涉及江湖上别的门派的账太多,大家多少忌讳神捕营。"

"哦,明白。"

"我这边也装完了,要给太平客栈回信了。你要添几个字给小鲨吗?"

"小鲨有信?你刚才不跟我说?"

"不算正经信,主要都是账目。但慕容止有张纸条,稍稍提了小鲨。"

沈南枝从一堆账簿里,抽出张信笺,递了过来。苏旷伸手接过来,纸条很短,就几行字。

沈二姑娘芳鉴:

托二姑娘福,咱们生意好得很,可谓顺风顺水。江湖上都说,跟着沽义山庄,稳当又风光,真是诚不我欺,再有好买卖,提携我个!最近手紧得很,我那份先提走了,其余鲨头儿说全是二姑娘的!随货送了两箱海味,干鲍和瑶柱都是精挑细选的(鲨头儿自打归来,花天酒地,带着小金胡吃海喝,以前说好的一笔大买卖直接给拒了,连带我们镖局生意也不景气,得捎带着卖海货,唉!),二姑娘尝尝,喜欢再送。另:我问鲨头儿要不要给二姑娘去几个字,她喝多了,命我少啰嗦,代为问好,怕挨骂,谨遵命。

慕容止上。

苏旷把那块印擤下了,脸拉得老长。

沈南枝无奈看他:"怎么啦?"

苏旷眼光在那几行字上反复瞟,快要一头钻进去:"慕容止这个人,是不会说话呢,还是没读过书呢?什么叫花天酒地?"

沈南枝没搭茬。苏旷想了想,呫摸:"南枝啊,你说……泉州地处东南,和中原文化迥异,是不是有个自个儿的讲法,花天酒地不是我理解的那个意思?"

"苏旷,敝国从始皇帝起,就已经车同轨、书同文……"

苏旷还沉浸在咬文嚼字里:"嘶,就事论事啊,小金为什么也要当叛徒呢?它怎么吃那么欢呢？它少吃一口，显得想我不行吗？"

沈南枝烦了，啪地一扣盖子："姓苏的！我每晚通宵做狩天者，真的挺累的！我做到第七版了还没做出来，也很想撞墙！我跟我哥追着问你多少遍了，你们到底怎么回事，你打死不说。我真不明白，你俩有什么不能敞开了说的！好，尊重你，爱说就说，不说就永远别再提了。我现在就问你，要不要添几个字？"

苏旷怔了怔，回过神："不添……"

沈南枝低头写回信。苏旷站起来："南枝，没我的事了吧？我去看看那个讲剑坛啊，你忙你的，辛苦了。"

他在水井边洗了洗手，出去了，轻轻带好了纱门。沈南枝也愣了愣，拿过那方印看，还没有打磨、上蜡，但已经刻完了，印面五个篆字，"想钱而钱来"，边款上是潇洒劲道的一行手书："幸与南枝共江湖"。

沈南枝心里又是咯噔一动，似乎脑海中有一道机关被缓缓拨转，慢慢地就在无路处打开了一扇暗门。她有点明白了，揣了印在兜里，也洗了洗手，出了门，边走边喊："陈师傅！帮我把工钱发了吧，就在桌上，都分好了！也标好了！"

"哎哟，二姑娘真信得过我，那么要紧的事，哪能让我来啊……"

"没问题，能者多劳，陈师傅你行的！"

"那……二姑娘，我弄着晚饭呢！"

"晚点没事，估计今天大家都要晚。哎！给我凉调一个蟹钳子肉拌松茸！"

"好嘞！"

已经快到傍晚了，晴空万里，彩霞飞舞，西斜的红日像要燃尽此生。

苏旷出了沽义山庄，信步向后山走。他有一些静静的无法宣之于口的忧伤。

感情是个很奇怪的东西，志气、仇恨都像火一样，笔直向上，烈烈燃烧；但爱更像是水生植物，折断了，反而在断茬口生出无数的须根，只要神智稍有缝隙，就缠绕上来，拖着人向下沉沦。

他不愿意和沈南枝讨论，再好的朋友也是孤男寡女，讨论情愫有点过分。唯一知道这件事的是丁桀，但丁桀自己伤还没痊愈呢。他想过很多次，此后绝口不提，但实在蛮难做到的——师父是个妖怪，心如铁石，他学不来。

"狠心婆娘！无耻叛徒！吃！就知道吃！"他嘀嘀咕咕地跑了两步，狠狠踢了一脚小石子，一道弧线飞向远天。草甸茵茵，杂花生树，火烧云灿烂如旧梦。

后山到了，暑气消散，草坡上全是人。看起来，是"讲剑坛"刚刚散了，大家准备回来吃饭，都还在彼此议论，有的边走边聊，有的围成圈子，时不时有人争执起来，手上还在比画。一个圈子稍大些，里面有人余兴未歇，继续在"切磋"，远远看过去，地段还不错，大樟树和大榕树围绕着，树下繁花似锦。

"哒！"还没靠近呢，气壮山河的一声叫唤，按声量已经可以判断了，正是大雅。

略走近些，见大雅手里端着一杆白蜡杆子长枪，扎拿拦点，上中下三路嗖嗖抖起。这姑娘还是在苏旷他们没离武夷山的时候学了一点大蟒枪，不过是稳扎稳打的入门功夫，这就敢出来跟江湖中人过手了。

大雅禀赋是很好的，她没怎么正经练过武，一路这里看一点，那里蹭一点，居然也有模有样的。

大雅的对手，乃是常山赵家枪的传人，长枪矮太岁孙小赵。孙小赵个子矮，四肢壮，地上一蹲跟铁蛤蟆似的，但手里那支枪是真长，估计是江湖上最长的一杆枪了，圈子"略大"主要也是因为这个。

苏旷懒得过去看了，听风就不是什么好斗，两边都在使蛮力，两杆枪只顾抢起，跟打谷、扬草似的。他再定睛一看，吕颂、风筝和风雪原都在——吕颂把风筝高高举起，风筝一路拍着手喊大雅加油；风雪原，站得稍微外一些，手里还挽着个绿衣双鬟姑娘。

居然是束星儿！

苏旷脸一沉，走过去了。

风雪原也看见他了，脸上一变，低头想走开，但还是乖乖迎过来了。

另有两个庄丁，寸步不离地跟来。苏旷挥挥手，让他们站开些，命风雪原随他到树后无人处，劈头盖脸就问："谁允许你带她出来的？"

风雪原着急，连忙压低嗓子："师兄，星儿前几天病了……吃好几天药了，只能喝粥，难受得直哭……她好久没出来见太阳了！闷得不行了！我这不看着她嘛！"

"押回去！"

"师兄！我们这刚出来呢！她还能跑了不成吗？我是想……让星儿多看看正常人的生活，对吧，说不定就开窍了呢。"

"我没什么不正常的。"束星儿手攥在风雪原手里，她低着头，语气还挺倔的，"不正常的是你们。"

她确实关了很久了，瓜子脸瘦了一圈，瘦骨伶仃，皮肤白得像细瓷，一点血色都没有。

　　"听见了没有？给我押回去！你要舍不得离开她，我可以把你们关一块儿！"

　　"伪君子！滥用私刑还有脸了！"束星儿甩手，风雪原吓坏了，忙一只手臂从背后环过去，把她另一只手腕也攥手里。

　　"束星儿，你想不想知道，真君子，用公刑，你现在什么下场？"

　　"你是什么下场，我就是什么下场呗！"束星儿抬起头，一点惧怕的意思都没有，"苏旷，别人怕你，我可不怕。你杀了我爹，就在我眼面前杀的！我一辈子也不会忘！你休想抵赖！要论公刑是吗？那你早就死了！徇私枉法的神捕营也早该死了！你有什么资格站在我面前说三道四？你说什么都没有用！假仁假义，道貌岸然！"

　　风雪原急得想去捂她嘴，被苏旷瞪了一眼，没敢动弹。

　　"这些话都是谁教你的？你那个继母束夫人，是不是？"

　　"不要你管！"

　　"你是因为这个觉得神捕营都该死，所以万老大也该死？"

　　"那又怎么样呢？"

　　"没有怎么样。束星儿，说实话，我拿你没什么办法，银沙教的教母要你，我只能把你送回去，祝你们相处得愉快。不过说真的，我没有见过你这么鼠目寸光的人，你父亲和你郁伯伯终日服五石散，初一十五凌渊决斗，死不死活不活人不人鬼不鬼的，你有没有想过是为什么？你亲生母亲韩娥池好端端无故身亡，尸体还被你郁伯伯留存下来，你有没有猜过是谁干的？"

　　"你是混蛋，畜生！你要挑拨我跟我娘！"束星儿气得想踹他，风雪原直接把她拦腰抱起来，往后拎。

　　大雅和孙小赵可能是打完了，场面上有稀稀落落的掌声，所有人都伸头往这边看。不用打听，大雅肯定是没赢，她那样风风火火的性情，真要是赢了，能呼啸到山林震动。

　　"鼠目寸光就算了，还认贼作母；认贼作母也算了，还冥顽不灵，冷血恶毒之极！我就不明白了，那个束夫人，但凡真有一点把你当亲生骨血看，怎么会把你教成这种人？"

　　束星儿真气坏了，手脚并用，挣扎着要下地，风雪原跟举着一个大螃蟹似的。

　　苏旷心想，她对亲生母亲身亡这件事，还是很敏感的，真私底下想过也不一定。

"福宝，你刚才说，你能看住她，是不是？"

"对，是是是！"

"那你就看着吧，看仔细了，带她过来。"苏旷向草坡上头走，边走边吆喝，"大雅！别练那个没用的了，说出去你是我教的，还不知道耻笑谁呢！来！先开开眼，明儿开始，我教你点正经玩意！"

大雅大叫了一声，扔下白蜡杆子往这边跑。一小群人跟着苏旷往"讲剑坛"走，再接着是很多很多人，好像大家都知道他是来干什么的。

"讲剑坛"是一个临时搭成的竹台，十丈方圆，六尺高。竹台前，布置了数百个"位子"，有些是新做的小竹椅、小竹凳，有些就是用草扎的蒲团。竹台一侧，还散落了一地的长毛竹，丁桀和沈东篱面对面聊天。

苏旷老怀甚慰，想当初，这二位话都少，如今论了一通道，算是能聊起来了。

"你猜谁来了？"沈东篱看见苏旷带队过来了，问丁桀。

"既然有这么多人，"丁桀微微一笑，"想必是刀法名家砸场子来了。"

"不妨听听？"

"听听。"

两个人先挑了前排的位子，坐下。大家刚刚听过一场，熟能生巧，抢位子的连忙抢位子，没位子的就站着。人群一分，沈南枝也过来了，几个抢到好位子的忙起来让："二姑娘坐这里！这里好！"

苏旷有点惊讶，这场面，不上去都不合适了。他想了想，转头问吕颂："你是跟大家说什么了吗？"

"说了，说了！"吕颂点头依旧如啄米，"我传的都是原话，师父说了，你们玩剑的可真敢说啊！我马上就来，等着！"

苏旷不置可否，在吕颂肩膀上轻轻拍了两下，他伸手，整整齐齐挽起袖口，走了上去。

四面青山，山风吹过，晚霞如大旗。

竹台是就地取材的，还算结实，走上去的时候嘎吱嘎吱直响，站在正中间，头顶上有几片青青翠翠的、带着露珠的竹叶子。苏旷穿了身青布衫，还是前些天陈师傅说发了福、有身八成新的没怎么穿过，给了他。青衫料子很好，裁剪也得体，就是有点儿淡淡酒痕洗不干净。不过也很好，江湖多少事，衣上一酒痕。

"诸位啊，"他抬起头来，台下已经满了，还有人陆续赶来，站在后面。他想了想，清清嗓子，"既然已经有人论过剑了，我来讲讲刀。不过估计讲不过他们，什么七重、八重的。刀嘛，万变不离其宗，抢着砍就是了，谈不上什么道。"

底下一阵哄笑，前面带头起哄的那位笑得前仰后合。

"古话说，剑是百兵之君，刀是百兵之胆。说出来诸位可能不信，我自幼爱刀，又生长在一个摇篮边上就是兵器库的地方，可一直到十二岁那年，才算是握到了真刀，得了开蒙。师父管得严，说我性格顽劣，开刃宜迟。在此之前，我练的全是木刀，偶尔手气好了能拿到不开刃的钝铁，那种煎熬，真是朝思暮想，渴盼成狂，见别人练刀，走过路过都要偷偷摸一把，魂里梦里全是呛啷拔刀声。"

"我的开蒙刀法，叫作九耀刀，是京城许家的世传刀法，被我师父硬磨了来。"苏旷遥望远方，二十年弹指一挥间，风灯依旧高挑，那个深巷寒夜里的彷徨少年已经慢慢转过身来，"学这路刀法之前，我正在人生的第一个逼仄关口上。据我所知，少年人要是落了孤冷，常常对人对己，失了耐心，暴戾上涌，负气凉薄，心里头再不念半点别人的好，也就少了对这世间的温热。我极其有幸，遇到了一位郑先生，虽然只是风雪一程，狭路相逢，却有如寒夜灯火，教会我生之为人的胆识胸襟。"

"九耀刀法没有虚招，没有花式，大开大阖，阳刚浑厚，当得起光明磊落、开天辟地八个字。我练了二十年，也不知能不能配上这路刀。"苏旷又挽一挽衣袖，向台下伸了伸手，"光说不练也不合适，哪位借刀一用？"

台下几位老朋友都啧啧摇头。这个人吧，高手是真高手，抠门是真抠门，走哪儿都不爱带兵刃，老借别人的，掉落山崖又不捡，磕着碰着又不赔，难怪给自己的门派起名叫借刀堂。

西凉刀宗少主徐北客不知就里，站起来抱拳大叫一声："苏大侠接刀！"一抬手腕，把自己的佩刀甩手掷了过去，嗡嗡有声。

苏旷接刀在手。那是一柄铁骝刀，玄铁刀刃，刀背上嵌着黑金古蛇环。他赞一声好刀，翻身，拧腰，腾空一刀斜挥出去。九耀刀法一路一路，缓缓施展开来。

他的刀刃，直接劈向远天晚霞之中落日，刀锋暴起一团金光。这路刀境起手就辽阔之极，荒漠大日，九黎巫歌，开凿混沌，万象更新。他在劈砍抹挑、腾挪闪打，新生的躯体不安一隅，要与天叫嚣。

九路刀，刀刀起弧光。一路出扶桑，一路起大荒，一路照古道，一路过咸阳，一路如日当空六龙驭，一路风雪千山白日苍，一路羿射九日坠流火，一路钟鼓礼天奏宫商，一路陌上花开春风好，骄阳似我，我似骄阳。

九耀刀是古老之刀。残阳沙场，一将对阵千军万马之刀；洪荒世界，一人对抗洪水猛兽之刀。九耀刀也是少年之刀，来如雷霆，风云呼唤闪电，去似江海，浊世再起清歌。

但从未有人知晓，这路刀的极致，是复苏。

昔我往矣，白发苍苍，今我归来，风华正茂。

二十年前，一长巷、一盏灯、一声令言犹在耳——

> 不务虚词，不事诡言，直行正道，踵武先贤。
> 勇猛精进，肝胆自照，傲岸鹰扬，颉颃云龙。
> 若蹈歧路，见错即返，若堕迷途，排闼直入。
> 但求寸进，不慕尺功，开天辟地，全始全终。

人生藏有一个巨大的秘密，甚至可以谓之无上幸福——当一个人走过漫漫长路，历经千难万险，终于实现少年时对自己的承诺，青春之源泉，将会在人生之中途再度喷涌。

昔日的少年终于转过脸，纵身跃起，呛啷拔刀，向着未来的漫漫长夜、无尽征程、千山万水、妖魔鬼怪凌空一刀劈过去，叫一声：英雄慢老，我来也！

今日我也配得上终回头，纵身跃起，呛啷拔刀，向着这一路的生、老、病、死、苦、集、灭、谛、诸恶、诸惧、诸天、诸地、神鬼仙佛，凌空一刀挡下来，喝一声：江湖不死，幸会了！

冥冥之中，双刀交汇，我曾前行，我亦归来。

苏旷很少把这九路刀法全数施展开。台下所有人都在仰头看。

这是千载难逢的机会，他做不到像师徒心传一样和盘托出，但也已经尽一个武者的真诚，展示了无限之细节。

除了丁桀，一动不动，脸上也毫无赞许，默默听那刀风。

一众静默，屏息凝神。

"徐少主，多谢了！"九路刀尽，苏旷抬手，铁骝刀掷还给徐北客。

徐北客如梦初醒，赞了声好。接着，一片如雷掌声暴起，有人直接站起来。

这已经不再是坐而论道了。苏旷直接打开了自身武库的大门，他在呼唤一场星河灿烂。

今天是望日，夕阳还没有尽数落下，淡白色的月亮已经在天边。苏旷一套刀法施展完了，又挽了挽衣袖。看起来，他今天兴致很高。

"诸位。"他抬抬手，示意大家坐下，还有第二场，"说起来诸位可能又不信，我学刀很晚，踏足江湖就更晚。我今年三十一岁，但二十四之前，一直是一个捕快，如果遵循命运，可能永远是个捕快。二十四岁那一年，我失掉了一只左手，我想，该是去江湖的时候了。我运气很好，十四岁那年，曾经机缘巧合，去了扬州，进了都一泡，结识了一位大哥，他教我刀法，教我喝酒，教我交朋友，教我什么是江湖。我无父无母，是个没有根的浪子，从那之后，江湖就是我的乡愁。我来江湖，如鱼得水，不知险恶为何物。我走过千山万水，遇见了一生托付的至交好友。即使重来一百次，我也会走这条路。这七年，我度过了一生之中，最快乐的日子。"

沈南枝和沈东篱对望一眼，沈南枝把兜里那块印拿给沈东篱看，小声偷偷问："你说他是不是有点不对劲？"

沈东篱看不出，慢吞吞回："什么不对？你是说刀法？倒也没有吧，他上回情场失意之后，似乎武功也有突破。此人不能以常理论之。"

"不是武功……哦，有突破吗？我没看出来。我是说，他什么时候拉人下水嘴还这么甜过？今天有点诀别的意思，你发现了没有？"

"再观察观察，或许就是人来疯。"

此时，苏旷第二次伸了伸手："明镜大师，借刀一用！"

明镜缁衣芒鞋，站在角落，僧袍之中，滑落一柄如月弯刀，流光一转，破月离手，刀向苏旷掷来。

苏旷接刀在手："谢了。"

他缓缓提起刀，那是一个很古怪的姿势，像是一个终结的收招，却是另一道法门的开始。丁桀看不见，却轻轻皱了皱眉："十三式？"

沈东篱佩服之极："丁帮主名下无虚！"

没有掌声，没有议论，没有大声呼吸。所有人都在看着，连眼睛都不肯眨。

一个九渊之下的魔君缓缓上升人间。刀光泛起冥河之波——十三式之临渊断桥！

众人此时所见的，曾是整个江湖的梦魇。所有人都听说过霍瀛洲的十三式，可没有人亲眼见过,在霍瀛洲生时,见过的人,都已经不在了。

江湖上百年之内,不会再有这样的一套刀法。它险绝、崎岖,匪夷所思,是一个天才武者对想象力极限的冲击。

它的招式奇诡险绝,不知从何而来,不知向何处去。江湖上有很多以奇取胜的功夫,譬如破月刀就是,人们称赞起来,都说"流水浮灯,羚羊挂角"。但十三式不同,十三式连个正式的名字都没有,它无法被比喻,无法被描述,就是奇迹本身,几乎所有的发力,都钻了人类武学的死角,背离了人类技击的本能。

很长一段时日,苏旷都不知道,霍瀛洲的十三式是在什么情况下练成的。但后来有一天,苏旷知道了。

霍瀛洲的双脚脚筋曾经彻底烂掉过,他失去了这个世界所有的借力方式。他唯有回到来处——一片怒海。

霍瀛洲少年时曾经被囚禁在荒岛上,他一次一次泅渡和反抗那片大海,直至筋疲力尽,被教母们打捞上来。终有一日,他不再反抗,转而回头从恣肆汪洋的黑暗世界求取力量,与深海之中无边无际的虚无融为一体。

是啊,人怎么可能和大海为敌呢?海的力量是四面八方的,就像是宇宙,上下四方是为宇,古往今来是为宙;海的力量是暴戾无常的,鲸歌吟咏的唯有永恒自然之母,它诞生在人类之前,诞生在生死之前,诞生在文明之前;海洋是死亡本身,就如同死亡是生命本身,那柄"碧海洗银沙"生于斯,霍瀛洲亦生于斯,这也是"无中生有"的本来面目。

那十三式是他十三次无声无息地在死海里沉沦。死亡从深海之中浮上来,像他的海神母亲,拥抱着他,带他回到幽暗国度。而只有一种力量,能够让人在黑海中上升,那就是百年明月之心。

大海是永恒的,但明月只有百年。因为,人生不过百年,思念也不过百年。

那是属于怒海、夜晚、暴风雨的刀;那是属于天涯、明月、你的名字的刀。

苏旷的十三式走完了。这是近二十年来江湖上第一次有缘目睹十三式的全貌。这甚至也是他自己第一次目睹十三式的全貌。

在此之前,在巨大的劫难之中,他就已经明白十三式和阴墟是什么了;但直至此刻,他才知道那轮明月是什么。于是,他也在十三式走完的那个刹那,知道了这套武功的极致是什么。

那是另一个巨大的秘密——霍瀛洲创下这套武功,并不仅仅是为了留下一生的痛苦与虚无。他开诚布公地展示了一个勇敢者反抗死亡与虚无的全部路径，最终像剑菩提一样，力竭而亡，停在了最后一道关卡面前。那是传说中的"天道"，像是少林寺大雄宝殿上挂着的"勇猛精进"四个字，是无尽黑夜、苦集灭道之后，重生的大光明。

苏旷抬手，破月刀也掷还了回去："明镜大师，谢了。"

他并不是非用这把刀不可。但江湖有规矩，一声呼啸，叩我心弦，此去经年，必有回响。

明镜禅师收刀在手，静静站着，也似岁月无声。

"诸位。"苏旷第三次挽了挽袖口。

人群有春雷惊蛰一样的沸腾。他想干什么？他已经展示了刀法的两重至境了，如果再上一步……没有！之前武林之中，没有那一步。

沈南枝叹口气，早知如此，带个盆搁他面前，还能收点赏银回去。

但是，苏旷真是意犹未尽，他一股久违的血气在往上冲，他今天发挥到不可思议，还想趁着状态再上一步："诸位可能都知道……我的腰断过。呵呵，恐怕这也是今时此地许多人敬我一声'苏大侠'的缘由。可是，人不是靠着自己逞强就能站起来的，我能有今日，全是靠了一位老英雄，还有另一位我不曾谋面的英雄。"

风不二坐直了腰，眼里有泪。

"老英雄叫作纪黄九，是个仵作；他的长子叫作纪书莲，也是仵作。老纪家祖祖辈辈都是清直耿介之人，一门心思钻研手艺，想要给这个世间留一点公道。有一天，纪先生一不留神，在不合时宜的地方说了实话，被一帮人打断了腰，他年纪轻轻，从此瘫痪在床，靠父母服侍。他未婚妻走了，弟弟的婚事也没了，后来纪家二郎借酒消愁，跟人斗殴，冻死在河水里。后来，老爷子亲自操刀，证明了对家的清白，何其了得！最后，纪家最小的兄弟也离开了。但纪书莲没有放弃过，到最后他求父亲给他下刀。活生生地下刀啊，开他的腰，看能不能就那么把断骨头取出来。他说，他这辈子可能来不及了，可是，人他妈的要是真英雄啊，就得干成一件大事，隔了许多年，还能让别人一个一个站起来，真到那时候，就算赢了。纪先生熬了二十多年，没有等到结果……最后那一次，他受尽折磨，血流尽了，就那么走了，他母亲跟着也走了。

"在那之后，纪老爷子孤身活着，豁出一切去，替儿子走这条路，没人知道他是怎么熬下来的。我也不知道,光听一遍哪能就知道了呢? 老爷子遇见我后跟我说,他答应过他家老大了——他当时答应纪先生说——你他妈放心,你不行了,还有你老子我,我不行了,我给你找人,咱们一辈子两辈子三辈子,只要还有一口气,今天输的咱们就不服,总有一天,我得给你把这条命挣回来……他问我敢不敢,你说我敢不敢? 我敢。最后,我是借着这一刀,借着这口气,借着纪家爷俩两代人的胆子站起来的。

"我自问不是无胆之辈,也不是忘恩负义之人。我记着这句话呢,人他妈的要是真英雄啊,就得干成一件大事,隔了许多年,还能让别人一个一个站起来,那时候就算真赢了。我就想,我他妈可算站起来了,我这场罪也不是平白受的。人给的,问人要个交代,天给的,问天要个交代。我得报仇,我得赢。可我怎么算赢呢? 我想啊想,始终没有想出来,一直到刚才我想起来了。在领教银沙教手段之前,我到守默谷里去,知道有个地方叫白马酒家,知道有个人叫韩娥池。"

束星儿抬眼要说话,风雪原轻轻掩她的嘴。

"这位韩娥池,是一位女中豪杰。她年轻的时候,结识过霍瀛洲一场,那时候,霍瀛洲还是个想要重整武道的年轻人,他当时不过二十七八岁,已经是一代天骄,胸中包罗万象,见识远超当世,只差一步,就要独树一帜、自成一家。可他性情偏邪,瞧不起中原武林的虚伪迂腐,无所立,先尽破,一路挖人祖坟、盗人剑谱,犯了众怒,被众人算计了,极尽折辱,生不如死。此事之后,霍瀛洲也就成了诸位知道的霍瀛洲。"

很少有人知道这段往事。一人之命运,有时可以牵动万千人的命运。

"我想,报复银沙教的最好方式,就藏在白马酒家大门口的十个字里面——武家之稷下,侠客之荆山。稷下,是百家争鸣之地;荆山,是藏玉红尘之所。霍瀛洲当年若是英雄一念,胸襟磊落一点,恐怕天下格局由他重塑。可后来他觉得这个世道,只配得上破罐子破摔了,干脆一路杀到底。他曾经是个想站着的人,但让无数人跪在他脚底下,他曾经是个想开门的人,但把所有窗户都钉严了。我想,诸位,他办不成这个事,我们把这个事办了。这个,应该配得上叫赢。我今天带个头……"

苏旷说到这里,沉吟一声,伸手从头顶折下了一枝青竹枝。所有人都在凝神看他的下一个动作。而丁桀是唯一低着头的人。

夕阳沉下半边了,远天如血海。竹台上,没有任何声音。竹台下,也没有任何声音。

混沌开启。像是北极星在怒海上升起。像是昙花在极乐世界盛放。

苏旷慢慢地抬起一只脚,做了一个非常舒展的……类似于白鹤亮翅的动作。他知道去哪里,也知道怎么才能抵达。

就在苏旷起势的一刹那,丁桀猛抬头,大声喝止:"苏旷不要逞能!你做不到!"

苏旷惊在当场,他还没起势,当然也就没有什么内息冲击,但别人也能明显看到他小小踉跄一下。

两个人隔空对峙,这对苏旷来说,是一个多少有点尴尬的场面。他有句话憋在喉咙里,想吼又咽下去了——你说我做不到我就做不到?你就靠耳朵!

但丁桀站了起来,直接结束了这场刀会:"今天到这里结束了,苏旷,到此为止。"

这不仅仅是尴尬了,这是完全的没面子。

众目睽睽之下,苏旷默默站了很久,脸色一片铁青,终于还是听从了,一伸手把那枝青竹掷在台上,夺的一声,在风中轻轻摇晃着,拂袖而下。他非常恼火,路过丁桀的时候,第一次连招呼都没有打直接走了过去。

"苏旷,"丁桀没有放他过去,直接叫住了他,"你太心急了,我第一次下手封你内力的时候,就告诉过你,总是这样狂飙突进,筋脉难免受损,你才站起来几天,就迫不及待地要突破至境,真不怕腰再断吗?"

去你大爷的!那点占上风的破事非要在大庭广众说吗?但苏旷忍半天,轻声回了一句:"是是是,我是着急了点,但我就算不如你,也不是第一天练武,就算冲关失败,也未必不能全身而退吧……"

"当局者迷,旁观者清。你一出手全是着急两个字,那就一定不能全身而退,今天你要这么个冲关法,非倒在这儿不可。苏旷,我告诉你,世上唯一短时间内能提高极大实力的就是九头蛟,论不择手段、不恤身体,上官乾狠起来你不是个儿。我知道你有股冲劲,这很好,时至今日,我们也都指望你这点冲劲,但你得学会稳下来,留余力。"

苏旷慢慢错了错牙。他出了口气,尽量柔声,但还是难免带脾气:"好,丁帮主,多谢指教。我能走了吗?"

"苏旷,你刚才还在说霍瀛洲不够磊落。你到底明不明白?如今,你要杀我已经易如反掌,我这辈子不会再有赢你的时候了……"丁桀脸上,没有一点多余的表情,"我只是……不想你步我的后尘。"

夕阳落山了，夏夜凉风长。

"走啦，吃饭！吃晚饭！饿死了！今晚上有蟹钳子肉拌松茸，好吃得不得了，打什么架？走走走……"沈南枝过来打圆场，一手一个拉着两个人往回走。

人群散了。依旧议论纷纷。不管怎么说，今天已经是武林史上难得的盛会了，足够他们讨论很久。

一众人等走到门口，有庄丁在等着，直接向丁、苏二人："丁帮主、苏大侠，你们的信！"

苏旷还在后面慢吞吞地走，似乎若有所思。丁桀接过来，转手一递："你不会指望我看吧？"

"哦，是……是银沙教的信。"苏旷接过来，扫了一眼，"交换的地点有了！在……嘶，这个是张海图，我没看错的话，这儿是暹罗。"

"好极了，我们抓紧回去商量。"丁桀招呼，"如果是暹罗，路途遥远，这就要动身了！"

"好。"苏旷赶上两步，"哎，丁桀？"

"怎么了？"

"你是对的……我今天心里有事，这个状态是虚火，已经下来了，不应该硬冲。"

丁桀扶着手杖，微微一笑："该谢丁帮主指教的时候，还是要谢的。"